山下宏明 校注

平治物語

中世の文学
三弥井書店刊

目次

凡例……九

第一部

語り本『平治物語』上……一

序……一
信頼・信西不快の事……二
信頼信西を亡ぼさるる議の事……五
三条殿へ発向付けたり信西の宿所焼き払ふ事……七
信西の子尋ねらるる事付けたり除目の事并びに悪源太上洛の事……九
信西出家の由来并びに南都落ちの事付けたり最後の事……一一

信西の首実検の事付けたり大路を渡し獄門に梟けらるる事……二四
唐僧来朝の事……二五
叡山物語の事……二八
六波羅より紀州へ早馬を立てらるる事……三一
光頼卿御参内の事并びに許由が事……三四
信西の子息遠流に宥めらるる事……三八
清盛六波羅上着の事并びに上皇仁和寺に御幸の事……三九
主上六波羅へ行幸の事……四一
源氏勢汰の事……四二
語り本『平治物語』中……四九
待賢門の軍の事付けたり信頼落つる事……四九
義朝六波羅に寄せらるる事并びに頼政心替りの事……六一
六波羅合戦の事……六三
義朝敗北の事……六七
信頼降参の事并びに最後の事……七三

謀叛人流罪付けたり官軍除目の事并びに信西子息遠流の事……七六
義朝奥波賀に落ち着く事……七八

語り本『平治物語』下……八九

頼朝青墓に下着の事……八九
義朝内海下向の事付けたり忠致心替りの事……九一
金王丸尾張より馳せ上る事……九七
長田六波羅に馳せ参る事付けたり尾州に逃げ下る事……九八
悪源太誅せらるる事……一〇〇
頼朝生捕らるる事付けたり夜叉御前の事……一〇五
頼朝遠流に宥めらるる事付けたり呉越戦ひの事……一〇八
常盤落ちらるる事……一一四
常盤六波羅に参る事……一一九
経宗・惟方遠流に処せらるる事同じく召し返さるる事……一二三
悪源太雷となる事……一二四
頼朝遠流の事付けたり守康夢合せの事……一二六

第二部

古本『平治物語』上……一三一
序……一三一
信頼・信西不快の事……一三二
信頼信西を亡ぼさるる議の事……一三六
三条殿へ発向付けたり信西の宿所焼き払ふ事……一三八
信西の子息闕官の事……一四〇
信西出家の由来付けたり除目の事……一四二
信西の首実検の事付けたり南都落ちの事并びに最後の事……一四三
信西の首大路を渡し獄門に懸けらるる事……一四六
六波羅より紀州へ早馬を立てらるる事……一四八
光頼卿参内の事付けたり清盛六波羅上着の事……一五一
信西の子息遠流に宥めらるる事……一五六
院の御所仁和寺に御幸の事……一五七

主上六波羅へ行幸の事……一五九
信頼方勢ぞろへの事……一六一
侍賢門の軍の事……一六三

古本『平治物語』中……一七六

義朝六波羅に寄せらるる事……一七六
信頼落つる事……一七六
頼政平氏方につく事……一七七
六波羅合戦の事……一七九
義朝敗北の事……一八二
信頼降参の事并びに最後の事……一八九
官軍除目行はるる事……一九四
謀叛人賞職を止めらるる事……一九四
常盤註進事……一九六
信西子息各遠流に処せらるる事……一九七
金王丸尾張より馳せ上り義朝の最後を語る事……一九九

長田義朝を討ち六波羅へ馳せ参る事……二〇五
大路渡して獄門にかけらるる事……二〇六
悪源太誅せらるる事……二〇七
忠宗非難を受くる事……二〇九
頼朝生け捕らるる事……二一〇
常盤落ちらるる事……二一一
古本『平治物語』下……二一九
頼朝死罪を宥免せらるる事……二一九
呉越戦ひの事……二二二
常盤六波羅に参る事……二二三
経宗・惟方遠流に処せらるる事同じく召し返さるる事……二二九
頼朝遠流の事……二三二
盛康夢合せの事……二三三
清盛出家の事并びに滝詣で付けたり悪源太雷電となる事……二四〇
牛若奥州下りの事……二四二

頼朝義兵を挙げらるる事并びに平家退治の事……二五〇
補注……二五九
底本比較対照表……三六七
解説……四〇五

凡例

一　底本は、第一部語り本は、金刀比羅宮蔵本（いわゆる第四類本）、第二部古本は、上巻・中巻は陽明文庫蔵（二）、下巻は学習院大学図書館蔵本（いわゆる第一類本）を使用した。謝意を表したい。

二　本文の翻刻は、次の方針に従った。

1　漢字は、原則として現在通行の字体を使用した。

2　底本の漢字表記は、つとめて元の形を残し、現行のものと著しく異なる場合は、適宜、頭注に通行の字体を示した。原本の仮名は適宜漢字を宛てた。

3　誤字・誤写と思われる場合は、〔　〕内に正しい形を記し、その旨、頭注でことわった。

4　第二部の上・中巻は底本が仮名書きが多いので、読みやすくするためその仮名をふり仮名に残し適宜、漢字に改めた。下巻はつとめて底本の形を残した。

5　本文の仮名遣いは、原則として歴史的仮名遣いを使用し、底本の形を（　）内に傍記した。底本のルビも歴史仮名遣いで統一し改める。ただし、それをことわらない。

6　段落・句読点・「　」を付した。

7　必要に応じ、撥音（ン）、促音（ツ）などを補い、底本にあるものとの区別はしない。

8　清濁については、平家琵琶などを参考にし、必要に応じてその旨を頭注に記した。

9　反復記号は底本のままとしたが、品詞が異なる場合などは、該当する字を宛てて、反復記号を（　）に入れて仮名の形で残した。

10　傍書は、必要に応じて本文に採用し、その旨はことわらなかった。

11　底本を他の諸本によって改めた場合は、その旨を頭注に記した。

12　章段名を、江戸時代の流布本により加え、必要に応じ、新たに立てたものがある。その旨を頭注にことわった。

三　注釈に際して永積安明・島田勇雄の『日本古典文学大系』、栃木孝惟・日下力・久保田淳の『新日本古典文学大系』、矢代和夫・松林靖明・信太周・犬井善寿の『新編日本古典文学全集』に多くの教えを賜った。記して謝意を表す。「大系」「新大系」「新編古典」の略号を用いてことわる。

平治物語　上

（序）[一]

昔《むかし》[二]より今《いま》にいたるまで、王者《おうじゃ》[三]の人臣《じんしん》を賞《しやう》ずるに、和漢《わかん》[四]の両国《りやうごく》をとぶらふに、文武《ぶんぶ》[五]の二道《にだう》を先《さき》とす。文《ぶん》を以《もつ》ては万機《ばんき》[六]の政《まつりごと》を助《たす》け、武《ぶ》を以《もつ》ては四夷《しい》[七]の乱《らん》を定《しづ》む。されば天下《てんか》を保《たも》ち国土《こくど》を治《をさむ》る謀《はかり》こと、文《ぶん》を左《ひだり》にし、武を右《みぎり》にすとこそみえたれ。縦《たとへ》ば、人の手《て》のごとし。一つもかけてはあるべからず。[八]公政《こうせい》、[九]仁義《じんぎ》やゝ重《おも》し。天下《てんか》の安楽こゝにみえたり。[一〇]四海風波《しかいふうは》の恐れなく、[一一][一二]夫末代《それまつだい》の流《ながれ》に及《およん》で、人奢《おごつ》ては[一三]朝威《てうゐ》を蔑如《ないがしろに》し、[一四]民武《たみたけく》しては野心《やしん》[一五]を挿《さしはさ》む。能《よく》[一六]用意あるべきか。[一七]「尤《もつとも》[一八]ちうしやうせらるべき者は勇敢《ようかん》の輩《ともがら》なり」。唐《たう》[一九]の太宗文皇帝《たいそうぶん》は、髭《ひげ》[二〇]を切《きつ》て薬に焼《やき》、功臣に給ふ。血を含み疵《きず》を吮《すい》て戦士《せんじ》を撫《なで》[二一]しかば、心[二二]は恩の為に仕《つか》はれ、命《めい》は義《ぎ》に依《よつ》て軽《かろ》かりけり。身をころさむ事を痛まず、死をいたさむ事をのみおもひけるとぞ承《うけたまは》る。我《われ》[二三]と手を下《くだ》し、能戦《よくたゝかひ》をなさねども、人に志《こゝろざし》をあらはせばかならず帰《き》すといへり。鶏国《けいこく》[二四]の明王《めいわう》は自《みづから》手を下《おろ》し、外祖《ぐわいそ》[二五]の恥を雪《きよ》め、周《しう》[二六]の

一　読みの上から立てた。　二　昔の例を引いて和漢の聖代をふり返り「今」のありようを批判。↓補一　三　王者が臣下の功績に報いるのに。　四　日本と中国の先例に照らし考えるのだが。　五　文の道と武の道をあわせて重んじる。↓補二　六　政治上の多くの重要な事がら。「機」は、布を織る道具で、転じて大事な要所の意。　七　中国で、四方の異国、異民族を卑しめて言う。　八　おおやけの政治。国の政治。↓補三　九　博愛と道理がやや重い。「縦ば人の手のごとし」と言いながら「文を左にし」と執政上の道義を重く見るか。　一〇　国をとりまく四方の海、全国。「風波」は平和を乱す動き。　一一　「夫」は、話を説き起こす発語。そもそも。　一二　仏法が衰え、道義が頽廃した末の世。　一三　朝廷の威光。　一四　「猛く」。気性が激しく。　一五　謀叛心を抱く。「挿」は、胸の中で考える。　一六　気配りをすべきか。　一七　底本に欠く。諸本により補う。　一八　抽賞。大勢の中から抜き出して賞を与えるべきは、勇ましい者どもである。　一九　唐の高祖李渕の次子、二代皇帝、李世民。太宗を号し、文皇帝はおくり名。　二〇　みずからのひげを切って薬用に供し。↓補四　二一　さすり、いたわってやったので。　二二　思いは帝王の恩に報いようとし、忠義のために命を惜しまなかった。　二三　（帝王は）直接手を下して戦わなくても、帝王としての志を持ってのぞむならば、臣下は必ず帝王に従うと言う。　二四　契丹国もしくは鶏林国。中国東北部の鮮卑の国、もしくは朝鮮。明王は未詳。すぐれた王の意か。古本は次行までを欠く。底本にはこの種の加筆が多い。　二五　母方の祖父。　二六　周の初代の王。姓は姫《き》。名は発《はつ》。↓補五

武王《ぶわう》は旧苔《きうたい》旧臣が跡を尋《たづね》て、生涯《しやうがい》の名を銘《めい》に刻《きざ》む。*

(信頼・信西不快の事)

[一]近来《このごろ》都に権《ごん》[二]中納言兼中宮権大夫右衛門督《けんちうぐうのごんのだいぶうゑもんのかみ》藤原朝臣信頼卿《あそんのぶよりのきやう》と云《いふ》人おはしけり。是《これ》は人臣《じんしん》の祖[三]天津児屋根《あまつこやね》の尊《みこと》の苗裔《べうえい》、[四]中《なかの》関白道隆《みちたか》の八代の後胤《こういん》、[五]播磨三位基隆《もとたか》の孫《まご》、伊与《いよの》三位忠隆《ただたか》の子也。[六]文にあらず、武にあらず、[七]能もなく、芸もなく、只朝恩にのみほこり、[八]父祖は年蘭《としたけ》、齢《よはひ》傾《かたぶい》て纔《わづか》に従《じゅ》三位までこそ至りしが、是は[九]后《きさい》の宮の宮司《みやづかさ》・[一〇]蔵人頭《くらんどのかみ》・[一一]宰相《さいしやう》・中将・[一二]衛府《ゑふ》の督《かみ》・[一三]検非違使別当《けんびいしのべったう》より、纔《わづか》に[一四]三箇年が間《あひだ》に経上《へあがつ》て、歳《とし》二十七にして中納言右衛門督《うゑもんのかみ》にいたれり。[一五]一人《いちじん》御子息の外《ほか》は[一六]凡人《ぼんにん》に取てはかゝる例いまだなし。[一七]昇進かゝはらず、[一八]奉禄も又思《おもふ》がごとし。[一九]又家に絶てはひさしき大臣・大将に望みをかけて大方《おほかた》[二〇]おほけなき振舞をす。みる人めをおどろかし、聞《きく》人耳を[二一]そばたてり。[二二]微子加《びしか》にも過《すぎ》、[二三]安禄山《あんろくさん》にも超たり。[二四]余桃《よたう》の罪を恐《おそれ》ず、但《ただ》栄花にのみほこりけり。

其比《そのころ》少納言入道[二五]信西《しんせい》と云《いふ》者あり。[二六]山の井の三位伊頼卿《これよりきやう》六代の末葉《ばちえふ》、越後守季綱《すゑつな》が孫《まご》、鳥羽院の御宇《ぎよう》、[二七]進士蔵人実兼《しんじくらんどさねかね》が子也。[二八]儒胤《じゅいん》をうけて儒業《じゅげふ》を

一 ↓補六　二　藤原兼家の長男道隆流、従三位大蔵卿忠隆の三男で、母は民部卿藤原顕頼の女。↓補七　三　『古事記』に天児屋命。岩戸に身を隠した天照大神を、引きもどすのに尽力した神の一で、藤原氏の祖神。「苗裔」は子孫。四　太政大臣従一位兼家の長男。↓補八
五　↓補九　六　文の道にも武の道にも適していなかった。一一頁の言説を受ける。七「能・芸」の語で、身についた芸の才能。結局、学問も武技も、さらには芸の才能もないと言う。
八　父や祖父は年齢が高くなってようやく従三位に昇ったのだが。↓補一〇　九　皇后の伝達命令などの庶務や家政を処理する令外の皇后宮職。一〇　内裏校書殿に置かれた令外の官で、宮廷を管理・運営した。「頭」は、その長官。読みは「とう」か。定員は二人で、天皇の秘書の長として、天皇と摂政・関白・太政官との間の連絡を行った。参議への昇進の一歩とした、名誉ある官。一一　大臣や大・中納言とともに天皇の諮問や国政を審議した令外の官、参議の唐名。「中将」は衛府の、大将に次ぐ官。一二　宮中を守護する衛門・兵衛・近衛各左右の府の長官。一三　京中の警衛、裁判を行った検非遺使の長官。一四　信頼は、保元三年(一一五八)五月、左兵衛督、同八月、従三位権中納言。二十六歳の若さであった。皇后宮権大夫、十一月に検非違使別当、右衛門督。一五　宣旨をこうむって第一の座につく摂政・関白。一六　皇族・摂関・大臣家に対し、それ以下の身分の人。一七　官位が順序を踏まず、不相応の昇進をする。一八　君主に仕える報酬として与えられる禄。一九　(信頼の)七代前の道隆が内大臣・左大将になって以来、その例が無い。二〇　ずうずうしく、身分不相応な。二一　耳の神経を集中する。

伝へずといへども、諸道を[二九]兼学《けんがく》して諸事《しよじ》に闇《くら》からず、[三〇]九流《きうりう》を渡《わたつ》て、[三一]百家《はくけ》にいたる、当世無双《ぶさう》の[三二]厚才博覧《こうさいばくらん》也。[三三]後白川の上皇《しやうくわう》の御乳母《おんめのと》[三四]紀伊二位の夫《おつと》たるに依て天下の大小事を執行《とりおこな》ひ、[三五]絶たる跡を継《つぎ》、廃《すたれ》たる事を興《おこ》す。[三六]世を淳素《しゆんそ》に返し、君を[三七]堯《げう》・舜《しゆん》にいたし奉る。[三八]延喜・天暦《てんりやく》の二代にも越《こえ》、[三九]義懐《ぎくわい》・惟成《いせい》が三年にも過ぎたり。[四〇]記録所をきゝ、訴訟を評定《ひやうぢやう》し[四一]理非《りひ》を勘決《かんけつ》す。[四二]聖断《しやうだん》に私《わたくし》なかりしかば、人の愁《うれへ》なし。大内《おほうち》は久《ひさし》く修造なくして殿舎傾危《けいき》し、楼閣も荒廃せり。[四三]牛馬の牧、雉兎《ちと》の栖《すみか》と成たりしを、[四四]信西一両年が間に、修造して、遷幸をなしたてまつる外《ほか》、[四五]墎中《くわくちゆう》の部《ぶ》、[四六]大極殿・豊楽院《ぶらくいん》・諸司・八省・[四七]朝所《あいたんどころ》、[四八]雲のたゝりかた、花の攡《はゆき》、[四九]大厦《だいか》の構《かまへ》、[五〇]成風《せいふう》の功歳《こうとし》をへて民の嘆《なげき》もなく[五一]不日なりし事、不思議にぞ覚えける。詩歌管絃は折々《をりく》に随《したが》ひ相催《もよほ》し、宮中の儀式昔にかはらず、万事礼法ふるきが如し。[五二]内宴の[五三]相撲《すまう》の節《せつ》、絶てひさしき跡を続《つぐ》。

かくて[五四]保元三年八月十一日に御位をさらせ給《たまひ》、[五五]第一の御子に譲参給《ゆづりまゐらせたま》ふ。二条院の御事也。しかる間《あひだ》信西が権勢弥《いよく》重《おもく》して飛鳥《とぶ》もおち、草木も靡程《なびくほど》也。かゝる所に、信頼・信西二人が中にいかなる[五六]天魔が入替《いりかはり》けん、不快に聞えける。信西、信頼をみては、此《この》者世に在《あら》ば、朝家《てうか》をも傾け

二二 ↓補一一　二三 中国、唐代の逆臣。↓補一二　二四 食べさしの桃を王に献じた罪。二五 藤原貞嗣流、文章生実兼の息。母は信濃守源有房の女《むすめ》、下野守源有家の女とも。俗名、通憲。↓補一三　二六 藤原貞嗣の五代目、従三位永頼が京極西の山井に住んだ。「伊頼」は誤り。「末葉」は子孫。季綱は、永頼五代目の子孫で、従四位上、大学頭などを歴任。二七 文章生出身の蔵人。実兼は、季綱の三男。二男とも。母は若狭守藤原通宗の女。天仁元年(一一〇八)十二月、蔵人になり、文章生として才智のほまれが高かった。天永三年(一一一二)四月、急死。二八 儒者の血筋を受けつつ、学業を伝えなかったけれども。二九 複数の学問を広く学んで。「かねがく」とも。三〇 九つの学問にわたって。↓補一四　三一 多くの流派を立てた思想家。三二 すぐれた大きな才能を有し、広く書物を読んだ。三三 鳥羽天皇の第四皇子。母は藤原公実の女、侍賢門院璋子。名は雅仁。↓補一五　三四 藤原貞嗣流、従五位上紀伊守兼永の女、朝子。『尊卑分脈』に「実ハ近江守高階重仲ノ女也如何」。後白河の乳母をつとめ、二位に補された。三五 宮中の儀式の停滞しているのを復活し。三六 世の中を清く、飾りけのない状態にもどし。三七 中国古代の伝説で、理想的な天子と言われた二人の君主の世に劣らぬ時代とした。三八 年号を用い醍醐《これただ》・村上両天皇の代を称揚。三九 摂政藤原伊尹の五男、よしちか。姉懐子が生んだ花山天皇の政務を、従五位下雅材の息正五位上惟成《これしげ》とともに補佐した。天皇の退位に退き出家。惟成の母は摂津守中正の女。四〇 朝廷におかれた荘園整理の機関。「きゝ」は「おき」とあるべきか。↓補一六　四一 正非を調査し決定した。四二 天皇の決定に、私意によ

まゐ《い》らせ、国土をも乱さむずる者也《ものなり》。いかにしてもほろぼさばやと思ひけれども、[一]打絶《うちたえ》たのむべき者なければ、思煩《おもひわづらひ》て、ためらひ居たり。又信頼、信西をみては、此者わが為《ため》に[二]怨《あた》を結ばむずる者也《ものなり》。いかにもして失《うしなは》ばやと互《たがひ》に心を懸たりけり。或時[三]上皇《しやうわう》、信西を召て、「信頼が大臣の大将望みをかけ申《まうす》はいかに。[四]家の重代《ぢうだい》にあらね共《ども》、折《をり》により時に随ひゆるさるゝとこそ聞召《きこしめさ》るれ」と仰せ下さるれば、世の損せんずる[五]瑞相《ずいさう》よと思ひ、畏《かしこまつ》て申けるは、「信頼が大臣の大将になり候はむに、[六]いづれの者か望《のぞみ》をかけず候べき。君の御政《まつりごと》は、[七]先司召《まづつかさめし》を以て先《さき》とす。[八]叙位除目《じよゐぢもく》に僻《ひがごと》だに出来《いでき》候ぬれば、[九]上《かみ》は天心にそむき、下《しも》は人望《じんばう》に背《そむ》かる。[一〇]故《かるがゆゑに》[一一]中御門《なかのみかどの》中納言家成卿《いへなりきやう》を大納言に成度思召《なしたくおぼしめし》、[一二]故院に申させ給ひしかども、[一三]諸大夫《しよだいふ》の大納言になる例絶て久く成ぬとて終《つひ》になされずしてやみ候き。年の始《はじめ》の[一四]御書《ごしよ》には、「大納言家《け》へ」とあそばしたりければ、家成卿拝見して、「まことに成《なさ》れまゐ《い》らせたるより勝《すぐれ》たる御志の忝《かたじけ》なさよ」とて、涙を流しけるとぞ承る。又[一五]故阿古丸《こあこまる》大納言宗通卿《むねみちきやう》を大将になしたく思召《おぼしめし》、[一六]白河院申させ給ひしかども、[一七]寛治《くわんぢ》の聖代《せいたい》御ゆるされましまさず。[一八]みづ碧潭《へきたん》なりといへども山にならぶ事なし。古木《こぼく》高しと云へども天に及《およぶ》事なし。なから

る誤った判断が無かったので。　四三　(大内裏が)荒廃し、牛馬や雉・鬼の住みかになった。
四四　→補一七　四五　「外墩中の部」「外墩重畳たる」とする本がある。都の外側の囲み。
四六　天皇の執務・即位・朝賀などの大儀を行う大極殿、節会や大嘗会を行う豊楽院の外、多くの役所。「八省」は、中務・式部・治部・民部・兵部・刑部・大蔵・宮内の各省。　四七　太政官庁内の東北、参議以上の食事所。　四八　雲形の支えの肘木や、花模様のある、たる木。　四九　大きな建物。
五〇　工人が、りっぱに普請すること。『荘子』「徐無鬼」に見えることば。
五一　(造営を)いく日も経ない中になしとげた。
五二　正月下旬、子の日に天皇が仁寿殿《じじゆでん》に公卿や文人を召して行った内々の宴。「の」は不要。
五三　七月下旬、天皇の前で相撲をとった行事。→補一八　五四　→補一九
五五　後白河が退位し、第一皇子(守仁)二条に譲位。その母は大納言藤原経実の女、懿子。
五六　仏教語で、欲界の最高所にある第六天の主。仏や修行者が善事を行うのを妨げる魔王。

一　だれと言って、頼りにする者が全く無いので。　二　害をなそうとする者である。
三　後白河上皇。嘉応元年(一一六九)六月、出家して法皇。　四　先祖代々(大臣・大将になる)家柄ではないが。　五　めでたい前兆の意の語であるが、ここは単なる前兆の意に用いる。忌みことばとしての意を含むか。　六　だれもがその望みをいだくことになりましょう。
七　秋、京官・地方官を任命することだが、ここは広く官職を任命する意。　八　位階を与え、官に任命すること。　九　上は天皇の御意、下は民心に背かれます。　一〇　こういうわけで。

ん例を当代《たうだい》に行はせ給ひ、そしりを後代《こうたい》まで残させ給はむ御事、口惜かるべく候」とて、宿所に帰り、人の奢《おごり》ひさしからずして、ほろびし事を申さんが為に、[一九]安禄山《あんろくさん》を絵にかゝせて、大なる三巻の書を作てまゐ《(い)》らせたり。[二〇]是を叡覧ありしかど、信頼が寵愛[二一]いやめづらかにぞ聞えける。信頼、信西が御前にて申ける事を洩聞《もれきき》、[二二]やすからぬ事に思ひ、[二三]伏見の源《げん》中納言師仲卿《もろなかきやう》をかたらひ、[二四]所労とて常は伏見に籠居《こもりゐ》て、[二五]馳引《はせひき》、[二六]逸物《いちもつ》の馬の上にて敵に押並《おしならべ》引組《ひつくみ》て落《おつ》る様《やう》、武芸のみちをぞ習ける。是は偏《ひとへ》に信西をほろぼさむ為の謀《はかりごと》なり。＊

(信頼信西を亡ぼさるる議の事)

[二七]子息新侍従信親《しんじじゆうのぶちか》とて十一歳になるを[二八]太宰大弐《だざいのだいに》清盛の聟《むこ》になして、平家をかたらはばやと思はれけれども、[二九]一類、国を給て恨《うらみ》残らず、其上《そのうへ》信西が子息播磨中将[三〇]成憲《なりのり》を婿に約束したるなれば、事悪《ことあし》かりなんとて思ひ返す。左馬頭義朝こそ保元以来《いらい》平家に[三一]世のおぼえお《(を)》とッて恨み深かむなれ。語《かたらは》ばやと思ひ義朝をよびよせ、憑《たのむ》べき由《よし》の給《たまへ》ば、[三二]「命《いのち》を捨《すつ》る事なり共《とも》、たのまれたてまつるべし」と深く契りてぞ帰ける。[三三]今上《きんじやう》の御外戚《ごぐわいせき》新大納言経《つね》

訓読文で用いられる語で、文語的色彩が濃い。 一一 藤原魚名流、信西の語りの姿勢を示す。参議正三位家保の三男。母は近江守藤原隆宗の女。↓補二〇 一二 鳥羽院を指す。鳥羽院が人事の筋を通したと言うのである。底本「に」をミセケチにする。 一三 宮中で、四位・五位どまりの身分の家柄。 一四 古本は、「勅書の上書」とする。公私の別をわきまえる鳥羽院を語る。 一五 藤原道長の孫、右大臣正二位俊家の息。母は備前守源兼長の女。↓補二一 一六 後三条天皇の第一皇子、貞仁《さだひと》。母は藤原公成の女、茂子で、摂関家の生まれではない。↓補二二 一七 寛治(一〇八七―九三)の代の天皇、堀河天皇。白河天皇の第二皇子、善仁。母は藤原師実の養女賢子。輔仁に対抗して、長男を皇太子に立てた。鳥羽天皇となる皇子である。 一八 水は深くたたえて青々としているが、山の緑とは比較にならない。↓補二三 一九 中国、唐代の逆臣。玄宗に寵愛されたが、乱をおこして滅んだことが『唐書』などに見える。以後、軍記物語などに逆臣として引用されることが多い。↓補二四 二〇 (後白河上皇が)御覧になったが。 二一 ますます、たぐいすくなく(寵愛が)深いとの噂があった。 二二 心外な事だと思い。 二三 村上源氏、皇后宮権大夫権中納言正二位師時の三男。母は中宮大夫源師忠の女。↓補二五 二四 病いと称して。 二五 馬に乗って走らせながら弓を引くこと。 二六 群を抜いてすぐれている馬。 二七 信頼の息。母は未詳。↓補二六 二八 大宰府の次官。従四位下の相当官。清盛は保元三年(一一五八)八月十日、大宰大弐に就任。 二九 一門、保元の乱の論功行賞により十分な官を賜って不満に思う者がない。 三〇 信西の三男で母は従二位朝子。四男とも。婿として約束

宗《むね》・[一]別当惟方卿《これかたのきやう》をもかたらひ、又院の御寵臣《ごてうしん》たる[二]越後中将成親《なりちか》をも語《かたら》はれけり。

[三]かやうにしたゝめ転《めぐら》してひまをいつやと伺《うかがふ》ほどに、平治元年十二月四日、太宰大弐清盛は、子息重盛相具《あひぐ》して[四]年籠《としごもり》と志《こころざ》し、[五]熊野へ参詣せられけり。この隙《ひま》にと思ひければ、信頼、義朝をよびよせ、種々の[六]引出物《ひきでもの》をして[七]「一日御辺に申せし信西が事はいかに。[八]上には善政《ぜんせい》を行ふ様《やう》に申せ共《ども》、[九]我方《わがかた》の事をば、四方《よも》山の事有《あり》といへども、[一〇]火をも水に申《まうし》なす。[一一]公《きみ》もしろしめされたれども、[一二]次《ついで》なければ御禁《いましめ》も渡らせ給はず。[一三]子息共或《あるい》は中少将《ちゆうせうしやう》にいたり、或は[一四]七弁に相並《あひ》ばせ[一五]何の不足さに信頼をうつべき支度するよしつげしらするものあり。清盛は熊野参詣の跡也《あとなり》。信西を失ひ、[一六]其後平家をほろぼし天下の政《まつりごと》、御辺と信頼と執行《とりおこな》はむに、上《うへ》する者あるべからず」との給へば、義朝申されけるは、「保元に一門兄弟失ひはてて、只一身《ただいつしん》に成て候へば、[一七]平家もいぶせく存《ぞんじ》候、よく候べき」と申されければ、信頼悦《よろこん》で、[一八]いか物作《づくり》の太刀二振《ふたふりみづか》自ら取出《とりいだし》て[一九]ひかれけり。又[二〇]黒馬《くろのうま》の同様《おなじやう》なる二疋《ひき》に[二一]鏡鞍置《かがみくらおい》てひかれければ、義朝申されけるは、「合戦は[二二]せいにはよらず、謀《はかりごと》によると申《まうし》伝て候へば、[二三]頼政《よりまさ》・[二四]光保《みつやす》・[二五]光基《みつもと》・[二六]末実《すゑざね》

したそうだから。父の志により清盛の女と婚約するが、平治の乱により解約。↓補二七　三二　世の評価が劣って、不満も大きいようだ。　三三　死をも覚悟の上でお味方しましょうと。↓補二八　三四　二条天皇の母方の親戚であった経宗。大納言藤原経実の四男。母は権大納言公実の女、公子。同母姉の懿子が二条天皇の母であった。保元元年(一一五六)権中納言、同三年権大納言。女の経子が女御代を勤めた。

一　民部卿藤原顕頼の次男。母は中納言俊忠の女。姉が信頼の母。　二　権中納言藤原家成の三男で、母は中納言経忠の女。「院の御寵臣たる」について、後白河院と男色の仲だったとも。久寿二年(一一五五)正月、越後守、保元三年(一一五八)十一月、右中将を兼ねた。　三　このように準備を整えておいて、いつ事を起こすべきかと考えている時に。信頼が動乱をしかけたとする。　四　大晦日の夜から元日の朝にかけて寺社に参り籠ろうと。　五　和歌山県の熊野本宮・熊野速玉社・熊野那智の三大社の総称。↓補二九　六　宴席を設けるなどして、客に品物を贈ること。　七　いつぞや、そなたに話した信西に対する対策はどうだろうか。この前、一五頁。　八　うわべの口先では、善政を行うように言うが。信頼の発話を直接話法で語る。　九　われわれの事について、あれこれ話題にしているようだが。　一〇　「火」を全く逆の「水」のように言いふらす。こちらの善意を悪意をこめて言いふらす。　一一　君(後白河上皇)もご存じであるけれども。　一二　きっかけがないので、おしかりになることもおありにならない。↓補三〇　一三　信西の四男の成範が左中将、五男の脩範が右少将になったことを言う。　一四　太政

等《ら》を初めて源氏どもあまた[二七]申旨《まうすむね》ありと承《うけたまはり》候。たのませ給へ」と申て出《いで》られければ、頼政・光保・[光《みつ》]基《もと》・末実《すゑざね》をよびよせて、たのむべき由《よし》の給へば、「一門の中、大将と憑《たのん》で候義朝随ひたてまつらむ上は、背申《そむきまうす》に及ばず」とて帰ければ、信頼弥《いよ〳〵》悦《よろこび》て、年来[二八]構《かまへ(を)》おける核吉鎧《さねよきよろひ》五十領[二九]追《おつ》さまに、義朝のもとへさしつかはす。＊

(三条殿へ発向付けたり信西の宿所焼き払ふ事)

[三〇]九日の子《ね》の尅《こく》、信頼・義朝数《す》百騎にて、[三一]院の御所三条殿へ押寄《おしよせ》、信頼、御所へ参《まゐり》て申されけるは、「信頼を討べき者あるよし告知《つげしら》する者候間《あひだ》、[三二]東国の方へ落行《おちゆか》ばやと存《ぞんじ》候。幼少より[三三]御不敏《ごふびん》を蒙り候つるに、都の中《うち》を出《いで》候はむ事、[三四]行空《ゆくそら》も覚《おぼえ》候まじ」と申されければ、上皇、「何者《なにもの》が汝《なんぢ》をうたんと申ぞ」とてあきれさせ給へる御様《さま》也。[三五]伏見の源《げん》中納言師仲《もろなか》卿、御車をさしよせて、めさるべき由 申《よしをまうせ》ば、信頼「まことに御不便《ごふびん》なりとの[三六]御気色《ごきしよく》にて候はば、と《(こ)》く〳〵めさるべく候」と申 間《まうすあひだ》、上皇取あへさせ給ぬ御有様にて御車にめされけり。[三七]佐渡式部大夫重成《さどしきぶのたゆふしげなり》、御車の前後を守護し奉り、[三八]大《おお》内《うち》へ御幸《ごかう》なしまゐ《(い)》らせて、[三九]一品《いつぽん》の御書所《ごしよどころ》に打籠《うちこめ》たてまつる。信頼・義朝御[四〇]

官のもとで庶務・雑務を処理する役人を弁官と言う。左右大弁・左右中弁・左右少弁および中少弁の権官一人を七弁と数えた。 一五 何の不足があるというのか。 一六 古本は「其後平家をほろぼし」を欠く。底本は平家を意識し、源平対決の語りが色濃い。『保元物語』中・下巻に、父為義、弟の鶴若・乙若・亀若らが誅されたことが見える。→補三一 一七 古本に「清盛も内〳〵所存こそ候らめ」とあるから、平家がわたくしのことをいとわしく、警戒していると思われます。仰せのおもむきはよくわかりました、協力いたしましょう。 一八 いかめしく、武張ったこしらえの太刀。 一九 引出物《ひきでもの》として贈られた。「る」は尊敬の助動詞。→補三二 二〇 純黒の色の馬。古くは神事に使われた。古本は「白黒の色二匹」。 二一 前輪・後輪の山形の部分に銀や銅の薄板を張りつけて飾った鞍。 二二 軍勢の多少にはよらない。 二三 清和源氏の摂津系、兵庫頭仲政の長男。母は勘解由次官藤原友実の女。→補三三 二四 清和源氏、出羽守従五位上光国の次男。母は神祇大副輔清の女。出雲守正四位下。 二五 出羽守従五位上土岐光信の長男。母は藤原佐実の女。伊豆・伊賀守従五位下。 二六 鳥羽院の北面近習であった文徳源氏周防権守従五位下季範の次男。母は下毛野敦俊の女。保元の乱には後白河側についた。河内守。 二七 (保元の乱後の状況について)多く意見を持つと承ります。 二八 整えておいた。「核」は、甲冑の材料となる縦長の金属または皮革の核。この核を革または糸布でつづって甲冑を作る。「領」は、甲冑などの一そろいを数える語。 二九 後を追うようにして。 三〇 前頁「平治元年十二月四日」清盛らが熊野参詣に出かけたのを受ける。 三一 後白河院の御所。三条所に火をかけて、「防者《ふせくもの》あらば討取《うちとれ》」との給ひ一出《いでさ》せ馳《はせ》ぬ。兵《つはもの》四面に打立《うつたつ》て、御所に火をかけたれば、上下《じやうげ》の女房達あわ《(は)》てさは《(わ)》ぎ出《いで》られけるを、散々《さんぐ》に射ければ、火をのがるゝものは矢をのがれず、矢をのがるゝ者は火をのがれず、矢をまぬかれんとする者は、二井にこそおほく入けれ。下《した》は水に溺《おぼれ》、中は人に押《おさ》れ、上は猛火《みやうくわ》もえかゝりければ、命のたすかるべき事を得ず。御所には三左兵衛尉《さひやうゑのじやう》大江家中《いへなか》、右兵衛尉平泰忠《たひらのやすただ》五十余騎にて防き戦けれ共《ども》、物の数ならず。程なく四馳参り、五待賢門《たいけんもん》に打立《うつたつ》て、六を《(お)》めきたる計《ばかり》にて、し出《いで》たる事はなし。

其日《そのひ》の七丑剋《うしのこく》に、信西入道が八姉小路西洞院《あねがこうぢにしのとゐ》の宿所へ押よせて、火をかけたれば、女・童《わらんべ》あわ《(は)》て迷出《まよひいで》けるを、信西が姿を替《かへ》てや出《いづ》らんとて、打殺《うちころ》し切ころし散々に責《せめ》ければ、九上下のきらひなく、命のたすかる事をえず。

一〇保元以後は世も鎮《しづか》に治《をさまり》て、甲冑《かつちう》をよろひ、弓箭《きうせん》をたいする者なかりき。自《みづから》持て行しも馬に負《おほ》せ、車に積て人目をこそ忍《しのび》しに、今は物具《もののぐ》したる兵《つはもの》ども京中に充満せり。「こはいかに成ぬる事どもぞや」とさはぎあへり。＊

大路の北、烏丸小路の北にあった。↓補三四　三三　↓補三五　三三　御寵愛をいただいていますのに。「不便」の宛て字。三行後に見える。　三四　行く末、いかになりますやら不安でございます。　三五　一五頁、信頼が味方としてかたらい、その伏見の邸で武芸の稽古にうちこんでいたことが見える。古本は師仲の指示としない、兵が促したとする。　三六　(わたくしに)お気持ちをお寄せくださるのであれば、すみやかに御車にお召しください。　三七　鳥羽院の武者所、清和源氏重実の息。母は勾当大夫宗成の女。近江守従五位下。　三八　大内裏。　三九　平安時代、流布する書籍を一本、書写して蔵しておく役所。↓補三六　四〇　院御所の三条殿を指す。

一　「いではせぬ」とする本がある。　二　井戸。↓補三七　三　古本は官を「衛門尉」とする。↓補三八　平泰忠は未詳。　四　「うたれしかば家仲・泰忠両人のくびをとて大内へ」を有する本がある。家中・泰忠の両人が、物語としては端役であるので落してしまったものか。底本におけるこのようなミスを単なる誤写と見るには慎重でありたい。一つの読みから、このような異文を生じることがあったろう。　五　大内裏の東面、中御門大路に向く門。そのために「中御門」とも言った。　六　大声をあげただけで。　七　午前二時頃。古本は「寅の刻」(午前四時頃)。前近代の時刻の規定は多くは太陽の出入りにより区切りを行い、今のような絶対的な時間配分によるものではなかった。以下、時刻の指示については、この事に留意したい。　八　三条大路の北、姉小路と西洞院のまじわる所。↓補三九　九　身分の上下の区別もなく。　一〇　古本は、この一行を欠く。↓補四〇

（信西の子息尋ねらるる事付けたり除目の事并びに悪源太上洛の事）

[一一]明《あく》れば十日、大政《だいじやう》大臣・左右《さうの》大臣・内大臣以下《いげ》、公卿殿上人参内して僉議あり。少納言入道信西が子共尋ねらる。[一二]播磨中将成憲《なりのり》は、太宰大弐《ださいのだいに》清盛の聟なれば、若《もし》や助かるとて、[一三]六波羅へおはしけるを、[一四]宣旨とて内裏より[一五]しきなみに召されければ、清盛は熊野参詣の跡なり、一門の人々、力及ばで出《いだ》されけり。[一六]博士判官坂上兼業《さかのうへかねなり》行向請取《ゆきむかひうけとり》て、内裡へ参る。事《こと》の子細を聞て、頓而《やがて》兼業にあづけらる。権右中弁[一七]定憲《さだのり》もとゞりを斬《きり》法師に成て、かたはらに忍ばれけるを、[一八]宗《そう》判官信澄《のぶずみ》尋出《たづねいで》て、内裏へまゐ《(い)》らせければ、是も[一九]信隆《のぶたか》にあづけらる。

軈而《やがて》除目《ぢもく》行《おこなはれ》て、信頼は本《もと》より望懸《のぞみかけ》たる事なれば、[二〇]大臣の大将を兼《かね》たりき。[二一]左馬頭《さまのかみ》義朝は、播磨国を給《たまはり》て、播磨左馬頭とぞ申ける。[二二]兵庫頭《ひやうごのかみ》頼政は、伊豆国を給《たまはり》、出雲守光泰《みつやす》は隠岐国、伊賀守光基《みつもと》は伊勢国、周防《すはうの》判官末真《すゑざね》は河内国、[二三]足立四郎遠元《とほもと》は[二四]右馬允《うまのじよう》になさる。[二五]鎌田次郎は兵衛尉に成て政家《まさいへ》と改名す。今度の合戦に打勝《うちかた》ば、[二六]上総《かづさ》の国を給るべき由の給けり。

義朝の嫡子鎌倉の[二七]悪源太義平は、母方の祖父《おほぢ》[二八]三浦の許《もと》に在けるが、都に騒《さわぐ》事ありと聞て、むちを打て馳上《はせのぼり》けるが、今度の除目に参り会《あひ》ぬ。信頼

二　一七頁、三条殿攻めの冒頭に「九日の子の尅、信頼・義朝数百騎にて」とあったのを受ける。一つの区切りをなす。古本は日付を欠きただちに子息の解官を語る。　三　名は「しげのり」とも読む。通憲（信西）の三男で、母は紀二位朝子。四男とも。↓補四一　一三　賀茂川の東、六波羅蜜寺辺りの地。この地に平家の邸があった。交通の要衝。　一四　天皇・上皇の下し伝える命令。

一五　あとからあとからと続くさま。しきりに。

一六　明法博士、明兼の息。明法博士で検非違使尉であった。↓補四二　一七『尊卑分脈』によれば通憲の次男貞憲。母は兄の俊憲と同じ近江守高階重仲の女。従四位下、飛騨摂津守、少納言、権右中弁。平治の乱により土佐へ流される。

一八　鎮西の大族、惟宗氏、略して宗氏と言った。「新大系」は右衛門少尉信隆の息と言う。母は未詳。保元二年五月、検非違使。　一九　未詳。

二〇　古本、ここに除目のことを記さず。↓補四三　三　『愚管抄』五に「スデニ除目行ヒテ義朝ハ四位シテ播磨守ニナリテ子ノ頼朝十三ナリケル右兵衛佐ニナシナドシテアリケルナリ」とある。播磨国の等級は大国で、その守は従五位上の相当官。　三　一七頁に、義朝の推挙により信頼方についたことが見える。

三　藤原山蔭の子孫、小野田三郎兼盛の息、遠兼の子である遠基。古本は遠光。外嶋左衛門尉と号し、後、頼朝の家人として仕えることになる。　二四　御所の厩の馬、馬具、および諸国の牧場の馬を掌る役所の三等官。↓補四四

二五　藤原秀郷の子孫で、鎌田通清の次男、正清。代々、源頼義・為義父子に仕え、正清も義朝の乳母子、乳兄弟として仕えた。　二六　今の千葉県中部。↓補四五　二七　義朝の長男。↓補四六

二八　坂東に住んだ垣武平氏の一。公義が三浦を号した。↓補四七

大《おほき》に悦て、「義平此除目に参《まゐり》あふこそ幸《さいはひ》なれ。一大国か小国か、二官も加階も進《すゝむ》べし。合戦も又能仕《よくつかまつる》べし」との給へば、義平申けるは、「保元に三伯父《はくぶ》鎮西八郎為朝を宇治殿の四御前にて五蔵人《くらんど》になされければ、六忩々《さうさう》なる除目かなと辞し申けるは理《ことわり》かな。義平に勢を給り候へ。七阿部野に懸向《かけむかつ》て平家を待《まつ》ほどならば、清盛は熊野参詣より八下向なれば、九浄衣《じやうえ》計《ばかり》にてぞ候はむずらん。真中《まんなか》に取籠て責《せめ》ば、かひなき命たすからんとて、山林へぞ逃《にげ》籠《こもり》候はむずらん。其時追詰《おつつめ》々《く》とらへて、首《かうべ》をはねて一〇獄門にかけ、其後信西をほろぼし、世も治《をさまつ》てこそ大国も小国も、官も加階も思ふごとくに進《すゝみ》候はんずれ。一一みえたる事もなきに、兼てなつて何か候べき。但《たゞ》義平は東国《あづま》にて兵《つはもの》どもに一二よび付られて候へば、本の一三悪源太にて候はん」とぞ申ける。信頼の給けるは、「義平申状《まうしじやう》一四荒議《あらぎ》也。阿部野まで馬の足つからかして何かせむ。都へ入《いれ》て、一五中に取籠《とりこめ》うたんずるに、程やあるべき」とぞの給ける。みな一六此義《このぎ》に随ひける。一七偏に運の極《きは》めにてぞ有ける。

大政大臣一八伊通《これみち》公、其比《そのころ》左大将にておはしけるが一九才学《さいかく》優長にして、御前にても常に二〇おかしき事を申されければ、君も臣も大《おほき》にわらはせ給ひ、二一御遊《ぎよいふ》もさむるほど也。「内裏にこそ武士共のし出したる事もなくて、官加階を

一『職原抄』に各国を、大国のほか、上・中・下の等級に分ける。しかしここは、広く大国と小国の対で言ったもの。
二 官職への任命も、官位の昇進も。
三 父母の兄を「伯父」と言い、「叔父」の対。為朝は六条判官為義の八男。義平の父義朝が為朝の兄なので、「叔父」が正しい。
四 関白藤原忠実の次男、頼長。母は、兄忠通の母と違って、劣り腹である土佐守藤原盛実の女。↓補四八
五 蔵人所の役人。天皇の身辺の雑事奉仕、蔵人所主催の宮廷行事を行った。
六 あわただしく、いそがしい。↓補四九
七 今の大阪市阿倍野区から住吉区にわたる地域。四天王寺に近い。熊野参詣の第二王子、阿倍野王子社がある。一六頁に平清盛らが熊野参詣に出かける。それを待ち伏せしようとするもの。
八 (神仏の参詣をおえて)帰って来るそうだから。
九 社参など潔斎を必要とする時に着る、狩衣仕立ての、白か黄色の衣。
一〇 斬刑に処した者の首を懸ける、獄舎の門の近くの樗《おうち》の木。左京では近衛南、西洞院西に東(左)獄、右京では中御門北、西堀川に西(右)獄の獄舎があった。
一一 いまだ目に見える手がらも立てていないのに。
一二 呼びならわされていますので。
一三 「悪」は、その人の強さ、荒々しさに畏敬の思いをこめて言い表す語。
一四 粗暴で荒っぽい。
一五 (清盛らを)都の中へ誘い込んでおいて、包囲して討つのに、何のことがあろうか、たやすいことだ。
一六 この(信頼の)意見に従った。
一七 (信頼方にとって)全く運の尽きであった。↓補五〇
一八 権大納言正二位藤原宗通の次男。母は兄信通と同じ、修理大夫藤原顕季の女。邸が大宮大路にあったことから大宮を号した。久寿三年(一一五六)内大臣、翌二年左大臣に転じ、平治二年八

成《なさ》るなれ。[二一]人をおほく殺たる計《ばかり》にて「[二三]官加階をならんには、三でう殿の井こそ人をばおほく」殺したれ。など其井《そのゐ》は官は成《なら》ぬ」とぞ咲《わらひ》ける。

＊

（信西出家の由来并びに南都落ちの事付けたり最後の事）

[二四]去程《さるほど》に彼《かの》信西入道と申は、[二五]南家《なんけ》の[二六]博士《はかせ》、[二七]長門守高階経俊《たかしなつねとし》が[二八]猶子《ゆうじ》也。[二九]大業《たいげふ》も遂《とげ》ず、[三〇]儒官にもいらず、[三一]非重代《ひぢうだい》なりとて[三二]弁官にもなされず、日向守通憲《ひうがのかみみちのり》とて、何となく御前《ごぜん》にて召仕れけるが、出家の志ありし事は、御前へ「[三三]まゐらんとて」[三四]びんをかきけるに、[三五]びんの水に[三六]面像《めんざう》をみれば、[三七]寸の頸剣《つるぎ》のさきに懸《かゝつ》て空《むなしく》なると云めんざうあり。大に驚《おどろき》思ひけるが、[三八]宿願あるに依て熊野へ参詣す。[三九]きりめの王子の御前《おんまへ》にて[四〇]相人《さうにん》に行逢《ゆきあひ》たり。相《さう》して云《いはく》「御辺は諸道の才人也。但《たゞし》寸の頸、剣のさきに懸《かゝつ》て、[四一]露命を草上《さうしやう》にさらすといふ相《さう》あれば、いかに」と云。[四二]行末はしらず、こしかたをば一事も違《たが》はずいひければ、通憲も「さ思ふぞ」とて、身の毛もよだつ。「さてそれをばいかにしてかのがるべき」と云《いへ》ば、「[四三]いさ出家してもやのがれんずらん。[四四]それも七旬にあまらば、何とかあらむずらん」とぞいひける。

月、太政大臣に昇るが、平治元年当時、藤原公教が内大臣で、左大将を兼ねていた。伊通が左大将であったのではない。長寛三年(一一六五)二月まで正二位太政大臣で、左大将になったことはない。同年二月十五日、七十三歳で死去。 一九 学力と才能がすぐれていて。 二〇 ↓補五一 二一 (まじめな)詩歌管絃の席も、笑いに乱れてしまうほどだった。 二二 一八頁、三条殿攻めに、井戸へ入ったことが見える。 二三 底本に欠く。諸本により補う。 二四 話題を変える発語。 二五 藤原四家の一つ。不比等の長男武知麻呂の邸宅が平城宮の南にあったことによる称。 二六 学問・技術を後進に指導する官。↓補五二 二七 天武天皇を祖とする高階氏の系図で常陸介筑前守正四位下経成の息に長門守正四位下経敏が見える。その息に「少納言正五位下通憲法名信西実(は)実兼(の)一男也」。 二八 婚姻の際や寺院への入室などに、家格の低い者を貴族の子弟として整える、その子。 二九 大学寮の諸道で、博士に推されて最終段階の試験に合格すること。↓補五三 三〇 紀伝・明経などの博士・助教など、儒者が任命された官。 三一 先祖から代々伝えられて来た者ではないと。 三二 太政官のもとで八省や諸国の間の上申・下達の処理を行った官。 三三 底本、これを欠く。 三四 頭の側面、耳の上のあたりの髪を言う。それを掻き上げた時に。 三五 髪をととのえるための水をいれた器。 三六 顔の様子。 三七 のどぶえ一寸ばかりの所。 三八 多年にわたる念願。 三九 熊野三社の末社である九十九王子の中、五体王子宮のもっとも有名な王子で、和歌山県日高郡印南町にある。 四〇 人相を見て、人の運命を判断する人。 四一 草の上の朝露のように、すぐ消下向して[一]御前《ごぜん》へ参《まゐり》、「出家の志候が、日向《ひうが》入道とよばれんは、[二]無下《むげ》にうたて覚え候。少納言を御免を蒙り候はばや」と申ければ、「[三]少納言は[四]一の人も成《なり》なんどして、[五]左右《さう》なく取下《とりくだ》されぬ官なり。いかゞあらむずらん」と仰《おほせ》られけれ共、[六]漸《やうやく》に申ければ、御ゆるされをかうぶりて、[七]やがて出家してんげり。[八]子息ども、或は中少将に至り、或は七弁に相並《あひ》ばせ、[九]ゆゝしかりしかば、[一〇]墨染の袖に身をやつし、今は露の命さへのがれがたし。昨日のたのしみ今日の悲み、[一一]諸行無常は只目の前に顕《あらは》れたり。[一二]吉凶糾而縄《あざなへるなは》の如しと云本文あり。少《すこし》も違《たがは》ずぞみえし。

九日の[一三]午尅《むまの》に信西、[一四]白虹日《はっこうひ》を貫《つらぬく》と云天変《てんぺん》の事に御所へ参りたれば折《をり》[一五]節《ふし》御遊《ぎよいう》なれば、かたはらなる[一六]持仏堂に御経よみて居たりけるに、[一七]香《かう》の火飛で、よみたてまつる経の字二行《にかう》焼け給ふ。なほ《(なを)》火飛で衣の袖焼にけり。信西大に驚《おどろき》て、[一八]天文は淵源を究《きはめ》たりければ、自《みづから》これを勘見《かんがへみる》に、「[一九]強《こはき》者は弱《よはく》、弱者《よはきもの》は強《こは》し」と云本文あり。此意《このこゝろ》をおもふに、「君[二〇]奢《おごる》時は臣弱《よはく》、臣奢時は君弱成《よはくなる》」と云詞《ことば》也。今度は臣奢て君弱くならせ給ふべしとの由《よし》を子共に知せばやとおもへども、[二一]十二人ながら御前に列して御遊なれば、[二二]さましまゐ《(い)》らせむも無骨なるべしとて、宿所に帰り、[二三]紀の二位をよ

えてしまう、はかない命。「露」と「草上」は縁語。四二 先のことはわからないまでも。これまでの信西が体験して来たことを一事も違わず語ったので。四三 さあ、名案はないが、出家でもされれば、免れるのでしょうか。四四 それも七十日を過ぎれば、どうなることでしょうか。出家しても、せいぐ七十日ももつまいとの意。

一 上皇の御前に。信西の出家は天養元年(一一四四)のことなので、当時の上皇は鳥羽上皇か。『保元物語』以来、鳥羽の位置が重い。二 きわめて情けないことに思われます。三 大納言のもとで、小事を奏宣し、駅鈴・伝符・内印の授受、太政官印捺印を監督した官。↓補五四　四 摂政など儀式で第一の座に着く家柄の人。五 わけもなく簡単に任命される官ではない。六 様々に、あれこれ理由をつけて。古本は「(院が)いかがあるべからんとおぼしめしわづらはせ給ひけるを、(信西が)あながちに申ければ御ゆるしありし」とする。七 たちまち出家してしまった。↓補五五　八 信西の子息たち。↓補五六　九 程度のはなはだしいことを言う語であるが、ここは、威力に満ちている意。底本「かりしかば」の「ば」をミセケチ。一〇 ここにそれが、今はうって変っての意を含む。「墨染の袖に身をやつし」とは、僧衣の姿になって。一一 一切万物の現象が、たえず変化し、少しも不変のものがない《ない》という道理。↓補五七　一二 人間の幸・不幸は、絢合わせた縄のように、互いにあい表裏して現われて来るものだ。↓補五八　一三 午前十二時頃。↓補五九　一四 白い虹が太陽を貫くという天変があったので。兵乱が起きる前兆とされた。古本はこの句を欠く。↓補六〇　一五 院が詩歌管

び出《いだ》し、「かゝる事あり。子共《こども》にも知せ給へ。信西は思《おもふ》むねありて奈良の方《かた》へ行《ゆく》なり」との給《たまへ》ば、紀の二位、同道にと嘆かれけれ共、やうく〳〵にこしらへとゞめて、[二四]侍四人相具し、秘蔵《ひさう》せられける[二五]鴇毛《つきげ》の馬に乗《のり》、[二六]舎人成沢を召具し、南都の方へ落られけるが、伊賀と山城の境、[二七]田原が奥へぞ入給ふ。

[二八]石堂山《いしだうやま》の後、志賀楽《しがらき》が嶺を遙にわけ入《いる》に、天変あり。[二九]木生寿命《もくしやうじゆみやう》[三〇]亥《ゐ》にあつて、[三一]大伯経典《たいはくきやうでん》におかせる時は、忠臣君に替《かはり》奉るといふ天変也。信西、[三二]右衛門尉成景《うゑもんのじやうなりかげ》を以て、「都に何事かある、みて参れ」とてさしつかはさる。御所に夜討入て後、[三三]武沢といふ舎人《とねり》、入道奈良へと聞《きゝ》ければ、[三四]此事申さん為に行けるに、宇治にて行逢《ゆきあひ》たり。成景「何事ぞ」と問へば、武沢申けるは、「御所へ夜討入《いり》、皆焼払はれ給ぬ。[三五]姉小路西洞院《あねがこうぢにしのとい》の御宿所も焼《やか》れ候ぬ。是は、右衛門督《うゑもんのかみ》殿、左馬頭殿をかたらひ、[三六]上を失奉らんためのはかりこ(こ)と承候間《あひだ》、申さむ為《ため》奈良へ参《まゐり》候」と申せば、[三七]下臈也、おはし所直《ぢき》にしらせてはあしかりなんと思ひ、「汝よくきけ、[三八]春日山の奥の在所なり」と訓《をしへ》て、成景、田原の奥に帰り、入道に此《この》由申せば、[三九]「さればこそ、信西がみたらん事はよも違はじ。忠臣君に替《かはり》たてまつるとは、信西なりしが、命

絃の最中であられたので。一六 持仏を安置し、先祖の位牌などをまつる堂。古本に欠く。

一七 芳香を楽しむための練香もしくは香木につけた火が飛んで。「二行」は「にぎやう」か。

一八 天体の現象を観測する学問の源を極めたので。信西が陰陽道にも精通していた。

一九 本来、強い立場にある者が弱く、弱い立場にある者が強いということばがある。ここは強い者として後白河院、弱い者として信頼を指す。

二〇 「君」は院を、「臣」は信頼を指す。この後の「臣奢て君弱くならせ給ふべし」を言う。

二一 信西の子息、十二人がすべて。↓補六一

二二 御遊の楽しみを妨げ申し上げるのも無作法な事であろうと。

二三 信西の妻。一三頁注三四。

二四 そばにお仕えする男。

二五 (鴇《とき》の羽の裏のように)白に薄く赤みをおびた毛色の馬。

二六 貴人に仕え、車添いや馬の口とりなど、雑役に従事した男。古本に成沢の名はなく、「禅門のめしつかひける舎人男」。成沢は未詳。

二七 今の京都府綴喜郡宇治田原町。↓補六二

二八 滋賀県の南端、綴喜郡宇治田原に接する山地。今の信楽町に入る。

二九 古本に「木星寿命死に有」とするのが正しい。木星は太陽系最大の惑星。これが金星・火星と会うのを凶悪の兆とした。↓補六三

三〇 前項参照。↓補六四

三一 「大伯」は、太白星、すなわち金星のこと。前後、文意がわかりづらいが、信西が天変に天皇と、みずからの運命を感じたことを語るのであろう。↓補六五

三二 藤原良門流、従五位上盛重の息。父は白河院の寵童であった。↓補六六

三三 武蔵の竹沢。藤原秀郷流佐野氏に竹沢があるが未詳。

三四 院御所夜討の報を指す。武沢が院御所夜討

を失て御前に替奉《かはりたてまつら》らんとおもふぞ。息のかよはむ程は、仏の御名《みな》をもとなへ参《まゐらせ》候ばやと思へば、其用意せよ」との給ふ間《あひだ》、[一]穴を深くほりて、四方に板を立並《たてならべ》、入道を入たてまつり、四人の侍共、[二]もとゞりをきり、「最後の御恩には[三]法名を給らむ」と申せば、[四]左衛門尉師光は西光《さいくわう》、右衛門尉成景《なりかげ》は西景《さいけい》、[五]武者所師清《もろきよ》は西清《さいせい》、[六]修理進［清実は］西実《さいじつ》とぞ付られける。其後大《おほき》なる[七]竹のよを通して、入道の口にあて、[八]もとゞりを具してほりうづむ。四人の侍、[九]墓の前にてなげきけれども、叶《かなふ》べきにあらざれば、皆都へ帰る。＊

（信西の首実検の事付けたり大路を渡し獄門に梟《か》けらるる事）

[一〇]舎人成沢《なりざは》も、最後の乗馬《のりむま》を紀の二位にみせたてまつらんとて、[一一]くらの上、空しき馬を引《ひき》、なく〳〵都へゆくほどに、[一二]敵出雲の前司《せんじ》光泰《みつやす》、郎等五十余騎にて、信西が跡を尋てきたりけるに、[一三]木幡山《こはたやま》にて成沢に行逢たり。馬も舎人もみしりぬれば、うちふせて問ける程に、始《はじめ》はしらずといひけれ共《ども》、[一四]難勘《なんがん》のあまりに有《あり》のまゝに申ける。前《さき》に追立《おつたて》て行ほどに、入道の墓の辺にて、「あれぞ、そよ」とをしへけり。ほり起《おこし》てみれば、[一五]いまだ目も

の報を信西に報告しようとして行くのに、成景と宇治で行き会ったのである。
三五　信西の邸を指す。一八頁に、信頼・義朝の軍が焼き討ちをかけたことを語っていた。
三六　（話し手の成沢が）主人の信西をうやまって言う語。三七　身分の低い家来であるから。焦点化された人物、成景から見た成沢への思いを語る。三八　奈良市の東部の山。手前の三笠山、右手前の香山、東の花山の辺り一帯を指して言う。三九　思った通りであった。信西が想像したことに違いはあるまい。↓補六七

一　身を隠すための穴を。↓補六八　二　元服をとげた男子が、烏帽子を着るために髪の毛を頭上に束ねた部分。これを切ることは、俗界での一人の成人男子としての資格を放棄することになる。　三　出家して仏教徒になった人につける名。宗派により戒名・金剛名などと言うが、ここは一般に、仏弟子としての資格を得ることを言う。　四　藤原家成の息。↓補六九
五　上皇の御所を警護する武士がひかえる所、また、その武士。　六　木工寮と手分けして内裏の修理・造作などをつかさどる官。「進」は、その三等官。「清実は」を底本は欠く。
七　竹の節の中を通しあけて。　八　（信西が法名をつけてやった）四人のもとどりとともに。
九　事実上、信西の墓になったことを先どりして語る。　一〇　前頁に「鴾毛の馬に乗、舎人成沢を召具し」とあった。　一一　乗り主のいないことを語る。信西が乗っていたのである。
一二　信頼から協力を要請された義朝が承諾し、一六頁に、味方に加え得る一人として「光保」を挙げていた。一六頁注二四。　一三　宇治市の北部、山城と大和を結ぶ交通の要衝。藤原氏の墳

はたらき、息もかよひけるを、首を取てぞ帰ける。

出雲前司光泰、信頼に此由申せば、[一六]同《おなじき》十四日、別当惟方《これかた》同車して、光泰の宿所[一七]神楽岡《かくらをか》へ行向《ゆきむかつ》て、[一八]実検、[一九]必定《ひつぢやう》なれば、[二〇]十五日には大路をわたし、[二一]獄門に懸らるべしと定めらる。[二二]京中の上下河原に[二三]市をなす。信頼・義朝車を立《たて》み給ふ。十五日[二四]午尅の事なるに、[二五]晴たる天気俄にくもりて星出《いで》たり。信西が頸渡《わたり》けるに、信頼・義朝の車の前にて[二六]うちうなづきてぞ通《とほり》ける。「[二七]只今敵をほろぼしてんず、おそろしく〳〵」とぞ人申しける。朝敵にあらざれば、[二八]勅定にもあらず、首を獄門に懸らるゝこと、[二九]前世《ぜんぜ》の宿業、今生《こんじやう》の現報かとぞ[三〇]人申ける。

紀の二位のおもひ浅からず。[三一]偕老同穴《かいらうとうけつ》のちぎり深かりし入道にはをくれ給ひぬ、[三二]僧俗の子共《こども》十二人ながらめしこめられ、死生《ししやう》もいまださだまらず、[三三]頼《たのみ》たてまつる君は押籠られさせ給、月日の光をもはか〴〵しく御覧ぜず。我身《わがみ》女なり共《とも》、信頼の方へ[三四]取出《いだ》して失はむといふなれば、終《つひ》にはのがれがたしとぞ嘆かれける。＊

（唐僧来朝の事）

墓の地。　一四　苦しく、たえがたい事。追及の烈しかったことを言う。　一五　まだ目も動いて。古本では「掘りてみれば、自害して被レ埋たる死骸あり」とある。いち早く状況を察知していたというのであろう。底本の信西は、生への執着をたち切れなかったのか。　一六　この前、二二頁に「九日の午尅に」の日付けがあったのを受ける。平治元年十二月十四日である。↓補七〇　なお「惟方」については、一五頁に、信頼について「今上の御外戚新大納言経宗、別当惟方卿をもかたらひ」と語っていた。　一七　賀茂川の東、一条大路の末、今の左京区吉田神楽岡町。神が寄る神座《かみくら》の地とされ、葬送の地でもあった。　一八　とった首の主が、（この場合）信西のものであることを調べ。　一九　まちがいなく信西の首であるので。　二〇　古本の「十七日」が正しい。この辺り、本頁の注一六を参照。日付けの打ち込みに整理を加えている。↓補七一　二一　検非違使庁の左右両京の獄屋の門。ここは西の獄と思われる。　二二　京の町に住む、身分の高い者も低い者も。　二三　多くの人が集まるさまを、市場に人が群集するのにたとえて言う。人だかりがすること。物語を、このような人々の目を想定して語っていることに注目。「河原」は三条河原のことか。　二四　正午頃。　二五　天変が生じ、にわかに昼が夜になったことを語る。↓補七二　二六　信西の信頼への報復の志を示唆する動作。死者の頸が、敵に意志表示をする説話の一つの型。　二七　（敵である信頼や義朝を）きっと討ち滅ぼすことになるだろう。　二八　（獄門に懸けよとは）天皇の指示でもないのに。　二九　前世で行った罪のある行為が、報いとなって現世に現れたのだと人が噂をした。　三〇　↓補七三　三一　ともに老い、死ねば同じ墓穴に葬む

[一]彼紀《かの》の二位と申《まうす》は、紀伊守範元《きのかみのりもと》の孫、右馬頭範国《のりくに》の女《むすめ》也。[二]八十嶋下《やそしまくだり》に三位して、軈《やがて》而従二位し、[三]紀の二位とぞ申ける。信西の妻女に成て、不思議あまた有し中に、[四]久寿《きうじゅ》二年の冬の比《ころ》、[五]鳥羽の禅定法皇《ぜんぢやうほふわう》、[六]熊野山に御参詣有しに、其比《そのころ》[七]那智山に唐僧あり。名をば[八]淡海沙門《たんかいしやもん》といふ。かの僧、「[九]異国にて、我此《わがこの》身を捨ずして、[一〇]生身《しやうじん》の観音を拝《をが》み奉らん」と云願をおこし、天に仰《あふぎ》て一千日の間祈誓す。千日に満《まんじ》ける夜、「[一一]汝日域《じちいき》に渡て、那智山と云所にて、生身《しやうじんの》観音まします、を《(お)》がみ奉れ」と云[一二]示現を蒙り、渡海の[一三]先途《せんど》をとげて、[一四]本朝に渡り、[一五]本願他に異なる由を聞召《きこしめし》て、唐僧を召されければ、御前へ参て、「[一六]和尚、々々」と礼《らい》す。唐僧なれば、いふ事を人聞知《ひときゝしら》ず。鳥の囀《さへづる》がごとし。信西末座に候けるが、御前へつと[一七]推参して、「[一八]禅加此《ぜんかし》法設除浄報精《ほふせつぢよじやうほうせい》にて来《きたり》たるか」と問。唐僧「さにあらず、弘誓破戒設除大精《ぐぜいはかいせつぢよだいせい》にて来《きたり》たる也」と答《こたふ》。唐僧、信西が詞《ことば》を聞て、才学のほどを計《はか》らんとや思ひけん、異国の事を問懸《とひかけ》たり。「[一九]震旦長安城《しんだんちやうあんじやう》より[二〇]天竺の[二一]舎耶大城《じややだいじやう》へは何《いく》万里ぞ」ととへば、「十万余里」と答《こたふ》。「[二二]遺愛寺《いあいじ》といふ寺は何《いづく》にあるぞ」。「天竺より西へさる事七百里、[二三]白楽天の世をのがれし所ぞかし」。「[二四]扁《へん》鵲《じやく》が門《かど》には何かある」ととへば、「[二五]延命と云草を植たり。是を見《みる》人善を招

られるような、夫婦の仲の良いこと。『詩経』の「君子偕老」「死則同穴」によることば。

二二　信西の子息の出家した者と俗人。↓補六一　俗人として俊憲・貞憲・是憲・成範の四人、僧として脩憲・静賢・澄憲・寛敏・憲曜・覚憲・明遍・勝賢・行憲・憲慶の十人がいた。それらがすべて逮捕される。古本は行憲・憲慶の二名を欠く。

二三　頼り申し上げている君、後白河院。

二四　引き出して斬るという噂だから。

一　藤原貞嗣流、名は朝子。後白河院の乳母。↓補七四　二　天皇が即位して後、摂津の難波へ使者を遣して祭を行った、その使者。↓補七五　三　↓補七六　四　後白河天皇の代、一一五五年。↓補七七　五　堀河天皇の第一皇子、宗仁。母は藤原実季の女、苡子。↓補七八

六　今の和歌山県東牟婁郡の熊野三山である本宮・新宮・郡智の三山。↓補七九　七　東牟婁郡那智勝浦町の那智大社。祭神は女体の夫須美大神。　八　中国の僧、淡海。その人については未詳。↓補八〇　九　外国で。この場合、唐僧にとっての外国である日本を指す。　一〇　生きている観音。↓補八一　一一　神仏が淡海に指示する。「日域」は日本。この語は、日本の側から使える語のはずである。語りが淡海に焦点化しながら、その相手の信西にも焦点を当てる。

一二　神仏が指示を与え告げること。　一三　進み行く目的地に到達して。　一四　日本を指す。注一一参照。　一五　(その淡海の)願うところが特異であることを法皇がお聞きになって。　一六　出家もしくは受戒した人が教えを受けるべき教師。沙門を、そばの人々があがめて呼ぶことば。

一七　呼ばれないのに押しかけてゆくこと。

一八　この後の「弘誓破戒設除大精」と対をなすこ

て悪をさり、寿命ひさしく延《のぶ》といへり」。「[二六]汝陽門《ぢよやうもん》には何かある」。「[二七]乱樹と云木あり。三十年に一度片枝《かたえだ》には花さき、片枝には菓《このみ》なる。是を取て食する人、酔《えふ》事百余日、其味《あぢはひ》[二八]西王母《せいわうぼ》が桃に似たり」。「[二九]長良国《ちやうりやうこく》は何《いづく》ぞ」、「[三〇]都城より[三一]辰巳《たつみ》へ去《さる》事二百里、[三二]梵王立《たち》給へる三百余尺の瑪脳《めなう》の塔あり。彼《かの》塔の下には、[三三]摩訶曼陀羅華《まかまんだらけ》、摩訶曼珠沙花《まかまんじゆしやげ》、四種等《ししゆとう》の天花開《てんくはひらけ》たり。[三四]釈尊[三五]然灯仏《ねんとうぶつ》のみもとにて、髪をおろし給し所也」。「[三六]大雪山《だいせつせん》には」、「[三七]薬寿王《やくじゆわう》と云木あり。彼《かの》木の葉を鼓に塗て打《うつ》声を聞《きく》人、不老不死の徳を得たり」。「[三八]西山には波珍《はちん》といふ虫あり。首《かしら》に諸《もろく》の財《たから》を戴《いたゞき》て、常に仏に供養し奉る思《おもひ》あり」。「長山《ちやうざん》には」、「三重の瀧あり。彼《かの》瀧の水を飲《のむ》人、大に忿《いか》る意《こゝろ》あり。され共[三九]竹馬に鞭うつて道心を催すといへり」。「[四〇]瓠波琴《こはこと》を弾ぜしかば」、「四方《よも》の鱗《うろくづ》陸《くが》にあがり」、「[四一]鈴宗笛《れいそうふえ》を吹しかば」、「天人袖をひるがへす」。「[四二]唐の太宗は」、「[四三]甕《ほどき》の頭《かしら》にして、[四四]天下を治《ち》する光相《くわうさう》有」と、一々に答ければ、唐僧「我国より渡者《わたるもの》か、この国より渡て学したるか」と問ば、信西「[四五]本我国に素生《そせい》の者なれども、[四六]唐使にも渡らせさせ給ふとて、吾朝のみならず、天竺・震旦・[四七]新羅《しんら》・百済《はくさい》を〔[四八]はじめて〕五、六ケ国の間に、[四九]上《かみ》一人《いちじん》より下《しも》万人に申《まうし》かへたる詞づかひを学したるなり」と云《いへ》ば、「我生身《われしやうじん》

とばだが未詳。信西が中国語に精通することを示す。一九 前漢・隋・唐などの時代の都になった町の城。今の中国、陝西省西安市。わが国の藤原・平城・平安京の範となった。二〇 インド。天竺・震旦・本朝の三国を考えるのが、当時の世界観。二一『平治物語注解』は憍薩羅国の都、舎婆提城の訛謬だろうと言う。『智度論』に見える。二二 中国江西省九江県西南廬山の北、香爐峰下にあった。『白氏文集』十六「遺愛寺ノ鐘ハ欹テレ枕ヲ聴キ、香爐峰ノ雪ハ撥ゲテレ簾ヲ看ル」が著名。二三 唐代の詩人。名は居易《きよい》。↓補八二 二四『史記』扁鵲倉公列伝に勃海郡の鄭人。姓は秦氏、名は越人。斉や趙に住み、名医。二五『史記』に、薬論の書に精通したことが見えるが、延命という草の名は見えない。長寿をはかるための草を名称化した語か。二六 河南省商水県の西北の地名。一説に、酒豪、汝陽王李璡とも言うが、ここは、地名としたもの。二七 未詳。物語として作り出した架空の木か。二八 中国古代、不老長寿の仙女。↓補八三 二九 未詳。「大系」は『頭書平治物語』の「北インド国境近くにある烏萇国の誤写」説を引く。三〇 城をめぐらした町。↓補八四 三一 東南の方向。三二 帝釈天と並んで仏法を守護する梵天王。三三「摩訶」は、おおきいの意。↓補八五 三四 釈迦牟尼の尊称。三五 燃灯仏。菩薩として修行中の釈尊に成仏を予言し保障を与えたとされる仏。↓補八六 三六 釈尊が前世に修行したと言われるヒマラヤ山脈の古名。雪山とも言う。『涅槃経』による。三七 ↓補八七 三八 波珍・長山とともに未詳。三九 幼児の遊び。↓補八八 四〇 楚の人で琴の名手。瓠巴。↓補八九 四一 未詳。四二 唐の高祖、李渕の次子で、二代皇帝となった李世民。

の観音を拝み奉らん為に、天の示現蒙りて是までわたれり。汝則《すなはち》生身《しやうじん》の観音なり。[一]我《わが》願空しからず」とて、信西を三度礼《らい》し、種々の[二]引出物をして行去《ゆきさり》ぬ。又信西[三]吾朝《わがてう》の詞を以て奏しければ、君を始まゐ(い)らせて供奉の人々不思議の思をなせり。＊

（叡山物語の事）

是のみならず、保元々年の春の比《ころ》、[四]叡山へ御幸なる。[五]山門には[六]大師[七]修禅《しゆぜん》定《ぢやう》の具足共《ども》あり。名を御尋《おんたづね》ありければ、[八]大衆共《ども》、[九]公家《くげ》の才学《さいかく》を計《はかり》みむとや思ひけん、「[一〇]吾山の財《たから》にて候へ共《ども》、正《ただし》く名をば知たる者候はぬ」と一同に申ければ、法皇思召煩《おぼしめしわづら》はせ給けるに、[一一]熊野御参詣の時も、信西こそ唐僧に逢て、才学をばしられたりしが、是をもや知《しり》たるらんとて、めされければ、御前へ参畏《まゐりかしこまつ》て申《まうす》。「一の箱には大師修禅定の具足共《ども》候。中に[一二]勢鞠計《せいまりばかり》にして音有《こゑある》物あり」、「大師禅定を修せられし時、[一三]睡眠《すいめん》あれば、[一四]是を頂上に置《おく》。眠れば、頂上より落《おつ》。おつれば音あり。音あれば眠りさむ。[一五]是を禅鞠《ぜんきく》と云」。「二尺四五寸計《ばかり》ある木のさきごとに、[一六]勢大《せいのおほき》さ柑子計《かうじばかり》にして和《やはら》かなる物あり」、「大師[一七]修禅定《しゆぜんぢやう》せられし時、御身苦しき事有《あり》。是を

四三　湯水を入れる、胴の太い、口の小さい器。これを頭にするを「大系」は卑賤の身である意かとする。　四四　天下を治める高貴な人相か。　四五　もとより、わが国に生まれ育った者ではあるが。　四六　唐への使者として派遣されることもあろうかと。　四七　（朝鮮半島の）しらぎ・くだらの国。　四八　底本に欠く。諸本により補う。　四九　上は国王から、下は万民にまで使い分けることばづかいを。

一　かなえられた。　二　贈り物をさし出して。　三　唐僧との問答の経過・内容をわが国のことばで法皇に奏上したので。　四　（鳥羽法皇が）比叡山へ御幸になられた。以下、この叡山物語を古本は欠く。　五　（三井寺を「寺」、「寺門」と言うのに対し）延暦寺を「山門」「わが山」と言った。　六　朝廷から高僧に賜った大師号。ここは延暦寺の開祖、伝教大師最澄を指す。↓補九〇　七　禅を修め行うための道具。　八　大寺院に住む多くの僧を言うが、ここは、特に学問を行う学生《がくしよう》のこと。　九　（在俗の）貴族。

一〇　延暦寺そのものを呼ぶ語。注五参照。

一一　前段の「唐僧来朝の事」の物語の場を受けて想起する。語りの配列のし方に注目。

一二　物の大きさ。また、その形。　一三　眠気。「めん」のよみは呉音。　一四　頭の上。　一五　僧尼が生活を営む上で知っておくべき事項を解説する『釈氏要覧』下に「毛毬也、有睡者擲レ之令レ覚」とある。　一六　物の大きさがみかんほどで。

一七　心を安定させて静寂の境にひたる行を行う。

一八　前頁の修禅定の具足、「禅鞠」に類する道具。

一九　つむいだ糸を掛けて巻きとる、木の枝状の木製器具。H状・X状などの形がある。

二〇　「さきごとに」とする本がある。「先かどに」

とも考えられる。絹をかけて、当たりを柔らかくしたものか。二一　老僧が座禅に、ひじをかけて休むための、脇息《きょうそく》の類。二二　座禅に、頭を支えるのに用いる道具。二三　病に応じた薬を与え、一人も洩らさず救うのが大梵天王の因陀羅網のようであることから名づけられた経典。二巻。中国での偽経と考えられるが、菩薩戒思想に大きな影響を与えたとされる。二四　今の栃木県宇都宮市二荒《ふたら》神社。二五　仏法を守護する、童子姿の神。それが使者になって箱を納めたので。「明神」は宇都宮明神を指す。二六　財宝の神、弁財天として混合して考えられた神。二七　立身出世や蓄財を祈願する密教の修法、陀祇尼天法。二八　手の指の組み合わせにより示す悟りの内容や働きを示すしるし。二九　不空羂索神変真言法にもとづく変化観音の一。一面三目八臂などの像がある。三〇　観音が所持する、人骨で作った珠数。三一　天台三大部の一、摩訶止観、十巻。その第四巻は止観のための前方便を説き、中に「睡眠の蓋」を語る。三二　叡山三塔の中の東塔にある。経典講読を行った。↓補九一　三三　嵯峨天皇の第一皇子、仁明天皇。母は橘清友の女、嘉智子。天長十年(八三三)即位。嘉祥三年(八五〇)崩御し、深草山陵に葬られ、深草帝とも言った。三四　↓補九二　三五　高僧に対し朝廷が下賜した諡号。天台宗では伝教(最澄)・慈覚(円仁)・智証(円珍)の三大師があった。二八頁注六。三六　中国山西省東北部にある、仏教の聖地。五つ峰の頂上が台状をなす。『華厳経』で文殊菩薩が住む清涼山と考えた。三七　本地垂跡思想により、一か月三十日の間守護すると考えられた三十の神。↓補九三　三八　根本中堂の杉の洞。慈覚大師円以て押《おす》。お《(を)》さふれば止《やむ》。是を[一八]禅杖《ぜんぢやう》と云《いふ》」。「二尺計ある木を[一九]拵《かせ》の如くにちがへて、[二〇]崎《さき》かとに絹をかけて塗たる物あり」、「大師座禅せられし時、御胸痛《いたむ》事まします。是を以て押《おさふ》れば止《やむ》。是を[二一]助老と云《いふ》」。「四種《ししゅ》の物の中に枕に似たる物あり」、「其名を[二二]頭子《づし》と云。くはしくは[二三]梵網経《ぼんまうぎやう》にみえたり」。「第十九の箱は」、「[二四]下野国宇都宮御殿に納　奉《をさめたてまつ》る。[二五]乙護法《をとごほう》使者たるに依て、明神あながちに惜《をし》ませ給へば、人はいかでか知るべき。或は[二六]宇賀神《うかじん》の法をこめ、或は[二七]陀天《だてん》の法を籠《こめ》、大師[二八]手印《しゅいん》を以て封ぜらるゝ物、人是を知ず。[二九]不空《ふくう》絹索《けんさく》、[三〇]人骨《にんこつ》の念珠も此箱に有とかや。三種の中の禅鞠《ぜんきく》は[三一]止観の第四巻《だいしのまき》にみえたり。延暦寺は大師最初の伽藍也。[三二]大講堂は[三三]深草天皇の御願、[三四]延命院・四王院は文徳・朱雀《しゅじやく》の御願也。法華堂には[三五]大師の三代の御経もまします。[三六]五台山の香《かう》の火、清涼山《せいりやうざん》の土もあり。[三七]三十番神の守護し給ふ[三八]根本の椙《すぎ》の洞《ほら》、[三九]飯室《いむろ》の五坊の谷迄も打鳴す鐘の響《ひゞき》のしけるにぞ、人ありとは知《しら》れける。[四〇]前唐院には大師の脇息、香炉もあり。御影《みえい》もまします。其外《そのほか》[四一]弘仁《こうにん》五年の春、大師九州[四二]宇佐宮に詣《まうで》て、[四三]法華の真文《しんもん》を講じ給しかば、[四四]大菩薩[四五]自《みづから》斉殿《さいでん》を排《おしひらい》て、手づから大師に授《さづけ》給し紫の[四六]袈裟には、光明[四七]赫奕《かくやく》として新《あらた》に御座《おはしま》す。[四八]八幡三所も御座《おはしま》す。天竺の[四九]多羅葉《たらえふ》、[五〇]法全和尚の[五一]独鈷《どっこ》、[五二]焦熱地獄より取伝たる[一]泗濱石《しひんせき》も、当山にこそ候へ」と[二]三塔に有事を一々に申ける。君を始めまゐ《(い)》らせて、[三]三千の衆徒[四]希異《きい》の思《おもひ》を成《なし》にけり。

還御の後、[五]卿上雲客《けいしやううんかく》、「信西が万《よろづ》の事を知て候も不思議に覚て候。[六]双六《すぐろく》の賽の目に[七]朱三《しゆさん》・朱四《しゆうじ》と申《まうし》候。不審に覚候。御尋候へ」と申されければ、法皇信西をめされ、「いかに双六のさいのめに、一が二《ふたつ》をりたるを[八]でつちといふ。二が二《ふたつ》を《(お)》りたるを重二《ぢゆうに》といふ。[九]重五《でつく》・重六《ぢゆうろく》といふも謂《いはれ》たり。三、四のめをば重三・重四とこそ云べきに、朱三・朱四と云事は如何に」。信西畏《かしこまつ》て申けるは、「昔は重三・重四と申候けるを、唐の玄宗皇帝と陽貴妃《やうきひ》と双六をあそばされ候けるに、皇帝重三の目が御用にて、『朕が思ひの如くに下《おり》たらば、五位になすべし』とてあそばされけるに、重三の目お《(を)》り候き。陽貴妃の重四の[一〇]御用にて、『我《わが》思のごとくお《(を)》りたらば、共に五位になすべし』とてあそばされければ、重四の目お《(を)》り候き。共に五位になせとてなされ候ぬ。『五位のしるしには何をかすべき』、『[一一]五位には赤衣《あかきころも》をきれば』とて重三・重四のめに朱をさゝれてより以来《このかた》、朱三・朱四とこそ呼《よび》候へ」と奏しければ、月卿雲客《げつけいうんかく》[一二]理《ことわり》とぞ感じあはれける。さればにや、[一三]はてて《(こ)》後も手には日記を捧《さゝげ》、口には筆をふくみ、[一四]琰魔の庁にても、第三

仁が首楞厳院の杉の穴を草庵として造り、『法華経』を書写したと言う。　三九　横川の別所、宝満寺。慈忍僧正が建立。　四〇　慈覚大師が唐から持ち帰ったと言う真言の秘教をおさめ、伝教・慈覚両大師の影像を安置することを『叡岳要記』が記す。　四一　嵯峨天皇の代、西暦八一四年。この「大師」は弘仁十三年に入滅した伝教大師のこと。　四二　今の大分県宇佐市にある宇佐神宮。　四三　『法華経』で、仏が説く文句。　四四　八幡大菩薩を指す。　四五　御神体をまつる御殿。　四六　僧が法衣の上に着用して儀式にのぞむ布。本来、粗末な布切れを縫い合わせて作ったものが、次第に儀礼衣として様式化した。　四七　ひかり輝くさま。　四八　八幡宮の主祭神である誉田別尊(応神天皇)・比売神(玉依姫)・息長足姫(神功皇后)の三神。　四九　多羅樹の葉、貝《ばい》多羅葉。古くインドで文書や手紙を書くのに紙の代りに用いたことから、経典の書写に用いた。　五〇　唐代、長安にいた高僧。慈覚大師の師匠。　五一　とっ手の両端が一本のきっさきである密教修法の具。唯一の真実(法界)を示し、精進・勇猛・摧破の意を表わす。　五二　八大地獄の中の第六。殺生・盗み・邪婬・妄語・飲酒などの罪を犯した者が堕ち、獄卒に、焼いた鉄棒に串刺しにされ、猛火の上であぶられたりすると言う。

一　中国、山東省を流れる泗水のほとりに産する石。楽器や硯を作るのに用いられた。　二　比叡山の延暦寺を構成する東塔・西塔・横川の三塔。　三　三千人で構成すると言う延暦寺の僧。　四　不思議な思いを抱いた。　五　参議以上、大納言までの「卿」と、太政・左右・内大臣の「相」。「雲客」は、四位・五位の人、および六位の蔵人で清涼殿の殿上の間に昇ることを許

の冥[一五]官《みやうくわん》に列《つらな》りけるとぞ承る。

かゝりし人なれども、頚を獄門に懸らるる罪科《(こ)》何事ぞと云に、保元の合戦に[一六]宇治悪左府の墓所《はかどころ》は、大和国そうの上[一七]郡《かみのこほり》河上村般若野《はんにやのの》の後《うしろ》、三昧《さんまい》也。信西の申状にて、勅使来《きたつ》て掘起《おこし》て、死骸を空《むなし》く捨られぬ。中《なか》二年有て、平治に事起《おこつ》て我と埋《うづまれ》しかども、掘おこされて獄門に懸られき。昨日は他人の愁《うれへ》、今日は我[一八]上《わが》の責《せめ》ともかやうの事をや申べき。＊

（六波羅より紀州へ早馬を立てらるる事）

さるほどに十[一九]日の日、六波羅の早馬[二〇]立《たつ》て切部[二一]《きりべ》の宿にて追付たり。清盛「何事ぞ」との給へば、「去[二二]《さんぬる》九日の夜、三条殿へ夜討入て、御所中皆焼払《やき》はれぬ。姉[二三]小路西洞院《あねがこうぢにしのとゐ》の少納言入道殿の宿所も焼けぬ。是は右衛門督殿、左馬頭殿をかたらひ、当[二四]家を討奉らむとこそ承《うけたまはり》候へ」と申《まうせ》ば、清盛、「熊野参詣をとげ[二五]べきか、是より帰《かへる》べきか」との給へば、左衛門佐重盛申されけるは、「熊野御参詣候も、現[二六]当安[二七]穏の御祈祷の御為にてこそ候へ。敵を後《うしろ》に置ながら御参詣如何《いかゞ》」と申されければ、「敵[二八]に向て帰洛せんずるに、鎧の[二九]一領もなくては如何せんずる」との給ける処に、筑[三〇]後守家貞、長[三一]《なが》

されたた人。六　多くの区画を作った紙面に絵をあしらい、出発点の振り出しから二つめの賽の目の数と紙面の絵の指示に従って駒を進め、早く終点に達することを競う遊び。七　二つの賽の目がともに三もしくは四になることを朱三、朱四と言う。八　「でふ一」（畳一）の意か。九　二つの賽の目がともに一になること。二つの賽の目がともに五になることを重五《く》と言い、ともに六になることを重六と言う。一〇　必要とされて。一一　赤く染められた衣。五位の者が着る位袍《いほう》。一二　道理にかなっていると感嘆しあった。一三　（信西は）死後の世界でも。一四　地獄の主神で、死者の生前の罪を裁くとする、その役所。一五　閻魔庁の役人。死人の生前の罪の審判、筆録などを司る。一六　左大臣に昇った藤原頼長。気性の烈しいことから悪左府と呼ばれた。左府は左大臣の唐名。一七　奈良市の北部、奈良坂の南の地で、そこに律宗西大寺流の般若寺がある。共同墓地を三昧と言った。↓補九四　一八　わが身が責められることになるというのも。一九　平治元年十二月十日。二五頁、「十五日」信西の首大路渡しに続く日付けの打込。底本では、この日付が不明確。一六頁に「平治元年十二月四日」とある。↓補九五　二〇　急を報せるのに急ぎ派遣する乗馬の使者。二一　「切目」とも。今の和歌山県日高郡印南町西ノ地にある王子。二二　一七頁に「九日の子の剋、信頼・義朝数百騎」で院御所三条殿を急襲したことを語っていた。二三　一八頁に、三条殿焼討ちの後、「其日の丑剋に、信西入道が姉小路西洞院の宿所へ押しよせて、火をかけたれば」とあった。二四　わが一門。ここは平家を指す。二五　「べし」は下二段活用動詞の終止形に接続するが、櫃《びつ》を五十合《がう》おもげにかゝせて出来《いできた》る。「かゝるはれ[一]に長持[二]をもたせずして、五十[三]長櫃のかゝせやう然《しかる》べからず」と人申けるに、爰《こゝ》にて五十領の鎧、五十腰《こし》の矢を取出して奉る。「弓はいかむ[四]」との給へば、大《おほき》なる竹の節をつき[五]て弓を入させたり。母衣《ほろ》[六]まで用意ぞしたりける。家貞は重目結《しげめゆひ》[七]の直垂に、[八]洗革《あらひがは》の鎧着て、太刀脇にはさみ、「大将軍に仕《つかは》[九]るる《(ゝ)》にはかうこそ候へ」とぞ申ける。侍共理《ことわり》にやとぞかんじける。[一〇]熊野の別当湛増田辺にあり。[一一]湯浅権守宗重《ゆあさごんのかみむねしげ》三十余騎馳参《はせまゐる》。御使を立《たて》られければ、兵二十騎たてまつる。[一二]彼是《かれこれ》百余騎になり給ふ。

又悪源太三千騎にて[一三]安部野《あべの》に待《まつ》と聞えければ、清盛の給けるは、「此《この》無勢にて多勢《たぜい》に向《むかひ》討れむ事こそ無念なれ。是より四国に渡り、兵どもを催[一四]て、後日《ごにち》に都へ入ばや」との給へば、重盛申されけるは、「[一五]げにもさやうに候て、[一六]うちまゐ《(い)》らせよといふ院宣の旨《むね》、国々へ下《くだり》候ば《(ゝ)》、[一七]背者《そむく》ども一人も候まじ。多勢を以て無勢を討《うつ》は常のこと、今度無勢なりとも[一八]懸《かけむかつ》向て、即時に討死したらば、[一九]後代の名も然《しかる》べしとおもふは如何《いかん》、家貞」との給へば、家貞、「六波羅に御一門の人々待まゐ《(い)》らせ給ふらん。[二〇]御行末《ゆくへ》もおぼづかなう候《(ふ)》。いそがせたまへ」と申せば、清盛、此儀に付《つき》、「さらばうて[二一]

中世にはエ段音の連用形に接続することがあった。「とぐべき」とあるのが定形。
二六　現世と来世。
二七　安らかで穏やかであること。安泰。
二八　京に待ち構える敵に向かって帰るのに。
二九　「領」は襟のことで、衣服や鎧を数える助数詞。ここは鎧の数。
三〇　平正度の子息、駿河守貞季の孫に当る。↓補九六
三一　衣類などを入れ、前後に棒を通してかつぐ長方形の櫃。「合」は箱を数える助数詞。

一　はれがましい場。「け(俗)」の対。
二　衣類や調度を入れて保存する木製の、長方形で大きな箱。櫃よりも作りが良く、そのふたを衣類の持ち運びに使った。
三　「腰」は、袴・太刀や矢を盛った箙・胡簶《ころく》を数える助数詞。
四　「いかがあらむ」の略。どうするのか。
五　(竹の節を)突き抜いて。
六　後方からの矢を防ぐために背負った袋状の具。絹もしくは(麻)布で作った。
七　鹿の子絞りの目結いをしげくした絹の直垂。
八　色染めをしない、なめし革で威した鎧。
九　お仕えするには。
一〇　右大臣藤原師輔の子孫で、一門は代々熊野別当職を勤めた。湛増は十八代別当湛快の息で、第二十一代別当。和歌山県西婁郡田辺に住み田辺別当とも称した。古本は、ここに登場しない。
一一　藤原宗良の息で、紀伊権守。湯浅党の祖。その四女は平重盛の家人の重国に嫁ぎ、明恵を生んだ。↓補九七
一二　あれこれ軍勢が加わって、およそ百余騎になられた。
一三　今の大阪市阿倍野区から住吉区にわたる地域。熊野参詣への第二王子、阿倍野王子社がある。二〇頁注七。
一四　集めて。
一五　仰せのように後日を期していては、その間に(信頼が手を回して)。

や者ども」とて都をさして引帰《ひっかへ》す。

清盛・重盛、[二二]浄衣に鎧を着給へり。[二三]御《み》熊野に憑《たの》みを懸る諸人《もろびと》の、[二四]かざしにさしたる[二五]なぎの葉を、[二六]射向《いむけ》の袖にぞ付たりける。「[二七]敬礼熊野権現《きやうらいゆやごんげん》、今度の戦に勝《かた》させ給へ」と祈祷するより外の頼《たのみ》もなく、[二八]引懸《ひっかけ》々々うつほどに、和泉と紀伊国との境なる[二九]鬼中山《おにのなかやま》に[三〇]着《つき》給。都の方《かた》より[三一]葦毛《あしげ》なる馬にのりたる武者、早馬と覚て、[三二]揉《もみ》にもうで出来《きた》る。「[三三]すは悪源太が[三四]前使《さきづかひ》よ」とて、皆人色を失ひけり。敵にはあらで六波羅よりの早馬也。近付ければ、馬より下《おり》て畏《かしこま》る。「何事ぞ」との給へば、「去《さんぬる》夜半計《ばかり》に、六波羅を出候つるに、其までは何事も候はず。たゞし[三五]播磨中将殿こそ、命や助かるとて、御渡《わたり》候しを、内裏より宣旨とて、[三六]しきなみに召れ候間《あひだ》、十日のくれほどに出しまゐ《(い)》らせさせ給ひて候へ」と申せば、左衛門佐重盛の給けるは、「[三七]無下《むげ》に云かひなき事をばせられたる人に[三八]ごさんなれ。我をうちてたのみ来者《きたるもの》を敵《かたき》の方へ渡されける事こそ[三九]うたてけれ。[四〇]さらんには御方に勢つきなんや〳〵」とぞいはれける。「悪源太が阿部野に待《まつ》と云は何《いか》に」。「其儀候はず。伊勢国の住人[四一]伊藤・加藤の兵どもこそ、都へ入せ給はば《(こ)》、御供仕《つかまつ》らんとて、三百余騎にて待まゐ《(い)》らせ候」と申せば、「悪源太待《まつ》とは是

一六 (平家を朝敵呼ばわりして)討てとの(後白河院の)院宣が。 一七 (院宣に)そむく者は一人もいますまい。 一八 敵に向かって騎馬で撃って出て。 一九 後の世の評判もよかろうと思うが、どうか。 二〇 六波羅に待つ一門の方々も孤立し、どういうことになるやら不安でございます。 二一 馬を駆けさせて敵に撃ってかかれと。 二二 (熊野詣でに備えて潔斎のための)白や黄の布や絹の狩衣。一二〇頁注九。
二三 「御」は美称の接頭語。熊野三山の三熊野をもかけて言う語。 二四 髪の飾りとして刺した。
二五 マキ科の常緑樹の葉。熊野の神木で、その葉は悪鬼を除き災難を防ぐとされた。
二六 (弓を射る時、前方の敵の方に向けることから)鎧の左の袖。 二七 うやまって礼拝したてまつる。 二八 手綱をかいくり、馬を速く走らせ。活発な様態を語る。
二九 今の和歌山市滝畑に中山王子があった。雄ノ山峠の北。これを越えると山口王子で、葛城修験の行場だった。 三〇 清盛の行動に敬語をつかっていることに注意。 三一 白い毛に黒・茶・赤などの色がまじった毛色の馬。
三二 「もむ」は強く鞭を打って馬を走らせること。その畳語的用法で、急ぎに急ぐこと。
三三 相手に注意を促すのに発する声。それ。
三四 先駆け。 三五 信西の息、成憲。↓補九八
三六 しきりに。 三七 全く、どうしようもなく。
三八 「にこそあんなれ」のつづまったことば。
三九 困ったことだ。一二二頁注二。
四〇 そうなれば。重盛の不安を語る。
四一 伊勢に住んだ伊藤・加藤の家来。『保元物語』は伊東・斎藤とする。古本は「伊勢の伊藤武者景綱・館太郎貞保・後平四郎さねかげなど」とする。

をいひけり。打《うて》[一]や者共」とて皆人色をなほ《(を)》をして、列《つら》なる雁のつらを乱るが如《ごと》くに、我前《われさき》にとぞすゝみける。和泉国大鳥の宮[二]に付《つき》給。重盛の秘蔵せられける飛鹿毛《とぶかげ》[三]と云馬に、白覆輪[四]の鞍置《おき》、神馬《じんめ》[五]にまゐ《(い)》らせ、清盛一首の歌を読てたてまつる。

[六]かひごぞよかへりいでなばとぶばかりはごくみたてよおほとりの神＊

（光頼卿御参内の事并びに許由が事）

さるほどに、同《おなじき》[七]十九日、内裏には公卿僉議とて催されけり。勧修寺《くわんじゆじ》[八]の左衛門督光頼《みつより》、此《この》ほどは信頼過分なりとて不参にておはしけるが、参内して承らむとて、誠にあざやかに装束引《ひき》つくろひ、蒔絵《まきゑ》[九]の細太刀帯給《はきたまひ》、乳母子《めのとご》の桂《かつら》[一〇]の右馬允範能《のりよし》、はだに[一一]腹巻着せて、雑色《ざうしき》[一二]装束せさせ、「自然[一三]の事あらば人手に懸ず光頼が頸をいそぎとれ」とて、御身近く具せられたり。其外きよげなる雑色四、五人計召《ばかりめし》ぐして、大軍陣[一四]を張て門々を固く守護しけるを事ともし給はず、前《さき》[一五]たからかにおは《(を)》せて入給へば、兵共恐れたてまつり、弓[一六]をひらめ矢を引そばめて通し奉る。紫宸殿《ししんでん》[一七]の後《うしろ》を経て殿上[一八]をめぐりてみたまへば、信頼其日の上首《しやうじゆ》[一九]にて、

一　馬に鞭を打って急がせよ皆の者。
二　今の堺市鳳北町の大鳥神社。和泉国の一宮で、祭神は日本武尊ほか、諸説がある。↓補九
三　馬の毛色で、鹿の毛に似た茶褐色の体で、たてがみなどが黒いもの。「飛」は、飛ぶように速い意で、特別いわれのある固有名ではあるまい。底本は、武具などに名のある固有名を出す。
四　鞍を銀または銀色の金属で縁どりしたもの。
五　神の乗用として神社に奉納した馬。
六　「かひご」は、鳥の卵。「かへる」は卵から鳥が生まれると、(京へ)かえるとをかける。「はごくみ」は、卵を抱いてあたためる。大鳥神社であることから、鳥の縁語を使う。京へ帰れば、敵を討って出世できるよう守ってほしいと願う歌。
七　三一頁の「さるほどに十日の日、六波羅の早馬立て」を受ける。平治元年十二月十九日である。
八　藤原氏、勧修寺葉室家、正三位権中納言顕頼の息。母は中納言藤原俊忠の女。↓補一〇〇
九　表面に漆を塗り、金・銀・貝などで絵を描き、磨いてつやを出したもの。「細太刀」は、刀身を細く作った、文官の儀礼用の太刀。
一〇　『尊卑分脈』は葉室光頼を「又号桂大納言又号六条」とする。古本は「侍には右馬允範能」とするがこの人は未詳。底本は光頼の号との混乱があるのか。
一一　小袖の下に着用するあわせ。膚小袖とも言う。「腹巻」は、草摺が八枚の、徒歩戦に用いる略式の鎧。
一二　公家や武家に仕えて、労役などの雑用に従事する者の装束。
一三　もしものことがあれば。
一四　大きないくさのための陣営。
一五　貴人の通行に先立つ先ばらい。
一六　弓を平らにし矢を身に引き寄せて持ち。
一七　元日の朝廷の儀式や即位式など国家的行事を行った、内裏の正殿。その「後」を「御後《ごご》」と言い、紫宸殿の背後の

以下《いげ》[二〇]卿相雲客《けいしやううんかく》着座せられたり。[二一]左大弁宰相長方《ながかた》、[二二]末座の宰相にておはしければ、「今日の御座席こそ[二三]四度計《しどけ》なう《(ふ)》みえさせ給へ」と[二四]式代して、「あれは右衛門督、我は左衛門督、人は何とも振舞《ふるまへ》、座席の下《しも》には着《つく》まじき物を」とおもはれければ、信頼の上《かみ》に[二五]むずと着《つき》給ふ。光頼卿は信頼卿の為に[二六]母方の伯父にておはします上、大力《だいりき》の強《こう》の人なれば、殊《ことに》恐てみえられけり。右の袖の上に[二七]居かけられて、[二八]ふしめに成て色を失はれければ、着座の公卿、あなあさましとみあはれけり。光頼卿[二九]笏《しやく》取直し、[三〇]気色《きしよく》して、「公卿僉議と承て候、抑《そもく》何事の御評定候ぞ」との給ひけれ共《ども》、信頼物もの給はず。着座の公卿《くぎやう》一言も出されず。光頼卿「あしう《(ふ)》参て候けり」とて、[三一]つい立出《たちいで》られけれ共《ども》、何との給ふ人もなし。兵共《つはものども》云けるは、「此殿のし給ひつる事にや、去《さんぬる》十日の日より右衛門督殿《うゑもんのかみどの》の上《かみ》に着《つき》給ふ[三二]上臈は、一人もおはせざりつる物を。ゆゝしき剛《かう》の人かな。戦《いくさ》の大将に頼《たのみ》たらんに[三三]しそんじ給ふ」。或者の言けるは、「[三四]当初《そのかみ》[三五]頼光《らいくわう》・[三六]頼信《らいしん》とて源氏の中に聞《きこえ》たる将軍ありき。その頼光《らいくわう》をうち返して光頼《みつより》と名乗《なのり》給へば、さて剛におはするぞかし」といへば、又或者の「など右衛門督殿は、其頼信《らいしん》を打返して信頼《のぶより》と名乗給が、あれ程に[三七]不覚にみゆるぞ」とぞ申ける。

北庇。殿上人が装束を整える控えの間とした。
一八　内裏の、天皇の日常の御所である清涼殿の南庇にあり、公卿や、内の昇殿を許された蔵人が伺候する所。一九　第一の上席。古本「一座して」。よみは清音。二〇　大臣・大中納言、参議、及び三位以上の位の者を「卿相」と言い、殿上に昇ることを許された人を「雲客」と言う。
二一　藤原北家、権中納言正二位顕長の長男。母は権中納言従三位藤原俊忠の女。↓補一〇一
二二　「末座」は、信頼の一座に対し末席。「宰相」は参議の唐名。↓補一〇二　二三　無秩序で、着座の順位が乱れて見えます。二四　(光頼が)あいさつをして。二五　擬態語で、はばかることなく、どっしりと。語り手の光頼への同化を示す。二六　『尊卑分脈』に、光頼の姉妹「従三位忠隆室」を「右衛門督信頼等母」とする。「伯父」は「叔父」とあるべきところ。二七　のしかかるようにすわられて。二八　(信頼は相手を)正視できず、視線を下にさげて。古本は「いろもなく、うつぶしにぞ成にける」。二九　束帯装束で、右手に持ち、心覚えを書きつけた板。長さは一尺二寸が標準。三〇　感情を顔色に表わして。三一　突然に。三二　地位や身分の高い人。
三三　上に「よも」をおく本があり、「よもしそんじ給ふまじ」とあるべきか。
三四　ずっと昔。
三五　清和源氏、鎮守府将軍満仲の息で、母は源の(摂津源氏)俊の女、唱子↓補一〇三
三六　頼光の弟で、母は大納言藤原元方の女とも、陸奥守藤原致忠の女とも言う。鎮守府将軍、左馬権頭などに就いた。
三七　覚悟ができていなくて臆病なこと。

其後、光頼卿、紫宸殿の上に蔀《しとみ》[一]の下《した》、見参《けんさん》[二]の板あららかにふみならしてたゝれたる気色《けしき》[三]、あたりを払てぞみえられける。荒海《あらうみ》[四]の障子、萩[五]の戸の下に、弟別当惟方《これかた》[六]おはしけるをめしよせての給ひけるは、「公卿僉議と[七]承《うけたまはれ》たれども、別の子細もなかりけり。めさむに参《さん》ぜざらん輩は死罪に行《おこなは》るべしと承る。其《その》当世、有[八]職《いうしよく》然《しかる》べき人々也。彼人数[九]に入《いり》たりと承るは、家の為、身のためいかでか悦ばざるべき。但《たゞし》[一〇]検非違使の別当は他にことなる官ぞかし。其《その》[一一]所職にありながら、人の車の尻に乗《のる》事然《しかる》べからず。信西が頸実検の時、信頼[一二]が車の尻にのりて神楽岡《かぐらをか》へ渡られけるこそうたて[一三]けれ。当家させる英才[一四]にあらね共《ども》、人に上をせらるゝ[一五]事はなかりける物を。口惜き事し給ひぬる物かな」との給へば、惟方卿、「天気にて[一六]候ひしかば、力およ(を)ばず」とて、赤面せられたり。わろくぞみえられける[一七]。「御辺は信頼と大小事申合《まうしあは》せ給也。君の御為、身の為、好様《よきやう》に計《はからひ》給へ。清盛は熊野参詣を遂《とげ》ずして、切部王子の御前《ごぜん》より引帰《ひつかへす》が、数《す》千騎の勢にて今明日《こんみやうにち》都へ入ると承る。彼《かの》大勢押よせむずるに、ほどや有べき。我等が[一八]曩祖《なうそ》をおもふに、[一九]勧修寺《くわんじゆじ》内大臣、[二〇]三条右大臣、延喜の聖代[二一]に仕《つかへ》てより以《この》来《かた》、君既に十九代、臣又以て十一代[二二]、行《おこなふところ》所[二三]徳政にて、一度も悪事にま

一　流布本に「小蔀」とするのが正しい。蔀のついた小窓。→補一〇四　二　清涼殿の孫庇南端、落板敷の北にある板で、人が来て踏めば鳴るように、打ち付けにしないで浮かして張ってある板。　三　まわりを威圧して見えた。　四　清涼殿の広廂の北に置く布障子で、墨で南に手長足長、北に宇治網代を描く。　五　清涼殿の北面の一画、天皇の日常の居所を仕切った戸。

六　民部卿藤原顕頼の二男。母は中納言藤原俊忠の女。その姉妹に信頼の母がいる。

七　「承はりたれども」、招集をかけられたけれども、が正しい。　八　宮中の故実や典礼に通じた。　九　その顔ぶれ。「にんじゅ」。

一〇　京中の警衛・裁判を担当した検非違使の長官。　一二頁注一三

一一　職務に任ぜられながら。

一二　二五頁に「同十四日、別当惟方(信頼と)同車して、光泰の宿所神楽岡へ行向て(信西の首を)実検」とあった。

一三　とんでもない、まったくなさけない。

一四　高い位につくべき、すぐれた家柄。

一五　人に見下されることはなかったのに。

一六　天皇の、おぼしめし。

一七　(惟方が)きまり悪く思われた。惟方の行動に敬語を使っている。古本は、敬語を欠く。

一八　先祖。

一九　内の舎人藤原良門の次男、高藤。母は西市正高田沙弥麿の女、春子。→補一〇五

二〇　前項、高藤の次男、定方。母は宮内大輔宮道弥益の女。延長二年(九二四)正月、右大臣。

二一　醍醐天皇の代の年号。村上天皇の天暦とともに聖代と評価された。　二二　高藤から数えて十一代目。　二三　恵み深い政治。

じはらず。さて[二四]主上《しゆしやう》は何《いづく》に渡らせ給ぞ」「[二五]黒戸《くろど》御所に」、「[二六]上皇はいづくにおはしますぞ」「[二七]一品御書所《いつぽつんごしよどころ》に」、「[二八]神璽《しんし》・宝剣は何《いづく》に」「[二九]夜のおとゞに」、「[三〇]内侍所は」「[三一]温明殿《うんめいでん》に」、「[三二]中宮は何《いづく》に」「[三三]清涼殿に」、「[三四]さて櫛形の穴に人のかげのして、[三五]朝がれひ(い)に人の声のし候は誰ぞ」「朝餉《あさがれひ》には信頼の栖《すみ》候へば女房達にてや候らん」と申されければ、光頼卿涙を流し給ふ。「我いかなる月日に生《むまれ》て、かゝる事をば見聞《みきく》らん。異国の[三六]許由《きよゆう》が悪事を聞ては、潁川《えいせん》に耳を洗《あらふ》ける時、巣夫《さうふ》牛を引て来てあらはむとす。許由が耳を洗《あらふ》をみて、『何ぞ汝耳計《ばかり》をば洗ぞ』と問給へば、『我《われ》悪事を聞つれば耳を洗ぞ』と云《いへ》ば『何事ぞ』と問《とふ》。『[三七]九州の主《ぬし》に成《なす》べしとて、御門より三度までめさるゝなり。是に過たる、我為《わがため》に悪事何か有べき』といへば、巣夫《さうふ》答て云《いはく》、『賢人の世をのがるゝといふは、[三八]廻《くわいしやう》生木の如し。彼《かの》木は深谷《しんこく》の[三九]さがしき所に立《たち》たれば、下《した》よりも道なし。上よりも[四〇]たよりなし。されば[四一]大厦《たいか》の[四二]梁《うつばり》にもいたらず。汝世をのがれんとおもはば(こ)、深山《みやま》にこそ籠《こもる》べけれ。[四三]何ぞ、牛馬の栖《すみか》に交て、世をのがるゝと云《いふ》は、[四四]名聞《みやうもん》にこそ住したれ。さりながら、汝が耳を洗《あらふ》水を、わが牛に呑《のま》せばけがれなん』とて、則引帰《すなはちひきかへり》けるとかや。[四五]光頼卿も目をも耳をも洗ぬべくこそ覚れ」とて、主上・上皇の押

二四 二条天皇を指す。醍醐からは十九代目。
二五 清涼殿の北東、北庇にある廊。↓補一〇六
二六 後白河上皇。 二七 内裏の侍従所の南にあり、公卿が別当として配され、世に流布する書の一本を書写し保管した所。貴重書に限るとする説もある。 二八 三種の神器に数えられる八坂瓊勾玉と草薙剣。↓補一〇七
二九 天皇の寝所。 三〇 紫宸殿の東北東、綾綺殿の東にあり、神鏡をおさめる殿舎。女官の内侍が仕えた。ここは、その鏡。
三一 女官の内侍が常にひかえた殿舎で、紫宸殿の東北東、綾綺殿の東にある。 三二 皇后もしくは、それと同資格の后。ここは二条天皇の中宮、姝子。↓補一〇八 三三 天皇の居所で、四方拝・叙位・除目などの儀を行った。仁寿殿の西、弘徽殿の南、後涼殿の東。 三四 清涼殿、殿上の間の北壁、鬼の間と昼の御座との境に設けられた半月型の窓。『禁腋秘抄』に「女房など、殿上の事を此所より見る」。 三五 清涼殿の西庇にある、天皇が朝夕の食事をとる部屋。
三六 中国古代の隠者。帝の堯がその人柄をほめて、かれに天下を譲ろうとすることを聞き、汚れたと言って潁川で耳を洗ったという故事の主。『蒙求』などに見られる。「巣夫」は許由の友人巣父。 三七 中国の古代、全国を九つに分け、その一つ一つを州とし、郡の上位に置いた。↓補一〇九 三八 「彼木」とあるので、木の種類かと思われるが未詳。 三九 (山や谷、坂などが)けわしい所。 四〇 (上からおりる)すべもない。
四一 「厦」は、屋根をふいた家。流布本は「大家」とする。 四二 「はり」の柱にもならない。
四三 一体、どうしたことだ。
四四 世間態にこだわっている。 四五 自分のことを語るのだから「卿」はない方がよい。

籠られさせ給へる御ありさま、信頼の過分の次第をみ給ひ、上の衣《きぬ》のそでしほる計《ばかり》にて、[一]のろ〱しげにの給て出られければ、別当、人や聞らんとおそろしくぞおもはれける。＊

（信西の子息遠流に宥めらるる事）

[二]明《あく》れば、廿日《はつか》、又公卿僉議あり。少納言入道信西の子共[三]十二人あり。死罪一等を[四]宥め、僧は[五]度禄《どろく》を取《とり》、俗は[六]位記《いき》を取て配所を定められけり。[七]新宰相俊憲《としのり》は出雲国、[八]播磨中将成憲《なりのり》は下野国、[九]権右中弁貞憲《さだのり》隠岐国、[一〇]美濃少将長憲は阿波国、[一一]信濃守惟憲《これのり》安房《あはの》国、[一二]法眼浄憲丹波国、[一三]法橋寛敏《ほつきやうくわんびん》は上総《かづさの》国、[一四]覚憲《かくけん》伊与《いよの》国、[一五]憲耀《けんやう》は陸奥国、[一六]大法師《だいほつし》勝憲は佐渡国、[一七]澄憲《ちやうけん》は信濃国、[一八]明遍《みやうへん》越後国と定《さだめ》らる。

[一九]新宰相俊憲《しゆんけん》は、鳥羽院の御時、[二〇]春青花中生《しゆんせいくわちうにしやうず》と云勅題を給ふ。

[二一]悲《かなしんで》㆓清濁《せいだくに》　駒嘶《いばり》㆓十年風《のかぜに》　香上《のぼつて》㆓林花《りんくわに》　鳳成《ほうなる》㆓肝心露《かんじんのつゆと》

と書たる手跡《しゆせき》天下に[二二]風聞して、[二三]堯季《げうき》に是を伝たり。[二四]澄憲説法には龍神も感応を垂《たれ》、[二五]甘露の雨を降《ふら》す。明遍《へん》の高野にて[二六]菩提心の枕には宝蓮華くだる。凡《をよそ》此一門に[二七]むすぼふれたる程の者は、[二八]あやしの女房に至《いたる》まで、才智、人

一　いまわしそうにおっしゃって。　二　三四頁に「同十九日、内裏には公卿僉議とて催されけり」とあった。「又」もそれを受ける。　三　↓補一一〇　四　減刑して。　五　「度縁」が正しい。僧・尼としての認可証。↓補一一一　六　官位の証文。摂政以下公卿の名をつらね、天皇の朱印をそえた文書。「取て」は奪って。「配所」は流罪として送られる土地。　七　信西の長男で、母は近江守高階重仲の女。保元四年四月六日、参議になった。　八　信西の三男で、母は紀伊二位朝子。四男とも。保元三年八月、播磨守。後に成範と改名。一時、清盛の女と婚約したが平治の乱で解約。　九　信西の二男、俊憲と同母。一九頁注一七　一〇　脩憲。信西の五男とも。成憲と同母。保元二年一月、美濃守、同四年四月、左少将。　一一　是憲。俊憲と同母。保元三年十月、信濃守。　一二　静賢。信西の六男か。俊憲と同母。法勝寺の執行で法印。　一三　信西の九男か。俊憲と同母か。仁和寺・広隆寺の別当。法橋から法眼に登った。　一四　興福寺別当をつとめ権僧正。　一五　顕曜とも。仁和寺の南院で灌頂を受けた。　一六　勝賢とも。東大寺別当、醍醐寺座主。　一七　俊憲と同母。高階重仲の女。天台、安居院の開祖で唱導の名人。大僧都、少納言法印。↓補一一四　一八　平治の乱後、東大寺で出家し、東南院に入った。密教を学んだが、光明山に隠遁し、空阿弥陀仏と号した。　一九　俊憲の行為を古本は欠く。　二〇　↓補一一二　二一　↓補一一三　二二　評判になって。　二三　人情の薄い、末の世。末世。　二四　↓補一一四　二五　天が降らせると言われる甘い露。　二六　悟りを求める心。その枕もとに美しい蓮華の花が咲いた。　二七　縁のある人は。　二八　身分の低い女房であってもすべて。

に越たりき。＊

（清盛六波羅上着の事并びに上皇仁和寺に御幸の事）

さるほどに熊野[二九]へまゐ《(い)》る人はいなり[三〇]へ参る事なれば、太宰大弐清盛、切部王子の水葱《なぎ》[三一]の葉をいなりの宮の杉の葉に手向《たむけ》つゝ、悦申《よろこびまうし》[三二]の流鏑馬《やぶさめ》射させ、都合其勢一千余騎にて同《おなじき》[三三]廿五日、夜半計《やはんばかり》に事故《ことゆゑ》なく六波羅へ着給ふ。其夜、内裏には、六波羅より寄《よす》るとて騒ぐ。六波羅には内裏より寄《よせ》るとて騒ぐ。さんぬる[三四]十日より廿六日まで、かくのごとくさうどうす。風吹《ふけ》ば木安《やす》からずのたとへにて、疾《とく》[三五]してあはれ事切《ことぎれ》よかし、元日・元三《ぐはんにち、ぐはんざん》[三六]の儀式にも及《およぶ》と上下嘆ぞ理《ことわり》なる。

廿六日[三七]の夜に入て、右少弁成頼《なりより》[三八]、一品御書所《いっぽんごしょどころ》[三九]へ参《まゐり》、「行幸は六波羅へと承り候。御幸[四〇]はいづかたへ候ぞ」と申されければ、「仁和寺へ[四一]」とぞ仰下《おほせ》されける。公卿二人、殿上人三人供奉《ぐぶ》にて、一品御書所を出御[四二]なる。北面[四三]に平衛門尉泰頼《へいゑもんのじようやすより》[四四]、こつ[四五]ある者にて、上皇の御まなび[四六]をたがひまゐ《(い)》らせず申ければ、泰頼をめし、御寝所にお《(を)》かせ給へば、こわゐ《(は)》[四七]をしきりにして、御まなびを仕《つかまつ》り、ほどものびさせ給ぬらんと思ければ、御寝所を三度礼

二九　古本にも清盛一行が稲荷へ参ることを語るが、底本のような両社の参詣を結びつける語りは見えない。参詣の順路として固定化していたものか。
三〇　今の伏見区深草にある伏見稲荷大社。↓補一一五
三一　まき科の常緑樹。↓補一一六　三三頁注七。
三二　祈りがかなった事へのお礼を申し上げる神事。「流鏑馬」は、射術と馬術の練習を兼ねた武技。馬を走らせながら左向きに矢で的を射る。古本にこれらの神事を欠く。
三三　前段冒頭の「明れば廿日」を受ける。
三四　一七頁の三条殿攻め「九日の子の剋」以後の経過を指す。　三五　いっそのこと早く始まって早く終ってくれればよい。古本は「ともかくも、事落居して、世間しづかなれかしと、京中の上下なげきけれ」。　三六　正月の三が日。↓補一一七　三七　古本も同じ日付。↓補一一八
三八　光頼・惟方の同母弟。承安四年(一一七四)正月出家し、高野宰相入道と号する。
三九　三七頁、後白河上皇が幽閉されていた。
四〇　上皇のお出まし。
四一　右京区御室にある真言宗御室派の総本山で、代々門跡寺院。平治の乱当時、後白河の同母弟の覚快法親王が法務を担当。
四二　天皇・皇后・将軍などが外出したり、ある公けの場に出ることを敬って言うことば。
四三　上皇の御所に仕え、警護する武士として。
四四　未詳。古本には登場しない。
四五　芸能などの勘どころを会得した者。
四六　物言いの声など物まねを正確にしたので、非常に備えた影武者。
四七　せきばらいの声色。

して出にけり。末代といひながら、かゝる乱なくは、泰頼程の下臈が、いかでか上皇の御寝所へは参《まゐる》べきと、ふしぎにぞ覚えける。[一]上西門にて[二]北野のかたを御を《(お)》がみあつて、御馬にめされけり。事故なく[三]日吉へ御幸なるべきよし、御心中の御願とぞ[四]後にはきこえさせ給ひける。[五]廿六日暁の事なれば、折ふし月おぼろにて、御前《おんさき》も御覧《ごらんじ》も分《わけ》ず、吹風に草木のゆるぐに付ても、[六]源氏の兵の追付《おつつき》奉るかと、[七]肝魂《きもたましひ》をけさせおはします。さてこそ、保元の合戦に、[八]讃岐院の[九]如意山《によいさん》に終日《ひめもす》に籠らせ給ひし御事も、おぼし召出し給ひしが、それは[一〇]家弘なども供奉したりしかば、敗軍なれども、たのもしう《(ふ)》おぼしめされけり。是は[一一]はか〲しくも仰合《おほせあはせ》させ給ふ人もなし。御涙のひまより、かくぞおぼしめしつゞけられける。

[一二]なげ木にはいかなるはなのさくやらん身になりてこそおもひしらるれ

[一三]とかくして、仁和寺殿へ入せ給へば、[一四]大きに恐れまゐ《(い)》らせらる。[一五]保元に讃岐院御幸なりしを、[一六]寛弁《くわんべん》法務の坊へ入まゐ《(い)》らせられしに、此君をばおもんじまゐ《(い)》らせたまふ。[一七]同《おなじ》御兄弟と申ながら、ふしぎにぞ覚えける。[一八]内侍所をば[一九]鎌田兵衛が東国へ下しまゐ《(い)》らせんとて、庭上へかき出しまゐ《(い)》らせたりしを、[二〇]伏見の源中納言師仲卿《もろなかきやう》、[二一]王城の御宝をばいかでか東へは

一　大内裏の西面、もっとも北にある門。西土《にしつち》御門《つちみかど》とも言った。↓補一一九　二　上京区馬喰町にある北野天満宮。菅原道真の怨霊を鎮めるために造られた。大内裏の西北隅の西北に位置した。　三　比叡山の東麓、大津市坂本にある、延暦寺の地主神、日吉大社。↓補一二〇　四　時間の順序を違え、先どりして語る。　五　前頁に「廿六日の夜に入て」成頼の働きかけのあったことを語っていた。当時の日付けの慣行として暁までを前夜からの続きと考えた。　六　（信頼方につく）義朝ら源氏の軍兵。　七　胆力、気力を消させた。このように否定的に使うことが多い。

八　讃岐に流された崇徳院。　九　鹿谷の東にそびえる、東山連峰の主峰。↓補一二一

一〇　崇徳院の御所に仕え、従五位下検非違使左衛門尉。↓補一二二　一一　事がうまく進行するさまを言うことば。たよりがいがあるように。

一二　この悲嘆のどん底にあるわが身は、この後、どうなることやら、全く途方にくれてしまうことである。「木」「はな」「身」が縁語。↓補一二三

一三　何とか気力をふりしぼって。

一四　御室が院の御幸を大変恐縮がられた。

一五　↓補一二四　一六　村上源氏大納言正二位師忠の息寛遍。仁和寺の寛助僧正から灌頂をうけた。広隆寺別当・東寺一の長者、仁和寺寺務兼法務、東大寺別当などを歴任。

一七　鳥羽天皇の第一皇子であった崇徳と、第四皇子である後白河との仲。崇徳の実の父を白河院とする説があった。↓補一二五

一八　神器の中の鏡。　一九　一九頁の注二五。

二〇　村上源氏、権中納言正二位師時の息、一五頁注二三。

二一　宮廷の宝。ここは神器を指す。

下しまゐ《(い)》らすべきとて、[二二]坊門の局《つぼね》の坊城《ばうじやう》の宿所へ入まゐ《(い)》らせられけり。

*

（主上六波羅へ行幸の事）

[二三]主上も六波羅へ行幸《きやうがう》なる。人めを忍び給はん御為に、女房の御すがたにならせ給、御車にめされければ、[二四]中宮もめされけり。[二五]信頼の何《なに》ともして失へといはれつる紀《き》の二位も、御車の尻《しり》に[二六]参り給ふ。[二七]新大納言経宗《つねむね》・別当惟方《これかた》、[二八]直衣《なほし》に[二九]かしはは《(こ)》さみにて供奉《くぶ》せらる。[三〇]藻壁門《さうへきもん》より行幸なれば、義朝《の》郎等[三一]金子・[三二]平山固《かため》たり。十郎家忠、「いかなる御車候ぞ」と申せば、「別当惟方が有[三三]を、[三四]北野まうでの御為、[三五]上臈女房達出《いで》させ給ふぞ。別の子細はなし」との給へば、金子もなほ《(を)》もあやしくおもひ、弓の[三六]はずにて御車の簾をざつとかき上《あげ》、続松《たいまつ》ふり入てみまゐ《(い)》らせけるに、二条院の御在位の始《はじめ》つかた[三七]十七歳にならせ給ふ、か《(が)》さねたる御衣に[三八]御かつらめされけり。中宮も渡らせ給ふ、紀の二位もさぶらはれけり。うつくしき女房達にてわたらせ給へば、[三九]東人《あづまうと》が何がみしりまゐ《(い)》らすべき。誠にとて事故《ゆえ》なく通しまゐ《(い)》らせけり。別当は極てせいちいさうおはしけるが、[四〇]返忠《かへりちう》せられたりけれ

二二　藤原公能の女か。六条大路の二本北、六条坊門小路と烏丸小路の交わる地に、後藤兵衛実基が養君にする、義朝の女がいたが底本は、混乱があるか。　二三　二条天皇を指す。三九頁に廿六日の夜、成頼が「行幸は六波羅へと承り候」と言っていた。↓補一二六

二四　鳥羽上皇と美福門院得子の仲に生まれた姝子内親王。↓補一二七

二五　これまでに、信頼がこの指示を行ったとは見えない。信西への憎しみからの指示か。

二六　お乗りになった。

二七　一五頁に信頼が「今上の御外戚新大納言経宗、別当惟方卿をもかたらひ」とあった。

二八　公家の常用の服。

二九　緊急の際に冠の纓を折りたゝみ白木の挟みで留める着方。白と木の合字から「柏ばさみ」の語を当てた。

三〇　大内裏の外郭、西面の中央、談天門より一つ北の門。中御門大路にのぞむ。

三一　武蔵七党の一、村山党の金子十郎家忠。『七党系図』に平治の乱に侍賢門を守ったとある。

三二　武蔵七党の一、西党、平山武者所直季の息、季重。　三三　「有ぞ」とする本がある。従うべきか。ここにいるぞの意。

三四　北野神社へ参詣のため。

三五　身分の高い女房。

三六　弓の両端、弦をかけてとめる所。

三七　二条天皇は康治二年(一一四三)の生まれだから、平治元年(一一五九)当時は十七歳だった。

三八　髪飾り。ここは女装用のためのかぶり髪。

三九　あづまの人。辺鄙の語感を含む。ここは前の金子・平山らを指して言う。

四〇　味方(ここは信頼)を裏切って敵方のために尽すこと。

ば、[一]時の人、後に忠小別当《ちうこ》とぞ咲《わら》はれける。[二]雲上に飛《とぶ》鳥は高けれ共《ども》、射つべし。海底にすむ魚は深けれ共《ども》釣つべし。枕をならべても只謀《はかりこと》がたきは人の心也。昨日はふかく契れども、今日はかはるぞ情なき。[三]黄石公《くわうせきこう》が一巻の書を取て[四]張良《ちやうらう》にあたへ、[五]綺里季《きりき》が漢恵《かんけい》を助しはかりごとも、かくやとぞ覚えける。[六]伊藤武者景綱《かげつな》[七]こはりを切、雑色になれば、[八]楯の太郎貞泰《さだやす》[九]もとゞりをみだして牛飼になる。北野詣の御車ならば、[一〇]大宮を上りにこそやるべきに、[一一]上東門《じやうとうもん》をからりと[一二]やり出す程こそありけれ、[一三]土御門《つちみかど》を東へ飛《とぶ》がごとくに仕り、左衛門佐重盛・[一四]三河守頼盛三百余騎にて、[一五]土御門東洞院《ひがしのとゐ》へ参会《まゐりあひ》、御車の前後を守護して、六波羅へ行幸なしたてまつる。平家の人々よろこぶ事かぎりなし。[一六]右小弁成頼馳《はせ》めぐり、「六波羅皇居に成ぬ。志しおもひまゐ《(い)》らせ給はむ人々参《まゐる》べし」と披露せられければ、[一七]大殿・関白・太政大臣・左右《さうの》大臣・内大臣以下《いげ》、公卿・殿上人、我も〳〵と馳参れば、馬車去《むまくるまさり》[一八]あへず、東西南北より馳入《はせいる》兵共、内裏へと志しけれども、主上六波羅へと聞《きこえ》させ給へば、皆六波羅へ馳参る。其勢雲霞の如し。＊

（源氏勢汰《せいぞろへ》の事）

一　世の人々の声を語る。↓補一二八
二　処世訓めいたことば。鳥も魚も、所詮は本性をあらわして破綻することにたとえ、人の心の信じがたいことを言う。
三　江蘇省下邳《かひ》に身を隠した張良に、靴を拾わせ、それを履かせるなど礼を尽させた上で太公望呂尚の兵法を授けた老人。十年後の興隆を保障したと言う。『史記』「留侯世家」に見える。
四　前漢を起こし、その帝業を成した劉邦（高祖）に仕えた忠臣。↓補一二九
五　戚夫人の子趙王如意を太子に立てようとした高祖をいさめて恵帝を助け後継者とした商山の四人の一人。四人ともに八十余歳、白髪の老人。↓補一三〇　六　↓補一三一
七　小張。身分の低い者が着る白布の狩衣。
八　「楯」は「館」で、桓武平氏、伊勢国三重の住人。↓補一三二　九　元服をとげた男子が、烏帽子を着るために髪の毛を頭上で束ねた部分。これを「みだして」とあるから、元服の儀を行えない、身分の低い者の姿になること。
一〇　大内裏の西面を南北に走る西大宮大路。その北方に北野社がある。　一一　大内裏の東面、その最北の門。
一二　上東門を出て土御門大路を東へ通じる。　一三　牛車をかけ出すやいなや。
一四　平忠盛の五男で、母は藤原宗兼の女、後の池禅尼。保元三年十月、三河守。
一五　東洞院大路と土御門大路の交る所。
一六　三九頁、法皇がとじこめられる一品御書所へ参り御幸を促していた。同頁注三九
一七　忠通・基実・宗輔・伊通・公教を指す。基実は関白と右大臣を兼ねた。一九頁、忠通を除く人々が内裏へ参り僉議した。
一八　騎馬の人や、牛車に乗った人々が、ひっきりなしに参り。

信頼卿夢にも是をば知《しり》給はず。一九小袖《こそで》に二〇白 袴《しろばかま》きて、二一冠《かむり》に二二こじかみ入《いれ》、二三天子出御の振舞をし、二四酔狂《すいきやう》のあまりに、上臈女房達よびよせ、「こゝさすれ、かしこうて」などいひてふしたりけり。

二五廿七日早旦《さうたん》に、二六越後中将参内して、「二七行幸《ぎやうがう》は六波羅へ、御幸は仁和寺へと承《うけたまはる》はいかに」。信頼卿「よもさは候はじ。二八経宗・惟方に申 含《まうしふくめ》て候物を」との給へば、成親「其人共のはからひとこそ承候へ」と申されければ、「さもや候らん」とて、がはと起《おき》はしりめぐり、みまゐ(い)らせられけれども、主上もわたらせ給はず、上皇もみえさせ給はず、二九別当もなし、三〇新大納言も見えず。「こはいかに。此者共にたばかられけり」と三一護法などの付たるやうに、をどり上りく〵、怒られけれ共《ども》、三二ふとりせめたる大のを(お)とこにて、三三板敷のみぞひゞきける。三四をどり出したる事もなし。「此事披露候な」との給ひけるは、三五無下《むげ》にいひ甲斐なくぞ覚えける。

三六悪源太義平、三七加茂へ詣《まうで》けるが、三八此由を聞、馳帰《はせかへり》、義朝に申ける。「行幸は六波羅へ、御幸は仁和寺へと承《うけたまはり》候は何とか聞召《きこしめし》候」と申されければ、「義朝もかやうに聞つれども、信頼もいまだかくとも知せず。さればとて三九源氏のならひに、心 替《こころがはり》あるべからず。こもる勢を記せや」とて、

一九　時代により形、着用者に変遷があった。『平治物語絵詞』によれば、袖口袂の小さいもので、貴族は正式装束を着る時に肌着とした。ここは信頼がくつろぐ姿を語る。
二〇　染色していない白地の袴。→補一三三
二一　朝廷に参る男子が束帯姿でかむったもの。
二二　冠の後に垂らす纓を畳んで、もとどりを納める巾子《こじ》の中に紙ひもではさんで入れ。
二三　まさに大逆罪に相当する行為である。古本は「ひとへに天子の御ふるまひの如なり」。
二四　酒に酔って、ふるまいが乱れ狂い。
二五　三九頁の「廿六日の夜に入て」を受ける。
二六　中納言藤原家成の三男、成親。母は中納言藤原経忠の女。久寿二年(一一五五)正月、越後守、保元三年(一一五八)十一月、右中将を兼ねる。後白河院の寵臣。　二七　行幸のことは四一頁に見える。　二八　信頼が事前に上皇と主上の監視を両人に指示していたと言うのである。しかし現実には四一頁に、その両人が行幸に関与していた。それを信頼は知らなかった。信頼が惟方・経宗に出し抜かれたことになる。その根幹に光頼の惟方叱責があった。　二九　惟方を指す。　三〇　経宗を指す。　三一　修験道で、よりましに乗り移って、物の祟りなどを口走る使いの神。　三二　太りきった大男で。　三三　清涼殿の回りの板敷の廊下。『絵詞』に見える。
三四　何のしるしも現われない。「護法などの付たるやうに」を受ける。
三五　全くいたし方ないことに思われた。
三六　三三頁に前出。義朝の長男。→補一三四
三七　今の京都市北区上賀茂の賀茂別雷神社(上の社)。下賀茂神社とともに王城鎮護の社。
三八　主上、上皇の信頼を見限った事を指す。
三九　源氏の、平家に対する武門意識を語る。

[一]内裏の勢をぞ記しける。大将軍には、悪右衛門督《あくゑもんのかみ》信頼、[二]子息新侍従信親、[三]信頼の舎弟民部権少輔《ごんのせふ》基頼《もとより》、[四]弟の尾張少将信時《のぶとき》・[五]兵部権大輔《ごんのたゆふ》家頼、[六]其外《そのほか》伏見源中納言師仲《もろなか》・[七]越後中将成親・[八]治部卿《ぢぶきやう》兼通《かねみち》・[九]伊与前司《いよのぜんじ》信貞《のぶさだ》・[一〇]壱岐守貞知《さだとも》・[一一]但馬守有房・[一二]兵庫頭頼政・[一三]出雲前司光泰《みつやす》・[一四]伊賀守光基《みつもと》・[一五]河内守末真《すゑざね》、子息[一六]左衛門尉末盛・左馬頭義朝《の》嫡子鎌倉悪源太義平・二男中宮[一七]大夫進朝長《たゆふしんともなが》・[一八]右兵衛佐頼朝、義朝の伯父[一九]陸奥六郎義高、義朝の弟[二〇]新宮十郎義盛、従子《いとこ》[二一]佐渡式部大夫重成・[二二]平賀《ひらがの》四郎義宣《よしのぶ》、郎等には鎌田兵衛政清・[二三]後藤兵衛真基《さねもと》、[二四]近江国には佐々木源三秀能《ひでよし》、尾張国には[二五]熱田大宮司太郎は、義朝には[二六]こじうとなり。我身はとゞまり、子共家子郎等さしつかはす。三河国には[二七]重原《しげはら》兵衛父子二騎、相模国には[二八]波多野《はだの》二郎義通《よしみち》・[二九]三浦荒次郎義澄・[三〇]山内首藤刑部俊通《としみち》、子息[三一]首藤滝口《すどうたきぐち》俊綱、武蔵国には[三二]長井斎藤別当真盛《さねもり》・[三三]岡部六弥太忠澄《ただずみ》・[三四]猪俣金平六範綱《ゐのまたこへいろくのりつな》・[三五]熊谷次郎直実《なほざね》・[三六]平山武者所季重《ひらやまむしやどころすゑしげ》・[三七]金子十郎家忠・[三八]足立右馬允《うまのじよう》遠元・[三九]上総介《かづさのすけ》八郎弘経、常陸国には、[四〇]関《せきの》次郎時員《ときかず》、上野《かうづけの》国には、[四一]大胡《おほこ》・大室《おほむろ》・大類太郎、信濃国には[四二]片切《かたぎり》小八郎太夫景重《かげしげ》・[四三]木曽中太《ちゆうだ》・[四四]弥中太《やちゆうだ》・[四五]常葉井《ときはゐ》・[四六]榑《くれ》・[四七]強戸《がうとの》二郎、甲斐国には[四八]井沢四郎信景《のぶかげ》を始として、[四九]宗との兵二百人以下《いげ》、二千余騎とぞ記されける。

一　内裏にとり残された信頼一行の軍勢。二　一五頁に「(信頼の)子息新侍従信親とて十一歳になるを」とあった。三『尊卑分脈』に信頼の弟として基頼は見えない。信頼の母は顕頼の女だが、同腹の弟として家頼・信説がある。四　前項に述べた信説であろう。『尊卑分脈』に右近権少将、武蔵守・尾張守、正五位下とある。五　注四を参照。六　四〇頁　内侍所の東国下りを阻止したとある。七　四三頁に「越後中将」と見える。八　未詳。古本に見えず。九　未詳。一〇　未詳。一一　未詳。一二　一七頁、信頼の誘いに応じ、義朝に従ったことが見える。この後の去就に注目。一三　一七頁に光保として見え、義朝に従う。一四　一七頁に見える。一五　文徳源氏、一七頁に見える。一六　季盛。↓補一三五　一七『尊卑分脈』によれば、母は修理大夫範兼の女、あるいは大膳大夫則兼の女。中宮(姝子内親王)に仕える三等官(大進)で、位が五位の者が大夫進。一八　底本では、ここが初出。義朝の三男で、母は熱田大宮司藤原季範の女。↓補一三六　一九『尊卑分脈』では義家の七番目の子でありながら六郎と号し、「号森冠者」とある。二〇『尊卑分脈』に「治承四以仁王謀叛之時、為二諸国牒使一被レ召上一之刻、改二名行家一、蔵、備前守従五上、号二十郎蔵人一、又号二新宮十郎一住二熊野新宮一」。二一　佐渡源太冠者重実の息。↓補一三七　二二　↓補一三八　二三　俵藤太秀郷の子孫、白川院武者所、後藤実信の息。古本では、義朝の女、坊門の姫君の養い親とも。二四　宇多源氏、従五位下式部丞季定の息秀義。源為義の猶子。二五　季範の息、範忠か。注一八。二六　夫婦つれあいの兄弟姉妹。前項、範忠の姉妹が義朝の妻となり、頼朝を生んだ。二七　三

[五〇]さるほどに人々物[五一]具せられける。悪右衛門督信頼卿は生年《しやうねん》廿七、[五二]赤地の錦の直垂に紫すそごの鎧に、[五三]菊の丸を黄に返たるすそ金物をぞ打たりける。[五四]金《こがね》作りの太刀を帯《はき》、紫宸殿の[五五]額の間の[五六]長押《なげし》に寄居《よりゐ》給へり。[五七]ふとりせめたる大男の、[五八]剛臆は知ねども、よそよりみけるには、あッぱれ大将かなとぞおぼえける。奥州の[五九]基衡《もとひら》、[六〇]一の黒とて秘蔵したりける馬を院へまゐ(い)らせたりける、[六一]八《や》寸《き》計《ばかり》なる馬に、[六二]黄覆輪の鞍お(を)かせ、[六三]左近の桜の木の下に東向に引立《ひったて》たり。[六四]乗たもたんはしらね共《ども》、[六五]日の大将なれば、乗らんと用意す。越後中将成親生年廿四、紺地の錦の直垂に、萌黄を(お)どしの鎧に、[六六]鴛《をし》の円《まる》のすそ金物をぞうちたりける、[六七]長覆輪の太刀を帯《はき》、信頼卿と一所に居給へり。[六八]鴾毛《つきげ》なる馬に[六九]鋳懸地《いっかけぢ》の鞍置て、[七〇]右近の橘の木の下に、是も東向に引立たり。

左馬頭義朝生年三十七、[七一]練色《ねりいろ》の[七二]魚綾《ぎよれう》のひたゝれに、[七三]楯無《たてなし》とて黒糸威の鎧に、[七四]獅子の丸のすそ金物をぞ打たりける。[七五]鍬形《くはがた》打たる甲の緒をしめ、[七六]忿物《いかもの》作りの太刀を帯《はき》、[七七]黒づはの矢負《おひ》、[七八]節巻《ふしまき》の弓持て、[七九]黒鴾毛なる馬に黒鞍置て、[八〇]日花《じっくわ》門に引立《ひったて》さす。嫡子鎌倉の悪源太義平生年十九歳、[八一]かちんの直垂衣《ひたたれきぬ》に、[八二]八龍といふ鎧を着る。[八三]胸板に龍を八《やつ》打て付たりければ、八龍《はちりゅう》とは名

河国碧海郡重原庄(今の刈谷市内)の豪族。二八　藤原秀郷の子孫、従五位下筑後守遠義の息。相模の松田の祖。二九　垣武平氏、三浦介義明の息。三〇　藤原秀郷の子孫、首藤山内刑部丞義通の息。三一　俊通の息、滝口四郎俊綱。三二　↓補一三九　三三　↓補一四〇　三四　武蔵国児玉郡猪俣(今の児玉郡美里村)。小二郎資綱の息。三五　桓武平氏、貞盛の子孫、直貞の次男。大里郡熊谷に住。三六　武蔵七党の西党、今の日野市平山に住。直季の息。「武者所」は院の御所を警護する武士。三七　桓武平氏、村山党に属す。入間郡金子(今の入間市内)に住。金子六郎家範の息。三八　武蔵国足立郡の住人。一九頁注二三。三九　桓武平氏の千葉氏。上総介常澄の息。上総介八郎。四〇　藤原秀郷の子孫、常陸国新治郡関に住。『保元物語』「白河殿攻め落す事」に関二郎。四一　↓補一四一　四二　伊那郡片桐に住んだ清和源氏兵庫助為行の息。四三　清和源氏、信濃国木曽に住。『保元物語』「官軍勢汰へ」に、義朝に従う木曽仲太が見える。四四　信濃の住人。前項と同じく木曽仲太と並ぶ。四五　未詳。四六　呉氏か。四七　清和源氏、土岐氏流の郡戸氏か。四八　八代郡石和《いさわ》の住人。桓武平氏、千葉氏流常景の息とも言うが未詳。四九　主だった。主要な。五〇　古本は「同廿七日」とする。底本は、その日付けをあいまいにする。話変っての意。五一　武装をととのえられた。五二　↓補一四二　五三　菊の花や葉の形を丸くかたどった模様で菊色に染めなおしたものを鎧の袖、草摺、兜の錣《しころ》の裾の菱縫の板に打った装飾。五四　つばや金具を黄金もしくは金の焼き付けで作った太刀。五五　紫宸殿の、殿舎の名を記した額を掲げる正面中央の柱間。大極殿・清涼殿などにも。

五六　柱と柱の間をつなぐ、土台に接する地長押。五七　はなはだしく太りきった。五八　勇敢なのか、臆病なのかわからないが。五九　藤原秀郷の子孫、権大夫陸奥国押領使奥御館清衡の息。六郡押領使出羽押領使で中御館と号した。六〇　古本に「六郡一の馬」。六郡は、奥州藤原氏が支配した全地域。六一　背丈が四尺八寸ほどある、当時としては大型の馬。六二　金覆輪とも。金もしくは金色の金属でふちをおおった鞍。六三　紫宸殿の南階の東側(南面して左側)に植えられた桜。左近衛府の武官が整列する時に、この桜を先頭にしたので言う。右近の橘の対。六四　うまく乗りこなせるかわからないが。六五　その日の総大将なので。六六　おしどりの形を丸くかたどった。六七　太刀の鞘全体を金属でふちどりしたもの。六八　二三頁注二五。六九　漆塗りに金や銀の粉を流しかけたもの。七〇　注六三。七一　薄く黄ばんだ色。地味で、老人や僧が用いた。信頼の服装とは対照的。七二　波に魚の形を織った文様かと言うが未詳。七三　↓補一四三　七四　獅子の形を丸くかたどった文様。七五　甲の左右に高く角のように金属製の板を立てた前立物。大将級の武士が立てた。七六　いかめしく、銀製の飾りをつけた太刀。七七　わしの黒い羽を矢羽とした矢。七八　弓の竹の節を籐で巻いた弓。七九　灰色をおびた、つき毛(前頁注二九)の馬。八〇　紫宸殿の前庭の東側にある門。八一　褐の直垂。「衣」は誤りか。褐(濃い紺色)色は侍級の武士が着用。八二　↓補一四三　八三　鎧の正面、前胴の最上部、化粧板の上の板。

一　甲の左右に鹿の角を高く立てた前立物。
二　前頁に記す重代物の名であろう。底本の特

つけたり。[一]高角《たかつの》の甲の緒をしめ、[二]石切といふ太刀を帯《はき》、[三]石打の矢負《おひ》、[四]ところ藤《どう》の弓持て、[五]鹿毛《かげ》なる馬のはやりきりたるに[六]鏡鞍お《(を)》かせて、父義朝の馬と同《おなじ》かしらに引立《ひつたて》さす。次男中宮太夫進朝長《しんともなが》十六歳、[七]朽葉《くちば》の直垂に、[八]お《(を)》もだかと云鎧をきる。[九]又根はなしお《(を)》[一〇]もたかを《(お)》どしなる[一一]星白の甲の緒をしめ、[一二]薄緑といふ太刀を帯《はき》、[一三]白篦《しろの》に白鳥の羽にてはぎたる矢負《おひ》、[一四]笛藤《ふえどう》の弓持て、葦毛なる馬に[一五]白覆輪の鞍お《(を)》かせ、兄の義平の馬に同《おなじ》かしらに引たてさす。三男右兵衛佐頼朝生年十三、[一六]長絹の直衣《なほし》の[一七]元太が産衣《うぶぎぬ》と云鎧をきる。[一八]八幡殿の少名《をさなな》をば源太とぞいひける。[一九]二歳の時より「まゐ《(い)》らせよ。御らんぜらるべし」と仰《おほせ》を蒙て、急ぎよろひをどさせ、[二〇]袖に元太をするゑて、見参に入ければ、元太が[二一]うぶきぬとはなづけたり。胸板に天照太神・正八幡宮をあらはしまゐ《(い)》らせ、左右の袖には藤の花のさとかゝりたる様《やう》をを《(お)》どされけり。白星の甲の緒をしめて、[二二]髭切《ひげきり》といふ太刀を帯《はき》、八幡殿奥州にて[二三]貞《さだ》任《たう》を責られし時、度々の間に生取千人の首をうち、[二四]ひげながら切てンげれば、髭切とはなづけたり。鎧に産衣《うぶぎぬ》、太刀にひげきりとて、ことに秘蔵して[二五]嫡々に譲《ゆづり》しかば、[二六]悪源太にこそたぶべかりしを、三男なれ共、[二七]頼朝は末代大将ぞとみ給ひけるにや、頼朝にたびけり。十二さしたる[二八]染羽《そめば》の矢負《おひ》、

[二九]しげ藤の弓もち、[三〇]栗毛なる馬に[三一]柏木《かしはのき》にみゝつくすりたる鞍お(を)かせて引《ひつ》たてたり。兄義平・朝長・郎等鎌田が方をみまはして、「六波羅より平家や寄《よせ》候らん。人にさきをせられんよりも、まづ押寄て責《せめ》候はばや」との給ひければ、十三とは覚えず、[三二]おとなしうぞみえられける。

[三三]比《ころ》は平治元年十二月廿七日の辰の尅、昨日ゆきふりて消《きえ》やらず、庭上《ていしやう》に朝日さし、紫宸殿にうつろひて、物のぐのかなものども耀《かゝやき》合て、ことに優にぞみえたりける。弓矢をとつて、天竺・震旦はしらず、日本我朝《わがてう》に、義朝の一類にまさる者あるべしとはみえざりけり。義朝の給ひけるは、「此勢にて[三四]せめむほどやあるべき。もし又今度の合戦に打負《うちまけ》たらば、東国へ馳下《はせくだり》、大勢をもよほして、後日に都へ入《いり》、平家をほろぼし、源氏の代《よ》になさん事、何のうたがひかあるべき」との給ひければ、頼政・光泰・光基・末実等《ら》、このよしを聞《きき》、「保元の合戦に、[三五]宇治の悪左府御前にて、為義《ためよし》入道かうこそ申しかども、運つきぬれば、[三六]手をあはせてきたれり。義朝にきられ給ひしものを。保元のむかしに、父の首をうちし人なれば、平治の今はいかんがあらんずらん」と[三七]気色計《きしよくばかり》にてみえければ、義朝みしりて、みなうたばやとおもへども、只今敵に軍《いくさ》せんずるに、[三八]どしうちせん

色としての語り。三　わしの石打ちの羽をはいだ矢。鳥がとびたったり、おりたりする時に、この羽で石をうつことから、この名がある。四　二、三か所に籐を巻いた弓。二所籐・三所籐と言う。五　体は鹿の毛に似た茶褐色で、たて髪・尾などが黒色の毛色の馬。ここはその威勢の良い馬。六　鞍の前輪・後輪、山形の部分に銀や銅の薄板をはりつけて飾った鞍。七　朽ちた葉を思わせる、赤みを帯びた黄色。八　↓補一七三　九　未詳。「おもだか」の根を切ったの意か。一〇　色々の糸を、上は狭く下を広く沢瀉(多年生水草)の葉の形におどしたもの。一一　銀メッキ製の星をつけた甲。星は甲の鉢板に打ちつけた鋲の頭部。一二　矢の上部の羽と下部のしりをつなぐ柄を「箆」と言い、砂で磨いて、全く漆をかけないもの。竹に羽をはめて矢を作ることを「矧《は》ぐ」と言う。一三　蜘切の別称とも言うが未詳。一四　黒い弓に赤く塗った籐を巻いたもの。一五　ふちを銀もしくは銀色の金属でおおった鞍。一六　糸も太く、張りをもった白絹で作ったつやのある直衣。↓補一四四　一七　この後「袖に元太をするゑて」とある。↓補一四五　一八　源義家のこと。↓補一四六　一九　「院より」とする本がある。↓補一四七　二〇　鎧の肩・肘をおおう部分。二一　「産衣」か。↓補一四七　二二　中世の名剣の一。↓補一四八　二三　陸奥の俘囚(現地人)の長、安倍頼時の息。父頼時、弟宗任とともに前九年の乱を起こし、厨川の柵で敗れた。二四　髭を付けたまま。二五　代々、長男に相伝したので。二六　源義平を指す。二七　頼朝の天下平定を示唆する語り。古本にこの語りは見られない。二八　矢の羽を染めたもの。二九　材の分離を防ぎ、補強するために籐を繁く巻いた弓。三〇　黄褐色もしく

なしとおもひかへされけりと云し。＊

は赤褐色の毛色の。　三一　柏の木にみみずくが止まった図を貝ですり込んだ鞍。　三二　成長して、経験が豊かに見えられた。　三三　この前、四三頁に「廿七日早旦に」とあったのを受ける。頼朝の武装を美化する語りでもある。　三四　四四頁に「宗との兵二百人以下、二千余騎とぞ記されける」とあった。この軍勢で攻勢をかけて勝てるだろうか。　三五　藤原頼長を指す。↓補一四九　三六　(義朝側に敗れ)降人として手を合わせて助命を乞うたことを指す。　三七　「けしきかはりて」とする本がある。味方の中で変心する者があり、これを知った義朝が、この不安がる人たちを見抜いて討とうとしたけれども。　三八　(味方)同士の討ち果たしあいは、無意味と反省されたと言うことだ。

平治物語　中

（待賢門の軍《いくさ》の事付けたり信頼落つる事）

[一]さるほどに[二]六波羅には、公卿僉議《くぎやうせんぎ》ありて、清盛をめされけり。[三]かちんのひたゝれに黒糸をどしの[四]腹巻に、左右《さう》の[五]籠手《こて》をさし、[六]を《(お)》りえぼし引立《ひつたて》、[七]大《おほ》床《ゆか》にかしこまる。[八]頭《とうの》中将実国《さねくに》をもつておほせくだされけるは、「[九]皇事《くわうじ》もろきことなければ、[一〇]逆臣ほろびん事うたがひなし。但《たゞし》[一一]新造の皇居よく思慮あるべきか。[一二]廻録《くわいろく》の災《さい》あらば、[一三]朝家《てうか》の御大事たるべし。官軍いつはりて引退《ひきしりぞか》ば、凶徒《きようと》たちまちにすゝみいでんか。其時官軍を入替《いれかへ》て皇居を守護せば、火災あるべからず」とおほせくだされけり。清盛畏《かしこ》まつて奏しけるは、「[一四]私《わたくし》の宿意に候とも、[一五]いかで候べき。いはんや朝敵《てうてき》を亡ぼして[一六]逆鱗《げきりん》をやすめまゐ《(い)》らせむこと、時刻をめぐらし候まじ」とて出《いで》られける。[一七]気色《きしよく》優にぞおぼえける。[一八]主上《しゆしやう》わたらせ給へば、清盛は六波羅の固めにとゞまる。大内《おほうち》へ向ふ人々には、大将軍左衛門佐《さゑもんのすけ》重盛・[一九]三河守頼盛・[二〇]淡路守教《のり》盛《もり》、侍には[二一]筑後守家貞《いへさだ》・[二二]右衛門尉貞能《うゑもんのじやうさだよし》・[二三]主馬《しゆめの》判官盛国・子息[二四]左衛門尉盛《もり》

一　底本では巻を起こす語。古本に欠く。↓補一五〇　二　四一頁に「主上も六波羅へ行幸なる」とあった。信頼らが占拠する内裏にかわって、平家の拠点、六波羅が仮御所になっていて、そこへ公卿が集まって作戦会議を開くのである。三　「かちのひたたれ」とも。↓補一五一　四　草摺が八枚の、徒歩戦に用いる略式の鎧。古くは右引き合わせ、背割の両方があったが、この時代は背割。五　手を籠めて着け、おおい包む袋形の武具。六　烏の羽のように黒い布もしくは紙を漆で固め整えた帽子。元服をとげた男子が着用する。先端を折ったものが折烏帽子。立烏帽子の対。七　寝殿造りの簀子（すのこ）縁の内側にめぐらした細長い部屋。広庇《ひさし》とも。八　藤原公季流、正二位内大臣左大将公教の次男。母は家の女房として仕えた、はした女《め》。保元三年正月、右中将、同四年四月、蔵人頭。中将が、この官を兼ねたことを言う。九　↓補一五二　一〇　反逆の臣。一一　新しく造営した皇居を痛めぬよう注意すべきか。↓補一五三　一二　（もと）火の神の意から転じて火災。一三　皇室。一四　日頃、私的な恨みを持っていたにしても。一五　「いかでか」とあるべきところ。（たとえ私的な恨みであっても）放っておけないでしょう。（まして朝廷の御命令とあっては）。一六　国王の怒りをたとえて言う語。一七　（清盛の）決意のほどが、ふるい立って見えた。一八　二条天皇のこと。一九　四二頁、主上の六波羅遷幸を重盛とともに守護していた。忠盛の五男で、重盛の叔父。↓補一五四　二〇　忠盛の四男。↓補一五五　二一　三二頁、熊野参詣に清盛に同行し、急場に備えて武具を用意していた。二二　家貞の息で重盛の家人。

俊《とし》・[一]与三《よさう》左衛門尉景泰《かげやす》・[二]新藤左衛門家泰・[三]難波二郎経遠《つねとほ》・[四]同《おなじき》三郎経房《つねふさ》・[五]妹尾《せのをの》太郎兼泰《かねやす》・[六]伊藤武者景綱《かげつな》・[七]楯《たての》太郎直泰《なほやす》・同《おなじき》十郎真景《さねかげ》を始て、都合其勢三千余騎、六波羅を打《うち》いで、賀茂河うちわたり、西の河原にひかへたり。

[八]左衛門佐《さゑもんのすけ》生年《しやうねん》二十三、[九]あかぢの錦のひたゝれに、[一〇]はじの匂《にほひ》の鎧に、[一一]てふ《(う)》の丸のすそ金物《かなもの》しげくうたせたり。[一二]龍頭《たつがしら》の甲の緒をしめて、[一三]小烏《こがらす》といふ太刀をはき、[一四]切生《きりふ》の矢おひ《(をい)》、[一五]しげどうの弓もつて、[一六]黄鴾毛《きつぎげ》なる馬に、[一七]柳桜をすりたる貝鞍《かひくら》お《(を)》かせてのり給へり。重盛のたまひけるは「[一八]年号は平治也、花の都は平安城、われらは平家也。三事《じ》相応して、今度の軍《いくさ》にかたん事、なんの疑かあるべき。[一九]樊会《はんくわい》・[二〇]張良がいさみをなさざ《(こ)》らんや人々」とて、三千余騎を三手《みて》にわけて、[二一]近衛《このゑ》・中御門《なかのみかど》・大炊御門《おほひのみかど》より大宮おもてへうち出て、[二二]陽明《やうめい》・待賢・郁芳門《いうはう》へお《(を)》しよせたり。

大内《おほうち》には[二三]西北《にしきた》をばちやうどさし、東面《ひがしおもて》の陽明・待賢・郁芳門をば開《ひらか》れたり。[二四]昭明・建礼の小門《こ》お《(を)》しひらき、[二五]大庭《おほには》には馬数《むまかず》百疋引立《ひつたて》たり。[二六]梅坪・[二七]桐坪・[二八]竹の坪・籬《まがき》が坪の内、[二九]紫宸殿の前後、[三〇]東光殿の脇の坪まで、兵[三一]ひしと並居《なみゐ》たり。[三二]しるしは皆白ければ、源氏の勢とぞみえたりける。大宮面《おもて》

二三　平家の一門。下総守平季衡の息。越中前司盛俊の父。二四　前項参照。

一　伝未詳。その息の重景が平維盛に仕える。「与三」は十三男の意。↓補一五六　二　藤原利仁の子孫、新藤家泰。三　吉備津神社に近い備前・備中の国境の地の土豪。平清盛に仕えた。四　備前の難波(今の岡山市内)に住んだ田使首経信の三男。代々、当地の目代を勤めた家柄。五　備中の住人。保元の乱以来、清盛の家来。六　今の鈴鹿市白子の地の住人。院御所を警護する武者所の武者。↓補一三一　七　↓補一五七　八　大将軍であった平重盛を指す。重盛は保延三年(一一三七)の生まれ。九　赤地の錦で作った鎧直垂。大将級の武将が着用するのが一般。↓補二九九　一〇　櫨《はじ》は、はぜの木。↓補一五八　一一　平氏の家紋で、蝶の形を丸型に仕立てたもの。「すそ金物」は、その家紋を飾りとした金物を鎧の草摺や甲の菱縫に付けたもの。一二　龍の全身もしくは首を金色の前立物にした甲。古本に、この前立物は見えない。一三　平家が相伝する、唐皮に並ぶ名刀。一四　↓補一五九　一五　籐を繁く巻いた弓。一六　白い毛に、黒・茶・赤などがまじりながら全体が黄色みをおびた毛色の馬。一七　柳や桜花の模様を青貝ですり出した鞍。一八　源平の対立構造を顕著にする。一九　樊噲。中国、漢代、沛の武将。二〇　樊噲と並ぶ、高祖に仕えた功臣。重盛の武将ぶりを強調する語り。二一　三つの通りから大内裏の東面、南北に走る大宮大路へ出て。二二　大内裏東面の四門の中の上東門を除く三門。二三　「南西北」とするのが正しい。大内裏の三方向の門をぴったりととざし。二四　↓補一六〇

に平家の赤旗三十余流《よながれ》、大内には源氏の白旗二十余流、風になびきてみえければ、兵《つはもの》いとゞいさみあへり。六波羅より平家よせたりといひもあへず、大宮面に三千余騎にて時をどつとつくりければ、大内ひゞきわたりておびたゝし。只今までゆ[三三]ゝしく見えられたる信頼卿、時の声を聞《きく》よりして、顔色《がんしょく》かはりて草のはにたがはず、南の[三四]階《きざはし》をおりられけるが、膝振《ひざふるひ》ておお《(を)》りわづらふ。人なみ〳〵に馬にのらんと引よせさせたれども、ふとりせめたる大《おほ(お)》をとこの、[三五]大よろひはきたり、馬はおほきなり、たやすくものりえず。[三六]ぬしの心はしらねども、[三七]はやりきりたる逸物《いちもつ》なり。のらんとすれば、つつといで〳〵はやるあひだ、[三八]とねり七八人よりて、馬をおさへたり。放《はなた》ば天へもとびぬべし、引《ひか》ば地へも入つべし。[三九]穆王《ぼくわう》八疋の天馬もかくやとぞおぼえける。

侍「とくめし候へ」とてお《(を)》しあげたり。[四〇]こつなくやお《(を)》したりけむ、弓手《ゆんで》のかたへのり越《こし》て、庭に[四一]うつぶッさまにどうど落給《おちたまふ》。いそぎ引おこしてみたてまつれば、顔には砂《いさご》[四二]ひし〳〵とつき、せう〳〵口にいり、はなぢながれ、殊《ことに》臆してぞみえられける。左馬頭義朝此由を見給《たまひ》、「日比《ひごろ》は大将とて恐《おそれ》けるが、あの信頼といふ[四三]不覚仁《ふかくじん》は臆したるな」とて[四四]日花《じつくわ》門うち

二五　紫宸殿の南の広庭。　二六　内裏後宮の一つ、凝華舎。清涼殿の北西の飛香舎の北。その庭に梅を植えた。

二七　内裏後宮五舎の一つ、淑景舎《しげい》。清涼殿とはもっとも離れた内郭の東北隅。庭に桐を植える。

二八　「籬が坪」とともに未詳。流布本には見えない。竹を植えてある場所、籬で囲う場所か。

二九　元日の朝儀や、即位など国家的行事を行った、内裏の正殿。

三〇　「東花殿」の誤りか。↓補一六一

三一　びっしりつまって。

三二　敵・味方の区別をするための旗じるし。平氏の赤旗に対し、源氏は白旗をしるしとした。

三三　威勢よく。本来、程度のはなはだしいことを言う語。

三四　紫宸殿の南正面の階段。

三五　袖・草摺を大きく作った鎧。

三六　(馬に)乗り手(信頼)の思いを知るすべはないが。

三七　馬はいきり立つ駿馬ではある。

三八　牛車の牛、乗馬の馬の口どりをする下男。

三九　周の第五代目の王、名は満。八頭の駿馬をえて、それに乗ることに夢中になって帰国することを忘れ、四方の諸侯が徐に帰服したので、あわてて帰国し、徐を討ったと言う。

四〇　ぶしつけに。無作法に。「こちなく」とも言う。

四一　うつぶしさまに。顔を下に向けて伏した姿勢に。

四二　びっしりと。多くの人や物が少しのすき間もなく集まるさま。

四三　思慮がゆきとどかない人。覚悟ができていない人。

四四　内裏紫宸殿の前庭の東側にある門。

一　何とか努力して。
二　「かきのせられ」とする本がある。
三　底本は「ふせぎ」とにごるが、平家琵琶の読みぐせや天草版資料により、以下、清音に改める。一々ことわらない。
四　騒がしい音や声を上げる擬声語「さざ」に接尾語「めく」のついた語。中世にはにごって読んだ。
五　ニレ科の落葉喬木。卵形の葉は表面がざらつき、物をみがくのに使った。↓補一六二
六　義朝の長男、義平を指す。
七　悪源太をくり返し呼ぶ。「冠者」は、この場合、元服して冠を着けた者の意。
八　四四頁、源氏勢に見えた後藤兵衛実基。
九　四四頁の山内首藤刑部俊通。
一〇　長井斉籐別当真盛。
一一　岡部六弥太忠澄。
一二　猪俣金平六範綱。
一三　熊谷次郎直実。
一四　平山武者所季重。
一五　金子十郎家忠。
一六　足立右馬允遠元。
一七　上総介八郎弘経。
一八　片切小八郎太夫景重。
一九　馬の口にはめる金具。「くつわ」とも。それを並べるとは、馬の首を並べること。
二〇　わめき、叫んだ。

いでて《(こ)》、郁芳門へ向はれければ、信頼はなぢ押《おし》のごひ、[一]とかうして馬にの[二]らせられ、待賢門へ向《むかはれ》れけり。物の用にあふべしとはみえざりけり。

左衛門佐重盛、五百余騎を大宮面《おもて》にとゞめ、五百余騎をあひぐしてお《(を)》しよせのたまひけるは、「此門の大将軍は信頼卿とみるはひがごとか。かく申は桓武天皇の苗裔《べうえい》、大宰大弐清盛の嫡子、左衛門佐重盛、生年二十三」といひかけられければ、信頼一[三]防《ひとふせき》もふせかず、「そこふせき候へ」とて引しりぞきたまへば、大将軍引間《ひくあひだ》、ふせく侍一人もなし。[四]ざざめい《(ひ)》て引ければ、重盛ちからをえて、大庭の[五]椋《むくのき》の下《もと》までせめよせたり。義朝み給ひ、[六]「悪源太は候はぬか。[七]源太冠者はなきか。信頼といふ不覚仁が、あの門やぶられつるぞや。あれ追出《おひいだ》せ」との給ひければ、「承《うけたまはり》候」とて向はれけり。つゞく兵《つはもの》には、鎌田兵衛・[八]後藤・[九]須藤刑部《ぎやうぶ》・[一〇]長井斎藤別当・[一一]岡部六弥太・[一二]猪俣金平六《ゐのまたのこんぺいろく》・[一三]熊谷次郎・[一四]平山武者所・[一五]金子十郎・[一六]足立右馬允《うまのじやう》・[一七]上総介八郎・[一八]片切小八郎大夫等《ら》十七騎、[一九]くつばみをならべ、門の口へを《(お)》[二〇]めきたり。

悪源太の給ひけるは、「此手の大将軍は何ものぞ、名乗れや、きかむ。かく申は、清和天皇の後胤《こういん》、左馬頭義朝の嫡子、鎌倉悪源太義平と云もの

なり。[二一]十五の年、武蔵国[二二]大倉大将として、[二三]伯父帯刀先生義賢《はくぶたてはきせんじやうよしかた》をうちしより以来《このかた》、度度《どど》の合戦に一度も[二四]不覚の名をとらず。[二五]生年十九歳、見参《げんざん》せん」とて五百余騎のまんなかへわけ入、西より東、北より南へ、たてさま・横さま・[二六]蛛手《くもで》・十文字に敵をざつとけちらかして、つとかけいで、の給ひけるは、「[二七]端武者共《はむしやども》に目なかけそ、罪つくりに。大将軍重盛計《ばかり》に目を懸《かけ》よ。[二八]はじの匂《にほひ》の鎧に、蝶《てふ》の丸すそ金物、黄鴾毛《きつきげ》の馬の乗ぬしこそ大将軍よ。押ならべてくんでおち、[二九]てどりにせよや、者ども」と下知《げぢ》をす。重盛をくませじとふせく平家の侍ども、与三《よさう》左衛門・新藤左衛門を始として、百騎計《ばかり》中にへだゝる。悪源太を初めて十七騎の兵ども、大将軍重盛ばかりにめをかけて、くまんと大庭の椋木《むくのき》を中にたて、左近の桜、右近の橘を五廻《いつめぐり》・六《む》廻・七廻《なゝまはり》・八廻《やまはり》、既《すでに》十度計《ばかり》に及んで組《くま》んくまんとかけければ、十七騎にかけ立《たて》られて、五百余騎かなはじとや思ひけん、[三〇]大宮面へざッと引《ひく》。左衛門佐重盛、[三一]弓杖《ゆんづゑ》つい《(ゐ)》て馬のいきをつかせ給ひしかば、[三二]筑後守家貞「[三三]曩祖《なうそ》[三四]平将軍の[三五]再生をあらため給へる君かな」と[三六]向《むかふ》さまにほめられて、今一懸《ひとかけ》して家貞にみえんとや思ひけん、前《さき》の五百余騎をとゞめ、[三七]あらて五百余騎をあひぐして、又大庭の椋《むくのき》の下《もと》まで責《せめ》よせたり。

二一　古本は、この所を「左馬頭義朝が嫡子鎌倉悪源太義平、生年十九歳。十五の年、武蔵国大蔵の城の合戦に、伯父帯刀先生義方を手にかけて討ちしよりこのかた」とする。
二二　『台記』久寿二年(一一五五)八月二十七日の条に「或人□□□巻源義賢為二其兄下野守義朝之子一於二武蔵国一見レ殺《ころさる》」とある。今の埼玉県比企郡嵐山町大蔵。
二三　父母の兄。↓補一六三
二四　思いがけずおかす失敗をしない。
二五　四五頁にも「鎌倉の悪源太義平生年十九歳」とあった。
二六　木材を交叉させた蛛手のように四方八方へ動くさま。「十文字」は、大勢の中を縦横にかけ回るさま。
二七　名も無い、下級の武者。↓補一六四
二八　五〇頁に重盛のいでたちを同じように語っていた。
二九　素手で生け捕りにせよ。
三〇　大内裏の東面、南北に大宮大路が通る。それに向かう門に向かって。内裏の広庭から外へ出たとあるから、陽明門もしくは待賢門から大宮大路へ出たと言うのか。
三一　弓を杖としてついて。
三二　四九頁に、重盛に従う「侍」として見えた。
三三　先祖。　三四　平国香の長男、貞盛を平将軍と号した。伊勢平氏の祖で、藤原秀郷と結び、父の仇将門を討った。これも重盛像を強調するための語りである。
三五　生まれ変わりであるとの名声を得られた。
三六　正面切って。
三七　新手。まだ戦っていなくて、疲れていない新しい兵。

悪源太懸向《かけむかひ》、前後の勢をみまはして宣ひけるは、「侍どもこそ替《かは》りたれ、大将軍は未《いまだ》かはらず。先にこそ[1]もらすとも、今度はあますな、もらすな兵ども。[2]押ならべ組でおち、[3]てどりにせよや、くめや者ども、〳〵」と下《げ》知《ち》す。今度は[4]難波二郎・同《おなじき》三郎・[5]妹尾太郎・[6]伊藤武者を始て百騎計《ばかり》[7]中にへだゝる。悪源太弓をばわきにかい《(ひ)》はさみ、鐙《あぶみ》ふんばり、ついたちあがり、左右の手をあげ、「義平、源氏の嫡々なり。[8]御辺も平家の嫡々なり。組《くま》んところに[9]いかでか嫌はるべき。よりあへや、組申さむ〳〵」とて、先のごとく大庭の椋木《むくのき》を中に立て、五、六度まで追廻《おひまは》す。悪源太に重盛[10]組《くま》ずべうやおもはれけむ、又大宮面へざつと引。悪源太二度まで敵を門より外へお《(を)》ひいだし、弓杖つい《(ゐ)》て、馬の気《いき》をつかせ給へば、義朝み給ひ、[11]須藤滝口俊綱を以て、「[12]汝不覚なればこそ、二度まで敵は門より内へは入《いる》らめ。あれ[13]遠《とほ》やかに追出せ」とてつかはす。俊綱参《さんじ》、此由申せば、「承候と申せ、俊綱」とのたまひ、「すゝめや、人々」とて、十七騎大宮面へかけいで、敵の馬の足の[14]立所《たてどころ》をしらせず、さん〴〵にかけられければ、大宮を[15]くだりに、[16]二条をひがしへ[17]ざゝめい《(ひ)》て引ければ、義朝み給、「我子ながらも悪源太はよくかけつる物かな、[18]あつかけたり〳〵」とて誉《ほめ》られける。

一　討ちもらしたが。
二　馬を力ずくで相手の馬に接近させ並べて。
三　生け捕りにせよ。
四　五〇頁に、重盛の配下として、「大内へ向ふ人々」の中に「難波二郎経遠・同三郎経房」が見えた。
五　五〇頁に「妹尾太郎兼泰」が見えた。
六　五〇頁に「伊藤武者景綱」が見えた。
七　義平との直接対決を避け、重盛を守るために両人の間に立ちはだかることを言う。
八　そなたも。↓補一六五
九　どうして直接対決するのを嫌われるのか。
一〇　「組まずべくや」のウ音便形。組むまいと思われたのか。
一一　五二頁、義朝の配下に「須藤刑部」として見えた。
一二　前頁注二四。
一三　流布本は「すみやかに」とする。このままなら、はるか遠くへ。
一四　敵の馬を立ちどまらせないで。
一五　(重盛が)南へ。
一六　(大宮大路を南下して)二条を東へと語るから、待賢門から出て大宮大路を南下し郁芳門の前から二条大路を東へ追いかけたか。
一七　ざわざわ騒いで退いたので。読みは「ざざめく」と濁る。
一八　でかした、よく(馬を)かけさせた。

左衛門佐重盛・与三左衛門《よさうざゑもん》[一九]・新藤左衛門主従三騎、大勢の中をかけはなれて、二条を東へおちられければ、悪源太、鎌田兵衛をうち具して、「こゝに落《おつ》るは重盛とこそみれ。かへせや〳〵」とお《(を)》ひかけたり。重盛はせ[二〇]のびみ給へば、弓手には逆木《さかもぎ》[二一]じうまんして、前は堀河、[二二]うしろは悪源太・鎌田兵衛すき[二三]もなくつゞい《(ゐ)》て、主従三騎[二四]、くッきやう[二五]の逸物《いちもつ》どもにて、堀河をつとこす。悪源太の馬は片なづけ[二六]の駒にて、さかも木におどろきければ、鎌田十三束[二七]とつてつがひ、追様《おつさま》[二八]にひやうど射ければ、重盛の鎧のお《(を)》[二九]しつけにちやうどあたりてとびかへる。二の[三〇]やつがひてひやうど射ければ、射む[三一]けのそでにはたと当《あたつ》てちつともたゝず。はた[三二]ひをつくがごとし。悪源太宣けるは、「平家の方に聞《きこゆ》る唐皮《からかは》[三三]といふ鎧ごさんなれ。お《(を)》[三四]しさげて馬を射て、落ん所をよせてくめ」と下知せられければ、能引《よつぴい》[三五]てひやうど射る。馬のふ[三六]と腹つととほ《(を)》る。つゞけてはねければ、重盛、逆木のうへにはねお《(を)》とされ、甲もおちて大《おほ》[三七]わらはになり給。悪源太の馬、逆木にけ[三八]しとんで倒ければ、鎌田、掘河をつとこし落合《おちあひ》、重盛に寄合組《くまん》としければ、重盛近付《ちかづけ》てかなはじとや思はれけん、弓のはずにて鎌田がはちをちやう〳〵どつか[三九]れて、少《すこし》ひるむところに、かぶと引よせ打着て、緒をむず〳〵とゆひ、

一九　五〇頁に重盛をかばう両人が見えた。
二〇　馬を走らせ逃げのびて、(前方を)御覧になると。重盛を敬語を使って語っている。
二一　木の枝や、いばらを柵として組んで、敵の侵入を防ぐ障碍物。「逆茂木」とも書く。
二二　大宮大路の東二本目の小路が堀川小路で、堀川が南へ流れていた。
二三　(追いかける相手を)息もつかせず。
二四　(重盛の一行)三騎が。
二五　もともと仏教語で、無上・究極・事理の至極の意。転じて、きわめてすぐれて強いことを言うことば。
二六　よく手なづけていないこと。
二七　矢の長さを表す語。↓補一六六
二八　「追ひさまに」の促音便形。後を追いかけるようにして。
二九　腹巻鎧の背面、一番上、肩上を固定する板を押付けの板と言う。正面、胸板の反対側の板。
三〇　続けて射る第二の矢。
三一　鎧の左の袖。三三頁注二六。
三二　布を織る機械、機《はた》に縦糸を張り渡したものに横糸を杼《ひ》につないで通す。その杼を機に通して、また通し返すことにたとえて言うか。はね返ったのである。
三三　(平家に相伝する)鎧の名。↓補一六七。この種の名器を連ねて語るのが語り本である。
三四　矢先の向きを下げて。
三五　「よく引いて」の促音便形。
三六　馬の下腹の上の、丸く太みのある部分。
三七　髪のもとどり(もと結い)が解けて、まるで童髪のように乱髪になった形。
三八　ふっとんで。
三九　(鎌田が重盛に)突かれて。

鞭のさきにてちりうちはらひ、[一]逆木《さかもぎ》の上にぞたゝれける。重盛まことにはやくぞ見えられける。与三左衛門中にへだゝりて申ける。「[二]唐《から》には師といふ鳥を三ねんかひ《(い)》て故人虎《こじんとら》をとる。吾朝《わがてう》の武士は[三]恥ある郎等に恩をしつれば命《いのち》にかはるとは、かやうの[四]ところをこそ申せ」とて、「景泰《かげやす》生年廿三、[五]御前にかはりたてまつらん」とて、鎌田兵衛とむずと組《くむ》。悪源太馬の足立《あしだて》なほ《(を)》させ、堀河をつとこし、重盛によりあひくまんとせられけるが、鎌田をうたせじと思ひ、[六]与三左衛門におちあひ、二刀《ふたかたな》さし、[七]くびをかい《(ひ)》て、鎌田を助《たすけ》給ふを、重盛宣けるは、「[八]命にかへて思つる景泰をうたせつるこそ口惜《くちをし》けれ。重盛死なむ」とて悪源太によりあひ、組んとせられければ、新藤左衛門中にへだゝり、「[九]家泰が候はざらん処にてこそ、大将軍の御命はすてさせ給ひ候はむずれ。[一〇]まさなう」とておし《(を)》へだてて《(こ)》、悪源太にむずとくむ。鎌田、重盛によりあひくまんとしけるが、[一一]主をうたせじと思ひ、新藤左衛門により合《あひ》、三刀《みかたな》さしてくびをかき、悪源太を助《たすけ》けり。此ひまに重盛は力およばず、[一二]景泰馬にうちのり、六波羅へおちのびらる。[一三]二人のさぶらひなくは、重盛も助かりがたし。鎌田兵衛なくは悪源太もあやふ《(う)》くぞみえられける。[一四]十二月廿七日巳刻《みのこく》のことなるに、一むら雨《さめ》ざつとして、

一　「材木」とする本がある。従うべきか。→補一六八
二　出典未詳。「師」「故人」ともに当て字であろう。中世の幼学の類に行われた説話か。
三　名誉を重んじる家来に恩を与えると、その家来は主人の命にかわって守るということがある。
四　「こと」とあるべきところか。
五　(与三左衛門景康が)御主人の重盛に。
六　重盛を守ろうとした与三景康が鎌田に組む。それを見た義平が鎌田を与三に討たせまいと与三に組むのである。
七　「かき切て」の省略イ音便形。「かききって」の意。
八　(自分の命を)主人の命にかえて守ってくれた景康を敵(義平)に討たれたのは。
九　(重盛に従う新藤左衛門)家泰がお仕えしていないのなら。
一〇　(主の重盛さまが命を捨てられるなど)とんでもないこと。
一一　重盛に組もうとしていた鎌田は、与三が義平に組もうとするのを見て、(重盛を追うことをやめて)主の義平を討たせまいと。このあたり、主語を欠くため、文字テクストとしてはわかりにくい。
一二　諸本に「が」があるのに従うべきか。前項同様、単なる誤写ではなく、それなりに理解できるものと判断したのであろう。
一三　(重盛の家来である)与三景泰と新藤家泰の二人を指す。
一四　この前、四七頁に「比は平治元年十二月廿七日の辰の剋」とあった。「巳刻」は、その約二時間後の午前十時頃。以下、手形のことを古本は欠く。

風ははげしく吹間《ふくあひだ》、物具《ものゝぐ》氷《こほ》りてたやすからず。鎌田が鞍[一五]の前輪つらゝゐて、のりかねければ、悪源太見給て、「手形《てがた》[一六]をつけてのれや」と宣ければ、ふつ〱と手形をきざみつけて、手綱《たづな》をうちかけ乗てンげり。平治[一七]の合戦よりして、鞍の手形はありとかや。

去程《さるほど》に三河守[一八]頼盛、郁芳門《いうはうもん》[一九]へ《(を)》おしよせ、「此門の大将軍は、たそ。名乗《なのれ》や、闈《きかん》」との給へば、「此手の大将軍は、清和天皇の後胤、左馬頭《さまのかみ》義朝なり」とぞなのられける。義朝の給ひけるは、「悪源太も二度まで敵を追出《おひいだ》せしぞかし。すゝめや、若者ども」との給へば、太夫進朝長《たいふしんともなが》[二〇]・右兵衛佐・新宮次郎・平賀《ひらがの》四郎・佐渡式部太夫を始《はじめ》として、我も〱と進《すゝみ》けり。右兵衛佐頼朝、生年十三と名乗て、敵二騎射おとし、一騎に手負《ておふ》せて、手に[二一]もたまらず懸られければ、義朝見《み》給、いかにいとほ《(お)》しくおもはれけん。義朝宣けるは、「何といふとも、若者どもの軍《いくさ》したるは、まばらに[二二]みゆるぞ。義朝かけてみせん」とて真まへ[二三]にを《(お)》めいてかけ給へば、兵どもうちかこんで戦けり。頼盛しばらくたゝかひ、門より外《ほか》へ引《ひか》れければ、義朝つゞい《(ゐ)》て責られけり。平家[二四]の旗は赤くして大宮おもてへ引ければ、源氏の幡《はた》は白《しろく》して、門[二五]より外《ほか》へぞすゝみける。平家馬の気《いき》をやすめてかけければ、源氏

一五　鞍の前部にあって、騎乗者の体を支えるための輪型。
一六　前輪の山型の左右両肩に切り込まれたくぼみ。これに手をかけて馬に乗る。この場合、急場に手形をきざみ付け、それに手綱をひっかけて乗ったというものか。
一七　↓補一六九
一八　四九頁。大内へ寄せる勢の中に「大将軍左衛門佐重盛・三河守頼盛・淡路守教盛」として見えた。
一九　五〇頁注二二。
二〇　四六頁に「(義朝に従う)次男中宮太夫進朝長」と見え、四四頁には「義朝の弟新宮十郎義盛、従子佐渡式部大夫重成・平賀四郎義宣」と見えた。
二一　敵(平家)の手にも余って馬をかけめぐらされたので。
二二　多くの兵が、勝手にばら〱に動いてまとまらない状態である。
二三　「真前(まつさき)」を誤読したか。
二四　↓補一七〇
二五　この頁、前出の郁芳門を指す。

一　武士として身につけるべき、戦闘の技術、その武術の限りを尽くした。　二　先駆けを承りましょう。　三　古本に、この下人は見えない。底本は、この種の身分の低い者の動きを語る傾向がある。　四　ひざ腰の部分を包う草摺が八枚の、徒歩戦に用いる略式の鎧。古くは右引合わせ、背割の両方があった。後には右引合わせに固定する。四九頁注四。　五　鎧・腹巻の付属品。こて、すねあて、わい(脇)だてなど。それらをしっかりと身につけて。　六　鎌田の下人である八町に対することば。　七　かえって徒歩戦の方がよいだろう、手がらをたてよと。

八　平頼盛の速く走る馬にも負けずに。

九　甲の中央、頂点を言い、天孔と称する穴がある。　一〇　長い柄の先に、熊の手のような鉄製の爪をつけ、相手に引っかけて倒す武具。

一一　甲の鉢に続いて頸部の左右・後方をおおう部分。　一二　応戦されたが。　一三　てへんに引っかけられた熊手をはずしてのがれる。

一四　よし、その調子、〳〵。

一五　背のびをして。「のびあがり」とする本がある。　一六　いよ〳〵引き落とされそうになられたが。

一七　いきおいよく打つことを表す擬態語。

一八　あおむけに。　一九　本来、京の町の若者の意であるが、広く、京の町の人々のことで、口やかましいことで知られた。

二〇　三河守頼盛も、よく切られたものだ。

二一　よく(熊手を)強く引いたものだ。

二二　甲の天辺に、切りとられた熊手の爪をつけたまま。

二三　追って来る八町二郎をふり返ることもせず。

二四　大宮大路を三条まで下って、三条大路を東へ退き。

は大内《おほうち》へ引返し、馬の気《いき》をつがせてかくれば、平家大宮へ引退き、兵どもたがひに命をを《(お)》しまず、入《いれ》かへ〳〵[一]武芸の道をぞほどこしける。

悪源太申されけるは、「義平御[二]前仕《まへつかまつり》候はん」とて鎌田兵衛うちぐして、先をかけて戦《たゝかひ》ける。鎌田が[三]下人《げにん》に八町の二郎と云ものあり。[四]腹巻に[五]小具《こぐ》足《そく》引かため、はるかにさきだちたる馬武者を、八町がうちにて追《おつ》つめとらへければ、八町二郎と申ける。[六]「馬にてこそ具すべかりける物なれども、[七]中《なか》〳〵かち立《だち》よかるべし、高名せよ」とて腹巻に小具足せさせてうち具したり。[八]三河守のかけあしの名馬に少《すこし》もお《(を)》とらず走たり。三河守の甲のて[九]へんに[一〇]熊手をうちたてむ〳〵と走りければ、三河守もし[一一]ころをかたむけてあ[一二]ひしらはれけるが、五六度はかけ[一三]はづす。鎌田兵衛[一四]「よしや八町二郎、よしや」と云ければ、[一五]指《さし》あげ、甲のてへんに熊手を打かけ、えい《(ゑ)》やと引《ひく》。三河守す[一六]でに引落されぬべうおはしけるが、抜丸をもってし[一七]とゝうたれければ、熊手の柄《え》をてもとより二尺ばかりお《(を)》きて、つときり、熊手をきられて、八町二郎の[一八]けに倒て、三ころびばかりころびける。[一九]京童《きやうわらんべ》是をみて、「あッぱれ太刀《たちや》。[二〇]三河守もよつきり給けり。八町二郎も[二一]よつぴきたり」とぞ咲《わらひ》ける。[二二]甲に熊手をきりつけながら、取《とり》てもすてず、[二三]見もかへさず、[二四]三条を東へ、[二五]高倉を下《くだり》に、五条を東へ、六波羅まで[二六]からめて落《おち》られければ、[二七]中〳〵優にぞみえられける。

此太刀を抜丸と申ゆゑ《(へ)》は、[二八]故刑部卿《こぎやうぶきやう》忠盛、[二九]池殿にて昼寝をせられたりけるに、池より大蛇あがりて、忠盛をのまんとす。此太刀を枕の上に立《たて》られけるが、するりとぬけいでて《(こ)》、蛇《じや》にかゝりければ、太刀におそれて蛇は池にしづむ。又あがりて飲《のまん》とすれば、又太刀ぬけて大蛇の首を斬《きり》、かへつてさやにを《(お)》さまりぬ。忠盛是を見給て、さてこそ抜丸とはなづけられけれ。

[三〇]三河守を落さんと防くさぶらひどもには、[三一]大監物《だいけんもつ》・小けんもつ・[三二]左衛門《さゑもんの》佐綱《すけつな》・[三三]兵藤内《ひやうどうない》家俊《いへとし》・子息藤内《とうない》太郎家能《いへよし》を始として、我も〳〵と中にへだゝり戦けり。兵藤内は、大臆病者にて、軍《いくさ》に向《むかひ》たれ共《ども》、矢の一《ひとつ》も射ず、敵をもうたず、我《わが》身手おふまでは思《おもひ》もよらず、何となう[三四]尻付《しりつけ》して、勢《せい》の中にあひまじり、軍《いくさ》するよししてありけるが、馬を射させて、ある小家《こいへ》へにげいる。子息の藤内太郎家能は、父には似ず大剛《だいかう》の者なり。散々《さんぐ》にたゝかひ、敵あまた射、引退《ひきしりぞく》。父の馬射られて伏たれば、父はみえず、今は生ても何かせん、うち死せんとて、さん〴〵に戦《たゝかふ》ほどに、父是をみて、「家俊には似ず、きやつは[三五]けのやつかな」とて軍《いくさ》するがおもしろさに、走

二五　高倉(小路)を南下して五条大路に達し、これを東に向かって五条橋に達し、ここで賀茂川を渡って六波羅へ逃げ込んだのである。
二六　「からめかして」とする本がある。天辺にひっかかった爪がからからと音をたてての意か。
二七　おかしいと言うよりは、かえってけなげに見えた。京童に視点をおいて頼盛の落ちようを語る。
二八　清盛の父、平忠盛。正盛の長男。母は未詳。↓補一七一
二九　六波羅の中にあった頼盛の邸。
三〇　(頼盛を)逃がそうとして相手と防戦する侍としては。
三一　中務省に所属する官で、大蔵省・内蔵寮などの出納に立ち会う官の長。従五位下相当官。その下に中監物・少監物・史生各四人があった。この場の人々の名は未詳。
三二　未詳。
三三　藤原氏で、内舎人の職にある者を「藤内」と言う。名は未詳。↓補一七二
三四　人々の尻について回って。
三五　(人柄や態度が)他に比べてすぐれているやつだなあと。

りいで《(こ)》て、[一]とりもつかばやとおもへども、あれみてのち、これみて後とする程に、[二]家継敵と引《ひっ》くんでおち、さしちがへて死にけり。兵藤内是をみて、走出《はしりいで》、いかにもならばやとおもへども、[三]おくびやう心にさそはれて、子息の死骸をもみつがず、[四]六波羅へ落にけるを、にくまぬ者ぞなかりりける。

[五]公卿僉議にしたがつて、平家みな六波羅へ引《ひっ》かへせば、源氏、大内うちすて、小路《こうぢ》〳〵にお《(を)》ひかけ、こゝかしこにて責戦《せめたゝかふ》。[六]官軍大内へ入替《かはっ》て門〳〵を防かせければ、源氏内裏へいりかねて、六波羅へぞよせにける。[七]斎藤別当実盛・後藤兵衛実基、東《ひがし》三条の辺にて戦けるに、敵二騎出来て、斉藤別当一騎の武者に[八]かけあはせ、[九]「御辺はたれか」ととへば、「安芸国の住人、[一〇]東条五郎」となのるところに、頸のほねいおとし、頸をとつて馬にうちのり、「是はいかに後藤殿」といへば、[一一]真基今一騎の武者にかけむかひ、「わきみはたれ」ととへば、「讃岐国住人、[一二]大木戸《おほきど》の八郎」となのる。是もくびのほねいておとし、くびをとつて、「是は何《いか》に、長井殿。[一三]頭殿《かうのとの》の見参に入べきか、捨《すっ》べきか」といへば、「けさよりのり[一四]つからかしたる馬に、なまくびつけて何かせむ。捨《すて》よや」といひて、二条掘河へはせきた

一　(敵に)とり組もうと思ったけれども。
二　「家能」の誤りか。前頁に「子息藤内太郎家能」と見え、古本は「兵藤内、その子藤内太郎……藤内太郎いへつぐ」とする。
三　家継の死を見た「兵藤内」を、その父とすると古本とは違った行動になる。その古本は、「兵藤内は、馬を討たせて徒《かち》武者に成てッげり。その上、老武者なれば、乱れあひたる戦ひかなはで」とする。老齢ゆえの行動とするのである。
四　見届けないで。せわをしないで。
五　この前の公卿たちの作戦会議の指示に従って。
六　主上と院を擁する平家の側を官軍とする。
七　五二頁に、義朝に従う兵として二人が見られた。
八　馬を駈けあわせて(戦おうとし)。
九　そなたは、だれか。
一〇　安芸国(今の山口県)奴可郡の東城、もしくは安那郡東条の住人か。
一一　この三行前、実基。
一二　讃岐国(今の香川県)小豆郡土庄町大木戸の住人。
一三　主の源義朝を指す。
一四　乗り疲れさせた。

る。二《ふたつ》のくびをば逆木《さかもぎ》のうへにさしおき《(を)》、[一五]在地の者共の軍の見物しけるに、「此くびうしなふべからず。後日《ごにちに》たづねん時、なしとこたへて[一六]あしかるべし」とてはせいでぬ。又うしなひてはかなふまじとて、[一七]日くるゝまで振《ふるひ》〳〵まぼり居たり。

信頼卿は今朝[一八]門《もん》やぶられて後は、軍《いくさ》するまでの事はおもひもよらず、あはれひまあらばおちばやと、[一九]大路をのぞみたづねられける。六波羅へはよせずして、[二〇]手勢《てぜい》五十余騎かはらをのぼりにおちられければ、金王丸「右衛門督殿《ゑもんのかみどの》こそおちられ候へ」と申せば、義朝「[二一]たゞおきてお《(を)》とせ。あれほどの不覚仁《ふかくじん》あれば、なか[二二]〳〵軍《いくさ》もせられず」とて、六波羅へよせられけり。＊

（義朝六波羅に寄せらるる事并びに頼政心替りの事）

六波羅には、[二三]五条のはしをこぼちよせて、[二四]かいだてにこしらへてまつところに、義朝押よせ、時をどつとつくる。清盛、時の声におどろきて、物具せられけるが、甲をとつて逆《さかさま》に着給へば、侍共「御甲さかさまに候」と申せば、臆してやみゆらんとおもはれければ、「[二五]主上《しゆしやう》是《これ》にわたらせ給へ

一五 その地に住む者。武士ではない、町の人々。古本は「在地の者共」のいくさ見物を語らない。底本の語りに注目。
一六 (首を)失っては、その責めを問われて悪かろうぞ。
一七 首を守るように命じられた「在地の者兵」が。日が暮れるまで頑張って。笑いをこめる語りである。
一八 五〇頁に「大内には西北をばちやうどさし、東面の陽明・待賢・郁芳門をば開れたり。昭明・建礼の小門おしひらき」とあった。
一九 上述の門から東へ向かう土御門・中御門・大炊御門などの大路の様子を見て、退路を求めておられた。
二〇 身近かに従えている兵士たち。
二一 放っておき、落ちるままにさせよ。
二二 (信頼がいては)かえって足手まといになって、いくさもしにくい。
二三 中世、賀茂川には、清水へ向かう五条橋が今の松原橋辺りにかかっていた。それをくずして材を防御に使ったのである。
二四 (楯の材を)楯のように組み立てて防禦壁とし。
二五 二条天皇を指す。信頼の占拠していた内裏を脱出して六波羅にいた。古本は、この清盛をめぐる笑い話を欠く。底本は、重盛像を強調する。

ば、敵のかたへ向《むか》はば《(こ)》、君を後《うしろ》になしまゐ《(い)》らせむがお[一]それなれば、さて甲をば逆《さかさま》にきるぞかし」とぞ宣ひける。左衛門佐重盛「なにと宣へども、臆してこそみえられつれ」とて、五百余騎にて打立《うつたつ》て、防かれける。

[二]兵庫頭《ひやうごのかみ》頼政は、三百余騎にて[三]六条河原にひかへたり。悪源太、鎌田をめしての給ひけるは、「あれに[四]ひかへたる、頼政ならむ」。「〔さん〕候」。「にッくい《(ひ)》頼政が振舞かな。一軍《ひといくさ》せん」とて、五十余騎にてはせ来《きた》る。「御辺は兵庫頭頼政な。源氏勝《かた》ば一門なれば、御方にさ[五]んずべし。平家勝《かた》ば、主上わたらせ給へば、六波羅へまゐ《(い)》らんとおもひ、軍の[六]左右をまつとみるはひがことか。[七]源氏のならひ、二心《ふたごころ》なき物を。よりあへや、くまむ」とて、百騎真中《まんなか》にわつていり、懸られければ、[八]渡辺の一字名乗《なのり》の者共一人して、千騎にも[九]あはなんといひけれども、悪源太にか[一〇]けたてられ、よせて組《くむ》者一人もなし。頼政が郎等、[一一]下総国住人、下河辺藤《しもかはべのとう》三郎行吉が放矢《はなつや》に、悪源太の郎等、相模国住人、[一二]山内須藤滝口俊綱が頸のほねにたつ。馬よりおちんとしければ、父刑部丞《ぎやうぶのじよう》是をみて、「[一三]矢一《ひとつ》にあたりて馬よりおつる者やある。[一四]不覚なり」といさめられければ、弓杖つい《(ゐ)》てのりなほ《(を)》る。悪源太宣けるは、「滝口矢にあたりつるぞ。敵《かたき》に頸[一五]ばしとらすな。御方へとれ」との

一　おそれ多いので。甲の前面には真っ向・吹き返しがあり、背面は錣《しころ》でおおわれることを考えて読むべきだろう。

二　四七頁、義朝の行動の形勢を傍観することが語られていた。

三　六条大路の東端、賀茂川の河原。対岸が六波羅である。

四　「ひかへたるは」とする本がある。待機して様子見をしているのは。

五　参ろうとするのだろう。

六　（いくさの）成り行きを見届けようとしていると見るのは誤りか。

七　源氏のいくさのやり方として、敵方に内通するということはないはずなのに。

八　嵯峨源氏が、代々、一字を名とした。その中の摂津・渡辺を本拠とする一党が保元の乱当時から頼政に従っていた。↓補一七三

九　「あはむ」とする本がある。従うべきか。

一〇　（馬を）駈けたてられて。

一一　底本に「しもつけ」のルビがあるが、「下総」のよみは「しもふさ」が正しい。↓補一七四

一二　義朝の家来として見える。五四頁注一一。

一三　たかが一本の矢を受けて落馬することがあってよいのか。

一四　思わず犯す失敗。ここは、それゆえの不名誉の意を表す。五三頁注二四。

一五　係助詞「は」に、強意の助詞「し」がつき、語頭が濁音化した語。上の語をとり出して強調する。ここは、（滝口の頸を）絶対に敵にとらすなの意。

給へば、斎藤別当[一六]太刀を抜《ぬい》て寄《より》あひたり。滝口「御辺は御方とみるはひが[一七]ことか」。実盛いひけるは、「敵に頸ばしとらすな、御方へとれと、悪源太のおほせなり」といへば、「[一八]さては心やすし」とて、頸をのべてうたせけり。[一九]弓取のならひほど、あはれにや[二〇]さしきことはなし。生[二一]ては相模国山内、[二二]はては都の土となる。父刑部丞是をみて、「命捨て軍《いくさ》をするは、滝口を[二三]世にあらせむ為也。今は生ても何かせん。うち死《じに》せん」とて戦ければ、悪源太「[二四]あッたら武者刑部うたすな者ども。[二五]刑部うたすな」とのたまへば、兵《つはもの》[二六]中にへだゝりてかけさせねば、涙とともに引返《ひつかへ》す。＊

（六波羅合戦の事）

[二七]金子《かねこの》十郎家忠《いへただ》は、[二八]保元の合戦に、[二九]為朝の陣にかけ入、[三〇]高馬《たかまの》三郎兄弟を射て、為朝の矢さきのがれて名をあげけるが、平治にもさ[三一]きをかけて戦ける。[三二]矢だねも射つくし、弓も[三三]引を《(お)》れてすてぬ。太刀もうちを《(お)》り、[三四]を《(お)》れ太刀《だち》ばかりひつさげ、あはれ[三五]御方がな、太刀をこはばやとおもふところに、同国の住人、[三六]足立の右馬允遠元《うまのじやうとほもと》いで来る。「御覧候へ、足立殿。太刀をうちを《(お)》りて候。[三七]かはりの太刀候はば《(こ)》、たび候へ」と云《いふ》。「かへの太刀はなけれ

二六 六〇頁、六波羅攻めの源氏勢に参加していたことが見える。
二七 まちがいか。
一八 それで安心した。敵の手にかかるのを免れたことを喜ぶ(滝口の)思いを語る。
一九 弓矢を取って戦う武士の生き方ほど。
二〇 けなげなことはない。
二一 「むまれは」とする本がある。従うべきか。
二二 「生きては」に対する語。最後は。
二三 子どもや子孫を繁栄させるためである。
二四 そのものに相当する。ふさわしい、値する意の「あたら」を促音化して強調する語。惜しくてたまらない、の意を含む。
二五 二行前の「父刑部丞」を指す。
二六 敵と刑部丞の間に立ち隔って、刑部丞を駆けさせないので、刑部丞は、子息を死なせた悲しみもあって引き返した。
二七 四一頁、義朝の郎等として登場していた。同頁注三一。武蔵七党の一、村山党の武士。
二八 第四類本『保元物語』「白河殿攻め落す事」に見える。↓補一七五
二九 父為義とともに崇徳院方についた源為朝。義朝の弟。↓補一七六
三〇 三河・大和に高間氏がいた。
三一 先陣をきって駈け。
三二 携帯していた矢のすべてを。
三三 「引をりて」とする本に従うべきか。
三四 折れた太刀だけを。
三五 (金子と)同じ国、武蔵国の兵がいないか。
三六 四四頁、義朝に参加。同頁注三八。
三七 (持っていた太刀が折れたので)、そのかわりの太刀がございましたら。

共《ども》、御辺のこふ《(う)》ところが[一]やさしければ」とて、[二]さきをうたせける郎等の太刀を取《とり》、金子にとらす。大《おほき》によろこび敵あまたうつてゝげり。足立が郎等申けるは、「[三]日来《ひごろ》の心をみ給、物のようにたつまじき者よとおもひ給へばこそ、かゝる軍《いくさ》の中にて太刀をばめされ候へ。御供してなにかせん」とて、主を恨てうちわかる。足立いひけるは、「しばらくひかへよ。いふべき事あり」とてはせいでぬ。敵一騎出来《いできた》るに、我も名のらず、[四]人にも名のらせず、よつ引てひやうど射ければ、[五]内甲に[六]したたかにたつ。馬よりおちければ、[七]落合《おちあひ》、敵が太刀を取て引《ひつ》かへし、郎等に馳ならびていひけるは、「汝《なんぢ》心短くこそ恨つれ。[八]すは太刀よ」とてとらせ、前《さき》をぞかけさせける。

異国にむかし[九]徐君《じょくん》・季札《きさつ》とて[一〇]二仁《じん》将軍ありき。季札は三尺の剣をもちたり。徐君常に[一一]こひけれ共、を《(お)》しみてとらせず。隣国に[一二]夷《えびす》おこるよし聞えければ、季札を責《せめ》につかはす。徐君がもとへうちよりて暇乞《いとまごひ》しければ、徐君[一三]同《おなじ》やうなる太刀を取出し、その太刀にかへてといへば、「[一四]宣旨《せんじ》にしたがひ、[一五]他国《たこく》仕《つかまつり》、え《(ゑ)》びすをせめに向《むかふ》なり。かへらん時にとらすべし」とて、うちいでぬ。三箇年にえ《(ゑ)》びすをほろぼして帰《かへり》し時、徐君がもとへうちよりて、「[一六]いづくへぞ」ととふ。女なく〳〵出むかひ、「[一七]空しくなりて三《み》

一　一段高い立場にある人が、下にある人をほめることばで、けなげなの意。心構えがけなげであるので。
二　前方に馬を進めていた。
三　日常、戦にのぞむ心の程を御覧になって。金子のために太刀を召し上げられたことを恨みに思うのである。
四　相手に名のらせもしないで。
五　甲のおおいの内側。
六　いきおいが強烈で、その効果が確かなさま。
七　足立の行動を語る。
八　相手の注意を促すのに呼びかけることば。それ。
九　「徐君」は、中国春秋時代、徐の国の王、「季札」は呉の国の王の第四子。↓補一七七
一〇　「二人の将軍」とする本あり。従うべきか。
一一　季札が所有する剣を乞い受けようとしたが。
一二　未開の地に住む民。ここは外敵の意。
一三　徐君が日頃乞い受けようとしていた剣と同じような太刀を持参して交換してほしいと乞うと。
一四　天皇や上皇の命令を下し伝える文書。ここは王の文書。
一五　他国へおもむき。
一六　どこへ出かけたのか。
一七　死去して。

年《とせ》になりぬ」とこたへしに、「墓《つか》はいづくぞ」ととひければ、「[一八]あれこそ」とをしへけり。うちよりてみれば、塚に松生《おひ》たり。[一九]存生《ぞんじやう》の時こひし剣なれば、草の陰にても嬉しくおもふべしとて、松の枝に剣をかけてぞとほ《(を)》りける。異国に聞えし季札も、敵をほろぼして後にぞ、徐君が塚に剣をかけてとほ《(を)》りし。吾朝の武蔵国の住人、足立右馬允《じよう》遠元は、かゝる軍《いくさ》の中にして、太刀を金子にとらせける、こゝろのうちこそ[二〇]やさしけれ。

[二一]さるほどに悪源太宣けるは、「今度六波羅へよせて、[二二]門の内へいらざることこそ口惜けれ。すゝめや者共、〳〵」とて五十余騎[二三]しころをかたむけ、をめ《(お)》い《(ひ)》てかけければ、平家の軍兵ばつとあけていれにけり。悪源太宣けるは、「この矢をもつて敵清盛をうたさせ給ひ候へ」とよつ引て宿所の内へ射いれたれば、清盛の軍みてたゝれたる[二四]弓手のかたを[二五]羽引《はひい》て越《こえ》、うしろなる柱にしたゝかにたつ。すこしさがりたらば、あやふ《(う)》くぞみえられける。清盛宣ひける、「かひ〳〵しく防く者なければこそ、敵は是まで近付らめ。清盛さらばかけん」とて、[二六]かちんのひたゝれに黒糸をど《(お)》しの鎧に、[二七]黒漆《こくしつ》の太刀はき、[二八]くろづはの矢をお《(こ)》ひ《(い)》、[二九]ぬりごめどうのゆみもつて、黒の馬に、[三〇]黒くらお《(を)》かせてのり給へり。「何《いづれ》か源氏の大将軍ぞ。かう申は、

一八　あれに見えるのが、その墓です。
一九　徐君が生前、乞い受けようとした剣なので、(これをここに残せば)死者も墓の下で喜ぶだろうと。
二〇　思いやりのあることだ。六三頁注二〇。
二一　話かわって。底本には、この語によるつなぎが多い。「そうする中に」の意ではない。
二二　義朝の率いる源氏の軍が六波羅を攻めながら敵の陣内へ攻め入ることのできないことを言う。
二三　甲の札を革もしくは組み糸でおどし、段につらねとじて頸部の左右、背後をおおうもの。敵の矢にそなえて構えることを「しころをかたむく」と言う。
二四　矢を射るのに弓を持つ側の手。普通は右の手である。
二五　矢羽が(肩を)こするように飛んで。
二六　紺色を濃く染め、黒みがかった色の直垂→補一五一。清盛の武装を語るのは、ここが始めて。そのいでたちは古本もほぼ同じ。四五頁、義平も似たいでたちであった。侍級の武者が着用した色の直垂。
二七　鞘も金具も漆で黒く塗った太刀。物語では荒わざで知られる武者が多く着用した。
二八　鷲の黒い羽を矢羽とした矢。
二九　弓の材の分離を防ぎ、補強するために籐を繁く巻いた弓を、漆で塗り固めたもの。
三〇　黒い漆を塗った鞍。

太宰大弐、[一]げんざむ」とぞのたまひける。「悪源太義平是にあり」とてを《（お）》めい《（ひ）》てかけらる。「平家のかたにはいかゞ射る。源氏のかたにはかうこそいれ」。源氏の兵ども互にを《（お）》めい《（ひ）》て責戦《せめたたかふ》ほどに、悪源太の勢はけさよりつかれ武者、平家の勢は[二]今のあらてなり、悪源太の勢すこしよわ《（は）》りてみえければ、「さらば馬の気《いき》をつがせよ」とて、門より外《ほか》へ引退く。やがて河[三]より西へひかれけり。義朝宣ひけるは、「義平が河より西へ引《ひい》つること、[四]家のきずとおぼゆるぞ。義朝今は[五]いつをか期《ご》すべき。うちじにせん」とてかけられければ、鎌田申けるは、「源平弓矢をとつていつも勝負なしと申せども、源氏をば人みな武事《たけきこと》に申《まうす》。只今ここにてうたれさせ給、し骸《がい》を敵の馬のひづめにかけさせ給はんことこそ口惜候へ。いづくへもおちさせ給、[六]名計《なばかり》あとにとゞめて、敵に物をおもはせ給へ」と申《まうせ》ば、義朝宣ひけるは、「東へ行《ゆか》ば、[七]あふさか・不破の関、にしへ行《ゆか》ば、[八]須磨・明石をやす[九]ぐべき。たゞこゝにてうち死せん」とてかけられけれ共、鎌田御馬の口にとりつきたるをちからにて、兵あまたへだゝりて、かけさせたてまつらねば、ちからおよばずして、[一〇]河原をのぼりにおちられけり。＊

一　目下の者が目上の者にお目にかかること。ここは合戦の場で、相手に敬意を表して言う。
二　今、新しく加わった軍勢。新手。
三　賀茂川から西、つまり洛中、西へ退かれた。
四　武士としての家名にきずをつけることになると。
五　いつの将来を期待するのか。（今こそ、武士として）。
六　この戦場にいらっしゃったという名のみを残し、いまだ健在であることを示唆して。
七　「あふさか（逢坂）」は、今の大津市内、近江と山城の国境。「不破の関」は、岐阜県不破郡関ケ原の旧関。美濃路への険路とされた。
八　摂津と播磨の境。
九　たやすく通行できるだろうか。逃げ落ちるすべのないことを言う。
一〇　賀茂川の河原を北へ落ちてゆかれた。

（義朝敗北の事）

平家お《(を)》[一一]つかけてせめければ、三条河原にて鎌田と[一二]いひけるは、「頭殿《かうのとの》[一三]はおぼしめすむねありておちさせ給ぞ。[一四][一五]［ふせき矢射ばや、人々」といひければ、よしとも見たまひ］、ひら[一六]が四郎義のぶひきかへし、さん〴〵にたゝかひければ、「あはれ源氏はむ[一七]ちさしまでもおろかなる物はなきかな。あッたら武者平賀《ひらが》うたすな者ども、平賀うたすな」と宣へば、佐[一八]々木源三・須藤刑部・井沢の四郎をはじめとして、我も〳〵と中にへだゝり戦けり。佐々木源三秀義は、敵二騎うつて手負《おひ》ければ、あふみをさしておちにけり。須藤刑部俊通は、六条河原にて子息をう[一九]たせ、うち死せんとおもひけれども、いのちはかぎりあるものなればにや、そこにて敵三騎うつて討死をす。井沢四郎宣景《のぶかげ》は、[二〇]廿四さしたる矢を持て、けさの[二一]矢合《やあはせ》よりして、敵十八騎いおとし、え[二二]びらに矢[二三]二つのこし、て[二四]おひければ、遠江に知たる人のありしかば、それにおちつき、疵をれ[二五]うぢして、弓うちきりて杖につき、山伝《やまづたひ》に甲斐国の井[二六]澤におちけり。

かやうに戦《たゝかふ》ひまに、義朝は正清を召て、「汝にあづけお《(を)》きし姫[二七]は、いづくにぞ」と宣へば、[二八]「わたくしの女に申《まうし》お《(を)》きまゐ《(い)》らせて候」と申せば、

一一　「追ひかけて」の促音便形。
一二　「と」を欠く本がある。従うべきか。
一三　左馬頭義朝を指す。
一四　以下、二行を底本は欠く。諸本により補う。
一五　（退く軍の後方にあって、追いかけて来る敵に対し）味方をかばって射る矢。読みは古く清音だった。
一六　五七頁、源氏勢揃えに平賀が見える。
一七　厩の舎人で、主人の乗馬に従い、鞭を持って馬をあやつる役。古本に、このことばは見えない。低い階層の人に言及するのが底本の語りである。　一八　四四頁に佐々木源三秀能（秀義）、山内首藤刑部俊通、井沢四郎信景として見えた。
一九　「うたれ」を武士ことばとして「うたせ」とする。　二〇　二十四本差すのが標準で、型をなす。
二一　対決する軍勢が、開戦にあたって、その合図に鏑矢を射合わせること。
二二　矢を盛り入れて身に着けるための道具。矢の大部分を上へはみ出させて入れる物。矢をすっぽり入れる「うつぼ」とは異なる。後者の方が古い。
二三　「矢六残りたりけるに、三条がはらにて敵四き射おとし、えびらに」を有する本がある。必ずしも底本の誤脱とは言えない。
二四　負傷したので。　二五　傷の手当てをして。
二六　今の山梨県八代郡石和《いさわ》町。
二七　この後八六頁に「都には江口腹の御女、鎌田におほせて害せさせ」とある。→補一七八
二八　個人の邸に住まわせる女。その女に姫の養育を託しておいたのである。宿場の長者と関わりを有することになるはずであったものか。義朝には、青墓などにこの種の人脈が見られる。宿場と、その長をめぐる巫女の存在が考えられる。

「軍《いくさ》にまけて[一]おつるきに、いかばかりのことをかおもふらん。害してかへれ」と宣へば、鞭をあげて六条堀河の宿所にはせきたり、みれば、軍におそれて人一人もなかりけり。[二]持仏堂のかたへ[三]めぐつてみければ、姫君は仏のまへにて御きやうあそばされけるが、人の音のしければ、「たそ」宣ふ。「正清にて[四]さぶらふ」と申せば、「軍《いくさ》はいかに」と問給ふ。「御方うちまけておちさせ給候」。姫君宣ひけるは、「敵にさがし出《いで》され、義朝の女《むすめ》よなンど引[五]しろはれ、恥をみんこそこゝろうけれ。高[六]きもいやしきも、女の身ほど口惜かりけることはなし。[七]兵衛佐殿は十三になれども、男なれば、軍《いくさ》して父の御供して落《おつ》るぞかし。わらはは《(こ)》十四になれども共《ども》、女の身なればおもふにかひなし。あはれ我を害して、父御前の見参《げんざん》に入《いれ》よかし」と宣へば、「頭殿《かうのとの》も[八]かうこそおほせの候つれ」と申せば、「さては」とて御経まきを《(お)》さめて、仏に向《むかひ》たてまつり、御手をあはせ[九]念仏を申させ給へば、鎌田参りて害し奉らむとすれども、生れ給ひしより以来《このかた》、[一〇]養君《やうくん》にていだきそだてまゐ《(い)》らせたれば、[一一]いかであはれになかるべき。[一二]刀のたてどもおぼえずして、なみだをながしければ、姫君「敵やちかづくらん、とく〳〵」と宣へば、涙とともに刀をぬいて三刀《みかたな》さし、御くびをとりて、[一三]むくろをばふ

一　「おつるときに」とあるべきか。（われ〳〵が）落ちるにあたって、（娘はどう思うだろうか）きっと嘆くことだろう。
二　所有する仏像を安置し、先祖の位牌などをまつる堂。
三　まわって（窓から）見ると。
四　男性である鎌田のことばだから、「さふらふ」とあるべきか。「さぶらふ」は女性語。
五　ひき回され。
六　「あはれ」を補う本がある。身分の高い者も低い者も。
七　五七頁に「右衛門佐頼朝、生年十三と名乗て」とあった。
八　「かくこそ」のウ音便形。このように。
九　仏の名をとなえること。底本に見える語。阿弥陀仏の名をとなえることか。
一〇　やしないぎみ。乳人（めのと）として養い申し上げる貴人の子弟。
一一　「いかでか」とする本あり、従うべきか。
一二　刀を突き立てる所。たてどころ。
一三　死骸を深く埋めて葬り。

かくを《(お)》さめ、御くびをもちてはせまゐ《(い)》り、頭殿の見参にいれければ、「[一四]日来《ひごろは》恥おそれてみえざりしに、今は空しきすがたをみるこそかなしけれ」とて、涙をながし給ひ、東山辺にしり給へる僧のありければ、「とぶらひ給へ」とて御くびをやりて、おちられけり。

[一五]さるほどに平家の軍兵《ぐんびやう》、信頼・義朝の宿所をはじめて謀叛の輩の家々にお《(を)》しよせ〳〵火を懸て焼払ひ、謀叛の輩の妻子[一六]所従、にし山・ひがし[一七]山片辺《かたほとり》にしのびゐて、御方軍《いくさ》にかたせ給へといのるいのりもむなしくて、[一八]あとを見けるこそ、いとゞかなしくおぼえけれ。東西南北へおちゆく人々には、わがゆくさきはしらね共《ども》、やどのけぶりをみかへりて、鎧の袖をぞぬらしける。[一九]巳《み》の時にはじまりたる軍《いくさ》、おなじ日の[二〇]酉《とり》の刻には破れにけり。

[二一]西塔法師《さいたふほふし》、此由をきゝ、「信頼・義朝おつるなり。いざやとゞめん」とて、一、二百人[二二]千束《ちづか》ががけにまちかけたり。義朝此よしを聞給ひ、「大内・六波羅にてうち死せんと云つるを、鎌田がよしなき[二三]申状《まうしじやう》にて、是までおちて[二四]山法師の手にかゝり、[二五]ゆひかひなくうたれんことこそ口惜けれ」とのたまへば、[二六]斎藤別当申けるは、「こゝをば実盛がはかりことにて[二七]おとしま

一四 日頃、女の身をはばかり逢いに来ることもなく逢えなかったのに。
一五 底本に多く見られる、話をつなぐ語。話変って。
一六 従者。家来。
一七 「の」を有する本がある。
一八 「あとのけぶりを」とする本がある。
一九 午前十時頃。ただし現在のような二十四時間を等時間で区切る時刻ではないことに注意。一般には日の出と日没を区切り目とした。
二〇 午後六時頃。巳の時より約八時間にわたる戦闘があったことになる。
二一 延暦寺を構成する三塔の中、根本中堂がある東塔の西北方の西塔に居住する僧侶。
二二 大原の地名。『山城名勝志』に「千束がガケ(崖)」→補一七九
二三 成功する見込みのないことを言うもので。→補一八〇
二四 延暦寺の僧侶。ここは、その大衆・衆徒を指す。
二五 言うがいなく、むざむざと。
二六 五二頁、六波羅攻めの源氏の軍に名をつらねる長井斎藤別当実盛。
二七 (主の義朝を)落ちさせようと。

ゐ《い》らせん」とて馬よりおり《を》、甲をぬぎて手にさげ、ちかづき[一]よりていひけるは、「左衛門督殿[二]・左馬頭殿両人、大内・六波羅にてうちじにし給ひぬ。是は諸国のかり武者[三]どもにて候が、恥をかへりみず、妻子をみんためにおちゆき候。とゞめても何かせん。ものゝぐをまゐ《い》らせたらば、たすけてとほ《を》し給へ」といひければ、「大将軍にてもなかりけり。は武者[四]どもとゞめて何かせむ。物具《もののぐ》[五]をおきて、その身をば助けてとほ《を》せ」といひければ、〔一[六]同に、もッともとて、「さらば物具を参らせよ」といひければ〕、実盛申けるは、「衆徒《しゅと》[七]は大勢[八]にて御わたり候。我等は小勢《こぜい》なり。物具[九]一りやうづゝもおよばばとおぼえ候。甲は甲、鎧は鎧となげたらば、先にとり給はんがぬし[一〇]になり給へ」といひければ、「さらばまゐ《い》らせよ」といへば、「取給へ」とて、甲をからりとなげければ、そこしも高き峰にて谷へころびければ、若大衆《わかだいしゅ》ども、われさきにとらんと、かぶと[一一]とつれてみなはしりくだる。老僧ども「それは若者のらうぜき[一二]なり。老僧次第[一三]にこなたへまゐ《い》らせよく」とあわて《は》さわぎ《は》のゝしるところに、三十余騎[一四]、しころをかたむけてけちらかしてぞとほ《を》りける。大衆ども、「あれはいかに、かへり候へ、とまり候へ」といひければ、斎藤別当、大童《おほわらは》[一五]にて、大の矢をとつて

一　西塔法師に近づいていくのである。
二　「左衛門督殿」は右衛門督で信頼、「左臣頭殿」は義朝を指す。
三　（利害を示したり、強請によって）国々からかり集められた兵士。
四　名も無い、下級の武者。端武者。五三頁注二七
五　身に着ける武具などを脱ぎ置かせて。
六　底本に欠く。他本により補う。
七　大寺院に住む多くの僧徒。その大部分は学《がく》生《しょう》と堂衆である。ここは後者。
八　大勢でいらっしゃいます。「御わたり」は、行く、いるの尊敬語。
九　「りやう」（領）は甲冑を数える語。われく全員が物具を投げ出しても、数が少ないので、大勢の皆さんには一領ずつもあたりますまい。
一〇　持ち主となってください。
一一　（甲が落ちるのに）それをとろうと、その後を追って。
一二　無法な行いだ。
一三　老僧を年齢順に優先し、よこしなさい。
一四　（義朝ら源氏の軍勢）三十余騎が、甲のしころを横に傾けて。
一五　髪のもとどりが解けて、あたかも童髪のように乱れ髪になった状態で。

つがひ、引返《ひつかへ》し、「義朝の郎等に、武蔵国の住人、長井斎藤別当実盛といふ者也。とゞめむとおもはば《(ゝ)》とゞめよ」とて、おもひきりたるけしきなれば、とゞめんといふ者一人もなし。かくのごとくして、爰《ここ》をばとほ《(を)》られける。

義朝宣けるは、「信頼は[一六]とくにおちぬれば、遙にのびたるらん。いづくにかあるらん」と宣ふ処に、[一七]はるかのあとにこそさがられける。[一八]八瀬《やせ》の松原にて義朝に追付給へり。「やゝ」と呼《よぶ》声のしければ、何者やらんとまつところに、信頼追付《おつつい》て、「もし軍にまけて東国へおちん時は、信頼をもつれてゆかんとこそ[一九]宣ひしが、心がはりや」といひければ、義朝はらをすゑ《(へ)》かねて、「[二〇]日本一の不覚仁《ふかくじん》、かゝる大事をおもひ立て、我身も損じ、人をもうしなはんとするに、にッくい《(ひ)》男かな」とて、大の鞭をぬきいだし、信頼の弓手《ゆんで》の[二一]ほほ《(う)》さきをしたたかにこそうたれけれ。信頼卿返事もし給はず、鞭にてうたるる《(ゝ)》処をお《(を)》しさすりくぞせられける。[二二]乳母子《めのとご》の、式部大夫《しきぶのたい》助吉《すけよし》、「何者なれば[二三]督《かうのとの》殿をばうち奉る。[二四]わ人どもが[二五]心剛《かう》ならば、など軍にはかたずして、負ておつるぞ」といひければ、義朝「あの奴《やつ》にくし、討て」と宣ひければ、鎌田兵衛申けるは、「只今こゝにてどし[二六]軍《いくさ》して何かせ

一六　さっさと早く逃げ出してしまったので。
一七　(実は義朝の一行よりも)(信頼は)はるか後方に遅れておられた。↓補一八一
一八　今の左京区八瀬。北は大原、西は岩倉、南は高野《たかの》、東は大津へ通じる。
一九　信頼が義朝にへりくだって敬語を使っている。
二〇　古本は「あれ程の大臆病の者が、かゝる大事を思い立ちける事よ」と言ったとする。↓補一八二
二一　頬先。頬のあたり。
二二　同じ母の乳をもって幼主とともに育った子ども。幼主と同年輩の子がなり、主君との間で兄弟にも相当する親しみを持った。↓補一八三
二三　右衛門督であった信頼を敬って呼ぶ。
二四　おまえさんたちが。くだけた調子で相手の男子に呼びかけることば。
二五　心が勇敢であれば。
二六　同士軍。味方同士のいくさ。

させ給べき。[一]敵やつゞき候らむ。とう〳〵」とておとし奉る。

又[二]横河《よかは》ぼうし二、三百人、「信頼・義朝おつるなり。とゞめん」とて[三]龍下《りうげ》越《ごえ》にさかもぎ引かけ〳〵、[四]かい《(ひ)》だてこしらへまちかけたり。三十余騎馬よりお《(を)》りて、さかもぎをば物ともせず、とりのけとほ《(を)》らんとす。横河法師さん〴〵に射ければ、[五]陸奥《むつ》六郎義高の頸の骨に矢一立《やひとつたつ》。馬よりおちられけり。又[六]矢一《やひとつ》中宮の大夫《たいふ》の進朝長《しんともなが》の弓手のもゝにしたゝかにたつ。義朝み給、「朝長は矢にあたりつる」と宣へば、矢を引かなぐりてなげすて、「陸奥六郎殿こそ矢にあたりて馬よりおちられ候つれ。朝長は矢にもあたり候はず」とて、すこしも臆する気色《けしき》もおはせず、前《さき》をかけてぞすゝまれける。義朝は義高の[七]くびとらせ、宣ひけるは、「弓取のならひ、軍にまけておつるは常のことぞかし。[八]僧徒の行《ぎやう》に軍《いくさ》しては何かせん。にッくい《(ひ)》奴原かな。一人ももらすべからず」とて、三十余騎おもひきりて、さん〴〵に戦ければ、横河ぼうし七十余人うたれにけり。かやうになりしかば、「[九]信より・義朝をばたれとゞめむとははからひけるぞ。[一〇]げにも法師の行《ぎやう》には似ぬことぞ」とて、[一一]どしろむして谷々《たにぐ》へぞかへりける。

龍下《りうげ》の麓にて、[一二]後藤兵衛真基《さねもと》をめし、「汝にあづけお《(を)》きし姫はいづくに

一　追手の敵が続いていましょう、早く〳〵。
二　延暦寺を構成する三塔の中、最北の横河に居住する僧。
三　龍華越。左京区大原小出石町。京都から大原・小出石を経て北へ向かう若狭街道の、山城と近江の境。山城越、途中峠とも言う。
四　板などを楯のように組み立てて。
五　四四頁、源氏勢揃えに「義朝の伯父陸奥六郎義高」として見えた。
六　四四頁、源氏勢揃えに「左馬頭義朝の……二男中宮大夫進朝長」として見えた。
七　(首を)「とられ」の武士ことば。
八　僧侶の行いとして、戦闘により殺傷するとは何としたことか。僧としてあるまじき戦闘行為として非難する。
九　いったいだれが信頼・義朝の行く先を妨げようと計画したのか。
一〇　(武力をふるうとは)全く僧侶のしわざらしくないことだ。
一一　同士論して。仲間同士が議論して。
一二　六〇頁、隙をつかれて平家に占拠された六波羅を攻める軍に参加していた。なおその養育される姫は、六八頁、鎌田の手にかかって事前に殺害された女《むすめ》とは別の扱いを受ける。

ぞ」と宣へば、「私《わたくし》一三の女《むすめ》によきやうに申《まうし》お《(を)》きて候へば、一四別の御事は候はじ」と申《まうす》。「汝これより都へかへり、姫をそだてお《(を)》き、一五義朝をとぶらはせよ」と宣へば、「いづくまでも御とも仕《つかまつり》て、一六ともかくも成らせ給はむずる御ありさまを、みまゐ《(い)》らせてこそ帰《かへり》のぼり候はめ」と申せども、「存ずるむねあり」とて、「とく〳〵」一七と宣へば、力およ《(を)》ばず、それより都へかへり、姫君につき奉り、爰かしこに忍《しのび》ゐて、そだてまゐ《(い)》らせ、源氏の御代《ごよ》になりしかば、一八一条の二位の中将能保卿《よしやすのきやう》の北のかたになり給。後藤兵衛真基も、世にいでけるとぞ承り侍《はんべ》る。＊

（信頼降参の事并びに最後の事）

さるほどに、信頼卿は、義朝には捨てられぬ、又八瀬《やせ》の松原より引返《ひつかへし》ければ、侍ども五十余騎ありけるが、「一九此殿は、人につらをうたれて返事をだにせぬ人なり。行末もしかるべしともおぼえず」とて、みな落にけり。乳母子《めのとご》の式部大夫《たゆふ》ばかりつきたりけるが、信頼卿、二〇けさの時の声におどろきて後は、食事もし給はねば、二一つかれにのぞむとみえたり。馬よりいだきおろし、ある谷川にて二二干飯《ほしいひ》をあらひてすゝめたてまつれども、二三むねふ

一三　六七頁注二八。
一四　（その御身の上に）御心配はありますまい。
一五　みずからの死後の菩提をとぶらわせよと言うのである。
一六　御主君、あなたさまの行方、御最期を見届けた上で。
一七　ここやあそこに身をお隠しして育て申し上げ。
一八　藤原北家、丹波守通重の息で、母は右大臣公能の女。↓補一八四
一九　信頼を指す。この前、七一頁、義朝に東国落ちの同行を乞うて怒りをかい、「弓手のほほさきを」鞭打たれたことが見えた。
二〇　五一頁、待賢門の軍に「信頼卿、時の声を聞よりして、顔色かはりて草のはにたがはず」、膝をふるわせたことが見えた。
二一　疲れることになったと見えた。
二二　むした米を乾燥した、携帯用の食物。水にもどして食した。
二三　古本は「胸ふさがりて」とする。

たがりてたゝ[一]りけり。又馬にかきのせて、「いづくへぞ」と申《まうし》[二]ば、「仁和寺へ」とぞ宣ひける。仁和寺へとうつ[三]程に、蓮台野[四]へ出にけり。山法師の死したりけるを、弟子・同宿[五]あつまりて葬送して帰る処に行逢たり。山法師是をみて、「たゞ[六]物具武者[七]の出来《いできた》るは、落人にてぞあるらん。いざや物具はぎて[八]かへらむ」とて、真中にとりこめ[九]たり。乳母子式部太夫「右衛門督殿・左馬頭殿は討死し給ひぬ。是は国々のかり[一〇]武者にて候が、恥をかへりみず、妻子をみんとておちゆき候。物具はまゐ《い》らせ候はん、命をたすけ給へ」といへば、「さらば物具をまゐ《い》らせよ」といふ間、鎧・直垂・馬・鞍ともにとらせければ、大[一一]びやくえ《ゑ》になられける。それよりとくして[一二]仁和[一三]寺殿へまゐ《い》り、「上皇[一四]をたのみまゐ《い》らせて参りし」と申《まうし》、さまぐ\に申入られければ、もとより御[一五]ふびんにおぼしめされしかば、傍《かたはら》にかくしお《を》かせ給ひけり。やがて「信頼をばたすけお《を》かせ給べくや候らん」と主上[一六]へ御書をまゐ《い》らせ給へども、御返事[一七]もわたらせ給はず。又かさねて「丸《まろ》[一八]をたのみて参りたる者にて候。たすけさせ給へ」と御書ありしかども、御返事も申させ給はねば、上皇力お《を》よばせたまはず。

三河守[一九]・淡路守教盛を大将にて三百余騎、仁和寺殿へ参向《まゐりむか》ひ、信頼を

一　「めざざりけり」とする本がある。従うべきか。
二　「申せば」とあるべきところ。
三　（馬に乗って）鞭を打ち進める間に。
四　今の京都市北区、船岡の西。葬送の地であった。
五　同じ寺院や僧坊に住む僧侶。
六　「今」を欠くか。
七　武装をした武士。
八　奪い、剥ぎとって。
九　とり囲んだ。
一〇　利害を以て、あるいは強制的に国々からかり集めた武士。
一一　上着をつけずに下着だけでいること。「大」を付したのは、四五頁に信頼が「ふとりせめたる大男の」とあるように大男であったので、その下着が大きかったことを言う。
一二　「とかくして」とする本がある。従うべきか。
一三　仁和寺の覚性法親王のこと。↓補一八五
一四　後白河上皇を指す。内裏を脱出後、仁和寺に身を寄せていた。
一五　かわいそうにお思いになって。物語の始めに上皇と信頼の仲を語っていた。
一六　六波羅に保護されていた二条天皇を指す。↓補一八六
一七　「御返事」の「御」を受け、なさらないの意。「わたる」は「あり」「をり」の尊敬語。
一八　わたくし。後白河自身を指す。男女の別なく、一人称の自称代名詞として平安時代に多く用いられた。
一九　平忠盛の五男、頼盛。母は藤原宗兼の女、池の禅尼。待賢門の軍に参加していた。

始めとして、上皇をたのみまゐ《(い)》らせて参りたる謀叛のともがら五十余人、めしとりていだされける。越[二〇]後中将成親朝臣は、錦のし[二一]まずりのひたたれのうへに縄つけて、六波羅の馬屋のまへにひき[二二]ゐたり。左衛門佐重盛このよし見給、「成親朝臣をば重盛に給《たび》候へ」と申されければ、清盛、「ともかくも御[二三]へんのはからひ」とのたまへば、重盛ゆきむかひ、たちよりてみづから縄をとい《(ひ)》てぞゆるされける。成親朝臣、「此お《(を)》ん、いつの世にかはわすれまゐ《(い)》らせむ」と手をあはせてぞ悦給《よろこびたまふ》。

信頼、[二四]このよしをきゝ、「信頼をも申《まうし》たすけ給へ」と申されければ、重盛「あれほどの不覚仁、[二五]たすけお《(を)》き給ふとも何事[二六]候べき。ゆるさるべうや候らむ」と申されければ、清盛宣ひけるは、「今度の謀叛の大将なり。君も御ゆるしなし。[二七]いかゞわたくしにはゆるすべき。とう〳〵切《きれ》」とぞ宣ひける。此うへはとてちからお《(を)》よばず、信頼卿六条河原に引《ひっ》すゑ《(へ)》たり。「重盛は慈悲者《じひしや》とこそ聞えつるに、など信頼をば申《まうし》たすけぬやらむ」とて、[二八]おきぬ、ふしぬなげき給へば、[二九]松浦《まつら》の太郎重俊《しげとし》切《きり》[三〇]てにてありしが、太刀のあてどもおぼえねば、お《(を)》さへてか[三一]きくびにぞしてんげる。[三二]彼左納言右大史《かのさたうげんいうたいし》、朝《あした》にお《(を)》んをかうむり、夕《ゆふべ》に死を給へるとは、かやうのことをや申べき。

二〇　四四頁注七。後白河上皇の寵臣。平重盛の一家と親戚関係にあった。↓補一八七
二一　島や水中に突き出た岬などの模様を草染で摺り出した模様。
二二　ひきすえた。
二三　ほゞ対等の相手に向かって使う二人称の語。「そなた」の思う通りにせよ。
二四　成親が重盛の仲介により助命されたことを聞いて。重盛の仲介については、この後『平家物語』一、鹿谷陰謀へも参画。物語における成親は、一貫してかんばしくない。野心家として語られる。
二五　助けておかれても。
二六　どういうことがありましょう。全くわざわいにはなりません。
二七　どうして私の情のみでゆるすことができようか、できない。
二八　立ったり臥したりして。
二九　九州肥前国松浦郡に発する一族だが、重俊については未詳。『平家物語』にも、平家の配下として登場し、鹿谷謀叛の主謀者西光の刑執行人をつとめる。古本は斬り手の名を語らない。
三〇　斬り手。
三一　打ち斬るのではなく、太刀で掻き切って斬ること。
三二　中国で、納言は、皇帝の命令を出納する官。「大史」は「納史」が正しく、唐代、中書省の長官。↓補一八八

是をはじめて今度の謀叛のともがら六十余人きられけり。

こゝに齢《よはひ》七十計《ばかり》なる入道、文書袋くびにかけたるが、ひらあしだは一き、かせ杖二をつい《(ゐ)》て、信頼の死骸のかたへゆきければ、日来のよしみを思三ひ、経をもよみ、念仏をも申《まうし》四とぶらはんずる者かとみるところに、さは五なうして、かせづゑ《(え)》を取なほ《(を)》し、信頼の死骸をさむ〴〵にうち、「咎《とが》もなき入道が所領をとりはなちて、この十余年、妻子・所従六餓死させぬ。平家の見参に入《いれ》七、すこさぬよしを申て、所領は給はらんずる物を。草のかげに八てもよくみよ」とぞ申ける。さて六波羅へまゐ《(い)》り、本領九給べきよし申ければ、清盛宣ひけるは、「信頼の死骸に向ひ尾籠《びろう》一〇のことしける奴《やつ》一一ならば、本領とらせて何かせん」とて、重代一二の文書共めしとり、その身をばおひ《(を)》いだされけり。丹波国在庁監物《たんばのくにのざいちやうけんもつ》一三入道といふものなり。にくまぬものもなかりけり。温野《をんや》一四に骨を礼《らい》せし天人は、平生《へいぜい》の善をよろこび、寒林に髄《ずい》をうちし霊鬼は、前世《ぜんぜ》の悪をかなしむとも、かやうのことをや申べき。＊

（謀叛人流罪付けたり官軍除目の事并びに信西子息遠流の事）

一五さる程に、信頼の舎兄民部少輔《せう》基頼《もとより》一六は、陸奥国へ流《ながさ》れけり。舎弟尾張

一　歯の低い足駄。高足駄の対。僧の中でも卑しい者がはくとされた。
二　二またの握りのある杖。鹿杖とも。
三　ゆかり。親しい関係。
四　とむらおうとする者かと。
五　そうではなくて。
六　従者や家来。従う者。
七　「とがなき」とする本がある。流布本は、この「すこさぬよしを申て」を欠く。
八　草葉のかげ。墓の下からでもよく見ておけ。
九　代々、伝えて来た所領。
一〇　おこなこと。愚かなこと。「尾籠」は当て字。現代では、この表記を音読して「びろう」と言う。
一一　「奴なれば」とある方がわかりやすい。
一二　（その入道が）代々、伝えて来た（所領を保証する）文書。
一三　地方の国の役所、国衙《こくが》にあって行政の実務に当たった役人。地位を世襲して在地の支配力を強めた。「監物」は、本来、内裏の保管庫の鍵を扱い、出納を監視する官であったが、次第に地位が低下した。
一四　「温野」は暖かい野で「寒林」寒い林と対をなす。「天人」と「霊鬼」、「平生の善」と「前世の悪」も対をなす。たとえ話により宗教的な教訓を述べる。→補一八九
一五　話変わって。
一六　四四頁、源氏勢揃えに舎弟として見える。その注三。その流刑地は信時とも未詳。

少将信[一七]時は越後国へながされけり。是を初めて、謀叛の輩おほく流罪せられけり。[一八]やがて除目お《(を)》こなはれ、清盛は正三位《じやうざんみ》し給。左衛門佐重盛は伊与国を給りて伊与守とぞ申ける。三河守頼盛は、尾張国を給て尾張守とぞ申ける。[一九]淡路守教盛は、伊勢守にぞなられける。[二〇]いよ〳〵平家の栄《さかえ》とぞみえられける。

[二一]さるほどに少納言信西入道の子共十二人、皆配所へつかはさる。「信西の子共、配所にありとも、赦免こそあるべきに、ながさるゝ事心えず」と人申ければ、ある人「信頼・信西が中不和なりしかば、謀叛をおこして信頼ほろびぬ。されば草の陰にてもいかにいきどほ《(を)》りふかゝらむ。[二二]死骸のうへにうつぷんをやすめむためにこそ」とぞ申ける。十二人の人々すでに都を出にけり。各《おの〳〵》才覚世に超て、[二三]なさけは人に勝《すぐ》れたりしかば、[二四]二《ふた》とまり、三とまりに着《つく》まで[二五]歌をよみ、詩をつくり、下人《げにん》共をやりて、[二六]互に名残を《(お)》しまれ、東国へくだる[二七]人々には、[二八]あふさか・[二九]不破の関のあらしを袖にてふせき、[三〇]西のそらをぞながめける。西国へくだる人々には、[三一]須磨より明石のうらづたひ、[三二]奥《おき》のしらすに舟をとゞめ、[三三]こち吹風に身をまかせ、故郷の名残を惜みけり。山川を越《こえ》ゆき、月日は又お《(を)》くれども、[三四]涙のひまはなかりけ

一七 四四頁注四。
一八 さっそく。↓補一九〇
一九 ↓補一九一
二〇 ↓補一九二
二一 そうする中に。
二二 (亡き信頼の)骸の憤りをやわらげるためであろう。↓補一九三。その怨霊への怖れがある。
二三 この後の語りから判断すると、この場合は、風流をめでる心の意。
二四 流罪の道中、宿場の二つや三つを過ぎる間は。
二五 その道中の思いを、歌や詩に詠じた。それらの詩歌を、別の流刑地へおもむく兄弟と家来を介して交換しあったというのである。
二六 (ついに別れ〳〵になる)お互いが名残りを惜しまれて。
二七 後の「西国へくだる人々には」の対。「人々は」の意か。
二八 山城と近江の境にあった逢坂の関。↓補一九四
二九 岐阜県不破郡関ヶ原にあった不破の関。
三〇 (東国へ下る)途上、望郷の思いから、西方の京の都を思いにかられてふり返った。『伊勢物語』の昔男の思いを重ねる。
三一 六六頁注八。
三二 沖の白砂の浅瀬に舟をとどめて。
三三 東から吹く風。↓補一九五
三四 涙の乾くひまがなかった。

り。[一]播磨中将成憲《なりのり》は、[二]東山道下野国《とうせんだうしもつけのくに》[三]無露《むろ》の八島へながされけり。何事も思ひいり給へる人なれば、旅のそらのあはれをも[四]思ひいりてぞ、下られける。[五]栗田口にて、故郷の名残ををしみて《(お)》かくこそおもひつゞけられける。

[六]みちのべの草の若葉に駒とめてなほ《(を)》ふるさとぞかへりみらるゝ

[七]関の清水をみ給ひて

[八]恋しくは来てもみよとてあふさかの関のしみづに影をとゞめき

相坂《あふさか》・不破の関・[九]鳴海の浦のしほひがた、三河の[一〇]八橋《やつはし》・[一一]浜名の橋・[一二]さやの中山・[一三]宇都山《うつのやま》・[一四]富士の根・[一五]足柄うちこえて、年ごろは名をのみ聞し武蔵野の[一六]ほりかねの井をみ給て、[一七]隅田河のわたりして、下野国むろの八島に着給。[一八]たえぬ烟をみ給て、

[一九]我《わが》ためにありける物を下野の無露の八島にたえぬけぶりは

このところは夢にだにみるべしとも思はぬに、下《くだつ》て栖《すみか》とし、ならはぬひなの住居《すまゐ》、何になぐさむかたもなし。[二〇]古《いにしへ》の事ども思ひいづる[二一]なみだの色のふかければ、[二二]なげきながらも年くれて、平治も二年になりにけり。＊

（義朝奥波賀に落ち着く事）

一　一五頁注三〇。信西の三男、桜町中納言成範。　二　中部・関東地方の山地添いを東北へ通じる街道の国々。　三　今の栃木県惣社町にある大神《おおみわ》神社を室《むろ》の八島明神と言った。その地。

四　いちずに思い、考えつめて。

五　京都市左京区と東山区にまたがる、三条通白川橋より東の地。山科から大津へ通じる街道への入口。　六　道ほとりの草の青葉が生えているところに馬をとめて、やはり故郷の京の方をふり返らざるをえないことだ。↓補一九六

七　逢坂の関の西方に走井清水がある。

八　この関の清水の水鏡にわが姿を映しておく。恋しく思うなら、その姿の影を見るがよかろうと思い。古本は、この詠を欠く。歌人としての成憲が、後を追い来る思い人のために詠む。

九　今の名古屋市緑区鳴海町。古く海岸線が入り込んでいた。街道の一駅があった。↓補一九七　「塩干潟」は、潮が引いた後に現われる海岸。それを歩き渡る不安を「いかになるみの潮干潟」などと、身の不安を重ねて詠んだ。　一〇　今の愛知県知立市の東部の地。『伊勢物語』九、東下りの男の話で著名。　一一　静岡県の西端、浜名湖の出口にあった橋。歌枕として著名。↓補一九八　一二　今の静岡県小笠郡と掛川市の境の坂道。歌枕。　一三　今の静岡県岡部町と静岡市の境の峠。東海道の難所の一つとされた。

一四　富士の嶺。富士山のこと。↓補一九九

一五　今の神奈川県足柄上郡と足柄下郡にまたがる連山。↓補二〇〇　一六　今の埼玉県狭山市堀兼に井戸があった。↓補二〇一　一七　当時、武蔵と下総の国境を流れていた川。古本に、この隅田川は見えない。底本は『伊勢物語』により語り加えたもの。成憲の道行きに業平の像を重ねて語る。　一八　室の八島の野中にある清水から

[二三]さるほどに左馬頭義朝は、[二四]片田《かただ》の浦へ打いで、[二五]義高頸をとり給、[二六]「故入道殿にお《(を)》くれ奉りてのち、[二七]御方をこそたのみまゐ《(い)》らせ候つるに、かやうになり給ひぬれば、ちからお《(を)》よばず候」とてかきくどき、念仏申《まうし》とぶらひたてまつり、湖へ馬を[二八]ふとばらまでうちいれて、[二九]かうべをふかくしづめ奉りてうちあがり、[三〇]たよりの舟をたづねて湖をわたらむとしたまひけれども、を《(お)》りふし浪風《なみかぜ》はげしくて、船一艘もなかりければ、それより引返し、[三一]東坂本にうちかゝり、[三二]勢多をさしておちられけり。兵共に宣けるは、「この勢一所にては[三三]かなふまじ。いとまとらするぞ。東国にまゐ《(い)》りあふべし」との給へば、[三四]「ともかくもならせ給はんまでは御ともつかまつりてこそ、いかにもなり候はめ」と申せども、「存ずるむねあり。とく〳〵」と宣ひければ、ちからお《(を)》よばずして、[三五]波田野《はだの》二郎・三浦荒二郎・長井斉藤別当・岡部六弥太・猪俣金平六《ゐのまたのこへいろく》・熊谷二郎・平山武者所・足立右馬允・金子十郎・上総介八郎をはじめとして二十余人いとま給り、おもひ〳〵に下けり。[三六]一所におちられける人々には、左馬頭義朝、嫡子鎌倉悪源太義平・二男中宮大夫進朝長・三男兵衛佐頼朝・佐渡式部大夫重成・平賀《ひらがの》四郎義宣《よしのぶ》、義朝の乳母子《めのとご》鎌田兵衛正清・[三七]金王丸《こんわうまる》をはじめとして、八騎の勢にておちられけ

立ちこめる水蒸気を烟に似ると見たもの。

一九　こうして室の八島にたちこめる烟のように、わが思いはたえることがない。その烟は、わが身を思い知らせるためにあったのだなあ。↓補二〇二　二〇　物語の始め、信西の一門が栄花をきわめていた頃を指す。　二一　歌語。紅の色で、悲嘆の深いことを表わすことば。

二二　古本は、この一文を欠く。語り系の『平家物語』が、ある物語の区切りや、巻の区切りにおくことが多い。成憲に焦点をおき、その思いを語りつつこの段を閉じる。　二三　これより後を下巻とする本がある。話をおこすことばで、話変っての意。　二四　今の大津市堅田。琵琶湖の西岸の、西近江路の要衝。　二五　「義高の」とあるべきところ。七二頁注五。義家の七男で義隆とも書く。森冠者とも称した。　二六　義朝の父、為義。保元の乱後、義朝を頼って来たが、平清盛の策にはまり、義朝は父を斬らざるをえなくなった。　二七　あなたさまを。相手に敬意を払って呼びかける語。　二八　馬の下腹の上の、太く、丸みのある部分。　二九　(義高の)首を水中、深く沈めて。　三〇　都合のよい舟。東西の両岸を結ぶ便船。　三一　比叡山への東の登り口。大津市の北、堅田(片田)の湖沿い、南に当たる。

三二　大津市瀬田川の東辺りの地。東坂本の、湖を隔てた南岸に当たる。↓一八八頁注一二

三三　敵に応戦できまい。東国へ落ちての再会を期することば。　三四　普通、相手が死を迎えた時を指す。いよ〳〵御最期をお迎えになる時まで行動を共にいたしましょう。　三五　藤原秀郷の子孫、筑後守遠義の次男、義通。母は鎮守府将軍藤原師綱の女。↓補二〇三　上巻四四頁源氏勢揃えに見えた。『保元物語』にも義朝の家来として見える。　三六　(義朝と)一しょに。前

り。

右兵衛佐頼朝は、[一]たけくおもはれけれ共《ども》、御年十三、[二]物具にて一日の軍《いくさ》にはもまれたり、[三]つかれにやのぞみ給ひけん、馬[四]ねぶりをして、[五]野路《のぢ》のへんより御勢にはうちお《(を)》くれ給へり。頭殿《かうのとの》は[六]しのはらづゝみに着《つき》給ひ、鎌田を召て、「[七]誰か候はぬ」と宣へば、「[八]佐殿《すけどの》御わたり候はぬ」と申《まうす》。「それ尋よ」とのたまへば、鎌田引返し、「[九]佐殿や御わたり候、佐殿やおはしまし候」と尋たてまつれ共、みえたまはず。頼朝うちお《(を)》どろきみ給へば、[一〇]十二月廿七日夜ふくるほどの事なれば、いづくとも行前《ゆくさき》さらにみえわかず。いかにすべきやうもなけれども、たゞ一騎[一一]うつほどに、[一二]守山の宿《しゆく》につき給ふ。宿の者どもいひけるは、「今夜は馬の足音しげく[一三]聞ゆる、落人とおぼえたり。いざやとゞめん」とて一、二百人おきさわ《(は)》ぐ。宿の[一四]沙汰人《さたにん》[一五]源内真弘《さねひろ》といふをと《(お)》こ、[一六]はらまき取てうちき、長刀もちてはしりいで、兵衛佐殿を見つけたてまつり、御馬の口にむずととりつき申けるは、「落人あらばとゞめよとおほせ下され候。落人にてぞおはすらん。とゞまり給へ」と申ければ、兵衛佐殿いとさわ《(は)》がぬ気色《けしき》にて、「謀叛のものにはあらず。都に軍《いくさ》ありて世もしづかならねば、[一七]片田舎へ人をたづねてくだる者也。

記、二十余人とは別に、義朝と行動を共にした人々を指す。　三七　桓武平氏、渋谷氏とする説があるが、その名から推して、さらに身分の低い者だろう。

一　戦闘的で勇敢であると思っておられたが。
二　武具に身を固めて。
三　(さすがに)疲れを感じ始められたのか。
四　馬に乗ったままいねむりをして。
五　今の滋賀県草津市野路町。東国への要衝。
六　今の野洲郡野洲町篠原に宿駅があった。道行に、野路と接して謡われることが多い。日野川添いに位置する。
七　だれか脱落した者はないか。
八　兵衛佐頼朝のこと。
九　佐殿はいらっしゃいますか。
一〇　平治元年十二月廿七日のこと。古本は、この頼朝の落伍の日付けを記さない。
一一　(馬に鞭を打ち)進む中に。
一二　今の滋賀県守山市。『古今集』の時代から歌枕の一。東山道の宿駅が置かれた。
一三　聞こえるが、それは。
一四　(宿場の諸事を)執行する人。
一五　役所から命令を受けている真弘。真弘については未詳。→補二〇四
一六　略式の鎧。
一七　(戦乱を避けて)都から遠く離れた辺鄙な地方へ。

たゞとほ《（を）》せ」と宣へば、[一八]雲ずきにみたてまつりけるに、物具・事がら[一九]尋常[二〇]なり。「左馬頭の公達か、家子《いへのこ》郎等にはよも[二一]おと《（を）》り給はじ。明て[二二]こそとほ《（を）》したてまつらめ」とていだきおろし参らせんとしたてまつれば、「につくい《（ひ）》やつかな。とほ《（を）》せといはば通せかし」とて、あぶみふんばりついたちあがり、[二三]髭切をもつてし[二四]と《（ゝ）》とうたれければ、真弘がしやッ[二五]つらを二つにきりふせらる。宿の者ども是をみて、「[二六]真弘男きられたり。とゞめよ」とて弓とり矢とり、太刀ぞ刀ぞとさわ《（は）》ぐまに、せう〳〵[二七]雑人《ざうにん》けちらかして、宿のあひだをはせすぎ給ぬ。

[二八]野洲河原《やすがはら》にて鎌田兵衛に行合たり。くつわ《（は）》のをとの[二九]しげければ、正清しのびごえ《（ゑ）》に「たそ」ととへば、佐殿《すけどの》聞しり給ひ、「頼朝爰《こゝ》に有」とこたへ給。「いかに今まで[三〇]うたせ給ひ候はぬぞ」と申せば、「[三一]さればこそ、馬眠《うまねぶり》をして、うちお《（を）》くれまゐ《（い）》らせてありつる」と宣ふ。「[三二]うてや正清、うてや」とて、[三三]引《ひつ》かけ〳〵うつほどに、[三四]鏡の宿に入《いる》ところにて、頭殿にお《（を）》ひつきまゐ《（い）》らせ給。頭殿「たそ」と宣へば、「佐殿にて御わたり候」と申せば、「[三五]いかに今まで見えざりつるぞ」とのたまへば、「申《まうさ》ば[三六]尾籠《びろう》にて候へども、馬ねぶりをつかまつりてうちお《（を）》くれまゐ《（い）》らせ候ぬ。[三七]ある宿《しゆく》にて雑人《ざうにん》どもの

一八 雲を透かして月を見るように、闇をすかして物をじっと見つめると。
一九 体格。風体。
二〇 なみなみであることから、普通以上の意に転じたことば。りっぱである。
二一 それ以下の者ではいらっしゃるまい。
二二 (討ちとることをしないで)陣を明けて。相手を弱年と見くびったのであろう。ただしそのまゝでは通さないで、武具を剥ぎとろうとした。
二三 膝丸と並ぶ源氏相伝の名刀。↓補二〇五
二四 勢いよく、強く打つさまを表す擬態語。
二五 そいつの頬。「しやッ」は、ののしりの思いを込めて言う語。語り手は頼朝を焦点化の主体(視点)として語る。
二六 「男」は、成人の男性をほめて言うのに使う語。「宿の者」の立場から言った語。
二七 身分が低い、卑しい者を。
二八 今の滋賀県野洲郡中主町で琵琶湖へ流れ込む川の河原。西河原の地名がある。
二九 「しければ」とする本がある。従うべきか。
三〇 馬に鞭を当てて走らせることを「うつ」と言う。
三一 「されば」の「さ」は、前の問いかけを受ける。そうなんだよ。
三二 鎌田とともに馬を急がせようとすることを言う。
三三 「ひきかく」を畳語化した語で、馬をはやく走らせるさまを形容して語る。
三四 今の滋賀県蒲生郡龍王町鏡町。東山道の宿駅があった。南に鏡山がある。
三五 鎌田の報告を受けて義朝が頼朝に問うのである。
三六 愚かなこと。七六頁注一〇。
三七 前頁、頼朝が守山の宿で行先を阻まれたことを指す。

中にとりこめられ、とゞめんとつかまつり候つる時は、[一]おもひきつて候つれ」と申されければ、頭殿「人をきりつるか、[二]人にはきられぬか」と宣へば、「すでにいだきおろさんとし候つる奴を、このひげきりにて二《ふたつ》にきつて、雑人めらをけちらして参りて候」と申されければ、頭殿、[三]よにいとほ《（お）》しげにて、「いかなる者もたゞいまかうはふるまはじ物を」とほめられければ、悪源太申されけるは、「[四]時にこそより候へ。十二、三になり候ものの《（こ）》、たゞ今馬ねぶり、無下に云かひなく候物かな。義平は十五の年、[五]大倉の軍《いくさ》に大将して、[六]伯父帯刀先生殿《はくぶたてはきせんじやうどの》をば、うちたてまつりしものを」と申されければ、「[七]それをもわろしといはば《（こ）》こそ。頼朝は十三になるぞかし。十四、五にもならむ時は、和殿にはよもお《（を）》とらじ物を。あつぱれ末代の大将かな」と宣ひ、「[八]前《さき》をうて、頼朝、前《さき》を」とて佐殿の前をうたせて、鏡の宿を過給《すぎたまふ》。

不破《ふは》の関は、敵固めてまつと聞《きく》に、関に[九]かゝりておちんとて、[一〇]小野の宿より海道をば[一一]めてになして、[一二]小関《こぜき》をさしておちられけり。[一三]さなきだに冬はさだめなき世のけしきなるに、[一四]比《ころ》は十二月廿八日、空かき曇り雪ふりて、風はげしく吹ければ、行前《ゆくさき》もさらにみえわかず。[一五]馬にてものぶべしともお

一　死を覚悟しました。
二　人に斬りつけられ傷を負わなかったか。
三　非常にふびんに思われて。優位にある者の立場から、相手をあわれむ思い。
四　状況が許す時ならばとにかく。後の、馬眠りをしたことを批判する思いを語る。
五　今の埼玉県比企郡嵐山町大蔵。五三頁注二二。　六　五三頁注二三。
七　それを必ずしも悪いとは言わないが。義朝が、義平をさしおいて頼朝をほめることば。
八　先がけをせよ。
九　(空間的に)ある地点を通って。「関に」は「小関に」とあるべき。
一〇　今の彦根市小野町。
一一　(東山道を)右手に見ながら。
一二　不破の関から北八町にあった関。大関の不破に対して言った。
一三　ただでも、冬は天候が定まらず、変化しやすい様子であるのに。
一四　この前、八〇頁に「十二月廿七日夜ふくるほどの事なれば」とあった。ただし、ここは道行きを語る美文である。古本は、この間の頼朝の動きを語らない。語り本は頼朝への焦点化を見せる。
一五　馬に乗っても逃げおおせるとは思えないので。

ぼえねば、ひさう〔一六〕の馬ども捨《すて》給へり。雪は次第にふかくなる、物具しても
かなはねば、左馬頭の楯《たて》〔一七〕なし、悪源太の八龍《りう》、太夫進のおもだか、兵衛佐
のうぶきぬをはじめて、ひさうの鎧ども、雪の中にぞぬぎすてられける。
頭殿に兵衛佐殿又爰《こゝ》にておく(を)れ給ひぬ。人々〔一八〕をまちまうけて「誰か候は
ぬ」と宣へば、鎌田兵衛「又佐殿《すけどの》御わたり候はぬ」と申《まうせ》ば、「それたづね
よ」と宣へば、鎌田立かへり、「佐殿や御渡《おんわたり》候。佐殿やおはします」とよ
びたてまつれども、みえ給はねば、かへり参て、「御わたり候はぬ」と申《まうす》。
頭殿「いづくまでも頼朝をば身をはなたじとこそ思ひつるに、かしこにて
も、こゝにても頼朝にわかれぬるこそかなしけれ。敵にとらはれてきらる
ゝか、雪の中にて空しくなるか。生《いき》る事はよもあらじ」と宣ふ。「義朝い
きてなにかせむ。自害しておなじ道にゆかむ」とて、すでに〔一九〕じがい(ひ)せむと
し給へば、悪源太・大夫進「さ候はば(こ)、義平・朝長も御供つかまつり候は
ん」とて既《すでに》自害せんとし給へば、鎌田兵衛申けるは、「〔二〇〕佐殿《すけどの》一人ををしみ(お)
たてまつり、御自害候はば(こ)、二人の公達御自害候べし。いかでか二人の公
達をばうしなひまゐ(い)らせ給べき」と、さまぐ゛に申ければ、「げにも又思
ひもきられず」とて、兎角《とかく》して小関を過給ひ、みのの国(こ)〔二一〕奥波賀《あうはか》の宿にぞ

一六　秘蔵する愛馬をも。よみは清音。
一七　以下、源氏が代々伝えた鎧を列挙する。底本で目につく語りである。
一八　（義朝が）人々を待って。前に頼朝を進ませていたはずである。それが、また遅れたのである。
一九　いよいよ自害しようと。
二〇　「佐殿」は頼朝を指す。この鎌田の発言は、源氏の将来を見通した語り手の鎌田への焦点化を見せる。古本には欠く。
二一　美濃国不破郡にあった東山道の宿駅。今の大垣市青墓。遊女の芸で京にも知られた。後白河上皇が、この地の遊女から今様を教わったと言われる。クグツ出身の白拍子であった。

着給《つきたまふ》。

かの宿の長者[一]、大炊《おほひ》[二]がむすめ延寿《えんじゅ》と申《まうす》は、頭殿御こゝろざしあさからずおぼしめされし女也。彼[三]がはらに、夜叉《やしゃ》御前とて、十歳にならせ給御息女《むすめ》おはします。日来《ひごろ》のよしみなれば、大炊が宿所へいり給。大炊・延寿をはじめて遊君[四]共まゐ(い)りて、なのめならず[五]もてなしたてまつる。「姫はいづくにぞ」と宣へば、乳母の女房たち、ぐしたてまつりて参りたれば、義朝みたまひ、「東国にくだりて別の子細なくは[六]、人をのぼすべし。其時くだれよ。うたれたりときかば、後世をもとぶらふべし」と宣ひふくめて返しいれられけり。

そののち(こ)悪源太と大夫進とめして、「一所にてはあしかるべし。義平は北国[七]へくだり、越前国よりはじめて北国の勢そろへてのぼるべし。朝長は信濃へくだり、甲斐・信濃の源氏どもをもよほして[八]のぼるべし。義朝は東国にくだり、兵《つはもの》相具してのぼらんずるぞ。三手《みて》が一所になるならば、平家をほろぼし、源氏のよになさんこと何のうたがひかあるべき」と宣へば、二人の公達、やがて奥波賀をいでられけり。遙かに[九]出給《いでたまふ》大夫進、悪源太に「抑《そもそも》甲斐・信濃と申は、どなたにて候やらん」と申されければ、

一　宿駅で、遊女を支配した女主人。
二　→補二〇六
三　延寿の腹に。
四　遊女。あそびめ。
五　ひととおりでなく。
六　東国で、無事、力を回復することがあるならば。結果的に、はかない期待になることを語り手は知っている。
七　北陸道に属する若狭・越前・加賀・能登・越中・越後・佐渡の諸国。
八　呼び集めて。
九　青墓(奥波賀)を遙かに遠ざかって。

[一〇]雲ずきをまぼりて、「あなたへ向《むかつ》ておちよ」との給ひ、鳥のとぶがごとくにて、いづくともなくうちうせぬ。朝長おちられけれ共、龍下《りうげ》[一一]にての疵《きず》、[一二]伊吹のすそ野の雪はこ[一三]がれたり、きずいとゞおこ[一四]りて大事になりしかば、かへり参り給。頭殿「たそ」との給へば、「朝長にて候」、「など下らぬぞ」と宣へば、「龍下にて疵をかうむりて候ひし、伊吹の雪はしのぎ候ぬ。又疵いとゞおもりて、下るべうもおぼえ候はず。中[一五]〳〵と存《ぞんじ》候而《て》まゐ《(い)》りて候」と申されければ、「あはれ不[一六]覚なるものかな。頼[一七]朝は少《をさな》くともかやうにあらじものを。汝をたすけ置たらば、敵のかたへとらはれ、う[一八]き名をながさんずらん。義朝が手にかけてう[一九]しなひ候はばやと思ふはいかに」と宣へば、「[二〇]行末もしかるべしともおぼえず候。敵の手にかゝり候はんより、御手にかゝりまゐ《(い)》らせん事こそ畏《かしこまつ》[二一]て候」と申されければ、「さらばちか[二二]づき念[二三]仏申せ」と宣へば、朝長生年《しやうねん》十六歳、雲[二四]の上のまじはりにて、器[二五]量・[二六]ことがらいう《(ゆふ)》にやさしくおはしければ、刀[二七]のたてどもおぼえずして、涙をながして宣ひけるは、「保元の合戦に弟共うしなひしとき、乙若《をとわか》[二八]が、『平家は終《つひ》[二九]に敵になるべし。我らをたすけおき《(を)》給はば《(ゝ)》、一[三〇]ぱうの固めにはならんずるものを。今に思ひしり給べし』といひお《(を)》きけること、今こそおもひ

一〇 たちこめる雲をすかして見つめ。八一頁に同じ語が見られた。
一一 大原から小出石を経て北若狭へ向かう山城越の峠。朝長らが七二頁、横河法師に攻められて負傷したことが見えた。
一二 八三頁、一行の苦難の道行きを語っていた。
一三 「しのがれたり」とする本がある。従うべきか。
一四 「おもりて」とする本がある。重くなって。従うべきか。
一五 (東国へ下るよりも)かえって(父のもとへ)引き返してと思いまして。
一六 思慮がゆきとどかない、覚悟ができていないことだ。
一七 (義朝の)頼朝に対する期待を語る。
一八 敵の手にかかるという不名誉な名を世にさらすことになるのだろう。
一九 「うしなはばや」とあるべきところ。この「候」は異様である。たえず敬語を使う、底本語り手の介在を示す語りか。
二〇 この後も無事戦えるとも思えません。
二一 お受けしようと思います。
二二 わが身(義朝)に近づいて。
二三 南無阿弥陀仏と声をあげて唱えること。
二四 宮中にお仕えして。
二五 才能、資質。
二六 体格、風体。
二七 (義朝としては)太刀の先を当てる所もわきまえられず。
二八 義朝の弟である円成の童名。↓補二〇七
二九 結果的には。
三〇 一つの防禦にはなろうものを。

しられたれ」とて、[一]恩愛の別《わかれ》のかなしさに、[二]古《いにしへ》の事をぞ宣ひける。太刀をぬきて御くびをうたんとせさせ給ける時、延寿をはじめて、遊君どもまゐ《(い)》りけるに、延寿はさきに参りたり。このよし、みたてまつり、「いかでうきめをばみせさせ給候ぞ」とて、頭殿にとりつきたてまつりければ、「まことにきるべきにはあらず。あまりにこゝろ不覚なるあひだ、いさめむ為なり」とて、太刀をさしお《(を)》き給へば、朝長は[三]ちやうだいへ入給ふ。遊君ども酒すゝめたてまつりてかへりしかば、頭殿「いかに朝長は」と宣へば、「存知候」とて[四]合掌して念仏を申されければ、障子をあけていり給ひ、むなもとを三刀さしてくびをかき、むくろにさしつぎ、[五]きぬ引かけていで給ふ。[六]都には江口腹の御女《むすめ》、鎌田におほせて害せさせ、奥波賀にては朝長さへ御手にかけてうしなひ給ければ、[七]一方《ひとかた》ならぬわかれにて、さこそたけくおはしけれ共、涙もせきあへ給はねば、[八]重成・能宣《よしのぶ》・正清をはじめて、みな涙をぞながしける。

[九]出《いづ》べきよし宣ひければ、大炊・延寿、御前に参り、「いかでか御下《くだり》候べき。是にて[一〇]御年をもお《(を)》くらせ給ひ、静に御下《くだり》候べき」とさまぐ〵に申されけれども、「是は[一一]海道なり。[一二]始終はあしかるべし。朝長をすてお《(を)》きて下《くだり》

一　親子、兄弟、夫婦など、肉親の間の情愛。
二　過ぎ去った頃のことを。
三　主人の寝室などがある奥の部屋。
四　両方の手のひらを合わせて念仏を唱えること。
五　衣をひきかけて。
六　六八頁に見えた。
七　一通りではない、非常に悲しい別れで。
八　七九頁、義朝に同行する者として見えた。
九　(義朝が)青墓の宿を発つとおっしゃったので。
語り手は、やはり敬語を使う。
一〇　平治元年の年の暮れを(青墓で)お過ごしになって、(年が明けて)。
一一　青墓は、東山道の宿駅である。
一二　結局は、不幸な結末となるだろう。

候ぞ。しばらくみつげよ[13]」とていでんとし給ふところに、宿の者共、このよし聞て、「長者の家に左馬頭殿おはすぞ。取[14]たてまつり、平家の見参にいれよや」とて一、二百人よせたり。佐渡[15]式部大夫、此由み給て、「こゝにはたゞ今重成かはり[16]まゐ《い》らせん」とて、ある家にはしりいりて、馬を引出しうちのり、「左馬頭義朝おつるぞ。らうぜき[17]なり。そこのき候へ」とて雑人どもをけちらしておちられければ、宿の者ども申けるは、「源氏の大将軍、雑人にうしろをみせておちさせ給か。かへし給へ」とて、すゝむ[18]もの二三人射ころし、「義朝たゞいま自害するぞ。後にわが手にかけたりなんど論ずるな。是をみよ」とて、おもてのかはをさん〴〵にけづりすて、腹十文字[19]にかき切て、二十九と申に重成空《むなし》くなり給。御頭はとりたれ共、おもてのかはをけづりたれば、たれ共[20]しらざれば、いたづら[21]にすてにけり。かやうにひしめくまぎれに、頭殿、長者の家をいで給。夜もあけければ、大炊、障子をあけて入、「いかに今まで御やどり[22]さぶらふぞや」とて、きぬ引のけてみたてまつれば、むなしくなり給ありさまなり。「みつぎまゐ《い》らせよと宣つるは、御孝《きやう》養《やう》[23]を申せとおぼしけるにこそ」とて、涙をながし、死骸をばうしろなる竹のきはにて空しき畑となしたてまつり、御菩提[24]、

一三　面倒を見てやってくれ。
一四　捕らえ申し上げて。
一五　前出の佐渡式部大夫重成を指す。
一六　（義朝殿の）身代わりになりましょう。
一七　無礼であるぞ。
一八　ここに「こやすのもりにはせ入、おもてに」を有する本がある。うってかかる者を。
一九　十の文字を書くように。
二〇　だれの首ともわからず、後日、論功行賞を申し立てる対象にもならないので。
二一　役に立たない、無駄だと。
二二　お休みになっているのですか。
二三　死者の冥福を祈ってとぶらってやれと。
二四　ひたすら御成仏をお祈りして。

他事なくとぶらひたてまつりけり。＊

（頼朝青墓に下着の事）

一さるほどに、右兵衛佐《うひやうゑのすけ》頼朝のありさま、承る二こそあはれなれ。雪の中に捨《すて》られて「三正清は候はぬか、金王丸《こんわうまる》はなきか」と召けれどもなかりけり。夜もすがら雪の中を迷《まよは》れけるが、四小関《こぜき》のかたへおはせずして、五小ひらと云山寺のふもとの里へまよひ出《いで》、あけぼのの(こ)となるに、小屋《こや》の軒の下に立よりて聞給へば、六あるじとおぼしくて、男がね七ざめして、「あはれ此山に落人《おちうど》はあるらん」などいへば、妻とおぼえて女の声にて、「落人あらばいかに。八(を)およばぬ事をば申ぞ」といへば、「及ばぬ事なれども、左馬頭殿《さまのかみどの》を初めて、君達等《とう》あまたおちられけるが、九此山にかゝり給ひけるなり。此雪に一〇いかでのび給ふべき。とり奉りて平家の見参《げんざん》にいり、一一きやうりやうに及勧賞《およぶけんじやう》にもあづかるぞかし。あはれ、山をさがしてみばや」といへば、佐殿《すけどの》この由聞給ひ、一二そこを忍び給ひ、ある谷川のは一三たなる石にこしかけておはしけるが、刀をぬい(ゐ)て、一四(ゐ)このついでに自害をやする、いかゞせんとお

一　話変って。この前の義朝一行の行方から頼朝の物語へ変わる。下巻の巻起こしでもある。
二　語り手の敬意をこめた思いを直接語る。
三　義朝と行動を共にしている鎌田正清と金王丸の行方を求める。
四　八二頁注一二。義朝らが不破の関を避けて、この小関を通過していた。
五　今の滋賀県栗太郡栗東町小平井《こひらい》か。古本に、この地名は見えない。
六　その宿の主人かとおぼしくて。頼朝を焦点化主体（視点）として語る。
七　前に「あけぼのゝことなるに」とあるから、夜が明けて目ざめることを言う。
八　どうにもしようのないことをおっしゃるのか。
九　この山にとりかかっていらっしゃるようだ。「なり」は伝聞。伊吹山麓を避けて、東方、鈴鹿山脈寄りに落ちるとするものか。
一〇　とても無事にはお通りになれますまい。
一一　未詳。「きりやうに」とする本に従えば、うまくふるまっての意か。
一二　その場をこっそり立ち去り。
一三　谷川の側にある石に。
一四　この機会に、これを最後として。

もひわづらはれけるところに、此さとに[一]鵜飼《うかひ》一人有けるが、[二]何となく佐殿をみたてまつり、寄《より》て、「[三]是は左馬頭殿の君達にて御わたり候か」と問《とへ》ども、返事もし給はず。鵜飼申けるは、「左馬頭殿の君達にて御わたり候はば《(こ)》、[四]なにしにかくさせ給ひ候ぞ。平家の侍共、左馬頭殿の御跡を尋ねまゐ《(い)》らせ、[五]つゞいて下《くだり》候なるが、この山に籠り給へりとて、山をさがし候つるが、山にはおはせずとて、たゞ今さとにくだり、家ごとにさがすべしと承《うけたまはり》候。うきめを見せ給ふな。いづかたへも[六]忍び給へ」とぞ申ける。佐殿この由聞給ひ、「[七]今は何をかかくすべき。我は義朝の子也。汝情《なさけ》あるものとこそみれ、頼朝を助《たすけ》よ」との給へば、「[八]私きはめてみぐるしく候へ共《ども》、かゝるときは[九]くるしからず候。いらせ給へ」と申、かたに[一〇]ひつかけたてまつり、わが家にいれたてまつり、[一一]飯酒《はんしゅ》をすゝめ奉り、[一二]漸《やうやく》もてなしまゐ《(い)》らせければ、[一三]人心になり給ふ。

[一四]さるほどに、平家の侍ども山をいで、此さとにうち入《いつ》て、家ごとにさがす。佐殿このよし聞給ひ、「いかゞせむ」と宣へば、[一五]ぬりごめの板を放《はなち》て、あなを深くほり、佐殿を入たてまつり、もとのごとくうちつけたり。人来りてさがしけれ共《ども》、しらぬやうにて居《ゐ》たりけり。佐殿、「[一六]南無八幡大菩薩、

一　鵜を飼いならして鮎などの魚をとらせることを職とする人。それを桂女が売りに回ったと言う。中世には殺生を業とすることから卑しまれたと言う。中世の職人として、頼朝の天下を支える一翼を担うことになった。
二　ふと頼朝に目をとめて。
三　本来、親王や公卿の子弟をさす語。↓補二〇八。「御わたり」は、「いる」の尊敬語。
四　どうしておかくしになるのですか。
五　(山から)ひき続いておりて来るそうですが。
六　身をおかくしなさい。
七　こうなっては、もはや隠し立てはすまい。
八　男子がみずからを謙遜して言う語。↓補二〇九
九　(こうした場合には)さしつかえございますまい。
一〇　肩に背負い申し上げて。
一一　食事と酒をおすすめし。
一二　さま〴〵に。
一三　人ごこちがつかれた。頼朝は疲れ切っていたのである。
一四　そうする中に。この語、本来の意を示す。
一五　二間四方ぐらいの、周囲を壁でぬり込め、妻戸で出入りするようにした納戸や土蔵。
一六　「南無」は仏教語で、サンスクリット語の音を示した語。「なも」とも。帰依する意。「八幡大菩薩」は、宇佐八幡宮に始まり石清水八幡宮にまつる神を、仏教が習合した仏。清和源氏が氏神とし、武士の守護神ともした。王権の守護

たすけさせ給へ」と心中に祈られけるこそ哀なれ。やがて人来りて、ぬりごめをうちやぶり、天井のうへまでさがせども、人一人もみえざりければ、「是にもお《(を)》はせず」とてみなそこを出にけり。そのの《(こ)》ち佐殿をいだしまゐ《(い)》らせ、「[一七]何とかおぼしめし候」と申せば、「[一八]能《よく》はからへ」とのたまへば、「その御すがたにてはかなふまじ」とて、[一九]女房のすがたになしたてまつり、馬鞍《うまくら》こしらへのせ奉り、髭切をばものにてつゝみ、お《(を)》のれもちて、[二〇]しゆくの女をあひぐしてゆくやうにて、小関をとほ《(を)》り、[二一]故なくあふはかの宿へいれたてまつる。いとま申て帰ければ、「[二二]若《もし》ふしぎにも世あにあらむときはたづねよ。頼朝も[二三]命の中《うち》にはわするまじきぞ」とてかへされけり。[二四]この宿よりいけどりにせられ、都へかへり入給ふ。[二五]伊豆国へながされては[二六]廿余年の星霜《せいざう》を送り、世に出給し時、先《まづ》此鵜飼をたづねいだされ、小平《こひら》をはじめて十余ケ所給りけり。情《なさけ》は人の為ならずとも、かやうの事をや申べき。[二七]大炊《おほひ》がもとへいり給ひ、「我は頼朝なり」と宣へば、大によろこび、夜叉《やしや》御前の[二八]御方にお《(を)》き奉り、さま〴〵にもてなしまゐ《(い)》らせけり。＊

（義朝内海下向の事付けたり忠致心替りの事）

神ともなった。

一七　この後、どうしようと思われますか。

一八　よきように考えよ。

一九　女装して難を避けようとする語りは、一つの型。この物語では四一頁、三条殿を脱出した主上(二条帝)の例が見られる。

二〇　宿場の遊女。

二一　無事、青墓の宿へ案内申し上げた。

二二　まず考えられぬことだが、万が一にも源氏の世を迎えることがあれば。この後の頼朝の運の上昇を見通した語りである。

二三　処刑されず、生きている限りは。

二四　結局、この宿で生け捕られたと語る。この後、一〇五頁に語るところを先どりして語る。底本は、鵜飼の労を顕称することを急ぐあまり、語りとしては拙い。古本は、中巻「頼朝生け捕らるる事」(二一一頁)関のわらやで頼盛の家来宗清に生け捕られたと語る。

二五　この後、「頼朝生捕らるる事」から「頼朝遠流に宥めらるる事」で、池の禅尼の嘆願により助命され伊豆へ流されることになる。ここは、それを先どりして頼朝を救った鵜飼の功績を顕称する。

二六　頼朝は、建久三年(一一九二)七月、征夷大将軍に任ぜられる。この平治二年(一一六〇)からは三十余年を経過することになる。ただし『平家物語』では寿永二年(一一八三)で、この年数にあう。いくさ物語としての継起性を見るべきか。　二七　語りを元にもどし四行前の「とてかへされけり」を受ける。

二八　父義朝の仲を介して義妹に当たる夜叉御前のお住まいに。

さるほどに、[一]頭殿《かうのとの》、鎌田をめして宣ひけるは、「[二]海道は宿々固めて侍《はんべる》といへば、さらにかなふまじ。是より尾張の[三]内海《うつみ》へ[四]付《つか》ばやとおもふがいかに」とのたまへば、鎌田申けるは、「[五]鷲《わし》の栖《す》の玄光《げんくわう》と申は、大炊には弟也。[六]古《ふる》山法師にて候が、[七]大剛《だいかう》の者にて候。たのませ給へ」と申せば、金王を御使にて宣ひけるは、「是より海上をへて尾張の内海《うつみ》へつかばやと思ふがいかに。たのまれよ」とのたまへば、玄光「[八]これならではいかでか左馬頭殿のおほせをばかうむるべき」とて、小船《せうせん》一艘たづね出し、左馬頭殿・平賀四郎・鎌田兵衛・金王丸四人の人々のせたてまつり、うへにはしば木をつみ、玄光一人棹《さを》をさして、[九]くひ《(い)》ぜ河をぞくだしける。[一〇]おりくだり津に関すゑ《(こ)》て、下る舟をばさすほどに、[一一]この舟をもよせよといへども、玄光聞かぬやうにてくだしければ、「にッくい《(ひ)》ほふ《(う)》しかな」とて矢をとつてつがひ、[一二]はなしければ、ふなばたに射たてたりけり。玄光いとさわ《(は)》がぬけしきにて、「是は何事ぞ」とてさしよせたり。「左馬頭殿落られけるが、ゆくかたもしらずなりぬと云。かゝる[一三]時は、小船柴木《せうせんしばき》の中もあやしければ、さがしてみむといふに、など憎きかぬやうにてくだす」といへば、[一四]「さらばよくはのたまはせよ」とて、さしよせけり。[一五]者共二、三人のりける。柴をとり

一　義朝を指す。八八頁を受けて、以下、義朝の一行の動きを語る。
二　東山道は、宿々を敵が固めていますから。「侍る」は「侍つ」とする本に従うべきか。「候」とする本もある。
三　今の愛知県知多郡美浜町野間から南知多町内海あたりに野間内海荘があった。↓補二一〇
四　「着かばや」とあるべきところ。
五　岐阜県養老郡養老町鷲巣。青墓宿の長者大炊の一家である平三真遠が出家して源光と号したとされる。
六　もと、永く叡山に住んだ僧。
七　非常に剛胆な。
八　相手から頼まれる、このような機会でもなければ。
九　岐阜県揖斐郡池田山を水源とし、大垣市の西部を経て養老郡養老町で牧田川に合流する川。右岸の赤坂付近に、東山道沿いの株河《くいぜかわ》駅があった。↓補二一一
一〇　「おりと」とする本に従えば、今の養老町船附の地名。古本は「こうつ」とし、海津郡南濃町上野河戸かとも言う。
一一　（関のある岸へ）船を着けよと言うが。
一二　矢を射放したので。
一三　「わ僧」とする本がある。従うべきか。相手の僧に親しみの思いをこめて呼びかける語。相手が僧なので、ていねいに呼びかけるのである。玄光の落ち着いた態度に対応する役人の呼びかけ。
一四　それなら、そうと、わかりやすくおっしゃりなさいよ。両者の応答のしようを語る。
一五　関を固める役人どもが二、三人が。

のけけり。玄光今はかなはじ、人々[一六]にも自害をせさせたてまつり、我も自害せむと思ひきりて、「左馬頭おちさせ給はむには、[一七]五十騎・三十騎にはよもお《(を)》とり給はじ。この法師ほどのものたのみて、小舟《こぶね》柴木の中にこめられて、御[一八]辺たちの中にさがしいだされ、うきめをみむとはよも思ひ給はじ。たとへおはするとも、[一九]今は自害などをし給はんずれ、よくみよ」といひければ、[二〇]頭殿《かうのとの》このよし聞給ひ、鎌田が耳に御口をあて、「是は自害せよといふことばなり。いさ自害せん」との給へば、鎌田「[二一]しばらく候」とぞ申ける。[二二]関屋の内よりつはもの一人出て申けるは、「げにも左馬頭殿おちられんずるには、いかに無勢なりとも、二、三十騎にはよもおとらじ。此ほふ《(う)》しほどのものたのみて、此舟にのりて下らんとはよもおもはじ。とく〳〵とほ《(を)》せ」とて、しば木をもとのごとくとりつみて、はやくだせといへども、[二三]いそぎ下さず。玄光申けるは、「[二四]法師の職にあはぬことにて候へども、柴木を下し、[二五]沽却《こきやく》して、妻子をはごくむものにて候間《あひだ》、一月に五、六度も上下する者にて候。[二六]後々は事故《ことゆゑ》なくとほ《(を)》し給へ」と[二七]興あるさまに申《まうし》なして、[二八]又もやさがさんずらんと思ひ、舟をはや〳〵とさしくだす。

さるほどに、[二九]海上をへて、尾張国智多郡《ちたのこほり》内海へぞ着給ふ。[三〇]長田庄司忠致《をさだのしやうじただむね》

一六 かくまっている人々(義朝ら)にも。

一七 (義朝の一行が)よもや五十騎や三十騎を下回ることはあるまい。この前、青墓では二十余人と再会を約束して離別、八騎の勢で落ちたとあった。現実に、この場では「四人」(前頁)であるのだが。

一八 あなたがた。ほゞ対等の相手に呼びかける語。

一九 こう申している間にも自害などしようとしていらっしゃるのだろう。

二〇 義朝は、この玄光のことばを聞かれて。

二一 しばらくお待ちください。この鎌田の一語が、この場の義朝一行を救うことになる。芝居がかっている。

二二 関所の小屋の中から。

二三 急いで舟をくだしもしない。危急が去ったとの玄光の思いが、開き直り大胆にふるまわせる。玄光のかけ引きである。関所破りを語る物語の一つのモチーフであろう。

二四 法師の身には、あるまじき仕事であるが。実は、この時代の法師の多くが商いに従事していた。

二五 売り払って。つつましい生活の手だてである。

二六 この度のおとり調べを生かして、これ以後は、おとがめなくお通しください。

二七 (玄光が余裕に満ちて)楽しんでいるように見せて。

二八 (そうは言うものの)重ねてとり調べられることがあってはまずいと。玄光は余裕ありげに見えながら、実は緊張しているのである。玄光の演技を見せる底本の語り。

二九 杭瀬川の下流、揖斐川の河口から伊勢湾へ出て、知多半島の西岸、内海に向かうのである。

三〇 桓武平氏、従五位下致頼の家系が長田を名のった。その五代目が壱岐守忠致である。鎌田兵衛の舅であった。

と申《まうす》は、[一]相伝《さうでん》の家人《けにん》なり。鎌田が為には舅、[二]一方《ひとかた》ならぬよしみにて、長田が宿所へ入給ふ。さまぐ〵もてなしまゐ《(い)》らせけるほどに、是にて[三]歳をお《(を)》くり給ふ。[四]やがて出《いづ》べきよし宣へば、長田申けるは、「[五]三日の御祝過《すぎ》させ給ひてこそ、[六]御下《くだり》候はめ」と申ければ、[七]さてはとて御とうりうあり。長田が子息[八]先生景致《せんじやうかげむね》をちかくよびて、「さて此殿をば東国へくだすべきか、是にてうつべきか、[九]いかゞせんずる」といへば、景致申けるは、「東国へ下《くだつ》ておはするとも、[一〇]よも人下《くだ》しつけ候はじ。[一一]人の高名《かうみやう》にせんよりも、こゝにてうつて、[一二]平家の見参に入《いれ》、義朝の所領一所ものこさず給《たまはる》か、[一三]しからずは当国をなりとも給て候はば《(ゝ)》、子孫繁昌にてこそ候はむずれ」といひければ、[一四]「さて何としてうつべき」。[一五]「御行水候へとて、[一六]湯屋へすかし入れて、[一七]橘《きつ》七五郎は、美濃・尾張に聞えたる大ぢからなれば、[一八]くみてにて候べし。[一九]弥七兵衛・浜田三郎は[二〇]さしてにて候べし。鎌田をばちかくよびよせて、酒を[二一]のみて軍《いくさ》のやうをとはせ給はんほどに、頭殿うたれ給ひぬときゝ、はしりいでんところを、[二二]妻戸のかげにて景致まちうけて、[二三]うちとゞめ候はむ。[二四]平賀四郎を亭《てい》にて[二五]もてなさむほどに、義朝うたれぬときゝて、おちばおとし候べし。たゝかはばきりとどめ候べし。玄光法師と金王丸とをば、

一　代々仕えて来た家来。
二　なみなみならぬ縁で。
三　(平治元年の)年の暮れを過ごされた。
四　(年が明けて平治二年になり)さっそく(東国へ向けて)出達しようとおっしゃると。
五　正月三が日の御祝儀をおえられてから。
六　(東国へ)お下りになられるのがよろしいでしょう。
七　それまで言われるのならば。
八　舎人の中で武芸にすぐれた者を選んで武装させ、東宮の警護に当たらせた者を帯刀舎人と言い、その長の二人を先生と言った。
九　どうしたものだろうか。
一〇　よもや無事に関東へ下り着かせることはありますまい。途中で討たれることになろうとの思いをこめる。
一一　他の人の手柄にさせるよりは。
一二　(目上の人に)御覧に入れ。
一三　それがかなわぬなら、せめて。
一四　どのようにして討つことができようか。
一五　お湯浴びをなさってくださいと。
一六　古本は「湯殿」とする。↓補二一二
一七　先祖を敏達天皇にさかのぼる橘氏で、美濃の住人か。
一八　(相手に)組んでかかる要員。この後の「さして」に対する語。　一九　浜田ともに未詳。
二〇　刺し手。太刀で撃ってかかる要員。
二一　(ともに)酒をのんで。「のませて」とする本がある。
二二　寝殿造りの家屋の四隅にある両開きの板戸。外側に開く。　二三　しとめましょう。
二四　七九頁、義朝に同行する者として平賀四郎義宣が見えた。　二五　(客をもてなすための)座敷。古い民家にその名称が今も残る。

二六遠侍《とほざむらひ》にて若者共中にとり籠《こめ》、二七引張《ひきはり》さしころし候はんずるに、二八何事か候べき」とぞ申ける。さてはとて、二九三日の日、湯をわかさせ、長田、御前にまゐ(い)り、「都の合戦と申《まうし》、三〇道すがら御くるしさ、三一左《さ》こそ御座候《おはしまし》らめ」とて「御行水候へ」と申ければ、三二「神妙に申たり」とて、三三やがて湯屋へいり給ふ。鎌田をば長田が前に呼寄《よびよせ》て、酒《しゆ》をすゝめ、平賀殿をば亭にてもてなし、玄光を外侍《とほさぶらひ》にて酒をすゝむ。橘七五郎・弥七兵衛・浜田三郎うかゞひたてまつりけれども、金王丸太刀帯《はい》て三四御あかに参りたれば、三五すべきひまこそなかりけれ。やゝありて三六「御かたびらまゐ(い)らせよ。人は候はぬか」といへば、三七用意したる事なれば、返事もせず。金王三八「なに人はなきぞ」とて湯屋のほかへ出ければ、三九三人のものはしりちがひてつといり、義朝の裸にておはしけるを、橘七五郎むずといだく。弥七兵衛・浜田三郎左右によりて、わきのしたを二刀づゝつく。義朝、「正清は候はぬか、金王丸はなきか、義朝たゞ今うたるゝぞ」。是を最後の御ことばにて、平治二年正月三日、御とし四〇三十八にてうせ給ふ。金王丸此由をみて、「にっくい(ひ)四一奴原かな。一人も助《たすけ》まじき物を」とて、湯殿の口にて四二三人ながら一所にきりふせたり。鎌田兵衛此由きゝ、「あな口惜や。四三頭殿をうちたてまつらん為にてありける

二六　貴人の座敷を守る武士が待機する、主殿から遠く離れた詰所。
二七　(相手の)手足を引っぱり、刺し殺しますのに。
二八　なに程の苦労がありましょうか、たやすい事です。
二九　この前、せめて正月の三が日はとどまるように誘っていた。その三日目の日を指す。
三〇　京から、この内海にいらっしゃるまでの道中の御苦労。
三一　とても大変な事でいらっしゃったでしょう。
三二　嬉しいことを言ってくれる。
三三　さっそく。
三四　風呂で、貴人の体を洗って、その垢を流し落とすことを「あかに参る」と言う。
三五　(橘らには)手の下しようがなかった。金王丸に隙の無いことを言う。
三六　裏地をつけない、麻や葛地で作った下着。ここは湯あがりの下着。
三七　義朝を奇襲することを用意していたので、だれも応じる者がいない。
三八　どうして人がいないのか。
三九　金王丸が出て行くのと入れ違いに、待機していた橘・弥七兵衛・浜田の三人を指す。
四〇　義朝は保安四年(一一二三)の生まれかと言う。平治二年(一一六〇)当時、数え年の三十八歳であったことになる。
四一　相手をいやしめて言う語「やつ」を複数形にした語。
四二　三人とも残らず。
四三　義朝殿を討ち奉らんための計画であったのを、それと知らずに、の意。

ものを」とつゝとはしり出むとするところを、先生景致《かげむね》つまどのかげにまちうけて、もろ[一]ひざきつてきりふせければ、「正清も御ともに参《まゐり》候」と最後のことばにて、頭殿と同年三十八にてうせにけり。平賀四郎義宣《よしのぶ》は是を聞給ひ、弓矢を取て走《はしり》いでられければ、とゞむるものこそなかりけれ。かやうにさわ《(は)》ぎければ、玄光走《はしり》いで、金王にいかにといへば、「頭殿うたれさせ給ひぬ。鎌田もうたれぬ。いかゞせむ」といへば、「いざさ《(ゝ)》らば長田うたん」とて[二]経居《つねゐ》のかたへ走《はしり》いりたれば、長田はにげてうせにけり。「さらばうち死せよや」とて、[三]うしろあはせになり、さんぐ\に切てまはりければ、[四]おもてをむくるものもなし。七、八人きり臥《ふせ》て、厩《むまや》へ走いり、馬二疋引いだし、うちのり[五]「とゞめよ、者ども、とゞめよ」とておちけるが、敵にうしろを[六]みえじとや思ひけん、玄光は[七]逆馬《さかむま》にのつてぞはせたりける。

[八]鎌田が妻女、よひよりこのことを聞しかば、[九]人してしらせばやとおもひけれ共《ども》、お《(を)》しこめられて人一人もつかざりければ、しらするにおよば《(を)》ず。鎌田うたれぬと聞しかば、走いで鎌田が死骸にとりつきていひけるは、「我をばいかになれとて、すてお《(を)》きてさきにたち給ふぞ。[一〇]空しくなるとも同《おなじ》道《みち》にとこそ契しか」とて、なげきけるが、「親子なれ共[一一]むつましからず。

一　両方のひざを。↓補二一三
二　（長田一家の人々が）平常住んでいる部屋。前の、客のための「亭」の対。
三　（金王丸と玄光が）背中あわせになって。前後、とり囲む長田の勢と戦うのである。
四　面と向かって戦う者もいない。逃げ出してしまうのである。
五　とめられるなら、とめてみよ。相手を挑発して言うのである。
六　見せまいと思ったのか。
七　進行方向と逆に向き、後ろ向きに馬に乗ること。古本にはない語りで、玄光のわざを語る。
八　鎌田の妻は、長田の娘であった。鎌田にすれば、この縁もあって内海を志したのであった。その娘は、ひそかに長田らの動きを察知していたと語るものか。
九　人を介して、夫の鎌田に父の企てをしらせようとしたのである。
一〇　死ぬのも夫婦行動を共にしようと約束したではありませんかと。
一一　（長田とは）父と娘の仲ながら、こうなっては父としての親しみも感じない。

うき世にあらば、又か[一二]ゝることをやみむずらん。さらばつ[一三]れてゆかん」とて、鎌[一四]田が刀をいまだ人もとらざりければ、刀をとりて、心《こゝろ》[一五]もとにさしあて、うつ[一六]ぶッさまにふしければ、かたなはうしろへわけ[一七]いでつ。歳廿八にて、鎌田が死骸にふしそひて、同[一八]じ道にぞなりにける。長田此よしをみて、「義朝をうつも、子どもを世[一九]にあらせむが為なり。いかゞせん」となげきけれどもかひぞなき。頭[二〇]殿の御頸と、鎌田が頸をとってむ[二一]くろをも一つ穴にほりうづむ。「世[二三]にあらむとおもへばとて、相伝の主《しう》[二二]と現在の婿をうち、長田庄司忠致は不[二四]当なり」とぞ人申ける。

異[二五]国の安禄山《あんろくさん》は主君玄宗《げんそう》をかたぶけ、養母楊貴妃をころし、天下をうばひとりしかども、其子安慶緒《あんけいしょ》にころされ、安慶緒は又ちゝをころしたるによって、史明師《しめいし》[二六]にころされて、ほどなく禄山が跡絶ぬ。我朝の義朝は、保元の合戦に父の首《かうべ》を切、平治の今は長田がてにかゝってうたれぬ。「忠致相伝の主を討ぬれば、「行[二七]末いかゞあらんずらんと、おそろしく〳〵」とぞ人申ける。＊

（金王丸尾張より馳せ上る事）

一二　このようにつらい体験をくり返すことにもなりましょう。
一三　夫と同道してあの世に行きましょう。
一四　この前、鎌田は義朝が討たれたことを知って、現場へかけつけようとし、物かげにひそんでいた景致に「もろひざ」を切られ討たれた。その際に持っていた太刀を、まだ手に握っていたのである。
一五　胸もと。　一六　うつむきになって。
一七　貫き出た。
一八　同じ死の世界へと旅立った。
一九　手がらを立てて、そのほうびを得、子孫の繁栄をはかるためである。東国武士の生き方。
二〇　「頭殿の御頸」「鎌田が頸」として助詞を使い分けている。この場の話し手である長田にとって、主人の義朝に「の」を、婿の鎌田に「が」を使う。底本の敬語の使い方は、かなり細かい配慮を見せている。これまで信頼の行動についても敬語を使って来たことに注意。
二一　この後、長田は「義朝、正清両人が頸を持て」上洛することになるのだが、ここでは、とりあえず二人の死骸ともども穴に埋めるのである。　二二　子孫を世に繁栄させようと思うからと言っても。
二三　ほかならぬ、まさに娘の婿を討ち。
二四　正当でない。道理にあわない。『平家物語』二「教訓状」に「西光と云ふ下賤の不当人めが申す事につかせ給ひて」の用例が見られる。だれと特定しない「人」の声を語るのが、この物語の語りの一つの方法である。　二五　外国の、↓補二一四　二六　営州の胡人「史思明」が正しい。安禄山と謀って玄宗に背き、安慶緒を討って皇帝を称したが、後に子の史朝義に殺された。
二七　将来、どうなろうとするものか。

さる程に、玄光は鷲《わし》の栖《す》にとゞまりければ、金王都へいりにけり。常盤《ときは》[一]の宿所にいたり、此[二]よしを申ければ、「都を落させ給て、汝を使にて、『[三]うちよせ見参すべけれ共《ども》、敵はつゞく、ひまもなくて落《おつる》也。東国より人を[四]のぼせんずるぞ。をさなきものどもあひぐして、[五]そのときくだり給へ』と宣ひしかば、御[六]こゝろざしのうすければこそ、うちよするひまもなからめ。[七]下《くだり》たらむ時は、まづこのことをこそ申さんずらめとおもひつるに、むなしくなり給ひぬるかなしさよ」とぞなげかれける。

今若《いまわか》とて七歳、乙若《をとわか》とて五歳、牛若《うしわか》とて二歳になる公達おはしけり。牛若殿はをさなければ是非[八]をしらず。七つ五つになる少人《せうじん》、金王がたもとにとりつき、「父御前はいづくにおはしますぞ。われらを具してまゐ《(い)》れや」とてなき給へば、金王涙をながして申けるは、「是はいそぎの御使にて候。明日は御迎に参り候べし」ととかうこしら[九]へたてまつり、いとま申てはしりいで、ある山寺に髪切《かみきり》[一〇]、法師に成て、諸国七道[一一]修行して、義朝の御菩提[一二]をとぶらひたてまつる。[一三]やさしくぞおぼえける。＊

（長田六波羅に馳せ参る事付けたり尾州に逃げ下る事）

一　これまでに、義朝が都に残してきた女について語るところがあったが、常盤母子については、これから語ることになる。義朝の宿所を、六八頁に「六条堀河の宿所」としていたが、常盤の宿所は不明。『義経記』一にも不明だが、常盤の母の居所について「常盤が母、関屋と申すもの、楊梅《やまもも》町なるところにありける」とする。
二　義朝らが内海で討たれた経過を。
三　常盤母子の宿に立ち寄って会いたいのだが。
四　使いの者を京へ送り上らせようと思っている。
五　母子をも具して東国での再起を期しているのである。
六　わたくしどもへの御愛情が薄いから。
七　（義朝さまの）お召しにより東国へ下った時には、この今のわたくしの思い、不満を申し上げようと思っていたのに。
八　良いも悪いもわからず。物心ついていないこと。
九　あれこれと言いつくろい申し上げ。
一〇　髪を切り、頭を剃って。金王丸は童として元服していなかった。そのため童髪であった。その髪を剃って出家したのである。
一一　方々の国々。「七道」は、京から地方へのびる七つの道。およびその道が通る地方。→補二一五
一二　（死亡した義朝が）浄土へ往生できるように祈った。
一三　（語り手が、話題とする金王の行為を）けなげであると思った。金王の行為を語ってやる語り手の思いをそのまま語る。

さる[一四]ほどに、義朝[一五]・正清両人が頸を持て、長田都へ上りけり。平家の見参に入ければ、神妙なりとて、[一六]長田は壱岐守《いきのかみ》になり、子息先生景致《せんじやうかげむね》、左衛門尉になされけり。忠致申けるは、「義朝・正清は昔の[一七]将門《まさかど》・純友《すみとも》にもあひお《(を)》とらぬ朝敵を、国の乱にもなさず、人の煩《わづらひ》にもあらず、すみやかに討てまゐ《(い)》らせて候はば《(こ)》、義朝の所領をば一所も残さず給《たまはり》候か、しからずは[一八]住国にて候へば、尾張国をも給るべきにて候に、国のはてに候壱岐の嶋を給り候ては、[一九]自今《じこん》以後何のいさみか候べき」と申ければ、[二〇]「[二一]てんぜい《(ゐ)》汝等は[二二]罪科の者ぞ。[二三]世にあらんとおもへばとて、相伝の主と現在の婿とをうつ、なんぢらほど[二四]尾籠《びろう》の者あらばこそ。されども[二五]朝敵とかうすれば、一国をもとらする也。それを辞退申さば、[二六]とかうにお《(を)》よばぬ」と宣へば、猶《なほ》重而《かさねて》訴訟申ければ、[二七]らうぜきなりとて、壱岐の国も召かへされ、左衛門尉も[二八]闕官《けつくわん》せらる。[二九]伊与守重盛申されけるは、「けふは人のうへたりといへども、あすは我身のうへたるべし。運つきたらん時は、みな[三〇]かうこそ候はんずれ。諸人のみる所も候へば、[三一]向後《きやうこう》のため、奴原給て、六条河原へ引出し、廿日《はつか》に二十のゆびをきり、くびをのこぎりにてきり候はん」と申されければ、長田此由を聞て、急ぎ国へにげくだる。めんぼくなくぞ覚ける。

一四 前段の金王丸上洛の話と変わるので、ここは話変わっての意と解することができるが、その金王の語った内容が義朝の非業の死であったから、そうする中に、とも解し得る。 一五 九七頁に、穴に埋めたとあったから、ほうびを期待して、それを掘り出し、持参したと語るのである。 一六 『尊卑分脈』に「平治元於尾張国誅義朝朝臣并正清進京都任壱岐守」とある。壱岐は『延喜式』の等級に下国とする。左衛門尉は、衛門府の三等官で大尉が従六位下、少尉が正七位上相当官であった。 一七 古本に、この将門・純友との比較は見られない。『平家物語』巻一冒頭に、この二人を朝敵の典型としてあげる。承平の乱の平将門、同じ頃、四国・九州で謀叛を起こした藤原純友。 一八 (長田が)居住する国ですから。 一九 これから以後、何のはげみになりましょうか。手がらを立てる意味がございません。 二〇 「清盛のたまひけるは」とことわる本がある。ただし、この底本を単純な脱落とは言えまい。 二一 天性。「てんぜい」と濁音。生まれつき。 二二 罪、とがのある者。 二三 世に繁栄したいからと言って。 二四 愚かで、ばかな者。「をこの者」。 二五 朝廷に叛逆する者を討ったというので。 二六 とかく議論する必要もない。 二七 理不尽で無法な行いであると。 二八 官職を解かれた。古本は、この解官のことを語らない。 二九 清盛の長男。平治の乱当時は左衛門佐で遠江守を兼ねた。この平治の乱の功績により伊予守になった。古本は、筑後守家貞が怒って斬ろうとしたと語る。底本が重盛を登場させることに注目。 三〇 このように理不尽な行動に出るものでしょう。 三一 古本は、この字を「ゆくする」と読む。

天下の上下、このよしをきゝて、「一源氏世に出て後は、長田をほりくびに二せらるゝか、三はつつけになるか、あはれ長田が終《をはり》をみばや」とにくまぬものこそなかりけれ。＊

（悪源太誅せらるる事）

四悪源太義平、越前国五あそはまで下ておはしけるが、尾張の内海にて義朝うたれぬと聞召《きこしめし》しかば、六行末もしかるべからず、親の敵《かたき》なれば、七平家を一人にてもねらひてうたばやと思ひければ、あそ《(す)》はより只一人都へのぼり、平家をうかゞはれけるほどに、義朝の郎等、丹波国の住人八しうちの六郎景住《かげずみ》といふものあり。九末座の者にてありしかば、一〇源氏よりたづねもなし。一一あまつさへえ《(ゑ)》んにつき、平家に奉公つかまつりけるが、悪源太に行あひたてまつり、「いかになんぢは景住か」、「さん候」。「いづくにあるぞ」と宣へば、「身のすてがたさに、一二御代にならんほどと存候て、平家にほうこう仕り候」と申ければ、悪源太宣ひけるは「一三ひごろのよしみわすれ給はぬか」、「いかでかわすれたてまつるべき」。「さらば義平にたのまれよ。親の敵《かたき》なれば一人なりとも、平家をねらひてうたんと思ふぞ」。「うけ給候

一　この後、源氏が再興することを予見している。言うまでもなく、底本をも含め文字テクストとしての『平治物語』は、源氏再興後成立したものである。

二　生きたまま身体を地中に埋め、その頸を切る刑とするのが一般の解だが、頸部を、のみやきりで傷つけて殺す刑だとする説がある。室町後期の説経浄瑠璃は、この種の報復を語る。

三　拷問や処刑のために手足を木にしばりつけること。↓補二一六

四　八四頁、青墓で「一所にてはあしかるべし。義平は北国へくだり、越前国よりはじめて北国の勢そろへてのぼるべし」との義朝の指示により下っていた。

五　今の福井県足羽郡足羽町。

六　（このままでは）これから先もはかばかしくあるまい。

七　平家（公達）を、たとえ一人でも狙って討ちたい。

八　志内。清和源氏で丹波国船井郡須知に住んだ武士。須知・志宇知とも書く。

九　末の方の席。下級の意を表す。

一〇　底本「平」と傍書、「平家」の誤り。末席の者であるので平家の追及を受けなかったのである。

一一　それのみか、逆に手づるを求めて、敵の平家に仕えていたと言うのである。

一二　源氏の御代になるまではと。明らかに後日、源氏の再興を見通した語りである。

一三　これまでの日常での源氏への親しみをお忘れではないのか。

ぬ」と申せば、「一四汝を主にすべし。義平を下人にせよ」とて、しうちが六はらへ出仕のときは、一五みの・一六かさ・一七きもの体《てい》のものをもちて、一八門のわきにたゝずみ、ねらはれけれ共《ども》、一九あれは果報ざかりなり、運つきぬるわがみは一人なれば、さらにねらふひまなし。宿は二〇三条烏丸なり。二一主の男といひけるは、二二たち井《ゐ》・ふるまひぶこつなり。物いひたることばつきかたくなな《(こ)》り。二三下人といふ男はたちゐ・ふるまひ二四じんじやうなり、二五うちおもふありさまよにこえたり。「主を下人にして、下人を主にしたらば、二六いかにさうおう《(ふ)》してよからむ」などと《(こ)》いひけるが、あるとき、しうちがまへに飯《いひ》を二七けつかうにする《(へ)》、悪源太の前には二八無菜《ぶさい》の飯をする《(へ)》たり。其時しうちついたつて、我前なる飯を取て悪源太の御まへにさしする《(へ)》、御前に有ける無菜の飯をとり、しうち食ければ、家主《いへぬし》の男二九しやうじのひまよりこれをみて、此者は源氏の郎等と聞うへ、悪源太平家をうかゞふとて、六波羅にはさわ《(は)》ぎ給ふ。後日に聞《きこえ》てはあしかるべしとて、六はらへ参り、「かゝる事こそ候へ」と申ければ、「さては悪源太にてぞあるらん。めしとりてまゐ《(い)》れ」とて、三〇難波二郎経遠をさしつかはす。三百余騎、三条烏丸へお《(を)》しよせたり。「悪源太のおはするよしうけ給、難波二郎経遠御むかひにまゐ《(い)》つて候。とく〳〵

一四 （敵の目をあざむくために、身分を逆転して）そなたを主人と仰ぎ、そなたは、わたくし（義平）を家来にせよと。 一五 蓑。茅や菅などを編んで作った雨具。 一六 雨や日ざしを避けるため頭にかぶった道具。落ちないように首にひもで結んだ。蓑とともに下級の人が着用した。古本に、志内は登場せず、この種の具も見えない。これらを語るのは、語り本の特色。
一七 「はきもの」とする本に従うべきか。はきもののような物を持って。 一八 主人の退出に備えて中門に待ち控えるのである。実は、このようにして平家公達を狙った。 一九 平家はしあわせである。「果報」は仏教語で、前世の善い行いによって、この世でよい報いをえること。
二〇 三条大路と烏丸小路のまじわる所。→補二一七 二一 （二人の中の）主人だという男は。上述のとおり、仮の関係をよそおっていることを言う。 二二 立ったり坐ったりする様子や、日常の動作が洗練されていない。その生まれつきの素性が現われてしまうのである。 二三 （それに対して、一応）家来と称している男は。
二四 （もともと）なみである意から、普通以上の意に転じたことば。りっぱである。 二五 （たえず源氏一門のことを考えているのであろう）、その思慮するところが並みの人を越えている。
二六 どんなにかふさわしいことだろう。
二七 結構に。美しくととのえること。
二八 おかずがついていない粗末な。「結構」の対。
二九 人の目をふせぐために、間にしきりとして立てる物。ふすま。ついたて。
三〇 五〇頁、待賢門のいくさに悪源太と対決した男。備前の難波に住んだ田使首経信の三男。

御出候《おんいで》へ」と申ければ、悪源太、袴[一]のそばとり、石切《いしきり》[二]といふ太刀ぬいて、大[三]わらはになり、「源太義平是にあり。見参せむ」とて、走出給《はしりいで》へば、兵さう[四]へざつとのく。おもて[五]にすゝむ者ども二、三人きりふせて、ついぢ[六]のおほひ《(い)》にておか《(を)》けてつッとこえ、家づたひにいづくともなくうちうせぬ。しうちの六郎景住ばかりいけどりにして、六波羅へまゐり《(い)》たれば、縁[七]のきはにひつする《(へ)》たり。清盛出むかひて宣ひけるは、「いかに、汝は当家にほうこうして世に有べきものが、かへり[八]忠して切《きら》るゝことの不便《ふびん》[九]さよ」とのたまへば、景住申けるは、「源氏は相伝の主、御辺は今の主なり。源氏の御代《ごよ》にならんほど《(こ)》と存候而《て》、ほうこうせんと申を、まことにしてつかはるゝ御辺こそ尾籠《びろう》[一〇]人なれ」と申ければ、「きやつらうぜき[一一]なり」とて、六条河原へ引出し、松浦[一二]太郎重俊きりてにてきらむとすれば、しうちいひけるは、「景住は源氏の郎等の末座也。平家の大将軍清盛を敵にうけて死なんいのち、露ちりばかりもおし《(を)》からず」とてねんぶつ申、歳《とし》廿三にてきられけり。おし《(を)》[一三]まぬ物こそなかりけれ。

さるほどに、悪源太よしひらは、大原[一四]・しづはら[一五]・芹生《せりふ》[一六]の里・梅津《むめづ》[一七]・かつら[一八]・ふしみ[一九]のかたにひるはしのび、夜は六波羅へ出《いで》てねらはれけれど

一　袴の左右、その上部をあけ、下を縫ってある部分。
二　武具について、その名称を語るのが語り本である。「源氏勢汰」にも義平がこの太刀を携帯していた。四六頁注二。
三　髪のもとどりが解けて、あたかも童髪のように乱れた髪形。
四　中をあけて左右へざっと退く。擬態語が語り手のこの場への思いを語る。
五　正面から向かって来る者ども。
六　泥土で築き、瓦を葺いた土塀の屋根に手をかけて。
七　部屋の外側につけた細長い板敷。そのそばを指す。
八　味方を裏切って敵側に忠を尽すこと。
九　かわいそうなことだ。
一〇　愚かな人。ばかな人。
一一　理不尽で無法なことだ。
一二　生没年、家系など未詳。九州肥前国松浦郡に発する一族。七五頁にも信頼の斬り手として登場していた。
一三　このような人々の声をひき込んで語るのが物語である。古本と表現に多少の違いがあることに注意。
一四　愛宕郡の山里。今の左京区大原。若狭、北国へ通じる嶮路にある。
一五　鞍馬と大原の中間の山里。今の左京区静原。
一六　今の左京区大原草生《くさお》町。
一七　今の右京区梅津。桂川沿いの荘園の地。
一八　今の右京区桂。上桂、上野の辺りの地。桂川の西岸で、対岸が梅津。
一九　京都の東南端、今の伏見区一帯の地。この二行に語る地は、いずれも京都の周縁部、町はずれの地で、それらに忍んだというのである。

も、運のきはめなれば、二〇すべてひまこそなかりけれ。同《おなじき》正月廿五日に悪源太二一東あふみにしりたる人をたのみて、しばらくやすまむとて下られけるが、二二あふさか山にたちいり、しばらくやすみ給ほどに、二三前後もしらず臥《ふし》給へり。難波次郎経遠、をり(お)ふし五十余騎にて、二四石山まうでして下向しけるが、二五関の明神の御前にて、二六法施《ほつせ》まゐ(い)らせけるほどに、大路《おほち》より一町ばかり引入て、悪源太ふしておはしましけるうへにて、飛《とび》ゆく雁の二七さうへばつとみだれければ、難波の二郎是をみて、「二八敵野《かたきの》にふす時は、飛雁行《ひがんつら》をみだる」といふ二九本文《ほんもん》有。かしこに敵のあるにこそ」とて、五十余騎馬より下てさがすほどに、悪源太臥ておはしけるをみつけ、「山中《さんちゅう》に只今臥たるは何ものぞ。名乗候へ」といへば、悪源太が三〇はとおき、「源の義平こゝにあり。見参せむ」とて、さん〴〵に切てまはる。難波二郎三一能引《よつぴい》てはなちければ、悪源太の三二こがいなにしたゝかにたつ。難波二郎いひけるは、「敵は三三手おうつ。よりあへやものども〳〵」と下知しければ、兵《つはもの》ども悪源太によせあはせ〳〵たゝかひければ、小がひなは射られつ、太刀のつかおもふさまにもにぎらねば、はか〴〵しくもたゝかはれず、兵どもあまたおち三四あひて、てとりあしとり、もとゞりをとりて、終《つひ》にいけどりにしたてまつり、馬にのせ

二〇 「すべきひま」とする本がある。平家に油断や、すきが無かったことを言う。
二一 琵琶湖の東岸の地。
二二 今の大津市逢坂。山城と近江の境で片原町の辺りに関があった。
二三 正体もなく熟睡しておられた。
二四 石山寺に参詣して。この寺は、大津市石山寺にある真言宗御室派の密教寺院。
二五 今の大津市逢坂、中関寺町にある。
二六 神仏に向かって経文を読誦し、悟りをえるよう祈る中に。
二七 列を乱し、左右へ分かれたので。
二八 敵が野にひそんでいる時は、その上空を飛ぶ雁が列を乱す。↓補二一八
二九 典拠とすべき名句。

三〇 驚いて起き上がることを言う擬態語。『日葡辞書』にも見える。一七一頁注一六
三一 「よく引いて」の促音便形。
三二 腕の、ひじから先、手首までの部分。
三三 「手負ひつ」のウ音便形。負傷したぞ。

三四 集まって来て。

まゐ《(い)》らせ、六波羅へまゐ《(い)》り、縁にひつ[一]すゑ《(へ)》たてまつりければ、「義平ほどの者を、敵なればとて、縁にお《(を)》くべきか」とて、引[二]て侍《さぶらひ》[三]へ入給へば侍にすゑ《(へ)》たてまつる。

さて清盛いでむかつて、「いかに御辺は、三[四]条烏丸にて、三百余騎が中をだに破て出られけるに、関[五]山にてわづかに五十余騎にはとられけるぞ」と宣へば、悪源太あざわらつて宣ひけるは、「異国の項羽《かうう》[六]は、百万騎をぐ[七]すといへども、運つきぬれば、敵《かたき》[八]高祖にとられき。義平運つきぬれば、ちからお《(を)》よばず。人[九]どもも《(こ)》運つきたらんときは、か[一〇]うこそあらむずれ。終《つひ》[一一]には身のうへならむずるぞ。義[一二]平ほどの敵をしばらくもお《(を)》きてはあしかるべきぞ。とく〳〵きれや」と宣まへば、さらばとて、六条河原に引出し、「聞《きこゆ》る悪源太きらるゝ也。いざやみん」とて京中の上下河原に市[一三]をなす。悪源太「あの雑[一四]人ども、のき候へ。西を拝て、念仏申さん」とのとまへば、さ[一五]うへばつとのきにけり。悪源太宣ひけるは「あはれ平家の奴原はも[一六]のもおぼえぬぞとよ。義平ほどの者を日[一七]中に河原にてきる事こそ口惜けれ。保元の合戦にも、人もあまた切しか共《ども》、ひるは山のおくにてきり、夜こそ河原にてきりしか。あはれ、清[一八]盛が熊野詣《まうで》の時、あべのに待まうけ

一　「ひきすゑ」の促音便形。
二　連れて。
三　侍の詰所。主殿の内にある内侍と、主殿から離れた遠侍があるが、ここは内侍か。
四　一〇一頁に、その経過を語っていた。
五　前頁に「あふさか山」に臥していたことが見える。寄手も「五十余騎」とあった。
六　中国、秦末の武将。秦王を殺し西楚の覇王を称したが、沛公と争い、敗れて自刃した。その沛公が漢の高祖である。
七　「具す」。ひき連れる。
八　沛公。項羽を破り、漢の初代、高祖となった。
九　「わ人」とする本がある。相手に対して言う語。そなたたちも。
一〇　こうなるだろう。
一一　わが運命は、やがてそなたたちの運命にもなるだろう。
一二　義平ほど剛の者を、しばらくでも生かしておいては、そなたたちにとって悪かろうよ。生かされておれば、状況を逆転させるだろうことを示唆する。
一三　市場のように大勢の人が集まった。
一四　身分の低い者。いやしい者。京の町の人を指す。
一五　左右へぱっと退いた。底本にはこの種の擬態語がよく使われている。
一六　物の道理、手順をも知らないな。
一七　人目につくよう処刑したことを言う。剛の者に屈辱を感じさせる。
一八　信頼らは、平清盛らが熊野参詣に京をあけている隙を狙って兵をあげた。その論功行賞の場で義平が、この旨発言したことが三二頁に見えた。

て、中にとりこめ討むといひしを、信頼といふ[一九]不覚仁に[二〇]下知せられて、いまかゝるうきめをみるぞとよ」と宣へば、[二一]難波三郎恒房《つねふさ》、「何と殿はう[二二]しろ事をばし給らむ」とて、太刀をぬいてよりければ、「汝はし[二三]うにははにず、[二四]物はおぼえたり。[二五]げに義平がためにはうしろごとぞ。義平をばたれかきらんずるぞ。汝《なんぢ》がきらんずるか。よくきれ。あしくきらば、[二六]しや汝がかほにくひ《(い)》つかむずる」と宣へば、「[二七]只今きらるゝ人のきりてのつらにくひ《(い)》てむや」といひければ、悪源太「たゞ今こそくひ《(い)》つかずとも、百日が中に[二八]いかづちとなつて、汝をけころさむずるものを」とて、手を合《あは》せ、念仏申されければ、難波[二九]うしろへまはるとぞみえし、御頸は前におちにけり。御年二十歳になり給ふ。さて[三〇]獄門にかけられけり。＊

(頼朝生捕らるる事付けたり夜叉御前の事)

[三一]右兵衛佐頼朝は、奥波賀に忍びておはしけるに、[三二]三河守頼盛、尾張国を給て、[三三]弥平兵衛宗清《やへいびやうゑむねきよ》を[三四]目代《もくだい》に下されけるほどに、奥波賀の宿へ着《つき》、その夜遊君を一人とゞめたりけるに、かの女、長者のもとに兵衛佐殿おはしますよしいひければ、我《われ》平家の侍なり、あれは源氏、敵なり、[三五]いかでかもらす

一九 思慮のゆき届かない人。
二〇 命令を下されて。戦闘にうとい信頼に対する軽蔑の念がある。 二一 五〇頁、平重盛の家来として「三郎経房」が見える。経信の三男。この家は、代々、備前難波の目代をつとめた。
二二 過去の失敗に対するぐち、くりごと。
二三 主人平家に仕える者には似ないで。
二四 相手が自分(義平)の思いをくりごとと批判したのを、物の道理を心得ているとほめるのである。
二五 なるほど、自分にはくりごとになるわけだ。お前の言うとおりだ。
二六 「しゃッ汝」と促音で読む。「しゃッ」は、相手にののしりの思いをこめて言う語。「しやッつら」など。八一頁注二五。
二七 今斬られる者が、その斬り手のつらにくいつくなど、できるものか、できはしまい。
二八 雷となって。
二九 (義平の)背後へ回るかと見えたとたん(義平の)お頸は前に落ちた。ここでも「御頸」と敬語を使っていることに注意。語り手の思いをこめるものか。
三〇 獄舎の門のこと。ここに処刑された罪人の首をさらし、懸けるために樗木の木を植えた。
三一 九二頁、青墓の宿に潜行、夜叉御前のもとにいたことが見えた。
三二 平忠盛の五男、母は修理大夫宗兼の女。↓補二一九
三三 桓武平氏、右兵衛尉季宗の息。『平家物語』に忠盛相伝の家来として登場する家貞や貞能らとは叔父や従兄弟の間柄。この後、頼朝の助命、伊豆流罪に関与する。
三四 国司が私的な代理者として任国に派遣する者。 三五 見逃すわけにゆかないので。

べきなれば、宗清長者の宿所へ押よせ、「右兵衛佐殿これにしのびておはする、出《いだす》べし」といひければ、大炊、夜叉御前の御前にまゐ《い》り、佐殿にこの由申せば、「存知て」とて自害せんとし給ふ処に、平家のさむらひどもおし《を》入て、佐殿《すけどの》をみたてまつり、すきもなくつはものあまたはしりより、刀をうばひとり、佐殿を生《いけ》捕たてまつる。宗清やがて出ければ、妹の姫君「我も義朝の子也。女子《によし》なりとも、たすけお《を》きては悪《あし》かるべし。ぐして行て、右兵衛佐殿と一所にてうしなふべし」との給て、ふしまろびなきければ、つはものどももあはれにぞおぼえける。さて都へのぼり、平家のげんざんに入《いれ》ければ、神妙なりとて、やがて宗清にあづけお《を》かれたり。

清盛、右兵衛佐殿へ使者をもつて、「御辺の髭切いづくに候ぞ」との給へば、今はかくしても何かせんとおもはれければ、「奥波賀の長者のもとにぞ候らむ」と申されければ、難波六郎恒家《つねいへ》を使者にて、大炊がもとへ、「右兵衛佐殿頼朝のひげきりあるなる、まゐ《い》らせよ」との給へば、長者この由《よし》聞、源氏重代の太刀を、平家のかたへとらるゝ事こそ口惜けれ。佐殿こそ切られ給ふ共《とも》、義朝の公達おほくおはしませば、平家の運するゐになりなむ時、源氏世に出《いで》給はぬ事はよもあらじ、其時こそ太刀をまゐ《い》らせたら

一　ここに隠れてひそんでいらっしゃる。宗清は、頼朝について敬語を使う。
二　九一頁、青墓に下着した頼朝を「夜叉御前の御方におき奉り」もてなしたとあった。
三　「存知て候」とする本がある。承知しています。
四　（頼朝を逃がさぬよう）手ぬかりなく。
五　夜叉御前を指す。
六　この場でわたくしを見逃がしては、後日、そなたたちにとって良くないだろう。
七　ともに連れて行って。
八　ころがり臥す。女性が悲嘆するさまを表す表現。
九　姫を残したままで、頼朝を連れて上洛し。
一〇　でかしたり。きわめて巧妙で、人間わざとは思えないとほめることば。
一一　以下、底本は、相伝の太刀の行方に関心が深い。室町時代の成立と思われる『剣巻』が、この太刀の行方を詳しく語る。
一二　→補一四八・二〇五
一三　どうしようがあろうとも思えないので。
一四　「なる」は伝聞の助動詞「なり」の連体形。あるといううわさで。あるそうで。
一五　本来、親王や高位貴族の子弟を意味するが、ここは身分の高い者の子弟を指して言う語。平家の子弟にもこの語を用いた。
一六　この後の、平家の滅亡、源氏の再興を見通した語りである。
一七　「この」とする本がある。「こそ」だと源氏再興のあかつきには、の意を強める。

ば、[一八]いかに悦《よろこび》なむ、いかにせむと思ひけるが、泉水《せんすい》とて髭切にもお《(を)》とらぬ太刀あり、是をまゐ《(い)》らせたらんほどに、[一九]兵衛佐殿の許《もと》へつかはしてたづねられんとき、[二〇]わらはと同《おなじ》心にて、ひげきりと仰せられればしかるべし、若《もし》[二一]あらぬよし申され給はば《(ゝ)》、平家よりとがめのあらむ時、[二二]女にてしらざるよし陳《ちんじ》申さむに、[二三]別の子細はあらじとて、ひげきりは、[二四]つか・さやまろかりけるを、ぬきかへて泉水をまゐ《(い)》らせたり。[二五]案にちがはず、佐殿のもとへつかはして、「ひげ切か、あらぬ太刀か、正直に申さるべし」と宣へば、兵衛佐殿、[二六]あらぬ太刀よとおもはれけれども、大炊も[二七]子細ありて髭切をばとゞめたるとおもひやりて、「ひげ切にて候」と申されければ、清盛大に悦《よろこび》て、深くお《(を)》さめお《(を)》かれけり。

[二八]兵衛佐殿《の》いもと、奥波賀の夜叉《やしゃ》御前、[二九]佐殿とられ給しかば、湯水をものみ給はず、なげかれければ、大炊も延寿も、「いかにかやうになげき給ふぞ。御命ながらへてこそ[三〇]故殿の御菩提をも[三一]とぶらひ申させ給はむず」など申せば、その後、すこしなぐさみ給へる気色《けしき》なれば、大炊も延寿も[三二]うちとけて、[三三]いだきつきそひたてまつらず、乳母《めのと》のにようばうもうれしくおもひけるところに、二月一日夜に入て、たゞ一人奥波賀の宿を出給ひ、はるか

一八　どんなにか喜ぶことだろう。
一九　その太刀を頼朝殿のもとへ送って、髭切であるかどうかを確かめられる時に。
二〇　わたくしと同じ思いで源氏再興に備え、髭切を保存するとお考えになって。
二一　万一、それが髭切ではない、にせ物であるとおっしゃったら。大炊にとっては、大変な状況に追い込まれるのである。
二二　女であるために髭切の実体を知らないということを申し開きすれば。
二三　何の不都合もあるまいと。
二四　太刀の柄と鞘を、厚く仕立てたもの。古本に「髭切といふ重代の太刀の丸鞘なるを」とある。刀身を入れかえたのであろう。
二五　想像していた通りに、清盛が太刀を確認しようとしたのである。
二六　髭切ではない、別のものだとは思いながら。大炊の思いに合わせる頼朝が読める。
二七　何か考えるところがあって。
二八　古本は、以下、兄と妹の物語を欠く。
二九　頼朝が捕われたので。
三〇　(亡父)義朝殿が来世、成仏できるように
三一　とむらわれるのがよろしかろうと。
三二　気をゆるして。
三三　「いたく」(非常に、ぴったりと)とする本がある。このままだと身辺につき添うことをせず、の意。油断するのである。

にへだたりたるくひ《い》[一]ぜ河にたづねゆきて、御とし十一にて身をなげ給ふぞあはれなる。夜あけければ、乳母の女房、「姫君はわたらせ給はず」[二]といへば、大炊[三]・延寿あわ《は》てさわ《は》ぎたづねたてまつれどもみえ給はず。いかにせんとなげくところに、旅人申けるは、「くひ《ゐ》ぜ河の水ぎはにこそ、をさなき人の死骸をとりあげ、いかなる人にておはしますやらんとて、人の見候つれ」といへば、「さては姫君にてぞおはしますらむ」とて、大炊・延寿・乳母の女房たづねゆきみれば、夜叉御前[四]にてぞおはしける。むなしき死骸をとり、御輿にかき入て、宿所へ帰り、なきかなしめども終《つひ》[五]に空しくなり給しかば、中宮大夫進《しん》[六]の御墓所《みはかどころ》に置て、孝養《けうやう》[七]して、延寿いひけるは、「御こゝろざしあさからずおもはれたてまつりし頭殿にもおく《を》[八]れまゐ《い》らせ、そのかたみ[九]にみたてまつらんと思ひつる夜叉御前にもおく《を》れたてまつる。わが身もいきて何かせむ」となげきければ、母大炊さまぐ〵にこしらへ[一〇]けり。母[一一]のこゝろをやぶらじと尼になり、頭殿の御菩提を他事なくとぶらひたてまつる。*

（頼朝遠流に宥めらるる事付けたり呉越戦ひの事）

一　九二頁、義朝が一行が、玄光の舟でこの川を下ったことが見える。
二　いらっしゃいません。「わたる」は「いる」を敬って言う。
三　延寿と義朝の仲に生まれたのが夜叉御前。大炊は延寿の母で、夜叉には祖母に当たる。
四　民話の型として、水死した女性は、神となって、現世に残る男や家族を守護することになる。この夜叉は頼朝を守護する神になるはずである。
五　蘇生せず、死に果てたことを言う。
六　八七頁、負傷しているのを義朝が手にかけて死なせた朝長を、大炊らが葬った墓。
七　死者の冥福を祈って供養し。
八　（義朝に）先立たれ。
九　（亡き義朝の）形見として。
一〇　なだめすかし、説得した。
一一　母（大炊）の思いを破るまいと。

さるほどに、[一二]兵衛佐殿のありさまをうけ給るぞあはれなる。「頼朝はいまだ[一三]をさなかりけり。[一四]手水《てうづ》なんどもとれ」とて、[一五]丹波藤三国弘《たんばのとうざうくにひろ》と云小侍《こさぶらひ》一人付られたり。二月七日の[一六]つれ〴〵に、佐殿国弘をめして、「小刀と[一七]檜木《ひのき》をたづねてまゐ《(い)》らせよ」と宣へば、国弘申けるは、「[一八]頭殿をはじめまゐ《(い)》らせて御兄弟おほくうせ給ひ候ぬ。御経をも[一九]あそばし、念仏をも申させ給ひ候て、御菩提をもとぶらひまゐ《(い)》らせ給ひ候はで、何事の御[二〇]てずさみの候べきぞ」と申せば、佐殿宣ひけるは、「天下にものおもふものは、[二一]頼朝にまさりて二人ともあるべからず。去年《こぞ》の三月には[二二]母御前にお《(を)》くれまゐ《(い)》らせ、頭殿うたれさせ給、[二三]悪源太・太夫進《たいふのしん》もうせ給ぬ。中にも[二四]正月三日頭殿うたれ給ひぬ。けふは二月七日なれば[二五]五七日になるぞかし。頼朝[二六]世に有《ある》ならば、いかなる仏事をもとりおこなふべけれども、かゝる身なれば力なし。されば[二七]卒塔婆の一本をもきざみ、念仏をもかきつけて、御菩提をもとぶらひたてまつり、[二八]一業《いちがう》をもうかび給ふかと思ふにこそ、小刀・檜木をばたづぬれ。手ずさみにあらず、国弘」とてなみだをながし給へば、国弘あはれに思ひて、宗清に此由いへば、ちいさき卒塔婆を百本作りてまゐ《(い)》らせたれば、念仏をかき給ひ、「僧を[二九]請《しやう》じて供養せばや」と宣へば、宗清がしりた

一二　頼朝殿の経過を承るこそ。以下、語り手がその思いを直接語る。一〇〇頁の三行目にも同じ構造の語りが見られた。語り物の類型的な語り。
一三　まだ幼かった。八〇頁に「御年十三」とあった。　一四　手や顔を洗い清める水。
一五　未詳。古本には登場しない。丹波に住んだ藤原氏の一人か。「小侍」は、邸内の警護や雑事などをつとめる武士。
一六　「くれほどに」とする本がある。従うべきか。
一七　この木は木目が整い、良い香りがあり、腐蝕に耐えた。そのために建築の良材とされた。ここは、それを墓の卒都婆にしようというもの。
一八　左馬頭であった義朝を指す。頼朝の兄である朝長や義平をも先に死なせている。保元の乱後、義朝の手にかかった為義や亀若・鶴若・天王らをも意中にひめるだろう。
一九　経文を書写したり、唱えたりされて。
二〇　お手なぐさみ。
二一　頼朝以上に「ものおもふもの」はあるはずがない。
二二　藤原貞嗣流、熱田大宮司従四位下季範の女が頼朝の母であるが、没年は未詳。
二三　義平と朝長のこと。
二四　九五頁に「平治二年正月三日、御とし三十八にてうせ給ふ」と見えた。
二五　人の死後、七日ごとに仏事を営む、その三十五日目を言う。
二六　世に栄えているならば。
二七　死者を追善供養するための塔。ここは木造りの塔。
二八　頼朝の供養が死者の霊を成仏させる因になるかと思うので。
二九　請い、招いて。

る僧を一いれたてまつる。佐殿き給へる二小袖をぬぎて僧のまへにさしお《(を)》き、「頼朝世にあらば、いかなる三御布施をも用意あるべけれ共《ども》、かゝる身に成て候へば、力およ《(を)》ばず候。四卒塔婆の供養をのべてたび候へ」と宣へば、僧あはれに覚えて、五卒塔婆のめでたきやう、佐殿《すけどの》の御志深くおはしますよし六申開き「七成等正覚《じやうとうしやうがく》、頓証菩提《とんしやうぼだい》、往生極楽」と申て、鐘うちならしければ、八佐殿なみだせきあへ給はず、宗清以下《いげ》のものども涙をぞながしける。

宗清申けるは、「御命《ごめい》をば助からんとおぼしめされ候やらん」と申ければ、佐殿宣けるは、「保元・平治両度の合戦に、一門兄弟うせはてぬ。父もうたれ給ひぬ。九後生をとぶらひたてまつらんと思へば、一〇議に命は惜《をしい》ぞ」と宣へば、宗清申けるは、「一一池の禅尼《ぜんに》と申は、一二頼盛の御為にはまことの母、清盛の御為には継母《ままはは》なり。きはめて慈悲者《じひしや》にておはしまし候が、一年《ひととせ》山法師の一三呪詛《しゆそ》にてむなしく成給し一四右馬助家盛の御姿に一五すこしもちがはせ給はず。一六此由申させ給はば、御命をばたすけまゐ《(い)》らせ給ふ御こともや候はむずらん」と申せば、「それをば誰か申べき」と宣へば、「一七かなはぬまでも、宗清申てみ候はむ」とて、池殿へ参りたり。池の禅尼のたまひけるは、「一八お《(を)》のれがもとに頼朝があるなるは、いつきらるゝぞ」とのたまへば、「今月《こんぐわつ》

一　招き入れ申し上げる。
二　肌着とした、袖口・袂の小さいもの。武家では母や夫人が、出陣する子や夫にその安全を期待して贈った。それを布施にさし出すのである。　三　仏教語で、もとは一つの行法として、衣食などを僧に施すこと。転じて仏や僧に金銭や物品をさし上げること。
四　卒塔婆を供養する、その意味を亡き死霊に説いてください。霊仏を弔う意図を述べ、その成仏を祈るのである。
五　卒塔婆が賛嘆すべき、すばらしいこと。
六　頼朝が一門を供養する志の深いことを死霊に申し説いて。
七　(亡き霊が)正しく完全にさとり、ただちに、極楽に往生するようにと祈る。
八　その説法のありがたさに感動し、涙のとどめようがおありにならない。
九　(亡き父や兄たちの)成仏できるよう祈ろうと思うから。　一〇　「まことに」「ことに」とする本がある。「げに」かとも考えられる。
一一　藤原道隆流、宗兼の女。平忠盛の後室となり、家盛・頼盛の母。崇徳天皇の皇子、重仁の乳母をつとめた。忠盛の死後、六波羅の池殿に住み、出家して池禅尼と号した。
一二　忠盛の五男。→補二一九
一三　まじないをして呪うこと。山門事件に関わったと言うのか。　一四　『尊卑分脈』に忠盛の次男、常陸介、右馬頭従四位下として見える。
一五　よく似ていらっしゃる。
一六　亡き家盛さまに似ていらっしゃることをおっしゃれば。　一七　実現は困難であるかも知れませんが、とにかく。
一八　そなたのもとに頼朝がいるそうだが。「なる」は伝聞の「なり」の連体形。尼の方が頼朝の

十三日とこそうけ給候へ」と申せば、「あなあはれや。[一九]さて義朝の子どもはみなうしなはんずるごさんなれ」と宣へば、宗清申けるは、「何者か申て候けるやらん、[二〇]上の慈悲者にておはしますよし[二一]うけたまはられ候て、[二二]つきまゐ《い》らせて、いのちばかりを申助かり、父の後生をとぶらはばやとなげき申され候が、故右馬助殿の御姿にすこし[二三]もちがひまゐ《い》らせず」と申ければ、池殿、「尼が慈悲者とは頼朝には何ものがしらせけるぞ。[二四]忠盛のときこそ、きらるべかりし者どもを、おほく申助し、[二五]清盛の代《よ》にては、申すともかなはじ。[二六]中にも右馬助のすがたににたるこそかなしけれ。右馬助だにあると聞《きか》ば、[二七]鳥になりても雲をわけ、魚になりても水のそこへもいらばやとおもふなり。[二八]後世にてもあふべきときかば、たゞ今にても死《しに》もして尋ねてみばやとおもへども、[二九]六道四生《ししやう》のあひだ[三〇]さだまらずと聞《きけ》ば、力お《を》よばず。かなはざるまでも、[三一]申てこそみ候はめ」との給へば、宗清かへりて佐殿にこのよし申せば、[三二]まことしからずぞ思はれける。

池殿、伊与守重盛をよびよせてのたまひけるは、「兵衛佐頼朝が、[三三]尼につきて命を申《まうし》助かり、[三四]父の後生をもとぶらひ候はばやと[三五]嘆《なげき》なるが、故《こ》家盛のすがたにすこしもちがはずときく。家盛は清盛が弟也。[三六]御辺の為には

身を案じていると言うのか。
一九 そのようにして。清盛のふるまいに、不安・不満をいだくことば。
二〇 身分の高い相手を指す語。宗清から見て主、頼盛の母に当る禅尼に対する語。
二一 池殿について頼朝が聞き及んでいることを言う。池殿および頼朝に対する宗清の尊敬の念をこめる敬譲表現。　二二 (池殿に)おすがりして。　二三 「ちがひまゐらせ候はず」とあるべきところ。頼朝が家盛に似ているとの思いを池殿に語る。　二四 夫の忠盛が生きていた間こそ、その北の方として助命を嘆願できたと言うのである。　二五 (忠盛が亡き後、その子の)清盛の代になっては。
二六 (そうは言うものの)とりわけ家盛の姿に似ていると聞くのが悲しい。
二七 空であれば鳥になって、海の中であれば魚にもなって探し出すとの思いを語る。語り手の禅尼への思い入れが焦点化を深くしている。
二八 (この世ならぬ)死後、生まれかわっての世に。　二九 生前行った行為により、死後、赴き住まねばならぬ六つの世界、地獄・餓鬼・畜生・修羅・人間・天上の六道と、四つの生き方、胎生・卵生・湿生・化生。　三〇 六道四生の中の、どの世界に、どのような形で生まれることになるのか定まっていないと聞くので。
三一 (清盛に頼朝の助命を)嘆願してみましょうと。　三二 (頼朝は)まさか聞き届けられようとは思いもしなかった。
三三 このわたくし、尼にすがって。
三四 亡父義朝の後世菩提を弔おうと。
三五 「なげくなるが」、もしくは「なげき候なるか」とあるべきところ。嘆くそうだが。
三六 あなた。ほぼ対等の相手に向かっていう語。

伯父ぞかし。[一]伯父《はくぶ》の孝養《けうやう》に、頼朝を申助《もうしたすけ》て、[二]家盛の形見に尼にみせ給へ」とのたまへば、「申てこそ見候はめ」とて、清盛の御前に参り、此よし申されければ、清盛のたまひけるは、「[三]是こそ池殿の仰《おほせ》なればとて、[四]うけたまはるとは申がたけれ。義朝、[五]朝敵とはいひながら、源平の中あしければ、保元・平治両度の合戦に、清盛大将軍をうけ給、源氏おほくうしなひしこと実《まこと》也。中にも頼朝は[六]父いとほ《(お)》しみの子として、官をも[七]右兵衛権佐まで進ませ、[八]末代の大将ぞとて、物具《もののぐ》も誠によきをとらせけると承る。兄弟おほき中に、今までいきたるも[九]ふしぎなり。助けんことは思ひもよらず。とく〳〵切べし」とぞ宣ひける。重盛、池殿にこのよし申されければ、涙をながし給ひて、「あはれ恋しきむかしかな。忠盛の時ならば、是ほど[一〇]かろくはおもはれたてまつらじ。[一一]過去に頼朝に我《わが》いのちを助《たすけ》られてありけるやらん。[一二]聞よりしていたく不便《ふびん》におもふなり。頼朝きられば、我《われ》もいきて何かせむ。[一三]干死《ひじに》にせむ」とて、湯水をものみ給はずとて、[一四]ふししづみてなかれければ、重盛この由きゝ、清盛の御まへにまゐ《(い)》り、申されけるは、「池殿こそ頼朝きられば、尼もひじにに《(ゝ)》せんと[一五]御なげき候なるが、[一六]すでにかぎりとうけたまはり候。[一七]年たけおとろへ《(え)》させおはしまし候へば、たゞ今も空

一　父母の兄。父母の兄には伯父、弟には叔父の字を当てる。「孝養」は死者の冥福を祈ること。
二　家盛の姿を思い出させてくれる人として。
三　外でもない。これぱかりは。
四　承知したとは申しがたいことである。
五　この度、義朝は朝敵になったのだが、もと〳〵。
六　父の義朝が、特にいとおしく思う子として。これまで都落ちの過程でも義朝が、しば〳〵頼朝の行方を心配していた。
七　頼朝は平治元年十二月十四日、右兵衛権佐に任ぜられた。→補二二〇
八　義朝が亡き後、ゆくゆくは。
九　意外なことである。
一〇　軽くは思われなかったことでしょう。
一一　(現世とは逆に)前世。
一二　聞いたとたんに。
一三　食を絶って餓死しよう。
一四　「して」とあるべきか。
一五　お嘆きでいらっしゃるそうですが。
一六　いよいよ。
一七　年をとり、身体も衰えておられますので。
一八　清盛の実母が池の禅尼でないことを言う。重盛が父をいましめるのに、この継母子の仲を持ち出す。
一九　これから先、父上さまには、好

しくならせ給ひ候事候はば《（こ）》、清盛は賢人の弓取とこそ聞つるに、老衰《おいおとろへ》たる母の申ことをかなへずして、むなしくならするは、[一八]継母・継子の中にこそかやうにはあれなどと《（こ）》、人申候はば《（こ）》、[一九]御為には憚《はばかり》にて候物を。頼朝をきられ候共、[二〇]なからむ果報きたるべきにても候はず。たすけさせ給ひて候とも、[二一]あらん果報うすべきにても候はず。当家のうんするゐにならん時は、[二二]諸国に源氏おほければ、[二三]世をとらんこと何の嘆《なげき》か候べき」と申されければ、清盛[二四]ことわ《（は）》りにやおもはれけむ、十三日に[二五]きられべかりし頼朝の、流罪になだめお《（を）》かれけり。

[二六]人、此由聞て申けるは、「昔[二七]大草香《おほくさかの》親王の御子眉輪王《びりんわう》は、[二八]七歳にて親の敵の継父《けいぶ》安康《あんかう》天皇をうち給ひけるなり。[二九]栗屋川《くりやがは》の二郎貞任《さだたふ》が子息[三〇]千代童子《ちよどうじ》は、[三一]十二歳にて父と一所にうち死《じに》をしけるとぞうけたまはる。[三二]頼朝は今年十四歳に成《なる》ぞかし。父と一所にうち死をこそせざらめ、歳《とし》たけよはひかたむきぬる[三三]くちあまに命をこひ、たすからんといふは、[三四]無下《むげ》にいふかひなき心かな」といひければ、ある人申けるは、「[三五]此義しかるべからず。[三六]越王勾践《こうせん》と呉王夫差《ごわうぶさ》と[三七]会稽山《くわいけいさん》を中にへだゝッて合戦をしけるに、越王軍《いくさ》にうちまけて、敵呉王夫差《かたきごわうぶさ》に囚人《とらはれびと》となつて、土のら《（ろ）》うにこめられて、[三八]失《うし》なはむと

ましくない噂となりましょう。度量が狭いとされるのである。二〇 一門の運命が決っているのであれば、頼朝を斬ることによって、その運が逆転して良くなろうとも思えません。
二一 一門の運が良くなるのであれば、頼朝を救うことによって、それが悪くなろうとも思われません。↓補二二一　二二 源氏は多くいるから。この後、『平家物語』四「源氏揃」に、源頼政が以仁王に謀叛を促すのに、諸国に雌伏する源氏の多くいることを語ることになる。　二三 清盛を説得するには奇妙な論理である。重盛は、源氏が天下を平定することもあると見通しているとするものか。源氏が世をとることになっても、どうしようもないでしょう。　二四 道理だと思われたか。　二五 「きらるべかりし」が普通の形だが、中世にも「きられべかりし」の用法もあった。底本に「る」を傍書。　二六 人物を特定しがたい、世の人を語りを記す方法。　二七 伝説上の人で、仁徳天皇の子とされる。↓補二二二　二八 ↓補二二三　二九 陸奥国の豪族、安倍頼時の子。↓補二二四　三〇 『陸奥話記』に「貞任ガ子、童年十三歳、名ヲ曰二フ千世童子一ト、容顔美麗ナリ、被レテ甲ヲ出二デ柵ノ外一ニ、能ク戦ヒ驍勇有二リ祖ノ風一、将軍哀憐シテ欲レス宥レサント之ヲ、武則進テ曰ク、将軍莫下レト思二ヒ小義一ヲ忘中ルル後害上ヲ、将軍頷テ遂ニ斬レル之ヲ」とある。
三一 前項参照。　三二 頼朝は久安三年(一一四七)生まれなので、平治二年(一一六〇)当時は十四歳。　三三 朽尼。年老いぼれた尼。　三四 非常に。否定的なものについて、程度のひどいことを言う。　三五 そう言う言い方は良くない。
三六 『史記』「越世家」に見える。↓補二二五
三七 浙江省紹興県の東南にある山。勾践が呉王夫差に屈辱的な降服をした所。
三八 夫差が勾践を殺そうとした時に。

しけるに、呉王夫差[一]大事の病をうけたりけるに、『[二]いかにしてか病人の死生《ししやう》をしるべき』といひければ、越王此《この》由を聞、『病人の死生をしるはやすき事也』と云。『いかにしてしるべき』ととへば、『[三]尿《いばり》をのんでしる』といへば、『[四]安《やす》きことなり』とて、呉王、夫差が尿を三度のむ。『[五]いかに』ととへば、『今度は死《しす》べからず』とこたへ《(へ)》、やがて病いえければ、『[六]是わが為にお《(を)》んあるものなり』とて助られ、故郷へかへりける時、道にて[七]かはづのをどりければ、馬よりお《(を)》りて通る。人『何《いかに》』ととへば、『[八]勇なるものを賞ぜむためなり』と答《こたふ》。かゝる賢人なりとて、当国・他国より大勢来りてつきければ、終《つひ》に呉王、夫差をほろぼし、[九]会稽のはぢを雪《きよ》むとは、かやうの事をこそ申せ」。[一〇]ある中に「頼朝命を生《いき》んといふは、人となつてのち、親の敵なれば、平家をほろぼさむとやおもひなして申候らむ。おそろしく〳〵」とぞ申あひける。＊

（常盤落ちらるる事）

清盛のたまひけるは、「池殿も[一一]かたく宣へば、頼朝をばたすけお《(を)》くべし。常盤ばらに、義朝の子ども[一二]三人あるなり。たづねいだし、めのまへにてみ

一　重い病。　二　どのようにして病の進行、治るか否かを知ることができるのか。
三　『呉越春秋』に見える話。↓補二二六
四　「汝のみてんやといへば」を有する本がある。
五　(味は)どうかと問うと。
六　この勾践は、自分には命の恩人であると。
七　中国の原典には、怒って腹をふくらませた蛙に出あったとする。
八　『貞観政要』巻九に「勾践蛙に軾し(礼し)卆《つい》に業を成し」とし、その注に「蛙を見、下車してこれを拝す。左右怪しみ問ふに、越王いはく、彼も亦気有る者なり」とする。
九　かつて会稽山で敗れ降服した、その屈辱をはらす意の故事成語。
一〇　「あるか中に」とする本がある。古本は「尼にも大弐にも、所存こそしりがたけれ。おそろしく〳〵と申人もあり」とする。いずれにしても世評を借りてのしめくくりである。
一一　ことわりがたく。「さりたがく」とする本に従うべきか。
一二　あるそうだ。「なり」は伝聞の助動詞。常盤腹三人の幼児を指す。頼朝の助命、伊豆遠流をこの前に語り、この後、常盤を語るために、このような語りになったもの。
一三　「さあらずとも」の略。清盛の思いを聞くまでもなく、どういうことがあろうかと。
一四　東山区清水町にある法相宗の寺。十一面千手観音を本尊とする。現世利益を願う人々の崇拝を受け、数々の説話や芸能の舞台となった。『平治物語』の常盤母子の物語の基盤に、この寺周辺の語り手を想定する説がある。
一五　女性の自称代名詞。
一六　(信仰している寺社に)日を決めて毎月、参ること。

なうしなふべし」とぞの給ひける。人きたりて、常盤にこのよししらせたりければ、[一三]さらずとも何とかあらんずらんとなげきけるに、このよし聞、二月九日の夜にいりて、少人《をさなきひと》ども引具して、[一四]清水寺《せいすいじ》へぞまゐ《(い)》りける。仏の御前にて申けるは、「[一五]わらはは《(こ)》観音にたのみをかけまゐ《(い)》らせ、七歳のとしより[一六]月まうでお《(を)》こたらず。十三のとしより月ごとに[一七]一部の法華経お《(を)》こたらず、十九の歳より月ごとに[一八]三十三礼《らい》の聖容《しやうよう》をすりたてまつる。その観音の[一九]慈悲利生ふかくおはしますことをうけたまはるに、[二〇]三十三身の春の花、[二一]にほふたもとは数をしらず、[二二]十九数《しゅ》の秋の月、[二三]もりこぬ宿はよもあらじ。観音の慈悲利生なれば、[二四]後世までと申《まうす》とも、何にかなへさせたまはざるべき。[二五]いかにいはんや今生に三人の子共の命を助てわらはにみせさせ給へ」と通夜《よもすがら》[二六]くどき申されければ、観音もいかにあはれとおぼしめしけむ、夜もあけければ、[二七]参籠の上下みな下向す。常盤も子共引具して、[二八]師の坊へいりにけり。[二九]日比《ひごろ》は源氏の大将左馬頭義朝の北方などと《(こ)》[三〇]もてなし、輿車《こしくるま》にて参りしに、[三一]今はのり物こそなからめ、ともの者一人も具せずしてきたりければ、[三二]坊主いかにあはれに思ひけむ。坊主、「[三三]いかなる御事ぞや」と申せば、「義朝の公達にてさぶらふを、平家のかたへとり出してうしなふべ

一七　『妙法蓮華経』八巻を始めから終わりまで読経すること。　一八　「三十三身の聖容」が正しい。『法華経』普門品に説く、観世音が衆生を導くために三十三種の姿を変えて現れること、その神聖な姿を版木にほりつけて刷る。
一九　「慈悲」は、仏がすべての衆生を苦から解脱させようとする、哀れみの心。「利生」は衆生に利益を与え救済につとめること。
二〇　注一八、三十三身の姿を「春の花」にたとえる。　二一　慈悲利生を袂に受けること。「にほふ」は「花」の縁語。
二二　「大系」は、「十九種は普門品にいう十九種類の説法」とし、『平治物語注解』は「十九ノ年ヨリと言へるを受けたるのみならむ」とする。「三十三身の春の花」との対から考えると前者か。
二三　「(月の光が)洩り来ぬ宿はよもあらじ」で月の光のように観音の慈悲利生が、いずれの人にも及ぶことを言う。
二四　死後、来世まで慈悲利生を垂れさせたまえと願っても聞き届けてくださらないことはあるまい。
二五　まして。後世までとは言わぬ、今生で三人の子どもを救ってくださいという願いぐらいは聞き届けてくださるだろうとの思いを表わす。
二六　くどくどと言葉を尽して言う。
二七　社寺にこもって祈ること。人目をしのび、身分を隠してこもることが多かった。
二八　日頃、導きを乞うている僧の住む建物。師僧の住む坊。
二九　平素、源氏が(平家に並んで)栄えていた頃は。　三〇　大事に、手厚くもてなし。
三一　落ちぶれた今は、乗り物がないどころか。
三二　僧坊の主。さきの師の坊を指す。
三三　お困りとは、どのような事でしょうか。

きとうけ給、かたゐ《(い)》なかへおちゆき候が、[一]観音に能々《よくよく》申させ給へ。[二]御ちかひよりほかは、又たのみ候はず」といへば、坊主申されけるは、「[三]唐の太宗は仏像を礼《らい》して、栄花を一生の春の風にひらき、[四]漢の明帝《めいてい》は[五]経典《きやうでん》を信じて、[六]寿命を秋の月に期《ご》すとこそ承《うけたまはり》候へ。かくて此僧申候へば、[七]さりともとたのもしくおぼしめし候へ。[八]是にもしばらくしのばせ給ひ、世のありさまをも御らむぜよ」と申せば、「是は[九]六波羅もちかくあれば、始終かなふべしともおぼえず。大和のかたへゆきて、人をたづねてみむ」とて、常盤泣々《なくく》出《いで》けり。

[一〇]前途《せんど》ほど遠きおもひ、大和なる[一一]宇多のこほりに籠《こもり》、[一二]後会期《ごくわいご》はるか也。[一三]たもとは暁の故郷の涙にしほれつゝ、[一四]ならはぬ旅にあさたちて、野路も山ぢもみえわかず。[一五]比《ころ》は二月《きさらぎ》十日なり。[一六]余寒なほ《(を)》はげしくして、雪はひまなく降《ふり》にけり。今若殿をさきにたて、乙若殿を手を引、牛若殿をふところにいだき、二人のをさなき人々には[一七]物もはかせず、氷のうへをはだしにてぞあゆませける。「さむや、つめたや母御前」とてなきかなしめば、衣《きぬ》をば少《をさなき》人々にうちきせて、[一八]嵐のどけきかたにたて、我身ははげしきかたにたちて[一九]はぐゝみけるぞあはれなる。[二〇]小袖をときて足をつゝむとて、常盤いひ

一 観音に慈悲と利生を授けてくださるよう、よく〳〵お祈りください。
二 衆生を救おうとされる観音のお誓い。
三 唐の高祖、李渕の次子、二代皇帝、李世民。一一頁注一九。
四 後漢、第二代皇帝。初代光武の第四子、劉荘。儒学を重んじ、使者を天竺へ送り仏法を求め、洛城に白馬寺を建て、仏教流布の基礎を築いた。 五 仏の教えを記した経文。
六 寿命を、秋の空に澄み輝く月のように清らかに全うした。
七 苦しい中にも助かる可能性があるかとお考えなさい。
八 ここにもしばらく身を隠して住まれ。
九 清水寺のすぐ近く、西北に平氏の館、六波羅があった。
一〇 師僧との別れを惜しむ常盤の思いを語る。↓補二二七 一一 奈良県宇陀郡。
一二 この後、再会できるのが、いつのことかわからない。
一三 旅衣の袂は、別れゆく都への思いの涙にぬれがちで。
一四 慣れない旅に、朝発って。
一五 道行きにかかるクライマックスを語り始めるのに日付けを語る。平家琵琶では、三重の曲節で語ることが多い。
一六 寒が明けても残る寒さ。
一七 履き物もはかせないで。
一八 風の弱い側に立たせて歩かせ。
一九 親鳥が子鳥をかばうように、風からかばって。
二〇 本来、肌着として着る、袖口のせまい下着だが、晴着の上衣の意に変化した。ここはその後者。

けるは、「今すこしゆきて、二一棟門《むねかど》たちたる所あり。是は敵《かたき》清盛の家なり。声をいだしてなくならば、二二囚《とらはれ》てうしなはれんずぞ。命惜くは、なくべからず」といひてぞあゆませける。棟門たちたる所をみて、今若これを我敵の門かとゝへば、なく〳〵それなりとうちうなづく。「さては乙若殿もなくべからず。我もなくまじきなり」といひながら、あゆみけるに、小袖にて足はつゝみたれ共、氷のうへなれば、ほどなく二三きれて、すぎゆくあとは血にそめて、かほは二四なみだにあらひかね、とかうして二五伏見の叔母《をば》をたづねて入にけり。日比《ひごろ》源氏の大将軍左馬頭殿の北方とて、一門の中の二六上臈にしてもてなしき。まれにも二七お《(を)》のづからきたるをば、二八世になきことのやうに思ひしに、今は謀叛の人の妻子なれば、二九いかゞあらむずらんとて、叔母御前はうちに有しかども、三〇なきよしをぞこたへける。三一さりともよそよりも来りたるやうにて、出給はぬ事はあらじと、日くれまで三二つく〴〵とまちゐたれ共《ども》、三三こととふものもなかりければ、をさなき人々引ぐして、常盤鳴々《なくなく》そこをいでにけり。

三四寺々の鐘の音、けふもくれぬとうちしらせ、三五人をとがむる里のいぬ、声すむ程に夜はなりぬ。柴をり《(お)》くぶる民の家、けふりたえせざりしも三六田づら

二一　公家の邸に多く用いられた、二本柱の上に切妻破風の屋根をつけた門。ここは、いかめしい造りを示す。
二二　捕らえられて斬られることになろうぞ。
二三　足が傷つき。
二四　悲しみの涙をぬぐいかね、涙にくれること。
二五　京の伏見に叔母が住んでいた、その叔母を訪ね。
二六　身分の高い貴婦人。
二七　常盤の方から進んで訪ねて来るのを。
二八　世に珍しく、誇らしいことに思って。
二九　世にはばかり、どのように応接したものかと迷い。
三〇　不在であると、人に言わせた。
三一　ひょっとして、他の人が訪ねて来たとでも思って会ってくださらないのだろうか。わたくしとわかってくだされば、会ってくださらぬことはあるまいと。
三二　力なく、じっと待っていたけれども。
三三　だれ一人、声をかけてくれる者もなかったので。このあたり、語り手は一貫して常盤に焦点化の主体を置く。常盤の思いで語っている。
三四　道行き、日暮れの光景。言うまでもなく鐘の音を耳にするのは常盤とその幼児である。こうした語りを焦点化の主体と言う。
三五　見知らぬ人を警戒してほえかかる犬。
三六　田の面を隔てて。

をへだてて《(こ)》はるかなり。[一]梅花を折て首《かうべ》にはさめども、二月《じげつ》の雪衣《ころも》に落《おつ》。[二]瓦のうへの松もなければ、松根《しようこん》にたちやどるべき木陰《こかげ》もなく、[三]人跡はゆきにうづもれて、[四]とふべき戸ざしもなかりけり。ある小屋に立よりて、[五]「宿申さむ」といへば、主《あるじ》のを《(お)》とこ出てみて、「たゞいま夜深《ふけ》て少《をさなき》人を引具してまよひ給ふは、謀叛の人の妻子にてぞましますらん。[六]かなふまじ」とてを《(お)》とこうちへ入にけり。落涙《おつるなみだ》もふる雪も、[七]さうのたもとに所せく、[八]柴のあみ戸にかほをあて、[九]しぼりかねてぞ立たりける。主の女房出てみていひけるは、「われらが[一〇]ひ〴〵しき身ならねば、謀叛の人に同意したりとて、とがめなんどはよもあらじ。たかきもいやしきも[一一]女はひとつ身なり。いらせ給へ」とて、常盤をうちへ入て、さま〴〵にもてなしければ、[一二]人ごゝちになりにけり。二人のをさなき人を左右にお《(を)》き、一人ふところにいだきてくどきけるは、「あはれ、[一三]いとけなきありさまかな。[一四]母なれば、われこそ助けんとおもへども、敵《かたき》とり出《いだ》しなば、[一五]情をやお《(を)》くべき。少《すこし》も[一六]おとなしければ、今若殿はきるか、乙若殿をばさしころすか、[一七]無下にをさなければ、牛若殿をば水にいるるか、土にうづむか、その時われいかにせむ」と夜もすがらなき悲みけり。[一八]松木《まつのき》ばしらに[一九]たかすがき、[二〇]しきもならはぬす

一　梅花を折ってかんざしとして刺すけれども。仲春の二月に降る雪のように梅花が頭に降りかかるというのが、朗詠本来の意だが、ここは逆に雪が梅花のように降りかかることを謡う。↓補二二八
二　「尾のうへの」の誤りで、高砂の尾上《おのえ》の松のようにりっぱな松もないので、その松の根に腰をおろして休むべき木かげもない。
三　人が歩いた足跡も雪にかき消されて。常盤母子の絶望的な状況を語る。
四　宿を乞うべき、戸を閉じた民家もなかった。
五　宿をお貸しくださいと。
六　泊めるわけにはゆくまい。
七　(常盤の)左右の袂もぐっしょりとぬれ。
八　柴を編んで造った粗末な戸。
九　袂の涙をしぼることもかなわず。
一〇　たいした身分の者でもないので。
一一　女としての心細さは同じ思いです。
一二　(常盤は)人として生き返る気持になった。
一三　がんぜない子たちのありさま。
一四　母として、この子どもたちを助けてやりたいと思うのだが。
一五　情をかけることがあろうか、あるまい。
一六　ややおとなびているので。
一七　まったく。非常に。
一八　松を使った粗末な柱。
一九　「たけすがき」のこと。竹を編んで造った垣。
二〇　(常盤母子には)ふだん敷いたこともない粗末な菅の敷物。

がむしろ、伏見[二一]のさとになく鶉《うづら》をきくにつけてもかなしきに、宇治[二二]の河瀬の水車、何[二三]とうき世をめぐるらん。夜も明ければ、常盤そこをいでむとす。主の男、少《をさなき》人々をいとほ《(お)》しみ[二四]たてまつり、「けふばかりは公達の御足をやすめまゐ《(い)》らせ給へ」とてとゞめければ、その日もそれに留りて、三日[二五]と申せば出《いで》にけり。主の男、馬鞍《むまくら》こしらへて、常盤をのせまゐ《(い)》らせ、少《をさなき》人々をば下人どもにもらせ[二六]なんどして、お《(を)》のれ[二七]もともして木津《きづ》[二八]まで送てかへりけり。「世[二九]にあるともきかばたづねよ。我もわするまじきぞ」とて、小袖[三〇]を一重《ひとかさね》とらせければ、「何[三一]をか給候べき。公達の御足つゝみまゐ《(い)》らせ給へ」ば[三二]申せば、「あるじ[三三]のかたへ形見に送るぞ。謀叛のもの《(こ)》の妻子にてあるが、人をたづねて忍ぶ也。あと[三四]よりたづぬるものありともしらすべからずといふべし」とてかへしける。大和[三五]国宇多郡龍門《うだのこほりりうもん》の牧《まき》、岸岡といふ所に、伯父のありしかば、たづねてゆきければ、しばらく是にしのびたり。＊

（常盤六波羅に参る事）

都には又六波羅の使、常盤が宿へ来りてたづねければ、母うへしらずと

二一　さきに伏見の叔母を訪ね、拒まれていた。↓補二二九

二二　今の宇治市の宇治川周辺の地。↓補二三〇

二三　この浮世に何と思って廻っているのであろう。「うき世」は、この場合「憂き世」だが、底本の世界では多分に「浮世」への傾きを見せている。中世歌謡を引く。

二四　優位にある者の立場から、相手をあわれみ、守ってやりたいと思う。「たてまつり」は主の男の敬意を示す。

二五　ここへ来て三日目になったので。

二六　「守らせ」。おもりなどをさせて。

二七　自分も。主の男を指す。

二八　京都府相楽郡木津町。木津川をはさみ、大和と山城・近江・伊賀を結ぶ街道の渡しがあった。国境である。

二九　まだ生きていると聞くことがあれば。

三〇　本来、肌着として着る袖口のせまい下着を言ったが、転じて上衣にもなった。ここは後者。「重ね」は、衣をたたんで数える語。↓補二三一

三一　事もあろうに。そのような大切な物をどうして賜るのですか。その小袖で子どもさんたちの足を包んであげてください。

三二　「と」とあるべきところ。単純な誤写であろう。

三三　(下人の)主に感謝するために形見として贈るのだ。

三四　この後、わたくしたちの行方を探す者があっても、教えるわけにはゆかぬと言ってください。

三五　奈良県吉野郡吉野町、龍門岳の麓。牧は大宇陀町牧。「大系」は、長門本『平家物語』巻十八の義経起請文に見えることを引く。

こたふ。このよし申せば、清盛「いかでか母のしらざるべき。めしとりてとふべし」とのたまへば、[一]伊東武者景綱《かげつな》うけ給、常盤が母をめしとりてゝげれば、「[二]去《さんぬる》九日の夜、少《をさな》き人々引具して清水へとて参りし後は、生たりとも死にたりともゆくするゑをしらず」と申せば、「[四]何条《なんでう》そのぎあるべき。命を限《かぎり》にとへ」とて散々にぞとはれける。大和にて、常盤此由つたへきゝ、「昔の[五]郭巨《くはっきょ》は、母の命をたすけん為に子どもをうづむとて穴をほりしかば、金《こがね》の釜をほりいだし、母も子どもをも助《たすか》るとぞうけ給はる。命あらば、[六]母をみるべし。[七]少《をさな》き者どもにはいかでか思ひかへ候べき」とて、を《(お)》さなき人々を引具して、六波羅へいでけるが、[八]九条の女院にいとま申にまゐ《(い)》りたり。女院御覧じて、「[九]何《いか》に此ほどは何事ありつるぞ」とおほせくだされければ、「子共《こども》の命助けん為に、大和なる所にしのびてさぶらひつれ共《ども》、とがもなき母のいのちを失なはるべしとうけ給て、助けん為に六波羅へいでさぶらふが、いとま申に参りてさぶらふ」と申せば、女院あはれにおぼしめし、最後の[一〇]出立《いでたち》自《みづから》せんとて、色々の[一一]御きぬを常盤にたび、三人の[一二]をさあい《(ひ)》人どものしやうぞくまでもくだされければ、常盤嘆《なげき》の中にも[一三]なのめならずよろこびて、出んとすれば、[一四]御車をさへゆるされまゐ《(い)》らせ

一　平家に従い院御所の警護にあたり、待賢門の戦に参加していた。五〇頁注六
二　一一五頁に見えた。当時、この老母も常盤母子の近くにいたものか。
三　「ゆくへ」に同じ。その行方と、かれらがどのようにしているかをも知らない。
四　どうしてそんなことがあろう。常盤らの行方を知らないことがあろうか、そんなはずはない。
五　中国、後漢の人。↓補二三二
六　母のせわをすることができる。
七　幼い子どもたちの命に母の命をどうして代えることができようか、できない。
八　常盤がその雑仕として仕えていた藤原呈子。九条太政大臣伊通の女で、久安六年(一一五〇)四月、近衛天皇の女御となり、同年六月二十二日、中宮になった。
九　どうしていたのか。近く、どのような事があったのか。
一〇　よそおい。服装。装束。
一一　御衣を。
一二　幼い子どもたちの装束までも。
一三　非常に喜んで。
一四　牛車に乗って出ることまで許されて。宮中の格式として、常盤のような雑仕の身分の者には許されなかった。

て、我身子共をもとりのせ、景綱がもとへゆく。

母の尼是をみて、[一五]「わがみは老衰《おとろへ》たり。今[一六]はいく程のいのちなれば、をさあい《(ひ)》人々は御[一七]前の命にかはらんとこそ思ひつるに、かへりきてふたゝび[一八]うきめをみせんことこそ悲しけれ」とぞなげきける。景[一九]綱まゐ《(い)》りて、清盛にこのよし申せば、「母の命をたすけむためにまゐ《(い)》りたるな。もと[二〇]よりさこそあるべけれ。具してまゐ《(い)》れ」とのたまへば、常盤をぐしてまゐ《(い)》りけり。母の尼[二一]公《にこう》もつれてまゐ《(い)》る。[二二]「きこゆる常盤こそめし出されて参りたれ。[二三]誰かあづかりてうきめをみむずらん。いざや常盤がすがたみむ」とて、平家の一門侍共にいたるまで、みな六波羅へぞ参りける。清盛さぶ[二四]らひへ出給ひ、常盤に対面して、[二五]「この間、いづくにありけるぞ」と宣へば、常盤、「義朝の少《をさな(ひ)》い人々の候を、取いだされうしなはるべしと承り、かた[二六]はらにしのびて候つれども、とがもなき母の命を失なはるべしとうけ給候程に、たすけむ為に参りて候。[二七]をさなきものどもうしなひ給はば《(ゞ)》、まづわら[二八]はをうしなはせ給へ」とてなきゐたり。母の尼公うしろにて、「孫と女《むすめ》とうしなはせ給はば《(ゞ)》、尼をまづうしなはせ給へ」とぞなげきける。今若殿、敵《かたき》清盛のかたへ一目、常盤が方を一めみて、「泣て物を申せばぜ[二九]ひも聞えぬ

[一五] わたしは、すでに年老いている。
[一六] これから先、どれほど生きてゆけるとも思えぬ命だから。
[一七] 「わ御前」、そなたの意か。幼い孫たちや、そなたの命に代わろうと思ったのに。
[一八] つらい体験をするのが悲しいことだ。娘や孫たちが斬られるのを見るのを悲しむのである。
[一九] 景綱が、主人の清盛の御前へ参って。
[二〇] 当然、そうあるべきところだ。母の命を救おうとする常盤の思いを、清盛は当然のことと思うのである。
[二一] 出家して尼になった婦人を尊敬して言う語。
[二二] 美人として有名な常盤が。
[二三] (常盤を)預かる者は、その処刑されるのをきっとつらい思いをすることになろう。一体、だれがその預かり人になるのだろうか。
[二四] 主殿の内にある、侍の詰所。一〇四頁注三。
[二五] 最近。近頃。
[二六] (都からは)離れた所。かた田舎の意。
[二七] 幼い子どもたちを失おうとおっしゃるのなら。
[二八] 女の自称。わたくし。もと、女性が、みずからを幼い者のようだと卑下して言う語であった。常盤が面前の清盛に対して言う語。
[二九] 善悪を聞き取れないから。

に、[一]なかで申させ給はで」と宣へば、平家の人々侍共、「義朝の子なれば、少《をさな》けれども申つることのおそろしさよ」とて[二]したをふりておぢあへり。

常盤十六歳より義朝に[三]とりお《(を)》かれ、七年のちぎりなれば、[四]いひすつることばまでも[五]かたくなな《(こ)》ること一《ひとつ》もなし。常盤生年《しやうねん》二十三、九条女院の[六]后たちの御時、都の中より[七]みめよき女を千人そろへて、そのなかより百人、又百人が中より十人すぐりいだされける。其中にも常盤一《いち》とぞきこえける。千人が中の一なれば、[八]さこそはうつくしかりけめ。異国に聞えし[九]李夫人・[一〇]楊貴妃、我朝には[一一]小野小町・[一二]和泉式部もこれにはすぎじとぞみえし。貴妃《きひ》がすがたを[一三]みな人は、[一四]百《もも》の媚《こび》をなすといへり。[一五]大宰大弐《だざいのだいに》は、常盤が姿をみ給ふより、[一六]よしなき心をぞうつされける。清盛宣ひけるは、「[一七]大かたとりお《(を)》こなふにてこそ候へ。さればとて[一八]いかでか情なきことあるべき」とて、景綱がもとへかへされけり。其後《そののち》、常盤のもとへ[一九]御ふみをつかはされけれども、御返事も申さねば、「三人のをさあい《(ひ)》者どもをたすくべし。[二〇]したがはずは、[二一]めのまへにてうしなふべし」とのたまひければ、常盤なほ《(を)》御返事をも申さず。母の尼公いひけるは、「少《をさ》あひもの、尼が命をたすけんとおもはば《(こ)》、おほせにしたがふべし」とさま〴〵いふ間《あいだ》、さすが[二二]少《をさなき》人々

一　泣かずにおっしゃってくださらなくては。
二　舌をまいて恐れあった。古本には見られない今若のふるまいである。
三　手もとにひきとどめて縁を結ばれ。
四　なにげなく発することばまでも。
五　礼儀を失い、とりみだした、みっともない様子。　六　中宮もしくは后に立つこと。一二〇頁注八。久安六年(一一五〇)のことであった。
七　容姿のすぐれた美女。　八　それは美しかったであろう。語り手の思いを語る。
九　漢の武帝の妃。
一〇　唐の玄宗の妃。李夫人とともに中国の代表的な美女。　一一　歌人で六歌仙に数えられるが、系譜・生没年いずれも未詳。↓補二三三
一二　歌人で生没年未詳。↓補二三四　一三　「見し人」とする本がある。世の人の意とも読める。
一四　大勢の人々が魅惑された。白楽天の『長恨歌』「首を回して一たび笑めば百の媚生ず」による。　一五　清盛を指す。清盛は保元三年(一一五八)八月十日、大宰府の次官、大弐になり、永暦元年(一一六〇)八月十一日、参議正三位、同年十二月三十日、大弐を辞している。したがってこの当時は大弐であった。
一六　よくない恋心。このあたり、その母の参加もあって『平家物語』巻一「祇王」清盛が祇王から仏へ心を移した物語を思わせる。
一七　公の定めに従って、乱の残党を処理するまでである。
一八　どうして情けを心えない処理ができようか。できない。
一九　恋文を送るのである。
二〇　自分の要求に従わなければ。
二一　目の前で三人の子どもを殺してしまうぞ。
二二　幼い子どもたちの命も惜しく。

の命も惜く、母の命をもそむかじと思へば、御返事申て、敵の命にしたがひける。侍ども申けるは、「一人二人にても候はず。敵の子ども三、四人までたすけさせ給はんこと、[二三]いかゞ候べき」と申ければ、清盛「池の禅尼の[二四]さりがたく宣へば、頼朝をだにたすけお《(を)》くに、それより少者《をさなきもの》どもをうしなはんことふびんにおぼゆるぞ」と[二五]中〳〵しげに宣ひける。[二六]人木石《ぼくせき》に〔あらず〕、しかじ、傾城の色に相《あは》ざらん[二七]にいと、[二八]文集《ぶんじふ》の文《もん》也。ことわ《(は)》りとぞおぼえける。三人の子どもの命をたすけしは、清水寺《せいすいじ》の観音の御[二九]利生といふ。日本一の美人たりし故也。[三〇]容《かたち》は幸の花とは、かやうのことをや申すべき。＊

（経宗・惟方遠流に処せらるる事同じく召し返さるる事）

[三一]新大納言経宗《つねむね》は、阿波国へぞながされ給ふ。一首よみて君へまゐ《(い)》らせられけり。

[三二]落たぎる水のあはともなりもせでうきに堪《たへ》せぬ身こそつらけれ

と読てまゐ《(い)》らせられければ、やがて赦免あり。又経宗のぼりて大臣になり給しかば、人、[三三]阿波の大臣とぞ申ける。[三四]大宮《おほみや》左〔大〕将伊通卿《これみちのきやう》宣ひける

二三　いかがでございましょう、良いことでございましょうか。侍どもの思いとしては諫止したかったのである。
二四　ことわりがたく。　二五　もっともらしく。
二六　底本「あらず」を欠く。白楽天の「新楽府」「人は木石に非ず、皆情有り、しかじ傾城の色に遇はざらんには」による。人は木や石でなく、皆情を持っている。とすれば美人にまどわされるのもいたしかたない。いっそのこと美人にあわないようにした方が良いだろう。「傾城」は、国を傾けるという美女。
二七　「にいと」は「にはと」の誤り。単なる誤写。
二八　白楽天の文集『白氏文集』を指す。平安時代以来、日本の古典に大きな影響を与えた。
二九　仏が衆生に利益《りやく》を与えること。利益衆生。
三〇　当時のことわざ。「みめは果報の基」とも。女性の容《き》量が良いことは、男の愛情をえて幸福をうるもととなる。『平家物語』九「小宰相」に「みめはさいわいのはななれば」とある。
三一　一五頁、乱の始まる頃、当初、信頼の要請に応じてこれに従っていたが、四一頁、主上の六波羅行幸には寝返って清盛側についていた。↓補二三五
三二　落ちたぎって、わき返る水が、いっそのこと泡にでもなればよいのに、それにもなれず、と言って浮き上ることもできない、中途半端なわが身のつらいことよ。↓補二三六
三三　人の噂するところと語る。粟をかけた。前出の歌とも関わるだろう。
三四　二一頁、三条殿焼討の勧賞除目をめぐって、多くの人が井戸にとび込んで死んだ、その井戸に官を与えてはと痛烈な批判を行ったことが見え、世を諷刺する人として語られている。古本には、特にこの傾向が強く見られる。

は、「昔[一]吉備大臣とて[二]あるける也。今は阿波の大臣出きたり。いつか又[三]稗《ひえ》の大臣のあらんずらむ」とぞわらはれける。

[四]別当惟方《これかた》は、長門国名浜《なはま》へぞ流されける。是も一首たてまつらる。

[五]この瀬にもしづむと聞《きけ》ばなみだ川ながれしよりもぬるゝそでかな

と読てまゐ《い》らせられければ、是もやがて赦免ありぬ。伏見の[六]源中納言師仲は、[七]三河の八はしへながされけり。[八]不破の関をすぐるとて、関屋の柱に一首をぞかきける。

[九]あづまぢをにしへむきゆく人みればうらやましきはこの世のみかは

八橋につき給ふ。かくぞ思ひつゞ《こ》けける。

[一〇]夢にだにおもはざりしを三河なるけふ八はしをわたるべしとは

是もほどもなくして赦免ありぬ。＊

（悪源太雷となる事）

[一一]去程《さるほど》に[一二]難波の三郎恒房《つねふさ》は、悪源太を切てのち、常に[一三]邪気心地出来《いでき》ける。恒房「いかゞしてか邪気ごゝち[一四]うしなふべき」といへば、「摂津国《つのくに》[一五]箕面《みのお》の滝へまゐ《い》り、滝の水にうたれて、じやきごゝろはうするとうけたまはり

一　称徳天皇の代の右大臣吉備真備。↓補二三七

二　「ありける也」が正しい。あったそうだ。

三　同じ穀物として、粟・黍に稗を並べて笑う。

四　民部卿藤原顕頼の二男。平治の乱の冒頭、一六頁、経宗とともに信頼にかたらわれたが、後、二条天皇の六波羅への脱出に供奉した。「長門国名浜」は、今の山口県内だが、「名浜」を「はまな」「なたはま」とする本があり、未詳。

五　この度の赦免にも浮かび上れないと聞くので、ここへ流されて来た時よりも、悲しみが増さり、涙に袖がぬれることよ。↓補二三八

六　↓補二三九

七　今の愛知県知立市の東部の地。↓補二四〇

八　岐阜県不破郡関ヶ原町にあった関。

九　この八橋で、東路を西へ向かって行く人を見ると、うらやましく思うのは、この世で西方の京を恋しく思うのみではなく、あの世の西方浄土を思うからであろう。『伊勢物語』九で昔男が、この八橋で京を思ったという物語を踏まえている。「のみかは」に三河を懸ける。

一〇　三河の国の、あの有名な八橋を、今日こうして渡ることになろうとは、夢にも思わなかったよ。

一一　話かわって。以下、難波恒房が義平の霊に蹴殺される物語を、古本は頼朝の東下りの後に語る。

一二　一〇五頁に、恒房が義平を斬り、その場で義平が「百日が中にいかづちとなつて、汝をけころさむずるものを」と言ったことが見えた。

一三　病いを起こす悪い気。

一四　なくすることができるだろうか。

一五　大阪府箕面市にある滝。龍樹菩薩の霊場。当地の箕面寺は、東の勝尾寺とともに修験の道場。

候」と人いひければ、やがてみのをへまゐ《(い)》り、滝つぼをみて「いかほどあるやらん」といへば、寺僧共《じそうども》、「一[16]里ふかく候とこそ申つたへて候へ」といへば、例の邪気ごゝちおこりて、滝つぼへはしりいる。ゆくへ《(え)》もしらずはるぐ＼といりければ、水もなきところへゆきいでたり。うつくしくかざり〔たる[17]〕御所とおぼしき所あり。門のくちにたゝずみければ、うちより「あれはたそ」ととふ。「平家のさぶらひに、難波三郎恒房と申者にて候」。「さては難波と[18]いふものごさむなれ、とく＼かへれ。娑婆[19]にて子細あらんずるぞ。其時まゐ《(い)》れよ」といひければ、「是はいづくにて候やらむ。かへりてはなにとか申べき」といへば、「是はりゆう《(りう)》[20]ぐうなり。まゐ《(い)》[21]りたるしるしにこれをとらせむ」とて水晶の塔に、仏舎利[22]を一粒《りふ》いれてたぶ。た[23]まはりて懐中して、門をいづるとおもひければ、もとの滝つぼへうかみいでたり。寺僧どもにこのよしいへば、身[24]のけだちてぞおぼえける。さて都へのぼつてこのよし申ければ、不[25]思議のおもひをなし、西山[26]辺《へん》、講谷寺《こうこくじ》[27]にこめられけり。ふしぎにぞ覚えける。

さるほどに、難波三郎恒房、福[28]原へ清盛の御使にくだりてのぼるほどに、摂津国《つのくに》[29]こや野につきければ、はれたるそらにはかにくもり、雷《かみなり》 お《(を)》び

一六　滝つぼの底まで一里の深さがあると申し伝えています。この後、恒房が、その底の異界の竜宮へ赴くことになる。

一七　底本「たる」を欠く。諸本により補う。
一八　「といふものにこそあるなれ」の略。という者であるようだ。
一九　西方の極楽世界と違って、汚辱と苦しみに満ちた、われ＼人間が住んでいる世界。「子細あらんずるぞ」は、そのわけがわかるだろう。
二〇　海底や湖底にあると言う竜王の宮殿。仏教で、竜樹菩薩が赴き、竜王から一切経の経典を受けたと言う。箕面の滝の伝説による。
二一　この竜宮に参ったしるしとして。
二二　もともと世尊を火葬にして得た遺骨。後に仏弟子らの遺骨が崇拝の対象となった。
二三　賜って懐の中に入れ。
二四　恐ろしい話に身の毛がよだつ思いがした。ぞっとした。
二五　「清盛」を補う本がある。
二六　京都の西側を南北に連なる山々。
二七　未詳。仏舎利をおさめたと言うのであろう。この講谷寺のことを欠く本がある。
二八　今の神戸市兵庫区に福原の地名があるが、古くは広く長田区にも及ぶ地を言った。瀬戸内海の交通の要衝で、平家が日宋貿易の拠点とし、清盛らはこの地に別荘を構えて住んだ。
二九　今の伊丹市昆陽とその周辺の野。昆陽野。ひなびた地ながら、歌枕となった。

たゝしくなりければ、難波の三郎いひけるは、「悪源太をきりたてまつりし時、『雷《らい》になりて、汝をばけころさむ』といはれけるが、そのの《(こ)》ちは雷一だになれば、おもひいでられておそろしき」といひければ、二乗替《のりがへ》ども、「たゞ今なり候雷も、悪源太にてや候らむ」といへば、三「なんでうその儀あるべきか。悪源太きりたりし太刀ぞかし」とて、太刀をぬきて額《ひたひ》にあてゝ四つほどに、あまりに雷つよくなるあひだ、五郎等いげの松の下に六ひかへ〳〵みるところに、雷は七たとなりおちければ、難波三郎もちたる太刀なれば、八しとゝうてども九物ともせず、馬ともにけころされてぞふしにける。都にも六はらにも雷お《(を)》びたゝしくなりおち、人おほくけころしければ、清盛大にさわ《(は)》ぎ給ひ、貴僧・高僧におほせて、一〇しんどくの一一大般若をよませられければ、雷則《すなはち》しづまりぬ。一二おそろしくぞ覚えける。＊

（頼朝遠流の事付けたり守康夢合せの事）

一三さるほどに、兵衛佐頼朝、伊豆国一四蛭《ひる》が小嶋へながさるべしとさだめらる。一五池殿このよしきゝたまひ、一六宗清がもとへ「頼朝一七具してまゐ《(い)》れ」とのたまひければ、弥平兵衛《やへいびやうゑ》宗清、兵衛佐殿を具したてまつりまゐ《(い)》りたり。池

一　雷が鳴ろうものならば、その度に。
二　大将の乗り換えの馬を預かり乗る家来たち。
三　どうしてそんなことがあろうか。ありはしない。（それに、これは）
四　馬に鞭打って駈けさせる間に。
五　郎等や、それ以下の身分の低い者が。
六　馬をひきとどめて見るところに。
七　どんと音を立てて。
八　強く、いきおいよく打つさまを表わす擬態語。
九　雷は、恒房の太刀にひるむこともなく。結局、難波は。
一〇　真読。転読の対で、経典、特に『大般若経』六百巻を省略しないで全部読み通すこと。
一一　『大般若波羅密多経』の略。玄奘が最晩年六百巻に完訳した。般若経典群の集大成で、すべてが空であるとの道理を説く。
一二　語り手が、難波の下人らと同じ思いをしたことをありのまゝに語る。底本の語りの特徴で、これまでにも見られた。
一三　話かわって。
一四　今の静岡県田方郡韮山町。当時は狩野川の流れが、この湿地帯を囲み、草蛭が多かったので、この名があると言う。
一五　一一一頁、頼朝の助命に骨折った池の禅尼。
一六　頼朝の身柄を預っていた宗清。一〇五頁注三三。
一七　連れて参れ。

殿、頼朝をちかくよびよせて、すがたをつく〴〵とみ給ひて、「[一八]げに家盛がすがたにすこしもたがはず。あはれ都のへんにおき《(を)》て、家盛が[一九]かたみにつねによびよせてみたくこそ候へ。はる〴〵と伊豆国までくださむ事こそ[二〇]うたてけれ。[二一]わ殿をば家盛と思ひ、春秋の衣裳《いしやう》は一年に二度くだす[二二]べし。尼をば母とおもひ、空[二三]しくなりたらば後世をもとぶらふべし。[二四]伊豆国には鹿おほき所にて、つねに[二五]国人《くにうど》[二六]よりあひてかりなんどして、ながされ人のおもふさまにふるまふ《(う)》とて、国人にうつたへられ、二たび[二七]うきめみるべからず」とのまへば、兵衛佐殿かしこまつて、「[二八]いかでさやうのふるまひつかまつり候べき。[二九]髪をも切、ちゝの後生をもとぶらはばやとこそ存て候へ」と申されければ、「[三〇]能申物《よくまうすもの》かな」とて、池殿なみだを流し給ひ、「[三一]とくとく」とのたまへば、御所をいでられける。

同《おなじき》三月十五日に[三二]官人ども相具して、都をいで給ひけるが、[三三]粟田口に駒をとゞめて、都の名残ををしま《(お)》れけり。[三四]越鳥南枝《あつてうなんし》に巣をくひ《(い)》、胡馬北風《こばほくふう》にいばへ、[三五]畜類なほ《(を)》故郷の名残ををしむ《(お)》。いかにいはんや人間において《(をひ)》をや。人はみなながさるゝをばなげゝども、[三六]兵衛佐殿はよろこび也。「頼朝ながさるゝ、いざやみん」とて、[三七]山法師・[三八]寺法師、[三九]大津の浦に[四〇]市をなして

一八 一一〇頁、頼朝が家盛に似ていることを言っていた。
一九 家盛の姿を見るための代りの身として。
二〇 いとおしくて、たえられない。
二一 くだけた態度で相手(男子)を呼ぶのに使う語。おまえさん。禅尼の頼朝への姿勢を示す語である。
二二 (京から伊豆へ)送り届けよう。
二三 わたくしが死ぬようなことがあれば。
二四 坂東では、統率者の行事として乗馬による牧狩りを行った。その多くが鹿や猪であった。「鹿」は「しし」と読むか。後に頼朝が富士の牧狩りを行ったのが著名。
二五 こくじん。村を支配した領主階層の人。
二六 寄り会って。
二七 つらい目にあわぬよう心がけよ。
二八 どうして、そのようなふるまいをいたしましょうか、いたしません。
二九 髪を剃って出家し。
三〇 殊勝なことを申すことよ。
三一 すみやかに下れ。
三二 流人を下す役人。
三三 京都市左京区と東山区にまたがる、三条通白川橋から東へ、山科・大津へ通じる街道の入り口。東国へ下る要衝の地。
三四 郷里(京)をしたうさまをたとえて言う。↓補二四一
三五 けだものでさえも。
三六 (胸の中、期するところのある)頼朝は、助命されたことを喜びとするのである。
三七 比叡山、延暦寺の僧。
三八 三井寺(園城寺)の僧。
三九 琵琶湖の東岸。今の大津市志賀・南志賀・下阪本の辺りの地。
四〇 市場のように大勢の人が集まって。

ぞたちたりける。頼朝をみて「[一]容威・事がら人にはるかにこえたりけり。おそろし伊豆国にながしお《(を)》かば、[二]千里の野に虎の子をはなつにこそあれ。おそろし〱」とぞ申ける。弥平兵衛名ごりをを《(お)》しみたてまつりて、うちお《(を)》くり申ほどに、兵衛佐殿[三]せたのはしをすぎたまふとて、「あれにみゆる森はいかなるところぞ」とのたまへば、「[四]建部《たけべ》のみやとて、[五]八幡を祝《いはひ》まゐ《(い)》らせて候」と申せば、「さらば今夜[六]通夜《つうや》して、いとま申てくだらばや」とのたまへば、宗清申けるは、「頼朝こそ流されけるが、[七]宿《しゆく》にはつかずして山林にとゞまりけるよと、[八]平家にきこしめされば、いかゞ候はんずらん」と申せども、「[九]氏《うぢ》の神《しん》にいとま申さむは、[一〇]いかゞくるしく候べき」とのたまへば、建部の宮へいれたてまつるなり。「[一一]南無八幡大菩薩、今一度頼朝を都へ帰し入させ給へ」といのり給ぞおそろしき。

爰《こゝ》に[一二]上野《うへの》の源五守康《もりやす》といふものあり。義朝の郎等にてありしが、[一三]かたはらにしのびてゐて、常に兵衛佐殿のおはしけるところへまゐ《(い)》りなぐさめたてまつりけるほどに、[一四]老母の尼公ありしが、[一五]病つきてかぎりになりしかども、佐殿ながされ給ひしかば、なごりをを《(お)》しみたてまつり、都にてはあはたぐちまでとおもひ、粟田口にてはせめて[一六]関山《せきやま》・大津までとおもひ、うち

一　容姿、なりと体格。「容威」は「容儀」を言うか。
二　将来、手に負えぬ勇猛に成長するはずの虎の子を、自由にふるまえる広大な野に放つようなものだ。害を及ぼす恐れのある危険な人物を放置して、後の災いになることのたとえ。頼朝について、このことわざが『源平盛衰記』十六「大庭早馬」にも見える。
三　今の大津市内、瀬田川に橋があり、瀬田の長橋・唐橋と呼んだ。宇治橋とともに京都を防衛する拠点となった。
四　今の大津市神領の建部神社。日本武尊・天明玉命らをまつり、白山源氏、白川伯王家の配下に属する。
五　(源氏の信仰が篤かった)八幡神を祀ってあります。
六　寺社にこもり、夜、眠らずに祈願すること。
七　宿泊が想定されている宿場。
八　平家の側で耳にされますと、いかがなりましょうか。罪人として、まずいことになりましょう。
九　源氏が代々軍神としてあがめて来た神に。
一〇　どうして不都合がありましょうか、ありますまい。
一一　サンスクリット語の音写。「なも」とも。帰依する意。
一二　「上野」は、こうずけの国名か。嵯峨源氏の渡辺氏に「源五」の名が見えるが、一本には纐纈源五守康とする。纐纈は美濃の国、可児郡久々利の住人で、清和源氏。
一三　人目につかない所に。
一四　守康の老母で、出家していた。
一五　病におかされ、死が迫っていたが。
一六　逢坂の関がある山。

[一七] 夢の中で神仏の告げがあること。同行していた守康に夢の告げがあったのである。
[一八] ぜったい出家なさらないように。「ばし」は、上の語をとり出して強調する語。六二頁注一五。
[一九] 霊験あらたかな。
[二〇] この場合、石清水八幡を指すか。
[二一] 次行の「ふかく」までを底本は欠く。ここにございます。
[二二] 童子。この場合、神が仮に現わした姿。神の化現した童子。
[二三] 深く収めて、それを使用する時があるだろうぞ。
[二四] 直垂は上・中流階級の男子の常服だったが、武士が鎧の下に着用することになった。この頼朝の場合は、式服として着たもので、しかも石清水八幡の使者としての白鳩や、源氏の白旗を意識して「しろき」としたのであろう。
[二五] うつわなどをのせるために敷く布。「しろかね」は、その銀色のもの。
[二六] アワビの肉を薄く長く切って、干したもの。祝儀に使う。
[二七] 右の手。「みづから御手にて」とする本がある。
[二八] あなたさまがおとりになり。
[二九] 物をいきおいよく切ることを言うが、ここは物をいきおいよく食べるさまを言う擬態語か。
[三〇] 懐の内に入れるとも思わないうちに。懐に入れると思うや否や。
[三一] 一定。きっと、あなたさまが出世されるに違いないと。
[三二] (下に打消しをともなって)決して。「あひかまへて」を重ねることにより、打消しの意を一層強める。

お《(を)》くり申けるが、其夜《そのよ》は御ともして、建部に通夜したりけるが、夜半ばかりに[一七]夢想ありしかば、人しづまりてのち、頼朝の御そばへ守康まゐ《(い)》り、さゝやきごとをぞ申ける。「今度伊豆国におはしまし候とも、[一八]御出家ばし候な。[一九]ふしぎの夢想をかうむりて候。[二〇]八幡へ参詣して候へば、御殿のうちより、『頼朝が弓矢はいづくにあるぞ』と御たづね候つれば、[二一]『是に候』と[二二]どうじ二人弓と矢をもちて参りて候つるを、『[二三]ふかく』を《(お)》さめお《(を)》く期《ご》があらんずるぞ。其とき頼朝にたぶべし』とおほせられ候つれば、御殿にふかくを《(お)》さめお《(を)》かれ候き。又そのの《(こ)》ち君[二四]しろき御ひたゝれにてまゐ《(い)》らせ給ひ、庭上《ていしやう》にかしこまつて御わたり候つれば、[二五]しろかねのうち敷に[二六]うちあはびを六、七、八ほんがほどお《(を)》かせたまひ、[二七]目手《めて》にて『すは頼朝、給はれ』とて、御簾《ぎよれん》のうちよりお《(を)》しいだされ候つるを、[二八]君まゐ《(い)》らせ給ひ、このあはびを[二九]ふつ〳〵とまゐ《(い)》りつるが、纔《わづか》に一ぽん計《ばかり》のこさせ給ひ、『すは守康、給はれ』とてなげいださせたまひ候つるを、もりやすたまはり、食するとも[三〇]おぼえず、懐中するともおぼえずして、夢さめ候ひぬ。[三一]いちぢやう君御《ご》代《よ》にいでさせたまひ候ぬとおぼえ候。[三二]あひ《(い)》かまへて〳〵御出家などめされ候な」とさゝやき申ける。佐殿、人や聞らむとおぼしめされければ、返事をばしたまはず。うちうなづきうちうなづきぞしたまひける。夜もあければ、大ぼさつ[一]にいとま申て出たまひけり。守康申けるは、「けふばかり[二]御とも申べく候へども、老母の候が、重病をうけて候あひだ、おぼつかな[三]く候」とていとま申、それよりみやこへかへりけり。

弥平兵衛宗清は、篠原《しのはら》[四]までうちお《(を)》くりたてまつり、こしかたゆくすゑ[五]の事どもよきやうに申お《(を)》き、それより都へかへりければ、兵衛佐殿なのめならずよろこびたまひ、名残を《(お)》しげにぞみえさせ給ひける。

さるほどに伊豆国蛭《ひる》が嶋にお《(を)》きたてまつり、伊東[六]・北条[七]に守護したてまつるべきよし申お《(を)》き、官人《くわんにん》[八]都へのぼりけり。＊

一　八幡大明神を仏教と習合させて大菩薩と称した。通夜していた建部社にまつる八幡を指す。
二　せめて今日一日だけでも。
三　（老母の命が）不安でございますので。
四　今の滋賀県野洲郡篠原に宿駅があった。
五　これまでの経過と、この後、あってほしいこと。前に頼朝が池の禅尼に語った内容。平家への恩を思い、亡父の菩提を弔おうとの誓いを指す。
六　関東の藤原南家河津流の工藤の一族。伊東祐親らを指す。
七　坂東平氏の北条氏、時政らを指す。
八　頼朝の身柄を伊豆へ送り届けて来た役人たち。

平治物語　上

(序)[一]

古《いにしへ》[二]より今に至るまで、王者《わうじや》[三]の人臣《にんしん》を賞ずるは、和漢両朝をとぶらふ[四]に、文武二道を先《さき》とせり。文をもつては万機の政《まつりごと》[五]を補ひ、武をもつては四夷《しい》[六]の乱《みだれ》を鎮《しづ》む。しかれば、天下を保ち国土を治《をさ》むること、文を左にし、武を右にすとぞ見えたる。たとへば人の二《ふたつ》の手の如し。一《ひとつ》も欠けてはあるべからず。なかんづく[七]末代《まつだい》の流れに及びて、人奢《おご》つて朝威《てうゐ》[八]をいるかせにし、民はたけくして野心[九]をさしはさむ。よく用意[一〇]をいたし、せんく[一一]抽賞せらるべきは、勇悍《ようかん》[一二]のともがらなり。しかれば、唐の太宗文《たいそうぶん》[一三]皇帝は、髭を切りて薬を焼きて功臣に給ひ、血をふくみ傷をすひて戦士を撫《な》[一四]でしかば、心は恩のためにつかへ、命《めい》[一五]は義によつて軽かりかりければ、兵、身《しん》を殺さんことをいたまず、たゞ死を至《いたき》んことをのみ願へりけるとぞ承はる。[一六]みづから手をくださざ(ゝ)れ共《ども》、志《こころざし》を与ふれば、人みな帰しけりと言へり。＊

一　流布本に、この章立てはないが、これを物語の〈序〉として読む。
二　歴史書の一つの定型として「今」に物語現在の起点を置く。「今」のありようを批判する。「にんしん」は原本の仮名書きを残す。
三　王たる者が臣下の忠節に報いるのは。
四　探して検討するのに。
五　帝王のすべての政務を言う。
六　四方の異国、異民族を卑しめて言う語。
七　なかでも。語り本は、この古本に比べて儒教色を強くしている。一一頁注八・九
八　朝廷の威光をないがしろにし。
九　謀叛心。
一〇　気配りをし。
一一　「尤」「専」「もっぱら」とする本がある。このままだと「戦々」とも読める。心しての意か。
一二　「悍」は、気が強く、あらくしい。「勇」のよみは漢音。後に登場する藤原伊通が二条天皇に武士を使う必要を説く。
一三　唐の高祖の次子、二代皇帝。一一頁注一九。
一四　いたわったので。
一五　義のためには命を軽くしたのでの意か。
一六　(王者が)直接手を下さなくても。

（信頼・信西不快の事）

[一]近来《きんらい》、[二]権中納言兼中宮権大夫右衛門督《ごんのだいぶうゑもんのかみ》藤原の朝臣信頼《のぶよりの》卿といふ人ありけり。[三]天児屋根《あまつこやね》の御苗裔《べうえい》、[四]中《なかの》関白道隆の八代の後胤、播磨三位季隆《すえたか》が孫、伊予三位仲隆《なかたか》が子息なり。[五]文にもあらず、武にもあらず。能もなく、又芸もなし。たゞ朝恩にのみほこりて、[六]昇進にかゝはらず。父祖は諸国の[七]受領をのみえて、年たけ齢《よはひ》傾きてのち、わづかに従三位までこそ至りしに、これは[八]近衛司《づかさ》、[九]蔵人頭、[一〇]后宮《こうぐう》の宮司《みやづかさ》、[一一]宰相の中将、[一二]衛府督《ゑふのかみ》・[一三]検非違使別当、これらをわづか二、三ケ年が間に経あがつて、[一四]年二十七、中納言・衛門《ゑもん》督《かみ》に至れり。[一五]一の人の家嫡《けちやく》なンどこそ、かやうの昇進はし給へ、[一六]凡人《ぼんにん》にとりては、いまだかくのごときの例を聞かず。[一七]官途のみにあらず、俸禄も又心の如くなり。家にたえて久しき大臣の大将にのぞみをかけて、かけまくもかたじけなく、[一八]おほけなきふるまひ（い）をのみぞしける。見る人、目を驚かし、聞く人、耳を驚かす。[一九]弥子瑕《びしか》にも過ぎ、安禄山《あんろくさん》にも越えたり。[二〇]余桃《よたう》の罪をも恐れず、たゞ栄華にのみぞほこりける。

その比《ころ》、少納言入道[二一]信西《しんせい》といふ人あり。[二二]山井《やまのゐの》三位永頼《ながよりの》卿八代の後胤、

一　ちかごろ。
二　藤原道隆流、従三位大蔵卿忠隆の息。一二頁注二。↓補七
三　『尊卑分脈』が藤原氏の祖神とする。一二頁注三。
四　太政大臣従一位藤原兼家の長男。↓補八。
五　文学にも管絃にも才能がなかった。一二頁注六。
六　官位の昇進にふさわしい行動をしない。官位にふさわしくないことを言う。
七　国司の官人で、任国の施設や財産などの管理責任を受け継ぐ役人。守もしくは介がその任に当たる。↓補二四二
八　宮中の警衛を司った官。信頼は、土佐・武蔵守を経て十九歳で右兵衛佐、二十五歳で蔵人頭、保元二年、二十五歳で右近権中将。皇后宮権亮正四位下参議に登った。
九　一二頁注一〇。
一〇　皇后の伝達命令などの庶務や家政を処理する令外の官の役人。
一一　大臣や大・中納言とともに天皇の諮問や国政審議に参加した令外の官、参議の唐名。「中将」は衛府の、長官である大将に次ぐ官。ここは参議を兼ねたことを言う。
一二　一二頁注一二。
一三　一二頁注一三。
一四　二十六歳が正しい。
一五　宣をこうむり第一の座に着く摂政・関白。家嫡は、家の跡継ぎ、嫡男。
一六　皇族、摂政・関白以下の身分の人。
一七　職務や位階。「俸禄」は朝廷から与えられる土地・米・金銭など。
一八　ずうずうしく、身分不相応な。
一九　信頼を批評するのに引かれる中国人。↓補一一。
二〇　奢りのあまり、食べさしの桃を王に献じた罪。
二一　藤原貞嗣流、文章生実兼の息。一二頁注二五。↓補一三
二二　一二頁注二六。

越後守季綱《すゑつな》の孫、[二三]進士《しんじ》蔵人実兼《さねかね》が子なり。[二四]儒胤《じゆいん》をうけてしやうごうを伝へずといへども、諸道を[二五]兼学《かねがく》して諸事にくらからず、[二六]九流をわたりて[二七]〔百家《ひやくか》〕に至る。当世無双、[二八]宏才博覧なり。[二九]後白河院の御乳母《めのと》[三〇]紀伊《きの》二位の夫たるによッて、保元元年よりこのかた、天下の大小事を心のまゝに執行《しゆぎやう》して、[三一]絶えたる跡を継ぎ、やぶれたる道を興《おこ》し、[三二]延久の例にまかせて記録所を置《(こ)》き、訴訟を評定《ひやうぢやう》し、[三三]理非を勘決《かんけつ》す。[三四]聖断《しようだん》わたくしなかりしかば、人の恨みも残らず。世を[三五]淳素《しゆんそ》に返し、君を[三六]堯《げう》・舜《しゆん》に至したてまつる。[三七]延喜・天暦《てんりやく》二朝にも恥ぢず、[三八]義懐《ぎくわい》・[三九]惟成《ゐせい》が三年にも越えたり。大内《おほうち》は久しく修造せられざりしかば、殿舎、傾危《けいき》して、楼閣荒廃せり。牛馬の牧《まき》、雉兎《きじうさぎ》の臥所《ふしど(こ)》となりたりしを、[四〇]一両年の中に造出《ざうしゆつ》して御遷幸あり。外郭重畳《げくわくでうでう》たる[四一]大極殿・豊楽《ぶらく》院・諸司・八省・[四二]大学寮・朝所《あいたんどころ》に至るまで、[四三]花雲の大厦《たいか》の構へ、[四四]成風の功、[四五]年を経《(の)》ずして造りなせり。[四六]不日《ふじつ》と言べかりしか共《ども》、民のつひえ《(いへ)》もなく、国のわづらひ《(い)》もなかりけり。[四七]内宴、[四八]相撲《すまひ》の節《せち》、久《ひさし》く絶えたる跡を興し、詩歌・管絃の遊び、をり《(お)》にふれてあひ《(い)》催す。九重《ここのへ》の儀式、昔を恥ぢず。万事の礼法《れいほう》、旧きが如し。

[四九]その保元元年戊寅《つちのゑとら》八月一日、[五〇]主上《しゆしやう》御位を退かせ給て、御子の宮に譲

二三 文章生出身の蔵人。 二四 儒者の血筋を受けながら儒学を伝えなかった。「しやうごう」は儒業の誤り、信頼と対比する。
二五 複数の学問を学んで。「けんがく」とも読む。
二六 九種類の学問。一三頁注三〇。 二七 底本に「四が」とあるのを改める。中国で多くの、それぞれの流派を立てた人。「はくか」とも読む。
二八 広い才能を有し、しかも広く書物を読んでいること。 二九 鳥羽天皇の第四皇子。一三頁注三三。 三〇 藤原貞嗣流、従五位下紀伊守兼永の女、朝子。一三頁注三四。 三一 天皇の治政をほめる定型表現。一三頁注三五。「やぶれたる」を諸本は「廃《すた》れたる」とする。 三二 延久元年(一〇六九)、後三条天皇が、荘園整理の執行機関、記録荘園券契所を太政官朝《あいたん》所に置いたことを言う。実務官人や学者で構成。 三三 正非を調査し決定した。 三四 天皇の決定に私意による判断がなかったので。 三五 清く、かざりけのない状態にもどし。 三六 中国古代伝説で、理想的な天子と言われた二人の君主の代のようにした。
三七 年号を用いて醍醐・村上両天皇の時代になぞらえる。 三八 摂政藤原伊尹の息、よしちか。一三頁注三九。 三九 藤原魚名流、従五位下右少弁雅材の息。母は摂津守中正の女。花山院の事件により出家。 四〇 一、二年の内に。↓補一七。 四一 天皇の執務・即位・朝賀などの儀を行った大極殿。一三頁注四六。 四二 式部省の管轄に入る、官吏養成のための最高教育機関。↓補二四三 四三 語り本一三頁「花の攘《はゆき》、大厦の構」とあるのが正しい。↓補二四四 四四 工人が、りっぱに普請すること。一三頁注五〇。
四五 底本が「年の」とするのを改める。 四六 いく日も経たないうちに進めたが。『詩経』などに

り申させ給けり。尊宮と申は、二条の院の御ことなり。しかれども、信西が権勢もいよ〳〵重ねて、とぶ鳥も落ち、草木もなびくばかりなり。信頼卿の寵愛もいや[一]いづれにて、肩を並ぶる人もなし。こゝにいかなる天魔[二]の二人の心に入りかはりけん、その中不快、信西は信頼を見て、なにさまにもこれをば、「天下をもあやぶみ、世上をもみださんずる人よ」と見てゝげれば、いかにもして失はばやと思へども、当時無双《ぶさう》の寵臣なる上、人の心も知りがたければ、うちとけ申《まうし》あはするともがらもなし。ついで[三]もあらばとためらひ《(い)》けり。信頼も又、何事も心のまゝなるに、此入道をいぶせ[四]きことに思ひて、便宜《びんぎ》あらば失はんとぞ案じたる。

上皇、信西に仰せられけるは、「信頼が大将に望みをかけたるはいかに。必ずしも重代[五]の清華《せいぐわ》の家にあらざれども、時によッてなさるる《(こ)》こともありけるとぞ伝へ聞く」と[六]仰せられ〔けれ〕ば、信西、心に思ひけるは、「すは、この世は損じぬるは」〔と〕[七]なげかしく思ひ申けるは、「信頼なンどが大将になり候なば、たれ人か望み申さで候べき。君の御まつりごとは、[八]司《つかさ》を召しおい《(ゐ)》て先とす。〔叙位・除目〕[九]にひがことといできたり候ぬれば、上《かみ》、天聞[一〇]にそむき、下《しも》、人のそしりを受けて、世の乱れとなる。その例、

見られる語。
四七　正月下旬、子の日に天皇が仁寿殿に公や文人を召して行った内々の宴。詩歌・管絃を併せ行った。　四八　七月下旬、諸国から召された相撲人が天皇の前で相撲をとった行事。一三頁注五三。　四九　『百錬抄』『山槐記』などに保元三年八月十一日とするのが正しい。　五〇　後白河天皇が退位し、皇太子の二条に譲位したことを言う。「尊宮」は、宮を尊んで言う語。二条は後白河の第一皇子で、母は大納言藤原経実の女、懿子。

一　「いや」は、いよいよ。どちらがとも言えない、いよいよの意。
二　修行者の善行を妨げる王。一三頁注五六。
三　機会があればと。後出の「便宜」と同義。
四　不快な事。
五　先祖から受けついだ。「清華の家」は、摂家の下、大臣家よりは上の格の家。大臣大将を兼ねたり、太政大臣にも登れた。
六　底本「仰せられば」とあるを正す。
七　底本「と」を欠く。
八　諸本の「司召をもちて」に従うべきか。京官・地方官の任命を言うが、ここは広く官職任命の意。
九　底本「けんいうよもく」。位階を与え、官につけること。
一〇　語り本「天心」。天への聞こえ、評価。「天人相関」説によるか。

漢家《かんか》・本朝に比類少なからず。さればにや、阿古丸《あこまる》[一一]の大納言宗通《むねみちの》卿を、白河院、大将になさんとおぼしめされしかども、寛治《くわんじ》[一二]の聖主《しやうしゅ》、御ゆるしなかりき。故中御門《こなかのみかど》[一三]藤中納言家成《いへなりの》卿を、旧院「大納言になさばや」と仰せられしか共《ども》、「諸大夫《しよだいぶ》[一四]の大納言になる事は、たえて久しく候。中納言に至り候だにも罪[一五]に候物を」と諸卿いさめ申《まうし》しかば、おぼしめしとゞまりぬ。せめての御こゝろざしにや、年の始めの勅書[一六]の上書《うはがき》に、「中御門新大納言殿へ」とあそばされたりけるを拝見して、「まことの大臣・大将になりたらんよりも、なほ《を》過ぎたる面目かな。御こゝろざしの程のかたじけなきよ」とて、老《おい》の涙を催しけるとこそ承《うけたまはり》候へ。古《いにしへ》は、大納言、なほ《を》もつて執《しつ》[一七]しおぼしめし、臣もいる[一八]かせにせじとこそいさめ申しか。いはんや近衛大将をや。三公[一九]には列すれども、大将を経ず[二〇]臣のみあり。執柄《しつぺい》[二一]の息《そく》、英才の輩《ともがら》も、此職をもつて先途《せんど》[二二]す。信頼なンどが身をもつて大将をけがさば、いよ〳〵奢《おごり》をきはめて、暴逆《ぼぎやく》[二三]の臣となり、天のために滅ぼされ候はんことは、いかでか不便《ふびん》におぼしめさでは候べき」といさめ申けれども、君はげにもと思召したる御気色もなし。信西、せめてのことに、大唐安禄山が奢れる昔を絵にかきて、院へ進じらせたり[二四]けれども、げ[二五]におぼしめし

一一 藤原道長の孫、右大臣正二位俊家の息。一四頁注一五。→補二一
一二 堀河天皇を指す。応徳四年(一〇八七)寛治と改元。一四頁注一七。
一三 藤原魚名流、参議正三位家保の息。一四頁注一一。
一四 宮中での身分階級の一つで、四位・五位どまりの家柄。
一五 諸本の「過分」に従うべきか。
一六 天皇や上皇が下す文書。
一七 主上が大事に思われ。
一八 (昇任を)軽くは見まいと、諫言申し上げた。
一九 中国の唐代、皇帝を訓導した官にならって太政大臣、左右大臣の総称とした。
二〇 大将の官を経験しない臣がある。
二一 摂政・関白の唐名。「英才」は、高い位に就くべき、すぐれた家柄。
二二 「先途とす」とあるべきところ。家柄に応じて、就くことのできる最高の官職。
二三 底本「む《ぼう》きやく」とある。「ぼぎやく」は古い訓《よ》み。
二四 「まゐらせ」とみるべきか。
二五 まことにお気づきになる事もなかった。→補二四五

たる御こともなかりけり。＊

（信頼信西を亡ぼさるる議の事）

信頼、信西がかやうに〔[一]讒言《ざんげん》〕申《まうす》事を伝へ聞きて、〔[二]安からぬ事に思ひければ、常に所労と号《がう》して〕出仕もせず、[三]伏見源中納言師仲《もろなか》卿を相《あひ》語りて、伏見なる所に籠もり居つゝ、馬の馳せひきに身をならはし、力わざをいとなみ、武芸をぞ稽古しける。これ[四]しかしながら信西を失はんがため也。

子息新侍従[五]信親を〔[六]大弐〕清盛が婿になして近付き寄りて、平家の武威を以て本意を遂げばやと思ける。清盛は大宰大弐たる上、[七]大国あまた給ッて、一族皆朝恩に誇り、恨みなかりければ、よも同意せじと思ひ、[八]源氏左馬頭義朝は保元の乱《みだれ》以後、[九]平家に覚え劣りて不快者なりと思ければ、近付き寄りて、〔[一〇]ねんごろに〕こころざしをぞ通はしける。常は[一一]見参して、「信頼かくて候へば、国をも庄をも所望にしたがひ、[一二]官加階をもとり申さんに、[一三]天気よも子細あらじ」と語《かたら》へば、「か様に内外なく[一四]おほせられ候上《うへ》は、[一五]ともかくも御所存に従ひて、大事をも承はる[一六]べし」とぞ申ける。

新大納言[一七]経宗《つねむね》をもかたらふ。[一八]中御門藤中納言家成卿の三男越後中将

一　底本「わづかにいひし申事」と誤るを諸本により訂す。悪口を申し上げると。「讒」と「纔」の混同による。　二　底本、次行の「号して」までを欠く。諸本により補う。　三　村上源氏、皇后官権大夫権中納言正二位師時の息。一五頁注二三。　四　すべて。「あわせて」の意の「併」を「しかしながら」と読む。　五　信頼の息。母は未詳。一五頁注二七。　六　底本「大弐」を欠く。大弐は大宰府の次官。筑前国に置かれた、外交のための特別官庁。長官である帥が親王である場合、この大弐が実権を掌握した。一五頁注二八。　七　律令制で国司の定員数などのために設けた四等級、大・上・中・下の最上位の国。延喜式では十三か国を数えた。平氏は、当時、大和・常陸・播磨の三国を占めた。　八　清和源氏の中、河内源氏、六条判官為義の嫡男。母は淡路守藤原忠清の女。保元の乱に、一族では孤立して後白河側につき、乱の勲功にも右馬権頭にとどまったので抗議し、左馬頭になった。御所の馬・馬具などの事を司った左馬寮の長官。　九　義朝の官が従五位上相当の左馬頭にとどまったのに対し、平清盛が従四位下相当の大宰大弐に登るなど、その一門も新しい官についたことを言う。語り手が信頼を介し義朝の思いに立ち入る。　一〇　底本「こひに」とあるを正す。親密に。　一一　「見参」は身分の高い信頼が、低い義朝に会うことを言うのだが、用法としては逆で正しくない。後日の源氏を意識するか。　一二　官職位階をも昇進させるのに。　一三　天皇の意向。　一四　底本「おほせあげられば」。（あからさまに）おっしゃってくださったので。　一五　底本「とかくも」。　一六　底本「べき」とあるを正す。　一七　語り本一五頁に「今上（二条）の御外戚新大納言経宗・別当惟方卿」とある。

成親《なりちか》、君の御気色吉者《ごきしょくよき》なりとて、これをも相語《あひかた》り、又、御乳《ち》[一九]の人、別当惟方《これかた》をも語《かたらふ》[二〇]。中にもかの別当は、信頼卿の母方の叔父なり。その上、弟尾張[二一]少将信俊《のぶとし》を婿になして、ことさら深くぞ頼まれける。[二二]〔か様に〕したゝめ廻《めぐら》して、ひまをうかゞひけるところに、平治元年十二月四日、大宰大弐清盛、宿願ありけるによッて、嫡男左衛門佐重盛[二三]相具《あひ》して、熊野[二四]参詣ありけり。かゝるひまをえて、信頼、義朝を招きて、「信西、紀伊二位の夫たるによッて、天下の大小事を心のまゝにせり。子共《こども》には官加階ほしいまゝに申与《まうし》へて、信頼が方様《かたざま》をば、火をも水に申なし、讒佞至極《ざんねいしごく》[二五]の入道なり。此《この》者久しくあらば、国をも傾け、世をも乱るべき災《わざはひ》のもとゐ《(い)》なり。君もさはおぼしめされたれども、させるつい《(ゐ)》[二六]でなければ、御いましめもなし。[二七]いさとよ、御辺[二八]ざまとても、始終[二九]いかゞあらんずらむ。よく〳〵はからはるべきぞ」と語《かたら》へば、義朝申けるは、「六孫王《ろくそんわう》[三〇]より義朝までは七代なり。弓矢の芸を以て叛逆の輩をいましめて、武略[三一]の術を伝へて、敵軍のかたきをも破り候き。しかれども、去《さんぬる》保元の乱《みだれ》に、一門[三二]朝敵となりて、累輩《るいはい》ことぐ〳〵く誅伐せられ、義朝一人にまかりなりて候へば、清盛も内々所存[三三]こそ候らめ。これは存じの前にて候へば、驚くべきにあらず。かやうに頼

一八 前頁にも。参議正三位藤原家保の次男で、母は遠江守藤原隆宗の女。→補二四六

一九 乳母子。惟方は、民部卿藤原顕頼の二男。母は権中納言藤原俊忠の女で、二条天皇の乳母。平治元年(一一五九)十月、検非違使別当。惟方の姉が信頼の母。 二〇 底本「語る」とあるを改める。 二一 『尊卑分脈』に「武蔵守尾張守正五下信説《のぶとき》」とあり信頼の同母弟。後白河の寵臣であった。→補二四七 二二 底本「か様に」を欠く。このように用意を整えておいて。

二三 母は右近将監高階基章の女。保元二年十月、左衛門佐(次官)。 二四 和歌山県の本宮・新宮・那智の三社に参ること。→補二九

二五 人のことを讒言して、目上の者にこびへつらうこと。「至極」はその程度がひどいこと。

二六 きっかけ。

二七 感動詞「いさ」に助詞「と」「よ」を付けて、肯定しがたいことを否定するために語調をととのえることば。 二八 同輩の者に対して用いる代名詞「御辺」に、身分・名称に添えるていねい語「さま」を付けた語。そなたさん。信頼の義朝を遇する姿勢を示している。

二九 いつまでも安泰でいられようか。

三〇 清和天皇の第六皇子貞純親王の息、経基王。母は右大臣源能有の女。→補二四八・三六四

三一 いくさのはかりごと。「術」は底本に「ちまた」とするのを正す。「衢」を誤読したもの。

三二 父為義や弟為朝らが崇徳上皇側についたことを言う。「累輩」は、類伴、仲間の意か。

三三 ひそかに期するところがございましょう。保元の乱後、敵方に従った忠正を斬っているので、源氏に対する牽制の意があると想像するもの。

み仰せられ候へば、御大事にあひ《(い)》て便宜《びんぎ》[一]候はば《(こ)》、当家の浮沈をも試み候ん事、本望にてこそ候へ」と申せば、信頼大に喜びて、いかものづくり[二]の太刀一《ひと》振り取り出だし、「喜びの始めに」とてひかれけり[三]。義朝かしこまつてまかり出でける所に、白黒の馬[四]二匹、鏡《かがみ》鞍[五]置き《(を)》てひき立たり。夜陰《やいん》[六]の事なれども、松明《たいまつ》ふり上《あげ》させて馬を見て、「合戦のいでたちには、馬ほどの大事候はず。此龍蹄[七]をもつて、いかなる陣なりとも、いかで破らで候べき。周防《すはう》判官季実《すゑざね》[八]・出雲守光保[九]・伊賀守光基[一〇]・佐渡式部大夫重成[一一]なンどにも仰せあはせられ候へかし。これらは内々申むねに候ぞと承候へ」と申お《(を)》きてぞ出にける。義朝、宿所へ帰りて、かの信頼卿、日頃こしらへお《(を)》きたる兵具《ひやうぐ》なれば、鎧五十両、追《おつ》さま[一二]にぞ遣《つかは》しける。＊

(三条殿へ発向付けたり信西の宿所焼き払ふ事)

かやうにひまをうかゞひ《(い)》ける程に、同《おなじき》九日の夜丑《うし》[一三]の刻に、衛門督信頼卿、左馬頭義朝大将として、以上その勢《せい》五百騎、院の御所三条殿[一四]へ押し寄せ、四方の門々をうち囲む。衛門督信頼、〔馬に〕[一五]乗りながら南の庭[一六]にうち立ち、大音あげて申けるは、「此年来、人にすぐれて御いとほ《(を)》しみをか

一　都合の良いきっかけがございましたら。
二　いかめしく、大げさな飾りをつけた太刀。
三　ひき出《で》物として与えられた。
四　語り本に「黒馬」。ここは白っぽい馬と黒っぽい馬。
五　飾りのある鞍。一六頁注二一。
六　夜の闇の中であったが、馬を見届けるために。
七　すぐれた馬。駿馬。
八　一六頁注二六。
九　一六頁注二四。
一〇　一六頁注二五。
一一　鳥羽院武者所、清和源氏重実の次男。母は勾当大夫宗成の女。近江守従五位下。
一二　底本「とさま」とするのを改める。追いかけて。続いて。
一三　午前二時頃。語り本に「子の剋」。たゞし昔の時制は日の出を基準に刻んだもので、今のような絶対時間による刻みでないことを注意したい。以下、同じ。
一四　後白河院の御所。三条大路の北、烏丸小路の北にあった。↓補三四
一五　底本「馬に」を欠く。
一六　院御所の南の庭。

うぶりて候つるに、信西が[一七]讒《ざん》によつて誅せらるべきよし承《うけたまはり》候あひだ、かひ《(い)》なき命を助け候はんとて、東国がたへこそまかり下《くだり》候へ」と申せば、上皇《しやうくわう》大に驚かせ給て、「[一八]さればとよ、[一九]何者か信頼を失ふべかるらん」と仰せもはてぬに、つはものども御車をさし寄せて、急ぎ御車に召さるべきよしあらゝかに申て、「はやく御所に火をかけよ」と声ぐにぞ申ける。上皇《しやうくわう》、あわ《(は)》て《(こ)》て御車に[二〇]たてまつる。御妹の[二一]上西《じやうさい》門院も、一《ひとつ》御所におはしましける、同御車にたてまつる。信頼・義朝・光保・光基・重成・季実、御車の前後・左右をうち囲みて[二二]大内へ入まゐ《(い)》らせ、[二三]一品御書所《いつぽんごしよどころ》に押しこめたてまつる。中にも此重成は、保元の乱《みだれ》の時、[二四]讃岐院の仁和寺[二五]寛遍《くわんべん》法務が坊にうちこめられてわたらせ給しを守護したてまつりて、[二六]やがて讃岐へ御配流の時、鳥羽まで御供したりし者なり。「いかなる宿縁にてか、二代の君をば守護したてまつ[二七]〔る〕らん」と[二八]心ある人は申けり。

三条殿のありさま、[二九]申《まうす》もお《(を)》ろかなり。門々をばつはものどもうち囲み、所々より[三〇]火をかけられば、猛火[三一]塵空に満《みち》、[三二]〔暴風〕煙雲をあぐ。[三三]公卿・殿上人・局の女房たち、何《いづれ》も信西が一族[三四]にてぞあるらんとて、射伏《ふせ》、切殺しけり。火に焼けじと出づれば矢に当たり、矢に当たらじとすれば火に焼《やけ》

一七 底本「わづか」。「纔」と誤読したための誤り。今、改める。 一八 予感が的中した時に発することば。「不安だったが」の意。 一九 一体、だれが信頼を討てようかと、おっしゃるやいなや。底本「信頼を」の「を」を欠く。語り本は、乗車を促した人を「源中納言師仲卿」(一一七頁)とする。この辺り、底本では信頼らの行動が烈しい。 二〇 「たてまつる」は、貴人が輿・車などにお乗りになるの意。 二一 鳥羽天皇の第二皇女、統子(もと恂子)。母は、後白河と同じ待賢門院璋子。「妹」は「姉」の誤り。永暦元年(一一六〇)出家。その前年に院号を受けていた。 二二 内裏。当時、大内裏は荒廃し、内裏のみが儀式、祭祀に使われていた。鳥羽天皇以後、日常は、前出の三条殿を里内裏としていた。ここは、その荒廃の中に残っていた内裏を指す。 二三 内裏で、流布する本を一本、書写して蔵しておく所。↓補三六 二四 保元の乱後、讃岐へ遷された崇徳上皇。『保元物語』中に、出家の後「仁和寺御室、五宮ノ御所ヘトゾ被レ仰ケリ」。しかし弟の五宮(鳥羽院の五宮、覚性法親王)が、かくまうのをためらうだろうと「押入進」せるのを、五宮は「大驚給テ、我御所ヲバ出進、寛遍法務ノ坊ヘ渡シ進テ、内裏ヘ此由申」したとある。 二五 村上源氏、大納言正二位師忠の息。「法務」は、大寺の庶務を統轄する僧職。寛遍は、前任者寛信の死後、保元元年正月から法務を兼ね、高野大塔供養の導師をつとめ権大僧正に上った。 二六 ただちに。仁和寺から、そのまゝ。↓補二四九 二七 底本「る」を欠く。 二八 重成の体験を「心ある人」の思いに焦点を当てて語る。底本の語りの方法の一つ。語り本の場合と微妙なずれがあることに注意。なお、この種の語りは、『日本書紀』以来『愚管抄』にも見られる。

けり。矢に恐れ火を悲しむるは、井[一]の中へこそとび入けれ。下なる〔は〕[二]水に溺れて助からず、上なるは造重《つくりかさね》たる殿々烈しき風に焼けけ《(こ)》れば、灰、燃杭《もえくい》に埋《うづみ》[三]て助かる者もさらになし。かの〔阿房〕[四]の炎上には、后妃・う[五]ねめの身を滅ぼすことはなかりしぞかし。此仙洞[六]の回禄には、月卿[七]雲客の命を堕《おと》すこそ悲しけれ。衛門督[八]大江家仲・左衛門尉平〔康忠〕[九]二人が首を[一〇]矛《ほこ》に貫きて、待賢門[一一]にぞさゝげたる。

同《おなじき》夜の寅《とら》[一二]の刻に、信西が姉《あねの》[一三]小路西洞院なる宿所を追捕《ついぶ》[一四]して焼き払ふ。たゞし、これは大内のつはものどもが下人[一五]のしわざとぞ聞えし。

此三、四年は理世安楽[一六]に、都鄙[一七]鎖《とざし》を忘れ、歓娯[一八]・遊宴して、上下、屋を並しに、所々[一九]の火災によつて、あたりの民も安からず。「こはいかになりぬる世中ぞ」と、嘆[二〇]かぬ者もなかりけり。＊

(信西の子息闕官の事)

少納言入道信西〔が〕[二一]子息五人、被二闕官《けつくわんせらる》[二二]。嫡子新宰相俊憲《としのり》[二三]・次男播磨中将重憲《しげのり》・権右中弁定憲・美濃少将修憲《ながのり》・信濃守惟憲《これのり》なり。上卿《しやうけい》[二四]花山院《くわさんの》大納言忠雅《ただまさ》、職事《しきじ》[二五]は蔵人右小弁成頼とぞ聞えし。又、京中に聞えけるは、

二九　申すも、ことばで言い尽せない。
三〇　諸本の「火をかけたれば」に従うべきか。
三一　「虚空」が正しい、空にたちこめ。
三二　底本「慕風」。荒い風、烈しい風。
三三　「公卿」は、太政大臣・左右大臣の「公」、大・中納言と参議、および位が三位以上の「卿」。「殿上人」は、ここは院の御所へ昇ることを許された人。「局」は、殿合の区切った区画。こゝは女官が用いた部屋。
三四　底本「にてぞあらん」。

一　『一代要記』一条天皇の項に「平治元年十二月九日夜、三条烏丸院御所加二追捕一、即焼二払之一、或焼死或入レ井者済々」とある。
二　底本「は」を欠く。
三　底本「埋して」。
四　底本「あは」。中国、秦の始皇帝が咸陽に造営した阿房宮。→補二五〇
五　采女。→補二五一
六　上皇の御所。「回禄」は、(神のしわざにより)火災にあうこと。この用語に、語り手の上皇への批判をこめている。
七　公卿、殿上人のこと。
八　「衛門尉」「左兵衛尉」とする本がある。→補二五二
九　底本「康火」とある。諸本により正す。→補二五三
一〇　→補二五四
一一　大内裏の東面、中御門大路に向く門。そのため中御所門とも言う。「ささげたる」を語り本は「打立て」とする。
一二　夜がまだ明けない、午前四時頃。
一三　三条大路の北、姉小路と西洞院大路のまじわる所。→補三九
一四　没収して。語り本に「追捕して」を欠く。
一五　内裏の守護にあたる武人に仕える身分の低い人。家具や衣類を略奪したのであろう。
一六　世が正しく治まり平和を楽しんで。語り本は「世も鎮に治て」。→補二五五
一七　都も田舎も、人々は安心して、門戸をとざすことを忘れ。
一八　喜び楽しみ、遊び酒もりをして。
一九　この度の、

「衛門督、左馬頭を語《かたらひ》て、院御所三条殿を夜討にして火をかけるあひ(い)だ、[二六]院《ゐん》・内も煙の中を出させ給はず」とも申《まうし》、又、「[二七]大内へ御幸・行〔幸〕はなりぬ」とも聞えけり。

さる程に、[二八]大殿・関白殿、大内へ馳せまゐ(い)らせ給。大殿とは法性寺《ほつしやうじ》殿、関白殿とは中殿《なかのとのの》御事なり。[二九]太政大臣師方《もろかた》、[三〇]大宮の左大臣伊通《これみち》以下《いげ》、公卿・殿上人、[三一]北面の輩《ともがら》に至るまで、我先にと馳せ参る。馬・車の馳せちがふ(う)音、天を響かし、地を動かす。万人、あわ(は)てたるさまなり。

播磨中将重憲は、[三二]清盛の婿なりければ、十日の夜、[三三]六波羅へ逃げ込みたりけるを、[三四]大内よりしきりに召されければ、力及ばず六波羅より出《いで》にけり。播磨中将〔は〕[三五]、検非違使の手へ渡され、「清盛だにあらば、[三六]かくはよも出さじ。此人々の熊野に参詣こそ、重憲が不運なれ」とぞ思ひける。博士判官[三七]坂上兼重《さかのうへかねしげ》、播磨中将を[三八]六条河原にて受け取て大内へ参りたりければ、[三九]越後中将を以て子細を御尋ねありて、即《すなはち》成親に預けらる。新宰相俊憲は、[四〇]出家すと聞ゆ。[四一]美濃少将修憲は、[四二]宗《そう》判官信澄をたのみて出来《いでき》けるを、[四三]別当にかくと告げければ、すなはち信澄預かられけり。信濃守惟憲もとどり切りて、[四四]検非違使教盛を頼みて出《いで》たりけるを、これも別当に申うけ

あちこちかけられた兵火による火災。二〇 世間の批評を語りに引用する。二一 底本「が」を欠く。二二 その官につくべき人を欠いていること。転じて、官を解く意の「解官」の意にも。ここは、その後者の意。信頼の行動を批判する。二三 ↓補二五六 二四 太政官での政務・行事に、弁・史を指揮した公卿。忠雅は藤原北家、関白師実の次男、家忠の孫、中納言忠宗の次男。この当時は中納言で、翌年永暦元年(一一六〇)四月権大納言。二五 公事の事務を担当し、執行に当たる者。蔵人が担当することが多かった。流罪の執行については、『平家物語』四「鼬之沙汰」に、高倉宮以仁王の処理を上卿・職事が担当している。成頼は権中納言藤原顕頼の三男。光頼・惟方の同母弟で、保元三年八月、蔵人に就く。二六 底本「いんない」とするが、よみは、「いんうち」。上皇(後白河)と天皇(二条)。↓補二五七 二七 後白河上皇の御幸と二条天皇の行幸。いずれも外出の意の敬語。底本「行幸」の「幸」を欠き、「行なかばなりぬ」とする。諸本により改める。二八 貴人の父の尊称。ここは関白の父の意で前関白、藤原忠通のこと。「関白殿」は忠通の長男、基実。↓補二五八 二九 ↓補二五九 三〇 二〇頁注一八 三一 上皇の身近を警護する、上皇御所の北面詰所に仕えた武士。武芸に長じた者が任命される名誉ある職だった。三二 ↓補二六〇 三三 賀茂川の東、六波羅蜜寺辺りの地名。もと、この地に平氏の邸があった。三四 天皇のいる内裏。天皇は二条。三五 底本「は」を欠く。三六 このように六波羅から出されることはあるまい。この後の「此人々」は、清盛ら平氏の人々。三七 坂上田村麻呂の息、浄野の子孫、明兼の息。明法博士に任じられ右衛門尉を兼ねた兼茂《かねしげ》。兼成が正しいと言う。

て預かりけり。＊

（信西出家の由来付けたり除目の事）

そも〳〵少納言入道信西は、[一]南家《なんけの》博士なりけるが、[二]尊科《たかしな》のつねしげが子になりて、高家《かうけ》に入《いり》たりしかども、[三]儒官にもつらならず、その家にもあらざれば[四]弁官にもならず、[五]日向《ひうが》の前司通憲《みちのり》とて、[六]鳥羽院にぞ召されける。ある時、通憲、[七]「御所にては、[八]少納言を御免候へかし」と奏したりければ、上皇「此官を[九]摂禄《せつろく》の臣もなりなンどして、くだされざる官なり。いかゞあるべからん」とおぼしめしわづらはせ給けるを、あながちに申ければ、[一〇]御ゆるしありしほどに、やがて出家して、少納言入道とぞ呼ばれける。昔はかうこそ官をば惜しまれしか、されども今は、[一一]三司の職を兼帯し、[一二]夕郎《せきらう》の貫首《くわんじゅ》を経《へ》、その子どもは、[一三]七弁の中に加り[一四]上達部《かんだちめ》にいたり、中少弁をぞけがしける。[一五]昨日の楽しみ、今日の悲しび、思へば夢なり、まぼろし也。諸行無常のことわ《(は)》り、目の前にあらはれたり。[一六]吉凶はあざなは《(わ)》れる縄の如しと、今こそ思ひ知られたれ。

同《おなじき》十四日、出雲守光保《みつやす》、内裏に参りて、「少納言入道が行方を尋ね出《い》

三八　六条大路の東端、賀茂川の河原は罪人や、その首を検非違使が受けとる場所であった。
三九　前出の越後中将成親。↓補二六一
四〇　↓補二六二
四一　『公卿補任』によると、当時、美濃守左少将であった。↓補二六三
四二　「宗」は惟宗氏。『兵範記』保元二年五月卅日の条に「右衛門尉惟宗信澄、被㆑下㆓検非違使宣旨㆒了」と見える。
四三　蔵人頭のこと。保元三年二月廿一日、藤原惟方が蔵人頭、永暦元年二月廿八日、解官。惟方については一三七頁注一九。
四四　未詳。「惟範」とする本がある。

一　藤原四家の一つ。武知麻呂の邸が平城宮の南にあったことによる称。「博士」は学問を以て朝廷に仕える官の中の文章博士にもなり得る官。
二　「高階」が正しい。二二一頁注二七。『尊卑分脈』が通憲について「依㆑入㆓他家㆒不㆑遂㆓儒業㆒不㆑経㆓儒官㆒長門守高階経敏為㆑子改㆑姓」とする。経敏は筑前守正四位下経成の息。高階家は受領階層の家で、後白河の院政を支えた。「高家」は権勢のある家柄。
三　大学寮の教官など、儒者が任じられた官。
四　太政官のもとで八省や諸国との間の上申下達の処理を行った官。
五　『台記』保延五年（一一三九）五月十七日の条に「日向守通憲」と見える。
六　堀河天皇の第一皇子、宗仁。母は藤原実季の女、苡子。祖父白河との確執から、長子崇徳と不仲だった。『保元物語』の冒頭、保元の乱を予告する院として登場する。
七　諸本は「御前にて申けるは出家の志候が日向入道とよばれん事無下に覚候」とする。
八　少納言の官をおさずけ下さい。↓補二六四
九　正しくは摂籙。摂政のこと。『有職袖中抄』「少納言」の項に「多クハ名家儒家ノ人任ズル也、花族モ任ズル也」とする。

だしてこそ候へ」と申ければ、「やがて首を切れ」と仰せられ、承てまかり帰りにけり。

[一七]さる程に去《さんぬる》九日の夜の勧賞行はれける。[一八]院・内をとりたてまつり、[一九]一品御書所に押し込めたてまつるよりほかは、し出《いだ》したる事なければ、兵をいさませんがはかりことゝぞ聞えし。[二〇]信濃守源重成・佐渡式部大夫なり。[二一]多田蔵人大夫源頼範〔摂津守になる〕。前左馬頭源義朝〔[二二]播磨守になる〕。右兵衛佐頼[二三]朝・[二四]左兵衛尉藤原政家・鎌田兵衛〔[二五]政清が改名也〕。[二六]左衛門尉〔に〕源兼経・左馬助やすたゞ・左馬允〔に〕為仲等也。かやうにはなはだしく勧賞行はれければ、大宮左大臣伊通公申されけるは、[二七]「など井には司《つかさ》をばなされぬぞ。井こそ多《おほく》の人をば〔[二八]ころしたり〕」とありしかば、聞く人笑ひけるとかや。*

(信西の首実検の事付けたり南都落ちの事并びに最後の事)

[二九]同《おなじき》十六日[三〇]卯刻《うのこく》、[三一]大炊御門《おほひのみかど》よりには《(わ)》かに火出できたりて、「敵の寄せて火をかけたり」と騒ぎけれども、されども、[三二]その儀なくてやみにけり。[三三]郁《いう》芳《はう》門の前成《なり》ければ、周章《あわて》けるもことわ《(は)》り也。

一〇『本朝世紀』康治三年(一一四四)二月七日の条に「少納言高階通憲・源俊長、拝任後始従レ事」と初出仕のことが見える。出家は同年七月二十二日のことだが、早くから不遇を理由に出家を志していることが『台記』に見られる。↓補二六五　一一　↓補二六六　一二　蔵人の唐名。貫首は、かしら、蔵人頭のこと。信西にその経歴はなく、やはり修辞が先行する。　一三　七人の弁官。通憲の子息では俊憲の権左中弁、貞憲の権右(左)中弁が『公卿補任』により確認できる。↓補二六七　一四『禁中名目鈔』下に「上階以上ニ達スル意也。上階ハ三位以上ナリ」とある。公卿以上を言う。俊憲が平治元年四月、正四位下参議になった。　一五「昨日」と「今日」、「楽しみ」と「悲しび」が対をなし、「思へば夢なり、まぼろしなり」と結び、それを「諸行無常のことわり」と解釈する。『涅槃経』(南本)の聖行品に「諸行ハ無常ナリ、是レ生滅ノ法ナリ」と説く。

一六　幸・不幸は、ない合わせた縄のように表裏をなして現れるものだ。『文選』二十に見える。

一七　話変ってと話題を変え、前頁の「同十四日」をさかのぼる。この語は語り本に多くなる。古本では「そうする中に」の意の場合が多い。

一八　後白河院と二条天皇。　一九　三七頁注二七↓補三六。　二〇　一三八頁に佐渡式部大夫重成とあった。それを信濃守に任じたと語る。

二一　清和源氏、従四位下佐渡守行国の息、頼憲。ただし『尊卑分脈』には「保元乱斬首」とあり、その息盛綱も「父同時被斬首」とある。語り本に、この頼範(憲)は登場せず、代りに頼政が伊豆寺に任ぜられている。　二二　底本に欠く。

二三　「左馬頭が三男也」とする本がある。

二四　「左兵衛尉に藤原政家なる」とする本がある。

二五　底本に欠く。　二六　「左馬亮に康忠、同亮同日《おなじき》、[一]出雲守光保、又内裏へ参りて、[二]「今日、少納言入道が首を切りて、[三]神楽岡《かぐらをか》の宿所に持ちきたりて候」と申《まうし》入しかば、信頼・惟方同車《どうしや》して、神楽岡に渡《わたり》て[四]実検す。信頼日頃のいきどほ《(を)》りをば、今ぞ散じける。

[五]此禅門は、去《さんぬる》九日、夜討のこと、かねて内々知りけるにや、このおもむき申《まうし》入れんとて、院の御所へ参りけるが、[六]を《(お)》りふし御遊びなりければ、その興《けう》をさましまゐ《(い)》らせん事、[七]無念なるべしと思ひ、ある女房に[八]子細を申お《(を)》きて帰りぬ。侍三、四人ばかり召し具して、[九]大和路《やまとぢ》を下《くだり》に、宇治にかゝりて、[一〇]田原《たはら》が奥、大道寺《だいだうじ》といふ我《わが》所領に着《つき》にけり。此人は、[一一]天文淵源を究《きはめ》て、[一二]推条《すいでう》、掌《たなごころ》をさすが如《ごとく》成《なり》しが、[一三]宿運、此時や尽きにけん、三日先だつて出たる天変を、今夜はじめてぞ見付ける。[一四]木星寿命死に有、忠臣、君に代はるといふ天変也。[一五]強《こはき》者弱《よわく》、〔々《よわき》者強《こはし》〕。上は弱《よわく》、下は強《こはし》。此時、我命を失ひて、君に代はりたてまつらんと思ふ心ぞ付きにける。

十日朝、右衛門尉[一六]成景《なりかげ》といふ侍を招きて、「京の方に何事かある。[一七]きッと見て参れ」と申ければ、[一八]〔成かげ〕馬にうち乗り馳せ行く程に、[一九]木幡峠《こはたたうげ》にて、禅門の召し使ひ《(い)》ける[二〇]舎人男《とねりをとこ》、もつてのほか周章《あわて》て出できたれり。「何《いか》にや、[二一]うれ。何事かある」と問へば、舎人男涙を流して、「何事とはいか

に為長、右馬允に藤原遠基、これは足立四郎也」とする本がある。語り本一八頁に「右兵衛尉平泰忠」が見えるが、いずれも未詳。二七 この前、一四〇頁に「矢に恐れ火を悲しむるは、井の中へこそとび入けれ」とあった。↓補二六八 二八 底本「うやまひ」 二九 前頁、「同十四日」を受ける日付。三〇 午前六時頃をはさむ二時間の間。三一 語り本に、この出火のこと見えず。「大炊御門」は、二条通りの北、二本目の大炊御門大路。この後の「郁芳門の前」の辺りを指す。三二 出火の事実はなくておわった。信頼らの不安を示唆するさまも語る。三三 「いくほうもん」とも読む。

一 一三八頁、義朝の進言により信頼に従っていた。二 その現場は、この後、一四六頁に語る。これまでの文脈から信頼に焦点化するため、結果の報告が先行することになる。焦点化の方法が、語りの順序を決定する。三 賀茂川の東、一条大路の末、左京区吉田神楽岡町。多くの神が降るため神楽を奏したので、この名がある。葬送の地であった。光保の宿所があったか。二五頁注一七 四 首が真実のものかどうかを確認した。五 信西を指す。在家の男子で仏門に入り、剃髪して染衣を着る者。信西は、天養元年(一一四四)に出家している。六 おりから後白河院は管絃の最中だったので。↓補二六九 七 本来、仏教語で、対象に心が乱されない意であるが、転じて考えが無いの意の形容動詞。八 信頼らに夜討の動きがあることを。二行前の「このおもむき」を指す。九 三条大路の東、祇園辺りから十条まで南下し、木幡山などを経て大和へ向かう道。語り本

に。京中は暗闇《くらやみ》になりて候を。二二衛門督殿・左馬頭殿、大勢にて三条殿に夜討を入《いれ》、二三やがて火をかけられて候程に、院二四・内も煙の内を出させ給はずとも申《まうし》、又大内へ御幸二五〔行幸〕なりぬとも聞え候。二六同夜《おなじき》の寅《とら》の時、二七姉小路殿も被焼払《やきはらはれ》候ぬ。此夜討も入道殿を討ちたてまつらんためとこそ、京中の人は申候へ。このさまを告げ申さんとて、参り候なり。入道殿はいづ方《かた》にわたらせ給候ぞ」と申ければ、成景思《おもふ》さま、「二八下臈はうたてしきものぞ。二九人のいたく問はん時は、三〇一旦の苦しみをのがれんとて、後日の大事をばかへりみず。しらせては悪《あ》しかりなん」と思ひて「三一いしう《い》参りたり。入道殿は、三二春日《かすが》山のうしろ、三三しかぐ〳〵の所〔に〕ましますぞ。三四いかばかり御感あらんずらん。急ぎ参れ」と教遣《をしへやり》て、うしろかげも見えずなりければ、三五〔大道寺〕に馳せ帰りて、此さまを申せば、身の亡びんことをば思はず、たゞ主上・上皇の御事こそ、三六御いたはられけれ。「信西が代りまゐ《い》らせずしては、たれ人か君を助けまゐ《い》らせん。三七急ぎ我を埋め」とて、穴を掘り、めぐりに板を立ててこ《こ》そ埋《む》められけれ。三八「〔死な〕ぬさきに、敵たづね来らば自害をせんずるに、刀をまゐ《い》らせよ」と申せば、成景、泣く〳〵三九腰刀を抜きて奉る。四〇四人の侍ども、各、四一もとゞり切ッてぞ埋《うづみ》ける。「最後の御恩

に、この大和路の名は見えない。一〇 今の綴喜郡宇治田原町。大路からは東へ逸れている。↓補六二　一一 天体の現象を観測する学問のみなもとを究め。↓補二七〇　一二 占いの結果を筋道を立てて説きあかすのは、手のひらにある物を指すように正確である。一三 前世から定まった運勢。宿命とも。一四 太陽系最大の惑星。金星・火星との三星が会うのを凶悪の前兆とした。木星が、わが寿命の死を予告し、忠臣が君に代って、その死を受けとめるという、天の予兆である。↓補二七一　一五 底本「今者強」とする。改める。地位が高く強くあるべき者が弱く、弱くあるべき低い者が強くある。下剋上であること。一六 藤原良門流、従五位上盛重の息。父は白河院の寵童。↓補六六　一七 しっかり見とどけて来い。一八 底本「成」を欠く。一九 宇治市北部、山城と大和を結ぶ交通の要衝。二〇 貴人に仕え、車添いや馬の口とりなど雑役に従事した使用人。二一 「おれ」の転で、優越感をもって相手に呼びかける語。「や」とともに感動語。二二 信頼と義朝を指す。二三 すぐさま。二四 院も主上も。後白河院と二条天皇を指す。二五 底本「行幸」を欠く。二六 一四〇頁、「同夜(九日)の寅の刻」に信西の邸を「追捕して焼き払ふ」とあった。二七 一四〇頁に「信西が姉小路西洞院なる宿所」とあった。二八 身分の低い者は配慮に欠けるものだ。二九 きびしく。三〇 その場、一時の。三一 殊勝にも。三二 奈良市の東部の山。手前の三笠山、右前の香山、東の花山の辺り一帯を言う。三三 これこれの所に。底本「所に」の「に」を欠く。いつわりの場所であるにしても、具体的な所を示すべきところ。この語りが、間接的な語りであって省略した言い方に

なっている。語り本は「春日山の奥の在所」。三四 そなたの報告を聞かれたら、さぞかし喜ばれることであろう。三五 底本「大通寺」とあるを改める。三六 (信西は、主上と院のことを)気がかりに思われた。三七 語り手は、信西の行為に敬語を聞いて語る。語り本は、語り本二四頁との違いに注意。語り本は、せめてもの延命の工夫を行っている。この古本では、死を覚悟の行為である。↓補六八 三八 底本「な」を欠く。死に切れぬ前に。三九 腰に帯びた、つばの無い短刀。四〇 この後、登場する四人を指す。↓補六九 四一 元服をとげた男子が、烏帽子を着るために髪の毛を頭の上に束ねた部分。これを切るとは、俗界での一人の男子としての資格を放棄することになる。

一 出家して仏教徒になった者につける名。宗派により戒名・金剛名などとも言う。仏弟子になった者の資格としての名。二 『愚管抄』に西光・西景・西実・西印の四人に法名を与えたと見える。三 「かんみやう」を「片名」とする本がある。四 藤原家成の息で、『尊卑分脈』に「依二勅定一為レ子」とあり、『玉葉』の承安三年(一一七三)三月十日の条に「名西光、左衛門尉入道也、故信西ノ乳母子云々」と見える。↓補六九
五 一四三頁で「同十六日卯刻」から一四四頁「去九日」とさかのぼっていたのを意識して、日次を確認する語り手の語りである。六 一四四頁、「同日(十六日)」光保が信西の首をとり神楽岡の宿所に置くことを内裏へ報告した。
七 軍事的指揮下に入るのに、同族的関係によるものを家の子と言い、それ以外の主従的関係にある者を郎等と言った。光保の郎等である男。
八 大事に飼育した馬。九 そいつ。ののし

に、[一]法名給らん」と面〳〵に申ければ、「やすき事なり」とて、[二]左衛門尉成景を西景、右衛門尉師実は西実、修理進師親は西親、前武者所師清は西清、各、西の字に俗名の[三]かんみやうをよせて、次第にかうこそ付られけれ。京にありける[四]右衛門尉師光も、此由を聞ゝて、出家して西光とぞ呼ばれける。

少納言入道の被レ埋《うづまれ》ける事は[五]十一日なり。[六]同《おなじき》十四日、[七]光保が郎等男、木幡なる所に用ありてまかりけるほどに、木幡山の峠にて、[八]飼うたる馬によき鞍置きて、舎人とおぼしきが引きて出で来たる。泣きはれたる顔を見て、怪しく思ひて、「たれが馬ぞ」と問へば、しばらくは答へざりけるを、とりてひきすゑ《(へ)》て「[九]しやッ首を切らん」と責めければ、下臈の悲しさは、「少納言入道の馬にて候を、京へ引きて上り候」と言ふ。此男を前に立て、田原が奥に行きて見れば、土を新しく撥上《はねあげ》たる所あり。[一〇]すなはち掘りて見れば、自害して被レ埋《うづまれ》たる死骸あり。[一一]その首を切りて奉りけるなり。＊

（信西の首大路を渡し獄門に懸けらるる事）

同《おなじき》十七日、[一二]源判官季経以下《いげ》の検非違使、[一三]大炊御門河原にて信西が首を

受け取《とり》、大和路を渡《わたし》、東[一四]の獄門の前なる樗《あふち》[一五]の木にぞ懸けてンげる。京中の上下、市[一六]をなしてこれを見る。その中に、濃[一七]き墨染《すみぞめ》の衣着て、隠遁《いんとん》、年久しげなる僧あり。此首を見て、涙を流して申けるは、「此《この》人、かゝる目にあひ《(い)》、その咎何事ぞや。天[一八]下の明鏡、今すでにわれぬ。たれ[一九]の人か古《いにしへ》をかゝがみ、今をかゝがみ《(こ)》ん。〔孔[二〇]子〕・老子の典[二一]《てんじやく》籍を読《とく》せん時は、譜[二二]代の儒倫も口を閉ぢ、顕[二三]教・密教の深秘を講ぜん時は、出[二四]世の釈子も頭《かしら》を傾けしぞかし。此人久しく存ぜしかば、国家もいよ〳〵泰平ならまし。諂[二五]諛《てんゆ》の臣に滅ぼされて、忠賢の名をのみ残さんことのむ[二六]ざんさよ。朝敵にあらざる人の首を渡て懸けたる先例やある。罪科何事ぞや。先[二七]世《せんぜ》の宿業、当時の現報、まことはかりがたき事かな」と、世にも恐れず、人にも憚からず、うちくどきて泣きければ、これを聞く輩《ともがら》、袖をしぼらぬは無かりけり。

紀二位[二八]の思ひやるこそいとほ《(を)》しけれ。入道の行末をだに知らで嘆く心もたぐひ《(い)》なきに、死かばねを掘り出だして首を切ッて大[二九]路を渡し、獄門の木に懸けられぬと聞《きこ》えて、いかばかりの事をか思ふらん。海山《うみやま》とも頼みたてまつる君は[三〇]とりこめられたまひ、月日の光をだにも御覧ぜず。僧[三一]俗十二人[三二]の子息は面々に召し置かれて、死[三三]生未《いまださだまらず》定。「我も女の身なれども、何《いか》

りの思いを込めて言う語。一〇　すぐさま。一一　一四四頁、光保の報告を受けて、「信頼・惟方同車して、神楽岡に渡て実検す」とあった。それまでの経過を事件の順序をおって語るもの。物語の順序と事件の順序を解説する語りである。一二　未詳。↓補二七二　一三　大炊御門大路のつめ、賀茂川の河原。河原は、中世には刑場でもあった。神楽岡の南西に当たる。一四　近衛大路の南、西洞院の西に東獄があった。西獄は、大内裏の西、中御門大路の北、西堀河小路の西にあった。↓補二七三　一五　↓補二七四
一六　市場のように大勢の人が集まって。
一七　ここに遁世者が現われて信西の死をいたむのは、この後一九二頁、「七十余なる入道」が現われ、鹿杖で信頼の骸を打つのと対をなす。
一八　天下の手本とすべき鏡。「鏡」と「われぬ」とは縁語。↓補二七五　一九　「この信西が死んだ今」といった隠遁者の思いをこめる。焦点化の主体が、この隠遁者、被焦点化の客体が信西である。信西以外に、昔に照らして今を考える人のいないことを嘆く。二〇　底本に「しゝ」とあったか。孔子は、中国春秋時代の儒教の祖。「老子」は、周代の人で、儒教に対し、無為、自然の道を説いた道教の祖。二一　典拠とされた書籍。
二二　代々、家系をつぐ儒学者の仲間。二三　空海が明確にした概念で、大日如来がみずからを真理そのものの現れとした顕教と、衆生教行のために姿を現した釈尊が、衆生の性質・能力に応じて説き示した密教。二四　衆生救済のためにこの世に生まれ出た。「釈子」は、釈迦の弟子。仏道に入った者。二五　こび、へつらう臣下。この場合、物語の読みからは、特に信頼を指すものと思われる。二六　仏教語で、本来、戒律

なる目にかあはゝずらん」と伏し沈みてぞ泣きゐたる。＊

（六波羅より紀州へ早馬を立てらるる事）

〔さる〕[一]ほどに清盛は、熊野参詣[二]、[三]切目《きりめ》の宿にて、六波羅の早馬追《おつ》つけけり。使者申けるは、「衛門督殿《ゑもんのかみどの》、左馬頭殿、去《さんぬる》九日の夜、院御所三条殿へ押し寄せて火をかけられて候間《あひだ》、[四]院・内も煙の中を出させ給はずとも申、又、大内へ御幸・〔行幸〕なりぬとも聞え候。少納言入道の御一門、皆焼き死に給ぬなゝど申《まうし》あひ《(い)》候。[五]此事は日頃よりの支度《したく》にて候か、源氏の郎従ども、宮中に上り集りて候。[六]少納言入道〔の〕身上《みのうへ》までにて候はず。御当家もいかゞなゝど蜜語《ささやき》候ぞ」と申ける。

清盛、[七]一族家僕、一所に寄りあふ。「この事いかゞ可レ有《あるべき》」と[八]評定す。清盛のたまひ《(い)》けるは、「これまで参りたれども、[九]朝家の御大事、出来《いできた》るうへは、[一〇]先達ばかりをまゐ《(い)》らせて、〔[一一]下向《げかう》〕するよりほかは他事なし。たゞし兵具も無きをば何《いかが》せん」とのたまへば、[一二]筑前守家貞、「少々は用意つかまつりて候」とて、[一三]長櫃《ながびつ》五十合《がう》、日頃は何物を入《いれ》たるとも人には知らせず、[一四]勢より少《すこし》ひきさげて舁《(か)(こ)》かせたりけるを召し寄せて、蓋《ふた》を開きたるを

を破っているのに恥じないことを言うが、転じて、一般に反省心のない、恥知らずの意。さらに、他の人の無慙な行為の結果のいたましいことを言う。二七 前の世に生きていた間に行った善悪の行為の結果が現世に及ぶこと。「はかりがたき」とは、数えきれない、の意。二八「心の中」を有する本がある。二九 底本「大みち」とあるのを改める。三〇 一三三頁に、信西について「後白河院の御乳母紀伊二位の夫たるによッて」とあった。紀二位が乳母として仕える後白河が院御所三条殿から大内、一品御書所へ押しこめられたことを指す。「君」は後白河院を指す。三一『尊卑分脈』によると、俗人として俊憲・貞憲・是憲・成範・脩範の五人と、僧として静憲・澄憲・光憲・寛敏・憲曜・覚憲・明遍・勝賢・行憲・憲慶の十人があり、外に、五人の女子がある。三二 生かしておかれるかどうかもわからない。三三 底本「なになる」とあるを改める。どうなることかと。

一 底本「さる」を欠く。話変って。底本(古本)にこの用法は珍しい。語り本には多出。↓補二七六 二 熊野参詣を志しての意。三 熊野三社の末社である九十九王子の中、五体王子宮の一つで、もっとも有名な王子。和歌山県日高郡印南町にある。四 底本「ゐんないも」とあるのを改める。院も内(主上)もの意。一三八頁には、院御所三条殿へ押し寄せ、火をかけよと命じた後、上皇を御車に保護したとあり、一四一頁には、京の噂として、院御所に火をかけたので「院・内も煙の中を出させ給はずとも申、又、大内へ御幸、行幸なりぬとも聞えけり」とあった。いずれも、噂として「聞え」たのである。底本「行幸」を欠く。五 この信頼らの行動は、

見れば、いろ〳〵の介《よろひ》に太刀と矢を入たるをとり出だす。[一五]竹の仂《あふこ》五十、[一六]節をつい《(ゐ)》て、弓五十張《ちやう》入て持たせけり。「家貞は、まことに[一七]武勇の達者、思慮深き兵なり」とぞ重盛は感じ給ける。紀伊の国にも[一八]当家の名をかけたる家人《けにん》共ありけるが、此事を聞《(き)》ゝて馳せ来たりけれども、物具《もののぐ》したる武者百騎ばかりには過ぎざりけり。

かゝりけるところに、「都より、左馬頭義朝が嫡子、[一九]悪源太義平を大将として、熊野の道へ討手に向《むかふ》が、摂津の国[二〇]天王寺・[二一]阿倍野《あべの(こ)》の松原に陣を取ッて、清盛の下向を待」[二二]〔とぞ〕聞えける。清盛の[二三]たまひけるは、「悪源太、大勢にて待んには、都へ上り得ずして、阿倍野・天王寺の間に死かばねをとゞめんこと、[二四]理《ことわり》の勇士にあるべからず。[二五]所詮当国の浦より船を集めて、四国の地に押し渡り、[二六]鎮西の軍勢を催し、都へ攻め上りて、[二七]逆衆を滅ぼし、君の御憤《いきどほり》を休めたてまつらばやと存ずる。各々いかゞ」とありしかば、重盛進み出て申されけるは、「此仰せ、[二八]さる御ことにて候へども、重盛が愚案には、院・内を大内にとりこめたてまつる上は、今は定めて諸国へ[二九]宣旨・院宣をぞなし下《くだす》らん。朝敵に成ッては、四国・九国の軍勢もさらに従ふべからず。[三〇]君の御事と申《まうし》、六波羅のるすのためといふ、

の意。 六 信西の身の上にとどまりません、御当家、平家もどうなられるかと。底本「の」を欠く。 七 (同行していた)平家一門や、その下部《しもべ》。 八 方針・対応策について相談する。 九 天皇家。 一〇 熊野参詣の先導者。↓補二七七 一一 底本「下する」とするのを改める。 一二 資料館本には「筑後守」。底本でも、この後、「筑後守」とする。平正度の息、駿河守貞季の孫。『愚管抄』五に「(清盛の)一ノ郎等家定」と見える。『平家物語』でも一「殿上闇討」に「忠盛の郎等、もとは一門たりし木工助平貞光が孫、進の三郎大夫季房が子、左兵衛尉家貞」として見え、主、忠盛の苦境を救うことになる。 一三 衣類などを入れ、前後に棒を通してかつぐ長方形の櫃。「合」は箱を数える語。 一四 軍勢の一行より、少しひきさがって。 一五 物を肩にになうための竹の棒。にない棒。相手を打ち伏せる武具ともした。 一六 節を抜いて。人の目につかぬよう、弦をはずした弓を入れたことを言う。 一七 武芸の達人。 一八 この家、平家に従うとの名をつらねた家来たち。 一九 義朝の長男である義平。↓補四六 二〇 今の大阪市天王寺区から阿倍野区にわたる四天王寺。熊野参詣の出発地となった。 二一 今の阿倍野区から住吉区にわたる地域。熊野参詣の第二王子、阿倍野王子神社がある。 二二 底本「ぞと」とあるのを資料館本により改める。 二三 底本「のたまはる」。 二四 道理をわきまえた勇士。 二五 考えた末の結論として。 二六 太宰府を鎮府としたことから、転じて九州のこと。平家が、この地に力を持っていたことを踏まえる。 二七 反逆者。資料館本は「逆徒」。 二八 もっともな御事。 二九 天皇・上皇の命令を下し伝える文書。 三〇 主上や上皇の御身の上と申し、

公私につきて、しばらくもとゞこほるべからず。筑後守いかゞ」とのたまへば、家貞、涙をはら〳〵と流し、「今に始めぬ御事にて候へ共《ども》、此仰せ[一]すゞしく覚え候」。[二]難波三郎経房も「かうこそ」と同心して、御前を立ち、馬に打乗り北へ向《むか》ひて歩ませければ、清盛も此人々の心を感じて、同じさまにぞふるまひける。

重盛、前後の勢を見亘《わた》して、「悪源太が待《まつ》と聞《きく》阿倍野にて討死せん事、たゞ今なり。少も[三]後足《うしろあし》を踏まん人々は、戦場にて逃げんは見苦しかるべし。こゝよりいとま申て留れ」とのたまひ《(い)》ければ、兵共皆[四]「御返事には進むにしかじ」とて、各々前を諍《あらそひ》[五]うつ程に、和泉・紀伊の国の境なる[六]小野山にこそ着きにけれ。こゝにて、[七]腹巻に矢負ひ、弓持ちたる者、[八]葦毛《あしげ》なる馬に乗りたるが、道の辺《ほとり》にて馬よりおり、[九]かしこまつてぞゐたりける。「何者ぞ」と問へば、「六波羅より御使」と答。事の子細を問ひ給へ《(い)》ば、「過ぎぬる夜半に[一〇]六波羅殿をばまかり出《いで》候。又その時までは、別の御事候はず。[一一]大弐殿こそ〔物詣《ものまうで》〕のあとなりとも、[一二]留守の人々は、[一三]「大内へ御参り候へ」と御使しきりに責め申候つれども、「たゞ今、〳〵」と御返事候て、今までは引き籠つておはしまし候也。[一四]播磨中将殿こそ、十日の夜のあかつき、

六波羅の留守を守る一門のためとも言い。「いふ」は「いひ」とあるべきところ。

一　（このおことばは）きっぱりしていて、すがすがしく思われます。

二　備前国津高郡駅家郷難波（今の岡山市内）に住んだ田使首経信の三男。祖父の時代から当地の目代を勤めた。『平家物語』では、その一門の経遠が重盛の家来として見える。

三　進む方向を転じて退却する人々は。

四　御返事としては、御指示に従い進む以外にあるまい。

五　馬に鞭を当てて進む間に。

六　今の和歌山市湯屋谷の雄ノ山。和泉から紀伊へ抜ける熊野街道の峠。葛城修験の行場で、白鳥の関とも言い、峠を越えると九十九王子の一、山口王子社がある。語り本は「鬼中山」に着いたとある。

七　草摺が八枚の、徒歩戦に用いる略式の鎧。古くは、右引き合わせ、背割の両方があった。

八　白い毛に黒・茶・赤などの色がまじった毛色の馬。

九　相手に畏敬の思いを抱いて、居ずまいを正し、坐っていた。

一〇　平家の拠点、六波羅の役所。

一一　大宰府の次官であった清盛を指す。「物詣」を底本が「ものがたり」とする。祖本が誤読していたのを、かな文字化したものだろう。

一二　六波羅に留まり、熊野詣でに同行しなかった人々。この後、「引き籠つておはしまし候也」と敬語を使っているから平家の公達で、参詣に同行しなかった者を言うのであろう。

一三　大内裏にいる信頼の側から参加するようさそって来たのである。

六波羅殿へ逃げ籠らせ給て候しを、[一五]院宣とて、御使しきりに責め申され候ほどに、力及ばず出だしまゐ《(い)》らせられ候ぬ」と申ければ、重盛聞き給て、「さればとよ、たのもしくも思て逃げ入たる播磨中将を出したるらん、口惜《(お)》しき事をもし出したる人共や。さても道の間に、何事かありつる」。「別の子細も候はず。天王子・阿倍野にこそ、伊勢の[一六]伊藤武者景綱・[一七]館《たての》大郎貞保、[一八]後平四郎さねかげなンど、少々用意して待ちまゐ《(い)》らせ候つるが、いづくまでも参《まゐる》べく候へども、[一九]これより南には何事かおはすべき。こゝに[二〇]て馬飼うて足を休め、御大事に合《あふ》べきよし申候つるなり。其勢三百騎ばかりぞ候らん。伊賀・伊勢の御家人共、遅れ馳せ集まると承候つれば、今は四、五百騎にもなりて候らん」と申せば、[二一]「悪源太とは、これをいひ《(こ)》けるぞ」と、皆人、色をぞなほ《(を)》しける。＊

（光頼卿参内の事付けたり清盛六波羅上着の事）

[二二]同《おなじき》十九日、大裏《だいり》には、[二三]殿上にて公卿僉議あるべしとて催されければ、[二四]右衛門督光頼卿殊《ことに》あざやかなる装束に[二五]蒔絵の細太刀帯て、侍一人も召し具せず、[二六]尋常なる雑色四、五人、侍には[二七]右馬允範義に[二八]雑色の装束させて、

一四　保元二年（一一五七）八月、播磨守になり、左中将に転じた重憲（成範とも）。信西の子息である。一四〇頁に前出。
一五　信頼に責められた後白河が（重憲を）呼び寄せようとしたのであろう。
一六　今の鈴鹿市白子の出身で、院の御所や、院の警護に当たった武者所の武者であった。↓補二七八
一七　越中の国新川郡下条館邑《むら》（今の上市町館）の出身で、平正盛の孫。
一八　伊勢平氏で、三重県安芸郡里田の出身。後平の姓については未詳。
一九　これより南方では、何の妨げもあるまいと思って。
二〇　（馬に）草や水を与え、足を休めて、いざという時にはお役に立とうと。
二一　一四九頁に（敵の）悪源太義平が清盛の下向を待つと聞いた、しかし、実は味方であったことを知って、皆安心したと言うのである。
二二　一四六頁「同十七日」とあるのを受け、当日、信西の首を渡したことに続く。
二三　内裏の天皇の日常の御所、清涼殿の南庇にあり、昇殿を許された公卿や蔵人が伺候する場所。　二四　資料館本は「左衛門督」。藤原氏、勧修寺、葉室家、正三位権中納宮顕頼の息。母は権中納言藤原俊忠の女。↓補一〇〇
二五　表面に漆を塗り、金・銀・貝などで絵を描き、磨いてつやを出したもの。「細太刀」は刀身を細く作った、文官の儀礼用の太刀。
二六　りっぱな。本来、なみなみであるの意であったが、普通以上の意に転じたことば。
二七　資料館本は「桂左馬允範義」。↓補二七九
二八　「雑色」は公家や武家に仕え雑役に従事した家来。ここは範義を雑色と見せかけ、細太刀を

細太刀を懐《ふところ》にさゝせ、「もしの事あらば、我をば汝が手にかけよ」とて頼まれける。[一]大軍陣をはり、列を厳しく守りければ、たま〳〵参内し給公卿・殿上人も、[二]従容《しようよう》してこそ入給しに、この光頼卿は、[三]まん〳〵たる兵どもに憚かる所もなくてぞ入給。兵、[四]弓をひらめ、矢をそばめて通したてまつる。

[五]紫宸殿《ししんでん》〔の〕[六]御後《ごご》を通給て、[七]殿上をめぐり見給へば、[八]右衛門督一座して、その座の[九]上臈たち、皆下に着かれけり。光頼卿、「こは不思議の事かな」と見給て、右大弁宰相[一〇]顕時《あきとき》、末座の宰相にて着座ありけるに、[一一]笏《しやく》とりなほ《(を)》し、[一二]気色《きしょく》して、「御座敷こそ世に[一三]しどけなく候へ」とて、しづ〳〵と歩み寄りて、信頼卿の着《つき》たる[一四]座上にむずと[一五]居かゝり給へば、信頼も色もなく、うつぶしにぞ成にける。着座の公卿、「[一六]あなあさましや」と目を驚かし給ふ。光頼卿、「今日は、[一七]衛府の督が一座すると見えて候」とて、[一八]下襲《したがさね》の尻引なほ《(を)》し、[一九]衣紋かいつくろひ《(い)》、笏とり居直りて、「そも〳〵当日は、[二〇]何条の御事を定め申べきにて候ぞ」と申けれども、着座の公卿・殿上人、一人も言葉を出されず。[二一]まして末座の僉議、沙汰もなし。

光頼卿、程経て、つい《(ゐ)》立て静かに歩出《あゆみいで》られければ、[二二]庭上にまん〳〵た

帯びさせたところに光頼の決意が見られる。
一 (内裏の殿上では、信頼が)大げさな防御の構えを整え。 二 貴人の機嫌をうかがいながら。 三 大勢いるさまを言う。 四 立てていた弓を平らにし、矢をわきへ片寄せて。警備の姿勢を解くことを言う。 五 元日の朝儀や即位など、国家的な行事を行った、内裏の正殿。底本「の」を欠く。 六 紫宸殿の背後の北庇の間で、殿上人が装束を整える控えの間とした。 七 北庇から一たん小庭(殿上の前庭)を回って殿上の間を見たものか。語り手の焦点化主体は光頼。 八 信頼のこと。「一座して」とは、最上位の席に着いて。 九 官位が信頼よりも高い公卿たち。 一〇 →補二八〇 一一 威儀を正すために手に握った、一尺ほどの長方形の板。内側に備忘のための覚えを記した。三五頁注二九 一二 不快の思いから、けしきばんで。 一三 (座の順序が)無秩序で乱れています。 一四 (信頼よりも)上位の座に。語り本は「信頼の上にむずと」。よみは「ざしょう」。 一五 膝を接するばかり、のしかかるようにすわられたので。資料館本は「信頼卿の着たる座の上にむずとゐかゝり給へり、左衛門督袖の上に居かゝられて」とする。 一六 意外な出来事に驚きあきれる思いを表わす。 一七 宮中を警護した六衛府の長官。ここは右衛門督であった信頼を指す。よみは「えうのかみ」。 一八 束帯装束で、袍《はう》の下に着る半臂《はんぴ》の下に重ねて着る衣。前は短く、後の裾を長く垂れ、これを引いて歩いた。その長短により官位の高低の差を示した。「尻」は、その裾。 一九 着物のえりを合わせるなどの着付け。「かいつくろふ」は、「かきつくろふ」で、整えること。 二〇 なに程の御事を定め申し上げることになるのでしょう。

る兵共これを見て、「あっぱれ[二三]大剛の人かな。[二四]此あひだ、人こそ多く出仕し給しかども、信頼の[二五]庭上に着《つき》給へる人は無かりつるに、此人こそ始《はじめ》なれ。門を入給しより、少も恐れ憚かりたる気色もおはせざりつるに、[二六]し出し給たる事よ。あはれ、此人を大将として合戦をせばや、何計《いかばかり》たのもしからん。昔の[二七]頼光をうち返して光頼と名のり給へば、かやうにおはするか」と言ければ、又[二八]かたはらより、「などさらば、頼光の弟に[二九]頼信をうち返し信頼と名のり給信頼卿は、あれ程臆病なるぞ」と言へば、「[三〇]壁に耳、石に口といふ事あり。[三一]聞くとも聞かじ」と言ながら、しのび笑ひ《(い)》にぞ笑ひける。

光頼卿は、か様にふるまひ《(い)》たれども、急ぎても出られず、[三二]殿上の小蔀《こじとみ》の前に、[三三]見参の板、高らかに踏《ふみ》ならして立たれたる。[三四]昆明池《こんめいち》の御障子の北、[三五]脇の戸の辺に、[三六]舎弟別当惟方の立たれたりけるを招きつゝ、のたまひ《(い)》けるは、「今日、公卿僉議あるべしとて触れられつるあひだ、急ぎ馳せ参りて侍へども、さして承《うけたまはり》定むることもなし。まことにや、光頼は死罪に行[三七]はれべき人数に数へられたりと伝へ承る。その人〳〵を聞ば、当[三八]世の有職、しかるべき人どもなり。その数に入らん事は、はなはだ面目なるべ

二一 （上の人々が僉議を進めないので）末席の人々も評議を行わない。 二二 この後「まん〳〵たる」とあり、大勢の人がいることになっているから、紫宸殿の前の広庭か。よみは「ていしょう」。 二三 非常に剛胆な。よみは「たいこう」。
二四 この数日。
二五 「座上」が正しい。
二六 それどころか、大変なふるまいをなさったことよ。
二七 清和源氏、鎮守府将軍満仲の息で、母は源俊《すぐる》の女、唱子。
二八 資料館本に、「傍に助満の弁の雑色のありけるが」とする。
二九 →補二八一
三〇 ひめ事の洩れやすいことを言う、当時のことわざ。
三一 耳にしても聞かなかったことにしよう。
三二 『禁腋秘抄』に「殿上の上の戸のそばに小蔀あり。主上此所より殿上を御覧ぜらるる」とある。「小蔀」は、格子組みの裏に板をはった、小さな戸。
三三 殿上の孫庇南端にある小板敷。釘を用いず、見参者が来て踏むと鳴るようにしてあった。
三四 清涼殿の東の孫庇に南を向けて立てた障子。表には、中国、長安の昆明池、裏には大和絵「嵯峨野の小鷹狩」の光景を描いた。
三五 昆明池の障子のさらに北に、荒海を描いた障子があり、その外の庇から、すのこ縁に出る所にある戸。
三六 実弟で、検非違使の別当であった惟方。一六頁注一。
三七 →補二八二
三八 現代の、公の儀礼や典故に明るい人。

し。さても[一]そこに右衛門督が[二]車の尻に乗りて、[三]少納言入道が首実検のために神楽岡とかやへわたられたりける事は、何計《いかばかり》、不レ可レ然《しかるべからざる》ふるまひ《（い）》かな。[四]その職にいかなる人の近衛大将・検非違使の別当は、他に異なる重職也。その職にいかなる人の車の下にも乗ること先規も無し。又[五]当座も恥辱也。就中《なかんづく》首実検は、はなはだ穏便ならず」とのたまへば、別当「それは[六]天気にて候しかば」とて、赤面せられけり。光頼卿「こはいかに。天気なればとて、[七]存ずる旨はいかでか一議申さざ《（ゞ）》るべき。われらが[八]農祖、[九]勧修寺内大臣・[一〇]三条右大臣、[一一]延喜の聖代〔に〕仕へてよりこのかた、君すでに[一二]十九代、臣又十一代、承《うけたまはり》行《おこなふ》事は皆徳政也。一度も悪事にまじはらず。当家はさせる[一三]英雄にはあらねども、ひとへに[一四]有道の臣にともなひて、[一五]讒佞《ざんねい》のともがらに与《くみ》せざりしゆゑ《（へ）》に、昔より今に至《いたる》るまで、[一六]人に指をさゝるゝ程の事はなし。[一七]御辺はじめて暴逆の臣にかたらはれて、[一八]累家の佳名を失はん事、口惜しかるべし。清盛は熊野参詣遂げずして、切目の宿より馳せ上《のぼる》。[一九]大勢にてこそあんなれ。信頼卿がかたらふ所の兵、[二〇]〔幾《いくば》く〕ならじ。平家の大勢押し寄せて攻めんに、時刻をやめぐらすべき。もし又火なンどをもかけなば、君もいかでか安穏にわたらせ給べき。大内、灰燼の地にならんだにも、朝家の御嘆

一　現場を指示する代名詞であるが、かなり親しい相手、あるいは対等以下の相手に対し軽い敬意をこめて指す人称代名詞として使われた。二　車に乗り降りする後方の席。下座に当たる。三　一四四頁に見えた。四　その職にある、いかなる人も車の下座に乗るのは、先例のないことだ。「先規」のよみは「せんき」。五　その場限りの事であるにしても。軽率であることを非難する。六　天皇の意向。ここは二条天皇も関与していたと言うものか。当時、後白河と二条の仲は良くなかった。七　(臣下として)思うことは、一つの意見として申さぬわけにはゆくまい。「一議」を底本は「一儀」とする。八　曩祖。先祖。九　↓補一〇五　一〇　前項、高藤の次男、定方。延長二年(九二四)右大臣になった。母は宮内大輔宮道弥益の女、三条を号した。一一　昌泰四年(九〇一)七月、延喜に年号を改めた醍醐天皇の代を、後世、称賛して聖代とした。底本「聖代に」の「に」を欠く。一二　醍醐から二条までは十九代、高藤から光頼までは十一代を数える。一三　摂家につぐ家格の家。近衛大将を経て大臣に登り、太政大臣まで昇進できた。清華家とも。一四　道心、道徳がそなわっていること。読みは、「ゆうとう」。一五　人を讒言して、上にへつらうこと。一六　人さし指を向けて、いあわせる人の注意をひきながら嘲笑し非難されること。一七　対等の関係にある人に対する二人称代名詞。一八　代々続いて来た家柄。旧家。「佳名」は、良い名。評価の高い名。一九　資料館本に「清盛は熊野参詣とげずして切目の宿より馳上なるが和泉紀伊国伊勢伊賀の家人おはせあつまりて大勢にこそあんなれ」とある。底本は、その略か。大勢であるそうだ。二〇　底本「いく」。資料館

なるべし。何《いかに》いはんや、君臣共、[二一]自然の事もあらば、[二二]王道の滅亡、[二三]此時にあるべし。右衛門督は[二四]〔御辺に〕大小事を申合《まうしあはす》とこそ聞け。あひ《(い)》かまひ《(い)》て〱、ひまをうかゞひて、謀をめぐらして、[二五]玉体につゝがましまさぬやうに思案せらるべきなり。主上はいづくにましますぞ」「[二六]黒戸の御所に」、「上皇は」「[二七]一品御書所に」、「[二八]内侍所は」「[二九]温明殿《うんめいでん》」、「[三〇]剣璽は」「[三一]夜の御殿《おとど》に」と、別当かくぞ答へられける。「[三二]朝餉《あさがれひ》の方に人音のして、[三三]櫛型の穴に人影のしつる、何者ぞ」と問ひ給へば、別当「それは[三四]右衛門督の住み候へば、その方ざまの女房なンどぞ[三五]かげろひ候つらん」と申されければ、光頼卿聞《きき》もあへず、「世の中、今は[三六]かうごさんなれ。主上のわたらせ給べき朝餉には、右衛門督住て、君をば黒戸の御所に遷しまゐ《(い)》らせたんなる。末代なれども、[三七]日月はいまだ地に落ち給はず。[三八]何なる前世の宿業にて、かゝる世に生をうけて、憂き事のみ見聞くらん。人臣の王位を[三九]〔うばふ〕事、漢朝にはその例ありといへども、本朝にはいまだ如ㇾ此《かくのごとき》の[四〇]先規を聞かず。[四一]天照大神・正八幡宮は、王法をば何とまぼらせ給ぞや」と憚かる所もなく[四二]うちくどき給へば、別当は「人もや聞くらん」と世に[四三]すさまじげにぞ立れける。[四四]「昔の許由《きよいう》は、悪事を聞て潁川《えいせん》に耳をこそあらひ《(い)》しか。此時の大裏のあり

本により改める。　二一　可能性はとぼしいが、もしものことがあれば。　二二　仁義の道によって行う政治。　二三　今こそ、その時代であろう。　二四　底本「御辺に」を欠く。　二五　天皇・上皇の尊いお体に危険がないよう。　二六　清涼殿の北東、北庇にある廊。　二七　内裏の侍従所の南にあり、公卿が別当として配され、世に流布する書の一本を書写し保管した所。貴重書に限るとする説がある。　二八　本来、後宮十二司の一つである内侍所に置かれたことから神器の鏡。天照大神の霊代とされた。　二九　女官の内侍が仕えた殿舎で、紫宸殿の東北東、綾綺殿の東にある。　三〇　皇位に付随するとされた三種の神器の中の剣と、天皇の印である八坂瓊勾玉。
三一　清涼殿の中の天皇の寝所。↓補二八三
三二　天皇が朝夕の食事をとる所。清涼殿の夜の御殿の西。　三三　資料館本の「櫛型の窓」が正しい。清涼殿、殿上の間の北壁、鬼の間と昼の御座との境に設けられた半月型の窓。『禁腋秘抄』に「女房など、殿上の事を此所より見る」とある。
三四　天皇の生活空間を信頼が借居していたことを言う。　三五　姿がちらちら見えたのでございましょう。　三六　「かくこそあるなれ」の転。ここまで大変なことになってしまったようだ。光頼を焦点化の主体とし、世の滅びを嘆く思いを語る。世も末だとの思いをこめる。　三七　天上から地上を照らす日と月が落ちることがないように道義・正義などがすたれずに存続することを言う。　三八　前世にどのような悪事を行ったために、このようにひどい世に生まれることになり。　三九　底本に「うゐふ」とあるのを正す。
四〇　後の規範になるべき先例。　四一　日本神話で、伊邪那岐命の女で、皇室の祖神とされた。「正八幡宮」は皇室の守護神とされる応神天皇・

さまを聞《き(こ)》きては、耳をも目をもあらひ《(い)》ぬべくぞおぼゆる」とて、上[一]の衣の袖、しぼる計にてぞ出られける。右衛門督の座上に着《つき》給し時は、さしもゆ[二]ゝしげにこそ見え給しに、今、君の御ありさまを見まゐ《(い)》らせては、顔色変り給て、うちしを《(ほ)》れてぞ出給ける。信頼卿は、常は小[三]袖に赤《あかき》 大口《おほくち》、〔冠に[四]〕巾子《こじ》紙入《かみいれ》てぞありける。ひとへに天子の御ふるまひの如《ごとく》なり。

さる程に、今夕、清盛は熊野道より下向しけるが、稲[五]荷社に参りて、各、杉[六]の枝を折、介《よろひ》の袖にかざして六波羅へぞ着にける。大内には「今夜もや六波羅より寄せンずらん」とて、甲《かぶと》の緒をしめて待ちけれども、その儀もなくて明《あけ》にけり。＊

（信西の子息遠流に宥めらるる事）

廿[七]日、殿上にて公卿僉議あるべしとて、大[八]殿・関白殿・大[九]政大臣師賢《もろかた》・左大臣伊通《これみち》、その外公卿・殿上人 各《をのをの》 馳せ参られけり。これは、少納言入道の子息、僧俗十二人の罪名を定め申されむがためなり。大宮左大臣伊[一〇]通公の宥め申されけるによッて、死[一一]罪〔一〕等を〔減[一二]〕じて、遠[一三]流に処せられける。昨[一四]日も此儀あるべかりしか共《ども》、光頼卿の着座によッて、万事うち

神功皇后・比売(ひめ)神の三神。後、源氏が弓矢の神、氏神としてあがめた。四二　くどくどとくり返し言う意の「くどく」を強めるために接頭語「うち」を付けた語。四三　(世に調和しない事物に対し)ぞっと身にしみる思いになって。四四　中国古代の隠者。帝の堯が、人がらをほめて天下を譲ろうと言うのを聞いて、汚れたと言って、その耳を潁川で洗い清めたと言う。『蒙求』などに見られる故事を引く。

一　束帯の上着。袍(ほう)。二　程度のはなはだしいことを言う語。ここは、(光頼が)堂々として威厳に満ちていることを言う。一五二頁に、そのさまを語っていた。三　袖口、袂の小さい肌着。↓補二八四　四　底本は「冠に」を欠く。普通、冠を着用するには纓を後ろに垂らすが、この場合、その纓をたたんで、もとどりを収める巾子《こじ》の中に紙ひもで挟んで入れた。纓をたたみこんで着用する方法。↓補二八五　五　今の伏見区深草にある伏見稲荷大社。宇迦之御魂大神・佐田彦大神・大宮能売大神をまつる。↓補一一五・二八六　六　↓補一一五　七　一五一頁に「同十九日」、別儀で「殿上にて公卿僉議あるべし」とて参集、光頼が痛烈な行動に及んだことを語っていた。それを受け「同廿三日」大内の兵の待機を語ることになるのだが、『公卿補任』平治元年四月六日参議正四位下に就いていた藤原俊憲について「十二月十日解官、同廿二日配流越後国」とあるのを、この僉議の日とすれば、この「廿日」は、この後の事件の展開を物語として語るための日付けである。八　一四一頁に「大殿(忠通)、関白殿(基実)大内へ馳せまゐらせ給」とあった。九　資料館本に「太政大臣宗輔」とあるが、一四一頁に「太

さまして、今日、此儀あるとぞ聞えし。新宰相一五俊範《としのり》、出雲国、播磨中将重憲《しげのり》、下野《しもつけ》国、右中弁定憲《さだのり》、土佐国、美濃少将修憲《ながのり》、隠岐国、信濃守惟憲《これのり》、佐渡国、法眼静憲《じやうけん》、安房国、〔法橋観敏、上総国、大法眼勝憲、安芸国、〕憲耀、陸奥国、覚憲、伊予国、明遍《みやうへん》、越後国、澄憲、信濃国、かやうに国〳〵へぞ流されける。

同《おなじき》廿三日、大内《おほうち》の兵共、一六六波羅より寄するとて、甲の緒をしめて待ちけれども、その儀なし。一七去《さんぬる》十日より、六波羅には、大内より寄《よす》とて騒ぎ、大裏には、六波羅より寄《よす》とて一八ひしめく。源平両家の兵ども、一九白旗・赤じるし、馳せちがふ事ひまもなし。年もすでに暮れなんとす。しかれ共、二〇〔元日〕元三《ぐわんさん》のいとなみにも及ばず、安心もなかりければ、「ともかくも、事落居して、世間静かなれかし」とぞ、二一京中の上下嘆きけれ。＊

(院の御所仁和寺に御幸の事)

二二同《おなじき》廿六日の夜ふけて、二三蔵人右小弁成頼、二四一品御書所に参りて、「君はいかにおぼしめされ候。世の中は今夜の明《あけ》ぬさきに可レ乱《みだるべき》にて候。二五経宗・惟方等は申入《まうしいる》る旨は候はざりけるにや。他所へ行幸もならせ給ひ候べき

政大臣師方」とあった人。 一〇 伊通の進言があったかどうかは、今のところわからない。しかし、いずれにしろ物語における伊通の行動としては一貫している。 一一 底本「一等」の「一」を欠く。死罪には、極刑の斬と、未遂犯の絞の二種があった。ここは後者か。↓補二八七 一二 底本は「めつして」とある。減と滅の誤読によるもので、底本はかな書きに改める姿勢が強かった。 一三 流罪先が最遠の刑。↓補二八八 一四 この段の冒頭に「廿日」とあり、その前光頼参内の事件を一五一頁に「同十九日」としていたのを受ける。ちなみに信西の子息の流刑を語り本は、三八頁に語る、そしてその中の俊憲、澄憲の逸話を語る。 一五 その流刑地について、語り本は貞憲を隠岐国、長憲を阿波国、惟憲を安房国、浄憲を丹波国、勝憲を佐渡国とする。三八頁の各注を参照。↓補二八九 古本が子息一行を「流されける」と結ぶのも気になる。語り本は流刑地が定められたと語るにとどめる。 一六 一三八頁に「九日の夜丑の刻に」信頼・義朝らが院御所を攻めとあった。この情報から六波羅、内裏の双方が相手の動きに気を配っていたことを語る。 一七 物語現在の「廿三日」よりさかのぼって「十日」とする。平家が熊野参詣を中断して六波羅に帰っていたことになる。前頁に「今夕」とするのは、混乱があるか。あるいは「去十日より」と語るのは留守役の動きを語るものか。語り本は「今夕…」を削っている。 一八 ごったがえし、大騒ぎする。 一九 (戦場での同志討ちを避けるため目印として)源氏のかかげた白旗と、平家が身につけた赤の布きれ。 二〇 底本「元日」を欠く。「元三」は→補二九〇 「落居」は「落ち居る」を音読した語。騒ぎが決着して、世の中が安定すること。 二一 語り手が、

にて候なり。急ぎ〳〵何方《いづかた》へも御幸ならせおはしまし候へ」と奏しければ、上皇驚かせ給ひて、「[一]仁和寺の方へこそおぼし〔めし〕たちめ」とて、[二]殿上人体《てい》に御姿をやつさせ給て、まぎれ出させ給けり。

[三]上西《しやうさい》門の前にて[四]北野の方をふし拝ませ給て、その後、〔御馬〕[五]に奉る。[六]一天の主《あるじ》にてまし〳〵しか共、[七]供奉の卿相《けいしやう》・雲客一人も無し。御馬にまかせて御幸なる。〔まだ〕[八]暁ならぬ夜半《よは》なれば、[九]有明の月も出ず。[一〇]北山颪の音寒《さむ》く、かきくもり降る雪に、御幸なりぬべき道も無し。草木に風のそよめくをも、兵共の追奉るかと、御肝《きも》を消させ給けり。さてこそ保元の乱れの時、[一一]讃岐院の[一二]如意山《によいさん》に御幸なりける事も、おぼしめし出させ給けれ。されどもそれは[一三]家弘なンどもありければ、敗軍なれどもたのもしくやおぼしめされけん。これもさるべきを、一人も候はねば、仰せ合はするかたも無し。さるまゝに、御心の中に、さま〴〵の御願をぞ立てさせ給ける。世静《しづまつ》て後日[一四]、[一五]日吉社へ御幸成たりしも、その時の御願ぞと聞えし。

とかくして、仁和寺に着かせおはします。事の由を仰せければ、[一六]法親王、大いに御よろこびありて、御座しつらひ《(い)》て入まゐ《(い)》らせ、[一七]供御《くご》なンどすゝめ申て、かひ〴〵しくもてなしまゐ《(い)》らせ給けり。[一八]一年《ひととせ》、讃岐院の入らせ

このように特定しがたい京の人々の思い、ことばをとり込む語り。　二二　前段に「同廿三日」、内裏・六波羅の両軍が相手の動きに緊張することを語っていた、それを受ける。しかも「廿六日の夜ふけて」である。→補二九一　二三　光頼・惟方の弟。母は光頼・惟方の母と同じ。承安四年(一一七四)正月、出家し、高野宰相入道を号することになる。　二四　一五五頁、後白河上皇がとじ込められていた。「君」は後白河を指す。　二五　一三六頁、信頼にかたらわれたことが見える。惟方とともに二条天皇の外戚。

一　右京区御室にある真言宗御室派の総本山で、代々門跡寺院。乱当時、後白河の同母弟覚性法親王が法務を担当していた。底本「めし」を欠く。　二　(内裏に昇殿を許された)殿上人の姿に。　三　大内裏の西面、もっとも北にある門。西土御門とも言った。　四　大内裏の西北に位置した北野天満社。菅原道真の怨霊を鎮めるために造られた。　五　底本に「御寺」。明らかに誤読である。お馬にお乗せした。　六　世の中全体、一天下のあるじ。上皇は事実上、治天の君だった。　七　お供する公卿、大臣や殿上人が一人もいない。「御馬にまかせて」とは、行く先も定まらず、馬が歩むまゝに、の意。　八　底本「又」と誤る。　九　有明けに出るはずの月もまだ見えず。このあたり、語り手が上皇を焦点化主体として語るため、その思いをこめて道行文に通じる語りになっている。　一〇　京都盆地、西北の山を北山と言った。その山を背景とする衣笠山などをも指す。その山から吹きおろす強い風の音。　一一　保元の乱後、讃岐に流された崇徳上皇。保元の乱に追いつめることになった上皇の怨霊へのおそれがあるだろう。→補一二

給たりけるには、[一九]寛遍法務の坊へ入まゐ《い》らせて、さまでの御もてなしはなかりき。[二〇]同《おなじ》御兄弟の御中なれども、事の外《ほか》にぞかはらせ給ひける。＊

(主上六波羅へ行幸の事)

[二一]主上も、[二二]北の陣に御車を立て、[二三]女房のかざりを召して、重なれる御衣を奉る。「[二四]其象・[二五]鈴鹿・[二六]大床子・[二七]印鎰《いんやく》・[二八]時の札《ふだ》、皆〳〵わたし奉れ」と御沙汰ありしかども、さのみはかなはず、[二九]内侍所の御唐櫃も[三〇]大床《おほゆか》まで舁き出しまゐ《い》らせけるを、[三一]鎌田兵衛が郎等見つけまゐ《い》らせてとめたてまつる。

主上の御車遣出《やりいだ》すに、兵ども怪しみたてまつる。別当惟方「それは女房の出らるゝ車ぞ。[三二]おぼつかなく思べからず」とのたまへ共、兵どもなほ《を》怪しく思て、近づきたてまつりて火をふり上《あげ》させ、弓の[三三]筈をもつて御車の簾《すだれ》をかき上げて見まゐ《い》らせければ、二条院、御在位始《のはじめ》、御年十七にならせ給けり。未《いまだ》[三四]くまゝせ給はぬ上、元より[三五]龍顔美しくましますが、花やかなる御衣は召されたり、まことに目も[三六]かゝやく程の女房に見えさせ給ければ、[三七]事ゆゑ《へ》なく通したてまつりけり。

[三八]中宮も、一《ひとつ》御車に召されけり。[三九]紀二位は「女成《なれ》ども取出されて、何《いか》な

四　一二　浄土寺・鹿谷の東にそびえる、東山連峰の主峰。↓補一二一　一三　桓武平氏、正弘の息。崇徳院の御所に仕え、従五位下検非違使左衛門尉など。保元の乱後、大江山の辺りで斬られた。↓補一二二　一四　この「日」は、続く「日吉」の「日」と重なる。不要か。　一五　比叡山の東麓、大津市坂本にある、延暦寺の地主神、日吉大社。↓補二九二　一六　この頁注一の覚性法親王。　一七　皇族の飲食物をうやまって言う。「ぐご」とも読む。　一八　底本「一ねん」と誤読する。　一九　村上源氏、大納言正二位師忠の息。　二〇　崇徳・後白河、それに覚性法親王が、いずれも鳥羽天皇の子息で、しかも待賢門院璋子を母とする実の兄弟でありながら、法親王の、崇徳・後白河に対する姿勢が変ることを語り手自身が語る。　二一　二条天皇を指す。一五五頁、「黒戸の御所に」おし込められていたことを語っていた。　二二　語り本は、その場所を語らない。内裏北正面の朔平門の脇にある衛門府の詰所。警護の役人が詰めたので北の陣と言う。　二三　資料館本の「御かつらをめす」は装飾品をつけた意か。「重なれる御衣」は女官の重ね衣を言う。　二四　「玄象」の誤り。琵琶の銘器の名。↓補二九三　語り本にこれら銘器の名見えず。　二五　宮中に伝わる和琴の銘器。↓補二九四　二六　天皇がすわる脚つきの台。『大内裏図考証』十一に「禁中御抄曰、朝餉二間…大床子二脚」とあり、清涼殿の朝餉の間に置いた。　二七　天皇の印(玉璽)と、官印や門・蔵のかぎ。　二八　清涼殿、殿上の間の小庭に立てて時刻を示した札。↓補二九五　二九　神鏡を入れる中国風の櫃。↓補二九六　三〇　外側の広庇。　三一　義朝の乳母子。　三二　「おぼつかなし」は、はっきりしない事に対する不審の思い。　三三　弓の両端、弦

る目をか見んずらん」とて、御[一]衣《ぞ》の裾にまとはれてぞ伏たりける。経宗・惟方は、直[二]衣にかし〔は〕ばさみにて供奉しけり。清盛の郎等、伊[三]藤武者景綱は、黒[四]糸威の腹巻の上に、雑[五]色の装束し、二[六]尺余《よ》の小太刀腰にさして御ともす。[七]館《たての》太郎貞保は黒[八]革威の腹巻に、打[九]刀《うちがたな》腰にさして、その上に牛[一〇]飼の装束して、御車仕《つかまつる》。上[一一]東門を出させ給て、土御門を東へなる。六[一二]波羅右衛門佐重盛・三[一三]河守頼盛・常陸守教盛、その勢三百騎ばかりにて、[一四]土御門東の洞院にて参合《まゐりあふ》。さてこそ君も安堵の御心つかせまし〳〵けれ。事ゆゑ《（へ）》なく六波羅へ行幸なりにければ、清盛も勇[一五]の言を顕《あらは》し、御方のつはもの共、興に入て喜びあへり。

蔵人右小弁成頼をもつて、「六波羅、皇居になり〔ぬ〕[一六]、朝敵とならじと思はん輩《ともがら》は、皆々馳せ参れ」とふれ[一七]させければ、〔大〕[一八]殿・関白殿・太政大臣・左大臣以下《いげ》、公卿・殿上人皆〳〵馳せ参られけり。六波羅の門前に馬車《むまくるま》の立所もなく、色[一九]節《いろふし》の下部《しもべ》に至《いたる》まで、甲の緒をしめたる輩あひま《（い）》じはりて、築[二〇]地のきはより河[二一]原面までひし[二二]めきあへり。清盛はこれを見給て、「家[二三]門の繁昌、弓[二四]箭の面目なりぞ」と喜ばれけり。＊

をかけてとめる所。　二四　四段活用動詞「くまむ」の未然形。「くまむ」は顔に隈が生じ、おとなびて見える。ここは、まだ大人になりきっていないことを言う。　二五　天皇の顔の敬語。
二六　まぶしく思われるほど。発音は清音。語り本（四一頁）にこの形容なし。　二七　支障なく。
二八　皇后、もしくは同資格の后。ここは二条天皇の中宮、姝子。鳥羽天皇の第四皇女。母は光清法印の女。安元二年（一一七六）、三十六歳で死去する。　二九　信西の妻。後白河の乳母、朝子。

一　御衣のすそにかくれて。語り本に、このさまを語らず。↓補二九七　二　公家の常用の服。烏帽子を着用する以外に衣冠を着ることがある。これを冠直衣と言った。「かしはばさみ」を底本は「かしはさみ」とする。緊急の際に、冠の纓を折りたゝみ、白木の挟《はさ》みで留めた着方。白木の合字から「柏ばさみ」と言った。経宗、惟方のあわてようを語る。　三　この前、一五一頁に、清盛熊野参詣の間、天王寺・阿倍野に待機していたことが見える。　四　鎧や腹巻の札（さね）を黒糸でつずったもの。その糸や皮の色については、諸本により異同のあることがあり、語り手の思いをこめていることがある。
五　雑役をつとめる無位の役人。　六　時代により騎馬戦用の太刀の長さや作りが変るが、三尺前後が普通。そりのある刃を下にして腰につけるが、ここは「雑色」を擬装するように、実戦に構えて小ぶりの太刀を腰に差したもの。
七　一五一頁、伊藤に同行していた。　八　黒い皮紐で綴った腹巻鎧。色は濃紺の場合をも言う。　九　敵を刺すのではない、斬るために腰に指す、一尺余りの、鍔のついた刀。腰にさげ

（信頼方勢ぞろへの事）

信頼卿は、さしも楽《たのしみ》に誇《ほこり》、いつもの事なれば、今夜も二五沈酔《ちんすい》して臥《ふ》したりけるが、女房どもに「こゝ打てや、かしこさすれや」なンど言ひて、何心もなく、のび〳〵として寝たりけり。二六廿七日の明ぼのに、二七越後中将成親、近づけて、「いかにかくてはおはするぞ。行幸は、はや他所へなり候ぬ。又、それにつき、残り止る卿相《けいしやう》・雲客一人も候はず。御運のきはめとこそおぼえ候へ」と告げければ、信頼「よもさはあらじものを」とて、急ぎ起きあがつて、一品御書所へ参りけれども、二八〔上皇もましまさず。黒戸の御所へ参りたれども〕主上もおはしまさず。手を二九はたと打ッて走《はしり》帰り、三〇中将の耳にさゝやきて、「三一かまへて、此事披露し給な」と言ひければ、成親、世にお《(を)》かしげにて、「三二義朝以下の武士共、皆存知して候ものを」と答へければ、信頼、「出しぬかれぬ〳〵」と言て、大の男の肥え《(ゑ)》太りたるが、踊上《をどり》り〳〵しけれども、板敷の響きたるばかりにて、三三踊出したる事もなし。

三四別当惟方は、元より信頼卿〔の〕親《したし》みにて、その契約深かりしか共、三五光頼卿の諫《いさめ》られし事、折に三六そみてかなしかりしかば、主上をも、三七か様に

る太刀ではない。　一〇 牛の飼育や使役を行う者。童髪姿の、身分の低い者が行った。ここはその扮装姿。　一一 大内裏東面、最北の門。土御門とも言った。関白・左大臣は牛車に乗ったまま出入りした。「土御門」は、土御門（上東門）を出て東へ進む大路。　一二 清盛の長男重盛は、保元二年十月廿七日、左衛門佐になっているから「右」は、資料館本の「左」が正しい。　一三 頼盛は平忠盛の五男。母は藤原宗兼の女で池禅尼。保元三年十月、三河守。教盛は忠盛の四男、母は大宮権大夫藤原家隆の女。門脇殿と号した。保元三年十月、大和守。常陸守は、親王の任国で、次官の介が実務を担当。教盛は永暦元年（一一六〇）一月、常陸介になった。この官は誤り。語り本でこの教盛はこの場に登場しない。　一四 東西に走る土御門大路と、南北に走る東洞院大路が交叉する地点。上東門とは、二本の大路が隔たる。　一五 積極的に立ち向かおうとする言葉を発し。語り本は「平家の人々よろこぶ事かぎりなし」とある。　一六 底本「又」と誤る。　一七 告げさせたところ。　一八 底本「太殿」と誤る。以下、藤原忠通・基実・宗輔・伊通の四人。一四一頁にこの四人たちが「我先にと馳せ参る」とあった。　一九 「色」も「節」も目立つことを言う。飾り立てた、身分の低い家来たち。　二〇 泥土を築き固め、瓦を葺いた塀。　二一 賀茂川に面した河原。この場合、五条から六条までの河原の東側を指す。　二二 人々が集まって、ごった返している。　二三 同じ血筋の一族、一門。　二四 弓矢をとる武士としての。語り本に、この清盛の喜びは見えない。　二五 深酒し、酔いつぶれて。　二六 一五七頁に、「同廿六日の夜ふけて」成頼の報せにより、上皇が仁和寺へ脱出した。それを

盗み出しまゐ《い》らせけり。其よりして、[一]京中の人、中小別当《ちうこべつたう》と申けるを、[二]大宮左大臣伊通公の申されけるは、「此中小別当の中は、[三]中媒の中にてはよもあらじ。忠臣の忠にてぞあるらん。そのゆゑ《へ》は、光頼が諫し事により、惟方があやまちを改め、又賢者の[四]余薫をもつて、忠臣のふるまひ《い》をなす上は、忠の字こそ叶《かなひ》けれ」とのたまへば、万人、げにもと感じ申けり。

[五]同《おなじき》廿七日、六波羅の兵ども、[六]大内へ寄ると聞えければ、大内の兵ども、甲冑《よろひ》を介て相待ちけり。中にも[七]大将右衛門督信頼は、[八]赤地の錦の直垂に[九]紫裾濃の鎧に、[一〇]鍬型打ちたる白星《しらほし》の甲の緒をしめ、[一一]金《こがね》作りの太刀をはき、[一二]紫宸殿の額《がく》の間の[一三]長押《なげし》に尻をかけてぞゐたりける。年廿七、大の男のみめよきが、装束は[一四]美麗なり、[一五]その心は知らねども、[一六]あッぱれ大将やとぞ見えたり。馬は、[一七]奥州の基衡《もとひら》が[一八]六郡一の馬とて、院へまゐ《い》られたりける黒き馬の、[一九]八寸《やき》余りなるに、[二〇]金覆輪の鞍置きて、[二一]右近《うこん》の橘の木のもとに、東がしらにひき立たり。

越後中将成親は、[二二]紺地の錦の直垂に、[二三]萌黄匂ひの介《よろひ》に、[二四]鴛鴦《をし》の丸を[二五]〔すそ〕かなものに打ちたりけり。[二六]白葦毛なる馬に、[二七]白覆輪の鞍置きて、信頼卿の馬の南に、[二八]同《おなじ》かしらに引立たり。成親、[二九]年廿四、[三〇]容儀・事柄《ことがら》人にす

受けてのこととなる。記録上の日付とは別に、物語としては一貫している。　二七　一三七頁、「中御所藤中納言家成卿の三男越後中将成親、君の御気色吉者なりとて」信頼にかたらわれていた。「近づけて」は「近づきて」とするのが正しい。　二八　底本は欠く。上皇は後白河、主上は二条である。　二九　両手を打つ音の擬音語。信頼の驚くさまを滑稽に語る。　三〇　(先ほど状況を報せて来た)越後中将成親を指す。

三一　決してこの事態を明かさないでくれ。

三二　語り本四三頁を見よ。信頼が経宗・惟方に出し抜かれたことをおかしく語る。　三三　いきおいよくとび出して次の行動に移る。ここは、それができないことを語る。　三四　一三七頁に(信頼が)「御乳の人、別当惟方をも語らふ。中にもかの別当は、信頼卿の母方の叔父なり。その上、弟尾張少将信俊を婿になして、ことさら深くぞ頼まれける」とあった。　三五　一五三頁、参内した光頼が「殿上の小蔀の前に」立ち、信頼に従っていた「舎弟別当惟方の立たれたりけるを招きつつ」たしなめたことを語っていた。

三六　「折にのぞみて」時にのぞんでの誤りか。そのような時に当っての意。　三七　一五九頁に語っていた。

一　洛中の口やかましい人々。軍記物語にはしば〳〵、この種の人の声が入る。↓補二九八

二　一二三頁注三四　三　なかだちすること。

四　あとまで残る徳になることを考えて。

五　一五七頁注「同廿六日」を受ける。　六　内裏を占拠していた信頼・義朝らの軍。　七　今回の合戦を統率指揮する信頼。　八　↓補二九九　九　袖・草摺の下部へいくに従って紫を濃く染めた威の鎧。大将級の武将が着用。

ぐれてぞ見えける。

左馬頭義朝は、赤地の錦の直垂に、黒糸威の介に、鍬型打ッたる五枚甲[三一]を着たりける。年三十七、その[三二]気色《きしょく》、人に変りて、あッぱれ大将軍やとぞ見えし。黒馬に黒鞍置きて、[三三]日花門《じっくわ》にぞひき立ちたる。[三四]出雲守と伊賀守、心変りの見えければ、義朝、「あはれ、討たばや」と思へども、「大事を前[三五]にあたつて、わたくしいくさして敵に力をつけんこと、口惜しかるべし」とて思ひ止る。[三六] ＊

（待賢門の軍《いくさ》の事）

[三七]六波羅には、公卿僉議あり。「[三八]王事もろき事なければ、[三九]逆臣誅伐、時刻〔をや〕回らすべき。適《たまたま》新造の皇居、[四〇]回禄あら〔ば〕、朝家の御大事なるべし。その期《ご》にのぞみて、[四一]官軍いつはりて退かば、凶徒さだめて進み出んずらん。その時、官軍入り替りて、大裏を守護し、火災の難を止て、朝敵を中途にたばかり出《いだし》、誅戮すべき」由、宣下せらる。此勅定を承りて、六波羅より向ふ大将軍には、左衛門佐重盛・三河守頼盛・常陸守教盛三人なり。その勢三千余騎、六条河原へうち出で、馬の鼻を西へ向《むけ》てぞひかへ

一〇 左右に高く角のように金属製の板を立てた前立物。大将級の武将が立てた。「白星」は甲の鉢を重ねて打つ鋲の頭の星の表面を銀で包んだもの。一一 つばや刀身の金具を黄金や、金のやきつけで作った太刀。この太刀のことは語り本にも見える。四五頁注五四。一二 紫宸殿の、その殿の名を記した額を掲げる正面中央の柱間。大極殿、清涼殿などにも、それぐ〳〵額の間がある。語り本四五頁。一三 柱と柱の間をつなぐ材。ここは土台に接する地長押。一四 美しい。うるわしく、あでやかだ。語り本にこの形容を欠く。一五 その場の心境はわからぬが、とにかく外見は。語り本に、この語り手の思いを語らず。一六 （語り手の、信頼の外見に対する）感嘆のことば。皮肉の思いか。一七 陸奥国（今の青森・岩手・宮城・福島県）の異称。基衡は、奥州藤原氏の清衡の息。当国の二代目当主。平泉を拠点に栄えた。一八 胆沢・江刺・和賀・稗貫・紫波・岩手の六郡。奥州の馬は、朝廷や摂関家への第一の献上物とされた。「まゐられ」は「まゐらせ」が正しい。一九 馬の前足から肩までが四尺八寸（約一四五センチ）ある、当時としては大きな馬。二〇 ふちを金もしくは金色の金属でおおった鞍。二一 紫宸殿の南隅の西側（南面して右）に植えられた橘。二二 紺色地の錦で織った鎧直垂。二三 薄緑色を袖や草摺の端に向けてぼかしてある鎧。若向きの色。二四 おしどりの姿を円形化した模様。二五 底本は「すなかもの」とあるのを改める。鎧の袖、草摺、甲の錣《しころ》の裾の菱縫の板に打った装飾の金物。二六 黒・茶・赤などの毛がまじり、白みがかっている馬。二七 鞍を銀または銀色の金属でふちどりしたもの。二八 同じ東がしらに引き立てた。語り本は、この成親が「右近の橘

たり。重盛、此勢を見廻て、「今日の戦ひには、たぐひ(い)[一]なくすぐれぬと覚え候ぞと。〔今〕[二]、年号も平治也、都も平〔安城〕[三]なり、我等も平氏也。三事相応して、などかいくさに勝《かた》ざるべき」と申されければ、兵ども興に入て勇《いさみ》あへり。

此大勢、河原を上《のぼ》りに、近衛・中御門二《ふたつ》の大路より大宮面〔へ〕[四]押し寄せて見れば、陽明[五]・侍賢・郁芳門、三《みつ》の門をぞ開きける。門の内を見入たれ共、照明[六]・建礼両門を開いて、大庭には鞍置き馬百疋ばかり引き立たり。

大宮の大路に、時の声三ケ度聞えければ、大内にも時の声をぞあはせける。紫宸殿の額の間[七]にゐたりける右衛門督、気色、事柄以外《もつてのほか》[八]に変りてぞ見えし。色は草の葉のごとく也。何のやうに立べしとも見えざりけり。人[九]みな〳〵に馬に乗らんと立ちあがりたれども、膝ふるひ(い)て歩みもやらず。南面のきざはしを下煩《おりわづらふ》。馬のかたはらに寄りけれども、片[一〇]鐙を踏みたる計《ばかり》にて、草摺[一一]の音の聞ゆる程ふるひ(い)出て乗りえず。侍一人つッと寄りて押し上ければ、弓手[一二]へ乗り越して、まッさかさまにどうど落ちたりけるを、侍つッと寄りて引立ければ、顔に沙《いさご》ひしと付て、鼻の先[一三]つきかき、

の木の下に」立てたと語る。二九 語り本も「廿四」とするが、平治元年当時は二十二歳であったはず。三〇 なりふりと体格。語り本にこの語りなし。三一 錣《しころ》の板が五枚ある甲。ほかに二枚、三枚甲がある。三二 その思いが表れた顔のさま。黒皮威の鎧、黒馬・黒鞍がその印象を強めている。三三 語り本も同じ位置、内裏の紫宸殿の前庭の東側にある門。信頼・成親よりも東に位置を占める。三四 一三八頁に光保と、その甥光基の名を語る。三五 資料館本は「前にあてて」。目前にひかえて。三六 資料館本に異文あり。↓補三〇〇 三七 これから中巻を立てる諸本がある。語り本がその形を示す。四九頁参照。これまで信頼・義朝側の動きを語ったのに対し、清盛側の対応の仕方を語り始める。三八 王室に関する事は堅牢であるので。↓補一五二 三九 逆臣を討伐するのに時を待つ必要はない。底本「をや」を欠く。四〇 底本に「回禄あらめ」とあるのを、資料館本の「回禄のさだめあらば」を参考にして改める。「回禄」は、火の神の意から転じて火災。「朝家」は皇室。四一 上皇と主上を擁する官軍が、攻めながら一たん計略として退くならば。

一 比べる者がないほど。二 底本に欠く。三 底本に欠く。四 底本に欠く。五 大宮大路に面する三つの門。六 内裏の正面南の承明門、その外廓、建礼門。それを入った紫宸殿の前庭に待機したのである。七 紫宸殿の、殿舎の名を記した額を掲げる正面中央の柱間。四五頁注五五。八 非常に。九 「なみ〳〵」とあるべきか。一〇 馬に乗ろうと片方の鐙に足をかけたばかりで。おじけづいているさまを語る。一一 (ここは大鎧の)す

[一四]血あけに流れて、まことに[一五]おめかへりてぞ見えし。侍ども、[一六]あさましながらを《(お)》かしげに見るもあり。[一七]左馬頭、たゞ一目見て、臆してンげりと思ければ、あまりのにくさにものも言はざりけるが、こらへかねて、「[一八]大臆病の者、かゝる大事を思ひ立ちけるよ。たゞ事にあらず、[一九]大天魔の入りかはりたるを知[二〇]〔ず〕して、与《くみ》して憂き名を流さん事よ」と、つぶやき〳〵馬ひき寄せてうち乗り、[二一]日花門へぞ向ひける。

義朝たのむ所のつはものどもには、嫡子悪源太義平、十九歳、[二二]次男中宮大夫進朝長《ともなが》、十六歳、三男兵衛佐頼朝、[二三]十二歳、義朝が[二四]舎弟三郎先生義章、同《おなじき》[二五]十郎義盛、[二六]伯父陸奥六郎義隆、[二七]信濃源氏平賀《ひらがの》四郎義信、[二八]〔郎〕等には鎌田兵衛正清・[二九]三浦介二郎義澄・[三〇]山内首藤刑部丞よし通、[三一]子息滝口俊綱、[三二]長井斎藤別当実盛、信濃国の住人片切小八郎大夫[三三]景重《かげしげ》・[三四]上総介八郎広常、近江国の住人[三五]佐々木源三秀義、これらを始めとして、その勢、二百余騎には過ぎざりけり。

信頼卿は、時の声に心地損じたりけるが、鼻血のごひ、顔の砂打ち払ひ、しばらく心を鎮めて、馬に舁き乗せられ、その勢三百騎ばかり相具して、待賢門をぞ固めたる。まことはたのもしげにも見えざりけり。

その四方に垂らして腰から下を守る武具。このあたりは語り手自身の語り。 一三 (弓を持つ)左手の側へ。 一三 突き、痛めて。 一四 血が赤く流れて。 一五 擬態語の連続に注目したい。 一五 おびえきって。 一六 想像できないほど、みにくいことだが。 一七 義朝を指す。信頼のさまを見て、かれにくみした運の尽きを思い知ることになる。語り手と義朝の思いが重なる語り。 一八 前項参照。↓補三〇 一九 仏教で、欲界第六天(他化自在天)の魔王。仏法・人命・善などを害する魔性とされる。 二〇 底本「知して」とあるのを、諸本により改める。 二一 一六三頁、義朝が同じ門に立っていた。 二二 『尊卑分脈』によれば、母は修理大夫範兼の女、あるいは大膳大夫則兼の女。中宮(姝子内親王)職に仕える、三等官(大進)で、位が五位の者を大夫進と言った。「新大系」は母を波多野義通の妹とし、朝長の官を「少進」とする。 二三 十三歳が正しい。語り本は十三歳。 二四 (義朝の)弟。為義の三男、義憲。義広とも。母は、兄義賢と同母、六条大夫重俊の女。 二五 為義の十男。後に行家と改名。新宮に住み、十郎蔵人と号した。 二六 為義の弟、義隆。「義高」とも。義家の五男・六男・七男とも言う。 二七 義家の弟義光の子、平賀盛義の子、大内四郎義信。 二八 底本欠く。 二九 坂東の桓武平氏、三浦介義明の息。三浦介の官は、後日、治承四年(一一八〇)十月二十三日、頼朝の挙兵に参加した賞として任命された官。物語テクストは、勿論、それ以後の成立であることを明らかにしている。 三〇 「俊通」が正しい。藤原藤成の子孫、山内刑部丞義通の息。『尊卑分脈』に「保元平治両度合戦義朝臣郎等、瀧口刑部丞」と出雲守光保《みつやす》・伊賀守光基《みつもと》・讃岐守末時[一]・豊後守時光[二]、これらを始めとして三百騎、陽明門をぞ固めたる。三河守頼盛は、左馬頭固めたる郁芳門に相向ひ、常陸守経盛[三]は、光保・光基が固めたる陽明門へぞ向ひける。左衛門佐重盛は、信頼卿の固めたる待賢門へぞ向ひける。

いくさは巳《み》[四]の刻の半《なかば》[五]より矢合せして、互ひに退くかたなく、一時[六]計《ばかり》ぞ戦ひける。左衛門佐重盛は、千騎の勢を二手に分て、五百騎をば大宮面[七]に立〔て〕、五百騎を相具して待賢門にうち破り、を《(お)》めい《(ひ)》て駈け入りければ、信頼卿、ひとこらへもこらへず[八]、大庭の[九]樗《あふち》の木のもとまで攻め付たり。郁芳門を固めたる左馬頭これを見て、嫡子悪源太に目をかけて、「あれは見ぬか悪源太。待賢門をば信頼と云不覚仁[一〇]が攻め破られたるごさんめ[一一]れ。追ひ《(い)》出せ」と下知しければ、悪源太、父にことばをかけられて、その勢十七騎、大庭に向ッて歩ませけり。敵に相近づき声をあげて名のりけるは、「名をば聞〔つ〕[一二]らんものを、今は目にも見よ。左馬頭義朝が嫡子鎌倉悪源太義平[一三]、生年十九歳。十五の年[一四]、武蔵国大蔵の城の合戦に、伯父帯《たて》刀先生《はきせんじやう》義方を手にかけて討ちしよりこのかた、度々のいくさに一度も不覚せず。櫨《はじ》[一五]の匂ひの鎧着て、鴾毛《つきげ》[一六]なる馬に乗りたるは、平氏嫡〳〵、今日

する。その祖、助清が首藤を号した。助清の孫、通清が鎌田正清の父で、一門が源頼義・義家に仕えた。
二一　俊通の息、瀧口四郎俊綱。　二二　越前国押領使藤原則光の曽孫従五位下左馬允実遠の息として見えるが「武蔵国住人号長井斎藤実直子也」とする。　二三　清和源氏、兵庫助片切源八為行の息、景重。『尊卑分脈』に「保元平治両度合戦属義朝軍忠」とある。　二四　桓武平氏の千葉氏、上総介常澄の息。上総介で介八郎と号した。後に頼朝に討たれる。　二五　宇多源氏、従五位下式部丞季定の息。源為義の猶子になった。

一　清和源氏であろうか、未詳。　二　「新大系」は、清和源氏、文章生従五位下淳国の息、豊前守右馬助従五位下時光とする。『兵範記』保元二年六月二十五日の条に、御斎会の後「被レ行二臨時除目叙位一、参議不レ候、左少弁雅頼書レ之」として「豊後守源時光」を掲げる。　三　平清盛の弟。母は陸奥守源信雅の女。保元元年、常陸介、平治元年十二月、伊賀守などを歴任、嘉応二年（一一七〇）十二月、従三位非参議に上る。常陸は親王の任国で、現地の支配は介が行ったので、常陸守は常陸介の誤り。　四　「巳」は、午前十時の前後二時間だから、その「半」は、午前十時頃。　五　対決する軍勢が、開戦にあたって、その合図に鏑矢を射合わせること。
六　約二時間。　七　大内裏の東面の大路から、半分の軍勢を待賢門を通して内裏へ攻め入れさせようとした。「立て」を底本は「立ち」とする。
八　一度の応戦もできないで。　九　「樗の木」は、せんだん。「新大系」は『大内裏図考証』により、内裏には三か所にこの木があり、「建春門の外、門と南所、外記庁との間」が適当かとす

の[一七]大将左衛門佐重盛ぞ。押し並べて組みとれ。討ちとれ者ども」。十七騎、轡《くつわ》を並《ならべ》てぞ駈けたりける。その中にもすぐれて見えけるは、三浦の介二郎義澄・[一八]渋谷庄司重国・[一九]足立四郎馬允遠光・[二〇]平山武者所季重、悪源太が下知に従ひて、重盛に目をかけて馳せめぐる。悪源太は、一人当千《たうぜん》のこれらを相具して、馬の鼻を並べてさん〴〵にかゝりければ、重盛の勢五百余騎、[二一]はつかの勢に駈け立てられて、大宮面へばつと引てぞ出たりける。悪源太がふるまひ《い》を見て、義朝、心ちを直し、使者を立てて《こ》、「ようこそ見ゆれ悪源太、すきなあらせそ。たゞ駈けよ」とぞ下知しける。

重盛、[二二]大宮面《おもて》にひかへて、しばらく[二三]人馬の気《け》を休めけり。赤地の錦の直垂に、櫨《はじ》の匂ひの介に、[二四]蝶の裾金物をぞ打ちたりける。鴾毛《つきげ》なる馬のはなはだたくましきが八寸《やき》余りなるに、金覆輪の鞍置きてぞ乗りたりける。[二五]年廿三、[二六]馬居・[二七]事柄、[二八]軍のおきて、まことに平氏の[二九]正統、武勇の達者、あッぱれ大将軍かなとぞ見えし。鐙踏んばりつい《ゐ》[三〇]立ちあがり、「いつはりて引き退くべきよしの宣下を承ッたる身なれども、合戦は又、[三一]時宜《じぎ》による也。[三二]はつかの小勢にうち負けて引き退く事、身にあたりて面目失へり。今一度駈け懸て、その後こそ[三三]勅定のおもむきにまかせめ」とて、さきの兵を

る。「新編古典」は、「橘の木」と読み、紫宸殿の南庭の橘の木かとする。底本の記述には、事実からはかなりの乱れがあるだろう。物語としてどのように読むのか。　一〇　覚悟できていない臆病者。　一一　「にこそあるめれ」の転。であるようだ。　一二　底本「聞へらん」とあるを正す。　一三　生まれて十九歳。名のりに年齢を言うのは型。　一四　延慶本『平家物語』三本に、木曽義仲の生いたちと、その父義賢について、「久寿二年(一一五五)八月十六日、故左馬頭義朝ガ一男、悪源太義平ガ為ニ、大蔵ノ館ニテ、義賢重隆共ニ被討ニケリ」と見える。頼長の『台記』八月二十七日の条にも見える。その大蔵とは、今の埼玉県比企郡嵐山町大蔵。「義方」は「義賢」。　一五　はじ(山うるし)の汁で染めた、赤みをおびた黄色を順次薄くしたおどし毛の鎧。　一六　鴇(とき)の羽の裏のように、白に薄く赤みをおびた毛色の馬。　一七　馬の口にはめる金具。くつばみ。手綱をこれにつけ、馬を御《ぎよ》した。　一八　渋谷庄(今の神奈川県綾瀬・藤沢市)の雑務をとりしきった桓武平氏の一人。「新大系」は、河崎平三大夫重家の息とする。　一九　「遠光」を「遠元」とする本があり、「遠基」とも。漢字の誤写による乱れであろう。今の東京都足立区から埼玉県足立郡にかけて住んだ武士。藤原氏、魚名の子孫で、安達藤九郎民部丞遠兼を右大将(頼朝)家々人とし、その息に外嶋左衛門尉遠基が『尊卑分脈』に見える。　二〇　武蔵七党の中、西党。今の日野市平山に住んだ。直季の息。「武者所」は、院の御所を警備する武士、また、その詰所。　二一　わずかの勢。　二二　前頁注七。　二三　人と馬の息をつがせた。　二四　底本「煠」とあるを改める。語り本五〇頁に、重盛のいでたちを「てふの丸のすそ金物しげくうたせたり」と

ば大宮面に立てお《(を)》き、[一]あら手五百余騎を相具して、又、待賢門をうち破りて、を《(お)》めいて駈け入けり。

悪源太義平は、[二]色も変らぬ十七騎、本の陣にぞひかへたる。重盛の駈け入りたるを見て、「武者はあら手とおぼゆるが、大将軍は元の重盛ぞ。[三]余《よ》の者に目なかけそ。櫨《はじ》の匂ひの介に、鴇毛《つきげ》なる馬は重盛ぞ。押し並べて組み落せ。駈け並べて討ちとれ、者共」と、馳せ廻て下知しければ、重盛の郎等、[四]筑後左衛門貞能・伊藤武者景綱・館大郎貞保・[五]与三《よさう》左衛門かげやす・[六]後平《ごへい》四郎さねかげ・同《おなじき》十郎かげとしを始めとして、都合その勢五十余騎、重盛を[七]最中《もなか》に立て、[八]面も振らず戦ひ《(い)》たり。されども悪源太は、「敵に[九]馬の足《たて》な立《たて》させそ。櫨《はじ》の匂ひの鎧に組め。鴇毛《つきげ》なる馬に押し並べよ」と、[一〇]のゝしりかけて馳せ廻る。[一一]声、次第に相近《あひちか》に成ッて、又、組まれぬべくや思ひけん、[一二]大宮の大路へさッと引てぞ出でたりける。

悪源太、敵を二度追出《おひいだし》たるを見て、左馬頭「さてこそ心やすけれ」とて、[一三]郁芳門より打て出《いづ》。鎌田兵衛・[一四]後藤兵衛・子息新兵衛尉・山内首藤刑部丞・子息滝口・長井斎藤別当・片切小八郎大夫・上総介・佐々木源三、是《これ》九騎、太刀のきッ先を並べてを《(お)》めいてかゝりければ、[一五]三河守の千騎が最

ある。蝶は平氏の家紋で、それを丸型に仕立てたもの。裾金物は、その家紋を飾りとして金物で草摺や甲の菱縫などに付けたもの。　二五 保元四年(一一三八)生まれだから、平治元年当時は二十二歳。　二六 馬に乗った様子。乗りよう。

二七 体格。体つき。　二八 戦闘の指図、指揮。

二九 正しい血筋をひく子孫。　三〇 すばやく立ち上がり。　三一 事を行うのに適切な頃あい。

三二 あるかないか、わからないぐらいの。

三三 天皇の命令。この前の、「いつはり引きて退くべきよし」宣下していたことを指す。宣下の御指示に従おう。

一 まだ戦わずにひかえている軍勢。新しい軍勢。　二 様子も変らぬ、気力も変らない。一六六頁に「悪源太、父にことばをかけられて、その勢十七騎」とあった。　三 外の者に目をかけるな。　四 一四八頁に登場した「筑前守家貞」の息。代々、平家の一門として仕えて来た一人。　五 『保元物語』「官軍勢汰ヘノ事」に、清盛に従う手勢の中に家貞・貞範と並んで見える余三兵衛景康か。　六 一五一頁に伊藤・館と並んで登場する。「かげとし」は未詳。

七 一番、目につく所。中心となる所。

八 顔をそむけず、敵をきっとめがけて。

九 (重盛を守ろうとする軍勢に)馬を立てさせるな。　一〇 大声でけしかけて。　一一 (義平の)声が次第に近くなり、また組まれては大変と思ったか。語り手の焦点化の主体を重盛とする語りに注目。　一二 攻め込んだ待賢門もしくは南の郁芳門から大宮大路へ後退したのである。

一三 大宮大路に面する、待賢門の南の門。大内裏の最東南の門。　一四 藤原魚名流、左衛門尉実遠の息、実基。『平家物語』で義経の配下、戦

中へ駈け入て、[一六]群雲《むらくも》立ちに引《ひか》へたりけるを見て、義朝、二百余騎の勢を相具してを《(お)》めいて駈け入りたりければ、三河守の大勢、馬の足をも[一七]ためず、三手になりてぞ引たりける。

[一八]大内《おほうち》は、元来、[一九]究竟《くつきやう》の城郭なれば、[二〇]火をかけざらん外は、たやすく攻め落ちがたかりしかば、敵をたばかり出さんがために、官軍、六波羅へ向《むか》ひて引き退く処に、出雲守光保・伊賀守光基・讃岐守末時・豊後守時光、これらは心変りして、六波羅の勢に馳せ加はる。[二一]大内に残る勢とては、左馬頭一党、臆病なれども信頼卿計《ばかり》也。

[二二]合戦のてい、末たのもしくも見えざりければ、義朝の[二三]女子、今年六歳になりけるを、殊に寵愛しけるが、[二四]六条坊門烏丸に、[二五]母の里ありしかば、坊門の姫とぞ申ける、[二六]後藤兵衛実基が養君《やしなひぎみ》にてありけるほどに、「今一度、見まゐ《(い)》らせ給へ」とて、介《よろひ》の上に抱きて軍陣に出来《いで》ければ、義朝、たゞ一目見て、涙のこぼれけるを、[二七]さらぬやうだいにもてなして、「さやうの者は、[二八]右近の馬場の井にし〔づ〕めよ」と言ひ《(い)》ければ、中次といふ[二九]恪勤《かくごん》の懐《ふところ》抱かせて、急《いそぎ》逃しけり。

信頼卿は、時の声に心地損じて、散〲の事共にてありけるが、左馬頭、

術にたけた者として登場する。　一五　平頼盛の軍。一六三頁、六波羅勢の三人の大将軍の一人として参加していた。　一六　大勢の人が、群雲の立つようにむらがってひかえているのを見て。語り手の視点は義朝にある。　一七　とどめないで。　一八　大内裏。　一九　もともと仏教語で、無上・究極、事理の至極の意。転じて、きわめて強いこと。　二〇　底本「ひをかけざらんは外は」とあるを正す。火をかけない限り、容易には攻め落しがたかったので。『愚管抄』や『百錬抄』に、このかけひきがあったことは見えない。

二一　『愚管抄』五には、重盛と頼盛の二人が「大将軍ノ誠ニタゝカイハシタリケルハアリケレ」とし、義朝は、あらかじめ、「イカサマニモ六波羅ニテ尸ヲサラサン」と決意し、「六波羅ノハタ板ノキハマデカケ寄」せたと記す。

二二　戦闘の行方に期待を持てなくなって来たので。語りに義朝の思いをこめている。

二三　『尊卑分脈』に「中納言(藤)能保卿室高能母　母同頼朝卿」と見える。その高能は建久九年(一一九八)、従三位左兵衛督参議で死去する。外にもある義朝の女とは別の扱いをしていることに注目。　二四　六条大路の二本北、六条坊門小路と烏丸小路の交わる地。　二五　「里」は居住地の意か。　二六　「養君」は、養育している、主君の子。実基の妻が乳母であった。

二七　「さあらぬ」の略。「涙のこぼれ」る思いを押しかくすようにふるまって。

二八　今の上京区北野神社の東南で、右近衛府の馬術練習場があった。井については未詳。「しづめよ」を底本は「しめよ」と誤る。

二九　親王や摂関など貴人に仕えた下級の侍。

六波羅へ寄せければ、人なみ〳〵に、その後に付て歩ませ行《ゆく》道すがら、「此大路は、いづ方へ行道ぞ。いづちへ行てかよかりなん」と、逃道を問へば、郎従共、主の返事をばせずして、後に付《つき》て[一]つめはじきをして、「[二]これ程の大臆病の人の、かゝる大事を思ひ企てられけるよ。此月比《ごろ》[三]、伏見にて習ひ《(い)》給し武芸は、何方《いづかた》へ失ひ《(い)》けるぞ。兵法を習へば、臆病に成《なる》か。あらにくや〳〵」と言へどもかな[四]はず。

重盛は、しばらく合戦して、敵をたばかり出《いだ》し引退く。悪源太、勝《かつ》[五]にのりて追つかければ、重盛の馬の草わき[六]・太腹を篦深《のぶか》[七]に射させ、馬しきりにはねければ、堀川[八]の材木の上、下立《おりた》ッたり。鎌田兵衛、川を馳せ渡して、馬より下重《おりかさな》ッて、重盛に組まんとしけるを、重盛の郎等与三郎左衛[九]門尉かげやす、鎌田にむずと組む。上になり下になり組みあひ《(い)》けるを、与三左衛門、上に成、鎌田をとりて押さへける所に、悪源太馳せ寄りて落ち重なり、与三左衛門を討ち取《とる》。下也《したなる》鎌田を引き起こし、やがて重盛にうちかゝりける所に、重盛の郎等進藤左衛門尉[一〇]、少し隔《へだた》ってひかへたりけるが、これを見て、鞭に鐙をあはせ[一一]て馳せ寄り、材木のきはに飛下《とびおり》、重盛をかき乗せ、轡[一二]を東へ向て鞭打ッて、「のびさせ給へ」[一三]と言けるを最後にて、

一　人を非難する、不快そうな表情動作をして。
二　以下、郎従の怒りは、義朝の怒りと重なる。
三　一三六頁に「伏見なる所に籠もり居つゝ、馬の馳せひきに身をならはし」と見えた。
四　(そのような信頼方についた運の悪さは)とり返しのつかないことだ。
五　(緒戦に)勝った勢いに乗って。
六　(馬が野原を行く時)草を押し分ける、胸さきの部分。「太腹」は、下腹の上の太く、丸みをおびた部分。
七　「篦」は、矢の、矢羽と矢じりをつなぐ柄の部分。「篦深」は、矢が強く当って、その篦が深くささること。
八　東大宮通り二本東、堀川小路をまっすぐに南下する川。→補三〇二
九　一六八頁注五。
一〇　藤原利仁の子孫、北陸七ケ国押領使為延を「疋田斎藤始、進藤祖」とする。→補三〇三
一一　馬に鞭を当てあわせ、鐙(足踏みの具)で馬の腹を蹴って馬を速く駈けさせ。
一二　手綱をつけるために馬の口にはめる金具。くつばみ。
一三　落ちのびてください。
一四　甲の、鉄製の椀形、頭をおおう部分。
一五　「いたく」の音便形。強く。　一六『日葡辞書』に「ガハト　突然落ちるさま、または、不意

主と後合《うしろあはせ》になり、悪源太にうちかゝり、散〻にぞ戦ひ《い》ける。悪源太が打ける太刀に、[一四]甲の鉢を[一五]いたう《ふ》打たれ、[一六]がはとまろびながら、太刀をも捨てず起き直らんとしけるを、鎌田落ちあひ《い》て、とりて押さへて首を[一七]〔とる〕。

二人の郎等が討死しけるあひだにぞ重盛、はるかにのびにける。

三河守頼盛は、[一八]中御門を東へ引きけるを、鎌田が下部、腹巻に[一九]熊手持ちたるが、よげなる敵と目をかけて走り寄り、甲に熊手投げかけて、[二〇]えい《ゑひ》声をあげてぞ引きたりける。三河、ちッとも傾かず、鐙踏んばりつい立ち[二一]〔あがり〕、左の手にては鞍の[二二]前輪をかゝへ、右の手にては[二三]抜丸と云太刀を抜き、熊手の柄をぞ切りてンげる。熊手引きける男は、[二四]のけにまろぶ。三河守は、[二五]つッとのびにけり。熊手は甲にとまりけり。見物の上下、これを見て、[二六]「あ、切りたり。いしう切りたり」と、ほめぬ者こそなかりけれ。

三河守も、すでに[二七]討〔たれ〕ぬべく見えけるに、[二八]通りあひ《い》て戦ふ者ども誰々。[二九]八幡三河左衛門資綱・[三〇]少監物成重、その子監物大郎時重・[三一]兵藤内、その子藤内大郎、これらを始めとして廿余騎、しばらく[三二]支へて攻め戦ふ。兵藤内は、馬を討たせて、[三三]徒武者《かちむしや》に成てンげり。その上、老武者なれば、乱れあひ《い》たる戦ひ《い》かなはで、[三四]あるい《ひ》は小家に立ち入て見ければ、「その国

に起き上がったり、予期しなかった事をしたりするさま」とある。「まろぶ」は転倒する。一〇三頁注三〇。 一七 底本「とり」とするのを改める。 一八 大内裏の東面、待賢門を東へのびる大路。 一九 長い柄の先に、熊の手のような鉄製の爪をつけ、相手にひっかけて倒す武具。 二〇 力を入れるのに発する「えい」というかけ声をあげて。 二一 底本「のぼり」とあるのを改める。 二二 鞍の前部にあって騎乗者の体を支えるための輪型。 二三 平家の池殿、頼盛の家に伝った名刀。この話の末尾一七四頁にその由来が見える。 二四 あお向きに転倒した。 二五 いきおいよく、さっと逃げのびた。 二六 あっ、切った。みごとに切った。「いしう」は「いしく」の音便型。「いし」は、みごと、りっぱなの意の形容詞。頼盛の太刀さばきを見物者の眼を通して語る。「むずと」「がはと」「つッと」などの擬態語も語り手の、この場に寄せる思いを語る。 二七 底本「うちぬべく」とあるのを改める。いよいよ討たれそうになったが。 二八 通りあわせて戦う者は、だれだれぞ。 二九 資綱は未詳。源義家を八幡太郎、為義の子息為成を八幡七郎と言い、その母は賀茂神主成宗の女。外に伊豆国田方郡大見に八幡の地名があるが、いずれも未詳。 三〇 中務省で出納・監察・管理を扱う職を監物と言う。「少監物」は、監物の三等官で正七位下相当。成重・時重は未詳だが、『平家物語』九に平知盛の侍に、「堅物太郎頼方」が見え、武藤氏かと言うが未詳。 三一 兵衛の藤内で、藤原氏の内舎人を姓としたもの。淡路・武蔵・美作などに見えるが未詳。↓補一七二
三二 (敵の攻撃に対し)もちこたえて。
三三 徒歩の兵。
三四 底本に「あるいは」とあるを改める。

の住人たれがし」、「彼国の住人それがし」と名のりかけ、介《よろひ》には[一]紅《くれなゐ》を流し、[二]袖・草ずりには矢を折りかけて、[三]互ひに限りと戦ひける。[四]太刀のかげは電《いなづま》のごとく、馳せちがふる馬の足音は電《いかづち》の如し。[五]大事の手負ひて、[六]引きかけられてゆくもあり。又、[七]その庭に辷《まろび》て死するもあり。馬の腹射させて[八]ひかへ、又薄手負ひて、なほ《(を)》[九]返合《かへしあはせ》て戦ふもあり。火出づる程にぞもみ合ける。藤内大郎いへつぐ、年三十七、そのふるまひ《(い)》すぐれたり。[一〇]究竟《くつきやう》の敵七、八騎討ちとりて、よき敵と引き組みて、差違てぞ[一一]〔失せに〕ける。父の藤内、家のうちよりこれを見て、「あはれ、若き時ならば走り出、ともに戦ひ《(い)》なん」と思へども、老期なれば不ㇾ叶《かなはず》、力及ばで、泣く〳〵宿所へぞ帰りける。藤内大郎討死の後、三河守の勢も、たゞ引にこそ引きたりけれ。

後藤兵衛と[一二]平山と二騎うち別れて、[一三]町を下《おり》追て行。先を見ければ、六波羅勢と[一四]おぼしくて、[一五]赤印《じるし》付《つけ》、武者二騎ひき残りて、時々、[一六]返合〳〵戦ひ《(い)》けり。一騎は、[一七]緋威《ひをどし》の介着て、[一八]栗毛なる馬に乗り、一騎は、黒糸威の介着て、[一九]鴾毛《つきげ》なる馬にぞ乗りたりける。後藤兵衛・平山、[二〇]あまさじと追つかけたり。緋威《ひをどし》介《よろひ》着たる兵、[二一]相近に攻められて、[二二]馬の鼻を返し、後藤兵衛と

一　戦って斬った相手の返り血をあびることを言う。　二　鎧の肩・肘をおおう部分。それに当った矢が折れたまゝとどまっている。
三　敵・味方ともに、これを最後と必死に戦った。　四　太刀のきらめく光。　五　命を失うことにもなりかねない深い傷。重傷。　六　馬上の武者に引きずられてゆく者。　七　その場に倒れて。
八　その場に立ちとどまり。
九　（逃げないで）とって返して戦う者。
一〇　きわめて強い敵。　一一　底本に「うしなひにける」とあるを改める。　一二　源氏側の武士。一六七頁注二〇。　一三　都の区画で、大路・小路に囲まれた一区を言い、坊とも言う。この場合、その区画を区切る南北の小路や大路を言う。
一四　底本に「おぼえしくて」とあるのを改める。
一五　平家の赤いしるし。源氏の白の対。
一六　待賢門のいくさは、一六三頁に語ったように策を用い、源氏をさそい出そうとしている。（平氏は）敗走すると見せかけながら、時々、うって返すことを言う。
一七　（火が燃え出るような）緋色に染めた皮でおどした鎧。　一八　黄褐色ないしは赤褐色の毛色の馬。　一九　一六六頁注一六。　二〇　逃がすまいと追いかけた。　二一　間近かに。
二二　逃げる方向を転じて敵に向かい。
二三　（行動を共にする後藤の様子を）ちらと見て。「打（うち）」は、動詞の上に付けて、その動詞の意を強めたり、語の調子を整える語。
二四　（この場合、馬の）群を抜いてすぐれているもの。それと間を隔ててしまったので。
二五　鏑（かぶら）の形で、中を空にし、三個ないし八個の穴を明けた、鹿の角や木で作ったものを先端に付けた矢。「小」は、その鏑の小さいも

たゞ一太刀打ちがへて、むずと組む。後藤兵衛、上になりて敵をとりて押さへけるを、平山打[二三]見て、「ようこそ見ゆれ、後藤」と言捨《す》て、黒糸介《よろこ》に目をかけて追つかけたり。敵が馬、[二四]逸物《いつもつ》にて、あひ《(い)》遠になりければ、平山、[二五]小鏑をとりて番《つがひ》、[二六]よッ引て放ちけり。敵の馬の太腹を[二七]追様《おつさま》に、[二八]はたとぞ射たりける。しきりに馬はねければ、[二九]介をこして下立《おり》けるが、[三〇]あるい《(ひ)》は、[三一]辻堂の内へつッと入り、平山も馬より下、馬をば門の柱にしづ〳〵とつなぎ、太刀を抜きて門の内へつッと入。敵、太刀をうち折りけるにや、矢をとりてうちつがひ、堂の庭に[三二]積み置きたる材木のかげへ走廻《めぐり》、[三三]小引《こび》きに引い《(ゐ)》て待ちかけたり。平山、[三四]すきもなくつッと寄りけるを、引きまう《(ふ)》けたる矢なれば、[三五]ひやうど放つ。平山、[三六]身をよれば、[三七]内甲をさして射たる矢が、[三八]しころを外に射出しけり。弓を捨て、[三九]腰刀を抜き、ちッとも退かず。平山がうつ太刀に、左の[四〇]小腕《こがひな》をうち落されて、つッと寄りてむずと組み、平山、太刀を捨てて《(こ)》、とりて押さへて首をとり、材木の上に置きて、[四一]大気《おほいき》をつい《(ゐ)》て休む所に、後藤兵衛も、組み落したる緋威の主とおぼしくて、首一《ひとつ》と[四二]付にきてぞ出来たる。平山これを見て、「[四三]や、殿、後藤殿、その首捨て給へ。今日は首の不足もあるまじ。さやうに取持ちては、[四四]名あらん首を

の。合戦開始の合図にこれを射る。　二六「よく引て」の促音便形。　二七「追ひ様に」の促音便形。後から追いかけるようにして、の意。

二八　擬声語。ばしっと。これらの音便形や擬声語の使用が、語り手の、この場に同化する姿勢を示している。　二九「新大系」や「新編古典」は、「鐙」の誤りと見る。足を鐙からはずして降り立ったがの意か。　三〇「新大系」は「ある」の誤りとする。「あるじ(馬の主)」の誤りとも考えられる。　三一　道ばたに建つ仏堂。

三二「新大系」は、場所を堀川と見て、材木に注目する。　三三　(敵との距離を考え、正確を期して)弓の弦を少し引いて。　三四　すぐさま。

三五　矢が飛ぶ意を表わす擬声語。「ど」は、「と」が上の「う」の長音にひかれて濁音化した。「ひやうづばと」「ひやうふっと」などの、軍記物語の用語がある。　三六　身をひねってよけたので。

三七　(平山の)甲の覆いの内側、顔面をねらって射た矢が。　三八　甲の鉢に続いて頸部の左右、後方を覆う部分。矢が、しころの部分を射抜いたことを言う。　三九　組み射ちなどの接近戦に使う、腰にさした刀。つばが無く、短い。このあたり、両人のす早い動きを語るために、主語の明示を欠く。いくさ語りの方法である。

四〇　腕の、ひじから先、手首までの部分。

四一　大きく息を吸って。

四二「新大系」は「付きにかきて」とし、「付」を「符」、首の札と解する。

四三　人に呼びかけるのに発する感動詞。

四四　名の通った武将の首をだれに持たせるのか。

ば、誰に持たすべきぞ。早く捨て給へ」と申せば、後藤兵衛が申やう、[一]「これらがふるまひ《(い)》も、たゞ者とは覚えず。此首をば、こゝに置て、[二]在地のともがらにまぼらせて、後にとらん」とて、二《ふたつ》の首を材木の上に置きて、「此首失ひては、在地の罪科ぞ。[三]賢《かしこ》、守れ」と言ひ置き、二人、馬にうち乗りて、[四]とゞろ駈けして、六波羅の勢を追て行く。

[五]平家兵、返合《かへしあはせ》〳〵、所々にて討死しけるあひ《(い)》だに、[六]左衛門佐も三河守も、六波羅へこそ着きにけれ。「[七]与三左衛門・近藤左衛門、二人の侍なかりせば、重盛いかでか身を全《まつたう》せん。抜丸なかりせば、頼盛、命延《のび》がたし。[八]二人の郎等、一腰《ひとこし》の太刀、いづれも重代の物は、やうありけるぞ」と、見る人、感じ申ける。

この抜丸と申は、[九]故刑部卿忠盛の太刀なり。[一〇]六波羅池どの〔に〕[一一]、忠盛昼寝してありける程に、枕に立たる太刀、[一二]二度抜きけると夢のやうにきゝて目を見開き見給へば、池より、長さ[一三]三丈ばかりありける大蛇、浮かみ出で、忠盛をを《(お)》かさんとす。此太刀の[一四]抜けけるを見て、蛇は池に入、太刀は元の如くさやに入り、蛇又出づれば、太刀又抜きけり。蛇、その後、池に入りて、又も見えず。忠盛、霊ある剣也とて、名を抜丸とぞ付られける。

一　さきほど討ちとった相手たちを指す。
二　この辺りの人々。
三　つつしんで、大切に。
四　馬のひづめの音を高く響かせて駈けさせ。
五　「の」を補うべきか。
六　重盛と範頼を指す。
七　一七〇・一七一頁に、重盛の郎等として与三左衛門と進藤左衛門尉が見えた。「近藤」は、「進藤」の誤りか。
八　二人の家来、一腰の太刀(抜丸)ともに、平氏にとって代々の宝物は、相応の意味があるものだと。
九　従四位上平正盛の長男で、永長元年(一〇九六)生まれ。清盛らの父。↓補一七一
一〇　六波羅の地に池があり、その地を頼盛の邸とした。↓補三〇四
一一　底本「に」を欠く。
一二　「抜きける」は「抜けける」とあるべきか。
一三　約九メートル。
一四　注一二。

清盛、嫡子[15]なれば、さだめて譲り得んと思けるに、頼盛、当腹[16]の愛子たるによッて、此太刀を譲り得たり。これによつて、兄弟の中、不快とぞ聞えし。＊

一五　正妻が生んだ、財産を継承する地位にある男。
一六　本妻腹の、かわいい子であるため。↓補三〇五

平治物語　中

（義朝六波羅に寄せらるる事）

左馬頭義朝は、[一]六条川原へ押し寄せて見ければ、[二]六波羅には、五条の橋[三]こぼちよせ、[四]かい《(ひ)》楯かい《(ひ)》て待ちまう《(ふ)》[五]けたり。[六]かい《(ひ)》楯の外《そと》にも内にも、つは物ども満ち〳〵たり。[七]道〳〵、[八]関〳〵へも人を指し向けて、「[九]六波羅、皇居になりたり。御方へ参ぜざらん者は、朝敵たるべし。後悔すな」と仰せられしかば、大勢も小《(こ)》勢も、うち連れ〳〵六波羅へのみ参りけり。＊

（信頼落つる事）

[一〇]〔右〕衛門守信頼は、おづ〳〵[一一]六条川原口までうち出でたりけるが、是を見て、「あの大勢におしつゝまれては、[一二]かひなき命も助かりがたし。いづ方へも落ち行かばやと思ひければ、[一三]楊梅《やまもも》を西へ、京極を上りに落ち行けり。左馬守が[一四]わら〔は〕[一五]金王丸是を見て、「あれ御覧候へ。〔右〕衛門督殿こそ落ちられ候へ」と申せば、義朝、「[一六]よしや目なかけそ。[一七]あればとて用

一　六条大路の東端、賀茂川（この場合は西側）の河原。対岸に六波羅を見る。
二　平氏が邸を構える、賀茂川の東、六波羅蜜寺のある地。→補三〇六　三　（橋の材を）こわし寄せ集めて。　四　板などを楯のように組み立てて防御壁とし。　五　準備して待機していた。　六　普通なら、かい楯の内側に待機するはず。それを外にも待つとするところに、平氏の防御が整い、さらに反撃に出る構えであることを語る。語り本は「かいだてにこしらへてまつところに」。　七　京へ入る道が鳥羽・東寺・竹田・伏見・五条橋・粟田・北白川・坂本・荒神・大原・清蔵・鞍馬・長坂・西七条・四条大宮などにあり、京の七口などと呼んだ。　八　北陸道への大津、西国への葛葉などの関所。　九　平氏に味方するよう檄をとばすのである。上巻一六〇頁に、重盛らが主上を「事ゆゑなく六波羅へ行幸なりにければ」としていた。　一〇　底本「衛門守」とあるを河野本により改める。　一一　六条大路の東端、賀茂川へ出る口。この頁注一。
一二　（主上・院らに）期待を裏切られて失望する思いを語る。　一三　六条大路の北一本目を東西に走る小路。→補三〇七　「京極」は、京の洛中の東端、南北に走る東京極大路。あるいは逆の西京極大路か。　一四　底本の「わら」を改める。成人式をすませていない髪形をした、貴人に仕えて雑用を行う男。　一五　桓武平氏、渋谷氏とする伝があるが、その名から推して、さらに身分の低い者か。「丸」は身分の低い者がつけた名。八坂流『平家物語』や能などで、土佐房昌俊の幼い時の名とする。　一六　ままよの意の副詞「よし」に間投詞「や」の付いた語。どうにでもなれ、気にとめるなの意。　一七　（信頼など）いたとしても、役に立つものならともかくも。

にも立つべくはこそ。中[18]く足手にまとひてむつかしきに」〔と〕[19]ぞこたへける。＊

（頼政平氏方につく事）

[20]源兵庫頭頼政は、三百騎ばかりの勢にて、五条河原、西[21]のつらにひかへたり。悪[22]源太是を見て、「頼政がふるまひ(ゐ)こそ心え(へ)ね。当[23]家・平家両陣を見はからひて、強からん方へつかんとするござん[24]〔めれ〕。義[25]平が前にては、さはせさすまじき物を」とて、京[26]極を上りに、五[27]条を東へ歩ませけるを見て、兵庫頭思ひけるは、「[28]出雲・伊賀守が六波羅へ行《ゆか》ば、会[29]釈せん」と思ふところに、悪源太、十五騎の勢に、旗一流れさゝせて出で来たる。[30]あはやと見るところに、悪源太、大音声をあげて、「[31]まさなき兵庫頭がふるまひかな。源[32]家名を知らるる(こ)程の者の二(こ)[33]心あるやうはある。義平が目の前をば[34]わたすまじき物を」とて、太刀うちふり、を(お)めい(ひ)て駈けけり。東西南北・十文字に散〳〵にぞ駈けたりける。兵[35]庫頭、三百余騎に駈けたてられて、所々にひかへたり。

悪源太、[36]一当《あて》当てたるばかりにて、ま[37]ことの敵にあらざれば、左[38]馬守

一八　かえって足手まといになって迷惑だからと。

一九　底本「こそ」とするを改める。

二〇　清和源氏、下野守、兵庫頭仲政の長男。母は勘解由次官藤原友実の女。治承三年、六十五歳で出家、法名真蓮。保元の乱に渡辺党を率いて主上、後白河側についた。歌人としても著名。

二一　賀茂川の西岸、川端に待機した。

二二　源義平。この前、一七〇頁、重盛に戦いをいどんだことが見える。

二三　源氏のこと。

二四　「ごさん」とあるのを改める。「にこそあめれ」の転。強い方へつこうとする思いらしい。底本「めれ」を欠く。

二五　この義平がいる前で、そんなことはさせまい。

二六　洛中、東端の京極大路を北へと。

二七　五条大路の東端に五条橋がかかっていた。それを渡って。↓補三〇六

二八　底本「いつものいかのかみ」。一六九頁、「出雲守光保・伊賀守光基」らが「心変りして六波羅の勢に馳せ加は」っていた。

二九　挨拶して、かれらに同行しようと。

三〇　義平の思いを語ることば。頼政の心の中を知って驚くことば。

三一　品格が無く、見苦しい。

三二　河野本に「源家にも名を」とある。

三三　（敵に）寝返る心があってよいだろうか、よくない。

三四　通過させるわけにはいかないものを。

三五　この前、段の始めに、「源兵庫頭頼政は、三百余騎ばかりの勢にて」をあった。

三六　一戦をいどんだだけで（退いてしまった）。

三七　戦うにあたいする敵でもないので。

三八　左馬頭、源義朝のこと。

がひかへたる六条河原へ向きて歩ませ行に、兵庫の守、郎等七、八騎追つかけて散〳〵に射ける程に、悪源太が郎等、山内首藤刑部が子息、滝口としみち、立とゞまり戦ひけり。下総の国の住人下河辺の三郎庄司行泰が射ける矢に、滝口が首の骨を射させて、心地乱れけれども、さるつはものにて、矢をば抜きて捨て、鞍の前輪にすがり、甲《かぶと》の真向《まつかう》を馬の平首《ひらくび》にもたせ、息つきゐたり。悪源太、是を見て、「滝口は大事の手負ひぬと覚ゆ。敵に討たすな。首をば味方へ取れや」と下知しければ、鎌田、下人を呼びて、「滝口が首、敵に取らるな。汝行て、痛手か薄手か見よ」と申ければ、かの下人、長刀持たりけるが、走り寄り、滝口、目を見合はせて、「いかに、お《(を)》のれは、味方ごさんめれ」。「さん候。鎌田殿の下人にて候が、鎌倉の御曹司の御諚にて、大事の手ならば、人手にかけたてまつるな。御頸をたまはれと仰せ候により候て、是非を見まゐ《(い)》らせんが為に参りて候」と申せば、滝口、「痛手の段、子細なし。弓箭とる侍は、よき大将に召し仕ふべかりけるぞや。かばねをだにもいたはりおぼしめし、人手にかくなとの仰せこそかたじけなけれ」とて涙を流しけるが、「はや〳〵斬れ」とて、こぼれ落ちてぞ斬られける。父刑部少掾、「弓箭《ゆみや》とるならひ、かんせんの

一　一六五頁に「義朝たのむ所のつはものどもには……山内首藤刑部丞よし通・子息滝口俊綱」とあった。
二　「新大系」は、行泰を行義の誤りかとする。行義は、藤原藤成の子孫、大田大夫行政の息。下河辺は、今の埼玉県北葛飾郡内の地。「庄司」は、荘園の務めを組織し扱った役人。
三　射るがまゝにさせて。受身の「さす」がつく形。受身を逆に積極的に表わす武士詞。
四　なかなかの武士であって。
五　鞍の前部にあって、騎乗者の体を支えるための輪型。
六　甲の鉢の正面、前額部。
七　馬の首の左右、たてがみの下の部分。「もたせ」は、もたれかけさせて。
八　一五九頁に鎌田兵衛が登場した。義朝の乳母子。　九　重傷か軽傷かを見よ。
一〇　長い柄に刀をつけた武具。敵をなぎ払ったり、斬るのに使った。
一一　「味方にこそあるめれ」の転。味方らしいぞ。
一二　「さに候」の転。相手の問いを肯定することば。仰せの通りです。
一三　貴族や上級武士の子息で、まだ自立していない者に対する称。ここは義平を指す。「御諚」は、貴人の仰せ、命令。　一四　他人の手にかけさせるな。相手に対する敬意をこめるために「たてまつる」を言う。　一五　事のよし、あし。自分で行動できるかどうか、重傷か軽傷か。
一六　あれこれ言うに及ばない。仰せの通りである。　一七　この前、「甲の真向を馬の平首にもたせ、息つきゐたり」とあった。馬からくずれ落ちて。　一八　この頁注一参照。刑部省の三等官。丞に大丞・少丞各二人があった。
一九　「合戦」が正しい。

庭に出でて命《(こ)》を捨つる事は、人ごとに思ひまうけたる事なれども、我こそ先に討死して、子孫に弓箭[二〇]の面目をも譲らんと思ふに、末[二一]たのもしき滝口を討たせて、惜しからぬ老の命、何《なに(こ)》[二二]にかはせん。もろともに死出の山[二三]をも越えん」と身命を捨てて馳《(こ)》せ回れども、命[二四]は限りある物なれば、剣の先にもかゝらず、矢をのがるる《(こ)》をぞ嘆きける。

左馬の頭義朝は、悪源太が小勢にて戦ふ無慙さ[二五]に、五条川原へ向きてぞ駈けたりける。兵庫頭[二六]が三百余騎、六波羅の勢に付きにけり。＊

（六波羅合戦の事）

悪源太、川馳せ渡り、父と一手《ひとて》[二七]になりて、六波羅へ向きてぞ駈けたりける。こゝ[二八]を限りと見えければ、伴ふ輩《ともがら》たれ〳〵ぞ。悪源太義平[二九]・中宮の大夫進・兵衛佐・三郎先生《せんじやう》・蔵人義盛・〔陸奥〕[三〇]の六郎・平賀の四郎・鎌田兵衛・後藤兵衛、子息新兵衛・三浦の荒次郎・片切《かたぎり》の小八郎大夫・上総介八郎・佐々木の三郎・平山の武者所・長井の斎藤別当実盛を始めとして廿余騎、六波羅へ押し寄せ、一[三一]、二の垣楯《かいだて》うち破りて、を《(お)》[三二]めい《(ひ)》て駈け入、散[三三]〳〵に戦ひけり。

二〇　弓箭の道に獲得して来た名声をも子どもたちに譲ろうと思っていたのに。
二一　将来の夢多い子息の滝口（俊通）を討たれて。
二二　「生きながらえて」の語を補う。
二三　冥途への山。→補三〇八
二四　人の寿命は、人の力ではどうにもならないものなので。
二五　一四七頁注二六。
二六　義平が想像した通り、頼政は六波羅側につく。
二七　（河原で加わった父義朝の軍と）一隊になって。
二八　ここを最後のいくさと思う様子で。
二九　以下の人々が、一六五頁、待賢門のいくさに「二百余騎」で戦ったことが見えた。
三〇　底本「むつおくの」と記す。仮名表記をする際の誤り。
三一　最先端および二列目に防禦するかい楯を。
三二　大声をあげ、おめき叫んで。
三三　激しく戦った。

一 一三六頁に、「清盛は大宰大弐たる上」とあった。　二 （六波羅邸の）中央寝殿とは別棟、（ここは、その）後方、北側に相対して造られた建物。　三 対の屋の西側、両開きの板戸がある廂《ひさし》の間。　四 戦闘の指揮を行っていたが。

五 注三の板戸を指す。

六 （武士として）恥を知る侍がいないから。

七 すばやく事を行うさま。さっと。　八 清盛の当日のいでたちとしては。↓補三〇九

九 播磨国飾磨（今の姫路市内南部）産の濃紺染めの直垂。この色は中級の武士が多く着用した。この場合、鎧・矢などとのとり合わせを考えるべきであろう。　一〇 一六〇頁注八。

一一 矢の上部矢羽と、下端矢じりをつなぐ中間部「篦」を、湿気や乾燥を防ぐために漆を塗ったもの。　一二 鷲や鷹の黒い腋羽を矢羽としてつけた矢。高級の矢とされた。　一三 十八本差した箙を腰につけ。　一四 弓の材の分離を防ぎ、補強するために籐を繁く巻いたのを漆で塗り固めた弓。　一五 河野本は「黒漆の」とし「くろぬりの」と読む。鞘や柄に黒い漆を塗った太刀。

一六 甲冑を着る時に履く、浅い毛皮のくつ。熊の毛皮を外にして仕立てるのを本式とした。

一七 前脚の先から肩までが四尺七、八寸の高さがある馬。　一八 黒い漆で塗った鞍。

一九 （黒ずくめのいでたちのために）年齢以上に老成して見えたことを言う。平治元年当時、清盛は四十二歳であった。　二〇 「装束」を四段活用動詞化させ、その連用形をイ音便化した形。

二一 銀を材料にして作った大鍬形を打ったので。

二二 人とは違って目につき。　二三 太刀・長刀の刃を抜きつらねた徒歩武者。　二四 清盛邸の主殿であった泉殿の西の門。　二五 母は右近将監高階基章の女。保元の乱の功績により従五位

[一]大弐清盛、[二]北の対、[三]西の妻戸の間《ま》に、[四]いくさ下知して居たりけるが、[五]妻戸の扉に、敵の射る矢、雨の降る如くに当たりければ、大弐清盛、大きに怒りて、「[六]恥ある侍が無ければこそ、是まで敵を近づくれ。清盛駈けん」とて、甲の緒を(ゝ)しめ、妻戸の間よりつッと出で、庭に立てたる馬を縁のきはへ引き寄せ、[七]ひたと乗る。清盛、[八]その日の装束には、[九]飾磨の褐《かち》の直垂に、[一〇]黒糸威の鎧、[一一]塗り篦《の》に[一二]黒ほろはぎたる矢の、[一三]十八さしたるを負ふまゝに、[一四]塗り籠籐の弓をぞ持ちたりける。[一五]黒塗りの太刀に、熊の皮の[一六]つらぬきをぞはきたりける。黒き馬の[一七]七、八寸ばかりなるが、太うたくましきに[一八]黒鞍置いてぞ乗りたりける。下《した》より上まで[一九]お(を)となしやかに、真つ黒にぞ[二〇]装束い(ひ)たる。甲ばかりは、[二一]白かねをもッて、大鍬形を打ちたりければ、白くかゝやきて[二二]人に変り、あッぱれ大将やとぞ見えし。腹巻に太刀・長刀[二三]抜きつれたる歩《かち》武者三十余人、馬の前後・左右に馳せ散りて、[二四]西の門より駈け出でけり。嫡子重盛・二男[二五]基盛・三男宗盛以下の一門三十余騎、大将軍をば[二六]矢面に立てじと、我さきに〱とぞ駈けたりける。

左衛門佐重盛も、源の兵庫頭に目をかけて、「兵庫頭は[二七]あら手ごさんめれ。駈けよや、進めや」とことばをかけられて、兵庫頭三百余騎、川原を

西へぞ駈け出ける。左馬頭は兵庫頭に駈けられて、河馳せ渡り[二八]、西の河原[二九]へ引き退く。しばらく馬の息をつがせ、「こゝを最後ぞ、若党ども[三〇]。一引[三一]きも引くな」とて、轡《くつばみ》[三二]を並べをめ《(お)》[三三]いて《(ひ)》駈けければ、兵庫頭が三百余騎、河原の東へ引き退く。源平、川を隔ててしばらくさゝへたり[三四]。義朝申けるは、「如何に兵庫守[三五]、名をば源兵庫の守と呼ばれながら言ふがひなく、など伊勢平氏[三六]にはつくぞ。御辺[三七]が二心[三八]によりて、当家[三九]の弓箭に疵をつきぬる事こそ口惜しけれ」と、高らかに申ければ、兵庫守頼政は、「累代弓箭[四〇]の芸を失はじと、十善の君[四一]につきたてまつる。まったく二心にあらず。御辺は、日本一[四二]の不覚人信頼に同心するこそ、当家の恥辱なれ」と申せば、〔義朝〕[四三]ことわり[四四]肝に当たり《(は)》けるにや、其後は、ことばもなかりけり。

かゝりけるところに、伊藤武者景綱[四五]・筑後守家貞、五百騎ばかり、河原の東の方を上りへ向けて歩ませけるを見て、鎌田兵衛、左馬守に申やう、「あれ御覧候へ。敵こそ我らをとりこめんと勢を回し候へ。こゝをば退かせ給ひて、事[四六]のやうを御覧ぜられ候へかし」とぞ諫めける[四七]。義朝「引かばいづくまで逃《のが》るべきぞ。討死より外は、別の儀[四八]あるべからず」とて、やが[四九]て駈けんとしければ、鎌田、馬よりとびおり、轡にとりつき、「存ずると

下。平治元年当時二十一歳。

二六 矢が飛んで来る正面。矢先とも。

二七 (疲れていない)新たな軍勢であるのだろう。

二八 六波羅攻めを志して一たん渡っていた賀茂川を渡り返して。 二九 賀茂川の西岸。

三〇 若者たち。 三一 一歩の後退もするな。

三二 馬の口にはめる金具を並べ、馬の鼻先を前向きに並べるのである。 三三 (決死の思いをこめ)叫び声をあげて。 三四 対決し、にらみ合ったままでもちこたえた。 三五 河野本は「や、兵庫頭」。 三六 京から東国へ移った桓武平氏の中、伊勢方面に進出した一派。正盛が伊勢国を院に寄進して中央政界に参画し、この地方を基盤とした。 三七 対等の関係にある相手を呼ぶ二人称の代名詞。

三八 心を両様に持つこと。味方(や主君)にそむく心。 三九 わが一族(ここは源氏)の武名をそこなう。 四〇 代々を重ねること。「芸」は本来、文武の芸。ここは弓矢の技能の意。 四一 仏教語で、十悪を犯さず十戒を保つことが天子になるべき宿因となった。その宿因により即位した天子。↓補三一〇 四二 この後、義朝自身が、この同じ思いをすることになる。「不覚人」は、思慮がゆきとどかない人。「不覚仁」とも。

四三 底本は「義経」と誤る。

四四 道理が胸にこたえたのか。「肝」は、この場合、身体のもっとも大事な所、胸。

四五 ともに平家方の武士。伊藤は、一六八頁、家貞は、一四八頁に前出。

四六 相手がどのような行動に出るか、その様子を。

四七 先走った行動に出るのを制止した。

四八 外にとるべきてだてがあってはならない。

四九 すぐさま。

ころありて申候物を。御当家は弓矢とりては、神にも通じ給へり。やうこそあるらめと、天下の人申《まうし》あひて候に、平家の目の前に御かばねをとゞめて、馬のひづめに当てさせ給はん事、口惜しかるべし。まッたく御命を惜しむためにはあらず。敵は幾万騎候とも、[一]駈け場よき合戦なれば、[二]うち払ひて、[三]大原・[四]静原の山の中へ馳せ入ても御自害候べし。もし又[五]延びえぬべくは、[六]北陸道にかゝりて、東国へ下らせ給ひなば、[七]東八か国に、[八]誰か御家人ならぬ人候。世をとらんとする大将、[九]さうなく御命を捨てられん事、[一〇]後代のそしりあるべし」と申せども、なほ《(を)》駈けんとはやりけるを、郎等あまた[一一]鞦《しりがい》・胸懸《むながい》・腹帯《はるび》にとりつきて、西へ向けて引きもて行。＊

（義朝敗北の事）

[一二]六波羅の官軍ども、「[一三]われ等が大内より引き退きし心は、只今思ひしれ。返し合はせぬぞ」とのゝしりかけられども、[一四]郎等ども手を放たねば、左馬の守駈《か》くるに及ばず、[一五]楊梅《やまもも》を西へ、京極を上りに落ち行。平家の郎等ども、[一六]勝《かつ》に乗り、[一七]いづくまでと追つかけて、散〳〵に矢を射かけたり。義朝の勢の中より、紺地の錦の直垂に、[一八]萌黄匂ひの鎧、薄紅の[一九]ほろかけて、[二〇]白鴾毛《しらつきげ》

一　馬を駈け走らせることのできる広い場所。
二　敵を追い散らして。
三　愛宕郡の山里。今の左京区大原。若狭、北国へ通じる嶮路にある里。
四　鞍馬と大原の中間の山里。今の左京区静原。
五　河野本の「のびぬべくは」に従うべきか。もし逃びのびられるならば。
六　中部・近畿地方の一部。日本海沿岸地方への海道。
七　足柄峠より東の八か国。相模・武蔵・安房・上総・下総・常陸・上野《こうずけ》・下野《しもつけ》。奥州合戦の後、源頼義・義家が源氏の力を植えつけていた。
八　荘園の領主に従属する家来。制度的には、鎌倉時代以後、将軍と主従関係を結んだ武士。
九　わけなく、簡単に。
一〇　後世、批判を浴びることになろう。
一一　（ここは馬の）尻から鞍にかける緒をしりがい、胸から鞍にかける緒をむながい、腹から背に懸けて鞍を固定する緒を腹帯と呼ぶ。河野本は「手綱」を加える。
一二　あえてここで段を立てるために、わかりづらくなっているが、行動の主体は義朝である。攻守、所をかえ、清盛ら平家が二条天皇や後白河らを擁していたため、その軍勢を官軍と呼ぶ。
一三　決死の覚悟でうちかかろうとした義朝の軍勢に対し、平家の側からけしかけるのである。「われ〳〵が、かつて体験した口惜しい思いを思い知れ。どうしてとって返して戦わないのか」とののしられたけれども。
一四　（義朝を東国へ落そうとしてとり囲む）郎等たちが義朝を放さないので。
一五　一七六頁、信頼が同じ道筋を逃げていた、「楊梅」は、六条大路の北一本目の、東西に走る小路。「京極」は西端、西京極大路。
一六　勝機に乗って勢いづき。
一七　どこまで逃げのびるのかと。
一八　袖・草摺の上方を濃い、黄色みがかった色で染め、それを下方に向って次第に薄くし、末

なる馬に乗りたる武者一騎とッて返て名のりけるは、「さりとも音には[二一]聞きこそしつらめ。信濃国の住人、平賀[二二]の四郎源の義信、生年十七歳。われと思はむ者あらば、寄り合へ、一勝負せん」とて、散〳〵に戦ふ。是を見て、「東国の住人、片切[二三]の小八郎大夫景重《かげしげ》」と名のりてとりて返す。相模国の住人、山内首藤刑部よしみち[二四]」と名乗て返し合はす。「武蔵国の住人、長井の斎藤別当実盛[二五]」と名乗ッて返す。是らが身命を惜しまず戦ひけるにぞ、義朝はるかにのびにける。その中に山内首藤刑部は、嫡子滝口[二六]が討たれたる所なれば、なき跡までもなつかしう《(ふ)》覚ゆ。かの咸陽宮[二七]の煙雲とのぼりしを伝へ聞き《(こ)》ては、外国の昔なれども、理《ことわり》[二八]を知る輩《ともがら》は嘆くぞかし。いかに況んや、此平安城の灰燼となるを見ては、心[二九]あらん人、誰か国の衰微を悲しまざらん。

義朝は、相従ふつは物ども、方〳〵《はうばう》へ落ち行ければ、小勢[三〇]になりて叡山西坂元[三一]を過ぎて、大原の方へぞ落行ける。八瀬[三二]といふ所を過ぎんとするところに、西塔[三三]法師百四、五十人、道を切り[三四]ふさぎ、逆茂木[三五]をひきて待ちかけたり。此所は、一方は岸[三六]高うそびえ《(へ)》たり。一方は川[三七]の流れみなぎり落ちたり。「うしろより敵定めて攻め来たるらん。前には山[三八]の大衆さゝ[三九]へたり。

は香気の失せるように白く染めた威しの鎧。
一九　後方からの矢を防ぐために、背中に負った袋状のもの。絹もしくは布(麻か)で作った。
二〇　馬の毛色で、鴇(とき)の羽裏のように白で薄赤みを帯びたものを鴇毛と言い、中でも白のあざやかなものを言う。
二一　(今は敗色が濃いが)そうは言うものの、うわさには。
二二　一六五頁に、「義朝たのむ所のつはものども」の一人として登場した。源義家の弟義光の息。　二三　義信同様、一六五頁に登場した。
二四　一六五頁に登場した。　二五　一六五頁に登場した。　二六　一六五頁に(山内よし通の)「子息滝口俊綱」として見え、一七八頁、五条河原の合戦に、下河辺の五郎庄司行泰の矢に首の骨を射られ、味方の手により首を斬られたことが見えた。↓補三一一　二七　中国陝西省長安県の西北部、秦の都、咸陽にあった宮殿。一四〇頁注四。　二八　例えば源順の賦に「暴秦衰兮無二虎狼一咸陽宮焼片片」(『本朝文粋』一)とあり、『和漢朗詠集』にも見えて、咸陽宮の焼失に無常の理を見ていた。これに京都の焼失を重ねて見る。　二九　底本には、この種の状況を判断する人がよく登場する。語りの一つの方法である。
三〇　『愚管抄』五に「義朝が方ニハ郎等ワヅカニ十人ガ内ニナリニケレバ、何ワザヲカハセン、ヤガテ落テ、イカニモ東国ヘ向ヒテ今一度会稽ヲ遂ント思ヒケレバ、大原ノ千束ガケニカヽリテ近江ノ方ヘ落ニケリ」とある。　三一　延暦寺へ登る入口として、琵琶湖側の、大津北部の東坂本に対し、西山の麓、左京区修学院附近、雲母《きら》坂の下を西坂本と言った。　三二　今の左京区八瀬。北は大原、西は岩倉、南は高野《たかの》、東は大津へ通じる。　三三　延暦寺を構成する三塔の

いかゞせん」と言ふところに、長井の斎藤別当実盛、[一]防き矢射て追ひ《(い)》つきたり。「こゝをば実盛が通しまゐ《(い)》らせ候はん」とて、[二]まッさきに進みて、[三]「これは言ふがひなき[四]下人[五]冠者ばら、恥をかへりみず、命を惜しみ、国々へ逃げ下る者どもにて候。[六]たとひ首を召されて候とも、罪つくらせ給たるばかりにて、勲功の賞に預からせ給程の事は、よも候はじ。たま〱僧徒の御身にてわたせ給候へば、[七]しかるべき人なりとも、御たすけこそ候はんずれ。かゝる下臈のはてを討ちとゞめ給ひては、何の御用候べき。[八]物の具まゐ《(い)》らせて候はば《(ゞ)》、命をば御助け候へかし」と申ければ、大衆ども、「さらば物の具投げよ」と言ひければ、持ちたる甲を大衆の中へぞ投げたりける。下部・法師ばら、我とらんとひしめきける程に、ある法師の[九]うちはらひて立ッたりけるを、斎藤別当、つッと馳せ寄りて、甲[一〇]ひんばひ《(い)》馬にうち乗りて、太刀を抜き、「さりとも[一一]わ法師ばらも伝へては聞きこそしつらめ。日本一の[一二]剛の者、長井の斎藤別当実盛とは我事ぞ。われと思はむ者は寄り合へや、勝負せん」とて、一鞭打ちてつッと通る。義朝以下つは《(わ)》ものども、一騎も残らず皆通りぬ。徒《かち》だちの大衆、法師ばら、馬に当てられて、あるい《(ひ)》は河に落

中、根本中堂のある東塔の西北方にある西塔に居住する僧侶たち、大衆。
二四　がけなどを切りくずして道をふさぎ。
二五　木の枝や、いばらを柵に組んで、敵の侵入を防ぐ障碍物。
二六　山が川に迫って、高い絶壁になっている。
二七　がけの一部、せまい道をはさんで急流が落ちている。
二八　先出の西塔の法師を指す。
二九　(義朝の一行が落ちてゆくのを)妨げている。

一　後退する軍の後方にあって、後から追う敵に対し、味方をかばって防戦の矢を射ていたのが、義朝の一行に追いついたのである。
二　後陣から先陣へ撃って出るのである。
三　自称代名詞。わたくしどもは。
四　身分の低い者。
五　分別のない、若者ども。
六　われわれの首をおとりになっても。
七　相手が、しかるべき身分の高い人であっても、(皆さんは仏に仕える方々だから)、お助けになるのが道にかなっていましょう、(それを)。
八　鎧や甲などの武具。　九　「ばひ取て」を加える本がある。「うちはらひて」は「うち笑ひて」か。　一〇　(さき程の甲を)「ひきうばひ」(ひったくり返して)か。　一一　「わ」は同格、もしくはそれ以下の相手に対し親愛の情を表わす接頭語。「ばら」は同僚や下位の者の相手に対してつける接尾語。お僧たちも。　一二　強い者。雄々しい者。　一三　人に呼びかけるのに発する語。感動詞。命令・依頼などの思いをこめる。
一四　どうするのですか。　一五　底本「お給へ」。改めるが「おッ給へ」の促音便とも考えられる。
一六　きびしくにらみつけ。　一七　一六五頁、待

ち入、あるい《(ひ)》は谷にころび入、散〳〵の事どもなり。

実盛がたばかりにて、事ゆゑ《(へ)》なく八瀬川原のほとりを北へ向きて落ち行程に、何物やらん、後に「や[一三]」と言ふを、義朝見返りたれば、今はいづかたへか行ぬらんと思つる信頼の卿、「い[一四]かにや、東国の方へ行給ふか。同《おなじく》はわれをも連れてお[一五]〔ち〕給へ」とて、うち寄りたり。義朝、あまりのにくさに、は[一六]たとにらみ、「あれ程の大[一七]臆病の者、かゝる大事を思立ける事よ」とて、持ちたる鞭[一八]をとりなほし、左の頬さきを、二打ち三打ちぞ打たれたりける。乳母子の式部の大夫資義《すけよし》[一九]、「いかにかやうに恥をば与へ申さるる《(こ)》ぞ」ととがめければ、義朝怒りて、「あ[二〇]の男、とつて引きおろせ。口裂け、ものども」と下知すれば、鎌田兵衛、「時[二一]にこそより候へ。敵も今は近づき候らん。とく〳〵延びさせ給へ」とすゝむれば、げにもとや思〔け〕ん、万事を捨てて《(こ)》馳せ延びけり。信頼の卿は、つら打たれたるもはづかしく、いづくをたのむとしもなけれども、北[二二]山の方へ落ち行けり。

三[二三]郎先生・十[二四]郎蔵人、義朝に申けるは、「いかにもして東国へ御下向候て、八[二五]ケ国の兵物ども皆譜[二六]代の御家人にて候へば、かれらを先として、都へ攻め上らせたまはん事、何[二七]の子細か候べき。我[二八]らも山林に身を隠して待

賢門のいくさの開戦当初から義朝は信頼の実態を見とどけ、「大臆病の者、かゝる大事を思ひ立ちけるよ。たゞ事にあらず。大天魔の入りかはりたるを知らずして、与して憂き名を流さん事よ」と自覚していた。

一八　馬具の一つで、平素、戦闘のいずれにも、馬を走らせるのに馬を打つ道具。→補三一二

一九　「新大系」は、久寿三年(一一五六)一月の除目に式部少丞に任じた元文章生、藤原資能のことかとする。『尊卑分脈』では、内麿流の文章博士業実の本名を資能と言ったとあり、貞嗣系、図書助弾正木弼清高の息、従五位上右馬助資能(母は式部大輔藤原知仲の女)もあり、未詳。

二〇　直接、信頼を指すのか、それとも、かれをかばう資義を指すのか。語り本七一頁には助吉(資義)が「何者なれば督殿(信頼)をばうち奉るわ人どもが心剛ならば、など軍にはかたずして、負ておつるぞ」と義朝を非難しているので、資義に対する怒りと解しうる。

二一　(味方同士で争うのも)やって良い時があります。今は「敵を……近づき候らん」、だから、その時ではありますまい。底本「思けん」の「け」を欠く。

二二　今の北区北山、衣笠山あたりの山。

二三　義朝の弟、義憲を志田三郎先生と言った。母は、その兄義賢と同じ六条大夫重俊の女。義賢が甥の義平に討たれるなど、同族間の争いが烈しかった。

二四　同じく義朝の弟の義盛(行家と改名する)を十郎蔵人と言った。

二五　一八二頁に「東八ケ国」とあった。足柄峠より東の八か国。

二六　代々仕えて来た家人、臣下。

二七　何の支障、困難がありましょうか。一八二頁に「東八ケ国に、誰か御家人ならぬ人候」とあった。

二八　河野本「其時迄」を補う。

奉り、先途[一]の御大事に、などか[二]あはで候べき。御名残[三]こそ惜しく候へ」とて、泣く〳〵いとまを乞ひ、大原山[四]の方へぞ落ち行ける。

左馬頭も、此人々[五]とゞまりしかば心細くなりて、竜華越[六]にかゝりける処に、横川法師[七]二、三百人、落人とゞめんとて、道を切り塞ぎ、逆茂木引き、高き所に石弓[八]張りて待ちかけたり。「八瀬をこそとかく[九]して通りたる。爰《ここ》をば、又いかゞせんずる[一〇]」と思ふところに、五藤[一一]兵衛尉、「爰をば実基、命を捨てて通《(と)》したてまつらん」とて、まッ先に進み、「足軽[一二]ども寄れや」とて、逆茂木どもとりのけさせ、を《(お)》めい《(ひ)》て駈《(と)》ければ、左馬守頭以下[一三]のつはものども、一騎も残らず通りけり。石弓[一四]はづしかけたりけれども、一人[一五]当たらず。

こゝに義朝の伯父、陸奥[一六]六郎義高は、相模の毛利《もり》[一七]を知行[一八]せしかば、毛利の冠者[一九]とも申けり。此人、馬疲れて少しさがり[二〇]たりけるを、法師ばらが中にとりこめ、散〳〵に射ける程に、義高、太刀うち振りて、しばし戦ひけれども、山かげ[二一]の難所なれば、馬の駈け場[二二]もなし。内甲[二三]を射させて心地乱れければ、おり立ちて木の根によりかゝり、息つきゐたり。山徒[二四]中に丈《たけ》[二五]七尺ばかりなる法師の、黒皮威[二六]の大腹巻[二七]、同《おなじ》[二八]毛の袖付けたるに、左右[二九]の小

一　これから後の大事な合戦に。　二　どうして立ちあわないでよろしいでしょうか。　三　「それまでは」の思いをこめる。　四　左京区大原周辺の山。歌枕として著名。比叡山の北西麓にあたり、若狭街道が北国へ通じる。山中、再会を期して各地へ散って行ったことを言う。　五　弟の三郎先生義憲、十郎蔵人義盛らを指す。　六　大原から高野川添いに北上し、標高三七四メートルの峠を経て滋賀県竜華へ通じる道。七二頁注三　七　延暦寺を構成する三塔の中、最北の横川に居住する僧。この前は、西塔の法師が義朝の一行を妨げようとした。　八　崖ぶちの城壁に石を結びつけておいて、その縄を切って石を落しかけるしかけ。　九　何とか努力して。　一〇　「いかがせんとする」の転。どうしたものか。　一一　「後藤」が正しい。一六九頁、先出。　一二　（足軽く走り使いする者の意から）戦陣で駆使された歩兵や雑兵。　一三　それに続いての意を含む。　一四　縄を切って石を落しかけたけれども。　一五　河野本は「一騎もあたらず通りてけり」とする。　一六　一六五頁に「伯父陸奥六郎義隆」として登場した。　一七　今の神奈川県愛甲郡愛川町から厚木市にかけて毛利荘があった。その住人。　一八　土地を領有・支配して収益をあげたので。　一九　武家の郎等のよび名。　二〇　一行から遅れていたのを。　二一　一八三頁に「此所は、一方は岸高うそびえたり。一方は川の流れみなぎり落ちたり」とあった。「難所」は、通行が困難で、危険な場所。　二二　馬を走らせることのできる場所。　二三　甲の覆いの内側、顔面を射られて。　二四　延暦寺の僧たち。ここは横川法師。　二五　背丈が二・一二メートル余もある。「丈七尺」の丈は、悪僧像の類型らしい。

手さして長刀持ちたるが、義高を討たんとて寄り合ひたるを、[三〇]上総の八郎とッて返し、馬よりおり、[三一]くだんの法師とうちあひたり。介八郎が下人、左馬守に追ひ《(い)》つき、「毛利殿、痛手負はせ給て候を、敵に御首取らせじとて、介八郎殿返合はせられ候つるが、それも今は討たれやし候つらむ」と告げたりければ、左馬守聞もあへず、取ッて返してを《(お)》めい《(ひ)》て駈く。[三二]平山の武者所・長井の〔斉〕藤別当も返しけり。左馬守、矢取ッてうちつがひ、「にッくい奴原かな。一人も[三三]余すまじき物を」と、大音声をあげての[三四]ゝしりければ、山僧ら方〴〵へ逃げ散りけり。中にも毛利冠者を討たんと寄り来たりつる法師、山へ逃げ上りけるを、義朝よく引きて放つ矢に、かの法師が腹巻の[三五]押付《おしつけ》の板をつッと射抜き、[三六]あげざまに胸板のはづれへ、矢先五、六寸ばかり出《いで》たりけり。[三七]うつぶッさまにがはとまろびて失せにけり。

かやうに敵を射散らして、左馬守、馬よりおり、毛利の冠者が[三八]ゐたりける所に行て、手に手をとり組み、「いかに候、毛利殿。いかに〳〵」と問ひければ、毛利の六郎、目を開き、義朝の顔をたゞ一目見て、涙をはら〳〵と流しけるを最後にて、[三九]やがてはかなく成りにけり。義朝、[四〇]目も当てられず、涙をおさへ、上総介八郎に首をとらせ、人には持たせず、手づか

二六　黒色の染め皮で威した鎧。これも悪僧の武装の類型。
二七　大型の腹巻鎧。腹巻は徒歩戦に用いる実戦用の、略式の鎧。一五〇頁注七。
二八　鎧と同じ色の革や糸で威した袖。
二九　弓を使う時に、左の肩から手足までを包む布もしくは革のおおい。右手で矢を放つ反動で弦が腕を打つのを防ぐ。ここは、それを両腕に着けることを言う。
三〇　一六五頁、待賢門のいくさに義朝のたのむところの兵として登場した上総介八郎広常。
三一　「くだり」の転。「件の」と漢字表記される。例の。話題の。「丈七尺ばかりなる法師」を指す。
三二　一七九頁、六波羅を攻めようとした源氏の一行に名をつらねる。
三三　逃がすまいものを。
三四　大声でわめいたので。
三五　腹巻鎧の背面、一番上、肩上を固定する、皮で包んだ板。正面・胸板の反対側の板。
三六　(背中から)表正面の胸板の一隅に射抜き上げた。
三七　(法師が)前倒れに、突然落ちころがって即死した。
三八　この前「毛利の冠者……内甲を射させて心地乱れければ、おり立ちて木の根によりかかり、息つきゐたり」とあった。その場所におもむき。
三九　そのまゝ、たちまち息たえてしまった。
四〇　(毛利冠者を)見てもおれず。

らひッさげて、馬に乗りて落ち行きけるが、[一]人にしらせじと、顔の皮をけづり、石を結ひ《い》つけて、[二]谷川の淵に入てンげり。[三]愛子の坊門の姫を見てだにも、[四]わろびれじと[五]涙をつゝみしに、此人に別れては、人目をも憚からず、「[六]八幡殿の御子のなごりには、この人ばかりこそありつる物」とて、涙を流しければ、郎等ども、袖をぬらさぬはなかりけり。

「[七]北陸道へおもむかば、此事聞え《へ》て、京都へ馳せ上る勢、多からん。たれとも知らぬ雑兵にあひて犬死せん事、口惜かるべし。是より[八]東坂本へかゝらば、たとひ人怪しむとも、[九]洛中の騒動により馳せ上るよしを言はば、子災あらじ」と[一〇]評定して、東坂本へ通りければ、とゞむる者なかりけり。[一一]志賀・唐崎・大津の浦を過ぎて行けるが、[一二]瀬田は橋も無ければ、舟にてぞ渡りける。[一三]鈴鹿・[一四]不破の関は、平氏に志ある軍勢らかためたりと聞えけれども、[一五]海道をぞ下りける。五藤兵衛実基は、大の男の太りきはめたるが、馬は疲れぬ、徒《かち》立ちになりて、かなふべくも見えず。左馬守、是を見て、「実基はとゞまれ」との給ければ、なほ《を》したはしげにて行もかなはず、つひ《ゐ》にとゞまりてンげり。

此合戦を聞及《および》馳せ上るつは《わ》物ども、あやしげに目をかけければ、道を

一　首の主がだれであるかを人に知られまいと。
二　谷川の深くよどんでいる所に沈めてしまった。「新大系」は和邇川の上流とする。
三　一六九頁、義朝の軍が劣勢になるところで、「義朝の女子、今年六歳になりけるを、殊に寵愛しけるが、六角坊門烏丸に、母の里ありしかば、坊門の姫とぞ申しける。後藤兵衛実基が養君にてありけるほどに……義朝、ただ一目見て、涙のこぼれけるを、さらぬやうだいにもなして」とあった。　四　「わろびる」は、「わろし」に接尾語「びる」の付いた語。ぶざまなさまを見せまいと。　五　涙をおしかくしたのに。
六　源義家。→補三一三　七　中部地方の、日本海岸に沿った若狭・越前・加賀・能登・越中・越後・佐渡の各国の地域。　八　比叡山の東の登り口。大津市の北部に位置する。
九　京都の町中。中国河南省の洛陽がしばしば中国の都になったことにならって、京都を洛陽と称したことによる。
一〇　方針、対応策について相談し。
一一　琵琶湖の西岸の南部、今の大津市滋賀里・南志賀・下阪本のあたりの地。
一二　「勢多」とも書く。今の大津市瀬田川の東辺りの地。歌枕として「瀬田の長橋」があった。「橋も無ければ」は、戦略で橋を落としていたことを語る。
一三　三重県鈴鹿郡。滋賀県との境に鈴鹿山があり、日本の三関の一として交通の要衝。
一四　岐阜県不破郡関ヶ原町にあった関。前項の鈴鹿と越前愛発(あらち)とともに三関に数えられた。天皇の崩御、譲位など、天下の大事がある時には、この三関の警固を固くした。
一五　海沿いの道のことだが、特に、太平洋岸沿いの東海道を指す。

行ては悪しかるべしとて、〔三かみ〕[一六]のたけ、鏡山[一七]の麓にかゝり、木深き道を分け、夜にまぎれて、伊吹[一八]のたけ、麓の辺に着きにけり。＊

（信頼降参の事并びに最後の事）

〔右〕[一九]衛門守信頼卿は、北山[二〇]の麓につきて西の方へぞ落ち行きけるが、関の声に心地を損じ、くたびれはてて、散〳〵の事どもなり。式部[二一]の大夫資義、ある谷川の端におろしするゐ、干飯[二二]水にぬらしてすゝめけれども、胸ふさがりて少しものみ入[二三]ざりけり。又馬にかき乗せて助け行。頃[二四]は十二月廿七日、夜なりければ、雪降り積みて、谷も峰も知らぬ道を、馬にまかせて行程に、蓮台野[二五]へぞ出たりける。死人、葬送して帰りける法師ばら、男[二六]、少々まじはりたるが、十四、五人竹矢籠[二七]《たかしこ》負ひて、弓持ちたるもあり、長刀の鞘はづしたるもあり。松火《たいまつ》ともして行会ひたり。此人々を見て、「落人あり。うちふせ搦め捕りて、六波羅へまゐ《い》らせよや」とぞひしめき[二八]ける。式部の大夫資義、「我らは大将軍にもあらず。数ならぬ雑兵[二九]なり。討ちとゞめさせ給ひ候とも、益あらじ。その上、亡者葬送の僧俗と見たてまつる。殺害[三〇]し給はば、亡霊[三一]の罪果ともなりぬべし。物の具をばめされよ[三二]、命

一六　底本「三かは」とするが河野本などにより改める。瀬田の北にある、標高四二五メートルの三上山。
一七　滋賀県蒲生郡龍王町鏡にある山。標高三八五メートル。
一八　今の滋賀・岐阜にまたがる、標高一三七七メートルの山。不破の関を見おろす山で山岳信仰の対象でもあった。
一九　底本「右」を欠く。「衛門守」は「衛門督」。
二〇　一八五頁、義朝に同行を乞うて拒まれたのを受ける。
二一　一八五頁に（信頼の）乳母子として同行していた。
二二　むした米を乾燥した携帯用の食物。水にもどして食した。
二三　苦悩によりのどを通さなかった。
二四　いくさ物語の一つのピークをなす道行の語り。→補三一四
二五　京都市北区。船岡の西。古く葬送の地であった。
二六　（「法師ばら」に対し）俗人の男。
二七　矢を盛り入れる武具。上等を箙、中等を胡籙《しこ》、下等を尻籠と言うとする説がある。竹製の竹矢龍は竹尻龍とも言い、下等のもの。
二八　騒ぎたてる。どよめく。
二九　無名の、下級の兵。徒歩で戦う軽卒。
三〇　河野本の「殺生」に従うべきか。→補三一五
三一　河野本に「聖霊のつみとも成ぬべし」。葬った死者の罪となって、その成仏を妨げることになりましょう。
三二　おとりになって、（かわりに）命をお助けください。

をば助け給へ」と言ひて、[一]上より下まで脱ぎ取らせければ、此法師ばら[二]美麗なる物の具、[三]あくまで取りて帰りけり。信頼卿は、今朝まで[四]ゆゝしげに見えし[五]赤地の錦の直垂、[六]練貫の小袖着たりしを二《ふたつ》、[七]精好の大口まで剥ぎ取られて、[八]大白衣にぞなりにけり。式部の大夫資義、「さこそは[九]果報尽きはてさせ給はめ、かゝる事やある」とくどきければ、[一〇]〔右〕衛門督、「[一一]よしや、[一二]さな思ひそ。事の悪しき時は、皆さのみこそあれ」と慰めけるこそ[一三]はかなけれ。

[一四]上皇は[一五]仁和寺御室にましますす由を承りて、[一六]昔の御恵みのなごりならば、御たすけあらんずらんと思ひ、信頼卿、首を[一七]のべてぞ参りける。[一八]伏見の源中納言師仲卿も参りけり。[一九]越後中将成親も参りけり。此二人は、「主上のわたらせましませば、御方に参り籠りたるばかり也。[二〇]させる罪科なき」由を陳じ申ければ、上皇につきたてまつりたる人々は、「など物の具して[二一]軍陣にはうッ立ちたりけるぞ」と言ひければ、両人口を開く事なし。上皇、御書をもッて、[二二]此由を六波羅へ仰せられたりければ、左衛門佐重盛・参川守頼盛・[二三]常陸介経盛、大将として、その勢三百余騎、仁和寺の御所へ参りて、此人々をうけ取りて六波羅へ帰りけり。

一　頭の甲から下の沓《くつ》まで。　二　美しく、あでやかな。　三　満足するまで。十分だと思うまで。　四　程度のはなはだしいことを言う語。ここは大将軍にふさわしく美しい武装を言う。
五　赤い地の錦で仕立てた鎧直垂。↓補二九九
六　生糸をたて糸に、練って柔らかくした絹糸をよこ糸にして織り光沢を出した織物で作った、袂・袖口の小さい下着。河野本は「小袖三きたりしを二」。　七　練糸をたて糸に、水に浸した生糸をよこ糸にして強く打ち込んで織った織物。張りがありながら、しなやかなさを失わず、袴を作るのに好適であった。「大口」は、正装の袴の下にはく袴で、裾にくくりひもを入れず、口広にした。　八　大口袴や下袴に併せ用いた下着の白絹の肌小袖。　九　前世の善行により、この世で受ける良いむくい。因果は、仏教の理論では悪いむくいをも言うが、ここは良いむくい。いかに果報が尽きはてたと言っても、ここまで悪い結果になろうとは思いもしなかったの意。　一〇　底本に「右」を欠く。　一一　ままよ、どうにでもなれ。　一二　そうは思うな。
一三　みずからの運命を悟れぬ人の言動が現実にのまれてゆく空しさを語る、語り手の思いを直接表わす。語り本に、この語りは見えない。
一四　一五八頁に、後白河が仁和寺に同母弟の覚性法親王を訪ね、保護されたと語っていた。
一五　仁和寺の、歴代、住職に任ぜられた法親王。ここは、その住む庵室を指す。　一六　(上皇との)これまでの御縁、御恩が今なお生きているならば。　一七　曲っている首を前につき出して。「のぶ」は下二段活用動詞。　一八　一三六頁に「信頼……伏見源中納言師仲卿を相語りて、伏見なる所に籠もり居つつ」とあった。　一九　一六一頁に六波羅勢を迎え撃つ義朝の軍に参加し

同《おなじき》[二四]廿八日、六波羅へ参る人々はたれ〳〵ぞ。[二五]大殿・関白殿、太政大臣師資・[二六]左大臣伊通・[二七]花山院大納言忠政・土御門の中納言雅通・四条の三位親隆・大宮の三位隆季、この人々ぞ参られける。

越後の中将成親、六波羅へ召し出されてンげり。[二八]しまずりの直垂に[二九]折烏帽子ひッ立てて《(こ)》、六波羅の[三〇]みまやの前にひきすゑられてぞゐたりける。[三一]すでに死罪に定まりたりけるを、左衛門佐重盛、「今度の勲功の賞には、越後の中将を申《まうし》預かり候はん」と、[三二]たりふし申されたりければ、死罪をば宥められけり。この成親は、[三三]院の御気色《みけしき》よき人にて、[三四]仙洞の御事は、内外ともに沙汰する[三五]仁なりけるが、重盛[三六]出家の時は、毎度、[三七]情をかけて申《まうし》承るよしなりけるが、今度助けられてンげり。されば、「いかにも、人は[三八]心あるべかりけり」とぞ申あへる。

〔[三九]右〕衛門督信頼卿は、六波羅近き[四〇]河原にひきすゑ《(へ)》られて、左衛門佐重盛、[四一]子細を召し尋ねらる。[四二]申出たる方もなし。「たゞ[四三]天魔のすゝめなり」とぞ申ける。[四四]わが身の重科をば知らず、「命ばかりをば御助け候へ」と泣く〳〵申ければ、重盛、[四五]「宥められておはすとも、なに程の事か候べき。[四六]その上、[四七]よも助かりたまはじ」と返事せられければ、たゞ泣くより外の事

ていた。　二〇 それほどの罪咎もないことを。
二一 いくさの陣営、陣屋。これまでの院御所三条殿以下、待賢門のいくさ、六波羅合戦などを指す。　二二 信頼らが降参して来たことを指す。
二三 平忠盛の三男。一六六頁注三。↓補三一六
二四 この前、一八九頁、信頼らの落ち行きを「頃は十二月廿七日夜なりければ」とあったのを受ける。『公卿補任』平治元年、権中納言信頼に「十二月廿六日被レ下追討宣旨」、廿七日伏誅」。
二五 ↓補三一七　二六 伊通は当時左大臣で、六十七歳。　二七 ↓補三一八　二八 しまの模様を染草で摺り出した直垂かと言うが未詳。
二九 ↓補三一九　三〇 河野本は「厩」を「みまや」と読む。武家は弓馬をわざとするため、邸内に、多くは別棟で板ばりのうまやを建てた。有力武士は、馬の数も多かった。　三一 いよいよ死罪と決まったが。↓補三二〇　三二 おり入って、ねんごろに。　三三 後白河院のおぼえが良い人で。　三四 上皇、法皇の御所を、仙人の住まいにたとえて言う。　三五 人。人物。(その職務を担当するのに)ふさわしいとされた人物。
三六 河野本の「出仕」が正しい。　三七 「申承る」は、相手に申し、相手のことばを承ること。たがいに鄭重に語り合うこと。成親が重盛を鄭重にもてなし、院の覚えが良くなるよう遇したそうだが。　三八 人との対応に注意すべきである。
三九 底本に「右」を欠く。　四〇 五条から六条にかけての賀茂川河原。刑場として使われた。
四一 これまでの反乱の理由、経過などを問われた。　四二 自分が行った事実を全く語らない。
四三 ↓補三二一　四四 わが身が行った重い罪咎を自覚せず。語り手の信頼に対する批判はきびしい。語り本に、この種の語り手自身の語りは見られない。　四五 仮にどなたかが宥められる

ぞなき。[一]去ンぬる十日より、大内に住みて、さま〴〵のひが事をのみ申行ひしかば、[二]百官[三]れうちの毒を恐れ、万民虎狼の害を嘆きしに、「今日のありさま、[四]田夫野人は、[五]猶たつとかるべし。[六]乞食・[七]非人にも劣りたり」とて、見物の上下あざけりあへり。かの「[八]左納言《さとうげん》右大夫、朝に恩を受けて、夕に死を賜はる」と[九]白居易が書きけるもことわ《(は)》り也。嘆けけ《(こ)》どもかひなく、わめけども叶はず。つひ《(ゐ)》にかうべを刎ねられぬ。大の男のこえ《(へ)》太りたるが、頸をとられて、むくろのうつぶッさまに伏したる、[一〇]目も当てられぬありさま也。

爰《ここ》に齢《よはひ》七十余りなる〔入道〕、[一一]柿の直衣《なほし》着て、文書袋首にかけたるが、[一二]鹿《かせ》杖つき、おほき人の中を分け入ける。「信頼卿、[一三]年来の下人、主のなれる果てを見んとて、来たれるにや」とて見る程に、さはなくて、むくろをにらみて持ちたる鹿杖を取りなほ《(を)》し、一打ち二打ち打ちたりければ、見る者、これを怪しと思ふところに、この入道言ひけるは、「[一四]相伝の所帯を無理におのれに[一五]押領せられ、わが身をはじめて、孫子《まご》ども、飢寒の苦痛に責められつるは、おのれが所行ぞかし。その因果むくひて、首を切られ、入道が目の前に恥をさらす事の嬉しさよ。[一六]大弐殿嫡子左衛門佐殿は、[一七]けんめいお

ことがあったとしても、どれほどの効果がありましょう。　四六　宥められるどころか、そなたの行ったことを思えば。語り本に重盛の直接参加は見えない。慈悲の人と見られる重盛にも見放される信頼。　四七　まさか助命されることは、ありますまい。

一　一三八頁、九日の夜、院御所三条殿を攻め放火の後、内裏へ入り。一四三頁。早々と論功行賞の除目を行っていた。　二　さま〴〵の官についている役人。　三　諸注は古活字本の「龍蛇」に従う。この後の「虎狼の害」の対をなす。

四　礼儀作法を知らない農夫や田舎人。

五　(この信頼に比べれば)まだ尊いと言うべきだろう。見物の上下の声を借りて、語り手の信頼批判はきびしい。　六　本来、仏道修行の一つとして、他人のもてなしを乞うて身を養うことであるが、転じて他人に食や財を乞う、卑しい人。　七　本来、仏教で、変化《へんげ》、世捨人、真実心のない人の意であるが、転じて身分としてさげすまれる人の意となる。ここは文脈から見て、その軽蔑をされる人。　八　↓補三二二

九　中国唐代の詩人。↓補三二三

一〇　河野本は、「上にすなごをかけられておりふし　雨のふりかゝりたれば背みぞにたまれる水血にまじはりてくれなゐをながせり」とする。

一一　柿の渋で染めた赤茶色。僧侶や山伏、老人が着用する粗末な色とされた。「直衣」は、貴族が着た簡易な私服。河野本は「直垂」とする。

一二　上端に横木を付けた杖。下の先端が二又のものもある。低い階層の老人が、けわしい道を歩くのに用いた。河野本は「ひら足駄はき」を加えて、その身分の卑しさを一層強調する。

一三　数年にわたり仕えて来た身分の低い者。

はしませば、この文書[一八]見参に入《いれ》、本領[一九]安堵しておのれ《(を)》[二〇]が草の蔭にて見せんずるぞ」とて帰りけり。

重盛、六波羅へ帰つて、信頼卿がかうべを刎ねられたる由、人々に語り申されければ、「最後[二一]はいかに」と尋ねたまふ。左衛門佐、「その[二二]事候。ふびんなるなかにも、をかしきことあまた候。いく[二三]さの日、馬より落ちて鼻の先少しかけて候し時、又落ち行《ゆき》候時、義朝に鞭にて頬先を打たれて、う[二四]るみ色に見えて候」と申されければ、大宮[二五]左大臣伊通公申されけるは、「一[二六]日の猿楽[二七]はなをかくといふ世俗の狂言こそあれ。この信頼は、一日のいくさに鼻を欠きてンげり」との給ければ、皆人一同にどッと《(こ)》笑はれけり。御[二八]所にも聞こしめして、左少弁[二九]成頼を召して御尋ねあり。成頼、事の由を奏聞すれば、主上もゑ[三〇]つぼにいらせ給ひけり。此伊通公は、節会[三一]・行幸のみぎり、天下の御大事、議定の御座にても、をかしき事をのみ申さるれば、公卿・殿上人、皆興[三二]に入て、礼義[三三]もすたるゝ程なり。されども才覚[三四]も人にすぐれ、芸能[三五]も世に越えて、朝家[三六]の鑑にておはせしかば、君[三七]もおぼしめしゆるし、臣もそしり申さず。

伏見[三八]の源中納言師仲卿、子細[三九]を召し尋ねらる。「師仲は、勧賞をかうぶ

一四 代々、保障されて来た所領。 一五 無理やりに奪い取られ。 一六 大宰大弐清盛の嫡男重盛殿は。 一七 賢者としての名声、評判。河野本は「賢者」の名誉おはしませば」。 一八 所領であることを証明する文書。 一九 開発した代々伝えて来た所領の所有権を確認して。 二〇 (わが身も)墓の下のあの世に行って、おまえに見せてやろうぞ。 二一 六波羅に難を避けていた公卿らの問い。 二二 相手の質問を受けて、その質問にこたえることば。それがですよ。 二三 一六五頁に、落馬して鼻先をいためたこと、一八五頁に、東国へ下る義朝に同行を乞い拒まれて「左の頬さきを」打たれたことが見えた。 二四 (あざができて)青黒い色に。 二五 一四三頁に、乱のはじめ三条殿攻めの後、信頼が行った論功行賞に「など井には司をばなされぬぞ。井こそ多の人をばころしたりと聞に」と痛烈な批判を行っていた。 二六 あの待賢門のいくさのあった日の。十二月廿七日の事を思い出す。 二七 ↓補三二四 二八 主上である二条天皇。 二九 藤原光頼の同母弟。後白河上皇は、信頼からの離脱を示唆していた。 三〇 笑い興じられた。 三一 季節の区切り目に百官が朝廷に集まって行う公儀。大儀の朝賀、中儀の白馬(あおうま)豊明(とよのあかり)、小儀の踏歌(とうか)、端午・重陽などがあった。 三二 興味を感じて夢中になり。 三三 慎しむべき作法も乱れるほどである。 三四 学力と才能。 三五 音楽・舞踊・囲碁・双六などの技能。 三六 朝廷。「鑑」は手本。 三七 伊通の辛辣なことばを、主上も怒ることなく語らせ、臣下も非難しない。 三八 一九〇頁に見える。 三九 (信頼が斬られるまで、師仲が)どのようにふるまったかを。

るべき身にてこそ候へ。そのゆゑ《(へ)》は、信頼卿、内侍所[一]をすでに東国へ下しまゐ《(い)》らせんとたくみ候しを、女房坊門の局[二]の宿所、姉小路《あねがこうぢ》[三]東洞院に隠しお《(を)》きまゐ《(い)》らせて候へば、朝敵は[四]与同せざる所見[五]、何事かこれに過ぎ候べき。信頼卿[六]、権勢に恐れて、心ならぬまじはりにてこそ候し。よく〳〵きこし[七]めし開かるべく候」とぞ申されける。河内守[八]季実《すゑざね》、子息左衛門尉季守[九]、父子ともに斬られにけり。＊

（官軍除目行はるる事）

さる程に、平家、今度合戦の勧賞行はる。大弐清盛嫡子左衛門佐[一〇]重盛、伊予守に任ず。次男大夫判官基盛は[一一]、大和守に任ず。三男宗盛[一二]、遠江守に任ず。清盛の舎弟[一三]、参川守になる。伊藤武者景綱[一四]、伊勢守になる。上卿[一五]は、花山《くわさん》の院大納言忠雅、職事[一六]は蔵人右少弁朝方[一七]とぞ聞えし。＊

（謀叛人賞職を止めらるる事）

信頼卿、兄の兵部権大輔[一八]《ごんのだいふ》基家、民部少輔基通[一九]、新侍従信親[二〇]・尾張少将信俊[二一]・播磨守義朝、中宮大夫の朝長、兵衛の佐頼朝・佐渡の式部大夫重成[二二]・

一　一五五頁、内裏へ馳せ参った光頼の「内待所は」との問いに、弟惟方が「温明殿(に)」と答えたことが見える。天照大神の霊代とされた神器の鏡。　二　右大臣公能の女、忻子か。
三　三条大路の一本北の姉小路と東洞院がまじわる地。後白河院のいた東三条内裏に重なるが、これはすでに放火されていたはず。語り本に、この師仲の弁明は見えない。　四　河野本の「に」に従うべきか。「与同」は、同意して力を貸すこと。　五　考え。ここは、その考えを示す証拠。　六　以下、河野本は「信頼卿伏見へと聞《きき》来りしも権勢に恐て」。底本のままだと、このわたくし(師仲)が、信頼の権勢に恐れて、本意ならぬ交りをしていました、の意。
七　お尋ねくださって、経過を明らかになさっていただきとうございます。　八　一三八頁、「周防判官季実」として登場し、信頼側につく。
九　→補三二五　一〇　『公卿補任』によると平治元年十二月廿七日伊与守(勲功)。佐(左衛門佐のこと)如ᴸ元」とある。伊与守は出世の第一歩。
一一　基盛が大和守になったのは保元三年八月のことで、この度は淡路守に遷っている。
一二　『尊卑分脈』に「平治元十二廿七遠江守(勲功)」。　一三　三川守を頼盛とすれば、『公卿補任』に「平治元十二廿七兼ᴸ尾張守ᴸ(勲功)」。頼盛が三川守であったのは保元二年十月以後。
一四　『系図纂要』に「伊勢守従五位下」。　一五　太政官での政務・行事に弁・史を指揮する公卿。一四〇頁にも「上卿花山院大納言忠雅」。　一六　公事の事務を担当し、執行に当たる者。蔵人の担当することが多かった。　一七　→補三二六
一八　信頼の兄に基成はいるが、基家はいない。語り本七六頁は基頼。「新大系」は、信頼と同母弟家頼の誤りとする。この家頼は出家して、願

[二三]但馬守有房・[二四]鎌田兵衛家政、その親類・縁者七十三人が官職をとゞめらる。昨日までは朝恩に浴して、[二五]余薫を一門に与へしかども、今日は[二六]誅戮を蒙りて、[二七]愁難を[二八]九族に及ぼす。[二九]夢の楽しみ、うつゝの悲しみ也。一夜の月、早く[三〇]有漏《うろ》不定《ふぢやう》の雲に隠れ、朝《あした》の笑《ゑ》みは、夕《ゆふべ》の涙也。[三一]片時《へんし》の花、無常[三二]の転変、盛衰《じやうすい》のことわ《(は)》り、眼前にあり。[三三]生死の堺、たれの人か、此難をのがるべき。

[三四]堀川の天皇の御宇、嘉承二年、[三五]対馬守源義親、誅伐せられしよりこのかた、[三六]近衛の院の御宇、久寿二年に至るまで、すでに[三七]三十余年、天下、風静かにして、民、[三八]唐堯《たうげう》・〔虞舜《ぐしゆん》〕の仁恵にほこり、海内、波を《(お)》さまりて、国、[三九]延喜・天暦の徳政を楽しみしに、[四〇]保元の合戦出で来たり、[四一]いくばくの年月をも送らざるに、又、兵乱うち続き、世すでに末になり、国の滅ぶべき時節にやあるらむ」と、[四二]心ある人悲しまぬは無かりけり。

[四三]同《おなじき》廿九日、又、[四四]公卿けん議あり。「此程大内には、凶徒ら殿舎に宿して、狼藉数日也。皇居をきよ[四五]〔め〕られずして、行幸ならん事、しかるべからず」と申されしかば、[四六]八条烏丸、美福門院の御所へ行幸なる。左衛門佐重盛、[四七]直衣に矢負ひ供奉せられける。＊

蓮房と号している。　一九「新大系」は、信頼の兄、基成とする。　二〇　一三六頁に「(信頼の)子息新侍従信親を大弐清盛が婿になして(清盛に)近付き寄りて、平家の武威を以て(信西討伐の)本意を遂げばやと思ける」としていた。

二一　一三七頁、「(信頼は)弟尾張少将信俊を(別当惟方の)婿になして、ことさら深くぞ頼まれける」とあった。信頼としても手は打っていたのだった。平治の乱の行方を見るのに、見のがせない事実である。　二二　一四三頁、緒戦、三条殿攻略の後、信頼はただちに論功行賞を行い、その中に「信濃守源重成・佐渡式部大夫なり」と名をつらねていた。　二三　村上源氏、大蔵卿師行の息。→補三二七　二四　当初から義朝の乳母子として協力していた。　二五　あとまで残る徳。余徳。　二六　罪のある人を殺すこと。　二七　難儀の愁い。河野本は「愁嘆」。　二八　広く親族を指す語。その範囲については諸説があるが、古代中国で、反逆の罪は九族にまで及ぶとされた。その用語をここに用いた。→補三二八　二九　夢のようであった栄花が現実に悲嘆となり。

三〇「有漏」は、煩悩を持つ世間一般の人。「不定」は不確実で定まらないこと。いずれも仏教語。たえず移り動いて定まらない雲に隠され。

三一　またたく間に枯れしぼむ花。河野本は「片時の花むなしく」。　三二　移り変ること。

三三　生死に苦しむ、この世に。　三四　白河天皇の第二皇子。母は中宮賢子。在位二十一年。嘉承二年(一一〇七)、二十九歳で死去。詩歌・学問を好み、仏道心があつく称賛された。

三五　清和源氏、義家の次男。→補三二九

三六　鳥羽天皇の第八皇子。母は中納言長実の女、得子(のちの美福門院)。久寿二年(一一五五)眼病をわずらい、十七歳で死去。　三七「四十余年」が正しい。　三八　中国古代の名君、陶唐氏の堯。そのいつくしみにも比べるべき聖代の仁政を誇りに思い。河野本により「虞舜」を補う。虞の回の聖君、堯に見出されて天下をおさめた。　三九　延喜に年号をかえた醍醐天皇と、天暦にかえた村上天皇の代を後世、称賛して聖代とした。　四〇　保元元年（一一五六）、皇室（崇徳上皇と後白河天皇）、摂関家（忠通と頼長）の内部分裂により内乱が起きた。　四一　そんなに年月も経過しないのに。　四二　道理を心えた人々。特に古本の『平治物語』に語り手の思いを代弁する人として登場する。　四三　一九一頁「同廿八日」とあるのを受ける。語り本にこの日付の打ち込みなし。信頼や義朝らによるいくさに死傷した武士の居住したことを穢れと見る。
四四　河野本の「僉議」に従うべきか。協議された。
四五　底本「きよられず」とあるを改める。
四六　鳥羽院の皇后となった得子。藤原魚名流、権中納言長実の女。母は左大臣源俊房の女。近衛天皇の母。↓補三三〇　四七　公家の常用する服。烏帽子の外に衣冠を着用することがあり、冠直衣と言った。

一　末の方の子、幼児。↓補三三一　二　「九条院」とあるべきところ。藤原伊通の女、呈子。母は藤原顕隆の女。近衛天皇の中宮となり、九条院と号した。　三　三位以上の貴人の侍所に属して雑役に従事した女。　四　出自・生没年ともに未詳。↓補三三二　五　底本「腹」を欠く。河野本により補う。　六　当年、平治元年に生まれた子。↓補三三三　七　一七六頁、義朝の六波羅攻めの当初から見えた。　八　どのような国の村里であっても。　九　音信。たより。
一〇　寝具をひきかぶって悲しみ臥してしまった。

（常盤註進事）

さても左馬の守義朝が[一]末子ども三人あり。[二]九条の[三]雑仕[四]常盤が〔[五]腹〕なり。兄は今若とて七歳、なかは乙若とて五歳、末は牛若とて[六]今年生まれたる子也。義朝これらが事を心苦しく思ひおきて、[七]童金王丸を道より返して、「合戦にうち負け、いづちともなく落行ども、子どもに心とゞまりて行末も覚えず。[八]いかなる国、里にも、心やすき事あらば、迎へとるべきなり。その程は深き山里にも身を隠し、[九]をとづれを待給へ」と申たりければ、常盤聞き《（こ）》もあへず、[一〇]ひきかづき臥《ふし》しづめり。子どもは、声々に「父はいづくにましますぞ」「[一一]頭殿《かうのとの》はいかに」と泣き悲しみけり。常盤、泣く〳〵起きあがりて、「頭殿はいづ方へとか仰せられつる」と問ひければ、「[一二]相伝譜代の御家人どもを御尋ね候て、東国へと仰せ候つる。片時《へんし》もおぼつかなき御事にて候へば、いとま申て」とて出でんとしけるを、今若、金王が袖にとりつきて、「我はすでに七つになる。親のかたき討つべき年の程にあらずや。お《（を）》のれが馬の尻に乗せて、父のまします所まで具して行け。とてものがれじ。平氏の郎等が手にかゝらんよりは、お《（を）》のれが手にこそかゝらめ。[一三]いかにもなして行け」と泣きければ、金王丸、目もあてられず。押し放たん事も[一四]悲しく覚えて、「頭殿は、[一五]東山なる所に忍びてわたらせ給へば、夜に入て御迎ひに[一六]参り候はんずるぞ。此袖放たせたまへ」と[一七]すかせば、「[一八]さては」とて手を放たせたまひ、涙をこぼしながら、うれしげなる顔に見えけるこそ[一九]無慙なれ。金王丸、いとまを乞ひて出でしかば、「頭殿の[二〇]行するゑを問へば、お《（を）》のれがなごりさへ惜しきぞや」とて、泣き悲しむこそ哀なれ。＊

（信西子息各遠流に処せらるる事）

小納言入道信西が子ども、[二一]僧俗十二人、[二二]遠流に処せられけり。「君のために命を捨てたりし忠臣の子どもなれば、信頼・義朝に流されたりとも、朝敵滅びなば、召し返されて[二三]忠賞こそあるべきに、[二四]結句流罪の咎、すべて心《（こ）》えがたし。この人々召し使はれば、[二五]信頼卿同心のふる舞、[二六]天聴にや[二七]達せざらんと恐怖して、新大納言経宗・別当惟方が申すゝめたるを、天下の[二八]ゆう乱にまぎれて、君も臣もおぼし召し誤まりてゝげりとぞ[二九]申あへりける。

此人々は、[三〇]内外の智、人にすぐれ、和漢の才、[三一]身に余りたりしかば、配所へおもむく、其日までも、こゝかしこの[三二]宿所に寄り合ひて、詩を作り、

女性が悲嘆する動作の常套表現。　一一　左馬頭義朝の官名を略称した語。いくさ物語には、人を指すのに、この種の呼称を使うことが多い。　一三　先祖代々仕えて来た家来。奥州合戦の後、頼義・義家以来、源氏に仕えて来た坂東の領主を指す。　一三　おのれを殺してゆけの意。　一四　河野本は「かはゆくおぼえて」。　一五　京都の町の東方、南北に連なる山並みを言うが、特に大文字山、如意ケ岳以南数キロを指す。　一六　「参り候はんとするぞ」の約。　一七　きげんをとってだまし、すかしたので。　一八　それでは（きっと迎えに来るようにと）。　一九　（金王丸にだましすかされたことが）痛ましいことだ。　二〇　義朝さまの行方をこうして問い、教えてくれたので、そなたと別れるのも惜しまれるよ。河野本は、この後、「今よりのちはいつかは又も見んとなきかなしむこそあはれなれ」をする。　二一　一五七頁「信西の子息遠流に宥めらるる事」に僧俗十二人の名が語られていた。　二二　流罪の中、最遠の刑。↓補二八八　二三　忠功のあった者をほめて賞を与えること。　二四　結局、とどのつまり。　二五　「信頼卿に同心の」とあるべきところ。　二六　天皇のお耳に。　二七　「達せんずらむ」が正しい。達することだろうと。　二八　河野本の「擾乱」が正しい。騒乱。　二九　河野本は「心ある輩は」の語あり。古本の語りとして従いたいところ。　三〇　内（仏教）とそれ以外の教え（神道・儒教・道教など）の知恵。　三一　十分でありすぎるので。あふれるばかりであるので。　三二　住む所。ここは交流のある人たちが住む所の意。

歌を詠みて、互ひになごりをぞ惜しみける。すでに国々へ別かるゝ時も、[一]消息に思ふ心をのべて、〔[二]二とまり三とまり〕行《ゆく》をぞ送りける。[三]西海に赴く人は、皆[四]八重の汐路を分け行、[五]東国へ下る輩は、万里の山川を隔てたり。[六]関を越え、やどりは変るとも、さらになぐさまず。[七]日を重ね、月を送れども、涙は尽きせざりけり。

中にも播磨の中将[八]重憲の、老い《(ひ)》たる母、〔[九]いとけなき〕子を振り捨て《(こ)》、[一〇]遼遠たる境に赴きける心の中、[一一]いふはかりなし。[一二]せめての都の名残惜しさに、所々に[一三]やすらひて、[一四]行もやりたまはず。[一五]粟田口に馬をとゞめて、

[一六]みちのくの草の青葉に駒とめてなほ《(お)》古里を帰り見る哉《かな》

かくて、はるか[一七]海路にうちむかへば、[一八]鳴海の浦の汐干潟、[一九]二村山、[二〇]宮路山、[二一]たかしの山、[二二]浜名の橋をうち渡り、[二三]小夜《さよ》の中山、[二四]宇津《うつ》の山、都にて名をのみ聞きし[二五]富士の高嶺《たかね》をうちながめ、[二六]足柄山を越えぬれば、いづくを道の限りとも、知らで分け入《いる》武蔵野や、[二七]掘兼《ほりかね》の井もたづね見る。

さる程に、中将[二八]下野の国府に着きて、[二九]我住むべかんなる[三〇]室《むろ》の八島とて見給へば、[三一]煙心細く立のぼり、をり《(お)》からの[三二]感懐とゞめがたくて、泣く〳〵かうぞ思ひ続けける。

一　手紙。　二　底本に欠く。二駅、三駅と別れがたく同行して送った。　三　あとの「東国」と対をなす。京より西や南の国を指す。一五七頁に出雲・土佐・隠岐・安芸・伊予があげられていた。　四　遠い海路を。　五　一五七頁に下野・上総・越後・佐渡・安房・陸奥・信濃があげられていた。　六　各地の関所を越え、宿所が次々と変るが、途中の名所を楽しむどころか、いっこうに思いのはれることがない。　七　「配所に」の意を含む。　八　成範とも書く。一五七頁、下野国へ流されることになっていた。　九　底本「ことけなき」とあるを改める。　一〇　はるかに遠く隔たる。　一一　「はかり」は、限り、際限。言うことばに限りがない。言い尽せない。　一二　極限の状態にあること。ここは「都の名残惜しい」思いが、その状態にあること。　一三　立ちどまって。　一四　「やり」(やる)は、進行方向に進ませる。行動を進める。ここは都から離れ去ってゆくことをためらうことを言う。　一五　今の京都市左京区と東山区にまたがる、三条通白川橋から大津へ通じる街道の口で、東国方面へ出る要衝の地。　一六　学習院大学本の「みちのべの」に従うべきか。↓補三三四　一七　河野本の「海道」に従うべきか。東海道へと駒を進めてゆくと。　一八　七八頁注九。　一九　語り本に、この地名見えず。今の豊明市沓掛町の西方にある標高七二メートルの丘。　二〇　この地名も語り本に見えず。宝飯郡音羽町にある標高三六二メートルの山。　二一　この地名も語り本に見えず。静岡県との境、豊橋市の東南部の台地。高師の山。　二二　七八頁注一一。↓補一九八　二三　以下、七八頁。　二四　以下、七八頁。　二五　七八頁。　二六　七八頁。　二七　七八頁注一六。　二八　今の栃木市田村町辺

[三三]我がためにありける物を下野や室の八島に絶ぬ思ひは

此所をば、夢にも見んとは思はざりしかども、今は栖《すみか》[三四]と跡をしめ、ならはぬ鄙《ひな》の草の庵《いほり》何にたとへん方もなし。昔、今の事ども思つゞくる涙の袖、いづれの年、いづれの日か[三五]はくべしともおぼえず。[三六]さすが消えぬ露の命のながらへて、明けぬ暮ぬと過行ども、望郷の思ひは尽きざりけり。＊

（金王丸尾張より馳せ上り義朝の最後を語る事）

[三七]平治二年正月一日、[三八]あらたまの年にたちかへれども、[三九]元日・元三の儀式、事よろしからず。大裏にも[四〇]天慶の例とて、[四一]朝拝もとゞめらる。[四二]上皇は仁和寺にましませば、[四三]拝礼も無かりけり。

同《おなじき》五日、左馬の守義朝が童《わらは》[四四]、金王丸《こんわうまる》、常盤がもとに忍びて来たり、[四五]馬よりくづれ落ち、しばしは息絶えて物も言はず。程経て起き上り、「頭《かうの》殿《との》は、[四六]去ンぬる三日に、尾張の国野間[四七]と申所にて、[四八]重代の御家人、長田《をさだ》[四九]の四郎忠宗《ただむね》が手にかゝりて、討たれさせ給ひ候」と申ければ、常盤をはじめて、家中にある程の物ども、声〳〵に嘆き悲しみけり。まことに嘆くもことわ《(は)》りなり。[五〇]枕を並べ、袖を重ねし名残なれば、身一《ひとつ》なりとも悲しかる

りにあった。 二九 わたくしが住むことになっているという。 三〇 栃木市惣社町の大神（おおみわ）神社のあたり。 三一 ↓補三三五
三二 おもい。歌枕への思いと、みずからの流人としての思いが重なることを言う。 三三 この流人としてのわたくしのためにあったのだなあ、この下野の室の八島に思いが煙となって、たえず立つのは。↓補三三六 三四 住み所として居を構え。 三五 乾く日がやって来るのか、想像できない。 三六 とは言いながら、露のように消えてしまうこともない、この命を生きながらえて。 三七 一九五頁に、（平治元年十二月）廿九日、公卿僉議のあった日付を受ける。
三八 常にあらたまり来るの意で、「年」の枕詞。以下、去った年が異常であったことから新年の儀がとどこおることを語る歴史の物語の類型的な語りである。王権論が言われるわけである。 三九 一年の始めの元日と、正月の三が日。 四〇 天慶二年（九三九）十二月に、東国の将門の乱があったため、『日本紀略』天慶三年正月一日の条に「宴会、無二音楽一、依二東国兵乱一」とする。同時に伊予でも藤原純友の乱があったのだが。 四一 正月一日に天皇が大極殿で、皇太子以下、官人たちの祝賀を受ける儀式。朝賀とも言う。 四二 一五八頁に仁和寺入りが見られた。 四三 宮中に出かけ新年の祝いを言上すること。 四四 貴人に伝えて雑用を行う男。金王丸の「丸」が、幼名につけるもので、その身分の低いことを示す。後世、この金王丸を頼朝の指示により、義経追討に向かう土佐房の幼名とする説が行われる。
四五 金王丸が、わずか数日で京へ駈けもどり疲労しきったさまを語る。 四六 （五日の現在から見て）去んぬる三日、すなわち一月三日のこ

べし。いかにいはんや、いとけなき子ども三人あり。[一]兄は八つ、中は六つ、末は二歳、いづれも男子なれば、「とり出されて又憂き目をや見んずらむ」と、泣き悲しむこと、たとへんかたぞ無かりける。[二]金王丸語り申けるは、

「頭殿、いくさにうち負けさせ給ひて、[三]大原へかゝらせ給ひ、八瀬《やせ》・[四]龍華越《りうげごえ》、所々にて御合戦候しが、うち払ひて[五]西近江へ出させ給ひ、[六]北国より馳せ上る勢のやうに[七]東坂本・[八]戸津《とづ》・唐崎・志賀の浦を通らせ給しかども、何とも申者も候はず。勢多を御舟にてわたり、[九]野路《のぢ》より[一〇]〔三つ〕の嶽《だけ》の麓に沿ひて、[一一]み山の木がくれにまぎれ、[一二]愛知《ゑち》川へ御出候しが、「[一三]兵衛介」と仰せられしかども、[一四]御いらへも候はざりし程に、「あな無慙や。早《はや》[一五]さがりにけり」と御嘆き候しかば、信濃の[一六]平賀の四郎とッて返して、佐殿たづね逢ひまゐ《(い)》らせて、[一七]小野の宿にて追つきまゐ《(い)》らせて候しかば、頭殿、よに嬉しげにおぼしめして、「いかに頼朝はなどさがりたりけるぞ」と仰せられ候しかば、「遠路を夜もすがら[一八]うち候ぬ。夜明けて後、[一九]篠原堤の辺にて[二〇]よばゝり候間《あひだ》、目をあげて候へば、男五十余人とりこめ候し程に、太刀を抜き、[二一]馬の口にとりつきたる男の首を切りわ《(は)》り候ぬ。今一人をば、腕を打ち落し候し。[二二]少々

と。→補三三七　四七 愛知県知多郡の美浜町野間から南知多町内海辺りにあった野間内海庄。当地の領主長田が安楽寺院に寄進したもの。建久二年(一一九一)以後、長講堂領に入る。　四八 先祖から何代にもわたって従属する、領主の家来。　四九 桓武平氏、下野介良正の息、致頼の五代目に壱岐忠致(宗)がいる。この後、鎌田兵衛の舅とある。　五〇 以下、義朝の妾、常盤の思いを語る。

一 一九六頁、義朝が行方を案じる「末子ども三人」としてあった。前頁の年がわりにより、年令を各一歳加算してある。　二 語り本と違い、古本は、義朝の討死を金王丸の報告によって語る。一四六頁あたりで語った信西の死の語り方とも共通する。　三 一八三頁に、西坂本から大原・八瀬へ落ちることを語っていた。それを受ける金王丸の語りである。　四 今の左京区大原小出石町。京都から大原・小出石を経て北へ向かう若狭街道の、山城と近江の境。山城峠、途中峠とも呼ぶ。　五 琵琶湖の西岸を指す。　六 北陸道の国々。　七 比叡山の東の登り口。今の大津市の北部に位置する。　八 唐崎・志賀ともに、大津市下阪本のあたり。　九 今の草津市野路町。東国への通路にあった。　一〇 底本に「三川」とあるのを河野本により改める。今の野洲市三山にある標高四三二メートルの三上山と、南の岩根山東の鏡山。三上山は円錐形の山で、田原藤太秀郷のムカデ退治の話で著名。　一一 深山の意。河野本は「鏡山の木がくれに」とする。　一二 滋賀県の東部、鈴鹿山脈に源を発し、神崎郡栗見新田の辺りで琵琶湖に注ぐ川。下流に愛知川町の地名がある。　一三 一九四頁、官を解かれた源氏の中に「兵衛

は蹴倒され候ぬ。二人が討たるゝを見て、残る所の奴ばらは、ばッとの[二三]き候し中を破りて参りて候」と御申[二四]候しかば、頭殿、まことに御心地よげにて、「[二五]いしうしたり」とほめまゐ《(い)》らせさせ給候き。

[二六]不破《ふは》の関をば、敵[二七]かためたる由聞えし程に、深き山にかゝりて、知らぬ道を迷はせ給。雪深くて御馬を捨て、木にとりつき、萱にすがり、険阻を越えさせ給に、兵衛の介殿、御馬にてこそ大人と同じやうにおはししが、徒《かち》にては叶はせ給はず。頭殿、深き雪の中に[二八]やすらはせ給て、「兵衛佐」と仰せ候しかども、御いらへもなかりしかば、「あな[二九]無慙や、人に[三〇]生けどられんずらん」と御涙をはら〳〵と落させ給候しかば、人々袖をこそしぼり候しか。

[三一]鎌倉の御曹司を呼びまゐ《(い)》らせて、「[三二]わ君《くん》は、[三三]甲斐・信濃へ下りて、[三四]山道より攻め上れ。義朝は東国へ下りて、海道より攻め上らんずるぞ」と仰せられしかば、悪源太殿は、[三五]飛騨の国の方へとて、ただ[三六]御一所、[三七]山の根につきて落ちさせ給候ぬ。

美濃国青墓《あをはか》[三八]の宿に、[三九]大井と申《まうす》遊君は、頭殿年来の御宿の主《あるじ》也。その腹に姫一人まします。この屋へつかせ給ぬ。鎌田兵衛も、[四〇]今様うた

の佐頼朝」が見えた。義朝が長男の頼朝の名を呼んだのである。河野本に「右兵衛佐〳〵」とある。 一四 御返事も。 一五 脱落してしまった。
一六 一七九頁、六波羅合戦に名が見えた。
一七 今の彦根市鳥居本町の南。古くは鳥籠《とこ》。中世に小野と称された宿場。 一八 「うつ」は、馬に乗ってゆくこと。 一九 今の野洲市篠原に宿駅があった。道行に野路と並んでうたわれる。
二〇 人々の呼びかう声が聞こえたので。河野本は「物がどよみ候間」。 二一 馬のくつわに。
二二 河野本は「太刀のかげにおどろひて馬がつと出候へば少々蹴たをされ候ぬ」。頼朝の刃の光に馬が驚き駈け出したものだから、それに数人の相手が蹴倒された意か。このあたり金王丸の報告の域を越えて、金王丸が物語として語る。そのために直接話法も使われる。 二三 退きました中を駈け破って参りました。 二四 おっしゃられましたので。「御」は、金王丸の、頼朝に対する敬語。「候」は金王丸の、常盤に対するていねい表現。これらの敬譲表現が金王丸の語りの場を示している。 二五 「いしくしたり」のウ音便形。よくやった。相手の言葉や行動が、自分の意にかなったものである時に、それをほめて言うのに用いる。 二六 今の岐阜県不破郡関ヶ原町にあった関所。一八八頁注一四。
二七 通さぬように警備していると。この後二一〇頁に「去年十二月廿八日夜」のこととする。
二八 立ちどまられて。 二九 いたましいことよ。
三〇 「生けどられんとするらむ」の転。生けどられることになるのだろう。事実、この後、頼朝は平清盛の郎等弥平兵衛宗清に捕らわれることになる。 三一 一六五頁に「義朝たのむ所の……嫡子悪源太義平、十九歳」とあった。 三二 相手を親愛の情をこめて言う

ひの延寿[一]がもとにつき候ぬ。此遊女ども、さま〴〵にもてなしまゐ《(い)》らせ候し最中に、在地[二]の者ども、「此宿に落人こもりたり。探し捕れ」とひしめきけり[三]。頭殿、「いかゞせん」と仰せ候しを、佐渡[四]《の》式部の大夫殿、「御命に、重成代りまゐ《(い)》らせん」とて、頭殿の錦の御直垂[五]を召し、馬にひたと乗らせ[六]給て、北の山ぎは[七]へ馳せ上《あが》り給しところに、地《ち》[八]下人《げにん》ら追ッかけたてまつりけるあひだ、式部の大夫太刀を抜きて追ひ払ひ、「お《(を)》[九]のれらが手にはかゝるまじきぞと。我をば誰と思ふ、源氏の大将、左馬頭義朝」と名のり、御自害候ぬ。宿人[一〇]ら、「左馬頭義朝討ちとゞめたり」と喜びて、大井[一一]が後苑の倉屋に、頭殿の隠れてましますをば知らず。

夜に入て、頭殿、宿を出させ給ふところに、中宮[一二]大夫《の》進殿、竜華越のいくさに、膝[一三]の節を射させて、遠路を馳せ過ぎ、雪中を徒《かち》にて分けさせ給し程に、腫れ損じ、一足もはたら[一四]かせ給べきやうなし。「痛手にて、御供申《まうす》べしとも覚えず。いとまたばせ給へ」と申されしかば、頭殿、「いかにもして供せよかし」と仰せられ候しかども、大夫進殿、涙を流させ給て、「か[一五]なふべくは、いかでか御手にかゝらんと申べき」

語。　三三　今の山梨・長野両県東部の旧国名。**三四**　東山道の略称。近江・美濃・飛騨・信濃・上野・下野・陸奥・出羽の八か国。ここは、飛騨・美濃・信濃・近江を指す。　三五　今の岐阜県の北部。　三六　お一人。語り手である金王丸の、義平に対する尊敬の意をこめることば。　三七　山の麓に沿って。　三八　美濃国不破郡にあった東山道の宿場。今の大垣市青墓。遊女の芸で知られ、後白河法皇が、この地の遊女から今様を教わったと言う。　三九　「大炊」とも書く。宿場の遊女の長として権力を持っていた。↓補三三八　**四〇**　宮廷内の歌謡に対し、当時、当世風と言われた歌謡。

一　青墓の宿の遊女の一人。↓補三三九
二　生活を営む、その土地の者。現地の者。
三　騒ぎたてる。どよめく。　**四**　一九四頁に佐渡の式部大夫重成として登場した。　**五**　多様な色の糸で文様を織り出した高級な織物で仕立てた直垂。大将軍が着用する。一六三頁、待賢門の軍に「左馬頭義朝は、赤地の錦の直垂に、黒糸威の介に、鍬型打たる五枚甲を着たりける」とあった。　**六**　すばやく事を行う様子。さっと。　**七**　語り本に「子安の森」とするものがある。青墓の東、赤坂の北にある児安神社のあたりを指すか。　八　もともと、宮中で昇殿を許されない人を言ったが、中世には在地の農民などを言う。ここも、その意。河野本は「宿人」とする。　**九**　複数の相手を卑しんで言う語。　一〇　二〇〇頁に見える。　一一　長者、大炊の家の後の庭にある倉庫。　一二　一九四頁に「中宮大夫の朝長」とあった。　一三　膝の関節。　**一四**　「はたらく」は、からだが動く。　**一五**　お願いしたい、(父上の)お手にかゝりたく思うのでとて、御頸をのべさせ給たりしを、頭殿せんかたなく、[一六]やがて打ち落しまゐらせて、きぬひきかづけ出させ給ぬ。

[一七]上総介八郎広常、「人《ひと》数あまたにて、[一八]路次も難儀に候はんずれば、[一九]東国より御上りの時、勢かたらひて参り会はん」とて、暇申て留まりぬ。

[二〇]杭瀬《くひぜ》川へ出させ給ひて候し程に、舟の下りしを「[二一]便船せん」と仰せければ、[二二]〔子細なく〕乗せまゐ《(い)》らせ候ぬ。此舟の法師は、[二三]養老寺の住僧[二四]鷲巣《の》[二五]源光なり。頭殿を怪しげに見まゐ《(い)》らせて、「人につゝ[二六]む御身にて候はば《(こ)》、萱《かや》の下に隠れさせ候へ」とて、頭殿、鎌田、[二七]此童にも、積みたる萱を[二八]とりかづけ、[二九]こうづと申所に関所のありける前をも、「萱舟」と申て通り候ぬ。去年《こぞ》十二月廿九日、尾張の国、野間の内海、[三〇]長田の庄司忠宗が宿所へ着かせ給候ぬ。此忠宗は、御当家重代の[三一]〔後胤〕なる上、[三二]鎌田兵衛が舅なれば、御たのみあるもことわ《(は)》り也。馬、物の具なンどまゐ《(い)》らせ「子共《こども》、郎等引き具して、御供に参るべき由を申て、「しばらく御逗留ありて、御休み候べし」とて、ゆ[三三]〔ど〕の清めて、入まゐらせ候ぬ。鎌田をば舅がもとへ呼びてもてなすよしにて討

すが。 一六 すぐさま、首を打ち落し、(骸に)衣を着せかけて、その場を立たられました。 一七 一六五頁、待賢門の軍に「義朝たのむ所のつはものども」の中に名をつらねる。桓武平氏の千葉氏、上総介常澄の息。 一八 坂東へ落ちる道中、大勢では敵の目にもつき、妨害もあって道中も困難でありましょうから。 一九 (状況が好転し)京へお上りになる時、(わたくしも)頼れる軍勢を同行して参上し、お目にかゝりましょう。 二〇 岐阜県揖斐郡池田山を水源とし、大垣市の西部を経て養老郡養老町で牧田川に合流する川。↓補三四〇 二一 (都合のよい)船に乗ろうと。 二二 底本に「しさゐなせ」とあるを改める。 二三 岐阜県養老町にある寺。本尊は阿弥陀如来。境内には養老の滝を守護する不動明王を祀り、修験道にもかかわる。

二四 養老町鷲巣の住人。平野氏族。九二頁注五

二五 『東鑑』に青墓長者の大炊、その姉とともに「連枝」とされた平三真遠が「出家後号二鷲栖源光一」したとし、かれが義朝の一行を内海へ送ったと言う。語り本は「大炊には弟也」とする。

二六 素姓をかくす必要がある方でいらっしゃるのなら。 二七 金王丸みずからを指す。

二八 とってかぶせておおい。 二九 『新撰美濃誌』が上野河戸村を国府津とし、「新大系」は、海津郡南濃町上野河戸かとする。語り本は「おりくたり津」とする。「おりと」とする本があり。折戸は養老町船附。材木などの運搬の通過料を徴収する関所があったか。 三〇 一九九頁に「尾張の国野間と申所にて、重代の御家人、長田の四郎忠宗が手にかゝりて」とあった。

三一 底本「こうにん」。そのまゝだと「公人」「奉公人」とも考えられ、家来。「後胤」は子孫。

三二 忠宗は、鎌田正清の妻の父であった。↓補

ち候ぬ。その後、忠宗が郎等七、八人、湯殿[一]へ参り、討ちまゐ《（い）》らせ候[二]しに、宵に討[三]たれたるをばしろしめさで、「鎌田はなきか」と、たゞ一声仰せられて候しばかりにて候。此童は御はかせ[四]を抱きて臥して候しを、幼なければとや思《おもひ》候けん、目かくる物も候はざりしを、御はかせを抜きて、頭殿討ちまゐ《（い）》らせ候もの二人、斬り殺し候ぬ。同じくは忠宗を討ちとり候ばやと存て、長田が家中へ走り入りて候へども、内へ逃げ入て候し程に、力及ばで、庭に鞍置き馬の候しを取りて乗り、三日[五]にまかり上りつる也」

とくはしく語り申ければ、常盤、是を聞て、「東[六]の方をたのもしき所とて下り給しかば、遙かに海山を隔つとも、此世におはせばと、をとづれ[七]をこそ待ちつるに、又[八]も帰らぬ別れの道、いつを待つとて、わが身、命の残るらん。淵川[九]にも身を投げて、うらめしき[一〇]世に住まじと思へども、子どもは誰をか頼むべき。よしなき[一一]忘れ形見ゆゑ《（へ）》、惜しからぬ身を惜しむかな」と泣き悲しみければ、六《むつ》[一二]になる乙若、母の顔を見上げて、涙を流し、「母、身[一三]な投げ給ひそ。我らが〔悲[一四]しからんずるに〕」と言ひければ、童もいとゞ涙をぞ流しける。

三四一　亖　湯殿、浴室。底本に「ゆきの」とあるを河野本により改める。

一　前頁注三三。→補三四二
二　主人の義朝を。　三　鎌田が討たれたのを。
四　（主、義朝の）お太刀を。貴人の太刀の敬称。「御はかし」とも。
五　一九九頁に平治二年正月「同五日……金王丸、常盤がもとに忍びて来たり」として、その金王丸が「頭殿（義朝）」は、去ンぬる三日に……討たれさせ給ひて候」と語っていた。その正月三日から、翌四日、今日五日へと三日で参ったと言う。かなりの速さで馳せ参ったと語るものであろう。一九九頁の到着当時の金王丸の様子を参照。　六　この前、一九六頁に「相伝譜代の御家人どもを御尋ね候て、東国へと仰せ候つる」と語らせていた。
七　一九六頁に義朝からの言づてとして「いかなる国、里にも、心やすき事あらば、迎へとるべきなり」と金王丸に言わせていた。その迎えの使者を待っていたのである。
八　二度と帰って来ることのない死別の道だから、いつを待っても逢えることのないわが身が、いつまで命ながらえるのであろう。
九　水のよどんでいる池や湖、あるいは川に。
一〇　夫を失い、どうにもしようのない悲しみを嘆きにとざされるこの世に。
一一　のがれるすべもない。
一二　二〇〇頁に「中は六つ」とあった常盤の幼児。
一三　身を投げないでください。
一四　底本「おなじ候はんずるに」。河野本により改める。「悲しくあらうとするに」。悲しくなるでしょうから。

金王丸、重ねて申けるは、「道[一五]すがらも、公達の御事をのみ御心もとなき事に仰せられ候し。此事[一六]遅く聞こしめされば、立ちしのばせ給御事もなくて、いかなる御事か候はんずらんと、幼き[一七]人々の御ために、かひなき[一八]命生きて是まで参りて候也。故殿《ことの》、草[一九]のかげにても御覧候へ。奉公是までにて候へば、今は出家つかまつり、御菩提[二〇]をこそとぶらひたてまつり候はんずれ。いとま申て」とて、正月五日の夕、泣く〳〵出にけり。「頭殿のなごりとては、此童ばかりこそあれ」とて、常盤を始めとして、家中にある程の物ども、人目をも憚からず、声々に泣き悲しみけり。＊

（長田義朝を討ち六波羅へ馳せ参る事）

同《おなじき》[二一]六日、一院[二二]は仁和寺の宮御所を出させ給て、八条[二三]堀河《ほりかは》の皇后宮大夫顕長の卿宿所へ御幸なる。是は、三条殿[二四]炎上の間、しばらく御所になるとぞ聞えし。

同《おなじき》七日、尾張国住人、長田庄司忠宗、子息先生[二五]《せんじやう》景宗上洛して、左馬守義朝が頸持参の由申《まうす》。此忠宗は、平大夫[二六]知頼末葉《ばつえふ》、加茂の次郎行房が孫、平三郎宗房が子なり。義朝が重代の家人たる上、鎌田兵衛が舅也。京

一五　野間へ落ちて来る道中でも。
一六　主の義朝が非業の最期をとげられた事を。
一七　頭殿のお子さまたちのことを思って。
一八　お仕えすべき主もなく、生きがいもない身を生きながらえて。
一九　草の茂る墓場の下。死の世界を指す。
二〇　（主の頭殿の）御往生を。
二一　一九九頁の「五日」を受ける。平治二年正月六日のことである。
二二　上皇が二人以上いる時、先に上皇になった人。本院とも言う。保元三年以来、後白河一人が上皇であったが、治承四年、高倉が退位後、上皇になったので、後白河が一院となった。一九〇頁、信頼が「上皇は仁和寺御室にましますの由を承りて」、助けを求めようとしたとある。
二三　八条大路の北、堀河小路の西にあった顕長の邸。→補三四三
二四　一四八頁、信頼・義朝の軍が「院の御所三条殿へ押し寄せ」火を放ったと語っていた。
二五　『尊卑分脈』桓武平氏に景致と見える。「先生」は、舎人の中から武芸に長じた者として兵器を持たせ、東宮の警護に当たらせた帯刀《たちはき》の長二人を言った。
二六　『尊卑分脈』によれば、桓武平氏、従五位下致頼を長田の祖とし、従五位下公致、賀茂二郎致房、平三郎行致、門真致俊、長田壱岐守忠致と続く。

中の上下、聞き及ぶほどの者、「忠宗父子が頸を、のこぎりにて引き切《(こ)》らばや」とぞ憎みける。＊

(大路渡して獄門にかけらるる事)

[一]平大夫の判官兼行《かねゆき》・[二]宗《そう》判官宣房・[三]たゞより・のりもり・府生朝忠《ともたゞ》以下《いげ》、検非違使八人行向ひて、[四]二《ふたつ》の頸を受け取り、[五]西の洞院の大路を三条より近衛まで渡して、左の獄門の[六]樗《あふち》の木にぞ懸けられける。いかなる[七]あど・何物かしたりけん、[八]元は下野《しもつけ》たりし事を歌に詠みて、札に書きてぞ立てたりける。

[九]下野は木のかみにこそなりにけれよしとも見えぬかけつかさかな

昔、[一〇]将門が頸、獄門に懸けられたりけるを、[一一]藤六といふ歌詠みが見て、

[一二]将門はこめかみよりぞ切られける俵藤太がはかりことにて

と読みたりければ、此頸、「し[一三]い《(ゐ)》」とぞ笑ひける。[一四]二月に討たれたる頸を、四月に持ちて上りて懸けたりけるに、[一五]五月三日に笑ひけるこそおそろしけれ。「義朝が頸も笑ひやせん」とぞ申あへる。

去《さんぬる》保元の合戦には、[一六]為義入道を郎等[一七]波多野次郎に切らせ、わづかに一

一　「新大系」は、桓武平氏、和泉守盛兼の息、信兼の誤りかとする。　二　対馬に力を持った惟宗《これむね》氏。宗氏とも。後白河の近習として衛門尉・検非違使をつとめた。　三　以下、未詳。河野本は「忠目範守《ちうもくのりもり》・善府生《ぜんふせい》朝忠」とする。「新大系」は「忠目範守・善府生朝忠以下」とよむ。「府生」は、衛門府の四等官「志《さかん》」の下の官。「善」を「新大系」は三善《みよし》氏とする。
四　義朝と鎌田の首を指す。　五　西洞院大路と三条大路の交る地点から北上し、近衛御門大路が交る地点まで。その南西に東の獄門があった。　六　せんだんの木。四、五月に五弁の碧紫色の花が咲く。中国では悪の木とされ、平安時代、獄門の前に植え、重罪で斬られた者の首をかけた。→補三四四　七　河野本の「あとなし者」に従うべきか。思慮のない、子どもじみた者。　八　『兵範記』仁平三年三月二十八日の条、祭除目に「下野守源義朝」と見える。→補三四五　九　「木のかみ」に「紀伊守」と「(樗の)木の上」、「よしとも」に「義朝」と「良しとも」を懸ける。「かけつかさ」は下野守と紀伊守を兼ねるとし、実は木の上にさらされることを笑う。この詠はいわゆる落首である。　一〇　桓武平氏の祖とされる高望王の孫で、鎮守府将軍良将の息と言う。父の遺領をめぐる紛争で、王城を立て、みずから新皇を称したため、天慶三年(九四〇)平貞盛・藤原秀郷の軍に討たれた。　一一　『尊卑分脈』に正一位贈太政大臣藤原長良の孫、正四位下越前権守弘経の息、無官輔相を「号藤六歌人也」とする。六男の意か六位の意か不明。源順らと交流があり、物名歌の名手として知られ、『宇治拾遺物語』などに物語が見られる。
一二　将門が俵藤太秀郷の戦略により討たれたこ

両年のうちぞかし。今度の合戦にうち負けては、一八譜代の郎等忠宗が手にかゝりて身を滅ぼす。「一九逆罪の因果、二〇今生にむくふ。来世、二一無間の苦、疑ひなし」と二二群集せる貴賤上下、なかば譏《そし》り、なかばは哀れみけり。

同《おなじき》十日、世上の動乱により、「此年号しかるべからず」と沙汰ありて、二三改元あり。永暦元年とぞ申ける。二四去年四月に保元を平治に改められたりしを「平治とは、たひらかにを《(お)》さまると書けり。源氏滅びなん」と、二五才ある人申せしが、はたして此合戦出来て、源家多く滅びけるこそ不思議なれ。＊

（悪源太誅せらるる事）

二六鎌倉の悪源太、近江国、二七石山寺のかたはらに、重病に侵されて居たりけるを、二八難波の三郎経房聞き及びて、押し寄せて生け捕り、六波羅へぞ参りける。二九伊勢武者景綱をもッて子細を御尋ねあり。悪源太申けるは、「故義朝が申候しは、『我、東国へ下て、武蔵・相模の家人らを相具して、三〇海道を攻めて上るべし。義平をば、甲斐・信濃の勢をあひかたらひて、山道《せんだう》を攻めて上れ』と申せしかば、山伝ひに飛騨の国へ落ち行て、三一世になし者どもも三千人も付けてぞ候つらん。されども義朝討たれ候ぬと聞て、散〴〵に

とを諷した。「俵」の縁語で「米」と言い、こめかみ（髪の生えぎわ）の懸詞として歌ったもの。物名歌の名手にふさわしい歌である。 一三 擬声語で笑う声を表わす。→補三四六 一五 「新大系」は、後代の記録ながら『師守記』貞和三年（一三四七）十二月十七日の条「天下兵革時被レ行二御祈一例」に、天慶三年五月三日の事として「近日坂東賊首平将門頸於二東市一令レ見二諸人一」とあることを引く。それは、『平治物語』によるものかも知れない。 一六 清和源氏、従五位上対馬守義親の五男か。→補三四七 一七 藤原秀郷の子孫、筑後権守遠義の次男、義通。 一八 代々、家来として仕えて来た。 一九 人の道や仏道にさからう極悪の罪。その罪の結果が報いとしてあらわれること。 二〇 「前生」「後生」に対して、この、今生きている世。 二一 間断なく苦を受け、楽をする間がない地獄。 二二 むらがり集まる。これら不特定の世の人々の声を借りて語るのが、いくさ物語の方法。 二三 年号を改める。改元の契機として、天皇の践祚による代始め、珍しい自然現象などの祥瑞、天変地異、洪水、旱魃、飢饉、疫病、兵乱などの災異、中国渡来の、天命が革《あらたま》る、また帝王や政令があらたまるとする辛酉、甲子革命説がある。『百錬抄』に「永暦（平治二正十改元）、依二大乱一也」とある。 二四 『百錬抄』に「平治元（保元四四廿改元）依二即位一也」とある。→補三四八 二五 河野本は、「心ある人」とする。古本にはこの「心ある人」の思いを介入させて語ることが多い。 二六 この前、二〇一頁、金王丸の報告の中に、義朝がこの義平を呼び、甲斐、信濃へ下り、父の再起を待つよう指示、「悪源太殿は、飛騨の国の方へとて、ただ御一所、山の根につきて落ちさせ給候ぬ」

成ぬ。自害せん事はやすかりしかども、平家しかるべき人を一人も狙ひて、一世をこそとらざらめ、二本意を遂げんと存て、三人の下人のやうに身をやつし、四馬をひかへて門にたゞずみ、五履物をとりてくつ脱ぎにひざまづきなンどせしかども、用心厳しくて、力無く日夜をかへる程に、怪しげに見る人もあり。六宿運《しくうん》のきはめにて、生け捕られたり」とぞ申ける。伊藤武者申けるは、「源氏の七嫡々、さしも名将の聞えありし人の、たやすく生け捕られ給ぬる無念さよ」と申せば、「その事よ。雪深き山を分け、雨に打たれ、吹雪にあひ、身はくたびれはてぬ。此程、京六波羅にありしにも、薄き衣にして八川風に侵され、九食《じき》ともしけれども、身を一〇いため、ひとへに敵を討たんと思ひし心一つを力にて、月日を重ねしつもりにや、病《やまう》に侵されて、経房に生け捕られたる也。一一重病に力落ちずは、経房やうなる者二、三人もねぢ殺してこそ一二死なんずれ。全く武勇の一三瑕瑾《かきん》にはあらず。運命尽き果つる所なり」とぞ申ける。諸人是を聞て、「一四ことわり(は)至極《しごく》せり」とぞ申あへる。

一五同《おなじき》廿一日、一六午の刻に、難波の次郎に仰せて、一七六波羅にて斬られけり。悪源太申けるは、「清盛をはじめて、一八伊勢平氏程、一九物にもおぼえぬ奴原こそ無けれ。保元の合戦の時、二〇源平両家の者共、幾千万が誅せられし。弓矢

と見える。二七 大津市石山寺にある東寺真言宗の大本山。聖武天皇の代、良弁《ろうべん》が、吉野の蔵王権現の霊示により石山の岩の上に如意輪観音を安置し、仏殿を建立したと言う。二八 備前国難波に住んだ田使首経信の三男。二九 一六〇頁、清盛の郎等として見えた。同頁注三。

三〇 東海道。「山道」は東山道を指す。

三一 世に受け入れられない者。落ちぶれ者。

一 源氏の世にするまではかなわぬとも。

二 義朝の仇を討つ思いはとげようと思って。

三 人に仕える、身分の低い者。四 馬の口をとり馬ひきの身分になって、その仕える人の邸の門にひかえ。五 玄関の縁、平らな石や木の台を置いた、履物を脱ぐ所。そこにひざまづくとは、まさに下人のふるまいである。

六 前世から定まった運勢。宿命。七 代々長男が継いで来た正統の血脈の人。義平は、義朝の長男。これまでの『平治物語』論で、『保元物語』の為朝に類する位置の武人とされた。

八 川ぶちを吹く風。ここは賀茂川の六波羅に近い辺りを吹く風を指す。九 食物がとぼしかったけれども。一〇 酷使し。一一 （このように）重病におかされて体力を失っていなければ。一二 死のうものを。討死しようものを。

一三 恥辱。ただし漢語本来の意は、「瑕」は玉のきず。「瑾」は美しい玉の意を「釁《きん》」と誤ったもの。

一四 （義平の主張するところ、「運の尽き果つる」と言ったことが）きわめて道理にかなっていると。「至極す」は、人の言うことをきわめて正しいと納得する意。一五 『帝王編年記』は十九日。→補三四九　一六 正午をはさむ前後各一時間。一七 河野本は「六条河原」とする。処刑場を考えると六条河原がふさわしい。

とる身は、敵に恥を与へじと、互ひに思ふこそ[二一]本意なれ。[二二]さすがに義平程の者を、[二三]白昼に斬るやうやある。運のきはめなれば、今生にてこそ合戦にうち負けて恥辱をかくとも、来世にては必ず[二四]魔縁となるか、しからずは[二五]雷電《らいでん》となりて、清盛をはじめて、汝らに至るまで、一々に蹴殺さんぞ。保元には、[二六]為朝、[二七]高松殿を夜討にせんと申せしを用ひ(ゐ)られずして軍に負けぬ。今度の合戦には、[二八]清盛が熊野へ参りしを義平追つかけて、[二九]湯浅・[三〇]鹿瀬《ししのせ》の辺を[三一]ばやりすぐさじ。[三二]浄衣・[三三]立烏帽子着たらん奴を[三四]手取りにせん」と申せしを、[三五]事の外なるぎ勢なりとて用ゐられず。[三六]こうくわ(は)いい(ゐ)たりを(お)はんぬ。[三七]今に至り益なし。とく〳〵斬れ」とて頸をのべてぞ斬られける。＊

(忠宗非難を受くる事)

[三八]同《おなじき》廿三日、長田の父子勧賞行はれ、[三九]忠宗は壱岐守になる。景宗は兵衛尉になる。「官をならば[四〇]左馬の守にもなり、国賜はらば、義朝どものあと、[四一]播磨の国か、本国尾張の国をも賜はりたらばこそ、[四二]理運の忠賞ならめ。義朝、[四三]奥州なンどへ下着してあらんには、[四四]貞任・宗任にや劣るべき。従ふところのつわ(は)物、幾千万か候はんずらん。それを爰《ここ》にて、事ゆゑ(へ)なく討ち取

一八 桓武平氏のうち、伊勢国を本拠とした一流。↓補三五〇。一八一頁注三六。 一九 物事に道理をわきまえぬやつばら。 二〇 (それにしても)何と大勢の兵が討ちとられたことか。
二一 (武士としての)本来のあり方だ。
二二 (弓矢をとる身としての本意は言うまでもないことながら)中でも、特に義平ほどの者を(処刑するのに)。 二三 白昼、人々の見る前で斬るということがあってよいのか。本来、死刑は見せしめのために行うもの。その慣例に従って処刑されるのを怒るのである。 二四 人の心を乱して仏道の修行を妨げる魔物。 二五 かみなり。 二六 清和源氏、為義の八男。↓補三五一。 二七 後白河天皇、践祚後の内裏。三条坊門小路の南(姉小路の北)、西洞院大路の東にあった。↓補三五二。 二八 一四八頁に見える。↓補三五三。 二九 今の和歌山県有田郡湯浅町付近に湯浅荘があった。熊野参詣道が通り、御幸のための宿所が設けられた。 三〇 有田郡広川町河瀬。湯浅の南にあたる。 三一 通すまい。
三二 (この場合、熊野詣での潔斎のための)白い布(麻)または絹の狩衣。 三三 (烏帽子本来の)本体を直立させたもの。これも熊野詣でに備えたのである。河野本は「浄衣立烏帽子きたらん馬鹿めらを」とする。 三四 生け捕りにしよう。
三五 とるにたらない、見せかけの勢だとしてとりあげられなかった。 三六 今になって後悔することになった。 三七 今になって生きていても意味がない。 三八 前頁、義平が斬られた「同廿一日」を受ける。語り本は長田のことを九九頁、義平処刑の前に語る。 三九 『尊卑分脈』の忠致に「平治元於尾張国誅義朝朝臣并正清進京都任壱岐守」と付記する。「新大系」は『古代氏族系譜集成』景宗について、

りてまゐ《(い)》らせて候はば《(こ)》、[一]抜群の奉公にてこそ候へ」と申候へば、[二]筑後の守家貞「あはれ、きやつを六条河原に[三]磔《はつつけ》にして、京中の上下に見せ候ばや。相伝の主と婿とを殺して、勧賞かうぶらんと申《まうす》憎さよ。頸を切らせ給へかし」と申ければ、[四]大弐の給ひけるは、[五]「さらんにとりては、朝敵を討ちたてまつる者、たれかあるべき」とぞ。[六]「もし行末に源氏世に出《いづる》事あらば、忠宗・景宗、いかなる目をか見んずらん」と、憎まぬ物なし。＊

(頼朝生け捕らるる事)

[七]同《おなじき》二月九日、義朝が三男、[八]前《さきの》兵衛佐頼朝、[九]尾張守頼盛が郎等[一〇]弥平《やへい》兵衛[一一]宗清がために生け捕られて六波羅へ参る。[一二]宗清、尾張より上りけるが、[一三]美濃国青墓の宿の大井がもとにとゞまりたりける。夜明けて見れば、[一三]そのふの竹の中に新しき墓、[一四]率塔婆も立た《(こ)》ぬあり。[一五]かねて聞く事のありしに思ひ合はせて掘り起こして見れば、切りたる頸を骸《むくろ》とと《(こ)》もにぞ埋みたる。子細を尋ねければ、大井ありのまゝに申《まうす》間《あひだ》、喜びて、頸を持たせ上洛しけり。

兵衛佐頼朝は、[一六]去年十二月廿八日夜、雪深き山を越えかねて、父には追

に「右兵衛殿」とあるとする。　四〇　河野本の「左馬頭」が正しい。生前の義朝が、この官にあった。　四一　二〇六頁、義朝は、乱当時、下野守であったが、『愚管抄』五は、信頼が行った除目に「義朝ハ四位シテ播磨守ニナリテ」とある。『延喜式』では、播磨は大国で、伊予と並び特に出世コースに数えられる。ちなみに尾張・下野は上国であった。　四二　道理にかなったほうびであろう。　四三　奥州へでも落ちのびさせていたならば。　四四　↓補三五四

一　他よりずば抜けてすぐれていること。よみは「ばっくん」と清音。　二　平正度の息。清盛の一の郎等とした。一四八頁筑前守注一二。　三　↓補三五五　四　大宰大弐であった平清盛をさす。　五　(朝敵の義朝らを討った長田を)そのように処分しては、今後、朝敵を討ちたてまつる者がなくなるだろう。　六　世の人々の声を借りて、物語の後日を予告。　七　前頁の「同廿三日」を受ける。『愚管抄』五に、伊豆国に流されていた頼朝について、「正月ニ永暦ト改元アリケル二月九日、頼盛が郎等ニ右兵衛尉平宗清ト云者アリケルガ、(頼朝を)モトメ出シテマイラセタリケル」と回想している。　八　↓補三五六　九　一六〇頁に「三河守頼盛」として見えた。忠盛の五男。『公卿補任』によると保元三年十月三日、三川守、平治元年十二月廿七日、勲功により尾張守となり、応保三年(一一六三)正月廿四日、これを辞している。　一〇　桓武平氏で、進三郎大夫季房の孫、右兵衛尉季宗の息、宗清。妻は、伊勢国の住人、桑名三郎維綱の女。　一一　以下、時間の順序は、二月九日よりさかのぼり、頼朝が生け捕られる経過を語る。　一二　二〇一頁、金王丸が常盤に語

ひ遅れぬ。爰《ここ》かしこにさ迷ひける程に、近江の国[一七]大吉寺といふ山寺の僧[一八]ふびんがりて、「御堂[一九]修正には、人集まりてあしかりなん」とて、かの寺を出でて、[二〇]浅井の郡に出でて迷ひゆくところに、[二一]老翁・老女夫婦ありけるが、哀みをかけて隠し置く。二月に成りぬれば、さてもあるべきならねば「東国の方へ下りて、[二二]年頃の者に物をも言ひ合《あはせ》、親しき者のあるかなきかをも尋ん」と、色々の小袖、[二三]朽葉の直垂をば宿の主《あるじ》にとらせ、[二四]主が子の着たる[二五]布小袖に、紺の直垂を着、藁沓《わらくつ》をはき、[二六]髭切といふ重代の太刀の[二七]丸鞘なるを菅《すげ》にて包み、脇はさみて、不破の関を越えて、[二八]関のわらやといふ所に着きにけり。[二九]たいしゆうちて上りけるに憚かりて、道のほとりに立かくれけるを、[三〇]弥平兵衛、尾張より上るとて、これを見つけて怪しみ、郎等をもッて召し捕り、「これは兵衛佐なり」、[三一]喜びて[三二]乗り替に乗せてぞ上りける。[三三]中宮大夫進の頸をも持たせて上りたり。頸をば検非違使受け取りて、[三四]渡し懸けられぬ。兵衛佐をば、弥平兵衛に預けられたり。この弥平兵衛、情ある者にて、さまぐ\いたはりもてなしけり。＊

（常盤落ちらるる事）

った、義朝一行が野間へ落ちる途中、立ち寄っていた。　一三　園生。草木が成育している所。　一四　死者を追善供養するための塔。それが無いとは、土まんじゅうのまゝであったか。　一五　長田からでも情報を得ていたとするのか。二〇二頁、義朝の二男、朝長が膝を痛め、これを父が手にかけて殺し「きぬひきかづけ出させ給ぬ」とあった。その骸を遊君、大井（大炊）が葬ったのであろう。　一六　二〇一頁、金王丸の常盤に語った義朝の行方の中、一行が不破の関のあたりで「深き山にかかりて、知らぬ道に迷はせ給。雪深くて御馬を捨て、木にとりつき、萱にすがり、険阻を越えさせ給」と、頼朝が脱落したことを語っていた。　一七　滋賀県東浅井郡浅井町大吉山（標高七五〇メートル）の頂上近く、西斜面にあった天台宗の寺。↓補三五七　一八　かわいそうに思って。　一九　「修造」とあるべきか。御堂の修造に人が集まり、人々の目にふれて都合が悪かろう。　二〇　河野本は「浅井の北郡」。浅井郡は、古く伊香郡をはさんで東西に分かれていた。中世の古文書に浅井東・浅井西・浅井北の三郡が見える。　二一　老夫婦。語り本は、一人の鵜飼とし、その語りの伝承圏をにおわる。　二二　頼義・義家の代から源氏に心を寄せていた者にも相談を持ちかけ。　二三　朽ちた葉を思わせる、赤みを帯びた黄色。　二四　老夫婦を指す。　二五　（絹作りに対し）（麻）布で作った小袖。身分を卑しく見せるためにこれを着用したと言うのであろう。　二六　↓補二〇五　二七　鞘までも金物作りの太刀。重代の太刀にふさわしい作りを言うか。それを山野に自生する菅の葉で包み、人目につかぬようにした。　二八　関が原とする本がある。「新編古典」は歌語として逢坂の関を想定する。　二九　「大衆うち左馬の守義朝、[1]子息どももあまたあり。鎌倉の悪源太義平も斬られぬ。次男中宮の大夫の進朝長も頸を渡して懸けられぬ。三男兵衛介頼朝は、その身を召し置かれて、[2]死生《ししやう》いまだ定まらず。この外、九条の院の雑仕常盤が腹に子ども三人あり。幼なけれども皆男子なれば、[3]「さてはあらじ物を」なンど世の人申あへり。常盤、この事を聞《(こ)》きて、「我、左馬頭に[4]遅れて嘆くだにもあるに、此子どもを失ひては、片時《へんし》も[5]たへてやはあるべき。いとけなき物ども引き具して、かなはぬまでも身を隠さん」と思ければ、老いたる母にも知らせずして、召し仕ふ者にも[6]頼みがたきは、人の心なれば知らせず。夜にまぎれて迷ひ出で、兄は[7]今若とて八《やつ》になる。中は乙若とて六《むつ》、末は牛若とて二歳なり。[8]おとなしきを先に立てて《(こ)》歩ませ、牛若をば胸に抱きて[9]宿所を出でぬ。[10]心のやる方もなく、[11]行末いづくとも思ひわかず、足にまかせて行程に、[12]年頃志をはこびけるしるしにや、[13]清水寺へこそ参りけれ。

その夜も[14]観音の御前に通夜す。二人を左右《さう》の膝に置き、[15]衣のつまを着せ、幼きをば懐に抱きて、夜もすがら泣き明かす。[16]心の中、言ふはかりなし。所々より参詣の貴賤肩を並べ、膝を重ねて[17]並み居たり。[18]ありはてぬ世の中なれども、[19]過ぎがたき身のありさまを祈るもあり。[20]あるい《(ゐ)》は司《つかさ》・位《くらい》

て」と考えると、叡山の大衆の動きがあり、それと行きあうのを避けたとするものか。「新大系」は「大従うて」とし「大勢従うて」と解する。三〇 前頁「弥平兵衛宗清がために生け捕られて」とあった時点にもどる。この間の義朝がたどった経過を語って来たのである。三一 助詞「と」がありたい所。三二 予備の馬。多くは主人のための馬を従者がひいた。三三 前頁注一五。三四 （見せしめのために）大路を渡し獄門の木に懸けられた。

一 『尊卑分脈』では、ここに見られる六人の外に義門・希義・範頼、それに二人の女があった。
二 （敗れた人々の処理として）生かされるか殺されるかもまだきまっていない。 三 そのままではすまされまい。 四 左馬頭（義朝）に先立たれて生き残り。 五 生きておれようか、生きてはおれまい。 六 信じられないのは人の心で、褒美めあてに密告されるであろうと。
七 今若は、後の河野禅師全成、乙若は、後の今禅師郷公《きょうのきみ》円成、牛若は、後の義経である。
八 成長している年長の子ども。今若・乙若の二人を指す。 九 常盤がいた宿所。↓補三五八 一〇 想像をめぐらせる。 一一 （母子が難を避けるために）いずれを目的地と考えるすべもなく。 一二 日頃から信心していた、その御利益があってか。 一三 東山区清水町にある法相宗の寺。十一面千手観音を本尊とする。現世利益から人々の崇拝を受けた。数々の説話や中世芸能の拠点になった。 一四 『法華経』観世音菩薩普門品に、その功徳を説く観自在菩薩。この菩薩を祈念すれば、その祈り主の機縁に応じて、ありとあらゆる身に変じて現われ、祈る人の災厄を除くとされた。現世利益の信心の対象

の心にかなはぬを祈るもあり。常盤は、「三人の子どもが命を助けさせ給へ」と祈るよりほかは、別の心なし。[二一]九歳の年より[二二]月詣《まうで》を始めて、十五に成りしより、[二三]十八日ごとに[二四]観音経三十三巻読たてまつる事怠らず。本尊もいかでか哀れみを垂れさせたまはざるべき。[二五]「大慈大悲の[二六]本誓には、[二七]定業の者をも助け、[二八]朽ちたる草木も花咲き、実《み》成るとこそ承はれ。[二九]南無[三〇]千手千眼観世音菩薩、三人の子どもを助けましませ」[三一]昼夜かきくどき祈り申せば、観音もいかに哀れと見給ふらんとぞ覚えし。

暁深く、[三二]師の坊へ行けるに、[三三]湯づけなンどすゝめけれども、胸ふさがりて、いさゝかも[三四]見ざりけり。日頃参りし時は、[三五]尋常なる乗物、下部、牛飼《うしかひ》までも花やかに見えしかば、まことに[三六]左馬頭の[三七]最愛の志もあらは《(わ)》れて[三八]ゆゝしくこそ見えしか。今は人に[三九]怪しめられ、[四〇]はか〴〵しき衣装を着ず、いとけなき子どもひき連れて、[四一]泣きしを《(ほ)》れたるありさま、目もあてられず。師も涙をぞ流しける。「此寺は、六波羅近き所なれば、しばしやすらふこともかなはず。仏神の御助けならでは、頼む方もさぶらはず。観音にも暇申《まうす》」とて、[四二]卯の時に清水寺を出《いで》て、[四三]大和路にかゝり、いづくをさすとしもなく、南へ向きてぞ歩み行。

になるわけである。一五 衣のすその両端。
一六 常盤の心の中は、想像の域を越えていた。その思いは、想像できるものではなかった。一七 (通夜のために)並びすわっていた。「はかり」は、限り、際限。一八 永久に住みはてることのできる世の中ではないけれど。
一九 困難な世の中を何とか過ごそうと、幸いを祈る人もいた。二〇 ある人は、官職や官位が思うように進まないのを、何とか進めようと祈る者もあり。二一 常盤が九歳であった当時を指す。↓補三三一・三五九 二二 信仰する寺社に、日をきめて月ごとに参詣すること。
二三 『枕草子』「さわがしきもの」に「十八日に、清水に籠り合ひたる」とあり、毎月十八日が観音の縁日であった。二四 『法華経』の第二十五品観世音菩薩普門品のこと。↓補三六〇
二五 仏菩薩、特に観世音の広大無辺の慈悲のこと。衆生の苦悩の声を聞けば、すぐさま示現して済度するという誓いを持ったと言う。
二六 仏・菩薩が修行時代に立てた衆生済度の誓願。二七 行った行為によって、その報いが定まっている者。特に堕地獄がきまっている者を言う。二八 ↓補三六一 二九 サンスクリット語の音写。「なも」とも。帰依する意を表わす。
三〇 救済力がすぐれている蓮華王菩薩の意。経典や図像により、文字通り千本の手と千の眼を持つとされた。蓮華王院(三十三間堂)の一〇〇一体の造立が典型。三一 「と」を補うべきか。
三二 師のいる僧房。三三 こしきでむした、粘りのない堅い飯に熱い湯を注ぎかけたもの。通例は、寒い季節に公私ともに用いられた。
三四 本来、経験する意の「見る」を、こゝは食べようとするの意。三五 普通よりすぐれている、りっぱなこと。三六 源義朝のこと。左馬頭で

[一]頃は二月十日のあけぼのなれば、[二]余寒なほ《(を)》烈しく、[三]音羽川の流れもこほりつゝ、峰の嵐もさえかへり、道の[四]つらゝも溶けやらず。又かき曇り降る雪に、行べき方も見えざりけり。子どもは母にすゝめられて歩めども、足はれ、血出でて倒《(こ)》れ伏し泣き悲しむ。母これをいかゞせんと、心の中[五]言ふはかりなし。子どもの泣く声高き時は、誰が聞くらんと肝を消し、行きあふ人の、哀れみ[六]とぶらふをだにも、[七]いかなる心ありてやと、魂をまどはす。母、あまりの悲しさに、子どもの手を引きて、人の家の辺《あたり》にしばらく休み、足にまかせて歩みけり。左馬頭討たれぬと聞きし後は、[八]湯水をだにも見ざりければ、[九]かげのごとくに衰へて心まどひのみしけるが、[一〇]この嘆きをうちそへて、[一一]消え入《いる》ばかり思へども、子どもの事の[一二]悲しさに、[一三]春の日のながきをも忘れ、[一四]入あひの鐘きく頃ぞ、[一五]伏見の里に着きにける。

日暮《くれ》、夜に入れども、立ち寄るべきかたもなし。山かげなる道のほとりに、人の家は見ゆれども、「[一六]敵《かたき》のあたりにやあるらん。これも六波羅の家人なンどの所にやあるらむ」と思へば、宿借るべきやうもなし。「[一七]憂かりける人の子の母となりて、かゝる嘆きにあふことよ」と泣くより外の事ぞなき。かくて野山にも[一八]恐ろしき物の多かんなるに、道のほとりの[一九]おどろが

あったことによる。　三七　熱烈に愛すること。「最愛す」の動詞がある。　三八　程度のはなはだしいことを言う語であるが、ここは、りっぱに見えたこと。　三九　不審がり、とがめだてされた。　四〇　人なみの装束をも身につけず。　四一　泣きぬれに様子は。　四二　午前六時の前後各一時間。旅立ちの時刻とされた。　四三　賀茂川の東、三条通りから泉涌寺道までの南北に通る路。大和へ通う大和街道とも、大宮大和路とも言った。

一　物語の順序としては、この前、二一〇頁「二月九日」に頼朝が「生け捕られて六波羅へ参る」とあったのに続く日付。いくさ物語の道行の文体をなす。その型による語り。　二　立春後の寒さ。平治二年(永暦元年)は、太陽暦の二月九日が元旦に当たった。　三　山科区音羽山に源を発し、西流して山科川に入るまでの称。歌枕としても著名。

四　母子の苦難の道行にふさわしく、きびしい情景を語る。氷のこと。室町時代から垂氷と混同される。ここは、本来の氷の意。　五　「はかり」は限界の意。ことばでは言い尽せない。

六　声をかけて、どうしたかと問われるのにも。

七　素性をたゞして密告する野心があるのかと。

八　(食べ物は勿論のこと)湯水をさえも喉を通さなかったので。　九　やせ細って存在感の希薄なさま。「蜻蛉」(かげろう、とんぼ)の意と解する説がある。　一〇　子どもたちの行く末を思っての歎き。　一一　気を失う。失神する。

一二　(母親として)子どものいとおしさに。

一三　長くなる春の一日をも夢中ですごし。

一四　夕暮れを告げる鐘の音をきく頃に。

一五　京都の南はずれの街、伏見。語り本は、こ

ゝに叔母がいて、それを頼るが拒まれたと語る。
一六 敵のいる所であろう。
一七 追われる憂き身の源氏の血を引く人の。
一八 (人を襲うという)恐ろしい物が多くいると噂に聞く道中の。
一九 草木の乱れに茂っている所。
二〇 河野本は「身に身をそへて」。
二一 夕方の、うす暗い時刻。「誰そ彼」の意。夕闇のために相手をだれと見分けられない時刻。
二二 明日まで生きられる命とも思えない。↓補三六二
二三 わが身の素性を見知る人もいない。
二四 たく火の明かりの。
二五 竹を編んで作った粗末な戸。いくさ物語には、世を遁れた人の住居に語られる造り。
二六 年配の女。
二七 じっと見つめて。
二八 かいぐ\しく身の回りのせわをする人も連れず。
二九 夫がわれ〳〵母子につれない様子を見せたので。
三〇 涙にぬれるさま。
三一 本当の思いを相手に隠そうと思い、深い思いはないというそぶりをしたが。
三二 きっと世に平凡な人ではいらっしゃるまい。
三三 これから後、どうなるかもわからない人をかくまって、わたくしのように老い衰えた卑しい者が。
三四 河野本の「たてまつるべきか」が正しい。

下に、親子四人の者ども、手をとり組み、二〇身をそへて泣きゐたり。二一たそかれ時も過ぎぬれば、行かふ人も跡絶えて、二二明日を待つべき命とも覚えず。「あはれ、二三人をも見知らざらん山里人の草のいほりもがな。今夜ばかり身を隠して子どもを助けん」と思ひゐたるところに、二四たく火の影の見えけるを頼みて、近づき寄り、二五竹の網戸をたゝきけるに、主とおぼしくて、二六おとなしき女、戸をあけてぞ出たりける。常盤を見て、世に怪しげに二七うちまもり、「いかにや、二八かひぐ\しき人をも召し具せず、幼き人々を具しまゐ(い)らせて、此雪のうちにいづくへわたらせおはしますぞ」と申せば、常盤「さればこそ、二九おッとの憂き心の色を見せしかば、うらめしさのあまりに、子ども引き具して出たれども、雪さへ降りて、道を踏みたがへてよ」とて、三〇しほ〳〵としたる気色にて、三一心ばかりはまぎらかさんと思《おもひ》おもはぬよしをすれども、涙は袖にあまりけり。あるじ、「さればこそと怪しがりつるが、三二いかにもたゞ人にてはおはしまさじ。かゝる乱れの世なれば、しかるべき人の北の方にてぞおはすらめ。三三行へ(ゑ)も知らぬ人ゆゑ(へ)に、老い衰へたる下郎が六波羅へ召し出されて、縄をもつき、恥をも見て、命を失ふ程の目にあふとても、追ひ出し三四たてまつるきかは。此里のならひ、誰

かうけとりまゐ《(い)》らせざらん。[一]野山にこそおはしまさんずらめ。[二]是程寒くたえ《(へ)》がたきに、明日までも、いかでかながらへさせ給べき。[三]家こそ多けれ、門こそあまたあれ、おぼしめしよる御事も、[四]此世ならぬ御契にてぞさぶらふらん。[五]見苦しけれども、入らせ給へ」とて、呼び入たてまつる。新しき筵《むしろ》取り出だし、敷かせたてまつる。[六]たき火してあて、[七]きやうすゝめけり。常盤、[八]あまりのうれしさともなく、[九]胸ふさがりて少しも見ず。子どもをばとかくすかして食はせけり。常盤がありさまを見て、主《あるじ》心苦しく思ひ、色々にいたはりけり。[一〇]ひとへに清水の観音の御あは《(わ)》れみなりと、行末たのもしくぞ思ひける。

六つ子は歩み疲れて、何心もなく膝のかたはらにぞ伏したりける。八つ子は父義朝の事も忘れず、母が涙も尽きせねば、うちとけまどろむ事もなし。[一一]常は壁に向かひて、忍ぶあまりの涙せきあへず。夜ふけ人しづまりて後、母は八つ子が耳にさゝやきけるは、「あな無[一二]慙の者どものありさまや。世にある人は十人、二十人の子を育つる人もあるぞかし。[一三]遅れ先立つ事は、憂き世のならひと言ひながら、おなじたけ、もろしらがになり、二親の跡をとふためしもあるぞかし。明日、いかなる者の手にかゝりて、何といふ

一　(わたくしたちが拒めば、そなたたちは)野山に宿ることになられましょう。
二　(そのようなことになられば)これほど寒さ厳しい中を、明日まで生きのびられるのも困難でしょう。
三　(この辺りには、わが家以外にも)家や門が多くあります。その中にわざ〳〵わが家に思いを寄せられたのも。
四　現世ならぬ、過去の因縁がおありになったのでしょう。
五　(この、わが家は)みすぼらしくはありますが。
六　たき火をして暖をとらせ。
七　河野本に「饗(ふるまい)をしてぞすゝめける」とある。食事をもてなした。
八　あまりにも思いがけぬ嬉しさを言い表わしようもなく。
九　胸のふさがる思いがして少しも手をつけられない。
一〇　常盤の思いを語る。語り手が常盤を焦点化の主体とする。
一一　「常盤」の誤りか。
一二　ああ、何とかわいそうな身の上であることよ。
一三　世に住む夫婦が、相手に先立たれたり先立ったりするのは、この世のならいと言いながら、同じように生きながらえて、それぞれの両親の死を見送ることもあるものだ。(しかるにわたくしたちは夫を失ったために)。

目にかあはんずらん。水にや沈み、土にや埋まれんずらん。一四母とて我を頼まん事も、子とて汝を育《はぐく》まん事も、明くるを待つ間の名残ぞかし」と泣く〳〵かきくどきければ、一五今若言ひけるは、「我死なば、母は何とかなるべきぞや」、母は「おのれらを先だてて(こ)は、一日片時《へんし》もたえ一六(へ)てあるべき身ならばこそ。もろともにこそ死なんずらめ」と言ひければ、今若「我〳〵に離れじとて、母も死なん事の嬉しさよ。母にだにも添ひてあらば、命惜しからず」と言ひて、顔に顔を並べて、手に手を組みて泣き明かす。程なき春の夜なれども、明かしかね、暁の空を待つ程に、一七鳥の八声《やこゑ》も、寺の鐘も聞えけり。夜もほの〴〵と明け行けば、子どもをすかし起こして、一八出《いで》なんとす。主《あるじ》出て申けるは、「今日は、一九を(お)さあい(ひ)人々の御足をも休めまゐ(い)らせ、雪晴れて後、いづ方へも御出候へ」と、二〇あながちにぞとゞめける。二一なごり惜しき都なれ共、子どもがために憂き方なれば立ちわかれ、あたりも遠く落ちゆかばやと急げども、主の情にとめられて、今日も伏見に暮らしけり。

其夜も明け行けば、又子どもひき起こし、主《あるじ》にいとまごひてぞ出にける。主はるかに二二門送りして申けるは、「いかなる人の御二三ゆかりにてか、深く忍ばせ給ふらん。都近き此里にとゞめまゐ(い)らせ候はん事、二四中〳〵御いた

一四 母として、そなたたちが、そのわたくしを頼みにするのも、また子どもとしてそなたたちを育てるのも(おそらく今夜限りのことだろう)。

一五 兄である八歳の子を指す。

一六 生きながらえられるわが身ではない。一しょに死にましょう。

一七 夜明けに幾度も啼くにわとりの声。

一八 宿を出て行こうとした。

一九 幼い人々。

二〇 ひたすら。

二一 常盤にとっては、名ごりおしい都ではあるが。

二二 門に出て見送り。

二三 どのような御縁のあるお方で、このように身分をおかくしになるのでしょう。

二四 かえってお気の毒なことになりそうなので。

はしければ、今日はとゞめまゐ(い)らせず。誰とも知らぬ君ゆゑ(へ)に心を[一]くだくよしなさ、[二]御心やすき事になり、都に住ませ給ふ御事あらば、[三]卑しき身なりとも、御尋ねさぶらへ」とて、涙を流しければ、常盤、「[四]先の世の親子ならでは、かゝる契あるべしとも覚えず。命あらん程は、此心ざしいかでか忘れん」とて、泣く〳〵分かれてゝげり。[五]道すがら見る者あはれみ、情をかけて、馬なゝど[六]あて送る者もあり。又[七]を(お)さあい(ひ)子ども負ひ抱き、五町、十町送りける程に、心やすく大和の国[八]宇陀の郡に着きにけり。[九]親しき者どもありけるに尋《たづね》あひて、「子どもが命を助けんとて、頼みて迷ひ下れり」と言ひければ、此世の中を憚かりて「いかゞあるべき」と申あひしかども、女の身にてはる〴〵と頼みて来たれる心ざしを空しくなさん事、[一〇]ふびんなるべし」とて、さま〴〵いたはりける程に、[一一]末の世までは知らず、今は心やすくぞなりにける。＊

一　心をくだく、つらいことよ。河野本により「よ」を補って訳す。
二　「このあと」を補って読む。
三　わたくしたちは卑しい身分の者ですが。
四　前世で親子の仲であったのでなければ、この世で、こんなに親切にもてなしていただくことはなかったでしょう。
五　道中、この母子を見る者は、あわれみ。
六　「にて」か。
七　「幼い」の転。中の六歳の子を指すか。
八　牧の地。奈良県宇陀郡大宇陀町に牧。↓補三六三
九　血縁者を言うか。
一〇　かわいそうだ。
一一　後々のことはわからないものの、当座は気の休まることだった。常盤母子の物語に一つの区切りをつける。

（頼朝死罪を宥免せらるる事）

[一二]兵衛佐《ひやうゑのすけ》、弥平《やへい》兵衛がもとに預けられて有りけるが、[一三]立居《たちゐ》につけての振舞、常の少《をさなき》者にも似ず、[一四]お《(を)》となしやかなりけるを見て、[一五]人毎《ひとごと》に「助けばや」とぞ申ける。或《ある》人、兵衛佐に密《ひそか》に申けるは、「[一六]御身の落居《らつきよ》、[一七]池殿に付《つき》奉りて御申《おんまうし》あらば、御命助かり給はんずる。池殿と申すは、[一八]大弐《だいに》清盛の継母《けいぼ》、尾張守頼盛の母儀《ぼぎ》、故刑部卿《ぎやうぶきやう》忠盛の[一九]後室《こうしつ》にて、人の重く思たてまつる」と申せば、兵衛佐、内々池殿へ申されたりければ、池殿、昔より人の嘆きを哀れみて思ふ人にて、此事を聞給ひ、[二〇]無慙《むざん》なる事に思ひ給ひて、清盛の嫡子、重盛の今度の勲功に伊与守になり、[二一]今年正月左馬頭になられたりけるを、池殿招て[二二]仰《おほせ》られけるは、「兵衛佐といふ十二、三の者が頸切られん事、無慙さよ。頼朝一人ばかりをば助給へかしと大弐殿に申てたび候へかし」と有ければ、重盛のたまひければ、清盛聞て、「池殿にましますをば、[二三]故刑部卿殿のごとくにこそ思ひ奉りしかば、万事仰《おほせ》をば背《そむき》申さ

一二　二一一頁に「兵衛佐をば、弥平兵衛に預けられたり。この弥平兵衛、情ある者にて、さまぐ〵いたはりもてなしけり」とあった。弥平兵衛は、平宗清。
一三　立つたり、すわったりする、日常生活での身のこなし。
一四　年齢以上に成長して見えること。当時、頼朝は十三歳であった。
一五　見る人は、だれもが。
一六　あなたさまの。「落居」は行く末、身の決着。
一七　生没年未詳、藤原道隆の孫、修理権大夫宗兼の女。平忠盛の後室で、忠盛の死後、尼となり六波羅の池殿に住んだのでこの称がある。家盛・頼盛の母。
一八　清盛は、忠盛の嫡男だが、実は白河上皇が父で、母は祇園女御の妹とも。保元三年（一一五八）八月十日、大宰大弐となり、永暦元年（一一六〇）八月十一日、参議、十二月十三日、大弐を辞任。
一九　身分の高い人の後妻。
二〇　他の人の身の上の痛ましさ。一四七頁注二六。
二一　『公卿補任』によると、平治元年（一一五九）十二月二十七日、伊予守、永暦元年正月二十七日、左馬頭を兼ね、応保三年（一一六三）正月五日、非参議従三位。
二二　池殿について最高の尊敬語を使っていることに注意。下巻に入り敬語表現が目につく。底本の特色か。
二三　清盛の父で、仁平元年（一一五一）刑部卿になった忠盛。

じと存《ぞんず》れども、此事こそゆゝしき[一]難儀なれ。伏見《ふしみの》[二]源中納言・越後中将[三]なゞどやうの者をば、何十人ゆるしても苦しからず[四]。彼頼朝は、六孫王[五]の末葉《ばつえふ》には[六]専正嫡《もつぱらしやうちやく》也。父義朝[七]の名将も見る所ありけるにや、官途《くわんど》[八]昇進も数輩《すはい》[九]の兄に超越せり。合戦の場にても、はしたなき[一〇]振舞をしけるとこそ聞《きけ》。遠[一一]国に流しお《(を)》かるべき者とは覚えず」とて、分明《ふんみやう》[一二]なる返事もなし。

重盛、池殿に此由を申されければ、池殿仰けるは、「大弐殿の力をもて、度々《たびたび》の乱を鎮め、君を守《まもり》たてまつるは[一三]、一門は繁昌し、源氏ことごとく滅び候ぬ。頼朝[一四]一人を助置れて候はば《(ゝ)》、何程の事をかし出し候べき。前世《ぜんぜ》[一五]に頼朝に助られたりけるにや、余《あまり》[一六]に不便《ふびん》に覚えさぶらふぞや。又それ[一七]に付奉りて申も、使[一八]がらのたよりもや有とこそ、頼み奉らめ。大弐殿[一九]は尼が身をわけぬばかりなり。一門[二〇]を育《はごくみ》給へば、大事にもいとほ《(お)》しくも思奉る事、頼盛[二一]いくたりにか思ひかへ申べき。此志[二二]をば、さり共年来《ともとしごろ》見給ひつらむ。もしそなたにや[二三]、腹にあらずと隔て給らんと、世にうらめしく」とて、うち涙ぐみ給ひけり。重盛かさねて大弐殿に申されけるは、「池殿の恨み以外《もつてのほか》に候。女房[二四]の愚かなる心に思たちぬる事は、難儀極《きはまり》なきならひにて候。さのみ[二五]背《そむき》申させ給候はん事、うたてしく[二六]や候はんずらむ」と申さ

一　程度のはなはだしいことを言うことば。「難儀」は、理解するのに困難なこと。　二　一三六頁、藤原信頼が頼りにしていた師仲。　三　藤原成親。　四　不安はない。さしつかえない。　五　清和天皇の第六皇子、貞純親王、経基。母は文徳源氏能有の女。「末葉」は、子孫。↓補三六四　六　まさしく家督相続者である。　七　名将として名のある父義朝も、この頼朝に見所を見ていたのであろうか。この後「その推挙により」を補って読む。　八　就く官職の昇進も。　九　数人の兄にも越えていた。↓補三六五　一〇　おさまりのつきにくい、不安定な行動。　一一　遠流に処して放置しておいてよいとは思えない。暗に処刑も考える発言である。　一二　きわめて明瞭で。全く疑いのない。　一三　「間」を記す本がある。朝廷を守護し申し上げた。その結果としての意。　一四　「したがって」の思いをこめる。　一五　現在、未来に対し過去の世。仏教で、この世に受ける結果の原因を作った過去の世。　一六　（処刑されるのが）かわいそうに思われますよ。　一七　そなたを頼りとして申し上げますのも。　一八　使者をつとめる者の才能、人がら。重盛の人がらに期待を寄せる、池殿の思いを語る。そなたの人がらを見込んで、おすがりできるかと思い、お頼みするのです。　一九　清盛殿との仲は、わたくしの腹を痛めた実の子ではないというだけで、一門の一人として寄せるわたくしの思いは、実の子と変りません。　二〇　わが一門を保護なさっているので。　二一　頼盛が数人いたとしても、清盛殿をそれらにもかえられましょうか。幾人の頼盛にもかえられない大事な方だと思っています。　二二　（わたくしの実の子ではないとしてもそなたも）このわたくしの一門に寄せる思いを日頃

れければ、大弐殿聞給ひて、「[二七]大事被レ仰人哉《おほせらるるひとかな》」とて、[二八]事の外《ほか》にもなかりけり。

池殿、[二九]これに力付給ひて、継孫《ままご》の重盛と吾子《わが》の尾張守頼盛とを使《つかひ》にて、[三〇]うちかへ〳〵嘆給ひければ、「兵衛佐は今日斬らるべし」、「明日必ず」とありしか共《ども》、次第にのびて斬られず。兵衛佐心に思けるは、「[三一]八幡大菩薩おはしましけり。命だに助かりたらば、などか本意をとげざらむ」と、[三二]いつしか思けるぞおそろしき。

兵衛佐、「一日も命のある時、父の為に[三三]卒都婆を造らばや」とのたまへども、木も無し、刀も許さねば、[三四]思ふばかり也。池殿の[三五]公人《くにん》、[三六]丹波藤三頼兼《とうざうよりかぬ》といふ者、此心ざしをいとほ(お)しく思ひて、杉桧《すぎひのき》にて[三七]小卒土婆を作り集めて奉る。兵衛佐限りなく喜て、[三八]梵字《ぼんじ》と思はしき物を書きまなび、其下に[三九]弥陀の名号《みやうがう》を書きて、数《す》百本、卒土婆を[四〇]かきつかねあはせ、「童部《わらんべ》共に取り散らされず、牛馬にも踏まれぬ所に、此卒土婆を置て奉らばや」と有しかば、藤三、置てまゐ(い)らせんとて、昔、六波羅に[四一]万功徳院《まんくどくゐん》といふ古寺《ふるてら》ありけり。其庭の池の小嶋に置かんとて、さしも烈しき[四二]余寒に裸になり、卒土婆を髻《もとどり》に結《ゆひ》付て、游《およぎ》渡りて置てンげり。兵衛佐かやうに藤三があたる

から見ておられましょう。 三三 もしや、わたくしのことを実の母親ではないと心隔てをなさっているかと。 二四 (仏教で)嫉妬深く罪深いと言われる女房が、一たん思いつめますと、処理がむづかしくなりがちでございます。
二五 そのように冷淡にあしらわれましては。
二六 やりきれないことになりましょう。「難儀」の語に近い語である。 二七 大変な無理をおっしゃる方だなあと。 二八 思いもできぬことと あしらわれる以外のことはなかった。常識では考えられぬこととして、とりあわぬことを言う。 二九 とにかく重盛が清盛に(その)思いを告げてくれたのに意を強くして。 三〇 くり返し訴えかけられたので。↓補三六六 三一 ↓補三六七 三二 いつのまにか。 三三 死者を追悼供養するための塔。 三四 希望するのみで実現はできない。 三五 宮中の雑事に従事した下級の役人。「候人」とする本がある。 三六 未詳。丹波宿弥の子孫で、医者の家の人か。 三七 陽明文庫本は「(頼朝は)念仏を書きたまひ、ちいさきそとばを百本つくりまいらせたれば」とする。↓補三六八 三八 サンスクリットの文字。↓補三六九 三九 阿弥陀仏の尊称。「南無阿弥陀仏」を唱えることが、浄土に往生する功徳があるとされた。その名号を以て、亡父の菩提を弔ったもの。 四〇 掻き束ねあわせ。まとめてたばね合わせ。 四一 未詳。六波羅について『山槐記』治承二年一一月十日の条に「於常光総社、(御所内巽有之)有八女田楽事…」と常光院が見える。安芸宮島、伊津伎島から勧請していた。
四二 立春後の、なお寒い中に。

も、[一]しかしながら池殿の御心ざしの末なりとぞ思はれける。＊

(呉越戦ひの事)

「[二]大草香《おほくさか》の親王《みこ》の御子眉輪王《まゆわのおほきみ》は、七歳にて、[三]継父安康《けいぶあんかう》天皇を滅ぼし奉り、[四]栗屋川《くりやがは》次郎貞任《さがたふ》が子[五]千代《ちよ》童子は、十三の歳《とし》、甲冑をよろひ、[六]楯の面《おもて》に現はれて、矢を放ちて敵《かたき》を討つ。弓箭の道は[七]幼きにもよらず。往古《むかし》の人は右社《かうこそ》有しか。兵衛佐は、父討たれなば討死し、自害をこそすべきに、尼公に付て命助からんと申す。言ふに甲斐なさよ」と[八]上下難じける。或《ある》者申けるは、「[九]止事《やんごと》なき名将・勇士といへども、たれか命を惜しまざる。その上、[一〇]漢家《かんか》の昔を思ふに、[一一]越王勾践《ゑつわうこうせん》と呉王夫差《ごわうふさ》と合戦せしに、越王、軍《いくさ》に負けて、呉王のために生け捕られぬ。越王、呉王に仕《つかふる》事、[一二]年来の従僕に越えたり。呉王、其志《そのこころざし》を感じて、越王を誅せず。呉王の臣下に[一三]伍子胥《ごししよ》といふ臣あり。「越王を誅せずは、呉の国滅びん」といさむ。呉王、聞かず。伍子胥強《しひ》て諫《いましめ》しかば、呉王怒りて伍子胥を斬る。伍子胥誅せらるゝ時に、「我眼《わがまなこ》を抜いて呉の門に懸けよ。越起《おこり》て呉国を滅ぼさんを見ん」と言ひてつひ《(ゐ)》に斬られぬ。越王、[一四]暇《いとま》をえて本国へ帰る時に、[一五]蟾蜍《せんじよ》高く躍《をどり》

一　すべて池殿の御好意のたまものと思われた。

二　↓補二二二

三　母を安康天皇に奪われたために、その子の眉輪王が天皇を殺したと言う。

四　陸奥の豪族、安倍頼時の息。厨川二郎と称した。↓補三七〇

五　『陸奥話記』に「貞任が子の童、年十三歳、名づけて千世童子と曰ふ、容貌美麗なり、鎧を被《き》、柵の外に出でて能く戦ふ、驍勇祖の風あり、将軍哀憐して之を宥さんと欲す、(しかし)武則進みて曰く、将軍小義を思ひて巨害を忘るゝことなかれと、将軍領《うなず》き、遂に之を斬る」とある。

六　矢を防ぐ楯の前面に現われて。

七　幼いという年齢にはよらない、幼いながら弓矢を良くしたことを言う。

八　身分の高い人も低い人も非難した。

九　血統が正しく身分の高い、すぐれた武将や勇士も。

一〇　中国のこと。

一一　中国、春秋時代末期、越の王。↓補三七一

一二　例えば呉王夫差が重病を病み、囚人であった勾践が夫差の尿《いばり》を飲んで医療の方法を考えて回復させ、夫差は、この恩に感じて側近、伍子胥の忠告をも考えず勾践を赦した。その夫差への忠誠ぶりが、永年仕えている家来にも越えたことを言う。

一三　楚の大夫、伍奢の次子。名は夏。↓補三七二

一四　呉王夫差の赦しをえて越へ帰る時に。

一五　ひきがえる。↓補三七三

て道を越えけり。越王下馬してこれに礼をなす。見る人問て曰《いはく》、「何ぞ蝦《か》蟇《ま》に礼をなすや」。越王の臣[一六]范蠡《はんれい》が言ひて、「我《わが》君は、諫《いさ》める者を賞じ給ふぞ」と答ければ、勇士多く付にけり。多年《たねん》を経て軍《いくさ》をおこ《(こ)》して、呉国を攻む。[一七]会稽山《くわいけいさん》といふ所にて呉を滅ぼす。故に、会稽の恥を雪《きよむ》といふ事あり。其ごとくに兵衛佐も、命だにあらばとこそ思らめ。[一八]尼にも大弐にも、所存こそ知りがたけれ。恐ろしく〳〵」と申人もあり。＊

（常盤六波羅に参る事）

[一九]さても[二〇]九条院の雑仕常盤腹《ばら》義朝が子共三人あり。[二一]皆男子なれば、たゞは置がたしとて、六波羅より兵《つはもの》共をさしつかはし尋ければ、常盤、子共は無し。常盤が母の老尼ばかりぞありける。「姫・孫の行へ《(ゑ)》知らぬ事はよもあらじ」とて、六波羅へ召出《めしいだし》て尋らる。常盤が母申けるは、「左馬頭討たれぬと聞えし[二二]朝《あした》より、いとけなき子共引具して、行へ《(ゑ)》も知らず成さぶらひぬ」と申ければ、「[二三]いかで知らざるべき」とて、さまぐ〳〵の[二四]拷問に及び、母[二五]片時の暇ある時申けるは、「われ六十に余る老の身也。事なくして過ぐすとも、いく程の命かあるべき。三人の孫共は、いまだ十歳にもならぬ

一六　越王勾践の、呉王に対する報復を助けた忠臣。中国の原典では、見た通り勾践自身の行為とする。『平治物語』では、勾践に頼朝を、范蠡に藤三をなぞらえて当てる。語り本は一一四頁に。

一七　中国浙江省紹興県の東南にある山。夏の禹王が、諸王を集めて、その功績を稽《かんが》えたところから、この名がある。勾践にとっては、見た通り、呉王夫差に屈辱的な降伏をした所。

一八　池の禅尼にも、清盛にも、どうして頼朝を助命したのか、その思いが理解できない。

一九　先行する語りを受けて話題を転じるのに使うことば。語り本の「さる程に」に近い。頼朝の話から、その弟たちの語りに転じる。話題の常盤一行の語りは、二一八頁中巻の末尾を受ける。母子は宇陀の郡に落ち着いていた。

二〇　近衛天皇の中宮、呈子。九条院太政大臣藤原伊通の女で、母は諸大夫の家柄の藤原顕隆の女、玄子。久寿二年(一一五五)天皇の死とともに落飾し、保元三年、皇太后、仁安三年(一一六八)院号を受けた。

二一　二一二頁に見える。女子とは違って、敗者の男子は斬られるのが一般であった。

二二　母の弁明として、手もとに身をひそめていた常盤母子が、義朝の死の報に接した翌日、早くから行方をくらましたと言うのである。底本に「常葉」とあるのを「常盤」に改める。以下ことわらない。

二三　どうして知らないわけがあろう。いや知っているはずだと。

二四　無理に(母子の行方を)白状させるために器具を使って肉体に苦痛を与えること。

二五　詰問の間に、しばらく息抜きがある時。

少者《をさなき》共、もし[一]事なくあり得ば、行へ《（ゑ）》はるかなるべし。今日・明日とも知らぬ[二]露の命を惜しみて、末はるかなる三人の命をば、いかでか失ひ候べき。行方《ゆきかた》知らせたりとも、申候まじ。まして夢にも知らず候」とぞ申ける。

常盤、[三]大和にて此事聞伝へ《（え）》て、「わが子を思ふやうにこそ、母もわれをば[四]悲しむらめ。[五]我ゆへ《（ゑ）》苦を受くと聞ながら、いかでか出て助けざるべき。[六]前世の果報拙《つたなく》て、義朝が子と生れ、父が科《とが》の子に懸《かかり》て、失はれん事は、[七]其理《ことわり》有ぬべし。[八]其故《そのゆゑ》もなきわが母の憂き目を見る事は、[九]さながらわが身のとがぞかし。[一〇]此後も子欲しくは、[一一]同じゆかりの子を養ても慰《なぐさみ》ぬべし。[一二]無量劫を経ても[一三]あらざる親子の中也。[一四]責《せめ》殺されて後は、悔《くい》しむともかひあらじ。母此世にある時、出て助けん」と思て、三人の子共を引具して、故郷の都へぞ帰りける。

元の栖《すみか》に立入て見ければ、[一五]たてを《（お）》さめて人も無し。あたりの人に近付て、「御年寄りは」と問ひければ、「[一六]一日《ひとひ》六波羅へ召れさせ給て、其後は、[一七]しもざまの人々も逃げ失せて、[一八]かやうに浅間《あさま》しげにならせ給ひて候」と申ければ、「[一九]さればよ」とて、常盤、いつも尽きせぬ涙をぞ流しける。

常盤、[二〇]九条院へ参て泣く〳〵申けるは、「[二一]女のはかなさは、[二二]終《つひ》にのがれ

一　もし今回、捕らわれることがなければ、その将来は、はるかに永いものになろう。
二　いつ消えるともわからない、露のようにはかないわが身を惜しんで白状し。
三　現在の奈良県全域を、古く大和と言った。宇陀をも含む。
四　親の、子に対する切実な愛情を示す語。いとおしく思うだろう。
五　わたくしのために母が苦を受けると知っていながら。
六　前世の行いの、この世での報いが不幸で。
七　道理として、そのすじが通っているだろう。
八　責められるべき理由もない。
九　すべてわが身の、前世からの報いである。
一〇　（わが三人の子が捕らわれ斬られたとしても）なお子育てをしたいのであれば。
一一　（亡父、義朝と）同じ血のつながりのある子を。
一二　計り知れない、長い時間。
一三　切れることのない親子の仲。
一四　（母が拷問によって）責め殺されては。
一五　戸を立てきって。
一六　先日。
一七　下仕えしていた身分の低い人々も。
一八　このように、あきれはてるほど荒廃してしまわれました。邸の荒廃に、そのおちぶれようを重ねて語る。
一九　思ったとおりだと。
二〇　（常盤が雑仕として仕えていた）藤原呈子の邸。
二一　女の身のはかなさには。
二二　結局は逃れられないとは思いながら。

じと思ひながら、此子共が無慙[二三]さに、片時[二四]も身に添へてや見候とて、幼《いとけなき》者ども引具して、片ほとり[二五]に立ち忍びて候つるが、行[二六](ゑ)へも知らぬ老の母が六波羅へ召し出されて、さまぐ\いましめ問はるゝよし承《うけたまはり》候へば、子共が事は何とも成候へ。母の苦《くるしみ》を助候はんとて、子共相具して参りてこそ候へ」と申ければ、御所[二七]を始まゐ(い)らせて、ありとある程の女房達、皆涙をぞ流しける。「世の常の女房の心ならば、老たる母は、今日とも知らぬ命なり。後の世[二八]をこそとぶらはめ。行末遠き子共を助けんと思ふべきに、子を皆失ふ共、母ひとりを助んと申《まうす》心ざしの有難[二九]さよ。仏神定《さだめ》て御憐《あはれみ》あらんずらむ。子共も又武士の子とも覚えず、皆右[三〇]へ向く。無慙げなるかほばせ[三一]也。年来《としごろ》此御所へ参るとは、皆人知りてさぶらふ。尋常に出立せ給へ」と面々に申されければ、中宮[三二]もさこそおぼして、母子《おやこ》四人、清げに装束させ、牛・車・下部《しもべ》[三三]、いづれもさる体《てい》[三四]にいでたゝせて、六波羅へこそつかはしけれ。九条院を出、河原[三五]を東へやり行ば、衣[三六]を脱げと言ふ者こそ無けれ、三途川[三七]を渡る心ちして、すでに[三八]六波羅に近づけば、屠所[三九]におもむく羊の歩み、今日[四〇]はわが身にあは(わ)れなり。

六波羅へ出たりければ、伊勢守[四一]景綱、預かりてゝげり。常盤申けるは、

二三 いたわしさに。本来の語義は一四七頁注二六。
二四 しばしの間でも共にいてやれるかと同行して。
二五 (にぎやかな所に対する)辺鄙な所。片田舎。
二六 年老いて、いつどのようになるかもわからない。死が迫っていることを言う。
二七 尊貴な人が住む住居に住む人。上皇・三后・皇子・親王・大臣・将軍らを言う。ここは九条院呈子を指す。
二八 (年老いた母がなくなったら、その)後世、菩提をとぶらえばよい。
二九 めったに無いことだ。
三〇 「右」は、二つある事物の優位な方。ここは、母が良しとする方向に従う、すなおなことを言うか。　三一 顔の形。器量。「尋常に…」は、普通よりすぐれているように立派に。「出立せ」は、服装をととのえさせて。　三二 もと宮中の意。転じて宮中にいる太皇太后・皇太后・皇后の三宮の意となった。呈子は、当時、皇太后宮であった。　三三 下々の仕事にたずさわる人。
三四 それ相応の服装をととのえさせて。
三五 (六波羅へ出頭するために)賀茂川の河原を東へ車を進めてゆくが。　三六 三途の川(次項)のほとりに鬼女(奪衣婆)がいて、死者の衣を剥ぎ取り懸衣翁に渡し、衣領樹に懸け、枝のしなりぐあいによって死者の罪の軽重を定めたと言う。　三七 死者が冥界に入る前に渡るとされた川。　三八 いよいよ。　三九 「屠所」は、畜類を殺す所。死の近づくさまを『涅槃経』で、羊が屠所へ引かれてゆく歩みにたとえて言った。
四〇 今日は、わが身の上と思われての意。
四一 一五一頁に伊勢の伊藤武者景綱として見えた。→補二七八。

[一]「女心のはかなさは、此子共、もしや助かるとて、片田舎へ引具して下《くだり》候しか共、科《とが》なき母が召出されて恥を見、苦しみにあふと承り候ほどに、子共こそ[二]失ひ候はめ、母をばいかでか助けでは候べきと思ひ定めて、御尋ある子ども相具して参て候うへは、母をば赦《ゆる》させ給へ」と泣々申ければ、聞く人孝行の心ざしを感じて、皆々涙をぞ流しける。伊勢守景綱、此由を大弐殿に申ければ、常盤が母をば[三]宥められけり。母、景綱が宿所へ来て、姫・孫共をうち見て、[四]絶入《たえいる》ばかり嘆きけり。やゝ遙かにありて起き上り、常盤が顔を[五]つらげに見て申けるは、「[六]あなうらめしの心づかひや。老たるわが身は、[七]とても近き後の世なれば、ながらふべく共、いつまでぞ。[八]態《わざと》も身に替へて孫共をこそ助たけれ。何しに子共をば具し出て、我にうき目をば見せ給ふぞ。姫・孫共を二度《ふたたび》見る事のまことに嬉しけれ共《ども》、孫共が空しくならん事こそ悲しけれ」とて、手を取り組み、顔を並べて同じ所に[九]臥し沈む。

大弐清盛、常盤を召出しければ、子共引具し清盛の宿所へ出けり。[一〇]六《むつ》子、八子《やつご》左右の傍《かたはら》に居たり。二歳の牛若は、懐《ふところ》にあり。常盤泣く〳〵申けるは、「左馬頭罪深き身にて、其子共皆失はれんを、一人《ひとり》をも助させ

一　二二四頁に、九条院に対しても、「女のはかなさは、終にのがれじと思ひながら、此子共が無慙さに……」と語っていた。
二　斬られて失うことがございましても。
三　処分を寛大にし赦された。
四　気を失う。気絶する。
五　たえがたそうに見て。
六　自分を不本意な身にした相手に対し、不満に思い、にくらしく、残念に思う気持。
七　どうせ、あの世に行くのも近い身であるから。
八　みずから進んででも。
九　王朝の女性が感嘆する様子を見せるしぐさ。
一〇　六歳になる子。二一六頁。中の子として前出。後の円成。

給へと申さばこそ、其[一一]理《ことわり》知らぬ身にても候はめ。子共か[一二]くもならざらん前《さき》に、まづ此身を失はせ給へと申さんを、などか聞しめされでは候べき。高きも卑《いやしき》も、[一三]親の子を思ふ心の闇は、[一四]さのみこそ候へ。この子共に別れて、片時もたへて有べき身共《とも》覚え候はず。わらはを失は《(わ)》せ給ひて後にこそ、子共をば[一五]御ぱからひ候はめ。此心ざしを申さんためにこそ、[一六]左馬頭が草の陰に恥を見せて、[一七]か〻る憂形勢《うきありさま》を思ひも知らず、これまで参て候へ。[一八]この世の御情、後の世の御功徳、何事かこれに過《すぎ》さぶらふべき」と、泣く〳〵くどき申せば、六子《むつご》、母の顔をたのもしげに見上げて、「泣かで、よく〳〵申て[一九]たべや」と言ければ、只今までもよに心強げにおはしける大弐殿も、[二〇]「けなげなる子が詞《ことば》かな」とて、[二一]傍にうち向《むき》て、累《しきり》に涙を流されけり。兵《つはものども》あまた並《なみ》居たりけるに、涙に咽《むせび》て[二二]うつぶッさまになり、面《おもて》を上たる者もなし。

常盤が年、廿三なりき。[二三]中宮の[二四]官女にて、物なれたるうへ、[二五]思ひ胸にあれば、こと葉口に出て、たけき武士《もののふ》もあはれと思《おもふ》はかりに申続けて、[二六]青黛《あをきまゆずみ》、深き涙に乱れ、嘆《なげき》日数を経て、[二七]其人ともなくやせ衰へたれども、なほ《(を)》世の常に越えたり。見る人、これを[二八]あはれまずといふ事なし。「これ

一一 武士の身としての道理をわきまえぬ身でございましょう。
一二 処刑されましょうが、その前に。
一三 「人の親の心は闇にあらねども子を思ふ道にまどひぬるかな」(『後撰集』雑)、藤原兼輔)による。
一四 すべてがそうなるものです。
一五 御処置をなさってくださいませ。
一六 草葉の陰の、故き義朝に武士としての恥をかかせるのも構わないで。
一七 わが身も、このようにつらい身の上になるのを分別せず。
一八 子どもよりも先にこの身を失えという、わたくしの願いをお聞き届けくださるのは、皆さまの、この世でのわたくしへのお情であり、あの世へ旅立つわれ〳〵へのおめぐみ、他にかえがたいものがございましょうと。
一九 「たまへや」の転。
二〇 心がまえやふるまいが、しっかりしているさま。
二一 (涙ぐむさまを人に見られぬよう)横を向いて。 二二 前に顔をさげて。
二三 常盤が雑仕として仕えていた藤原呈子。九条太政大臣伊通の女で、久安六年(一一五〇)四月、近衛天皇の女御。同年六月二十二日、中宮になった。
二四 官中に仕える女房。後に、将軍に仕える女性をも言う。 二五 上述した、母と子に対する思い。 二六 濃い音色のまゆずみ。「翠黛」とも。↓補三七四
二七 その人、常盤とも見えぬ程、やつれはてたけれども。
二八 美女だとほめ、あわれまないことはなかった。

ほどの美女をば目にも見ず、耳にも聞及ばず」と申あひければ、ある人申けるは、「よきこそことわ《(は)》りなれ。[一]大宮左大臣伊通《いとう》公の、中宮の御所へ、みめよからん女をまゐ《(い)》らせんとて、よしと聞ゆる程の女を、[二]九重《ここのへ》より千人召されて百人選び、百人より十人選び、十人が中の一にて、此常盤をまゐ《(い)》らせられたりしかば、わろかるべきやうなし。さればにや、見れどもく[三]めづらかなるかほばせなり。[四]唐の楊貴妃、[五]漢の李夫人が、[六]一度咲《ひとたびゑめ》ば百《もも》の媚《こび》をなしけんも、これには過じと[七]たはぶれ申人もあり。

常盤、[八]伊勢守が宿所に帰りぬ。其後、あらき足音の聞ゆる時は、「今やわが子共を失ひに来《きた》るらん」と、[九]肝魂《きもたましひ》も身に添はず。母は子共が顔を、[一〇]今いつまでとまもりて泣く。子共は又、[一一]たのもしからぬ母をたのみて、手にとり付て見上げて泣く。互ひに尽きせぬ[一二]涙の色、袖に余りてせきあへず。大弐清盛宣ひけるは、「義朝が子共の事、[一三]私《わたくし》に清盛がはからふべきにあらず。[一四]賞罰の事は、[一五]勅定にまかせて奉行するばかり也。猶うかゞひて、[一六]天気にこそよらめ」と宣へば、六波羅の人々、「いかにかやうに御心弱き事をば仰られさぶらふぞ。此少《をさなき》者ども三人が生ひ立ちなば、末の世いかなる大事をか引出し候はんずらむ。御子孫の為こそ[一七]いたはしけれ」と諫《いさめ》け

一　九条院の父、藤原伊通。二〇頁注一八。
二　中国で、宮中の門が九重をなしたことから、宮中のこと。以下、美女選びの定型表現。
三　新鮮で魅力ある容姿である。
四　中国の代表的な美女。↓補三七五
五　漢の武帝の妃。帝に先立って死んだので武帝は反魂香をたいて妃の魂を呼びもどそうとしたと言う。「楊貴妃帰唐帝思、李夫人去漢皇情」(『和漢朗詠集』秋)
六　にっこり笑うと、あふれるばかりのなまめかしさが生じる。↓補三七六
七　冗談めかして言う人もあった。
八　二二五頁に「(常盤母子が)六波羅へ出たりければ、伊勢守景綱、預かりてげり」とあった。
九　「肝魂(きもたましい)」は、胆力、気力、心。ここは、恐ろしさに生きた心地のしないこと。
一〇　いつまで目にかけてやれるかと見守って泣く。
一一　語り手の思いを語る。将来、どのようになるかもわからない、その母を頼りとして。
一二　歌語。深く、激しい悲嘆を表わすのに紅の色の涙と言った。↓補三七七
一三　私的な感情によって。
一四　戦闘の結果について、賞したり罰したりすること。ここは後者。
一五　天皇の仰せ。口頭もしくは文書による天皇の意思伝達。「奉行する」は、その天皇の意志に従ってとり行うこと。
一六　天皇の御判断。
一七　(他人のために)身心に苦痛を感じる。ここは平家の行方に不安を感じることを言う。
一八　年長で、成長している。兵衛佐は頼朝。二一九頁、池殿が「兵衛佐といふ十二、三の者が頸切られん事、無慙さよ。頼朝一人ばかりをば助給へかしと大弐殿に申てたび候へかし」と重盛に要請し、さらに「吾子の尾張守頼盛」をも立

れば、清盛「たれもさこそは思へ共、おとなしき[一八]兵衛佐を池殿に助けんと申さるゝうへは、成[一九]人の頼朝をば助けて、幼き者をば斬らん事、其[二〇]謂《いはれ》さかさまなるべし。言[二一]ひても〱頼朝が死生《ししやう》によるべし」とぞの給ひける。

常盤、「一日片時も命のあるこそ不思議なれ。これさ[二二]ながら清水の観音の御助なり」とたのもしくて、わが身は観[二三]音経を読み、子共には観音の御名を教へて唱へさせけり。兵衛佐が死罪の事、池殿やう〱[二四]に申されければ、死罪ゆるされて、流[二五]罪にぞ成にける。「是、直事《ただごと》にあらず。八[二六]幡大菩薩の御ぱからひなり」と信敬《しんきやう》[二七]極《きはまり》なし。兵衛佐は、東[二八]国伊豆の国へ流さるべしと定りてンげり。まして常盤が子共は、幼ければ、「助かりぞせんずらん」と申あへりしが、「子細なく罪科なき者共なり」とて、死罪を宥められけり。＊

(経宗・惟方遠流に処せらるる事同じく召し返さるる事)

[二九]二月廿日比《ころ》に、院[三〇]も八[三一]条堀川の皇后宮権大夫顕長卿《あきながのきやう》の宿所の桟敷《さじき》[三二]へ常に出御《しゆつぎよ》[三三]ありて、四方《よも》の山辺のかすみわたれる夕煙[三四]のけしきを叡覧有て、御慰有けるを、大[三五]裏より御使とて、桟敷殿をうちつけてンげり。上皇、御

てて清盛に助命を嘆願したと語っていた。物語の現在では清盛の決心はまだついていない。

一九 成長して大人になっている人。

二〇 言うべき道理。

二一 (常盤の幼児について)どのように人が嘆願しても、まず頼朝の処分いかんによって決まるだろう。

二二 すべて。二一三頁、常盤が清水観音に「三人の子どもを助けましませ」と祈っていた。

二三 『法華経』第二十五「観世音菩薩普門品」のこと。観世音の名を唱えることによって危機を脱することができるという現世利益的な色が濃い。

二四 さまざまに。

二五 流刑。↓補三七八

二六 宇佐八幡宮に始まり石清水八幡宮にまつる神を、仏教などが融合してできた仏。清和源氏が氏神として仰ぐことで武士の守り神となった。頼朝の助命に、その加護を考えた語り。二二一頁注三一

二七 心からあがめうやまうこと。

二八 広く、都から東にある国々を言うが、この時代には、現在の関東地方を指す。

二九 以下、桟敷打ちつけ事件は『愚管抄』五にも見える。↓補三七九

三〇 「院は」とする本がある。院は後白河。

三一 八条大路の北、堀川小路の西に顕長邸があった。二〇五頁に「一院(後白河)は仁和寺の宮御所を出させ給て、八条堀河の皇后宮大夫顕長の御宿所へ御幸なる。是は、三条殿炎上の間、しばらく御所になるとぞ聞えし」とあった。

三二 物見のにために一段高く設けた床。もと仮設であるが、中世、院の賀茂祭見物のために常設された。ここも、それ。

三三 お出ましになられて。

三四 和歌の世界で、夕方、人家から立ち上る煙を春霞と重ねて見る、その景色。

三五 前出、二条と後白河の対立に見たように、二条天皇の意向を受けた行為。上皇は、これを経宗・惟方のさしがねによるものと理解している。

憤《いきどほり》深くして、大弐清盛を召して、「主上、若年にてましませば、これほどの御ぱからひ有べしと覚えず。これは経宗・惟方がしわざ(は)なり。召禁《めしいましめ》よ」と仰下《おほせくだ》されければ、清盛勅定を承て申けるは、「保元の御乱《みだれ》にも、御方《みかた》へ参りて忠節を尽し候ぬ。去年の合戦にも、身命《しんみやう》を惜しまず、忠節をいたして、乱世を鎮《しづ》め候ぬ。幾度も勅命に従ひ奉るべく候」とてまかり出《いで》、経宗・惟方両人の宿所へ兵《つはもの》共さしつかはす。新大納言のもとには、雅楽助《うたのすけ》通信・前《さきの》武者所信泰《のぶやす》、二人討死す。

経宗・惟方両人召捕て、御坪の内に引居《ひきすゑ》たり。すでに死罪に定ッたりけるを、法性寺大殿御申《おんまうし》ありけるは、「嵯峨天皇の御宇、左衛門督仲成が誅せられてより以来《このかた》、死罪をとゞめられて、年久しかりしを、保元の乱に少納言入道信西ほどの才人が、誤て死罪を申行ひ、中《なか》二年有て、去年の逆乱は起れり。死罪を行へば兵乱のたえぬことわざ、忽にあらはれて候。公卿の頸を左右なく切られん事、いかゞ候べからん。「遠流は二度帰る事なし。死罪に同ず」と承る。死罪を宥められて、遠流に処せられば宜《よろし》かるべく候」と申されければ、「大殿は、ゆゝしく申させ給ふ物かな。大職冠《たいしよくわん》より以来《このかた》、代々君の御守として、善政のみ申御沙汰あれば、当時もめでたくま

一　二条天皇親政派として後白河上皇と対立していた。一九七頁、当初信頼に同心していたことが洩らされるのを恐れて、信西の子息十二人を遠流に処するよう主張したことが見える。　二　縁の深かった崇徳上皇方ではなく、後白河天皇方に参ったことを言う。　三　経宗を指す。この後、文意がわかりにくい。経宗の宿所へ遣された清盛方の兵が戦って二人が討死したと語るものか。通信・信泰については未詳。　四　補三七九の『百錬抄』を参照。　五　上皇が居る御所の、殿舎や廊、垣などで囲まれた中庭。ここは前出、顕長の宿所の中庭を言うか。　六　「大殿」は大臣の敬称。法性寺に別邸を営んだ、前関白、忠通。保元三年八月十一日辞任。平治二年当時、六十四歳だった。　七　桓武天皇の皇子。母は藤原良継の女《むすめ》、乙牟漏(おとむろ)。同母兄の平城天皇らと皇位継承をめぐって争ったが、八〇九年から八二三年まで在位。　八　桓武天皇に重用された藤原式家の種継の息。母は参議従四位下粟田朝臣道麿の女。↓補三八〇　九　↓補三八一　一〇　↓補三八二。前項とともに信西評を語る。　一一　故事。事物の由来を説く物語。それがたちまち現実となって表われました。　一二　大臣と中納言、参議および位が三位以上の者。　一三　思慮もなく。　一四　流刑のもっとも重い刑。↓補三八三　一五　遠流は二度と帰洛できないことで死罪に相当するとの意。　一六　前出の法性寺大殿の忠通。　一七　中臣(藤原)鎌足を指す。大化三年(六四七)の冠位制で十三階の最高位。鎌足の死直前に与えられたのが唯一の例。そのため鎌足を指す語となった。

します。御子孫の繁昌も、さこそましまさんずらめ」と諸人誉《ほめ》[一八]しめけり。

少納言入道信西が子共、僧俗十二人あり。国々へ流し置かれたるを、面々に召し返さる。是に付ても、紀伊二位[一九]の心の中こそいとほ《(お)》しけれ。権を争ひし信頼は誅せられぬ。少納言入道も命だにあらましかば、いかなる国よりも帰らなましを[二〇]。数輩《すはい》の子どもが召し返さるゝを見聞候へども、後の別[二一]れをぞ嘆ける。上皇も御政の度ごとには、仰合《おほせあはせ(を)》おかるゝ方のなきまゝに、信西をぞしのび思しめされける。

大納言経宗[二二]は、阿波国へ流さる。別当惟方[二三]は出家すと聞ゆ。長門国へぞ流されける。伏見源中納言師仲卿[二四]は、内侍所とりとゞめまゐ《(い)》らせたりける故に、信頼与同[二五]の重科は宥められてンげり。しかれども「都のうちに留め置かれん事、いかゞ」と諸卿申されければ、播磨中将[二六]の召返されたる跡、下野国室八嶋《むろのやしま》[二七]へぞ流されける。三河の八橋[二八]を渡るとて、師仲かうぞ口すさみける。

夢[二九]にだにかくて三河の八橋を渡るべしとは思ひやはせし

上皇、此歌を聞召れて、急ぎ召し返されてンげり[三〇]。

新大納言経宗は、阿波国より召返されて、右大臣[三一]まで経《へ》のぼりて、後に

一八 「しめ」は接尾語か。ほめたこと。
一九 信西の妻。後白河の乳母、朝子。成範・脩範の母。
二〇 「帰りなましを」が正しい。帰って来たものを。
二一 (信西を)死なせてしまったことを嘆いた。政務の相談を持ちかける相手の無いことを嘆くのである。
二二 『一代要記』永暦元年の条に「二月廿日夜、於二八条内裏一大納言経宗、別当惟方被レ搦了ヌ配二流ス経宗ヲ阿波国ニ惟方ヲ長門国ニ一」とある。
二三 『尊卑分脈』惟方に「永暦元二廿八坐事配流長門国之刻出家六三十法名寂信永万帰京」とある。
二四 →補三八四
二五 同意して力を貸すこと。
二六 信西の子息、成範。『公卿補任』によると、平治元年十二月二十三日、下野へ流され、永暦元年二月二十二日、召し返され、元の中将に復した。
二七 栃木市惣社町の大神神社の附近。一九八頁注三〇。
二八 今の愛知県刈谷市北部にある歌枕。→補三八五
二九 →補三八六
三〇 『公卿補任』によると永暦元年(一一六〇)から六年後の永万二年三月、召し返されている。
三一 『公卿補任』によると「長寛二年(一一六四)正月廿一日復本位并還任(権大納言正二位)二月十八日帯劔、閏十月廿三日右大臣」とある。

[一]は阿波の大臣とぞ申ける。大宮左大臣伊通《いとう》[二]公の申されけるは、「世に住めば、を《(お)》かしき事をも聞く物かな。昔こそ、わが朝に吉備大臣[三]はありてんなれ。又阿波の大臣出来たり。いつか又ひえ《(ゑ)》の大臣出来むずらん」との給ひける。[四]大饗《たいきやう》行はんとて、伊通公を尊者[五]に請じ申されければ、使者の聞《きく》をもはゞからず、「阿波大臣の帰洛して、旅籠《はたご》[六]振舞すなるに、参るまじ」とぞのたまひける。これをも人「例の事[七]」とぞ笑ける。

[八]別当入道は、猶御憤り深くて、召返さるまじきよし聞えければ、心細くや思はれけん、[九]御所の女房たちの方へ消息をまゐ《(い)》らせける奥に、

[一〇]今の世《せ》にもしづむと聞けば涙川流れしよりもぬるゝ袖かな

女房達、此歌を物がたり申されければ、君[一一]も哀と思召て、急《いそぎ》召返されてンげり。＊

（頼朝遠流の事）

[一二]兵衛佐が死罪の事、池殿、兵衛佐を召して仰《おほせ》られけるは、「昨日までは、それの事に心を砕《くだき》つるが、今日すでに喜《よろこび》[一三]に成て、伊豆国[一四]とかやに流さるべかんなる。尼は若うさかり成し時より、[一五]かはゆくあは《(わ)》れなる事だにも

一　→補三八七
二　伊通は、平治二年当時、左大臣正二位で翌二年八月十一日から長寛三年二月三日まで太政大臣正二位だった。この年の二月十一日出家し、十五日、七十三歳で死去。　三　→補三八八
四　ここは右大臣に任じたことを披露する宴会。
五　大饗における主賓。年長・高位の人がなり、摂関・太政大臣の大饗には左右大臣、左右大臣の大饗には大臣の外に、大中納言も尊者になった。
六　無事に旅から帰った時に催す祝宴。旅籠振（はたごぶるい）とも。その祝宴を催すそうだが。
七　例の皮肉と笑った。
八　前出、別当惟方のこと。出家していた。
九　→補三八九　一〇　この度の赦免にも洩れたと聞くにつけて、涙が川のように流れることよ、それは流罪に処せられた当時の悲しさよりもまさる思いで、その涙にぬれる、わが袖である。
一一　『古今著聞集』五に、上述の歌の後に「とよみて故郷へおくられたりけるを、法皇伝へ聞しめして、御心やよはりけん、さしも罪深くおぼしめしけるに、この歌によりて召かへされけるとかや」とある。
一二　→補三九〇
一三　二一九頁から二二〇頁にかけて、池殿（尼）が頼朝の助命を清盛に嘆願していたことが見える。その願いがかなって、の意がある。
一四　今の静岡県の伊豆半島。『延喜式』で下国。神亀元年（七二四）遠流の国に指定された。桓武平氏の山木兼隆が、この後、治承三年（一一七九）平時忠の代官となる。伊豆国へ流されることになるそうです。
一五　かわいそうで見るにたえず、哀れなることがあれば。

あれば、聞てたえ忍ばぬ心ありて、多くの者の(こ)命を申助け、頸をも継ぎてさぶらひし也。今はかゝる[一六]ぐち尼の様なれば、申事も耳慣れて、大弐殿よも聞かじと覚えしかども、若《もし》やとて申つれば、[一七]それにはよもよらじかなれども、死罪とかやは宥められぬ。尼が命のうちの悦《よろこび》、これに過たる事、又有べし共おぼえず」と宣ひければ、兵衛佐、「御恩によりて命を助られまゐ(い)らせぬ。此御芳志、[一八]生々世々にも、いかでか報じ尽しまゐ(い)らせ候べき。[一九]道にていかにもなり、国にて憂き目を見候共、何の恨みか候べき。ただし遙々と下《くだり》候はん道に、召し仕ふ者一人も候はでは、[二〇]旅の空心苦しく候はんずれ」と申されければ、「さぞ思はれん、[二一]父祖《ぶそ》の時より召仕はれし者、多くこそ候はめ共、恐をなしてぞ出《いで》ざるらめ。[二二]科《とが》を宥められぬと披露せば、[二三]などか年ごろの者共の、見え来たらざるべき」と仰られければ、兵衛佐、[二四]弥平兵衛に申合《まうしあはせ》て披露すれば、侍下人《さむらひげにん》ども、[二五]七、八十人出来たる。＊

（盛康夢合せの事）

[二六]其内に侍三十余人ぞ有ける。此侍共同心に申けるは、「あはれ御出家有

一六　役にも立たない尼。「ぐち」は底本によるが「朽ち尼」とも読める。　一七　まさか、わたくしの願いのみが効を奏したのではないでしょうけれども。　一八　仏教語で、前世から現世、未来永劫、すべての生。　一九　流刑地への道中、思いがけぬ災難にあって死んだり、無事、伊豆へ着き、その地に住む中に死を賜るようなことがあっても。　二〇　旅の道中、難儀することでございましょう。　二一　（これまで）為義の時代から仕えて来た者が多くあっただろうに、かれらも朝敵の名にはばかって出て来ないのでしょう。

二二　罪を遠流に減じられたとおおやけにすれば。

二三　年来、仕えていた者が、どうして見参しないことがあろうか、やって来ることだろう。

二四　二一〇頁、「前兵衛佐頼朝、尾張守頼盛が郎等弥平兵衛宗清がために生け捕られて六波羅へ参る」とあった宗清。同頁注一一。二一一頁に「兵衛佐をば、弥平兵衛に預けられたり。この弥平兵衛、情ある者にて、さまぐ〵いたはりもてなしけり」とあった。

二五　この参集した人々の数について、「新大系」は、多すぎるとし、『東鑑』寿永三年(一一八四)三月十日の条を引く。「去永暦御旅行之時」、すなわち平治の乱後の頼朝の伊豆遠流当時を回想し、「累代芳契之輩、或夭亡、或以変々之上、為$_{レ}$左遷之身$_{一}$、敢無$_{下}$従之人$_{上}$而実経奉$_{レ}$副$_{二}$親族資家$_{一}$事不$_{レ}$思食$_{レ}$之故也」と記す。

二六　遠流に同行する者の無いことを不安に思い、池殿の勧めにより遠流に減刑されたことを披露すると、集まって来た七、八十人の者どもの中の、の意。この段の表題「盛康夢合せの事」を前段の「付けたり」とするのが一般であった。本書は、それを別段とした。

て、池殿にも[一]御心やすく見えまゐ《(い)》らせて、伊豆国へも御下《くだり》さぶらへかし」と申。[二]纐纈《かうけつ》源五盛康《もりやす》ばかりこそ、「いかに人申とも、そら聞かずして、[三]御髻をば惜しませ給へ」と、耳に密語《ささやき》けれ。或時、盛康申けるは、「千人がうちの一人とさふらふ身の助からせ給ふは、直《ただ》事にてはよも候はじ」とうちをがみ、「八幡大菩薩の御ぱからひにてこそ候らめ」と申せば、[四]「髻切れ」と言へども返事をせず、「な切りそ」と言ふにも音もせず。[五]心の中こそ怖《おそろし》けれ。

永暦元年三月二十日、兵衛佐、伊豆国へ下るべしと聞えければ、池殿へ暇申《いとまうし》に参りけり。池殿、簾《すだれ》をかゝげて御覧じ、「ちかう〳〵」と召て、[六]つく〴〵とまぼり給ひ、「かやうにありがたき[七]命を助け申候へば、尼が詞の末《すゑ》、少もたがふまじき也。[八]弓箭《ゆみや》・太刀・刀といふ事は、目にも見、手にもとらず。[九]狩・漁捕《すなどり》の遊び、又思ひ寄るまじき也。人の口は、[一〇]さがなきものにて候へば、何といふ讒言にあひてか、尼がほどなき命のうちに、二度[一一]憂き事を聞かんずらむ。[一二]其身も又二度憂き目を見んこと口惜かるべし。いかなる前世の報《むくひ》にてか、親子ならぬ人をこれ程に[一三]いとほ《(お)》しく思ふらん。[一四]人の嘆を受けて、我心を苦しむることよ」と、涙せきあへず見え給へば、

一　池殿も御安心になるように整えて。
二　美濃国可児郡久々利邑(今の可児市東部)から出た族。盛康は、同郡宇佐村の人と言う。→補三九一
三　もとどりを切って、出家なさるなど考えないでください。
四　回りから「もとどりを切れ」と言われても返事せず、「切るな」と言われても警戒して応答しなかった。
五　語り手が、その思いを直接語る。
六　思いを胸にひめ、もの静かに御覧になり。
七　助けることの困難な(あなたの)命を。
八　弓矢や太刀、刀などの武具は、以後、目で見たり、手にとったりしてはなりません。
九　山野での狩りや、海河での漁の殺生も考えてはなりません。出家の身として殺生を禁じることば。
一〇　思いやりがなく、露骨で意地の悪いことですから。
一一　つらいことを聞くことになるでしょうか、そんなことがあってはなりません。
一二　そなたも。
一三　(上位にある者が)相手をあわれみ、ふびんに思うでしょう。
一四　(親子の仲でもない)人の嘆願を受けて。

兵衛佐は、生年十四の春也。思[一五]へば幼稚の程ぞかし。され共《ども》人の志の切《せつ》なるを思ひ知りて、涙にむせびて顔ももち上げず。程経て涙を押《(こ)》さへ申けるは、「頼朝、去[一六]年三月一日、母にお《(を)》くれ、今[一七]年正月三日、父に別れぬ。定[一八]まれるみなし子となりて、哀《あはれ》不便と申人も候はぬに、かやうに御助け候へば、その恐[一九]候へ共、父とも母とも此御方をこそ、頼《たのみ》申候はん」とて、又涙を流さめ〴〵と泣ければ、池殿「まことにさこそあるらめ」[二一]とて、「人は皆、父母のため孝養《けうやう》[二〇]の心ざしあれば、冥加《みやうが》も有、命[二二]も永くれけり。候なるぞ。経を読み、念仏をも申て、父母の跡をとぶらふべし。尼が子に[二三]右馬頭家盛とて候しとぞよ。其を《(お)》さなかりし俤《おもかげ》思出てこそいとほ《(を)》しく思ひそめたりしか。鳥羽院に召仕て、権勢並《ならび》なかりしに、此大弐[二四]いまだ中《なか》[二五]務少輔《つかさのせう》と申候し時ぞ、祇[二六]園の社にて事を引[二七]出し、山[二八]門の大衆に訴られ、遠流せらるべき由ありしかば、君[二九]おぼしめし煩はせ給ひしに、「清盛が流罪の遅々《ちち》[三〇]するは、弟の家[三一]盛が支申《ささへまうす》故也」とて、さま〴〵呪詛《しゆそ》すと聞えしが、山王の御祟《たたり》とて、二十三の歳、失[三二]せ候しぞとよ。家盛にお《(を)》くれて、一日片時も、今《こ》の世にあるべしとは思はざりしか共、はや十一年に成候けるぞや。昨日までそれ[三三]の事をうち添へて心苦しかりしに、今日よりこそ涙のた[三四]

一五 （語り手の身として）考えると、頼朝は、何と言っても、まだ幼いことだ。そうは言うものの池の禅尼の志がひと通りではないことを思い知って。 一六 『公卿補任』に、「母尾張国熱田大宮司散位藤原季範女……同（保元四年）三月一日服解（母）」とあり、服喪を解いている。

一七 一九九頁に「頭殿（義朝）は、去ゝぬる（平治二年）正月三日に、尾張の国野間と申所にて、重代の御家人、長田の四郎忠宗が手にかゝりて、討たれさせ給ひ候」。 一八 運命のきまった孤児の身となって。 一九 平氏にとっては敵の源氏の身であることを恐れるのだが。 二〇 死去した両親の冥福を祈る思いがあれば。 二一 知らぬ中にこうむる仏神の加護。 二二 寿命ものびると申します。 二三 『尊卑分脈』に忠盛の二男として見え、「常陸介 右馬頭従四下 母修理大夫藤原宗兼女後為尼号池禅尼」とある。↓補三九二 二四 清盛のこと。↓補三九三

二五 ↓補三九四

二六 祇園感神院、今の八坂神社。牛頭天王をまつる。

二七 事件を起こし。↓補三九五

二八 延暦寺の僧徒。↓補三九六

二九 鳥羽院を指す。

三〇 事の進行がのろ〳〵として遅くなる。

三一 家盛が画策するためであると、さま〴〵に衆徒が家盛をのろい、山王に訴えるとの噂があったが。その事実については未詳。「山王」は比叡山の東麓にある日吉神社の祭神、山王権現。延暦寺の鎮守神。

三二 ↓補三九七

三三 そなた（頼朝）のこと。

三四 緊張し、はりつめていた気持がゆるむ。助命嘆願が、とにかく聞き届けられたことを言う。

ゆむ時とも成て候へ。行末はるかなる其身は、年月を経ては召返さるゝ時もありこそせんずらめ。今日明日とも知らぬ老の命は、それを待つべきたのみもなし。これこそ最後よと思へば、只名残こそ惜しけれ」とて、うち泣き給へば、兵衛佐もいとゞ袖をぞしぼりける。

一永暦元年三月二十日の暁《あかつき》、六波羅池殿を出で、東路はるかにおもむきけり。供の者どもあまたありけれども、二こゝにては履き物つくろひ、かしこにては人に物言ひなンどせしほどに、誠に随ひ付者は三、四人には過ず。纐纈源五盛康ばかりぞ、三旅《たび》装束さる体《てい》にて、四大津までとて供しける。兵衛佐、「五いくらも見えつる者どもは、何とて見えぬぞ」と宣へば、「盛康六遼遠の境へ下《くだり》候へば、七或は妻子、或は父母の余波《なごり》を惜しみてぞ、遅く参候らん」と申けれども、其後は終に見えず。八皆人は流さるゝを嘆け《(こ)》ども、兵衛佐は悦けり。九理《ことわり》かな、斬らるべき身が流さるれば。一〇され共都の余波せんかたなし。所々に馬をひかへ、頻に跡をぞかへり見ける。一一うちの蔵人にても有しかば、雲上の交りも思出給ふ。宮の司《つかさ》にてもありしかば、其余波も忘られず。一二「父にも母にも身を寄せぬ、池殿に助けられ奉る。心ざしあつく、恩深き人をも、今は見奉む事有難し」と思ひ続けて、敵陣の六

一　→補三九八
二　同行者が次第に離散してゆくさまを語る。「誠に随ひ付者」とは、その反対の、節を全うする者を指す。
三　「旅装束、しかるべき体にて」、しっかりと旅装束をととのえての意。
四　琵琶湖の南西岸の港町。水陸交通の要衝として軍事的にも重要であった。
五　上述の同行者の減ってゆく様子に対する頼朝の思いを語る。
六　遠く隔たる地。伊豆は遠流の地であった。
七　頼朝を失望させないように、とりつくろい言うのである。
八　人々の思いとは変って、頼朝の真意を語る。語り手は、この後の、頼朝の手による源氏再興への思いを語る。
九　語り手の思いを直接語ることば。道理だな。
一〇　都への名残り惜しい思いのおさえようがない。
一一　「うち(内)」は、内裏。院に対し内裏に仕える蔵人。令外の官の一つで、本来、皇室の文書や道具などを納める納殿を管理する官であったが、天皇の側近にあって、天皇の日常の雑事をつかさどった。後には院や女院、摂関、大臣家にも置かれた。頼朝は、平治元年六月廿八日、蔵人に補された。
一二　父や母にも近づけぬ身ながら、池の禅尼に助けられた。その志あつく、恩の深い人、池殿をも。

波羅さへ名残惜しくぞ思はれける。[一三]胡馬《こば》、北風に嘶《いばひ》、越鳥《ゑつてう》、南枝に巣をかくる、畜類の無ㇾ心だにも故郷は忍ぶ心あり。[一四]東平王《とうへいわう》と言ひし人、旅にてはかなく成しかば、其塚上なる草も木も、故郷の方へぞなびきける。遊[一五]子は神となりて、巷《ちまた》を過る人を守り、[一六]杜宇《とう》は鳥となりて、旅なる者を帰れとなく。これらは、[一七]長途に命を落し、他郷に尸《かばね》をとめしが、望郷の魂浮かれて、[一八]外土の恨をあらはししたぐ(こ)ひ也。兵衛佐が心もさこそと覚えて哀也。

[一九]追立《おつたて》の使は、[二〇]青侍《あをざむらひ》季通《すゑみち》なり。[二一]粟田《あはた》口辺より、路次にてあふ者をば、物を奪ひ取る。兵衛佐、「かうなせられそ。頼朝下向の時、路次に狼藉ありけりと聞えん事、[二二]穏便ならず」とぞ制しける。纐纈源五、「いづくまでも御供申べく候が、[二三]八旬に余りたる老母、今日共《とも》明日とも知らぬ身にて候へば、盛康に別《わかる》べき事を余に嘆申候。此老尼いかにも成候なば、急ぎ罷《まかり》下て、奉公申べく候」[二四]と、勢多までとて供しけり。

勢多をば舟にて渡しけり。「かしこに見ゆる[二五]杉村の前に、神門《とりゐ》の立ッたるはいかなる神にてましますぞ」と問へば、盛康、「勢多は、[二六]近江の国府《こふ》にて候へば、[二七]極重《ごくぢゆう》の神をこそ、いはひ奉りて候はめ」と申せば、「名を何

一三 「胡馬」は、名馬の産地、胡国の馬。「越鳥」は、南の越国から来た鳥。いずれも故郷の忘れがたいことを思って言う。↓補三九九

一四 漢の宣帝の第四子、劉宇。東平国に封じられ、おくり名は思。都に帰ることを望んでいたので、死後、塚の上の松柏が西になびき、都の方を向いたと言う。↓補四〇〇

一五 旅を好む人の意。↓補四〇一

一六 ほととぎすの異名。『撮壌集』に「杜鵑杜宇、蜀魂」とあり、蜀の望帝の死後、その魂魄が化して、この鳥になったとの伝説がある。

一七 長い旅路。

一八 異国で望郷の思いを表わした例である。

一九 「おひたて」の促音便化した形。流罪の刑を執行する役人。

二〇 六位の服の色である青の袍《ほう》(上衣)を着る、位の低い侍。せいし。季通は未詳。

二一 今の京都市左京区と東山区にまたがり、三条通白川橋より東、日岡、蹴上に至る一帯の地。山科から大津へ通じ、街道の口として、東国への交通の要衝。

二二 おだやかでない。

二三 八十歳を越える老齢の母。

二四 「せめてせたまで」とする本あり。できれば頼朝に同行したいのだが、老母のせわと、その死後の処理のために、途中までしか同行できないことを言う。

二五 杉が群がり生える所。

二六 古く栗太郡(今の大津市内)にあった。

二七 きわめて重い神をおまつり申し上げているのでございましょう。

の宮と申ぞ」と問ひ給へば、「健部《たけべ》[一]の社」と申。兵衛佐、「今夜、あの社にとまらん」との給へば、盛康、「宿《しゆく》[二]に御とまり候へ」と申。兵衛佐、「身の行末祈り申さんが為に、社頭[三]に通夜申たけれ」とて、健部の社へ参り給ひぬ。夜更《ふけ》て下部共いね入たる時、盛康、兵衛佐にさゝやきて申けるは、「都にて御出家有まじきよし申《まうし》しは、全《まつたく》盛康が詞《ことば》にあらず。正八幡大菩薩の御託宣也。其故は、京にて不思議の霊夢[四]の告《つげ》さぶらひき。君は浄衣[五]に立《たて》[六]烏帽子にて、石清水[七]へ御参詣あり。盛康御供申て候しが、君は神殿の[八]大床、盛康は瑞籬《みづがき》[九]の下に祗候し候。御歳十二、三ばかりの天童[一〇]の、弓箭をかい抱い(ひ)て大床に立ち給ひつるが、「義朝が弓・箙《やなぐひ》[一一]召して参りて候」と申されければ、御宝殿[一二]の内より、けだかき御声にて、「深く納めお(を)け。終《つひ》にはの頼朝にたばん[一三]ずるぞ。これをまづ頼朝に食はせよ」と仰《おほせ》られければ、天童御簾《ぎよれん》のきはへ参て、お(を)し出されたりける物をかき抱きて、君の御前に置給ふ。何者ぞと見れば、熨斗《のし》[一四]鮑《あはび》六十六本あり。さきの御声にて、「頼朝、それ食べよ」と仰られければ、御手にかい握[一五]て、広《ひろき》[一六]所を三口まゐ(い)りて候。細き所をば盛康に投て給りしを懐中して、[一七]によほ〳〵喜ぶと見て夢さめ候ぬ。この夢を心[一八]の中に合《あはせ》候やうは、御当家の弓矢をば、大菩薩の御

一　今の大津市神領の建部大社。日本武尊・天明玉をまつり、白山源氏、白川伯王家の配下に属する。　二　旅の宿場。普通、大津より先の鏡の宿に泊った。蒲主郡龍王町鏡。

三　神前。　四　神(ここは八幡)が夢に現れて告げる託宣がございました。　五　神事に着用する白もしくは黄の衣。狩衣と同じ仕立て。

六　烏帽子本来の、本体を直立させたもの。

七　京都府綴喜郡八幡町男山にある石清水八幡宮。応神天皇・神功皇后・玉依姫をまつる。↓補四〇二　八　寝殿造りの簀子《すのこ》縁の内側にめぐらした細長い部屋。広庇《ひろびさし》とも。

九　神社の回りにめぐらした、みずみずしい垣。

一〇　仮に童子の姿になって人間界に現れる、仏法の守護神。

一一　矢を入れて身につけるための道具。平やなぐい、壺やなぐいなどがあり、前者は、本来、行幸の供奉や儀礼の祭に用いた。矢を入れる具として、別に竹・柳・籐などで骨組みを作り毛皮をはりつけた箙《えびら》がある。

一二　神仏への奉納品を収納する建物。また神仏を安置する御殿。ここは、後者。

一三　与えようぞ。「たぶ」の未然形。

一四　鮑(あわび)の肉を薄く、長くはいで、ひきのばして乾したもの。長寿を祈って、祝い事の添え物に飾りとして贈った。「六十六本」は、壱岐・対島の二島を除く、日本全国を六十六か国とした、その数を示唆する。頼朝の天下平定を予祝する語りである。

一五　かき握ってのイ音便形。

一六　幅の広い所を三口も召し上りました。

一七　如法々々の意か。型どおりに、穏やかに。

一八　夢解きしたのには。

宝殿に納させ給ひて候ける頭殿《かうのとの》[一九]こそ、一端朝敵となりて亡《ほろび》させ給共、君[二〇]の御向後《ゆくへ》は、たのもしき夢想也。六十六本の鮑は、六十六ケ《か》国を掌《たなごころ》に握らせ給べき相《さう》[二一]也。参り残ッしを給て懐中すと見て候へば、人数《ひとかず》ならぬわれらまでも、たのもしくこそ候へ」と申けれ共、兵衛佐は返事もせず、[二二]ほれぐとして、「いざ盛康、せめて鏡の宿まで」と宣へば、余《あまり》にいとほし《(お)》さに、「母は何ともならばなれ。いづくまでも御供せん」とぞ思ひける。鏡の宿に着て、「いづくまでも御供に参らん」とぞ申せば、兵衛佐、「それこそあるまじき事なれ。志はさる事なれど、汝が母の嘆きは、頼朝が身に負《おふ》べきなり。孝行の志をむなしくなさば、仏神の冥慮[二三]に背《そむく》べし。冥慮にたがひなば、頼朝が冥加[二四]の為こそ怖けれ」とてとめられけり[二五]。

兵衛佐は、不破の関を越て、美濃国青墓の宿を過る時、父義朝の此宿に[二六]て、兄中宮大夫進《たいふのしん》朝長を手にかけて失はれけん心のうち、思知られて悲しかりけり。株川《くひぜ》[二七]を渡りし時は、源光《げんくわう》が舟にて下られける川なれば、知らぬ舟人の漕行《こぎゆく》も、心なき水[二八]の流れもなつかしくぞ思はれける。尾張国熱田[二九]宮に着ても、「故左馬頭討れ給ひし野間の内海《うつみ》はいづくぞ」と、所の者に問ひ給へば、「鳴海潟[三〇]を隔てて《(こ)》、霞わたりたる山こそ、そなたにて候へ」

一九 (頼朝の父)義朝を指す。
二〇 主君(頼朝殿)の御将来は。
二一 未来を予告するしるし。
二二 うっとりとして。
二三 人間には見ることのできない神仏の加護。
二四 知らぬ中にこうむる神仏の加護。
二五 同行するのを制止された。
二六 中巻、二〇二頁、金王丸の常盤への報告に見える。
二七 二〇三頁注二〇。
二八 (人のようには)感情のない川の流れも(父の一行が下ったこの川を)。頼朝への語り手の思い入れを語ることによって義朝の死への思いを語る。
二九 尾張の国、愛知郡の熱田神宮。藤原氏の南家、貞嗣系の季範以来、その子孫が代々大宮司になった。季範の女が頼朝の母であることから、頼朝らの崇敬をえた。
三〇 今の名古屋市緑区の南部、古く海浜であった地。歌枕として、東海道の道行に見られる。

と申ければ、心の中に、「南無八幡大菩薩、頼朝を今一度、世にあらせましませ。忠宗・景宗《かげむね》を手にかけて、亡父の草陰《くさのかげ》に見せまゐ《(い)》らせ候はん」と、泣々祈誓したるこそことわ《(は)》りなれ。

兵衛佐は、当社大宮司季範《すゑのり》が娘の腹の子也。この腹に男女三人の子あり。女子はかもんの姫とて、後藤兵衛実基が養君にて、都にとゞまりぬ。今一人の男子は、駿河国かつらと云所に有けるを、母方のを《(お)》ぢ内匠頭朝忠《たくみのかみともただ》と云者、搦《からめ》捕りて平家へ奉りしを、名字無くては流さぬならひにて、希義《まれよし》と付られて、土佐国きらと云所に流されておはしければ、きらの冠者とは申けり。希義は、南海土佐国、頼朝は、東国伊豆国、兄弟東西へ分かれ行、宿執の程こそ無慙《むざん》なれ。＊

（清盛出家の事并びに滝詣で付けたり悪源太雷電となる事）

抑《そもそも》保元に為義誅せられ、平治に義朝誅せられしより以来《このかた》、平家の一門繁昌す。わが身は大政大臣にあがり、子息、近衛《こんゑ》の大将に相並び、親類の昇進思さまにて、卿相《けいしやう》雲客六十余人なりき。仁安《にんあん》二年十一月、清盛病に侵されて、年五十一にて出家して、法名浄海と改む。兵庫に経島《きやうしま》を築《つい》て、

一 サンスクリット語の音写。「なも」とも。帰依する意。 二 父の義朝や、かれに仕えた鎌田らを討った長田父子。 三 亡くなった父義朝の墓に。 四 →補四〇三 五 →補四〇四 六 「新大系」は、「坊門」が正しい。→補四〇五 七 鎌田正清の女が、後日、香貫(かぬき)三条局と称したことから、沼津市香貫が源氏ゆかりの地であったかとする。香貫を「かつら」と読んだとするものであろう。 八 『尊卑分脈』によれば、藤原季範の弟、範忠を「熱田大宮司従四上内匠頭母源行遠女」とする。内匠頭は、令外の官で、工匠営作のことや、儀式の時の御座の装飾などを行った内匠寮の長官。 九 名字(苗字)は、姓とは別に、屋敷名や地名などを家名としたが、個人名をも言った。ここは、この個人名の意。時代は下るが『平家物語』二「座主流」に、流罪される明雲について「僧を罪する習とて、度縁を召し返し、還俗させたてまつり、大納宮大輔藤井の松枝と俗名をぞつけられける」とある。→補四〇六 一〇 けら(高知市介良)の誤りか。→補四〇六 一一 古代七道の一、南海道、今の近畿南西部から四国にかけての地域。「東国」は、時代により範囲が異なるが、ここは遠江・信濃・越後より東の諸国を言う。 一二 前世からの因果として身や心にしみついた思い。ここは因果としての関わり、縁の意。 一三 本来、仏教語で、戒律を破っているのに恥じないことを言うが、転じて、一般に反省のない、恥知らずの意。さらに他の人の無慙な行為の結果の痛ましいことを言う。ここは、その意。 一四 漢文訓読体で、文章の始めや、他の話を語り始める時に、用いる発語。いったい。さてまた。 一五 清和源氏、鎮守府将軍義親の息。→補四〇七 一六 平治の乱に勝ち残った平清盛

諸国運送の舟を助け、福原[二六]に宿所を構へ、大略、在国也。

或時、清盛、遊覧[二七]の為に、一門、侍ども数十騎うち連れて、布引[二八]の滝へ上《あが》りける。難波三郎[二九]は、「夢見あしき事候」とて、其日は宿所に籠居《こもりゐ》けり。[三〇]傍輩ども申けるは、「弓箭《ゆみや》取者の、夢見、物忌《ものいみ》[三一]ぞなンどいふ事、口惜き恥辱ぞ」と笑ければ、げにもとや思ひけん、遅れ馳せに出来《いでき》けり。布引の滝見て帰られける山の麓にて、俄に風荒く吹下《おち》て、空かき曇り、雷《いなびかり》[三二]しきりにして、雷《いかづち》、雲をひゞかす。難波色を失ひて、傍《かたはら》なる者に申けるは、「夢見悪《あし》かりつるは、此事也。悪源太[三三]が斬られし時に、はては雷《いかづち》に成て、蹴殺さんと言ひしつら魂[三四]か、常に俤《おもかげ》[三五]に立て恐しかりし心にや、夜も夢に見えつる也。鞠ばかりなる物の光りて、巽《たつみ》[三六]の方へ飛つるをば、人々は見給ひけるが、悪源太が霊《りやう》かと心におぼえつるなり。それが帰《かへり》さまにぞ、経房は一定《いちじやう》[三七]蹴《け》殺されぬと覚る。命のあらん限りは、雷にてもあらばあれ、一切りは切らんずるぞ。跡の証人[三八]に立給へ」とて、太刀を抜く。案の如く難波が上に黒雲うづ《(ず)》まき降《くだつ》て、雷鳴《いかづちなり》さがりけり。清盛も危ふ《(う)》く見え給ひけれども、弘法大師[三九]の五筆《ごひつ》[四〇]の離趣《りしゅ》[四一]経を錦の袋に入て、頸にかけられたりけるを、うち振り〳〵し給ひければ、雷鳴《なり》あがりて、清盛は助かり給

を指す。この後に主語として清盛が見える。
一七 ↓補四〇八　一八 ↓補四〇九　一九 参議以上、大納言までの「卿」と、太政・左右・内大臣の「相」。　二〇 宮中を「雲上」と言う。その清涼殿の殿上の間に昇ることを勅許された四位・五位の者および六位の蔵人を「雲客」と言う。
二一 六条天皇の代の年号。その二年は一一六七年に当たる。　二二 『百錬抄』の仁安三年二月十六日の条に「依二入道太政大臣(清盛)病一被レ行二非常赦一」、『尊卑分脈』に「仁安三二十一出家清蓮改静海治承四六十准三后出家以後准后例」とあり、『公卿補任』にも「二月十一日依病出家(五十一)」と見える。　二三 出家した者が授けられる名。俗名に対して言う。　二四 今の神戸市兵庫区の海岸寄りの地。古く大輪田、輪田泊と言った。兵庫の名は、鎌倉末期からの称とも言う。
二五 ↓補四一〇　二六 ↓補四一一　二七 出かけて遊び見物すること。　二八 ↓補四一二
二九 一五〇頁、清盛ら平家一門の熊野参詣に同行していた難波三郎経房。備前国津高郡駅家難波(今の岡山市内)で目代を勤めた田使首経信の三男。　三〇 同じ程度の経歴・資格で仕える仲間。　三一 陰陽道などで、災難を避けるために行う謹慎生活。　三二 神秘的な力を持つ雷(かみなり)の光を「いなびかり」、その音を「いかづち」として使い分けた。　三三 義平について、二〇七頁に「鎌倉の悪源太、近江国、石山寺のかたはらに、重病に侵されて居たりけるを、難波の三部経房聞き及びて、押し寄せて生け捕り、六波羅へぞ参りける」、その経房の手にかゝって白昼斬られる時に「さすがに義平程の者を、白昼に斬るやうやある。運のきはめなれば、今生にてこそ合戦にうち負けて恥辱をかくとも、来世にては必ず魔縁となるか、しからずは雷電

けり。難波は蹴殺されてありけるを、雲散じて後、お《(を)》の〳〵寄りて見ければ、一五体千々《ちぢ》に切れて、目も当てられぬ形勢《ありさま》なり。太刀は鍔までにえ返りたりけり。大師の御筆だにも守《まもり》にかけたまはずは、清盛も失せ二給《たまは》なまし。

昔、三北野の天神は、配流の恨みに雷を起こして、四本院の大臣を罰し給ふ。これは五権化《ごんけ》の世に出て、六讒佞《ざんねい》の臣をしりぞけられ、忠臣を賞ずべき政《まつりごと》を示さんが為也。今の悪源太、七廃官《はいくわん》の将となりて、白昼に誅せられしを憤《いきどほり》、雷となりて難波を蹴殺しぬ。「知らず、いかなる八根性《こんじやう》にて遺恨を死の後に九散《さん》ずらん」と恐るゝ人も多かりけり。＊

（牛若奥州下りの事）

大弐清盛は、一〇尋常なる一一一局《ひとつぼね》をしつらひて、常盤を住ませてぞ通ひける。昔より今に至るまで、賢帝《かしこきみかど》も、猛き武士《もののふ》も、一二情《なさけ》の道には迷ひて政を知らず、いさめる道を忘れけるかや。「一三傾城《けいせい》の色にはあはざらんには」と一四香山居士《さんこじ》が書置けるは一五理《ことわり》かな。

常盤が腹の子共三人、一六歳月《としつき》を経しかば、長大《たけ》にして、兄今若は一七醍醐寺に

となりて、清盛をはじめて、汝らに至るまで、一々に蹴殺さんぞ」と言って斬られたとあった。三四 容易には他に屈しない気性が顔つきに出て見えること。三五 現に目前にいないのに鮮明に見える姿や顔。三六 東南の方角。三七 きっと蹴殺されるに違いないと思う。三八 殺されながら、最後に一刀切りつけたことを、死後、証人になって報せてください。三九 密教を再組織し、真言宗の開祖として東寺を根本道場とし高野山に修禅の道場を開いた空海。弘法大師の諡名を賜った。大師信仰が流布する中で、種々法力を語る説話が行われた。四〇『今昔物語集』一一の九に、勅命により「和尚筆ヲ取テ五所ニ五行ヲ同様ニ書給フ。口ニクハヘ、二ノ手ニ取テ、二ノ足ニ挟メル也、……天皇……五筆和尚ト名ヅケテ」と見える。四一 真言宗でいつも読誦される『般若理趣経』。堕地獄を防ぎ、罪障を消滅するなどの呪術的な効力があるとされた。

一 頭・頸・胸・手・足、また頭・両手・両足の称とも。全身のこと。二 死んでしまわれたことでしょう。三 北野神社に祀られる天満大自在天。藤原時平の讒言により大宰権帥に左遷された菅原道真が延喜三年(九〇三)、その地に死亡し、怨霊となった。それが火雷神と結び付けられ、京の人々を恐れさせた。比良社の神官の子に託宣があり、天暦元年(九四七)自在天として祀られた。四 太政大臣藤原基経の嫡男、時平。大納言、左大臣に昇り、右大臣の菅原道真を讒して太宰府へ左遷した。本院と号した。荘園整理を実行するなど手腕をふるった。道真の霊のたゝりにより、その子孫が続かないと言われた。五 仏や菩薩が、衆生を救済するた

て学文[一八]し、出家して禅師[一九]公全済《ぜんさい》と名のりけり。悪禅師とて、希代《きたい》[二〇]の荒者なりけり。中《なか》、乙若《おとわか》[二一]は、八条宮に召仕《めしつかは》れて、卿 公円済《きやうのきみえんさい》とて坊官[二二]にてぞ有ける。弟の牛若は、鞍馬[二三]の東光坊の阿闍梨蓮忍《れんにん》が弟子、禅林坊[二四]阿闍梨覚日《かくじつ》が同宿して、沙那王《しやな》[二五]とぞ呼ばれける。十一の歳、家々の系図[二六]を覚えて、諸[二七]道の日記なンどを見る程に、心さかしく[二八]成て、「わが身のありさまを思ふに、清和天皇[二九]より十代、うてな[三〇]を出で九《（こ）》代、六孫王[三一]より八代、多田[三二] 満仲《まんぢゆう》が後胤、伊与入道頼義[三三]が末葉、八幡太郎義家[三四]より四代、六条判官為義が孫、左馬頭義朝が末子にて有ける物を。伊与守、相模守にて有し時、奥州の貞任《さだたふ》[三五]・宗任《むねたふ》を九ケ年の間責《せめ》給に、其功ならざりしかば、八幡殿、奥州に下向して、後《のち》三年の合戦にうち勝て、出羽守になされたりし、其時の如《ごとく》にわれも成て、父義朝の本望を達せん」とぞ思ひける。

坊主[三六]の禅林坊に申けるは、「毘沙門[三七]のはき給へる剣と似たらん太刀まうけて、取かへて給《たべ》」とぞ乞ける。禅林坊、「あるべからざる事なり。本尊の御宝となりて年久し。別当[三八]以下《いげ》の大衆に、此事聞れなばあしかるべし」と申せば、其後は乞はざりけり。隣の坊に同じき児《ちご》[三九]のあるをかたらひて、常に出[四〇] 行《しゆつぎやう》して、辻冠者原[四一]の集まりたるを、小太刀[四二]・打刀なンどにて、斬

めに現わす仮の姿。 六 人を讒言して、目上の人にこびへつらう。 七 官を解かれた武将。『尊卑分脈』によると、義平は左衛門少尉の官に就いていた。 八 生まれつきの性質。多くは良くない性質を言う。 九 散らすのであろうか。 一〇 普通よりもりっぱな。 一一 一部をしきって造った女房の部屋。 一二 （特に色欲の）情に迷って、行うべき政治をおろそかにし。清盛の滅びの因を、常盤への色情に語ろうとする語りである。 一三 「しかじ」の語を有する本がある。美女の容姿。↓補四一三 一四 白居易のこと。↓補四一四 一五 もっともなことだなあ。 一六 二一二頁に「左馬の守義朝、子息どもあまたあり。……この外、九条の院の雑仕常盤が腹に子ども三人あり」とあった。 一七 伏見区醍醐にある真言宗醍醐派の総本山。その隆盛に醍醐天皇系の源氏の貢献するところが多く、院政期になると、その一門の貴族が入山し、業績を残した。 一八 学問をし。 一九 ↓補四一五 二〇 世に珍しい。 二一 ↓補四一六 二二 出家した皇族院主や門跡に仕える在家の法師。剃髪して僧衣を着たが、帯刀、妻帯を許された。 二三 ↓補四一七 二四 禅林坊は未詳。『尊卑分脈』の義経に「自十一歳住鞍馬寺一和尚東光房阿闍梨賢日弟子善林房覚日坊自幼日之時頻嗜武芸云々」とある。 二五 『尊卑分脈』に「童名牛若丸又号遮那王丸」。密教の行業として大日毘盧遮那経を読ませる遮那業に由来する名。 二六 代々の血統・家系を記したもの。史学で、系図の読みが歴史の一つの形式をなすことが言われる。 二七 武芸などを言う。「日記」は、その記録。 二八 利口で、よく気がまわり、ぬけめがない。本来、賢明の意であったのが、中古以来通俗的な意に転じた。

りたり追たりしけり。追《おふ》もはやく、逃《にぐる》もはやく、[一]築地《ついぢ》・[二]はた板を躍越《をどりこゆ》るも[三]相違なし。[四]僧正が谷にて、[五]天狗・化《ばけもの》の住《すむ》と云もおそろしげもなく、夜なく〳〵越て、[六]貴布祢《きふね》へ詣《まうで》けり。「其振舞、[七]凡夫にはあらず」とて、[八]寺僧共申ける。

常盤は大弐に思はれて、[九]女子一人まうけてンげり。大弐にすさめられて後、一条大蔵卿仲成に相具して、子共あまた有けるとかや。沙那王をば、[一〇]師の阿闍梨も、坊主の禅林も、「早《はや》出家し給へ」と言へば、「伊豆にある兵[一一]衛佐に申合て、剃れと言はば剃《(こ)》らん。剃るなと言はば剃《(わ)(こ)》らじ。其上兄[一二]二人が法師に成たるをだにも言[一三]ふかひなしと思ふに、身においては剃るまじきを。強ひ《(い)》て剃れと云者あらば、狙ひてつき殺さん」と言ひければ、「げにも人[一四]突《つき》よげなる児《ちご》の眼《まなこ》ぎはなり。怖《おそろし》々」とぞ申あへる。[一五]大師の蓮忍も、小師の禅林も、上には憎むやうに申せ共、その心中を存《ぞんじ》たりける程に、内々哀に、いとほ《(を)》しくぞ思ひける。

其比、毎年[一六]陸奥《むつのおく》へ下る[一七]金商人《かねあきひと》、常に鞍馬へ参りけり。[一八]沙那王が坊主を師と頼みけり。沙那王近付寄りて、「われを[一九]奥州へ具して下れ。[二〇]ゆゝしき者を壱人知りたり。金《こがね》[二一]二、三十両乞う《(ふ)》てとらせん」とか[二二]たらひければ、「承

二九　↓補四一八　三〇　宮中の建物、すなわち皇室のこと。賜姓源氏になって以来のことを言う。三一　『尊卑分脈』経基王に「号六孫王　依為第六親王子也」とある。↓補三六四　三二　経基王の息で、母は橘繁古の女。摂津多田に住し、諸国の守を歴任して鎮守府将軍になった。正四位下。「後胤」は、子孫。　三三　平忠常の乱を鎮めた満仲の三男、頼信の長男。母は修理命婦。↓補四一九　三四　頼義の長男。八幡太郎を称した。↓補四二〇　三五　陸奥国の豪族、安倍頼時の息。補三五四。　三六　僧侶の住む舎を坊と言い、その主。ここは禅林坊の主を指す。　三七　仏教神話で、須弥山の第四層にいる四天王の中、もっとも由緒正しい神。夜叉・羅刹の衆を率いて北方を守る武将神。その信仰は全国に行われるが鞍馬の本尊が著名。その福徳の名が遠く聞こえることから多聞天とも言った。　三八　大寺に置かれ、長官として事務を統轄する職。　三九　寺社に使われる少年。牛若もその一人。もとく神霊が憑りつきやすい者として神事に従事し、祭礼に着飾って行列に加ったり、舞を舞ったりした。　四〇　出歩くことであるが、あるいは「出京」かも知れない。鞍馬を抜け出し洛中へ行くことか。　四一　町の十字路などにたむろする、無頼の若者たち。　四二　一尺以内の小ぶりの太刀や、それよりも大きい、鍔のついた、人を斬るのに使う刀。

一　泥土を築き、瓦を葺いた土塀。　二　板で造った塀。端板。　三　失敗をしない。　四　左京区鞍馬本町。鞍馬寺の奥院から貴船へ至る山中の渓谷。　五　深山に住み、人に憑いて狂わすとされた想像上の動物。　六　左京区鞍馬貴船町、貴船川沿いにある貴布祢神社。

り候ぬ」と約束す。

坂東武者の中に清助重頼《きよすけしげより》[二三]と云者あり。是も鞍馬へ参ける。沙那王かたらひ寄りて、「御辺は何《いづ》くの人ぞ」、「下総国の者にて候」[二四]。「いかなる人の子ぞ。氏《うぢ》はいづれの性《しやう》ぞ。名をば誰と申ぞ」なンど問へば、「深栖《ふかすの》三郎光重が子に、清助重頼といふ不肖の身にて候へ共[二五]、源家の末葉にて候」。「さては左右なき人[二六]ござんなれ。誰と申受《うけ》給ふ」[二七]。「兵庫頭頼政とこそ睦《むつび》候へ」[二八]。「かやうにたづね申事は子細あり。此童は平治の乱を起こして失はれし左馬頭義朝が末子にて候。九条院の雑仕《ざふし》常盤が腹に三人候が、兄二人は法師になりぬ。沙那王は、出家なく男にならばやと存ずるが[二九]、男になりなば、平家いかゞ思はんずらんの憚《はばかり》あり。御辺連れてくだり給へ。物射て遊ば[三〇]せ《い》らせん」。清助、「伴ひ申ては、寺僧たち、児勾《ちごかどはかし》[三一]引とてとがめられまゐらせんずらむ」と申せば、「此わらは失せて候へばとて、誰かとがめ申べき。わが身の程を思ふに、それのみぞ心易《やすし》」とて、うち涙ぐめば、「さうけ給は[三二]り候ぬ」と契約してンげり。

沙那王、十六と申《まうし》[三三]承安四年三月三日の暁、鞍馬寺をぞ出でける。世[三四]中におそれて、上にこそ、さる児なンど悪《にく》む[三五]よしなれ、内々[三六]の心ぎは人に

↓補四二一　七　もと仏教語で、さとりのひらけていない、この世の普通の人。　八　この後、脱文があるらしい。底本「は」をミセケチ。「新大系」は諸本に従い、「寺僧共、したをぞふりける」とし、以後、改行する。内容としては、その後の「沙那王をば」に続く。　九　↓補四二二

一〇　鞍馬の「禅林坊阿闍梨覚日」とあった。

一一　義経の兄の頼朝を指す。源氏の再興へ向けてこの兄弟の語りが続く。　一二　醍醐寺で学問をする今若、こと全済と、八条宮に坊官として仕える乙若、こと円済の二人。　一三　話題にするほどの価値が無い。　一四　「突」は「顔つき」など、体の様態を表わす語の当て字か。容姿がすぐれ、眼つきも鋭いことを言うか。　一五　同宿の阿闍梨覚日の師、蓮忍を大師とし、直接、指導に当たる禅忍を小師と呼ぶ。　一六　みちのく。東山道の国。今の福島・宮城・岩手・青森と秋田の一部。　一七　砂金を陸奥である奥州から中央へ運び、その売買によって利益を得た者。義経を導いた金商人を『義経記』は吉次信高とする。

一八　この金商人が、遮那王の坊主である禅忍を指導者と仰いでいた。寺院との間で砂金の売買の契約があったとするか。　一九　陸奥の国の異称。　二〇　一五六頁注二。　程度のはなはだしいことを言う語。ここは権力者を言う。　二一「両」は、物の重さを言ったが、中世、銭貨が流通するようになると、中国の開通元宝を基準として、金・銀・香など、貴重品の単位として用いられるようになった。ここは砂金の重さ、価値単位を言う。　二二　味方にとり込んだので。

二三　↓補四二三　二四　今の千葉県の旧国名だが、前掲『尊卑分脈』には、仲政を下野守兵庫頭、光重をも下野の住としている。下野は今の栃木県の旧名。　二五　父に似ず、愚かであること、

すぐれたりしかば、申うけたまはりし[一]同宿児なﾝども、皆余波《なごり》をぞ惜ける。其日[二]鏡の宿に着て、夜半ばかりに、[三]手づから髪をとりあげて、日来、[四]武勇せんとて懐に持たりける[五]烏帽子取出して着てﾝげり。翌朝《つぎのあした》うち出ける時、清助「御元服候けるや。[六]御烏帽子父《おや》は」「みづから」、「御名はいかに」「源九郎義経候ぞかし。弓矢が無くては叶まじ」と有しかば、「うけ給はり候」とて、矢[七]一腰《ひとごし》、弓[八]一張　奉《いつちやうたてまつる》。矢負《おひ》、弓持まゝに、「馬は御心のまゝに」と申せば、[九]道すがら撰《えらび》のり、[一〇]馬の足立ちよき所にては[一一]馳挽《はせひき》、物射ならう《（ふ）》でぞ下りける。

駿河国[一二]黄瀬《きせ》川へ着て、「[一三]北条へ寄らん」との給へば、「[一四]深栖は見参に入て候へ共、重頼はいまだ見参に入らず。[一五]先《まづ》国へ落着せ給ひて、御文にて御申候へ」と申せば、「よかりなん」とて通りけり。[一六]深栖、状をもッて此由を兵衛佐殿へ申たりければ、「さる者候。[一七]あひ構へて不便《ふびん》にし給へ」とぞ返事には有ける。

かくて一年ばかり、[一八]御曹子野に出て狩し給ひけるに、馬盗人の有けるを、人々からめんとしけれ共、其長《たけ》[一九]六尺ばかりなる男、大木《たいぼく》を後《うしろ》に当て、刀を抜き[二〇]死《しに》狂ひにせんとしけるほどに寄りてからむる者もなし。御曹

能力の劣ること。　二六　ああだ、こうだと考たり、くらべたりする必要がない。　二七「申うけたまはり給ふ」とする本がある。親しく相談に預かっておられる。「(俊成から)年来申承ッて後、をろかならぬ御事に思ひまいらせ候へ共」(『平家物語』七・忠教都落)。　二八　親しくしています。父、深栖三郎光重の兄が頼政である。頼政は一七七頁に登場。源氏でありながら、平氏方についていた。　二九　元服した一人前の男。ここは僧の対。　三〇　弓を射て、狩をして遊ぼう。　三一「かどはす」とも。「かどふ」(あざむいて誘う)に接尾語「す」のついた語。寺の稚児をめぐって僧侶の間で争いがあり、誘拐することがあった。そのような社会状況を踏まえてのためらい。　三二　そのように承りました。承知しました。　三三　一一七四年。牛若の鞍馬からの出奔年次については、別に承安元年(一一七一)説もある。　三四　(その素性から)寺にいた頃から、世への聞こえを恐れられていた。　三五　様子だが。　三六　生まれつきの心の持ち方。

一　宿坊を同じくした稚児仲間。　二　今の滋賀県蒲生郡龍王町鏡町。東山道の宿駅で、南に鏡山がある。　三　自分で元服の儀を行い。↓補四二四　四　武勇のわざを見せてやろうと。　五「刀をさし、つねにざれて着ける」の一文を持つ本がある。この前の「髪をとりあげて」からは、懐中する小刀で童髪を切りととのえ「烏帽子を取出して」とありたいところ。　六　元服の儀式に、仮親となって烏帽子を着せてやる人。その際に童名をやめ、この仮親の名の一字をとって名とすることがあった。　七　矢を盛った籠や胡簶を数える語。　八　弓を数える語。

子、盗人の脇の下へつッと寄り、刀持ちたる臂をしたゝかに蹴給へば、刀をからりと落してンげり。袴の腰に、[二二]ちうにあげ、しとゝ打ちつけて搦捕《からめとる》。

[二三]ある時、深栖が宿の近き辺りなる百姓の家へ、[二四]強盗の入たりけるに、御曹子[二五]太刀ばかりにて出会ひ、盗人六人が中へ走入て、四人切殺し、二人痛手負《おほ》せて、われはつゝがもなかりけり。此事共、[二六]国中に披露しければ、「平家に聞付られてあしかりなんず」と、深栖[二七]もてあつかふ。

其後伊豆へ越て兵衛佐に対面す。「義経すでに[二八]人となりぬ。平家に聞れてはあしかりなんと、[二九]当国・他国まで沙汰し候也。[三〇]身の事は次也。御為こそ、いたはしけれ。なほ《(を)》人の知らぬ国へ落下りて、[三一]世間のやう見候はば《(こ)》や」と忍びやかに申されければ、兵衛佐、「陸奥《むつのく》に大切に思ふべき者一人あり。それを尋て行べし。[三二]上野国大窪《おほくぼ》太郎が娘、十三の時、熊野へ参し時、[三三]故頭殿《たうのとの》の見参に入て、此後は、いくらの男子共候とも、[三四]嫡子には是[三五]を立候べし。誰々[三六]も御覧じ知らせ給へ」と申入たりしが、[三七]父にお《(を)》くれて後、[三八]同じ人の妻《め》にならんには、[三九]ひら侍の妻《め》にはならじ。[四〇]奥州秀衡が妻にならんとて、[四一]女夜這《よばひ》にゆく程に、秀衡が郎等[四二]信夫小太夫《しのぶこたゆふ》といふ者、道にて横[四三]ざま

九　道中、めぼしい馬を乗り継いで行った。『義経記』に、そのような経過は見えない。　一〇　馬を走らせるのに足場の良い所。　一一　馬に乗って走らせながら弓をひき。　一二　今の静岡県沼津市の東部、黄瀬川が内浦で海へ注ぐ、その東岸に宿があった。　一三　伊豆の国、田方郡北条(今の静岡県韮山)。その地に住む、北条に保護されていた兄の頼朝を訪ねようとするもの。　一四　(父の)深栖は(頼朝殿に)お目にかゝっていますが、わたくしは、まだお目通り願っていません。　一五　義経に同行する重頼が、前頁「下総国の者にて候」と名のっていた。その下総(下野)国を指す。　一六　重頼の父深栖三郎が、書状で義経の下向を頼朝に報せていたのである。「兵衛佐殿」とするのは、この後、幕府を開設した後、「鎌倉殿」と称することと対応する。

一七　どうか心にかけて大事にしてやってください。自分同様に父を失い、しかもまだ若い義経の身の上を思いやる頼朝のことばである。　一八　義経を指す。　一九　約一八〇センチ。↓補四二五　二〇　死を覚悟して、烈しく戦うこと。死物狂い。　二一　「とりつき」の語のある本がある。　二二　空中に抱き上げておいて、烈しく地面へ投げつけ、弱るところを捕らえた。

二三　「又」の語を有する本がある。　二四　脅したり、暴力をふるって金品を奪い取る者。

二五　太刀以外の武具を身につけないことを言う。

二六　「こくちゆう」と読む。その領分の国の中。この場合、深栖が住む下総国を指す。

二七　もてあます。

二八　(上述のように)元服をとげて成人となった。

二九　この国(伊豆)や他の国にも(わたくしの噂が)言いふらされています。　三〇　わたくしの身のことはさておき、(わたくしの行動が噂に

にとりて妻《め》にして、[一]子共二人儲《まうけ》たゝなり。信夫六郎[二]におく(を)れて後、二人の子共をば生《おふ》[三]したて(ゝ)て、[四]後家分屋敷なゝどを得て、[五]貧にもなくてあゝなり。それを尋てゆけ。[六]消息やらん」と宣へば、[七]御文を給て陸奥へ下り、御文付たりければ、夜に入て対面し、[八]兵衛佐殿のを(お)さな生ひも思ひ出て、[九]「故左馬頭殿を幼き目にも、よき男かと見奉しが、[一〇]似わろくこそおはすれ共、其御子かとも覚ゆる。若《もし》兵衛佐殿の御弟にておはするか」と申せば、「さぞ」と名乗てゝげり。[一一]「尼は男子二人持て候。佐藤三郎・佐藤四郎と申。三郎は上戸[一二]にて、[一三]沈酔しぬれば、[一四]道理も知らぬ荒者なり。弟の四郎は下戸《げこ》なるうへ、極《きはめ》て[一五]実法の者也。」かの四郎を呼びて[一六]見参に入れ、「是は、伊豆におはします兵衛佐殿の御弟也。相構て[一七]もてなしかしづき奉れ」と言へば、「承りぬ」と[一八]領状す。

[一九]多賀の国府《こふ》へうち越て、[二〇]鞍馬にて契約しける商人に尋逢て、「商人はいづくへも[二一]推参する、[二二]苦しからぬものぞ。秀衡《ひでひら》が館《たち》へわれ具して行け」との給へば、[二三]平泉へ越てゝげり。京よりも下度毎《くだるたびごと》に、[二四]湯巻《ゆまき》・[二五]薫物《たき》なゝどとり下ける[二六]得意の女房に付て申入たりければ、秀衡対面す。「いかなる人にておはす」と問へば、[二七]「平治の乱に亡し左馬頭義朝が末子にて候」。「さては、

のぼっては、結果的に)流人であるあなたに御迷惑の及ぶことになるのが心苦しうございます。

三一　世のなりゆきを見ましょう。三二　東山道の一つ、今の群馬県。同県北群馬郡吉岡村大久保。武蔵に桓武平氏の大久保があるが、関係があるか。三三　頼朝の亡父、義朝のこと。

三四　家の格や財産を継承する地位にある者。

三五　頼朝を指す。三六　どなたも、その事をご承知おきください。三七　主語は、大窪太郎の女。三八　またく重ねて結婚するのであるならば。三九　役職を持たない、たゞの武士の妻にはなるまい。四〇　↓補四二六　四一　女の方から結婚を求めて行く。四二　今の福島市信夫庄の庄官。↓補四二七　四三　無理矢理に奪って妻とし。

一　継信と忠信のこと。その母を『尊卑分脈』は、藤原秀郷の子孫、亘《わたり》十郎清綱の女とする。

二　前の信夫小太夫のことか。ここで主語が信夫から、その妻に変っている。

三　育て上げ。底本に「生じたて」とにごるのを正す。四　中世の武家で、未亡人となった女性に、その夫や家から与えられる生活の保障。再婚する時は、元の家に返すことになっていた。

五　財産がとぼしく、生活が苦しいこと。この後、『曾我物語』や、それに取材する幸若舞など武家の物語に、この「貧」が見える。六　手紙。紹介状。七　(頼朝の)お手紙をさし出したので。頼朝の文に「御」の敬語を使っていることに注意。さし当て人は佐藤の未亡人である。

八　頼朝殿の幼児の姿を思い出して。

九　故き義朝殿を、当時、幼なかったわたくしの目から見ても。一〇　(その)故き父に似ていらっしゃらないけれど。一一　↓補四二八

[二八]手づから元服して源九郎義経と称《なのり》給なる[二九]くせ人ごさんなれ。もてなしかしづき奉らば、[三〇]世の聞えもしかるべからず。[三一]又御身のためもいたはしかるべし。[三二]出羽・陸奥両国には、[三三]国司・目代のほかは、秀衡が[三四]任《まま》にて候。[三五]その内におはしまして、いかならん人をも頼み給へ。[三六]みめよき冠者殿なれば、婿にとる人も有べし。又子無からん者は、養子にもせんずらむ。[三七]御所存を心得候へば、始終の為に申也。[三八]かゝるうちとけたる物語なンどをば、秀衡が家僕なればとて、もらし給べからず」と、[三九]末たのもしげに申ければ、「[四〇]義経を扶持して候金《こがね》商人に物こそたびたく候」と所望すれば、「[四一]是にしかじ」とて[四二]沙金三十両とらせてンげり。

其後、[四三]信夫へ越《こえ》て、常は[四四]坂東へ通ひ、[四五]秩父・[四六]足利・[四七]三浦・[四八]鎌倉・[四九]小山・[五〇]長沼・[五一]武《たけ》・[五二]吉田《よしだ》、かれらに近付て、此《ここ》に十日、彼《かしこ》に五日ぞ遊ばれける。よき所領持たるを見ては、「きやつを討つて此領を[五三]知行し、力付きて本意を遂げばや」と思ひ、[五四]猛勢なる者を見ては、「あはれきやつを[五五]あひかたらひて、謀反を起こさばや」とぞ思ける。上野に[五六]松井田《まつゐだ》といふ所に、下臈の許に[五七]一夜とゞまられたりける〔に〕あるじの男を見て「[五八]きやつがつら[五九]魂こそ、[六〇]かう、けなげなる物かな。きやつをかたらひて、平家を攻《せめん》時の[六一]旗ざ

一二　酒好き。下戸の対。　一三　深酒して酔いつぶれること。酩酊。　一四　道理のわからなくなる、行動の荒々しい者である。　一五　きまじめで、律義な者である。　一六　(義経に)お目通りさせ。　一七　せわをし、お仕え申し上げよ。　一八　相手の意見や要求に同意し、承知すること。　一九　陸奥の国の国府があった、今の宮城県多賀市内。　二〇　↓補四一七　二一　招かれないのに押しかけて行くこと。『日葡辞書』に「スイサンヲシマイル　呼ばれないのに行く。また、問われないのに話す」とある。　二二　不都合ではない。さしつかえない。　二三　↓補四二九　二四　↓補四三〇　二五　香木の粉や蜜を練り合わせた香料。各家が秘法として独特の製法を考えて作った。　二六　親しくしている女房を介して。以下、まず、商人が秀衡に会うのである。　二七　中巻、二〇〇頁以下に、金王丸がその経過を語っていた。　二八　二四六頁にその経過が見える。「給なる」にその噂の伝わっていたことを語る。　二九　(多くは、たちの悪い)一風変った人。くせもの。　三〇　平治の乱の終了後、源氏が朝敵となったからはばかったのである。↓補四三一　三一　(平氏の耳に入っては)その方にとっても不幸な事になりましょう。「いたはし」は、他の人の状態について、いたいたしく思われることを言う。　三二　いではの国。今の秋田・山形両県。奥州藤原氏の支配下にあった。　三三　↓補四三二　三四　国司・目代の任命以外の人事は秀衡の思いのままに行うことを言う。　三五　秀衡の思い通りになる所へおいでになり。　三六　器量が良い若殿さまだから。「冠者」は、成人して冠または烏帽子をかむる者。　三七　(源氏再興の)お考えを心えておりますので、今後のためを思って申し上げるのです。

しにせん」と思ひ、猶《なほ》とまらんとし給へば、此男申やう、「此冠者[一]かちはだしにてまどひありくべき者とも見えず。[二]博奕《ばくち》か、盗人か、我を殺さん者か」とて、追出《おひいだ》してンげり。＊

（頼朝義兵を挙げらるる事并びに平家退治の事）

九郎冠者、都を出て[三]七年と申《まうし》し治承四年の秋、八月十七日、兵衛佐頼朝、伊豆の目代、[四]和泉判官兼高《かねたか》を夜討にせしより以来《このかた》、[五]石橋山の合戦、[六]小《こ》壺《つぼ》・[七]衣笠《きぬがさ》、所々の闘《たたかひ》にうち負て、[八]安房《あは》・上総《かづさ》へ渡り、[九]上総介以下なびかぬ者無し。[一〇]下総《しもつさ》へ越えて[一一]千葉介を召具し、武蔵国へ出しかば、随付《したがひつか》ぬ兵《つはもの》は無し。

此事聞えしかば、[一二]醍醐の悪禅師、八条の卿君《きやうのきみ》、関々の固《かため》られぬ先にとて、[一三]負《おひ》取てかけて下《くだり》けり。平家是を聞て、「[一四]土佐へ流されし希義《まれよし》討てまゐ《(い)》らせよ」とて、当国の住人[一五]蓮池次郎権守家光、[一六]御曹子に申ける、「兵衛佐殿、伊豆国にて謀反起こし給ふとて、君をば討ち奉れと平家より被二仰下《おほせくだされ》候」と申ければ、「嬉しく知らせたり。[一七]父の為に毎日法華経読むが、今日はいまだ読候はず。且《しばら》く暇《いとま》をのべよ」とて、[一八]持仏堂に入て、法華経心

三八　（しかし）このような腹蔵ない話は、たとえ秀衡の家に仕える下部であっても、その下部におもらしになってはいけません。　三九　これからは期待できる相手にふさわしく申したので。
四〇　せわをしてくれます。　四一　（相手が金商人なれば）これがもっともよかろうと。　四二　金鉱石が風化して自然金となり、流れを扇状地などに堆積したもの。「両」は、二四四頁注二一。
四三　宮城県本吉郡馬籠村信夫。昔、金の産地。
四四　足柄、碓氷より東の地方。今の関東地方。
四五　武蔵国秩父郡に住んだ、桓武平氏の一族。
四六　下野国足利郡に住んだ、清和源氏の一族。一部、藤原秀郷の子孫もいたが、滅ぼされる。
四七　相模国三浦郡に住んだ、桓武平氏の一族。
四八　相模国鎌倉郡に住んだ、桓武平氏の一族。
四九　下野国都賀郡小山に住む、藤原秀郷の子孫。
五〇　上野国那波郡長沼に住む、藤原秀郷の子孫。
五一　相模国三浦郡武村に住む、桓武平氏の一族。
五二　武蔵国児玉郡吉田に住む児玉党の一族。
五三　（中世に行われるようになる）土地を支配し、そこから収益をあげること。　五四　勢いの強いこと。またその軍勢。　五五　味方に抱き込んで。
五六　今の群馬県碓氷郡松井田町。東山道の宿駅。
五七　一夜泊った、その宿の主である男を見て。主語は義経。　五八　「かやつ」の転。卑しめをこめて言う第三人称の代名詞。あのやつ。
五九　表情に意気込みがあらわれている、その顔つき。　六〇　このように、しっかりしている奴だ。「かう」は「かく」の転。強い印象を与えることを言う。　六一　馬に乗って旗をかかげる役。先陣に立つ役の者を言う。

一　す足のまま、あてもなくさ迷う者とも見えない。（きつと）　二　賭けごとをする者。古代

閑《しづか》に読誦《どくじゅ》して腹かき切りてぞ失にけり。

九郎冠者、秀衡が宿所の平泉へうち越えて、「兵衛佐の[一九]謀反しかく〳〵と候也。暇《いとま》申て坂東へうち越《こえ》ん」と宣へば、秀衡対面し、「定て御用に候はんずらん」とて、[二〇]紺地の錦の直垂に、[二一]紅《くれなゐ》裾濃《すそご》の鎧、[二二]金《こがね》作りの太刀を奉る。「馬鞍あまた候へば、何れにても」と申せば、[二三]烏黒《からすぐろ》なる馬の[二四]八寸《やき》ばかりなるを、十二疋立たる馬の中より撰びとりて、金覆輪の鞍置て乗てゝげり。佐藤三郎は、「[二五]公私認《したため》参らん」とて留《とどま》りぬ。弟四郎は供しけり。[二六]白河の関塞《ふさぎ》てゝげれば、[二七]那須の湯までと言ひて通りけり。かの金商人は、元は公家《くげ》の[二八]青侍にて有しが、身貧《まづしく》為方《せんかた》なさに、始て商人になりけるが、今度九郎冠者に付て、又侍になされ、[二九]窪《くぼ》弥太郎とぞ申ける。[三〇]伊勢三郎と申は、元は伊勢国の者なり。上野《かうづけ》松井田に住て、家中ゆたかなりき。[三一]御曹子の忍びて、かれが許《もと》におはせしを恐れて追出したりし者也。かれが許へ着《つき》給ひて、「先年これに有し時は、よも知らじ。兵衛佐頼朝が舎弟、源九郎義経とはわれなり」と称《なの》られければ、「[三二]やうある人と見奉しが、たがはざりける物を。[三三]御供申候はん」とて、うち連れけり。

兵衛佐、相模の大庭野《おほばの》に十万余騎陣取ておはしける所へ、其勢八百騎ば

から貴族界では禁止されていた。中世には、宿場など下層社会で縄張りを作って行い、博徒として恐れられた。 三 二四五頁に「沙那王、十六と申承安四年(一一七四)三月三日の暁、鞍馬をぞ出でける」とあった。治承四年(一一八〇)まで足かけ七年に当たる。↓補四三三
四 桓武平氏、和泉守信兼の息。↓補四三四
五 今の神奈川県小田原市石橋。 六 今の逗子市小坪。 七 今の横須賀市衣笠町。
八 今の千葉県南部。上総は、その中部。
九 一六五頁に「義朝たのむ所のつはものども」の中に「上総介八郎広常」として見えた。
一〇 今の千葉県北部と茨城県南部。 一一 桓武平氏の一、常重の息、上総下総権介常胤。上総介広常とは、曽祖父常永を共にする。 一二 二四三頁、常盤腹の兄弟として醍醐寺に「学文し、出家」した禅師公全済。幼名今若、「八条の卿の君」は、同じく「乙若は、八条宮に召仕れて、卿公円済とて坊官にてぞ有ける」。 一三 笈。修験者や行脚の僧が経巻、仏具・衣類などを入れ背負って歩く箱型のつづら。 一四 二四〇頁に「駿河国かつらと云所にて有けるを母方のをじ内匠頭朝忠と云者搦捕りて……名字無くては流さぬならひにて、希義と付られて、土佐国きらと云所に流されておはしければ」とあった。
一五 今の高知県土佐市蓮池に住んだ土佐権守。↓補四三五 一六 希義を指す。 一七 亡き義朝を指す。家光が希義に言い聞かせる。 一八 持仏を安置し、先祖の位牌などをまつる堂。
一九 この章段の始めに語った頼朝の挙兵から武蔵入りを、これ〳〵と省略して語る。語り本には見られない語りである。 二〇 紺色地の錦で織った直垂。 二一 鎧の威《おどし》で、紅色を上を薄く、下にゆくほど濃い毛でおどしたもの。

かり、白旗[一]さゝせて参られたり。「何者ぞ。さうなく[二]錦の直垂着《き》、白旗のさしやう心えず」との給へば、「源九郎義経」と名乗申されければ、「是ほど成人するまで見ざりける事よ」とて、昔をや思出られけん、涙ぐみ給ふ。「八幡殿[三]、奥州後《のち》三年の合戦の時、弟義光[四]、刑部丞にておはしけるが、官[五]を辞して、弦袋[六]を陣の座[七]にとゞめて、陸奥金沢《かなざは》城[八]へ馳《はせ》参ぜられたりければ、八幡殿、「故伊与守入道[九]、二度生《いき》返り給へる心ちこそすれ」とて、鎧[一〇]の袖をぬらされたり。先祖の昔語り、今のやうにこそ覚れ」と、兵衛佐のたまひけるとかや。

一条[一一]・武田[一二]・小笠原[一三]、甲斐国[一四]よりうつて出《いで》、駿河[一五]の目代弘正[一六]討たんとて、駿河国へ発向す。目代弘正、其勢幾程もなかりければ、平家に心ざしある輩《ともがら》、一千余騎馳集て、目代を見つぎけり[一七]。甲斐源氏、三千余騎を三手に分《わかち》て、中に取籠《とりこめ》責ければ、目代弘正討れにけり。平家此事を聞て、官軍をさし下さる。大将軍は権亮少将維盛[一八]、其勢五万余騎にて、富士川の岸、蒲原《かんばら》[一九]に陣を取る。兵衛佐二十万余騎の勢にて、足柄[二〇]と筥根《はこね》[二一]、二の山を越て、駿河国黄瀬川[二二]に陣を取る。明日《みやうにち》合戦と定めたりける夜、富士の沼[二三]におりゐたりける水鳥のたちける羽音《はおと》を、鯨波《ときのこゑ》と聞なして、一矢も射ず

二二　つばや金具を黄金もしくは金の焼き付けで作った太刀。はなやかな具として引出物に出された。　二三　烏の羽のように、まつ黒の毛並みの馬。　二四　一六二頁に信頼の装束を「装束は美麗なり、その心は知らねども、あッぱれ大将やとぞ見えたり。馬は、奥州の基衡が六郡一の馬とて、院へまゐられたりける黒き馬の、八寸余りなるに」とあった。馬の背丈が四尺八寸ある、当時では大型の馬。　二五　公私とも、その処理をおえてから参りましょう。　二六　福島県白河市旗宿にあった、陸奥国の関所。　二七　栃木県那須郡那須町湯本の温泉に湯治に参りますと言って。　二八　あおざむらい。せいし。六位の者が着る青色の袍を着る、位の低いさむらい。　二九　↓補四三六　三〇　↓補四三七　三一　二四六頁注一八。　三二　何か事情のある方とお見うけしましたが。　三三　今の藤沢市大庭。『東鑑』や『平家物語』は、富士川合戦の後に兄弟が逢ったとする。語り本は、頼朝の伊豆着で物語をとじるので、この後の兄弟の面会は語らない。

一　一五七頁に「源平両家の兵ども、白旗・赤じるし、馳せちがふ事ひまもなし」と見えた。　二　わけもなく。錦の直垂を着用するには、それにふさわしい身分の者でなければならなかったことを言う。　三　源頼義の長男、義家。↓補四三八　四　母は義家と同じ。従五位上。常陸介。甲斐守・左兵衛尉・刑部丞などを歴任。「刑部丞」は、争訟を裁き、罪人を処罰する役所の三等官。　五　↓補四三九　六　予備の弓弦を入れておく袋。布や皮で作り、太刀や箙につけて携えた。衛府の官にある者はこれを携え、合戦におもむく時は、これを置いて出かけた。　七　左右の近衛の陣内の、公卿が着座する席。

逃のぼりける。

[二四]養和二年三月、平家美濃国墨俣《すのまた》[二五]川に馳向《はせむかふ》。[二六]十郎蔵人行家は、「一門の長者たり」と、[二七]高倉宮の令旨《りやうじ》[二八]には書下されたりしかども、兵衛佐と木曽冠者[二九]と二人の甥に権勢をとられて、[三〇]わづかに五百余騎の勢にて、墨俣川の東のはたにひかへたり。[三一]八条の卿《きやう》坊円済は、「親の敵の平家を、河のむかひにお(を)きて、今夜合戦をせずして、人の命の知りがたさは、夜の間にもたゞ[三二]死しなば、[三三]後生《ごしやう》のさはりともなりぬべし。暇申て」とて、我に従ふ兵共五十余騎にて、川を渡して、敵の中へかけ入ぬ。大将軍には、[三四]頭中将重衡・能[三五]登守教経なり。此人々の中にとりこめられて、[三六]卿《きやうの》房円済は討たれにけり。

[三七]寿永二年七月五日、木曽冠者都へ責上り、[三八]平家都を落ぬ。「[三九]池殿の御子息は御留《とどまり》候べし。[四〇]故尼御前を見参《まゐら》すると存候べし」と、[四一]内々起請状進ぜられたりければ、[四二]それをたのみに留り給ぬ。[四三]本領少もたがはざりける上、所領あまたまゐ(い)らせられけるとかや。

左馬頭討たりける長田《をさだ》庄司忠宗、子息先生《せんじやう》景宗は、平家へも参らず。[四四]重代の主討たりしかば、天の責《せめ》をや蒙りけん、五十騎ばかりにて頸をのべ

八　今の秋田県横手市金沢にあったとりで。
九　鎮守府将軍頼信の長男、頼義。↓補四四〇
一〇　鎧の肩、肘をおおう部分。　一一　清和源氏、武田信義の息忠頼流を一条と号した。
一二　清和源氏、信義から信光流を武田と号した。
一三　信義の弟、遠光から長清流を小笠原と号した。　一四　今の山梨県の旧国名。等級は上国。
一五　今の静岡県の東部の旧国名。等級は上国。
一六　『東鑑』治承四年(一一八〇)十月一日の条に「甲斐国源氏等相具精兵競来之由、風聞于駿河国。仍当国目代橘遠茂催遠江駿河両国之軍士儲于興津之辺云々」とあるが、弘正については未詳。十四日の条によれば目代は囚人になったとする。　一七　援助した。　一八　平重盛の長男。母は官女であるが未詳。嘉応二年(一一七〇)十二月、右近権少将になっている。
一九　今の静岡県庵原郡蒲原町。　二〇　今の神奈川県足柄上郡と同下郡にまたがる山。↓補二〇〇　二一　今の箱根町。古く東海道は足柄峠を通っていた。　二二　富士・足柄に源を発し、今の沼津市東南、牛臥山で海へ注ぐ川。その東岸に黄瀬川の宿があった。　二三　『平家物語』五「富士川」にも「その夜の夜半ばかり、富士の沼に、いくらもむれゐたりける水鳥が、なににかおどろきたりけん」とある。愛鷹山南麓の浮島が原にある浮島沼。　二四　「養和元年」(一一八一)とあるべきところ。ただし養和改元は七月十四日であるから、合戦があった三月十日は、改元前の治承五年である。　二五　今の岐阜県安八郡墨俣町。古くは木曽川と長良川がここで合流し、伊勢湾へ向っていた。　二六　↓補四四一
二七　↓補四四二　二八　皇太子・三后・親王や諸王の命令を伝える公文書。延慶本『平家物語』にのせる令旨に行家のことは見えないが、使者とし

て、鎌倉へぞ参ける。兵衛佐、「[一]いしう参りたり」とて、[二]土肥《といの》次郎に預らる。其後、木曽追討の為に、[三]蒲冠者範頼・九郎冠者二人、兄弟をさし上せらる。木曽を追討して、[四]一谷の合戦にうち勝ち、[五]軍《いくさ》の次第を[六]注進せられける御使ごとに「[七]長田が合戦はいかに」と御尋あり。「[八]大剛の者にて候ける。所々にて[九]神妙にふるまひ候」と申ければ、「此等父子に、[一〇]向後《きやうごう》合戦[一一]なさせそ」とぞの給ひける。[一二]平家、長門国[一三]壇浦にて亡《ほろび》終《をはつ》て後、長田、鎌倉へ参りたりければ、「[一四]成綱に申ふくめたる事有。とく〳〵本国へ帰りて、[一五]故殿の御菩提をとぶらへ」と被《おほせられ》仰ければ、長田喜びて上りにけり。[一六]安堵の思ひをなす所に、[一七]弥三《のみ》の小次郎押寄て、忠宗・景宗をからめ捕り、[一八]磔《はつつけ》にこそしてンげれ。世の常のはつつけにはあらず、義朝の墓の前に板を敷て、左右の足手《あして》を大釘にて、板に打付、足手の爪を放ち、頬《つら》の皮をはぎ、四、五日の程になぶり殺しにぞ殺されける。[一九]相伝の主を討ちて、子孫繁昌せんとこそ思つらめども、因果今生にむくひ、[二〇]名を流し、恥をさらしけり。

池殿の[二一]公人《くにん》、[二二]丹波藤三、鎌倉へ参り、庭上に[二三]推参し、「昔、池殿に候し頼兼《よりかね》こそ参て候へ」と申せば、鎌倉殿「丹波の藤三か」と宣へば、「[二四]さん候」と申。「いしう参たり。頼朝も[二五]尋ねんと思つる」とて、[二六]御侍へ召さる。

ての紹介を記して関東の頼朝ら諸国の源氏に下したと言うのである。　二九　↓補四四三　三〇　↓補四四四　三一　二四二頁に「常盤が腹の子共三人……中乙若は八条宮に召仕れて、卿公円済とて坊官にてぞ有ける」とあった。牛若の兄。　三二　なす事もなく死んでは。　三三　死後、生まれかわった生。来世。　三四　平清盛の五男。母は、従二位時子。元蔵人頭。養和元年五月十六日左近衛中将、非参議従三位。　三五　門脇宰相平教盛の次男。民部大輔・能登守正五位下。　三六　『尊卑分脈』に「養和元正廿四於濃州洲俣川為平家被誅了廿七歳」とある。　三七　延慶本『平家物語』では寿永二年(一一八三)七月廿五日、後白河法皇が叡山にあり、同廿八日、京へ下山、当日行家や木曽義仲が入洛したとある。　三八　延慶本『平家物語』では七月廿四日の夜、主上らが京を離脱したとある。　三九　平治の乱後、頼朝の助命を行った池禅尼の息、平頼盛。　四〇　享年は未詳。　四一　約束した内容を守ることを神仏に誓い、違反すれば神仏の罰を受けることを記した文書。起請文とも言う。　四二　頼盛が留まったのである。　四三　この辺り、語りが要約的である。『平家物語』十「三日平氏」に寿永三年(一一八四)五月、頼朝の要請により鎌倉へ下った頼盛が官を大納言に復し「荘園・私領」を回復され、鞍置馬・はだか馬・長持・羽金・染物・巻絹などを頼朝から受けたことを語る。　四四　一九九頁に「頭殿は……重代の御家人、長田の四郎忠宗が手にかかりて、討たれさせ給ひ候」とあった。

一　よく参った。　二　↓補四四五　三　↓補四四六　四　摂津と播磨の境、鉄拐山から流れ下る流れのもっとも東の谷。今の須磨区にも地

「此仁《じん》[二七]は、往事《わうじ》[二八]忘がたく、芳心身に余る人なる上、故池殿の候人《くにん》にて、旁《かたがた》[二九]大事に存ずる客人也。引出物[三〇]せばや」と仰られければ、近習の輩、納殿《をさめどの》[三一]より、豹[三二]・虎の皮・鷲[三三]の羽・鷹の羽・絹・小袖[三四]、面々[三五]にいだき出したり。頼兼が前後に積《つみ》置かれたれば、其人[三六]は見えぬ程なり。「訴訟[三七]は無きか」との給へば、「丹波国細野郷《がう》[三八]は、重代[三九]の所にて候を、権勢[四〇]の人に領ぜられ候」と申せば、「頼朝が状にて院[四一]へ申さば、よも子細はあらじ」とて、御下文《くだしぶみ》[四二]を給てンげり。種々の宝をば、「宿続《しゆくつぎ》[四三]に送れ」とて、都まで送りてンげり。

九郎判官義経、梶原[四四]が讒言によりて、鎌倉殿[四五]に仲たがひ、陸奥へ下《くだり》、秀衡[四六]をたのみて年月を送られけるが、秀衡一期《いちご》[四七]の後、泰衡[四八]をすかして、九郎判官を討せて、其後、泰衡を滅ぼし、日本国残《のこる》所なくぞ従へ給ひ、奥州多賀国府《たがのこふ》に入せ給ひ、「日本国の内に、朝夕心にかけて、大事に思ふ者二人あり。頸[四九]をつがれたる池殿の御子、大納言殿をば世にあらせ奉りぬ。髻を惜しまれし纐纈源五[五〇]にいまだ恩をせぬこそ心にかゝれ」。斎院[五一]の次官親義申けるは、「盛康は、双六《すごろく》[五二]の上手にて、常に院御所[五三]へ召《めさ》るゝ者にて候」と申せば、「さては頼朝が私《わたくし》[五四]には、いかでか召すべき」とて召れず。親義便宜をもッて、「鎌倉殿[五五]の御所存かやうにこそあれ」と申のぼせたりけ

名が残る。『平家物語』九に、義経がこれを懸け降り、膠着状態にあった合戦に突破口を開いたとある。　五　経過。なりゆき。　六　（戦闘の経過を）記録して主君に報告する。

七　長田の戦いぶりはどうかと。　八　非常に強いこと。よみは「だいかう」。　九　きわめて巧妙で、人間わざとは思えない働きの意。りっぱで、すぐれている。　一〇　今から後。今後。「きようご」とも。　一一　（合戦を）させるな。

一二　↓補四四七　一三　今の下関市壇ノ浦。関門海峡東口の北岸、早鞆瀬戸から満珠島に至る海岸。↓補四四八　一四　ここに突如、このような形で登場するのは、物語として熟さない。成綱は、武蔵多摩郡を本拠とする武蔵七党の一所である横山党、野大夫成朝または野三大夫成任の息。↓補四四九　一五　（頼朝にとって父の）義朝を指す。　一六　本来、土地を所有する権利の確認や承認を意味する語であるが、転じて、安心し、心が落ち着くこと。一九三頁注一九

一七　「野三《のみ》」が正しい。　一八　↓補四五〇

一九　代々仕えて来た主人。　二〇　不忠、裏切り者の汚名を世に流し。　二一　二二一頁注三五。

二二　二二一頁、頼朝が亡父をとむらうための卒都婆を作るのを助けた「池殿の公人、丹波藤三頼兼」が見えた、その人。

二三　呼ばれもしないのに押しかけてゆくこと。

二四　「さに候ふ」。さようでございます。

二五　（池殿の尼たちの動静を）尋ねようと思っていた。　二六　貴人の邸で、従者が控えている所を「侍所」と言った。ここは、それを敬って言う語。　二七　このお人は。　二八　昔を思い出させるお人で、（流人になった頃）親切な志を寄せてくれたことが身に余る人である上に。

二九　人それぐ\も大事に思うお客である。

れ共、昼夜双六にうち入て下向せず。

[一]建久元年十一月七日、鎌倉殿始て上洛、[二]近江国千の松原に着給ふ。痩《やせ》おとろへたる老翁、同《おな》じていなる姥《うば》引具し参たり。人の中を分て参る。「いかなる者ぞ。狼藉なり」と叱れば、「参るべき者にてこそ参れ」とて、鎌倉殿の御前に参りたり。「汝は何者ぞ」と仰られければ、「[三]昔、君の且《しばらく》おはしましし浅《(こ)》井の北郡の尉と婆《うば》と、今まで長生して候が、御上洛のよし承《うけたまはり》及候て、を《(お)》がみまゐ《(い)》らせんが為に参て候」と申せば、「[四]事は繁し、思ひ忘たりつるに、いしうも参りたり。汝が持たるは何物ぞ」と仰られければ、「君の昔まゐ《(い)》りし[五]獨酒《じょくしゅ》候」とて、土瓶《どびん》二《ふたつ》に入て進上せり。鎌倉殿咲《ゑみ》をふくませ給ひて、[六]酒・肴・垸飯《わうばん》のいくらも有には、御目もかけられず、これを三度まゐ《(い)》りて、「[七]子の一人有し、まゐ《(い)》らせよ。[八]不便にあたらゝずるぞ」と被レ仰ければ、「召具して候」とてまゐ《(い)》らせけり。近江冠者とて召仕はる。[九]足立の新三郎清経が事也。[一〇]白鞍置たる馬二疋、[一一]長持二合に、絹・小袖入てぞ給ける。

鎌倉殿御上洛有て、[一二]院御所へ参り給ふ。昔召仕はれし事ども思しめし出、あはれに不思議にぞ思召れける。[一三]髭切と云太刀、錦の袋に入て、御前

三〇 主人から客に出される贈り物をしようと。
三一 貴重品を納めておく所。
三二 朝鮮や中国から渡来の、衣服・調度に用いた皮。 三三 矢羽に使われた貴重な鳥の羽に数えられた。 三四 一五六頁注三。袖口・袂の小さい肌着。 三五 めい〳〵が、かかえるようにして持参し提供した。 三六 引出物の山に姿が隠れるほどである。 三七 所領をめぐる訴え事。 三八 今の京都府北桑田郡京北町細野。 三九 先祖伝来の所領でありますのに。 四〇 権力を有する人に押領されました。 四一 (後白河)院へ申し上げれば、よも不都合なことはありますまい。きっと解決するだろう。
四二 「下す」という語で始まる命令下達の形式の文書。本来、太政官の弁官局が発行したものであるが、後に武家からも出すようになった。
四三 宿駅から宿駅へと人馬を継ぎかえて物資や人を送ること。 四四 桓武平氏、鎌倉権五郎景正の孫、景時。→補四五一 四五 鎌倉幕府の首長をさすことば。『東鑑』寿永元年(一一八二)五月二十五日の条の文書に見える。ここは頼朝を指す。この用語から考えて、物語の成立時期はかなり下ることが想像される。 四六 二四八頁、秀衡を頼って下ったことが見える。 四七 秀衡の死後、文治三年(一一八七)十月二十九日に死去。 四八 秀衡の次男。母は藤原基成の女。→補四五二 四九 (わたくしの)命を救ってくれた池禅尼殿の子息、頼盛。 五〇 二三六頁に纐纈源五盛康として見える。 五一 中原広季の息で、頼朝側近の大江広元の兄弟、親能。一説に藤原光能の息とも。斎院次官などを勤め、頼朝側近として実務を担当。 五二 →補四五三
五三 後白河の院御所。後白河の芸能好きは有名であった。 五四 源五が院に召されているのを

へ召し出させ給ひて、「是は源家の重宝と聞召れき。清盛が持たりしを御[一四]守《まもり》の為に召て、年来《としごろ》御所中を出されず。しかれ共、家[一五]の名物なれば、所存有らん」とて下されける。頼朝、三度拝して給りて罷《まかり》出けり。纐[一六]纈源五盛康を召して、馬・物具・絹・小袖、数を尽してたびにけり。鎌倉へ参らざりける故に、御恩は無かりけり。

建[一七]久三年三月十三日、後白河院崩御なりぬ。其後、纐纈源五、鎌倉へ参りたりければ、「と[一八]く参りたらば、国をも庄をも、申[一九]沙汰してたぶべきに、今まで参らねば力及ばず。闕[二〇]所の出来《いでこ》ん程は、小所《こどころ》なれ共馬飼[二一]へ」とて、美濃国多芸《たき》[二二]の庄半分をたびにけり。盛康が妻《め》は尾張の野間にて、左[二三]馬頭の討れし時、討死したりける鷲巣《わしのす》[二四]の源光が後家《ごけ》なり。一[二五]両年の後、盛康に嫁したりけり。夫婦共に奉公の者なりければ、美濃国上《うへ》[二六]の中村をぞたびける。建久九年十二月下[二七]向。鎌倉殿、盛康を召して、「明年《みやうねん》正月十五日過て参ぜよ。多芸の庄をば皆汝にとらせん」とぞ仰《おほせ》下《くだ》されける。正[二八]治元年正月十五［日］、鎌倉殿、御年五十三にて失せ給ひにけり。盛康恩を蒙るに及ばず。盛康申けるは、「故大将殿の、世をとらせ給ふべき夢[二九]相をば、盛康が見て候し」と申せば、斎[三〇]院の次官親義「其鮑《あはび》[三一]の尾を給て食《くふ》とだに見

憚ったもの。思いを指す。

三五　四行前の、頼朝の源五への

一　↓補四五四　二　今の彦根市松原町の琵琶湖岸の浜。三　二一一頁に見えた。四　政務が多忙で、つい忘れていたのに、よく参った。五　にごり酒。六　酒のつまみと、椀に盛った飯。七　二一一頁に「主が子の着たる布小袖に」とあった。八　目にかけて大事にしようぞと。九　↓補四五五　一〇　鞍の前輪・後輪に銀メッキした白板をはりつけた鞍。白木のままの鞍とする説があるが、この文脈では銀飾りを考えるべきか。一一　前後にかつぎ棒を通す環がついている、衣類・調度品を入れる家具。脚がついている。長櫃を改良したもの。「合」は箱を数える語。一二　後白河院の御所、三条殿。一三八頁注一四。↓補四五六　一三　↓補四五七

一四　後白河院が護身用の太刀として。一五　源氏の者の名宝なので、その思いがあるであろうと。一六　二五五頁前出。頼朝が流人として伊豆へ下る時に同行していた。一七　↓補四五八　一八　早く参っていたら。一九　朝廷に推挙、申請の手続きをして与えることができたのに。二〇　所領を没収されて所有者が無くなった土地。二一　馬を飼う草をとる所とせよ。二二　今の岐阜市中村から可児郡御嵩町あたりの荘園。纐纈神社がある。二三　源義朝のこと。二四　二〇三頁、義朝の東国下向を助けようとしたことが見える。二五　(源光の死後)一、二年して。二六　この頁注二二。二七　鎌倉へ下った。二八　底本「日」を欠く↓補四五九　二九　夢の中で心に思ったり見たりすること。三〇　二五五頁注五一。三一　二三八頁、盛康の夢語りに見える。

たらましかば、大御恩を蒙るべきに、懐中すと見ける間、御恩は無かりけるぞ」と申ければ、[一]はづかしさに音もせざりけり。

[二]九郎判官は、二歳の年、母のふところに抱かれてありしをば、[三]大政入道、わが子孫を滅ぼさるべしとは思はでこそ、助けお（を）かるらん。今はかれが為に[四]累代の家を失ひぬ。[五]趙《てう》の孤児は、袴《はかま》の中に隠れ泣かず。[六]秦のいそんは、壺の中に養れて人となる。末絶《すゑたえ》まじきは、かくの如くの事をや。＊

一　盛康の不運を以て物語を閉じる。
二　二一二頁、常盤が落ち行く所に見えた。
三　平清盛を指す。仁安二年（一一六七）従一位太政大臣に上り、翌三年二月十一日、病により出家した。
四　代を重ねて繁栄を築いて来た家を。
五　↓補四六〇
六　↓補四六一

補注

上巻

一　（一一頁）物語の冒頭、語り手の基本的な歴史を読む姿勢を語る。『保元物語』が鳥羽法皇の帝紀「中比帝王ましく〳〵き、御名をば鳥羽禅定法皇とぞ申、天照太神四十六世の御末、神武天皇より七十四代にあたり給へる御門也、堀川天皇第一の皇子、御母贈皇太后后宮、閑院大納言実季卿の御女也、康和五年正月十六日に御誕生、同年八月十七日皇太子にたゝせ給、嘉承二年七月九日堀川院かくれさせ給、同十九日皇子五歳にして御位にそなはらせ給ふ、……」と、世継ぎ風の語りを以て始めるのと異なり、この『平治物語』は帝王学とも云うべき治政論で始める。歴史を語る、一つの定型である。なお、『保元』『平治』それに『平家』が鳥羽天皇の代に、歴史評価の座軸を設定している。三つの物語のつながりを見せる。

二　**文武の二道を先とす**（一一頁）唐の太宗が著した『帝範』「崇文」に「斯ノ(文武)二者、遞《ハタガヒニ》為二リ国用一、至レテハ若下キニ長気亘レリ地ヲ成敗定二リ于鋒端一ニ巨浪滔《ハビコリ》レ天ニ興中亡スルガ乎一陣上ニ当二テハ此之時一ニ則チ貴二テ干戈一ヲ而賎二フス摩庠一ヲ、及下ブ乎海岳既ニ晏カン、波塵已ニ清ミテ偃《フ》二セ七徳ノ之余威一ヲ敷中クニ九功之大化上ヲ当二テハ乎此際一ニ則軽二ジテ甲冑一ヲ而重二ンズ詩書一ヲ是ニ知ヌ文武ノ二途捨レルモ一ヲ不可ナリ、与レ時優劣スルコト各有二リ其宜一シキニ、武士儒人焉ンゾ可レケンヤ廢ス也」とある。類集説話集の『十訓抄』十「可庶幾才芸事」に、清原滋藤が「其身征夷使軍監の武芸にいたりしかども、文の方《かた》たくみなりけり」、源頼朝が「父子ともに代々撰集に入給ひけるこそ殊にやさしけれ」とする。武人でありながら文の道にもすぐれていたことを語るが、それらを総括して「凡武士といふは、乱たる世をたいらぐる時、是を先とするが故に、文にならびて優劣なし。朝家には文武二道を分きて左右の翅とせり。文事あればかならず武そなはる謂なり」とし、武王、舜帝の例を引く。類似の言説が大山寺本『曽我物語』に見えるし、鎌倉時代の漢語用語集『明文抄』五「文事部」にも「文武二途、捨レ一不可」（帝範）とある。すぐれた帝王の時代には「文武二道」を巧みに用いると語る。この序の言説を物語の中でどのように読むかが主題探しの課題となるだろう。それは、われわれ読み手の課題である。『六代勝事記』にも「国の老父、ひそかに文を左にし武を右にするに、帝徳のかけたる事をうれふる事は」とある。

三　**公政、仁義やゝ重し**（一一頁）以下「四海風波の恐れなく」までを古本は欠く。底本の文意、わかりにくい。執政上、特に仁義を重視し、そうすることにより天下の安楽が保たれる。しかし「四海風波」が無かったのに、今や末世の様相を見せることになるとするのか。

四　**髭を切て薬に焼**（一一頁）『白氏文集』三「七徳舞」に太宗の徳をたたえて「髭を剪り薬に焼きて功臣に賜ふ、李勣嗚咽して身を殺さんことを思ひ、血を含み瘡を吮《す》ひて戦士を撫づ、思摩奮呼して死を効《いた》さんことを乞ふ」とある。

五　周の武王（一一頁）父文王の死後、太公望を師と仰ぎ、弟の周公旦を補佐として父の遺業を継ぎ、殷の紂王を討った。『史記』の「周本紀」に、紂王を討った武王が天下を治めるために「武王為ソ二殷ノ初メテ定マリ未レ集ラ、乃チ使下其弟管叔鮮蔡叔度ニ相ケ二禄父ヲ一治メ上殷ヲ已ニソ而命ジ二召公ニ一釈《ユルシ》二箕子之囚レヲ一命ジ二畢公ニ一釈《ユルシ》二百姓之囚レヲ一表シ二商容之閭ニ一命ジ二南宮括ニ一散ジ二鹿台之財ヲ一発シ二鉅橋之粟ヲ一以振シ二貧弱ノ萌隷ニ一命ジ二南宮括史佚ニ一展シ二九鼎保玉ヲ一命ジ二閎夭ニ一封ジ二比干之墓ニ一命ジ二宗祝ニ一享二祠于レ軍、乃チ罷レメ兵ヲ西ニ帰リ、行狩シ記シ二政事ヲ一作ル二武成ヲ一封ジ二諸侯ヲ一班二賜宗彝ヲ一作二分ス殷之器物ヲ一」とあるのを指すか。

＊（一二頁）

物語テクスト、特に語り本の語りは、読者の参加、解釈によって成り立つ。文体からして、これが、いくさ物語の核ともなるべき語り手自身の主張を冒頭に語る、一つの定型であることを示唆している。帝王の治政学として、文武両道をともに重んじるべきことを言う。特に乱世を治めるには、武将の処遇が問われる。にもかかわらず、今の世を考えるとその帝王としての姿勢に欠けるとする。それは平治の乱の原因と経過に対する語り手の思いを語る言説である。その読みは多様であり得るが、一つの読みとして、当時の二条天皇と後白河上皇父子の対立をめぐって、王者、特に後白河上皇を強く意識するものと思われる。その治世の対象として源平両氏の武士集団があるのだろう。その批判を読むことが『平治物語』の歴史語りを読むことになるのだろう。古本に比べて、鶏国明王の故事の引用、「公政」・「仁義」という政治・道徳の色を濃くしているのは、この後、流布本へと加速される、その一歩を示唆する。語りの場を前提に付加された時代のかげを見せる。古本の一三一頁の補説（三〇三頁）参照。

六　近来（一二頁）物語の中核人物としての信頼について、まずその系図を語る。いくさ物語の定型として、乱の首謀者を語り始める。

七　権中納言兼中宮権大夫（一二頁）保元三年（一一五八）二月、正四位上参議（二十六歳）、五月、従三位、八月、権中納言、保元四年二月、右衛門督中宮権大夫。中宮の庶務や家政を処理する中宮職の長官。ここは、その権官。『本朝皇胤紹運録』によれば、二条天皇の中宮は「忠通公女、実大蔵大輔伊岐善盛女育子、六条天皇の生母」、これに仕えた信頼について『愚管抄』五に「太上天皇（後白河）……忠隆卿ガ子ニ信頼ト云殿上人アリケルヲ、アサマシキ程ニ御寵アリケリ……信頼ハ中納言右衛門督マデナサレテアリケルガ」とある。諸大夫の家格。

八　中関白道隆（一二頁）永祚二年（九九〇）五月五日、父が関白になり、同月八日、父をついで関白になった。正暦六年（九九五）四月、病により辞し、弟の道兼が後を継いだので、道隆を中関白と言った。

九　**播磨三位基隆**（一二頁）右少将正四位下大膳大夫家範の息。『尊卑分脈』に「堀川院御乳母子、播磨丹波備前等本家政伊与守、従三位修理大夫、母常陸介家房女、堀川院御乳母従三家子、天承二正十九出（家）、同年三廿一卒五十八」とある。忠隆は、その息で「播磨守伊与守従三位大蔵卿、母大蔵卿長忠女、久安六八四薨卌九」とある。

一〇　**父祖は年蘭**（一二頁）曽祖父家範は正四位下止まり、祖父基隆は受領を経て大治五年（一一三〇）五十六歳で非参議従三位、父忠隆は久安四年（一一四八）四十八歳で非参議従三位に登った。

一一　**微子加**（一二頁）春秋時代、衛の人。夜、母の病いを知って王の車に乗りかけつけたが、王はその孝心をほめて罰しなかった。また果園で味わった桃の半分を王に献じたが、王は、味を感じ惜しまず食べさしを献じたことをほめた。しかし年老い、容色が衰えると王にうとんぜられ、日頃の行為を奢りとしてとがめられたことが『韓非子』四「説難」に見える。

一二　**安禄山**（一二頁）玄宗に仕えて寵を得たが、乱を起こして滅んだことが『唐書』などに見える。この後、信西が信頼の奢りを非難して院の寵を諫止するために、「安禄山を絵にかゝせて、大なる三巻の書を作ってまゐらせたり」と語る。

一三　**信西**（一二頁）祖父季綱の従兄弟長門守高階経敏の養子になったため父の儒家を継がなかったが、藤原氏に復して少納言を経て出家。すぐれた学才にもかかわらず不遇であったと言う。妻の紀二位（成範らの母）が後白河の乳母であったことから、信西は天皇を補佐した。物語は、信頼に敵対する者として信西の系譜を語る。なお、この信西については、この後、その学才をほめる説話をも多く語り、信頼とは対照的である。

一四　**九流**（一三頁）『下学集』数量に「九流、儒・道・陰（陽）・法・名・墨・縦（横）・雑・農也」と見える。

一五　**後白川**（一三頁）その即位をめぐって崇徳と争い、保元の乱となった。保元三年（一一五八）在位三年にして子の二条に譲位。当時三十三歳。『保元物語』から『平家物語』にかけて生き続けた王者。三つの物語の重要人物。

一六　**記録所をきゝ**（一三頁）寄人《よりうど》の評定により提出された荘園文書を受理・審理し、天皇・上皇への答申、裁定官符宣旨の発給までを行った。『愚管抄』五に「コノ信西ハマタ我子ドモ俊憲大弁宰相、貞憲右中弁、成憲近衛司ナドニナシテアリケリ、俊憲等才智文章ナド誠ニ人ニ勝レテ、延久例ニ記録所オコシ立テユヽシカリケリ」とある。

一七　**一両年が間に、修造して**（一三頁）『百錬抄』保元二年（一一五七）十月八日の条に「遷二幸新造大内一」、『帝王編年記』同日の条に「遷二幸新造内裏一廿二日被ルレ行ハ二造営ノ賞叙位ヲ一」と見える。『愚管抄』五に「鳥羽院ノ御時、法性寺殿ニ、世ノ事一向ニトリザタセラレヨト仰ラレケル手ハジメニ、ソノ大内造営ノ事ヲ先申ザタセント企ラレケルヲキコシメシテ、世ノ末ニハカナフマジ、コノ人（関白忠通）ハ昔心ノ人ニコソトテ叡慮ニカナハザリケレバ、引イラレニケリ、ソレヲ信西ガハタ〱ト折ヲ得テ、メデタク〱サタシテ、諸国七道少シノワヅラヒモナク、サハ〱トタヾ二年ガ程ニツクリ出シテケリ、ソノ間手ヅカラ終夜算ヲオキケル、後夜方ニハ算ノ音ナリケル、コヱスミテタウトカリケルナド人沙汰シケリ、サテヒシト功程ヲカンガヘテ、諸国ニスクナ〱トアテテ、誠ニメデタクナリニケリ」とある。保守的な忠通が大役に尻込みするのを改革派の信西が任をかって出て、あざやかに修造を果たし、経済的にも能吏ぶりを発揮したというのである。

一八　**相撲の節**（一三頁）『百錬抄』保元三年六月廿九日の条に「相撲節、保安以来不レ被レ行、経二卅余年一所二興行一也、七八月共為二御忌月一仍今月行レ之」とある。

一九　**保元三年八月十一日**（一三頁）『百錬抄』保元三年八月十一日の条に、「譲二位於皇太子一、太子参上、拝舞退二出昭陽舎一」とある。

二〇　**中御門中納言家成卿**（一四頁）近衛天皇の代、久寿元年（一一五四）中納言正二位で死去、享年四十八歳。大納言にはなっていない。なお、平清盛は、元、この家成に仕えていた。そのため、その息、成親らが平家との縁戚関係を結ぶことになる。池禅尼は母方の従姉妹。

二一　**阿古丸大納言宗通卿**（一四頁）『尊卑分脈』に「自二幼少一白河院御養育号二河古丸一」とあり、『今鏡』「たびねのとこ」にも「大納言宗通の民部卿と申ししこそ大宮どのの御子にはむねと時めき給しか、するもひろくさかへ給へり、白河院の御おぼえの人におはしき、あこまろ大納言とぞきこえ待りし」と見える。古本は、この宗通のことを家成のことの前に語る。時の順序を意識するものであろう。底本の語り本は、後白河の態度を強く意識するために家成の件を先行させた。鳥羽院の正しい治政を顕賞するために宗通の先例を例証として引用した。

二二　**白河院**（一四頁）父、後三条天皇の皇太子となり、延久四年（一〇七二）践祚したが、その皇太子には、父の意志により異母弟の実仁が立てられた。しかし応徳二年（一〇八五）実仁が病死、ただちに白河の第二皇子善仁を皇太子に立て、即日これに譲位した。堀河天皇である。白河は異母弟の輔仁を意識しつつ、自己の皇統を立てるのに執心した。王の行方をめぐる王家の分裂である。

二三　**みづ碧潭なりといへども**（一四頁）『和漢朗詠集』「山水」大江澄明の「山復《また》山何《いずれ》ノ工《たくみ》カ削リテ二成シ青巌之形ヲ一水復《また》水誰ガ家ニカ染メ二出セル碧潤之色ヲ一」によるか。

二四　**安禄山を絵に**（一五頁）九条兼実の日記『玉葉』の建久二年（一一九一）十一月五日の条に京官除目を契機に叙位除目についで議論があり長房の讒奏があったことを記し、「抑長恨歌

絵相具テ有㆓一紙之反古㆒、披見之処、通憲法師自筆也、文章可㆑褒、義理悉顕、感嘆之余、写㆓留之㆒其状云、唐玄宗皇帝者、近世之賢主也、然而、慎㆓其始㆒弃㆓其終㆒雖㆑有㆓泰岳之封禅㆒、不㆑免㆓蜀都之蒙塵㆒、今引㆓数家之唐書及唐暦、唐紀、楊妃内伝㆒、勘㆓其行事㆒、彰㆓於画図㆒伏望、後代聖帝明王披㆓此図㆒慎㆓政教之得失㆒、又有㆓厭離穢土之志㆒、必見㆓此絵㆒、福貴不㆑常、栄楽如㆑夢、以㆑之可㆑知歟、以㆓此図㆒永施㆓入宝蓮華院㆒了、于㆑時平治元年十一月十五日、弥陀利生之日也、沙弥在判　此図為㆑悟㆓君心㆒予察㆓信頼之乱㆒所㆓画彰㆒也、当時之規模、後代之美談者也、末代之才士、誰比㆓信西㆒哉、可㆑褒可㆑感而已」と記す。

二五　**伏見の源中納言師仲卿**（一五頁）保元四年（一一五九）四月六日、権中納言、同十二月、信頼の事件に連座して解官。伏見に住んだので伏見を号した。

＊（一五頁）

　序章に続いて、今回の動乱の主、信頼の家系を語るのは、いくさ物語の定型であるのだが、いきなり「おはしけり」と敬語を付して語るのは、古本と異なる。語り本には、この敬語の使用が多い。どういうわけがあるのか。非業の死を遂げることになる、その霊を怖れてのことなのか。その家系の語りに続けて、ただちに「文にあらず、武にあらず……」と非難する。にもかかわらず破格の昇進を果たしたと語るのは、明らかに序章の帝王としての治世論に照らして語るものである。この信頼と対比する形で、相手の信西を登場させ、これは信頼の場合と同じくその家系を語った上で、その学才を褒め、政権参与の上の功績を列挙する。この信西について、ここでは敬語を付さないのはなぜなのか。ともあれこの両者の対比が、主題を語っている。その上で二条天皇の即位を契機に信西の権勢が高まると同時に、一方の信頼との対立が顕在化する。その契機として二条の即位があることに注目したい。鳥羽院の遺志であったらしい。後白河の院政開始である。信西の信頼批判がきっかけとなるのが、後白河上皇の、信頼を大臣・大将へ抜擢する可否の諮問である。信西は、鳥羽院や掘河天皇の、理にかなった先例を引用して上皇の諮問を拒否する。この信西の発言を知った信頼の直接行動の開始。この間、二条天皇の動きは見えず、もっぱら信西に焦点を当てる形で、これに対する信頼の行動を語り始める。乱を直接、両者の対立に見るのが『平治物語』である。信西が「安禄山を絵にかゝせて」批判したと語るのは、一二頁、信頼の専横を「安禄山にも超たり」とするのと照応する。鳥羽天皇の治政を軸に、それを守る改革派としての信西と、これに反対する信頼を対比。

二六　**子息新侍従信親**（一五頁）『兵範記』嘉応二年（一一七〇）五月十六日の条に、父信頼が死罪に処せられる時に「依㆓五歳幼稚㆒無㆓沙汰㆒成長之後」伊豆へ流罪されたと言う。『古事談』四に「平治合戦之時、六波羅入道自㆓南山㆒帰洛之翌日、聟侍従信親〈信頼卿息〉、送二遣父許一」とある。

二七　**成憲を婿に**（一五頁）古本は、この成憲のことを欠く。『平家物語』一「吾身栄花」に登場する桜町中納言成範《しげのり》がそれ。唱導家安居院《あぐい》澄憲の兄。母は紀二位朝子。この後、下野国へ流されるが、翌年還任。大宰大弐に昇り、参議、権中納言から中納言に昇る。

二八　**世のおぼえ**（一五頁）『保元物語』第一類本の「武士ニ勧賞ヲ行ハルル事」に、乱後の論功行賞について「夜ニ入テ勧賞行レケリ、安芸守清盛勲功アテ幡磨守ニ移ル、下野守義朝左馬権頭ニ移ル、本ハ右馬助也ケリ、……義朝申ケルハ今度勲功賞ニハ卿相ノ位ニ昇共難アルベキニアラズ、此官ハ先祖多田満仲法師ガ始テ罷成テ候ケレバ其跡芳ク候ヘ共本右馬助、今権頭ニ転任、勲功ノ賞トモ不レ覚、更ニ無二面目一、朝敵ヲ討ツ者ハ半国ヲ給ル、其功世々ニ不レ絶トコソ承ル、父ヲ背キ親類ヲ捨兄弟ヲ離テ御方ニ参リテ命ヲ不レ惜責戦、勅命背キ難ト云ヘ共父ニ向テ弓ヲ引矢ヲ放テバ人ニ越タル不次ノ賞ヲコソ蒙候ベキニト頻ニ申バ、道理也ケレバ隆季朝臣ノ左馬頭ナリシヲ則左京大夫に移シテ義朝ヲ左馬頭ニゾ被レ成ケリ、サテコソ憤ヲ休メケル」とある。保元の乱以後、清盛に対して遅れをとっていたことを物語は語っていた。義朝の苦悩をひめる。

二九　**熊野**（一六頁）保延年間（一一三五―一一四一）、清盛が本宮造進の功績により肥後守になるなど、平氏は熊野との縁を深くしていた。

三〇　**次なければ**（一六頁）『平家物語』一「殿下乗合」に清盛ら平家一門の栄花を快く思わぬ後白河が、王法の尽きたことを嘆きながら「ついでなければ御いましめもなし」の例がある。

三一　**其後平家を**（一六頁）『保元物語』第四類本に乙若の、波多野次郎への遺言として、「扨も義通よ、下野殿（義朝）に申さんずる様はよな、此事共は清盛が讒言に依てたばかられさせ給にこそ、昔も今も例なき現在の父の頸を切、兄弟を失ひ終て、身一つに成て只今平氏にすべられ、終には我身も亡び失て、源氏の種の絶ん事こそ口惜けれ、其時乙若は少けれ共能云けりと思合せ給はんずるぞ、遠は七年、近は三年の中をば過し給はじと慥に申すべし……」と言い首を切られたとある。『平治物語』を見越した言説であった。

三二　**ひかれけり**（一六頁）『貞丈雑記』十三に「引出物に馬を給る時牽て出るにはさし縄をさして出、中門の外にてさし縄をとく也、馬を渡す人は初より手綱を持て牽出す也、手綱に輪をして持つ也、……渡すも請取も手綱を取也、貴人主人に牽て懸御目時も手綱を取て引也、是武家の作法也、又公家にても同事也」とある。

三三　**頼政**（一六頁）この後、治承三年（一一七九）六五歳で出家、法名真蓮。保元の乱に摂津渡辺党を率いて主上側についた。この度の平治の乱で去就に迷うことになり、一門内で孤立し、平家の栄花の前に苦境に立つことになる。歌人としても著名で家集を持った。

＊（一七頁）

　事を起こすのが信頼であると語り始める。それも、まず清盛と縁戚関係を結んでこれを語らおうとするが、保元の乱後、栄花を誇る平氏に野心はあるまい、それにすでに信西がその子息と清盛女との婚約の儀を進めると知って断念、逆に保元の乱後、論功行賞に不満のあった義朝に接近し、信西の奢りを非難する。かねて平氏の栄花を快く思っていなかった義朝は、まんまと信頼の誘いに乗ってしまう。実は、これが義朝の運命を決することになるのだが。信頼は、さらに新帝二条と意を通わせるため、その外戚の経宗を、さらに二条とは対立状態にあったと思われる後白河上皇の側近、成親にも手をさしのべる。その語りは古本に比べて要約的で、このように決行に先立つ信頼の打つ手を完全に語りおえたところで、機を待つと語るのである。そこへ清盛ら平氏一門が熊野詣でに出かける。好機到来と信頼は早速、義朝を呼び出し、信西の日頃の専横を非難して、みずからの行動決起の正当化を図る。義朝にしてみれば、信頼が仇とする信西に対してよりも、かねて不快に思っていた平氏への対抗心から信頼の意向に賛同し、一門の頼政らをも味方につけるよう進言するのだった。古本には頼政の名が、ここではまだ見えないことに注目しておこう。信頼が保元の乱後の義朝の、清盛に対する意向をも十分に読んだ上での決行である。策士としての信頼像が顕著である。語り手の焦点化の主体は信頼であり、あわせて、これに乗せられる義朝である。

二四　**院の御所三条殿**（一七頁）『愚管抄』五に「平治元年十二月九日夜、三条烏丸ノ内裏院御所ニテアリケルニ、信西子ドモグシテ常ニ候ケルヲ押コメテ、皆ウチ殺サントシタクシテ、御所ヲマキテ火ヲカケテケリ、サテ中門ニ御車ヲヨセテ、師仲源中納言同心ノ者ニテ御車ヨセタリケレバ、院ト上西門院ト二所ノセマイラセタリケル」、『百錬抄』同日の条に「夜、右衛門督信頼卿、前下野守義朝等謀反、放二火上皇三条烏丸御所一、奉レ移二上皇上西門院於一本御書所一」とある。

二五　**東国の方へ**（一七頁）古本にも同様の発言が見られる。実は、信頼の本音として、上皇を動かすための口実であり、「東国云々」は、頼義・義家以来、東国に力を有した義朝ら源氏一門を味方につけているからである。

二六　**一品の御書所**（一七頁）「一本」を貴重書とする説もある。禁中、侍従所の南、西雅院の北にあった。役人として別当・預《あずかり》・書手などがあり、別当（長官）には公卿を任命した。

二七　**井にこそ**（一八頁）『一代要記』二条天皇の条に「平治元年十二月九日夜、三条烏丸院御所加二追捕一即焼二払之一、或焼死或入レ井者済済」とある。

二八　**左兵衛尉大江家中**（一八頁）『兵範記』保元三年八月十日

の条、臨時除目に「左兵衛尉大江家仲」と見えるが未詳。

三九 **姉小路西洞院の宿所へ**（一八頁）この後、二二頁信西は「九日の午剋」に三条殿の御所に参り、異変を予知して田原へ落ちたことが見える。物語の時間の順序が前後することに注意。

四〇 **保元以後は**（一八頁）この章段の結びとしての言説である。三条殿、信西邸の焼失により武装した武者が洛中に満ちることを言う。ひいては、三条殿攻めを強行した信頼の蛮行を京の人々の声を以て非難する。古本が「民やすからず」と治世論で以て閉じるのと対照的である。

＊（一八頁）

前段、平氏の熊野参詣「平治元年十二月四日」を受けて「九日の子の剋」深夜の動きを語り始める。信頼の側から院御所を奇襲し、「まことに御不便なりとの御気色にて候はば」同行願うとへりくだった姿勢で上皇の遷幸を促す。信頼の人柄を示唆する言行である。その信頼を支えるのが、当初から志を通じて来た源師中（仲）である。院御所の炎上、矢と火に攻められる女房たちの狼狽は現場を再現する語りである。院御所を守ろうとする家中らのはかない抵抗、寄せ手は、この家中らを討ち、その頸を取って、内裏の東面、待賢門に鬨の声をあげるにとどまる。大した抵抗もなく、戦らしい戦もなかった。続く信西邸の放火も同じで、この段全体を通して、語り手は、ひたすら信西を逐う信頼らの行動を冷ややかに語る。しかも古本と違って一部、かれらの動きを敬語を交えて語るのはなぜか。保元の乱後、平和であった洛中が、今、武者で充満するという人々の嘆きを語る。

四一 **播磨中将成憲**（一九頁）保元三年八月、播磨守。後に成範と改名。通称、桜町中納言。父の意により清盛の女と婚約がとりかわされていたが、平治の乱により解消されたと言う。

四二 **博士判官坂上兼業**（一九頁）『職原抄』に「明法博士、相二当正七位下一明法道之極官也。中古以来、坂上中原両流為二法家之儒門一、以二当職一為二先途一」とある。

四三 **大臣の大将を兼ね**（一九頁）比較表を参照。この後、義平の除目辞退があるように、底本は信頼の除目を軽挙として笑いの対象とする。ちなみに『公卿補任』保元四年（四月廿日平治と改元）では信頼は権中納言の座にあり、「十二月廿六日被レ下二追討宣旨一伏誅（自十二月九日謀反、頭二年、別当二年、三木（参議）七ケ月、中納言二年」とあるのみで大臣で大将を兼ねたことは記していない。

四四 **右馬允**（一九頁）『職原抄』左右馬寮に「允大小七位相当官也、近代六位侍任レ之、滝口給レ官時任レ允是例也」とある。

四五 **上総の国**（一九頁） 国の等級は大国。天喜三年（八二六）以後は親王の任国で、現地では次官の介が代官として政治を担当。この後、坂東平氏の上総が力を持ち、その広常が頼朝の挙兵を助ける。

四六　**悪源太義平**（一九頁）母は、橋本の遊女とも。この時代の街道の要衝、宿場の女は巫女としての性格を有し、義朝は、宿の長者と親しくして力をつけた。後出の青墓なども同じ。三浦義明の女を母とする説があり、ここはそれに従う。義平は、激しい性格と行動のゆえに悪源太と呼ばれた。「源太」は源氏の長男の意。ここに見られる義平の除目辞退の話は古本には見えない。底本は、平家の重盛と対をなす形で、この義平像を強調して語る。義平への焦点化を見る。

四七　**三浦**（一九頁）底本では、義平の母を、三浦義明の女とする。『尊卑分脈』は、公義の曽孫として義明を掲げ、「治承四年（一一八〇）八月廿七日於二三浦衣笠城一討死、仕二頼朝一」とする。頼朝は挙兵にこの三浦を重視した。

四八　**宇治殿**（二〇頁）『保元物語』によると、父忠実の寵愛をうけたようで、十二歳で従三位、以後、昇進を重ねて従一位、左大臣、氏の長者をきわめたが、鳥羽院の不信をかい、院の死後、崇徳院と結んで保元の乱を起こし、流れ矢に当って死んだ。

四九　**忩々なる**（二〇頁）『保元物語』では、父為義が保元の乱に参加するのに、かねて、その荒々しい性格をおそれて鎮西へ下していた為朝を召し返して、これを推挙したこと、その強弓であったことを語るが、頼長が為朝を蔵人に推したことは見えない。同じく昇任を辞退した義平像との対として仕組んだ語りか。

五〇　**偏に運の極め**（二〇頁）信頼の運命を先どりして語ってしまう。古本には見えない語り手のことばである。『保元』における頼長を重ねるか。この後の伊通の痛烈な批評を際立たせる、意図的な批評である。

五一　**おかしき事を**（二〇頁）『愚管抄』五に、獄門に懸けられた義朝の首に落首のつけられたことを言い、その落首の主について「九条ノ大相国伊通ノ公ゾカヽル歌ヨミテ、オホクオトシ文（落首）ニカキナドシケルトゾ時ノ人思ヒタリケル」と記す。しば〳〵警句を発する諷諫の人と見られていたのだろう。

＊（二一頁）

信西邸焼き討ちに続けて、ただちに信西の子息たちの動静を語る。成憲と定憲が召喚される。古本とは異なり、語り本は、いきなり除目の僉議とし、まず信頼自身がかねてから念願であった大臣大将を兼ねたことを語り、ライバルの信西を追いつめて、ただちにその宿願を果たすことを語って、この両人の対立を一層強調する。駆けつけた義平のための除目昇任を、義平自身が叔父為朝の先例を引いて平家討伐が先決と拒む。兵を賜って阿倍野に平氏の帰洛を待ち伏せして討とうと進言、信頼に「荒議」と退けられたと言うのは、『保元物語』で夜討ちを進言して拒まれる為朝と同型である。それに阿倍野での待機を言うのは、古本で、熊野参詣を中断、帰洛しようとする平氏が、阿倍野に義平が待機するとの噂に狼狽したと語るのと通底するのだろう。これに伊通の、院御所攻めに功のあった井戸に官を与えよという揶揄をも配して、信頼に対する批判を一層色濃くしている。信頼方で、すでに分裂の始まっていることを語る。

五二　**博士**（二一一頁）諸博士がある中で、大学寮に文章・明経・明法・算の四道があり、ここは、その中の明経博士を指す。信西の、この面での能吏ぶりは『愚管抄』五の冒頭、大内造営をめぐる事業に成果をあげたことが関白忠通と対照的に記されている。この事が結果的に信西の運命を決することになるというのが物語の語りである。

五三　**大業**（二一一頁）信西について『尊卑分脈』は「依レ入二他家一不レ遂二儒業一不レ経二儒官一、長門守高階経敏為レ子改レ姓」とするのが、この信西の経歴を語っている。

五四　**少納言**（二一二頁）『有職袖中抄』の少納言の項に「多クハ名家儒家ノ人任ズル也花族モ任ズル也」とある。「花族」は「華族」で、大臣・大将を兼ねて太政大臣にも進める家柄の貴族。底本では古本と異なり、出家の志から少納言の官を願う。

五五　**やがて出家してんげり**（二一二頁）藤原頼長の『台記』天養元年（一一四四）七月廿二日の条に「今日少納言通憲出家云々、余深痛レ之」とある。頼長の、信西に寄せる期待が大きかったのであろう。

五六　**子息ども**（二一二頁）古本「信西の子息闕官の事」に「少納言入道信西が子息五人被二闕官一、嫡子新宰相俊憲、次男播磨中将重憲、権右中弁定憲、美濃少将修憲、信濃守惟憲なり」とある。「七弁」は、大中小各二弁と中少弁のいずれかの権官一人を加えて七弁とした。

五七　**諸行無常**（二一二頁）源信の『往生要集』「大文第一厭離穢土」に「或は復た大経の偈に言はく、諸行は無常なり、是れ生滅の法なり、生滅滅し已つて寂滅を楽と為すと。已上、祇園寺無常堂の四の角に、頗梨の鐘有つて、鐘の音の中に亦此の偈を説く。病める僧、音を聞いて、苦悩即ち除こり、清涼の楽を得、三禅に入るが如くにして、浄土に生れんとす」とある。この理は、『平家物語』など、中世、広く行われた。

五八　**吉凶糾而縄の如し**（二一二頁）『文選』二十、孫子荊の「征西官属送二於陟陽候一作詩」に「晨風飄二岐路一、零雨被二秋草一傾レ城遠追送、餞二我千里道一三命皆有レ極咄嗟安可レ保、莫レ大二於殤子一彭聃猶為レ夭、吉凶如二糾纆一憂喜相紛繞」による。

五九　**午尅に**（二一二頁）古本は、以下五行、信西の院参とその行動、怪異を欠く。底本は信西の先見する眼識を評価する。信頼像との対比を強化するもの。

六〇　**白虹日を貫**（二一二頁）『史記』「鄒陽列伝」に、獄中の鄒陽が死後の悪名を恐れて孝王に提出した上書に、荊軻の決意を引いて「臣聞忠無クレ不ルレ報ヒ、信不トレ見レ疑ハ、臣常ニ以為レ然ト、徒ニ虚語耳、昔者荊軻慕フ二燕丹之義一ヲ白虹貫ケバレ日ヲ太子畏ルレ之ヲ」と述べたと言う。底本は、信西が、中国の故事を引いて、みずからの忠節を誓ったと語る。底本にはこのような例証説話の引用が顕著である。

六二　**十二人**（二二二頁）『尊卑分脈』は、俊憲・貞憲・是憲・成範・脩範・静賢・澄憲・光憲・寛敏・憲曜・覚憲・明遍・勝賢・行憲・憲俊の十五人を掲げる。底本は、この後、「信西の子息遠流に宥めらるる事」（三八頁）に十二人を掲げ、『尊卑分脈』の十五人の中、光憲・明遍・憲俊の三人を欠く。古本は光憲・行憲・憲俊の三人を欠く。

六三　**田原**（二二三頁）この地には修験道の大道寺があった。保元の乱後、院領になったのを信西が領したらしい。現地に江戸時代の宝篋印塔があり、信西の塚と称する。

六三　**木生寿命**（二二三頁）『小右記』久寿四年（一一五七）三月十五日の条に「又木星相副、尤其扶有」、『愚管抄』六に「コノ春三星合トテ大事ナル天変ノアリケル……太白（金星）木星・火星トナリ、西ノ方ニヨヒ〳〵ニスデニ犯分ニ三合ノヨリアイタリケルニ」と見える。木星が寿命の死を予告し、忠臣が君に代ってその死を受けとめるという天の予兆。

六四　**亥にあつて**（二二三頁）「大系」が『頭書平治物語』の説を掲げる。「木星は五つの行星の一にて歳星ともいふ。寿命家は恐らくは寿星宮の誤りなるべし。周天三百六十度を十二に割りて之を十二宮といひ、各名を付し十二支を配し、さて其の年歳星の宿る宮によりて、子年とも丑年ともすること、古来暦作の法なり。平治元年は卯年なれば、歳星卯の宮即大火にあるべきなれども、最早年末なるゆゑ、明年の辰の宮即寿星に移りたるによりて、斯くいふなるべし」とあるとする、

六五　**大伯経典に**（二二三頁）『参考平治物語』が「按㆓大伯経典、蓋シ大白経天ノ之誤ナラン矣、凡ソ此段所ノ㆑載スル天変、有リ㆓難キ㆑解シ者㆒、然他ノ実録ニ不ズ㆑見エ無シ㆑所㆓考訂㆒スル」とする。

六六　**成景**（二二三頁）『尊卑分脈』は、成景を盛重の猶子とし、「因幡守、少納言通憲家人、依㆔父盛重例童形之時候㆓北面㆒鳥羽院御寵童、後白河院御代被㆑召㆓近習㆒聴㆓奏事㆒云々、平治之乱之時少納言入道遭㆑妖、於㆓大和奥多原山㆒被㆓掘埋㆒刻、相随与㆓西光㆒同時出家号㆓西景㆒」とする。

六七　**さればこそ**（二二三頁）古本にこの一文を欠く。信西が状況判断のすぐれていたことを示すことば。

六八　**穴を深くほりて**（二二四頁）『愚管抄』五に「信西ハ……人ニシラルマジキ夫コシカキニカヽレテ、大和国ノ田原ト云方ヘ行テ、穴ヲホリテカキウヅマレニケリ……サテ信西ハイミジクカクレヌト思ヒケル程ニ、猶夫コシカキ人ニ語リテ、光康ト云武士コレヲ聞ツケテ、義朝ガ方ニテ、求メ出シテマイラセントテ、田原ノ方ヘ往ケルヲ、師光ハ、大ナル木ノアリケル、上ニノボリテ夜ヲ明サントシケルニ、穴ノ内ニテアミダ仏タカク申ス声ハホノカニ聞ヱタリ、ソレニアヤシキ火ドモノ多クミヱケレバ、木ヨリオリテ、アヤシキ火コソミヱ候へ、御心シテオハシマセト、タカク穴ノモトニ云イレテ、又木ニノボリテミケル

程ニ、武士ドモセイ〳〵ト出キテ、トカク見メグリケルニ、ヨクカキウヅミタリト思ケレド、穴ロニ板ヲフセナンドシタリケル、見出シテホリ出タリケレバ腰刀ヲ持テアリケルヲ、ムナ骨ノ上ニツヨクツキ立テ死テアリケルヲ、ホリ出シテ頸ヲトリテ、イミジガホニテ以テ参リテワタシナンドシケリ」とある。師光など、その場に居合わせた人の視点を借りた語りをとり込んだのが『愚管抄』であろう。『平治物語絵詞』は、自刃した信西を掘り出す場面を描いている。

六九　**左衛門尉師光は西光……**（二四頁）前項の『愚管抄』五には「信西ハカザドリテ左衛門尉師光・右衛門尉成景・田口四郎兼光・斎藤右馬允清実ヲグシテ、人ニシラルマジキ夫コシカキニカヽレテ、大和国ノ田原ト云方ヘ行テ、穴ヲホリカキウヅマレニケリ、ソノ四人ナガラ本鳥キリテ名ツケヨト云ケレバ、西光・西景・西実・西印トツケタリケル、ソノ西光・西景ハ後ニ院ニメシツカハレテ候キ、西光ハタヾ唐ヘ渡ラセ給ヘ、グシマイラセントゾ云ケル」とある。師光は藤原家成の息、後に『平家物語』巻一で平家討伐の一役をかうことになる重要人物である。成景は前出、師清・清実は未詳。古本は「京にありける左衛門尉師光も、此よしをきゝて出家して、西光とぞよばれける」とする。関係者の動向について、当時、諸説があったことをうかがわせる。

＊（二四頁）

古本と語り本の語りの順序が異なり、古本は、信西が自害をとげた後に、その死を迎える経過を遡って語る。語り本は、前段で粗忽な信頼の除目を伊通の揶揄をも添えて語った直後に、信頼とは対照的に、この信西の運命の自覚、その決意を語り、信西の物語として完結した形をとる。語り手の信西への思い入れを、相人の弁や天変を介して、その覚悟の死に語っている。信頼との対立構造が一層顕著である。四人の侍どもが主を残して、悲しみの中に立ち去ると語るのも、信西の思いと覚悟を語り出すことになっている。信西の美化を見るべきであろう。信西覚悟の死が、信頼にとっては相手役を喪失したことになる。この後の物語の主役はだれになるのか。物語の主題は何か。それは、われわれ読者の読みにかかっている。

七〇　**同じき十四日**（二五頁）日付けの打ち込みは、公的な記録としての性格を残す。しかも経過の展望を可能にする。九日に運命を自覚して院参するも対面が叶わず、この十四日に大路首渡しの身となった信西への語り手の思いがある。古本と違って語りの時間上の順序に乱れがない。

七一　**十五日には**（二五頁）『百錬抄』十二月十七日の条に「少納言入道信西首、廷尉於㆓川原㆒請取、渡㆓大路㆒懸㆓西獄門前樹㆒、件信西於㆓志賀良木山㆒自害、前出雲守光保所㆓尋出㆒也」とある。『平治物語絵詞』に「十七日源判官資経以下の官人三条河原にて信西が首をうけ取て大路をわたし西獄門のあふちの木にかく、是を見る人夢かとぞ思ける」とある。西の獄門は、中御門大路西堀川小路にあった。三条河原で首を受けとったとするから、「大路」は三条大路を言うのか。

七二　**晴たる天気俄にくもりて**（二五頁）以下、三行、「とぞ人申ける」までを古本は欠く。底本は、信西の信頼に対する恨みの強さを語り、その報復を示唆する。

七三　**人申ける**（二五頁）底本には、この「人申ける」という語りが目につく。古本が「心ある人」の発言や思いとして語るのと対照的である。

＊（二五頁）

信西が乗用した馬を、夫人の紀二位に見せようとした舎人成沢が敵の光泰に捕《つか》まり、例の生き埋めの場を教える。古本に比べて、この経過は簡潔でわかりやすい。掘り出された信西はいまだ息が通っていたと言う。古本が、早くも覚悟してみずから命を断っていたとするのと異なる。「十五日」という日付は、二二頁の「九日」信西が、わが運命を自覚した日を受ける。二一頁の「信西出家の由来」以後、語り本の語りの焦点化の主体は、信西であり、古本に比べて構成上の整理が進んでいて、語り手の信西に寄せる思いが強い。信西の首の、大路渡しの際に発生した天変、その首が信頼にうなづいたと、その報復の意志表示を語るのも、そのあらわれであり、信頼の行方をすでに示唆している。古本とは違って、対象との距離のせいか、笑いをさえ見せている。これは古本とも重なることだか、信西の北の方、紀二位の不安まで語り切る。その結びを「嘆かれける」と敬語で結ぶのも古本の「伏ししづみてぞ泣きゐたる」と対照的である。このような語り手の信西への思い入れが、続いて生前の信西をめぐる二話の物語を語り添えることにもなる。

七四　**紀伊守範元の孫、右馬頭範国の女**（二六頁）『尊卑分脈』によれば祖父は刑部丞俊範、父は従五位下紀伊守兼永。俊範の母は上野守平直方の女という。その女は源頼義の室とあるから、義家ともつながりがあることになる。たゞし『尊卑分脈』は「実ハ近江守高階重仲女也如何」ともする。

七五　**八十嶋下**（二六頁）内侍司の次官である典侍を使者とし、宮主・御巫・神琴師らが随行した。朝子は後白河の乳母として、天皇の衣を奉じて祭におもむき、その衣の箱を振り動かして、神霊が天皇の体に合体することを祈った。終了後、祭物を海に投じた。天皇一代に一度行う神事であった。『禁秘抄考註』中「典侍」に「○後白河院御時朝子ハ馬ノ助兼永ノ女……○一説朝子ハ近江守高階ノ重仲ガ女　○是レ左道ナリ但シ不レ補セニ典侍ニ一歟可レ勘フ保元二年為ルニ従三位ニ一ト」とある。

七六　**紀の二位**（二六頁）『玉葉和歌集』二〇「神祇歌」に「後白河院位御時八十島の使にて住吉にまうでて読侍ける。従二位朝子　すべらぎの千世のみかげにかくれずはけふ住吉の松をみましや」とある。

七七　**久寿二年の冬の比**（二一六頁）『保元物語』「法皇熊野御参詣并びに御託宣の事」に「同年の冬のころ法皇（鳥羽）熊野へ御参詣あり」とある。『兵範記』仁平三年（一一五三）正月廿二日の条に「一院入リタマフ二御熊野御精進屋、鳥羽光頼朝臣ノ宿所ニ一……」、同廿八日の条に「院御熊野詣」などとあり、仁平三年が正しい。「新大系」は、『保元物語』が久寿二年七月の近衛崩御と保元元年（一一五六）七月の鳥羽崩御との間に設定するためと言うから、この底本の語りは、『保元物語』によるものか。

七八　**鳥羽の禅定法皇**（二一六頁）『保元物語』が「中比帝王ましく〳〵き、御名をば鳥羽禅定法皇とぞ申」したと始める。前掲七七参照。祖父白河との確執から長子崇徳と不仲になり、保元の乱の因をなした。「禅定」とは、心を安静にして絶対の境地に入るを志すこと、またその人。出家の意にも用いる。

七九　**熊野山に御参詣**（二一六頁）『保元物語』は、熊野へ参った鳥羽法皇に霊夢があり、熊野権現が法皇の死と、その後の動乱を予告したと語る。

八〇　**淡海沙門**（二一六頁）「沙門」は仏教語で、出家して修行する僧。以下、信西と淡海の話は、今のところ出典が不明だが、中世固有の注釈学の世界によるか。

八一　**生身の観音**（二一六頁）『法華経』観世音菩薩普門品に、その功徳を説く観自在菩薩。この菩薩を祈念すれば、その祈り主の機縁に応じて、ありとあらゆる身に変じて現れ、祈り主の災厄を除くとした。

八二　**白楽夫**（二一六頁）若くして進士の試験に及第し、後に翰林学士、左拾遺、各州の刺史となった。詩を以て諷刺したため、江州へ左遷された。

八三　**西王母**（二一七頁）仙桃を漢の武帝に奉り、王が食するとあまりに甘美なので、その核を王宮に植えたいと言うが西王母は、三千年に一度しか実の成らない桃なので、地上では生育しないと笑ったと言う。『漢武帝内伝』に見える。『平家物語』七「竹生島詣」にも名が見える。

八四　**都城より**（二一七頁）以下、釈尊の話を語るので、インドの仏教聖地とすれば、釈迦族の首都であった迦毘羅衛を指すか。釈尊の故郷の町であった。

八五　**曼陀羅華**（二一七頁）『法華経』が説かれる際に、よい前兆として天から降り、見る者の心を柔軟にするという赤い花。曼陀羅華・曼珠沙華のそれぐ〳〵に「摩訶」を付し、都合四種の花を「四華」と言う。

八六　**然灯仏**（二一七頁）この仏に会った釈尊が五本の蓮華を献じ、またみずからの髪を解いてぬかるみに敷いて仏を渡したと言う。

八七　**薬寿王**（二一七頁）『開目抄』に「雪山に大樹あり、無尽根となづく。此を大薬王樹と号。閻浮堤の諸木の中の大王なり」とある大薬王樹のことか。その詳細は未詳。

八八　**竹馬に鞭うつて**（二一七頁）『和漢朗詠集』「仏事」に保胤の

「浪洗って消えんと欲す。竹馬に鞭うちて顧みず、雨打って破れ易し、芥鶏を闘はしめて長く忘れたり」による。砂で作った仏塔が波に洗われて消えようとするのを知らずに竹馬の遊びに夢中になっている。それでも仏塔を造った功徳は大きい。遊びの中にも仏道に帰依する心を忘れさせないことを言う。

八九　瓠波琴（二七頁）『淮南子』十六「説山訓」の「瓠巴鼓テレ瑟ヲ而淫魚（長頭の怪魚）出テ聴ク」による。

＊（二八頁）

　前段の末尾、紀二位の物語をひきついで、その二位の人となりを語りながら、信西の学才のあったことを『保元物語』において重要な鳥羽院の代、熊野で体験した、唐から渡来した僧との対談の場を設定して語る。全体を統御するのは鳥羽院である。物語を語る焦点化主体は唐僧の淡海と、これに応答する信西である。信西が中国語に精通し、中国に行われる仏教に造詣の深かったことを語る。事実上のシテは信西、そのシテの学才を披露させるのがワキとしての淡海である。その学識の出典のすべてを明らかにはしがたいが、おそらく中世の幼学の世界を引くものであろう。語り本は、信西を顕彰しながら、そうした知識を提供することにもなっている。古本には見られない知の世界をかいま見させる。信西を観音の化身と見ることに注目したい。

九〇　大師（二八頁）渡来漢人系の三津首百枝を父として神護景雲元年（七六七）の生まれか。母は未詳。近江国分寺の大国師行表に入門、唯識・禅法を学び、十五歳で得度し最澄と名のった。延暦四年（七八五）、東大寺の戒壇に入り具足戒を受けたが、比叡山に登り禅行生活に入った。延暦二十三年、入唐し天台山修禅寺座主道邃《どうすい》より天台法門、菩薩戒を受けた。九か月の短期であったが多くの密教を学び、翌年帰国。桓武天皇に要請して日本天台宗を開いた。後に帰国した空海とも親しく交わり、多くを学んだ。

九一　大講堂（二九頁）『叡岳要記』に「大講堂七間、天長元年（八二四）有レ勅建立（淳和天皇）大師遷化後三年」とある。

九二　延明院（二九頁）『叡岳要記』に「延命院、葺檜皮五間堂一宇、安二置延命像一躰（居高三尺）綵色梵天帝釈像各一躰一、右院朱雀太上天皇御願……天慶元年（九三八）土木功畢」「四王院葺檜皮五間堂、檐下四隅有二厳餝丹青筵簇一安二置金銅四天王像一（立高六尺五寸）、右文徳天皇殊発二弘願一為レ鎮二護国家一所二鋳造一也」「延久五年（一〇七三）勧二請日本国三十神一為二如法堂守護神一（楞厳院長吏阿闍梨良正）」「法華三昧院（在二止観院西塚上一云二法華堂一）今葺檜皮方五間」とある。

九三　三十番神（二九頁）『叡岳要記』に「延久五年（一〇七三）勧二請日本国三十神一、為二如法堂守護神一」とある。

九四　般若野の後、三昧（三一頁）『保元物語』「左府御最後」に「悪左府御歳三十七と申し保元々年七月十四日の午の尅にはかなくらせ給ふ、夜に入てのち、般若野の五三昧に送収たてまつり、各ちりちりに成てんげり」とある。なお、この信西の堕地獄と、その原因になったとする頼長の遺体掘り出しの物語は古本には見えない。二五頁、信西の首が信頼にうなずいたとするのと呼応する。

＊（三一頁）「是のみならず」、これも鳥羽院の代の話。延暦寺の大衆の試問に答えるべき人物として鳥羽法皇が、先の「熊野御参詣の時」の信西の唐僧との応答を想起して信西を立て、これに焦点を当てる。延暦寺での修行のための法具、聖器に関する信西生前の博覧のさまを語り、あげく死後、閻魔庁でも重宝されたと言う。信西が死後、閻魔庁に使役されていた、つまり信西自身が堕地獄したというのだが、それは保元の乱に死刑を復活し、頼長の遺体を掘り出して捨てた報いとして、みずからが獄門にかけられることになったと語り結ぶ。延暦寺の修法にかかわる百科全書的事項を語りながら、信西を位置づける。これが語り本の世界である。信西を顕彰しながら、その非を語るのは信頼の死霊への恐れがあるのだろう。

九五　**十日の日**（三一頁）古本は、「さるほどに」として信西の首渡しからの話題の転換をはかる。底本の「十日の日」は、先行する日付の打ち込みとの間が隔たる。それは間に信西生前の物語を介入させたためである。時間の順序から言って二五頁の信西の首実検よりも先行する事件を語り始める。その順序の読みがおろそかにされている。言い換えれば日付けの打ち込み、公的な記録性を後退させていると言うべきであろう。「ところで、日はさかのぼって十日の日のことであるが」と理解すべき語りである。

九六　**筑後守家貞**（三一頁）『愚管抄』五に「(清盛の)一ノ郎等家定」と見える。一門に属する、相伝の家来の一人で、正論を述べる人物とされる。『平家物語』にも登場する。

九七　**湯浅権守宗重**（三二頁）底本は、この後にも熊野軍の平家への協力を語る。古本には見られない語りである。

九八　**播磨中将殿**（三三頁）一九頁に「播磨中将成憲は、大宰大弐清盛の聟なれば、若や助かるとて、六波羅へおはしけるを、宣旨とて内裏よりしきなみに召されければ、清盛は熊野参詣の跡なり、一門の人々力及ばで出されけり」と語っていたことを指す。

九九　**大鳥の宮**（三四頁）この前、熊野のなぎの葉をかざしたこと、中山王子に参ったこととあわせて、平氏の神への祈願を語るのが底本である。源氏・平氏の両方に語り手の思いが加わり、源平合戦の形を整える。

＊（三四頁）

　物語の日付の打ち込み「十日の日」は、この前二五頁、信西の首大路渡しを「十五日」としていた。語り本の語り手なりに日付の推定を行ったものか。一六頁、清盛らの熊野参詣を語っていたのだが、その一行に六波羅からの早馬が届く。これまで物語が語って来た経過を使者が要約的に語る。京の急変を知ってとまどう清盛とは対照的に、重盛の決断は速く、急遽とって返すべきだとの主張を支えるのが相伝の家来家貞の巧みな用意であり、熊野権現の加護である。一方で源氏の義平の動きへの恐れを語るのであろう、義平が阿倍野に待ち受けるとの噂を耳にする。実は、二〇頁、義平の進言が退けられていたのであるが、清盛らにとっては、この義平のはやる思いがすでに通じていたということである。語り手の思いである。それほどに義平の存在は大きい。一方、平家の熊野権現や大鳥宮の神への期待が大きいことをも語る。源氏と平氏との対立を語る構造が顕著。

一〇〇 **勧修寺の光頼** （三四頁）保元元年三月、正四位下参議、同二年従三位、同三年正三位権中納言、同年十一月、左衛門督、同四年三月、検非違使別当、十月これを辞し、平治二年八月権大納言に昇る。長寛二年（一一六四）四十一歳で出家。信頼には母方の叔父に当たる。

一〇一 **左大弁宰相長方** （三五頁）安元元年（一一七五）十二月、右大弁、参議、治承三年（一一七九）十月、左大弁。平治元年当時は丹波権守であった。

一〇二 **末座の宰相** （三五頁）前項参照。長方は、当時、まだ参議になっていない。古本は右大弁宰相顕時が末席の宰相だったとする。平治元年当時、顕時は左大弁参議。底本がなぜ長方としたのか、未詳。

一〇三 **頼光** （三五頁）『尊卑分脈』に「武芸長、猛貴名将、通二神権化一人也」とし、数々武勇の説話の主。官は正四位下左兵衛など。

一〇四 **蔀の下** （三六頁）『禁腋秘鈔』清涼殿の条に「殿上ノ上ノ戸ノソバニ小ジトミアリ、主上コノ所ヨリ殿上ヲ御覧ゼラル」とある。

一〇五 **勧修寺内大臣** （三六頁）昌泰三年（九〇〇）正月、内大臣になった正三位藤原高藤。内の舎人藤原良門の次男。勧修寺の祖で、死後、太政大臣正一位を追贈された。名家の家柄。

一〇六 **黒戸御所** （三七頁）もと、薪によりすゝけた所の戸を言ったのが、特殊な空間の意になった。『徒然草』一七六段に「黒戸は小松御門（光孝天皇）位につかせ給ひて、昔ただ人におはしましし時、まさな事（たわむれ事）せさせ給ひしを忘れ給はで、常に（煮たきを）いとなませ給ひける間なり。御薪にすすけたれば、黒戸といふとぞ」とある。

一〇七 **神璽** （三七頁）『禁秘抄』に「此ノ二ツハ夜ノ御殿ノ御帳ノ中御枕ヲ二階ノ上ニ案ズ」とある。王権を保障する聖器。

一〇八 **中宮** （三七頁）姝子は鳥羽天皇の第四女で、母は光清法印の女《むすめ》。安元二年（一一七六）六月、三十六歳で死去。

一〇九 **九州** （三七頁）『高士伝』に「堯又召為二九州長一、由不レ欲聞レ之、洗二耳於潁水浜一、時其友巣父牽レ犢欲レ飲レ之、見二由洗レ耳問二其故一、対曰、堯欲三召レ我為二九州長一悪レ聞二其声一是故洗レ耳、巣父曰子若処二高岸深谷一人道不レ通誰能見レ之、子故浮游欲レ聞二求其名誉一汚二吾犢口一、牽二犢上流一飲レ之」と見える。

＊（三八頁）

　信頼の奢りに対する不満から、これまで参内しなかった光頼が、公卿僉議との召集に参内してみれば、座をとりしきるのは、嫌っていた信頼。万が一の場合には死をも覚悟する光頼は、並み居る人々とは違って怖れることもなく大胆にふるまう。末座にひかえる長方に座の順序が乱れていると皮肉を言い、信頼の上座に、しかもその相手の右の袖の上にむずと座る。さすがの信頼も伏し目になり声を出せない。光頼に気押されて僉議も進まない。長居無用と光頼は「あしう参て候」と座を立ち人々を驚かせる。語り手は、回りの人々の声と思いを取り入れて信頼を笑いものにする。先祖の勇猛な頼光の名を裏返した光頼が、このように剛なのに、どうして頼信を返した信頼が、このように無様なのかと言葉遊びを駆しての笑いである。光頼は弟の惟方を呼び出し、ここ数日の信頼への対応のし方を批判し、清盛ら平氏の一行がすでに帰洛の途にあると警告する。それは語り手が物語として語って来たことを受け見通した光頼の忠告である。さらに信頼の、主上・上皇に対するふるまいが奢れるものであることを惟方との、直接話法の積み重ねによって語る。さらに光頼は許由の故事を引いて、わが耳がけがれたと言って座を立つ。故事の引用をも含め、三段にわたった光頼の、信頼や、これに従う惟方、さらに列座する公卿たちへの批判を語る。この語り本は、もっぱら光頼の行動を語るのだが、古本は、ここでいち早く清盛ら平氏の伏見から六波羅への帰着を語る。構成上の各テクストの工夫を見るべきであろう。ともあれ当日の公卿僉議は流れてしまった。議題が何であったかも語らないで。

二〇　**十二人**（三八頁）『尊卑分脈』には俊憲・貞憲・是憲・成範・脩範・静賢・澄憲・光憲（貞憲の子か）・寛敏・憲曜・覚憲・明遍・勝賢・行憲（澄憲と同一人か）・憲慶の外、五人の女子が見え、都合十二人の男子と五人の女子を数える。

二一　**度禄（度縁）**（三八頁）『日本後紀』弘仁四年（八一三）二月三日の条に「僧尼出家之時、授二之度縁一、受戒之日、重給二公験一。拋勘灼然、真偽易レ弁、勝宝以来受戒之日、毀二度縁一停二公験一只授二十師戒牒一」、『壒嚢抄』十八に「凡ッ出家得度ハ受戒ヲ為レ本ト先ッ出家ノ日度縁ヲ請ケ公験ヲ賜テ十師戒牒ヲ授ル也、度縁トハ朝家ヨリ度者ヲ擢ル、公宣也、此ノ度縁ニ僧ハ尚書治部省ノ印ヲ取、尼ハ有司ノ印ヲ用フ」とある。

二二　**春青花中生**（三八頁）底本は古本と異なり、これら信西の子息の才能を多く語る。流布本は勅題を「春生ズ二青花ノ中一ニ」とする。『今鏡』「内宴」に「廿日ないえんおこなはせ給ふ、もゝとせあまり絶えたる事を行はせ給ふ、世にめでたし、題は春生二聖花中一とかやぞきこえ侍る」とある。

二三　**悲清濁駒嘶**（三八頁）『古事談』六「亭宅諸道」に「俊憲卿書二内宴序一西岳草嫩馬嘶二周年之風一上林花馥鳳馴二漢日之露一ト

之時、持二来通憲入道之許一、令二見合一ケレバ一見之後、尅限已至、早清書ト云ケレバ猶一両返通読ナドシテ、有二沈思之気一起後入道云、コ、ガ法師ニハマサリタルゾトテ涕泣云々、件序入道モ書儲、懐中ニ持タリケレド、尚劣タリケレバ不二取出一云々」とある。

二四　**澄憲説法**（三八頁）もと東塔北谷の竹林院に住み、後に山城の安居院へ移った。平治の乱後、下野に流され、赦されて帰洛後、権律師。仁安四年（一一六九）五月、清涼殿での最勝講に参列し、権大僧都に任じられた。説法唱導の大家として著名、妻帯して海恵、聖覚らの子があり、安居院流唱導の祖となった。

＊（三九頁）

前段、十九日の公卿召集は、光頼の行動によって頓挫していた。それを「明くれば、廿日」と僉議が再開される。その議題は信西の子息処分であったとわかる。古本では伊通の宥めにより死罪一等を減じられ「かやうに国々へぞながされたる」と語るにとどめるのだが、語り本は、信西子息の中の俊憲・澄憲・明遍らについて才知にすぐれていたことを語る。古本に比べて、物語の語りの場の広がりを示唆するのだろう。歴史を安居院唱導を背景として語るのである。

二五　**いなり**（三九頁）宇迦之御魂大神・佐田彦大神・大宮能売大神をまつる、延喜式の式内社。もと稲荷山頂にあった。初午の日の参詣に稲荷山の杉を持ち帰り庭に植えて吉凶を占う「験の杉」の風習があった。「意成り」をかけて縁起をかつぐことがある。

二六　**水葱の葉**（三九頁）その葉は楕円形で、熊野神社の神木とされる。稲荷の杉、それにこの後の流鏑馬ともども、この後の清盛の勝利を予告する語り。

二七　**元日・元三**（三九頁）『日葡辞書』に「グワンザン　正月一日也、年の元、月の元、日の元合して元三也」とあり、一年の始めの元日の意であるのが転じて三が日の意になった。このままでは朝廷の年始の儀式に支障が生じるとおそれる。

二八　**廿六日の夜に入て**（三九頁）『百錬抄』平治元年十二月廿五日の条に、「夜、主上、中宮（姝子）偸出二御清盛朝臣六波羅亭一、上皇渡二御仁和寺一」、『愚管抄』五に「十二月廿五日乙亥丑ノ時ニ六波羅へ行幸ヲナシテケリ、ソノヤウハ、清盛・尹明ニコマカニオシヘケリ、ヒルヨリ女房ノ出ンズルレウノ車トオボシクテ、牛飼バカリニテ下スダレノ車ヲマイラセテオキ候ハン、サテ夜サシフケ候ハン程ニ、二条大宮ノ辺ニ焼亡ヲイダシ候ハバ武士ドモハ何事ゾトテソノ所へ皆マウデ来候ナンズラン、ソノ時ソノ御車ニテ行幸ノナリ候ベキゾトヤクソクシテケリ」とある。「丑ノ時」とあり、当時の日がわりについては、現代と違っていた。それが底本などの「廿六日の夜に入て」になったのだろう。

二九　**上西門**（四〇頁）宮城十二門からはずされる掖門。土門で屋根は無く、無額であった。花山院出家の後、公儀には使われなかったものか。

三〇　**日吉へ御幸なる**（四〇頁）乱後のことになるが、『百錬抄』永暦元年（一一六〇）三月二十五日の条に「上皇始参㆓詣日吉社㆒御遜位之後始神社御幸也、平治逆乱之時、別有㆓御願㆒之故也」とある。

三一　**如意山**（四〇頁）標高四七四メートル。戦乱時には京攻めの進路や大津への退路になった。第四類本『保元物語』「新院、左大臣殿落ち給ふ事」に「又新院は如意山へ入せ給ひけるに、兵ども馳まいりて、左大臣殿（頼長）すでにうたれさせ給ひぬと申ければ」とある。

三二　**家弘**（四〇頁）第四類本『保元物語』に家弘が院に同行していたことが見える。しかしそれは、院ともども先行きを不安に思っていたと語り、たのもしく覚えることではなかった。保元の乱後、大江山の辺りで斬られた。

三三　**なげ木には**（四〇頁）『曽我物語』十に、曽我兄弟の母を訪ね語りあった虎御前が、その悲嘆を「嘆きにはいかなる花の咲くやらん身になりてこそ思ひ知られる」と詠じたことが見える。古本に、この詠は見えない。追いつめられた者の詠とする。

三四　**保元に**（四〇頁）第四類本『保元物語』「新院御出家の事」に「さりとては仁和寺の五の宮（覚性法親王）へわたるべし、但案内をば申べからず、是非なくかき入べしと仰られければ、ふとかき入まいらせて、家弘は北山へ逃げ入にけり、五の宮は、故院の御孝養の為にとて、鳥羽殿へいらせ御座あひだにてわたらせ給ひけるに、急告申たりければ、大にさはがせ給て、御所へ入まいらせむこと凡叶まじ、寛遍法務の坊へ出し参らせて後、内裏へ申べしとて、やがて内裡へ申されければ、佐渡式部大夫重成をめされて守護したてまつる」とあった。

三五　**同御兄弟**（四〇頁）『古事談』二「臣節」に「待賢門院ハ、白川院御猶子之儀ニテ令㆓入内㆒給。其間法皇（白川）令㆓密通㆒給、人皆知㆑之歟。崇徳院ハ白川院御胤子云々、鳥羽院モ其由ヲ知食テ、叔父子トゾ令㆑申給ケル、依㆑之大略不快ニテ令㆑止給畢云々、鳥羽院最後ニモ惟方于㆑時廷尉佐ヲ召テ、汝許ゾト思テ被㆑仰也、閉眼之後、アナ賢新院ニミスナト仰事アリケリ、如㆑案新院奉㆑見ト被㆑仰ケレド、御遺言旨候トテ掛廻不㆑奉㆑入云々」とある。

＊（四一頁）

平氏の行方を示唆するように、その伏見参りを語るのだが、まず清盛が稲荷（意成り）に熊野のなぎの葉をたむけて、戦勝を祈願する。熊野権現に意を通じつつ、伏見稲荷に祈り、六波羅へ無事帰着する。内裏にひかえる信頼ら、六波羅にひかえる平氏、両者がたがいに相手の出方を探り合う経過を、高い位置から俯瞰して語る。語り本は源平の物語としての色が濃い。信頼らの注意をそらすために、泰頼という、無名の、声色使いのうまい、いわば芸人に上皇の声をまねさせるのもこのテクストの特性である。成頼の示唆により仁和寺へ落ちる後白河上皇の思いを、保元の乱に同じく仁和寺へ落ちた崇徳の思いに比べて語る。鎌田が東国落ちに内侍所を携帯しようとするのを村上源氏の師仲が阻止し、坊城の宿所へ入れたことを語るのは、語り手の王権を意識する語りか。古本では鎌田の郎等が制止する。

二六 **主上も六波羅** (四一頁)『愚管抄』五に東宮学士知通の息尹明について「惟方ハ知通ガ婿ナリケレバ一ツニテ有ケル、コノ尹明サカシキ者ナリケルヲ使ニハシテ云カハシテ、尹明ハソノ比ハ勅勘ニテ内裏ヘモエマイラヌ程ナリケレバ、中々人モシラデヨカリケレバ、十二月廿五日(乙亥)丑ノ時ニ、六波羅ヘ行幸ヲナシテケリ、ソノヤウハ、清盛・尹明ニコマカニオシヘケリ、ヒルヨリ女房ノ出ンズルレウノ事トオボシクテ、牛飼ヲバカリニテ下スダレノ車ヲマイラセテオキ候ハン、サテ夜サシフケ候ハン程ニ、二条大宮ノ辺ニ焼亡ヲイダシ候ハバ、武士ドモハ何事ゾトテソノ所ヘ皆マウデ来候ナンズラン、ソノ時ソノ御車ニテ行幸ノナリ候ベキゾトヤクソクシテケリ」とある。清盛が指示し尹明が手びきをしたと言うのである。このかげに惟方が参画しているのか。

二七 **中宮** (四一頁) 二条天皇は、当初この第四女、姝子内親王を妃としたが、姝子は承暦元年(一一六〇)八月、病のため落飾、同年正月には、元近衛天皇の后であった多子を入内させていた。平治の乱当時は姝子内親王が妃であった。

二八 **時の人……忠小別当** (四二頁)『愚管抄』五に「夜ニ入テ惟方ハ院ノ御書所ニ参リテ、小男ニテ有ケルガ直衣ニクヽリアゲテ、フト参リテソヽヤキ申テ出ニケリ」とある。

二九 **張良** (四二頁)『和漢朗詠集』下「帝王」に「漢高三尺ノ剣、坐シテ制ス諸侯ヲ張良一巻ノ書 立《チドコロニ》登ル師傅ニ」と見える。

三〇 **綺里季** (四二頁)『和漢朗詠集』「老人」に「太公望之遇ヘル周文ニ渭浜之波畳メリ面ニ綺里季之輔ク漢恵ヲ商山之月垂ル眉ニ」とある。

三一 **伊藤武者景綱** (四二頁) 第一類本『保元物語』「官軍勢汰への事」に「清盛ニ相随手勢者共ハ」として「伊勢国ニハ旧市ノ住人伊藤武者景綱」と見える。旧市は今の鈴鹿市白子。院の御所を警護する武者所の武者だった。

三二 **楯の太郎** (四二頁)『古事談』四「勇士」に「平治合戦之時、六波羅入道自南山帰路之翌日、智侍従信親《信親卿息》送遣父許之兵侍四人、皆布衣着下腹巻難波三郎経房、館太郎貞安
平次郎馬允盛信　伊藤五景綱　下野守(義朝)見レ之、感云、アハレ者共ヤナ　各一人当千也、帰出之後ハ定令申御方不敵之由歟云々」と見える。もと清盛に仕えながら、清盛の指示により信親に具して信頼方にいたらしい。

＊(四二頁)
三六頁、光頼に叱責された惟方の寝返りにより、主上が六波羅へ行幸、古くから脱出法とされることだが、女房姿で中宮や

紀二位をも具しての脱出を、義朝らはそれと見抜けなかった。その場を義朝らの視線で再現して語る。成頼の呼びかけによって関白らが六波羅へ馳せ参り、源平の状況は逆転する。語り手は、返り忠して事を運んだ惟方が短身であることから、後日「時の人」の声として、忠小別当と笑い称したと言う。古本とは違って、惟方と信頼を見て笑い、主上の脱出をおかしく語るわけである。

一三三 **白袴**（四三頁）皇太子以下、五位以上、それに武官が礼服を着るのに着用した。古本は「赤大口」とし、天皇の服装のまま。底本は、信頼像の誇張を嫌って改めたものか。

一三四 **悪源太義平**（四三頁）以下、源氏の勢揃えを古本は欠く。義平については三三頁に阿倍野に待機するとの誤報を語っていた。この義平の語りを始め、底本は源平対立の物語として読む。

一三五 **末盛**（四四頁）『尊卑分脈』によれば文徳源氏季範の息が河内守季実で、その息が季盛。「為清盛公子、二条院坊右木鳥、平治元十二卅与父同時被誅」とある。前項、父季実とともに、この動乱にまき込まれたらしい。

一三六 **頼朝**（四四頁）保元四年十二月十四日、右兵衛権佐。この後、解官、永暦元年（一一六〇）三月、伊豆へ流罪。寿永二年（一一八三）本に復することになる。

一三七 **重成**（四四頁）『尊卑分脈』に「号佐渡式部　昇殿　大夫従五下　近江守　式部丞　母勾当大夫宗成女　号八島」と。以下、人名にはかなりの揺れがありわからない者が多い。

一三八 **平賀四郎**（四四頁）清和源氏、左兵衛尉平賀盛義の息、義信。『尊卑分脈』に「従五下　駿河武蔵守　大内四郎　為ニ義宗猶子一　本名義遠」とある。

一三九 **長井斎藤**（四四頁）『尊卑分脈』によると越前国押領使藤原則光の曽孫従五位下左馬允実遠の息だが、「武蔵国住人号長井　斎藤実直子」ともある。

一四〇 **岡部六弥太**（四四頁）武蔵国岡部（今の埼玉県大里郡岡部町）の出身。猪俣党に属す。岡部六郎行忠の息と云う。保元の乱当時から義朝に従う。

一四一 **大胡・大室**（四四頁）「大胡」は秀郷の子孫、足利流で、上野国勢多郡大胡に住んだ。「大室」は勢多郡大室の住人、「大類」は群馬郡大類（今の高崎市内）に住んだ。

一四二 **赤地の錦の直垂**（四五頁）赤い地の錦で仕立てた鎧直垂。錦は、多彩な色の糸で模様を織り出した織物。この直垂は、大将級の武士が着用した。「紫すそご」は、袖、草摺の下部へさがるにつれて紫を濃く染めた糸でおどした鎧。

一四三 **楯無**（四五頁）第四類本『保元物語』「新院為義を召さるる事」に「重代相伝の薄金・膝丸・月数・日数・楯無・面高・七龍・八龍」と見える。古本『平治物語』には見えず、底本がこの種の相伝の武具の名を語る傾向がある。

一四四 **元太**（四六頁）『平治物語武器談』に「源太が産衣と云鎧

は、源家重代の鎧の其一也。此鎧小キゆへ頼朝十三歳の時着られし也」とある。古本には見えず。義家を象徴する図柄があったものか。

一四五　**八幡殿**（四六頁）清和源氏、鎮守府将軍として安倍氏を追討した頼義の長男。母は東国に力を持った平直方の女。後三年の役を鎮め、私財を投じて将兵に報いたため武家の棟梁として名声をえ、東国で力を有した。鎮守府将軍正四位下。父が八幡社に参り霊剣を賜るとの夢想の告げがあり、八幡社で元服をとげ八幡太郎と号した。幼名は未詳。

一四六　**（院）より**（四六頁）義家を長暦三年（一〇三九）の生まれとすると、当時はまだ院政はなかったはず。義家説話が成長して後の語りであろう。

一四七　**うぶぎぬ**（四六頁）義家が二歳の幼時にととのえたことにかかわる命名か。胸板や袖の飾りから見ても説話化された物語で、この後の源氏の栄花を示唆する。

一四八　**髭切**（四六頁）名剣の物語『剣巻』に名が見え、「満仲大ニ怡テ二ノ剣ニテ有罪ノ者ヲ切セテ見給ニ一ノ剣ハ髭ヲ加テ切テケレバ髭切ト名付タリ一ツヲバ膝を加テ切ケレバ膝丸トゾ号シケル」と見え、この後、『曽我物語』などにも見える。

一四九　**宇治の悪左府御前にて**（四七頁）（義朝の父）為義がやはりこのように威勢のいいことを言ったけれども。『保元物語』「軍評定の事」で、為義に呼び出された為朝が夜討ちを進言し、頼長に「此条あらぎなり、臆持なし、若気のいたす処か」と制止されたことを指すか。

＊（四八頁）

主上・上皇の遷幸を気づかず安逸をむさぼる信頼が、成親の注進に狼狽する。そのふるまいが笑わせる。この信頼とは対照的に、義平からの急報に事態を知って、信頼はまだ気づかない様子だが「源氏のならひに、心替りあるべからず」と決意を固める義朝。その語り手が源氏側の勢揃えをも語り、源氏の子息たちを長幼の順序に、そのいでたちともども語り続ける。なかでも頼朝をめぐって、その相伝の太刀、髭切を所有することを語っていることに注目しておきたい。この種の太刀の相伝に武家の行方を語ろうとする。対する信頼のいでたちと容姿を、「あっぱれ大将軍やと見え」たと語るのは、義朝の場合とは対照的に皮肉に満ちている。義朝自身がおのれの状況を自覚しながら、その後の見通しを立てていること、それに源氏重代の名ある武具を語っているところには、平氏に対する源氏を語ろうとする思いを色濃く見せる。しかも語り手は、頼政・光泰らの思いを通して義朝の行末に不安を隠さない。これらの人々の思いを義朝が知りながら、今同士討ちをするを無駄と思い返したと語るのだった。

中巻

一五〇　**さるほどに**（四九頁）中巻の語り始め。古本は、この待賢門の軍を上巻におさめる。底本は上巻を源氏の勢揃えで閉じ、両軍の緒戦で中巻を始める。いくさ物語としての巻の構成を意識する。この「さるほどに」の語は、特に底本に使用が増加する。この語の本来の意味は、先行する言説を時間的に受けて、そうする中にの意であるのだが、それを新しい物語の始まりを語り始める語とする。話変っての意。上巻の源氏揃えから話が変って平家の側の動き、その内裏攻めを語り始める。巻を起こすのにふさわしい構成を意識している。底本の物語としての構成法である。

一五一　**かちんのひたゝれ**（四九頁）「かちん（褐）」は紺色を濃く染め、黒みがかった色。身上の高くない、普通の武士が着用した染め色。直垂は本来、仕事着で、肩衣に袖をつけ、腋をあけたもの。これを武士は鎧や腹巻の下着とした。「黒糸をどし」は黒い糸の札《さね》でおどしとじた鎧。清盛は、『平家物語』でもこの色の鎧を着用する。古本では、清盛が召されることを語らない。底本は源平対立の物語として語るためにここで冒頭から清盛を登場させる。古本における清盛の登場は、この後、六波羅合戦の場である。

一五二　**皇事もろきことなければ**（四九頁）『保元物語』「親治等生捕らるる事」にも「心はたけくおもへども、親治をはじめとして、以下の郎等ども、王事もろき事なければにや、十二人おめくくといけどりにせられけるこそむざんなれ」と見える。国王に関する事に強固でない事はない、国王の威力に弱点はないので。『詩経』「唐風鴇羽」に「粛粛鴇翼、集二于苞棘一王事靡ナシレ盬《モロキ》コト」、その「鄭氏箋」に「靡ハ無也、盬《モロキ》ハ不ニルニ堅固一ナラ也、王事無レシ不二ルコト堅固一ナラ」とある。

一五三　**新造の皇居**（四九頁）一三頁に、信西の功績として「大内は久く修造なくして殿舎傾危し、楼閣も荒廃せり。牛馬の牧、雉兎の栖と成たりしを、信西一両年が間に、修造して遷幸をなしたてまつる」とあった。

一五四　**三河守頼盛**（四九頁）母は、藤原宗兼の女、宗子。忠盛の後妻となった池の禅尼。

一五五　**淡路守教盛**（四九頁）仁平元年（一一五一）父が播磨守を辞した代わりに二十歳で、淡路守に任じられた。官位の昇進は遅かった。平治の乱当時は大和守左馬権頭であった。

一五六　**与三左衛門尉景泰**（五〇頁）『平家物語』十「維盛出家」に、八島を脱出する維盛に同行する重景が「重景が父与三左衛門景康は、平治の逆乱の時、故殿（重盛）の御共に候けるが、二条掘河の辺にて、鎌田兵衛にくんで、悪源太（義平）に討たれ候ぬ」と語ることになる。

一五七　**楯太郎直泰**（五〇頁）垣武平氏、三重郡の住人、館氏。『源平盛衰記』二十九「礪波山合戦事」に「伊勢国の住人館太郎貞康、八十余騎にて控へたり」が見える。なお木曽義仲の家来に、「楯六郎親忠」が見えるが別系であろう。

一五八　**はじの匂の鎧**（五〇頁）この木の心材（内部の中心に近い部分）の汁で染めた、茶色がかった黄色。「匂」は、上から下に下るにしたがって薄くする、札のおどし方。この重盛のいでたちは古本も同じ。

一五九　**切生の矢**（五〇頁）鷲の羽の斑（まだら）があざやかに黒白の線状をなすものをはいだ矢。大将級の武将が携帯すると語るのが物語である。

一六〇　**昭明・建礼の小門**（五〇頁）大内裏を入り、内裏の南正面、外側が建礼門、その中が承明門。「小門」は脇の小門。

一六一　**東光殿**（五〇頁）東花殿は、内裏十七殿の一。弘徽殿の北にあり、女御らの居所で、皇后・中宮もいたことがある。この数行は古本に欠く。内裏殿舎尽しを志したか。

一六二　**椋**（五二頁）『十訓抄』十に、琵琶の名器玄象《げんじょう》について「昔より霊物にて、内裏焼亡の時（天元五年）も人の取り出ださぬ前に飛び出でて、大庭の椋の木の末にぞかゝれりける」とあり、春華門の南の広庭に椋の木があった。

一六三　**伯父帯刀先生義賢**（五三頁）義賢は為義の次男。母は六条大夫重俊の女。義賢と遊女との仲に義仲が生まれた。帯刀先生は、春宮坊に属し、帯刀して皇太子を警護した帯刀舎人の長官。この頃、宿の長者周辺の遊女と中央貴族や武士との交流が行われた。母を中原の女《むすめ》とする説もある。

一六四　**端武者共**（五三頁）この辺り、底本は義平と重盛の対決を強調する。名も無い武者を討ったところで意味は無く、いたずらに殺生を犯すことになると言うのである。

一六五　**御辺も**（五四頁）比較表を参照。底本のあり方として義平と重盛の対決を強調する。これまで流布本などにより論じられた『平治物語』論が、この点を言い当てていた。しかし古本には、これほどの両人の対立強調が見られない。

一六六　**十三束**（五五頁）矢じりの先端からもとはずまでの長さを、手を握り、親指を除く四本の指の幅を一束とし、束に満たない端数を指の太さではかり、指一本の幅を一伏（ひとふせ）とする。矢は普通の人の手ではかり、十二束を標準とする。十三束は長い矢に相当する。

一六七　**唐皮**（五五頁）『源平盛衰記』四十「維盛出家」に（維盛が）「抑唐皮と云鎧、小烏と云太刀は、当家代々の重宝として我まで嫡々に相伝はれり、肥後守貞能が許に預け置きけり、それをば取りて三位中将（資盛）に奉れ、もし不思議にて、世も立ち直らば、後には必ず六代に譲り給へと申すべし」と言い含めたとし、重ねて「唐皮小烏抜丸の事」に「彼の唐皮と云ふは、凡夫の製にあらず、仏の造り給へる鎧なり、桓武天皇の御伯父に慶円とて、真言の奥義を極め給へる貴き上人おはしき、綸言を賜ひて紫宸殿の御前に壇を拵へ、胎蔵界の不動の前に智印を結び、意を安平に准《なぞら》へて、彼の法を加持せらる、七日と云ふ未の刻に、紫雲起りてうづまき下り、其中よりあらゝかに壇上に落つる物あり。雲消え壇晴れてこれを見れば一領の鎧あり、櫨の匂ひに白く黄なる両蝶をすそ金物に打つて、糸縅には非ずして皮縅なり、裏を返して見るに、実のあひ〳〵に虎毛あり、図り知りぬ、虎の皮にて縅したりと、故に其の名を唐皮とぞ申ける」とある。

一六八　**逆木の上にぞたゝれける**（五六頁）『愚管抄』五に「平氏が方ニハ左衛門佐重盛清盛嫡男・三河守頼盛清盛舎弟、コノ二人コソ大将軍ノ誠ニタゝカイハシタリケルハアリケレ、重盛ガ馬ヲイサセテ、堀河ノ材木ノ上ニ弓杖ツキテ立テ、ノリカヘニノリケル、ユゝシク見ヘケリ」とある。

一六九　**平治の合戦よりして**（五七頁）『貞丈雑記』五に「古の鞍には手形なきもあり手形あるもあり定まらず」とし、この『平治物語』を引いて、「（この）鎌田より手形始るといふ説あり非也、後三年（合戦）の絵に手形切たる鞍あり、すでに前に絵図をあらはす如し、後三条院の時画きし春日神殿餝馬の絵にも手形切たる鞍見えたり、鎌田よりも前の事也」と否定する。底本の語り手の故実の関心を示す語りである。

一七〇　**平家の旗は赤くして**（五七頁）『貞丈雑記』十一に「腰小旗の事平治物語待賢門軍ノ条云平家は赤はた赤じるし日にゑいじてかゞやきけり源氏は大ばたこしこばた皆をしなべて白かりけり云々此腰小旗といふは後世にさし物にする脊《せ》旗の事にあらず是は袖しるしなどの如くに如此こしらへて腰に付るを云なるべし是は味方の相じるし也袖には袖じるし腰には腰小旗を付て何方よりみても敵にまぎれぬ為のしるしなるべし」とある。

一七一　**故刑部卿忠盛**（五九頁）仁平三年（一一五三）正月、五十八歳で死去。白河・鳥羽両院の恩寵をえ、海賊追討などの功績により正四位上刑部卿に上った。刑部卿は、訴訟・刑罰などをつかさどる刑部省の長官。正四位下相当官。忠盛は歌人としても著名。

一七二　**兵藤内**（五九頁）内は「内舎人《うどねり》」。中務省に属し、朝廷の宿直や雑役に従事し、天皇の行幸の警護に当った。後には、選ばれて摂政・関白の随身になる者があり、これを内舎人随身と言った。古本に、これらの参加は見られない。

＊（六一頁）

語り本と古本の比較表に見るとおり、語り本は、源平両軍の直接対決を語る「待賢門の軍」で中巻を開く。その開巻早々、公卿僉議の場に召された清盛が、官軍の勝利を確信してその作戦を語る。「皇居」を手中におさめることによって官軍としての名分を確立しようとするのである。そしてみずからは主上の守護を任務と心え、源氏を誘い出して皇居を守ろうとする平氏の軍の布陣を語る。その軍の中の、特に重盛に焦点を当てる。しかし一方で、源氏への目配りをも怠らない。やがて平氏の赤旗と源氏の白旗の対決を視覚的にも鮮明に語り出すことになる。源平両軍の決戦とする語りである。その意味で物語の大きなピークをなす。この間、おじけづく信頼落馬の醜態を語り、その信頼を義朝は「不覚仁」と決めつける。平治のいくさを語る物語は、上巻で信頼と信西の対立を重く見た。つまり平治の乱の起点を、その対立に語ったのだが、この中巻に入って信頼はいくさの場から後退する。かわって源氏と平氏の対立構造を重く見ることになる。中でも平氏の重盛、その従者としての与三と、源氏の義平、その従者、鎌田の組み合わせのもと、両軍の対決を強調して語ることになるのである。さらに平氏の頼盛と、源氏の義朝・義平との対決、源氏方の下人、八町の二郎の参加、その追撃を逃れさせた重代の名刀「抜丸」の由来を語り添えているのは、この後にも含みを残している。古本には見られない下人や京童、在地の人々を語りの場に引き込み、かれらの声を語る。清盛の期待していたとおり、源氏が大内裏を空《から》にしている間に平氏軍が入れ替わる。居場所を失った源氏は、やむなく六波羅を攻めるのだが、待賢門のいくさはおわった。この段の結びで語る、逃げ腰の信頼に対する義朝の怒りが、この後のいくさの行方を予告しているとも言えるだろう。平氏が官軍の座に着いた。それにしても語り手が、信頼をも含めて、源平両氏の公達の行動を敬語を使って語る。

一七三 **渡辺の一字** （六二一頁）第一類本『保元物語』「官軍勢汰ヘノ事」に「兵庫頭源頼政ニ相随フ兵ノハ、渡辺党ニハ省幡磨次郎、子息授ノ兵衛、ツヾクノ源太、与ノ右馬允、競ノ滝口、丁七唱、清シ、濯ヲ始トシテ、百騎ニハ越ザリケリ」と見える。

一七四 **下河辺** （六二二頁）下総国葛飾郡下河辺庄の住人。藤原秀郷の子孫と称す。太田に発する。諸系図に「行義」が見え、「源三位頼政に属す」とある。

＊（六二三頁）

一方、六波羅勢については、源氏のときの声に狼狽する清盛を笑いをこめて語る。この清盛の強がりを笑うのが重盛である。物語として余裕を見せる語り。この重盛と対抗する義平が、まず去就に迷う叔父の頼政を敵方につけてしまうことになる。義平みずからの運命をも決することになるだろう。悪源太の名にふさわしい義平。その源氏側で、身代わりになる坂東武者、山内須藤俊綱父子、その処理をめぐる義平の的確な判断と処理を語る。ツレ役を演じるのが斉藤別当実盛である。その意味で重盛と義平の対立構造が見えて来る。いくさ物語としての整合性が顕著な語り本である。古本とは違った編成替えが、この両者の対照を顕著にしている。

一七五 **保元の合戦に** （六二三頁）『保元物語』に「そのゝち武蔵国住人、金子十郎家忠、葦毛なる馬に乗て、黒革威の鎧、くれなゐの母衣をぞ懸たりける、生年十九歳、軍にあふこと是をはじめなりとて、弓をば肩かにかけ、太刀をぬいて額にあて、為朝の陣のうちへをめいてかけいり、散々にかけまはる、八郎是をみて、奴はけな者かな、ここにて射落うつとりたらば、多勢がとり籠て討たりとこそいはんずれ、誰にても馳出て、敵のみむ所にてさげてこよとぞ申されける」と見える。

一七六　**為朝**（六三頁）為義の八男で、母は江口の遊君。九州での濫行により父が解官されたが、保元の乱に父に呼び返されて参戦。敗れて捕らわれ伊豆大島へ流されたが、ここでも伊豆七島を押領、工藤介の追討を受け自害したことを『保元物語』が語る。強弓を以て知られた。その後、生存伝説が行われ、その範囲は琉球から台湾にまで達する。なお、為義・義朝に各地の宿場の長者との交流が盛んであるのは、当時の源氏がおかれた状況を語るのであろう。

一七七　**徐君・季札**（六四頁）『史記』「呉太伯世家」に「季札之初使、北過徐君、徐君好季札剣口弗敢言、季札心知之、為使上国未献、還至徐、徐君已死、於是乃解其宝剣繋之徐君家樹而去、従者曰徐君已死、尚誰予《アタヘ》乎、季子曰、不然、始吾心已許之、豈以死倍《ソムカン》吾心哉」とあり、『蒙求』にも「季札掛剣」と見える。

＊（六六頁）

源氏方の金子家忠の奮闘を、保元の乱当時の語りを受けて語る。武具を使い果たした金子の要請に、足立遠元が居合わせた自分の郎等の太刀を取って金子に与える。その郎等が主を恨むのをもっともと思った足立が、通りかかった敵の太刀を奪い、郎等に与えて先陣を駆けさせる。もっぱら足立の行動を語るもので、類話として中国の徐君と季札の剣をめぐる『史記』の物語を引き、足立の判断と行動を褒める。いずれも古本には見られない語り本の語りである。後半は義平の攻めに応戦する清盛、朝からの連戦に疲れる義平を見た義朝の覚悟の出陣、いくさを不利と見てとった鎌田の制止など、源平両方のいくさを、敬語を使って語る。源平両軍の対決を見る語りが顕著である。その語りの姿勢が平等である。読みの上から『保元物語』との重なりも課題とせねばなるまい。

一七八　**姫**（六七頁）『尊卑分脈』に中納言能保室（七二頁に後藤真基が保護することになる女）とは別に、一人の女《むすめ》が見える。その女か。その能保の室になる女の母は、頼朝の母、熱田大宮司藤原季範の女である。母の素姓が、同じ義朝の女ながら、運命を分けるに至ったものか。

一七九　**千束ががけ**（六九頁）『愚管抄』五に「義朝が方ニハ郎等ワヅカニ十人ガ内ニナリニケレバ、何ワザヲカハセン、ヤガテ落テ、イカニモ東国へ向ヒテ今一度会稽ヲ遂ント思ヒケレバ、大原ノ千束ガガケニカヽリテ近江ノ方へ落ニケリ」とある。

一八〇　**よしなき申状**（六九頁）六六頁、討死をはやる義朝に鎌田が「いづくへもおちさせ給、名計あとにとどめて、敵に物を思はせ給へ」と言っていたことを指す。

一八一　**はるかのあとに**（七一頁）信頼を語るのに敬語を使っていることに注意。古本は、義朝の、信頼に対する心くばりを語らず、信頼を語るのに敬語を使わない。

〔八二〕 **日本一の不覚仁** （七一頁）『愚管抄』五に、主上と院が敵方へ逃げ出した後、信頼・義朝らが「南殿ニテアブノ目ヌケタル如ク」であった。後日、師仲が語ったところとして「義朝ハ其時、信頼ヲ、日本第一ノ不覚仁ナリケル人ヲタノミテ、カヽル事ヲシ出ツルト申ケルヲバ（信頼は）少シモ物モヱイハザリケリ」とする。

〔八三〕 **乳母子の、式部大夫助吉** （七一頁）式部省の三等官で五位に叙された藤原資能のことか。ただしかれは保元二年には式部大夫であった。

〔八四〕 **一条の二位の中将能保卿** （七三頁）源頼朝の妹（この場面の姫君）の聟となり、建久二年（一一九一）三月、三位権中納言に昇り、公武の間に立って権勢をふるった。建久五年、従二位であったが、八月、病により出家した。中将に任官した事実は不明。なお、この姫君のことを古本は語らない。乱後の行方を先どりする語り。六八頁、鎌田の手にかかって殺された姫とは対照的な運命。その母親の出自が、その運命を左右することになったのであろう。「世にいでけるとぞ承り侍る」とは、物語の語り手が直接、その語りを語ることを示し、珍しい。

＊（七三頁）

源氏敗走の語りである。義朝配下の平賀・佐々木・須藤・井沢らの主のための献身的な戦い、それに鎌田に託していた姫君の覚悟の死とその弔いが語り手の源氏への思い入れを語る。ここで平氏が、信頼・義朝を始め源氏方についた人々の家に放火する。焼け出された妻子や家来たちの悲嘆を語り、「巳の時にはじまりたる軍、おなじ日の酉の刻には破れにけり」が一つの区切りをなす。その敗走する源氏を欲がらみで追う叡山の西塔法師、これを翻弄する斉藤別当実盛の策略、横河法師に対する義朝自身の行動、伯父義高への思いやり、この間「日本一の不覚仁」信頼への義朝の怒りが、語り手の源氏に寄せる思いを語っている。結びで、源氏の世になって一条能保の北の方になる頼朝同母妹の姫を語り、それを養育する後藤実基が「世にいでけるとぞ承り侍る」と後日を見通して語る。しかも全体を通して、信頼にまでも敬語を使用するのが、この語り本の語り手であり、この敬語を欠く古本とは対照的である。

〔八五〕 **仁和寺殿** （七四頁）『愚管抄』五に、「信頼ハ仁和寺ノ五ノ宮の御室へ参リタリケルヲ」とある。覚性は、鳥羽天皇の第五皇子である。

〔八六〕 **主上** （七四頁）後白河上皇の第一皇子で、母は藤原経実の女、懿子。母の兄である経宗、乳母子の惟方を側近として父と対立していた。平治の乱の原因を、この父子の対立に読む説があるが、語り本の物語にその語りは見えない。

〔八七〕 **越後中将成親朝臣** （七五頁）『愚管抄』五に「清盛ハ一家者ドモアツメテ、六原ノウシロニ清水アル所ニ平バリウチテオリ居タリケル所へ、成親中将ト二人ヲグシテ前ニ引スヘタリケルニ、信頼ガアヤマタヌヨシ云ケル、ヨニ〳〵ワロク聞ヘケリ、カウ程ノ事ニサ云バヤハ叶ベキ、清盛ハナンデウトテ顔ヲフリケレバ、心ヱテ引タテヽ、六条河原ニテヤガテ頸キリテケリ、成親ハ家成中納言ガ子ニテ、フヨウノ（武勇の）若殿上人ニテアリケルガ、信頼ニグセラレテアリケル、フカヽルベキ者ナラネバ、トガモイトナカリケリ、武士ドモヽ何モ〳〵程々ノ刑罰ハ皆行ハレニケリ」とある。

一八八　**左納言右大史**（七五頁）『白氏文集』五「太行路」に「行路ノ難キコト難ク二於山ヨリモ一嶮シ二於水ヨリモ一不《あら》ズ二独リ人間夫ト与ノミニレ妻、近代ノ君臣モ亦如シレ此ノ、君不ズヤレ見左納言右納史ノ、朝ニハ承テレ恩ヲ暮ニハ賜ハル二コトヲ死ヲ一、行路ノ難ナルコト不ズレ在ラレ水ニモ不ズレ在ラレ山ニモ、只在リ二人ノ情反覆ノ間ニ一」による。底本の修辞である。

一八九　**温野に骨を礼せし天人**（七六頁）『天尊説阿育王譬喩経』に「昔有レ人在リテ二道上ニ一行ク、見ル三道ニ有ルヲ二一ノ死人一、鬼神以レ杖鞭ウツレ之ヲ、行人問ヒテ言フ、此人已ニ死ス何故ニカ鞭ウツレ之ヲ、鬼神言フ、是レ我ガ故ノ身ナリ、在ルレ生ニ之日不二孝父母ニ一、事ヘテレ君ニ不レ忠ナラ不レ敬ハ二三尊ヲ一テ不レ随ハ二師父之教ニ一令ムルコト二我ヲシテ堕罪苦痛ナラ一難シレ言ヒ悉ク我ガ故キ自身故ニ来リテ鞭ウツ耳ト、稍稍《ヤヤ》前ニ行キテ復タ見ル二一死人ヲ一、天神来タリ下リテ散ス二華ヲ於死人ノ屍上ニ一、以テレ手摩ス二挱之ヲ一、行人問ヒテ言フ、観ルレ君ヲ似タリ二是天ニ一、何ノ故ニ摩二挱スルヤト是ノ死屍ヲ一、答ヘテ曰ク、是我ガ故キ身ニシテ生ルル時之日孝ニ順シ父母ニ忠信ニ事ヘレ君ニ、奉二敬ス三尊ヲ一、承二受シ師父之教ヘヲ一令ニ我ヲシテ神得セ一生ムレ天ニ皆是故キ身之思、是ヲ以テ来リテ報ズルレ之ニ耳ト、行人一日ニ見二此二変ヲ一テ、便チ還リテレ家ニ持シ二五戒ヲ一修二行ス十善ヲ一、孝ニ順シ父母ニ忠信シテ事フレ君ニ、示シ二語リ後世ノ人ニ一罪福ハ追フコトレ人ヲ久クシテ不レ置不レ可カラレ不ルレ慎マコト」による。古本に、この老入道が清盛の怒りにあい通報されたことを欠く。古本は、信頼が生前の行為により、その報復を受けたことを語るのみであるのを、底本は、引用の教訓書を引いて、信頼が老入道に鞭打たれ、その老入道が結果的に処罰されたと語ることにより、教訓を強調する。古本は、この老入道の行為を語った後、猿楽狂言の得意な伊通を登場させて信頼を笑いものにするのと対照的である。語り本では、この信頼についても敬語を使って語ることを考慮すべきか。

＊（七六頁）

義朝に見限られた信頼は従者にも見捨てられ、頼ってゆく仁和寺への道中、蓮台野で葬送帰りの山法師に落人と見抜かれ身ぐるみ剥がれる。内容として古本と大きな違いはない。しかし仁和寺では、上皇がいったんこれを保護し、その助命を主上に図る。古本には見られない上皇と信頼の仲である。両人の仲を知るわれわれに、改めて序章の帝王をめぐる姿勢が想起される。主上は、その上皇の要請をとりあわない。結局、敗残の兵とども平頼盛らの手に渡されて六波羅へ連行され、六条河原で松浦の手にかかるのだが、あまりにもとりみだす態度に、掻き首にされる無惨さ。この間、成親が、その縁戚関係にあった重盛の要請によって助命されるのとは対照的である。さらに重ねて、昔、所領を信頼に取り上げられた老入道が登場し、その骸を杖で打つ。この信頼のたどった経過、助命された成親との対比をも含めて、信頼の陵辱を冷ややかに語り尽くす。語り本は、その老入道が本領の安堵を申し入れて清盛の怒りにふれ、「重代の文書」を召しとり追放される。この老僧のふるまい、そのなりゆきをも含め、あまりにも汚い語りである。古本は、老僧の処置を語らない。前の信西の場合と対照をなすことに注目したい。古本の一四七頁・一九二頁参照。

一九〇　**やがて除目**（七七頁）その除目は永暦元年（平治二年）八月十一日に行われ、清盛は正三位参議に昇った。重盛は平治元年十二月廿七日、伊予守、頼盛も同日、尾張守を兼ねることになった。

一九一　**淡路守教盛**（七七頁）平治元年十二月廿七日、勲功により越中守に遷任された。『公卿補任』による限り伊勢守になった事実は見られない。古本は、伊藤武者景綱が伊勢守になったとする。

一九二　**いよいよ**（七七頁）古本は、このことばを欠く。底本は源平対抗の物語とする語りの色が濃い。『平家物語』とも無縁ではあるまい。

一九三　**死骸のうへに**（七七頁）信西の子息流罪についての批判に対する「ある人」の意見である。処刑された信頼の恨みをやわらげるために行う信西子息の流罪だと言うのである。古本に、この人の発言は見えない。『愚管抄』五は、信西の死を記した後に「男（信西の子ども）、法師ノ子ドモ数ヲツクシテ諸国へナガシテケリ」とするのみで、その思いは語っていない。底本が信頼についても敬語を使っている。

一九四　**あふさか**（七七頁）「逢坂のあらしの風は寒けれど行方知らねばわびつつぞ寝る」（『古今集』十八よみ人知らず）を踏まえているか。

一九五　**こち吹風**（七七頁）菅原道真の「ながされ侍りける時、家のむめの花を見侍りて　こち吹かば匂ひおこせよ梅の花あるじ無しとて春を忘るな」（『拾遺集』十六・雑春）を内にひめる。

一九六　**みちのべの**（七八頁）『新古今集』十、羇旅に成範の歌として「東の方にまかりける道にてよみ侍りける　道のべの草の青葉に駒とめてなほふるさとをかへりみるかな」がある。

一九七　**鳴海の浦**（七八頁）『うたたねの記』に「鳴海の浦の潮干潟、音にきけるよりも面白し、浜千鳥群々飛渡りて、海士のしわざに年ふりける、塩釜どもの、思ひ思ひにゆがみ立てる姿ども、見馴れずめづらし」など、東海道の紀行、道行きは必ずこの地を詠んだ。

一九八　**浜名の橋**（七八頁）『三代実録』元慶八年（八八四）九月一日の条に「遠江国浜名橋五十六丈、広一丈三尺、高一丈六尺、

貞観四年（八六二）修造、歴㆓二十余年㆒、既以破壊、勅給㆓彼国正税稲一万二千六百四十束㆒改作焉」とある。『更級日記』には、「浜名の橋、下りし時は黒木をわたしたりし、この度は、跡だに見えねば、舟にて渡る、入江にわたりし橋也」とあるのが、その当時の実状をうかがわせるだろう。

一九九　**富士の根**（七八頁）駿河・甲斐両国の境にまたがる。『更級日記』に「山の頂のすこし平ぎたるより煙はたちのぼる、夕暮れは火の燃え立つも見ゆ」とある。浅間大神をまつる修験の山としても著名だった。

二〇〇　**足柄**（七八頁）古く東海道がこの山を通っていたが、延暦二十一年（八〇二）富士山の噴火によりふさがれ、箱根の新道へ移された。翌年、改修され、以後、新・旧両道を用いた。

二〇一　**ほりかねの井**（七八頁）『千載集』「釈教」に藤原俊成の「武蔵野の堀兼の井もあるものをうれしく水の近づきにける」がある。

二〇二　**我ために**（七八頁）『続詞花集』十七、雑中に、成範の「おほやけの御かしこまりにて下野国につかはされける時むろのやしまを見て　わがために有りけるものを東路の室のやしまにたえぬ思ひは」がある。

＊（七八頁）

信頼兄弟の流刑と平家一門の栄花を対照的に語り、続いて意外な信西子息らの遠流を語る。このようなつながりを物語の連鎖・継起性と言う。さすが語り手も「人」の声を借りて、これを不審とする。しかし、信西と対立し、乱が発生した。もとはと言えば信頼の信西に対する不快の念がある。その信頼の怨念を鎮めるための処置と読むのが語り本の歴史の読みである。これまで語り本では、信頼らについて敬語を使っていることを指摘して来たが、この怨念への思いのゆえと見られる。これまでの課題を解く手がかりと見たい。ともあれ信西子息の処分を惟方・経宗両人の保身のための主張とする古本とは違った読みである。十二人の子息たちの流罪行を同情的に語る語り手の思いは、この段のはじめから一貫しているが、中でも特に成憲に焦点を当て、二首の詠歌をも添えてその思いを語る。「なげきながらも年くれて」平治二年になったとの、年代わりにまで、その語り手の成憲に寄せる思いを語る。語り手の成憲への思いは古本にも共通するのだが、段のくくり方として、この語り本の完結性が色濃い。後に何が残るのか。

二〇三　**波田野二郎**（七九頁）『東鑑』治承四年十月十七日の条、この義通の子息義常が追われて自害するところに「義常姨母者中宮大夫進朝長母儀典膳大夫久経為㆑子、仍父義通就㆓妹公之好㆒始候㆓左典厩（義朝）㆒之処、有㆓不和之儀㆒去保元三年春之比、俄辞㆓洛陽㆒居㆓住波多野郷㆒云々」とある。

二〇四　**源内真弘**（八〇頁）源氏で、もと内裏で天皇や皇族に仕え雑役に従事した内舎人であった人が、後世、それを姓とした。

底本が、この種の下層役人の名を語ることに注意。

二〇五　**髭切**（八一頁）『剣巻』に「髭切膝丸ト申二ノ剣ノ由来ヲ尋ヌレバ」として「多田満仲上野守始メテ賜二源氏姓一可レ守二護天下一之由勅宣ヲ」賜り、その「可レ守二天下一者吉太刀ヲ持タデハ奈何《いかが》セントテ」、「或者」が推す筑前国三笠郡土山の鍛冶に製作を依頼、八幡大菩薩に祈り、その示現により六十日をかけて作った。「満仲大ニ怡テ二ノ剣ニテ有罪ノ者ヲ切セテ見給テ一ノ剣ハ鬚ヲ加テ切テケレバ鬚切ト名付タリ、一ツヲバ膝ヲ加テ切ケレバ膝丸トゾ号シケリ、満仲鬚切膝丸二ノ剣ヲ持テ天下ヲ守護シ賜ケルニ靡カヌ木草モナカリ鳬《けり》」と言う。王権守護の任につく者に、この種の宝剣が伝達されたことを語ることがあった。源氏将軍の聖器として扱ったか。

二〇六　**大炊**（八四頁）後のことになるが、『東鑑』建久九年（一一九〇）十月二十九日の条に、頼朝が、「於二青波賀駅一被レ召二出長者大炊息女等一有二纏頭一、故左典厩（義朝）都鄙上下向之毎度、令レ止二宿此所一給之間、大炊者為二御寵物一也、仍被レ重二旧好一之故歟、故六条廷尉禅門（為義）最後妾（乙若以下四人幼息母、大炊姉）内記平太政遠（保元逆乱時被レ誅、乙若以下同令二自殺一畢）平三真遠（出家後号二鷲栖源光一平治敗軍時、為二左典厩御共一廻二秘計一奉レ送二于内海一也）、大炊（青墓長者）此四人皆連枝也、内計行遠子息等云々」とある。「延寿」の名は『梁塵秘抄口伝集』にも見える。

二〇七　**乙若が**（八五頁）『保元物語』の諸本に見える物語。底本と近い語りのあり方を示すその第四類本に「扨も義通よ、下野殿（義朝）に申さんずる様はよな、此事共は清盛が讒言に依てたばかられさせ給にこそ、昔も今も例なき現在の父の頸を切、兄弟を失ひ終て、身一つに成て只今平氏にすべられ、終には我身も亡び失て、源氏の種の絶ん事こそ口惜けれ、其時乙若は少けれ共能云けりと思合せ給はんずるぞ、遠は七年、近は三年の中をば過し紛はじと慥に申べし。……」と語ったと見える。実は信西の発言と主張があったのだが。『保元物語』との継起性を推測させる。当然それは物語テクストの成立が、平治の乱よりも後であることを示唆する。保元・平治の乱を源平の対立と見る主題の読みにも関わる。

＊（八八頁）

全体が八段から成る。第一段は、前段を受け、義朝の叔父義高との死別、その弔い、再会を期しての人々との離別である。一行は八騎。能〈七騎落〉で一時、頼朝ら一行が八騎になっていたように、いくさ物語の敗走を語る一つの型である。第二段は、疲れのために脱落する頼朝の身を案じる義朝を語りながら、焦点化の主体を頼朝に移し、その視点から若いながらの果敢な行動を語る。第三段は、義朝の意を受けた鎌田が頼朝の行方を求めてこれに再会、二人は義朝らに追いつく。頼朝は、父に求められて、これまでの経過を、直説話法で再現して語る。これを聴く長兄、義平の叱責にもかかわらず、頼朝に感動する義朝。この後の源氏の物語を考える上で注目すべき頼朝の物語である。第四段は、雪中、落ち行く一行の難儀な道行き。第五段は、頼朝が再度脱落、重ねて鎌田が探しに返すが、今回はめぐり会えない。落胆し自害をも考える義朝が回りから制止されつつ青墓に着く。第六段、宿の延寿のもてなしと、仲にもうけた一人の女《むすめ》との再会。義朝は後日を期して、その女の養育を延寿に託す。宿場と、その長者の女との離別を語るのが語り本である。第七段、義朝は、ここまで同行した人々とも再会を期して別れる。子息の義平・朝長とまで別行動をとることになるのだが、その朝長が、過日京落ちの途上、龍下越で横河法師に攻められて負傷していた。その傷のために、この後の行動を断念、やむなく義朝がみずからの手にかけて斬り、後事を延寿らに託すことになる。その朝長が、かつて保元の乱後、弟乙若が源氏の将来の不安を語り、兄義朝をいさめたことを回想していた。直接話法の対話を重ねる。直接話法は語り手の存在を後退させ、登場人物を前面に押し出して、現場の色を濃くする。内容的に『保元物語』とのつながりを示唆する語りで、これを古本は語らない。第八段、義朝の青墓出立ちに、これを狙う宿場の民。その手から主を逃すために身代わりになって討死し、自分の手で顔の皮を削って素性を隠す佐渡式部重成。やがて気づいた大炊が朝長を弔い、その法要を行う。この義朝の敗走を語りおえて、中巻を閉じる。いずれも、その現場を再現する語りである。義朝をとりまく人々の献身的な行動、その中に絶望しながらも頼朝への期待をにじませるのが語り本である。義朝敗走の終幕が、語り本の物語の主題を語っている。中巻をここで閉じるわけである。

下巻

二〇八 **君達**（九〇頁）ここで頼朝が公達かと呼ばれるのは適切ではない。平治の乱に勝ち残る平家が呼ばれることになる。それを頼朝に使うのは、鵜飼の立場から貴人として見た語。

二〇九 **私**（九〇頁）中世末から用いられると言う。わたくしどもは。底本テクストの成立時期を示唆する語か。

＊（九一頁）

古本が、この後、義平が捕らわれ斬られた後に語る頼朝の行方を、語り本は、義朝の青墓落ちの次、下巻の冒頭に語るのである。語り手の思いを「あはれなれ」と直接表し、小平山寺麓の小屋の夫婦、谷川沿いにいた鵜飼の両人を対照的に語る。語り手の焦点化主体（視点）は頼朝に固定し、その敵の探索からの脱出行を語る。そのために登場人物の直接話法をも使って事件を再現して語る。特に鵜飼の労を顕彰する姿勢が色濃く、後日頼朝の天下平定まで見通した語りとなり、かえって物語の中断を来すことにもなっている。言い換えれば、頼朝へのまなざしが強く、その頼朝を支えるのに鵜飼という職人階層のいたことを物語っている。それは巻の編成に、この頼朝の語りを下巻の冒頭にすえたこととともかかわる。下巻の結び、つまり物語の結びへの配慮を示唆するもの。

二〇　**内海**（九二頁）当地の領主長田が、鳥羽天皇の勅願、安楽寿院に、その庄園として寄進。建久二年（一一九一）以後、後白河の御所六条殿内の持仏堂、長講堂領に入った。

二一　**くひぜ河**（九二頁）中世の紀行文『春の深山路』に「杭瀬河は早く深くして、恐ろしき河なれども、征夷将軍の御台所近き程に下り給ふとて、浮橋渡したれば、思ふことなく渡りぬ」とあるのが、当時の様子を語る。

二二　**湯屋**（九四頁）中世の浴室は、『一遍聖絵』にも見えるように蒸気を使うむし風呂で、釜にたぎらせた湯の湯気を隣接する木造り板ぶきの湯殿へ送り込み、その湯気の中で発汗し、その後、水で体を洗いふいた。湯ぶねではなかった。

二三　**もろひざきつて**（九六頁）『愚管抄』五に「サテ義朝ハ又馬ニモヱノラズ、カチハダシニテ尾張国マデ落行テ、足モハレツカレタレバ、郎等鎌田次郎正清がシウトニテ内海庄司平忠致トテ、大矢ノ左衛門ムネツネガ末孫ト云者ノ有ケル家ニウチタノミテ、カヽルユカリナレバ行ツキタリケル、待ヨロコブ由ニテイミジクイタハリツヽ、湯ワカシテアブサントシケルニ、正清事ノケシキヲカザドリテ、コヽニテウタレナンズヨト見テケレバ、カナヒ候ハジ、アシク候ト云ケレバ、サウナシ、皆存タリ、此頸打テヨト云ケレバ、正清主ノ頸打落テ、ヤガテ我身自害シテケリ」とある。底本は、長田の闇討が、義朝らを追いつめ、これに義朝らが抵抗しようとしたと語る。物語は、古本も『愚管抄』の伝とはかけ離れている。

二四　**異国の**（九七頁）玄宗の物語は、白楽天の『長恨歌』などに見える。交易業者から兵士になって苑陽・河東の節度使に昇った安禄山は、信頼をえていた唐の玄宗皇帝に対して謀叛を起こし、玄宗の寵妃楊貴妃を馬嵬の地で殺し、皇帝を退位させた。しかし、結局、第二子の安慶緒らに殺されることになった。ただし楊貴妃を安禄山の養母とするのは不明。

＊（九七頁）

古本が、以下、義朝の足取りとその経過を金王丸の、常盤への報告として語るのを、語り本は第三者の全知視点に立って逐次詳細に情景法で語る。まず義朝の策として、いったん内海へ下ろうと、その地に縁の深い鎌田に相談する。鎌田は、青墓の宿の長者大炊の弟にあたる鷲巣玄光を頼めと示唆。玄光への使者に立つのが金王丸である。その玄光が、この機会を得て義朝らに奉公できることを喜び柴舟を仕立てて、その中に一行を隠し、杭瀬川を下る。途中、落人の詮議が厳しい関を、玄光の臆せぬ態度と、関の小役人の思いがけぬ早のみ込みによって、あわやの危機を脱出する。開き直って以後の通行権を保障しろと「興あるさまに」強要する玄光の剛胆さ、しかも深入りを避けて悪のりしないふるまいが、この段の見せ場を構成し、弁慶の勧進帳の場面を彷彿させる。第二の場は、内海へ到着した後の、現地の主、長田の、主人義朝、婿鎌田への背信行為である。忠致父子の密議を直接話法をも駆して語りながら、その行為の実行をも経過のままに語る。義朝の死、最後まで行動を共にする鎌田、生き残る玄光と金王丸の動きを再現して語る。事件の展開と物語現在とが重なる。長田の女《むすめ》ながら、父の背信行為によって夫、鎌田に殉じる妻女。当時の状況として、栄花をきわめつつある平氏を見ては、生き残り策として背信行為にも走らざるを得なかったのだろう、その長田の思いをも想像する語り手。主君玄宗皇帝を暗殺して天下を平定しながら、結局、その家系が絶え果てた安禄山の故事をも引いて、長田のその後を不安なものとして語る。語り手の思いには、言うまでもなく、この後の世の行方がある。その思いを、世の人の思いに重ねて語る。その義朝は、保元の乱に父為義を斬っていたのだった。

三五　**七道**（九八頁）山陽・東海・東山・北陸・山陰・南海・西海の七道。能の「諸国一見の僧」に見えるように、諸国を回国修行したことを言う。この主従の関係とその行動は、物語の一つの型をなす。

＊（九八頁）

古本は、義朝一行の死を、その場をともに体験した金王丸が、上洛して常盤に語る構成をとる。語り手が金王丸を焦点化の主体とし、第一人称視点を以てその体験を再現して語るのに対して、この語り本は、その金王丸をも語りの対象、被焦点化の客体として第三人称視点で語る。義朝の死については、前段に情景法を用いて語りおえているため、この段では「此よしを申ければ」と、その経過は省略し、ここでは、金王丸がもたらした悲報に夫の死を知った常盤母子の悲嘆に焦点を当てて語り、あわせて、事を報告した金王丸のその後の歩み、髪をおろし諸国修行して亡き主の菩提をとむらったことを語り、その行為を「やさしくぞおぼえける」と結ぶ。金王丸の語りとして完結している。『平家物語』において俊寛の死を語る有王に似ている。この種の語りの定型構造であると言ってよいだろう。

三六　**はつつけ**（一〇〇頁）古本の中の九条家本に「よのつねのはつつけにはあらず、義朝の墓の前に板を敷て、左右の足手を大釘にて板に打付、足手の爪をはなち、頬の皮をはぎ、四五日のほどになぶりごろしにぞころされける」とある。はりつけに柱を使用するのは、時代が下る。

＊（一〇〇頁）

古本が長田父子の不忠を京中の上下の人の声として非難するのを、語り本は長田の勧賞不満に対する当局、それは平家、特に重盛の怒りとして語る。驚き逃げ下る長田父子を「天下の上下」の声を通して語り、その長田の結末まで想像するのは、やはり物語の決着として源氏の世の登場を示唆する。逃げ下る長田を「めんぼくなくぞ覚ける」とは、語り手の、長田を見る思い、武士の倫理を語るもので、長田を戯画化したものと読める。古本が、もっぱら大路を引き回される、悲劇の主、義朝の首に焦点を当てるのと、その語り方が全く異なる。長田を笑いものにする語り本である。

三七　**三条烏丸**（一〇一頁）この辺りには後白河が一時いた三条内裏がある一方、聖徳太子信仰や、後の浄土真宗の拠点となる六角堂があった。一種の自由民が住む無縁の地であったろう。

三八　**敵野にふす時は**（一〇三頁）兵法の書『孫子』「行軍篇」に「鳥起者伏也、獣駭者覆也」とあるのによる。大江匡房が源義家にこの故事を教えたという話が『古今著聞集』九「武勇」に見える。

＊（一〇五頁）

　義平が生け捕られる前に、源氏に仕えながら末席にあった志内景住を登場させる。身分の低い志内であったため、人の目につかず、世過ぎのために平家に仕えていた。これを利用するのが義平である。越前に隠れ住んでいるうちに義朝の死を知った後の行動開始である。しかし日頃の主従の関係が見破られてしまう志内の不注意なしぐさ、それは結局義平の策の失敗でもあったのだが。源氏のために命を差し出す志内が捕らわれる。その処刑直前の、いさぎよいことばに感動する人々の思いの側から、その死を語っているが、それは語り手の源氏再興への期待でもある。この志内の犠牲を踏まえた義平の物語である。身分の低い志内を参加させるのが語り本である。志内が亡き後の義平の執念にかられての各地潜行、そのあげくに、日頃の疲れに、うっかり熟睡するところを石山参詣から下向する難波経遠に見破られて生け捕られる。敵ある時に雁が列を乱すという兵法の故事を踏まえた語りの設定もある。訊問する清盛に対して、義平は挙兵当時、信頼に作戦を黙殺された口惜しさを想起し、斬られる直前には、死後、その斬り手にくいつこうとまで豪語する。『保元物語』における為朝を思わせる義平像である。斬り手の難波が後へ回った瞬間、義平の首が前に落ちたという語りは、見てきたような義平の行動にふさわしいし、この後のなりゆきを期待させる語りである。古本とは一部重なりを見せながら、語り本固有の語りを見せている。いくさ物語の典型である。

三九　**頼盛**（一〇五頁）保元元年閏九月、安芸守、同二年正月、右兵衛佐、十月、従四位下、久安五年六月、常陸介、保元三年十月、三河守、十一月、従四位上、平治元年十二月二十七日、平治の乱の功績により尾張守を兼ねた。

＊（一〇八頁）

　義朝の死に続いて義平が討たれ、結びとして頼朝の歩みを語る。それを決定するのが平頼盛と、その郎等宗清である。実は、この後、頼朝の運命、源氏再興を決定づけるのも、この両人、特に頼盛であることに覚えておこう。目代として尾張に下った宗清の軍勢が青墓、大炊長者の宿に頼朝を襲う。事を報せ、兄を逃がそうとするのが義妹の夜叉御前である。生け捕られて京へ連行される頼朝が、清盛から伝来の宝刀、「髭切」の行方を問われる。武士の物語として剣を重視するのが語り本で、室町時代の物語に通底する世界である。その剣をめぐって、これを預っていた大炊が、清盛からの要請に差し出すが、大炊は源氏再興の暁を期待して、かわりの「泉水」を差し出す。清盛から確認を求められた頼朝が、大炊の意中を忖度して、にせ物と承知の上で「髭切」だと証言する。その髭切を得たと喜ぶ清盛。宝刀の行方が源氏の行方をも象徴するものとして語る。その宝刀の保全に大炊という女性が関わるとするのはこれまで義朝をめぐる姫のことを語り重ねて来たことと通じるし、ここでは頼朝の行方を案じて悲嘆する夜叉御前が登場していた。第三段では、その夜叉御前が人々の目を盗んで宿を出奔し、杭瀬川に入水をとげる。大炊・延寿と義朝の仲、それに兄頼朝と妹夜叉との仲は、いくさ物語に登場し、主役を支える女、この場合杭瀬川との縁から折口信夫の言う「水の女」としてのイメージが色濃い。『平家物語』における義仲と巴との関係をも彷彿させる。水死をとげた夜叉御前の遺体を延寿らが朝長の墓所に葬るのだが、これら女性の献身が、義朝の亡き後、源氏の行方を一身に託されることになる頼朝を支える、巫女としての役割を演じるという、基層文化を踏まえた物語を保障している。古本とは異なる、このような基層文化との交流を密にする語り本の語りに注目したい。

三〇 **右兵衛権佐**（一一二頁）頼朝が、平治の乱の緒戦、十二月九日、院御所三条殿の焼討ちの戦功により任じられた官。古本にはその除目に、頼朝の名が見える。

三一 **あらん果報うすべき**（一一三頁）要するに頼朝一人を生かすか殺すかによって決まる一門の運命ではないとするもの。高い観点から一門の運命を見届ける重盛像を示す発言である。

三二 **大草香親王**（一一三頁）伝承上の人物として仁徳天皇の皇子。母は日向髪長《ひゅうがかみなが》姫。中蒂姫《なかしひめ》皇女との仲に眉輪王（目弱王）をもうけた。安康天皇が同腹の弟、大泊瀬《おおはつせ》皇子（雄略天皇）の妃として大草香の妹を迎えようとして根使主《ねのおみ》を使者として送ったが、根使主がいつわりの報告をしたため、大草香は天皇に忠誠心を疑われて攻められ、自害したと言う。眉輪王は一たん母の努力により助命され、事を知った安康天皇を殺すが、結局、雄略天皇に攻められ自刃に追い込まれた。

三三 **七歳にて**（一一三頁）『古事記』「安康」に「是に大后の先の子、目弱王、是年七歳なり、……便《すなは》ち窃かに天皇（安康）の御寝せるを伺ひ、其の傍の大刀を取りて乃ち其の天皇の頸を打ち斬りて都夫良意富美が家に逃げ入りき」とある。

三四 **栗屋川の二郎貞任**（一一三頁）厨川二郎と称した。天喜四年（一〇五六）陸奥権守藤原説貞《あきさだ》の子弟を襲撃し、前九年の役の因となった。翌年、父が戦死した後、弟の宗任《むねとう》とともに追討軍の源頼義を破ったが、康平五年（一〇六二）、厨川の戦に負傷して捕らわれ死亡した。

三五　**越王勾践**（一一三頁）越の国王勾践は、江南の呉王夫差と戦って敗れ捕らわれたが、恥をしのんで夫差に従い、赦されて帰国、忠臣范蠡と計って会稽に夫差を破った。在位、前四九七年から前四六五年。

三六　**尿をのんでしる**（一一四頁）呉王が腎臓や膀胱に結石がたまり、それが尿にたまって出る石淋を病み、それを治療するのに、病む人の尿をなめ、その味により処方を考え、治したとある。

＊（一一四頁）

頼朝をとりあげる。始めから語り手の同情を「あはれなる」と語ってしまう。説経浄瑠璃などにも通う語りである。その思いを行動として示すのが、丹波藤三国弘という「小侍」である。語り本の語りを支える階層を示唆する、素性不明の人物を配置するもので、古本には登場しない。この小侍に頼朝は亡父ら一門の菩提を弔うための卒塔婆用材の調達を願う。小侍を通しての頼朝の願いに応じるのが池殿に仕える宗清である。宗清の斡旋で僧を招き、頼朝は亡父ら一門の供養を行う。感動する宗清が頼朝の助命嘆願に動き始める。池殿、頼盛の母が慈悲者であること、その、若くして死なせた家盛が頼朝に似ていることを話し、池の禅尼にすがってみるよう促す。語り本では、この宗清の演じるはたらきが大きい。『平家物語』に通う語りがあるのだろう。かねがね忠盛の亡き後、継子清盛の代になって一門内ながら疎遠になりがちであった禅尼は、頼朝が亡き家盛に似ているとの宗清の言葉に動揺し、頼朝の助命嘆願の仲介者として重盛を頼る。しかし重盛の仲介にも、頼朝の助命は考えられないと拒む清盛。清盛が拒むと知った禅尼が干死を覚悟する。義母を死に追いやることになるとの重盛の言葉に、ついに清盛も折れて、頼朝の処刑をとりやめ、流罪と決する。この流罪先が伊豆になるのだが、刑としては重い、遠流の国の一つである。この段の冒頭で語った語り手の頼朝への同情を、このように小侍・宗清、池の禅尼、それに重盛をも介して語るのが語り本である。それに眉輪王・千代童子から中国の勾践の先例をも引いて、頼朝の再起を予測し「おそろしく〱とぞ申あひける」としめくくる。もちろん、後日、源氏再興を念頭に置く語りである。

三七　**前途ほど遠きおもひ**（一一六頁）『和漢朗詠集』「餞別」江相公の「前途程遠し思ひを雁山の暮の雲に馳す、後会期《ご》遥かなり、纓を鴻臚の暁の涙に霑す」による。

三八　**梅花を折て**（一一八頁）『和漢朗詠集』「子日」尊敬《そんぎよう》の「松根に倚《よ》つて臑を摩《す》れば千年の翠《みどり》手に満てり、梅花を折つて頭《こうべ》に挿《さしはさ》めば二月の雪衣に落つ」による。

三九　**伏見のさとになく鶉**（一一九頁）藤原俊成の「夕されば野辺の秋風身にしみて鶉鳴くなり深草の里」（『千載集』四）を

踏まえる。深草は、伏見に隣接する地。

三〇　**宇治の河瀬の水車**（一一九頁）古くは「ながめやる宇治の河瀬の水車とことはにこそ君はかけけれ」（『夫木和歌抄』三十三）があるが、「宇治の川瀬の水車何と浮世を廻るらう」（『閑吟集』）など室町時代の歌謡に謡われた。古本には見られない、底本の言説で、その成立の年代や場を推測させる。

三一　**小袖**（一一九頁）農民にとって日常の着衣であったが、母親が子に贈るなど、女性の贈り物として、母としての力を授けるものとされたらしい。曽我兄弟の母など、『曽我物語』に、多くの武士に、その小袖の送り主を語っている。この時代は麻の衣か。

＊（一一九頁）

義朝・義平・頼朝に続けて、義朝の妾、常盤とその幼児の行方を語る。物語は、まさに源氏の物語になりきっている。常盤が頼りとする清水寺観音への祈願を語った後、伏見の叔母を頼るが拒まれる。その悲惨な脱出、龍門までの道行きを、常盤を焦点化の主体として語る。語り手の思いが、抒情の色濃い言説となって見られる。追いつめられる母子を助ける小屋の女が、その女としての思いを常盤に注ぎ、その母子の道行きの物語を強調する。古本には見られない、語り本の、語り物としての色の濃い物語である。かつて、文学史をたどる中で、軍記物語から浄瑠璃的な世界への展開が論じられたわけである。

三二　**郭巨**（一二〇頁）『二十四章孝子録』に「後漢の郭巨、家貧しく老母を養ふ、妻一子を生む、三歳、母常に食を減じて之を与ふ、巨、妻に謂ひて曰く、貧乏にして供給する能はず、汝と共に子を埋めん、子は再び有るべし、母は再び得るべからずと、妻敢へて違はず、巨遂に坑を掘ること二尺余、忽ち黄金の一釜を見る、釜の上に云ふ、天、孝子郭巨に与ふ、官も奪ふことを得ず、人も取るを得ず」とある。

三三　**小野小町**（一二二頁）遍照らとの歌の応答など説話の主人公となり、〈卒都婆小町〉など能の主人公にもなった。

三四　**和泉式部**（一二二頁）『和泉式部日記』などの著があり、大江雅致の女。母は平保衡の女。二〇歳頃、橘道貞と結婚し小式部を生んだ。冷泉天皇の皇子為尊親王や、その為尊の死後、その弟の敦道親王と恋をするなど、数々の説話の主人公となった。

＊（一二三頁）

前段を受け、常盤と、その老母に焦点を当てる。清盛は、常盤とその母との母子の情を想像して母を探し出し、常盤母子の行方を質すが、母は答えない。しかし清盛が思ったとおり、常盤は母を見殺しにできず、幼児をつれて六波羅へ出頭する。常盤は事前に、昔、仕えた九条の女院を訪ね、母の身を案じる思いを語り、人々の涙を誘う。名のり出た常盤母子の処理に当たるのが、老母を捜し出した伊藤景綱である。清盛に召し出されたと聞く人々の常盤への同情。常盤の母への思い、幼児たちの将来のためにみずからは犠牲になろうとしていた老母の常盤への不満。清盛の尋問を受ける母、常盤を見る幼児、特に今若（古本は乙若）が母をたしなめる言葉が、いくさ物語における母子の物語を構成している。今若のけなげな言葉に驚く人々を見守る語り手の思い。ここで時間を遡って、常盤が千人の中から選び出された美女であったために、九条女院に仕えることになった経過を回想する。それに美女物語の常套として、この美女ゆえに国を傾けることになる清盛の懸想へと展開する。そのあげくに幼児の命を交換条件に持ち出して常盤をくどく。まわりの侍どもの諌止を、清盛は、池の禅尼の要請を拒みかねて頼朝を救ったことを楯にとり、その頼朝よりも幼い今若らを助けないわけにゆかぬと答える。清盛の本音は常盤への色好みにあるのだが、池の禅尼を持ち出すところに清盛に対する語り手の笑いがあり、だからこそ「容は幸の花」ということわざを持ち出すことにもなるのである。しかも常盤母子にとって、この結果を清水観音の利生に求め動機づけるのが物語である。物語の主題探しが、物語の読みの上に成り立つ。

三五　**新大納言経宗**（一一三頁）権大納言正二位中宮権大夫経実の四男。二条天皇の外戚に当たる。『公卿補任』永暦元年（平治二年）に「権大納言正二位経宗　二月廿八日解官（去廿日有事）三月十二（十一カ）日配流阿波国、応保二年（一一六二）二月七日被請印、即返官符（四十四）〔応保二年三月七日召返〕」と見える。『百錬抄』永暦元年（一一六〇）二月廿日の条に「院（後白河）清盛朝臣に仰せて権大納言経宗、別当惟方卿を禁中に於て搦め召す」、三月十一日の条に「前大納言経宗・入道惟方等配流」と見える。院の怒りにあって配流された。『愚管抄』五にも、同様の経過により「サテヤガテ経宗ヲバ阿波国、惟方ヲバ長門国へ流シテケリ」と見える。四一頁注二七

三六　**落たぎる**（一一三頁）「あは」に流刑先の阿波と泡、「うき」に「憂き」と（泡の）「浮く」とをかける。「大系」は『続詞花集』十七、藤原教長の「遠き国へつかはされける時、人のもとへ言ひつかはしける　おちたぎつ水の泡とは流るれどうきに消えせぬ身をいかにせむ」を類歌として掲げる。

三七　**吉備大臣**（一一四頁）右衛士少尉下道圀勝《くにかつ》の子で学者。養老元年（七四六）遣唐使に同行して入唐、藤原広嗣との政争に浮沈したが、孝謙天皇の親任を受け正二位右大臣まで上った。

三八　**この瀬にも**（一一四頁）『千載集』十七、雑中に「とほきくにに侍りける時、おなじさまなるものどもことなほりてのぼるときこえける時、そのうちにもれにけりとききて、みやこの人のもとにつかはしける　前左兵衛督惟方」として見える。ただし、「聞けば」を「きくは」、「ぬるゝそでかな」を「なほまさりけり」とする。「瀬」は浅瀬と、この機会をかけ、しづむ・なみだ川・ながれ・ぬるるが縁語。この引用は、元歌の詠まれた状況を十分には表していない。前の経宗のあり方を、そ

のまゝくり返したもの。

二三九　**源中納言師仲**（一二四頁）この師仲も一五頁、信頼に始めから謀叛にかたらわれていた。村上源氏、中納言正二位師時の息。伏見に住み伏見を号した。一五頁注二三。

二四〇　**八はし**（一二四頁）『伊勢物語』九に「むかし男ありけり、その男、身をえうなきものに思ひなして、京にはあらじ、あづまの方にすむべき国もとめにとてゆきけり、もとより友とする人、ひとりふたりしていきけり、道しれる人もなくて、まどひいきけり、三河の国八橋といふ所にいたりぬ、そこを八橋といひけるは、水ゆく河のくもでなれば、橋を八つわたせるによりてなむ、八橋といひける、その沢のほとりの木のかげにおりゐて、かれいひ食ひけり、その沢にかきつばたいとおもしろく咲きたり、それを見て、ある人のいはく、「かきつばた、といふ五文字を句のかみにすゑて、旅の心をよめ」といひければ、よめる、から衣きつつなれにしつましあればはるばるきぬるたびをしぞ思ふ　とよめりければ、みな人、かれいひの上に涙おとしてほとびにけり」とある。この『伊勢物語』以来、道行の地の一として著名。ただし師仲は『公卿補任』平治元年には、四月六日、参議から権中納言に上り、永暦元年三月十一日、下野へ流されたとする。

＊（一二四頁）

平治の乱の戦後処理の一つに、経宗・惟方・師仲の三人の処遇がある。もと信頼に荷担しながら、光頼のいましめにより平氏の側に寝返った三人である。いずれもいったん流罪に処せられながら、その配流の思いを詠じた歌が院らの感動するところになり、赦されたという、いわば歌徳説話である。その中に伊通の痛快な風刺を取り込むことに平治の物語の乱の読みがあり、三河の八橋に流罪される師仲を『伊勢物語』の「ある男」に重ねる。これら三人の、当時の状況を語る古本に比べて、その状況に立ち入らない、歌徳説話に絞り込む語り本の物語がある。古本に比べ物語としての型の定着が顕著である。

＊（一二六頁）

乱後の処理を語りながら、一〇五頁、義平最後の場での遺言をここでとりあげる。雷となって斬り手の難波を撃ち殺そうとする物語である。その義平の怒りは難波にとどまらず平家一門をも対象とするものだった。それを清盛は大般若六百巻の真読により鎮めたというのである。その経過を、難波恒房に焦点を当てて語る。日頃の義平への恐れを脱するために難波は箕面の滝に打たれようとする。異界の滝壷の底にある龍宮を訪ねるが、「娑婆にて子細あらんずるぞ」と追い返され、そのあげくに落雷により非業の死をとげる。龍宮で「其時まゐれよ」と指示されたのは、難波が死後、龍宮へ立ち返ることを示唆するものか。異界物語を取り込む。落雷を、義平の遺志を受けて龍王が指示したものと読むのか。とすれば、この龍王の指示は、この乱後の平家一門の行方にも関わってゆくだろう。「おそろしくぞ覚えける」という語り手の思いが、そこまで示唆する。それに語り本は、この後、ただちに頼朝の伊豆流罪を語って物語を語りおえることになる。古本とは違った、この義平物語の位置が、こうした読みを支えてくれる。古本が、乱後の平家の栄花を語る中で、この話を語るのとは違っている。話の順序が、語りの意味を左右する。語りの継起性である。

二四一　**越鳥南枝**（一二七頁）『文選』二十九「雑詩上」の「胡馬依二北風一、越鳥巣二南枝一」の順序を逆にした語。北方の胡の国から来た馬は、北風が吹くと故郷をなつかしんでいなき、南方の越から来た鳥は故郷をしたって、南に向く枝に巣を作る。『本朝文粋』などにも見える。

＊（一三〇頁）

物語を頼朝の伊豆流罪で閉じるのは、平治の乱で完結する物語にふさわしい。そうは言いながら、宗清を同行する頼朝が、池の禅尼との別離に伊豆での住まいに注文をつけて忠告されたことを語り、一方、頼朝は京との惜別を語りながら内心期するところのあることにも立ち入って語る。道中、この頼朝の一行を見届けようとする街道筋の人々の思惑は、この頼朝の本意と重なる。はたせるかな頼朝は建部八幡に参り、再度の帰洛を祈願する。その通夜に、源五守康が石清水八幡での八幡の夢想のあったことを語って、出家はあるまじきことと説得した上で、老母の看病に京へ引き返したと言う。この源五と頼朝の口約束のあったことを語った後に、頼朝一行の伊豆到着を以て物語を語りおさめる。あの頼朝の助命に奔走した宗清が、やはり篠原まで見送っていたのだった。このように、これまで物語テクストの語りそのものが、源氏の再興を示唆して来たのだが、あえて伊豆到着を以て語りを結び、平治の乱の結末とするのが語り本である。これを頼朝の後日、源氏再興まで語り尽くす古本に比べて、平治の乱の物語とするのが語り本である。しかも明らかに源氏再興を見通した物語である。

古本

物語テクストは、われわれが解釈することによって存在する。以下語り本に比べて、物語成立当時により近い姿を伝えるテクストを古本とし解読する。

上巻

＊（一三一頁）

大治四年（一一二九）七月七日、白河院の後を嗣いでいた「鳥羽院ウセサセ給テ後、日本国ノ乱逆ト云コトハヲコリテ後ムサノ世ニナリニケルナリ、コノ次第ノコトハリヲ、コレハセンニ思テ、カキヲキ侍ナリ」（『愚管抄』四）と書いた慈円が、早く帝紀をたどった後、当時の現代史を書き始める巻三の冒頭に「人代トナリテ神武天皇ノ御後、百王トキコユル、スデニノコリスクナク、八十四代ニモ成ニケルナカニ、保元ノ乱イデキテノチノコトモ、マタ世継ガモノガタリト申モノモカキツギタル人ナシ、少々アリトカヤウケタマハレドモ、イマダエミ侍ラズ、ソレハミナタヾヨキ事ヲノミシルサントテ侍レバ、保元以後ノコトハミナ乱世ニテ侍レバ、ワロキ事ニテノミアランズルヲハバカリテ、人モ申ヲカヌニヤトヲロカニ覚テ、ヒトスヂニ世ノウツリカハリオトロヘクダルコトハリ、ヒトスヂヲ申サバヤトオモヒテ思ヒツヾクレバ、マコトニイハレテノミ覚ユルヲ、カクハ人ノ思ハデ、道理ニソムク心ノミアリテ、イトヾ世モミダレヲダシカラヌコトニテノミ侍レバ、コレヲ思ツヾクル心ヲモヤスメント思テカキツケ侍也」と、その主題めいたことを語り、保元・平治の乱に時代の転機を見る。その保元の乱（一一五六）を、久寿二年（一一五五）生まれの慈円は直接には体験していないだろう。『保元物語』は、「近曾帝王御座キ、御名ヲバ鳥羽ノ禅定法皇トゾ申ス」として以下、その帝紀で語り始め、その鳥羽が寵愛する得子（後の美福門院）腹の皇子を皇太子に立て、さらにこれを即位させる（近衛天皇）ために先帝（崇徳）を退位させる。これが保元の乱の原因となったと語る。つまり歴史物語などの型を踏襲して帝紀から始め、朝家内の対立に動乱の原因を求めて語り始めるのが『保元物語』であるのだが、これが平治の乱になると、世を治める帝王学の重要な方針として文武両面から人臣の処遇を考慮すべしとする言説を以て乱を前提に語り始める。それも、当時「なかんづく末代の流れに及びて、人奢つて朝威をいるかせにし、民はたけくして野心をさしはさむ」と言う。だれのことを念頭に語るのか。その野心の人にそなえて「よく用意をいたし、せんく抽賞せらるべきは、勇悍のともがらなり」という勇悍のともがらとは、前の「文武」二つの道の中の後者、武にたずさわる者を言うのだが、それは一体、だれのことを念頭に語るのだろうか。中国、唐の太宗文皇帝の功臣に対する応対を引いて「心は恩のためにつかへ、命は義によつてかろかりければ」「身をころさんことをいたまず、たゞ死を至さんことをのみ願へりける」と語る「兵」とは、だれのことを想定するのか。いずれにしても、この物語の序章は、『保元物語』と違って、帝王としての、文・武両面にわたる、あるべき心構えを主張するものであった。この中国の賢君に見るような臣下の統率があったがゆえに「みづから手をくださざれ共、志を与ふれば、人みな帰しけりと言へり」と言う。にもかかわらず、現実がそのような帝王に人臣掌握がなかったゆえに乱が発生したと語るのが『平治物語』であるのだろう。そこには、これまで論じられて来たような、いくさ物語の動機づけとして王権論があるのだが、歴史の現実が、すでにこの王権に問題の発生していることを語るものである。↓補一

四二　**受領**（一三二頁）その一族では、祖父の基隆は美作・播磨・伊予・讃岐守を歴任し、五十六歳で非参議・従三位、父忠隆も丹波・但馬・備中・伊予・播磨・陸奥守を歴任し四十七歳

で非参議従三位に登った。

二四三 **大学寮**（一三三頁）二条大路の南、三条坊門の北、朱雀大路の東、壬生大路の西にあった。「朝所」は、太政官庁の東北にあり、参議以上が食事をとる所。

二四四 **花雲の**（一三三頁）底本「花」の後に欠字。花模様のあるたる木や、雲型の肘木。美しいたる木、支え柱のある大きな建物と解したのであろう。

二四五 **げにおぼしめしたる御こともなかりけり**（一三五頁）信西が正論を述べるのを、後白河がそれと気づくことがなかった。冒頭の治政者としての心構えを説いたことにかかわる。

＊（一三六頁）

序章に言う王権を揺がす者として、まず藤原信頼を登場させ、その家系と、上皇の寵臣としての栄達をたどり「凡人にとりては、いまだかくのごときの例をきかず」と、語り本とは異なり敬語抜きで語る。朝恩に浴するものの、「文にもあらず、武にもあらず、能もなく、又芸もなし」。にもかかわらず「おほけなき振舞をのみぞしける」とし、「みる人目をおどろかし、きく人耳をおどろかす」「ただ栄華にのみぞほこりける」と語り手が、世の人の声を引き込みつつ語る。ついで、同じく後白河上皇の朝恩に浴する信西を登場させ、これもその家系を語るが、この信西は「諸道を兼学して諸事にくらからず、九流をわたりて百家にいたる。当世無双、宏才博覧なり」と評価し、後白河の乳母紀二位を妻とすることから「天下の大小事を心のまゝに執行して、絶えたる跡を継ぎ、やぶれたる道を興」す能吏として王権を支えたことを、信頼とは対照的に語る。『愚管抄』五によると、信頼が院の信任を得たのは「保元三年八月十一日ニオリサセ給テ、東宮（二条）ニ御譲位アリテ、太上天皇ニテ白河・鳥羽ノ定ニ世ヲシラセ給フ間ニ、忠隆卿ガ子ニ信頼ト云殿上人アリケルヲ、アサマシキ程ニ御寵アリケリ」とあり、上皇退位後のことである。歴史家は院と男色の関係にあったと言う。この信頼・信西の両人が朝恩をこうむりつつ、やがて対立することになったと語り始める。そうさせたのは後白河である。信西は、後白河の在位時代から、当時、「昔心ノ人」と評された法性寺関白忠通に代わって大内造営を「サテヒシト功程ヲカンガヘテ、諸国ニスクナ〳〵トアテヽ、誠ニメデタクナリニケリ」と言う。ただあまりに能吏でありすぎたことが身を滅ぼすことになったらしい。『愚管抄』五によれば、後白河の在位時代、この信西が保元の乱後に死刑を復活した。「偏ニ信西入道世ヲトリテアリケレバ」、源義朝が平清盛と張りあって信西の子息是憲を「ムコニトラン」とするのを、信西は「我子ハ学生ナリ、汝ガムコニアタハズ」と「アラキヤウナル返事ヲシテ」拒む。しかも「ヤガテ程ナク当時ノ妻ノキノ二位ガ腹ナルシゲノリ（成範）ヲ清盛ガムコニナシテケルナリ」とし、このふるまいを「カヤウノフカクヲイミジキ者モシ出スナリ」とし、

「義朝ト云程ノ武士ニ此意趣ムスブベシヤハ、運報ノカギリ時ノイタレルナリ、又腹ノアシキ、難ノ第一、人ノ身ヲバホロボスナリ」とも言う。それは慈円の理解だが「腹アシキ」信西の処遇を、信頼との関係において語った後白河を責めるものと読める。それを『平治物語』は、信頼を主軸にすえることにより、平治の乱を語ろうとする。物語の歴史の読みとしては、後白河退位後、治天の君、上皇として、信頼の大将の官を所望することを信西に諮る。信西が先例を引き、中国の安禄山にもなぞらえて信頼の非を咎め上皇を諫止する。この信西の讒言を耳にした信頼は出仕をやめ、伏見源中納言師仲を腹心として信西追討のため武芸の稽古に励むことになったと語る。師仲は村上源氏で、鳥羽天皇の寵妃、待賢門院璋子に仕える女房を母とする。かくて序章に、語り手をして帝王学を語らせるきっかけをなしたのは、後白河であったことになる。平治の乱を、「世継」ぎならぬ、いくさ物語として語るきっかけをなした王権当事者としての後白河が、その寵臣、信頼と信西の処遇をめぐって誤ったと語るものであった。その結果、どのような事態を招くに至ったのか。ここに執政者と、もののふの処遇が問題になるのだが、むしろ信頼の態度、ひいては上皇の、その処遇の不当であることに因を発すると語るのであろう。

二四六　**家成卿**（一三六頁）保延四年（一一三八）四月、権中納言。家が中御門東洞院にあった。成親は、その三男で、母は中納言藤原経忠の女。久寿二年（一一五五）正月、越後守、保元三年（一一五八）十一月、右中将を兼ねる。後白河院の寵臣。「君の御気色吉者なり」について歴史学者は院と男色関係にあったと言う。

二四七　**信俊**（一三七頁）

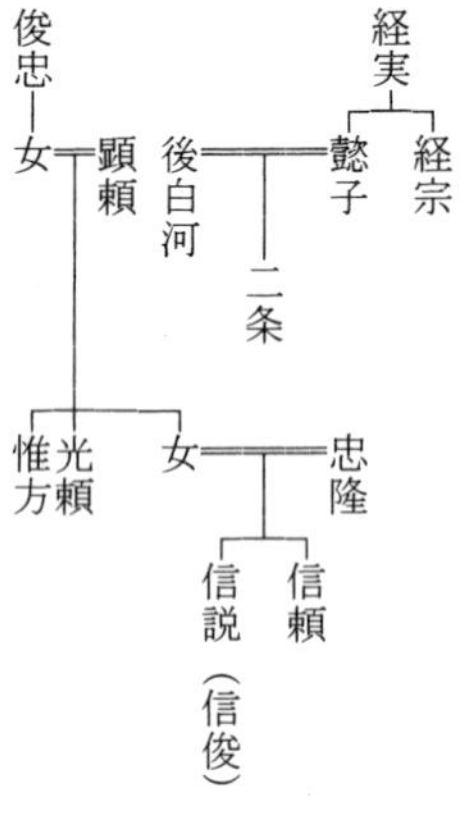

二四八　**六孫王**（一三七頁）平将門・藤原純友の乱の平定に功があり大宰大弐に任ぜられ、応和元年（九六一）源氏の姓を賜った。そのため清和源氏の祖として仰がれた。経基王―満仲―頼信―頼義―義家―為義―義朝　↓補三六四

＊（一三八頁）

信西が上皇に讒言することを知った信頼は、疲れを理由に「出仕もせず」と言うから、上皇の寵愛を得ているとの甘えがあったのか、その弱さをさらけ出している。「文にもあらず、武にもあらず、能もなく、又芸もなし」と語り手がきめつけていた信頼は、がらにもなく伏見源中納言師仲をつれとして武芸

に励んだと言うから笑いもの。その信頼は、当初、「平家の武威を以て」本意を遂げようとする。子息信親を清盛の女聟に入れて平家に接近を図る。平家をも甘く見ている。しかし保元の乱後、清盛は、その戦功により大国の播磨守になり、保元三年八月には大宰大弐にも昇って十分に報いられている、信頼の提案には応じるまいと判断した。一方、源義朝は、右馬助から「今、権頭ニ転任、勲功ノ賞トモ不レ覚、更ニ無二面目一」と「頻ニ申」したので、左馬頭に空席を設けて「義朝ヲ左馬頭ニゾ被レ成ケリ、サテコソ憤ヲ休メケル」と『保元物語』「武士ニ勧賞ヲ行ハルル事」に語っていた。『平治物語』へのつながりを読みとるべきであろう。それに、これも『保元物語』が語るところだが、清盛の「和讒」に乗せられて、父為義を、弟らとともに斬っていた。まさに信頼にとって義朝が「平家におぼえ劣りて不快者なり」と見えた。そこに信頼がつけ込み「国をも庄をも(そなたの)所望にしたがひて、官加階をも申さんに天気よも子細あらじ」とかたらう。この前の、信頼の大将昇任の諮問を厳しく諫止していた信西の上皇との仲とは対照的である。それに二条天皇の義弟にあたる経宗、同じく二条の乳人惟方をも巻き込む。この惟方は「信頼卿の母方の叔父」である。信頼は、弟信俊(信説が正しい)を惟方の女聟にし、後白河の「御気色よき」成親をもかたらったと言う。まさに「加様に、したゝめ廻して」いたのである。『愚管抄』五によれば、義朝が信西の息、是憲を聟にしようと望むのを信西は拒み、清盛に対しては重範を、その女聟にしようとしたのとは対照的である。かくして、たまたま「平治元年十二月四日、大宰大弐清盛、宿願ありけるによッて、嫡男左衛門佐重盛相具して」熊野参詣に出かけると、信頼は、その隙をねらって挙兵を決行したと語る。この清盛の宿願がいかなるものかわからないが。信頼が、義朝をかたらう。その言い分は信西が「(二条天皇の乳母)紀伊二位の夫たるによッて、天下の大小事を心のまゝに」し、「信頼が方様をば火をも水に申なし」、「讒佞至極」のしわざ、「君(上皇)もさは思しめされたれども、させるついでなければ、御いましめもなし」、それに「いさとよ、御辺ざまにとても始終いかゞあらんずらむ」、つまり源氏の身にも讒言が及ぶぞと脅しをかけたのであった。この信頼にあおられる義朝。代々「武略の術を伝へて」「叛逆のともがらをいましめ」、保元の乱にも一門を敵にまわして後白河側に参った。その後、「清盛も内々、所存こそ候らめ」とは、義朝が本音を吐いて、清盛の内心を推測するところがあるのだろう。しかし「これは存じの前にて候へば」「驚くべきにあらず」とは、この清盛の内心を見抜いていると言うのであろう。義朝としては、負い目の裏返しとしての虚勢である。そこへこの度の信頼からの誘いのことばがあって、「御大事にあひて便宜候はば、当家の浮沈をも試み候ん事、本望にてこそ候へ」とまで言う。源平対立の構図がすけて見える。信西や清盛らの意向を語ることなく、語り手は、もっぱら信頼の思い、これに巻き込まれる義朝を語る。こうした策士としての信頼を焦点化することが、物語の冒頭、批判の対象としてあった後白河を物語のかげに後退させてしまう。義朝が出雲守光保らをもかたらうよう進言していることにも注目しておこう。光保らの今後の行動はいかに。

二四九 **やがて讃岐へ御配流**（一三九頁）『保元物語』に「佐渡式部大夫重成ヲ参ラセテ守護シ奉ル、」「院ハ仁和寺ヲ出サセ給フ、美乃守保成ガ車ニメス、重成ガ兵共、御車寄ニゾ参タル……佐渡式部大夫重成ハ、国マデノ御伴ニ指レタリケルガ、固ク辞申ニ依テ、鳥羽マデ御伴仕ル」とある。

二五〇 **阿房**（一四〇頁）『史記』秦始皇本紀に「東西五百歩、南北五十丈」、同項羽本紀に「項羽引㆑兵西屠㆓咸陽㆒、殺㆓秦降王子嬰㆒、焼㆓秦宮室㆒、火三月不㆑滅、収㆓其貨宝婦女㆒而東」とある。語り本に、この例証の引用を欠く。

二五一 **うねめ**（一四〇頁）本来、地方の豪族が朝廷へ服従のあかしとしてさし出した女性であるが、後に天皇の身の回りの世話をする下級の女官の意に変った。

二五二 **衛門督**（一四〇頁）『兵範記』保元三年八月十日の条の臨時除目に「左兵衛尉大江家仲」と見えるが未詳、六衛府の長官。

二五三 **康忠**（一四〇頁）『兵範記』保元二年十月二十七日の条、秋の除目に「左兵衛少尉康忠」と見えるが未詳。

二五四 **矛**（一四〇頁）古代、木の柄に、まっすぐな、もしくは二またの金属の刃を付け、祭礼に用いた。ただし「槍」を「ほこ」と語むことがある。『平治物語絵詞』では、なぎなたに信西の首を付けている。

二五五 **理世安楽に**（一四〇頁）『和漢朗詠集』下「閑居」に「独り東都の履道里に閑居泰適の叟有りといふことを記するのみにあらず、亦た皇唐大和の歳理世安楽の音有りといふことを知らしめんとなり」とある。この辺り、底本の古本は語り本に比べて漢文体の色が濃い。

＊（一四〇頁）

清盛ら平家の熊野詣でを十二月四日のこととしていた。「かやうにひまをうかゞひける程に」とは、上述の信頼の、義朝らの抱き込みのあったことを指して、これらの行動開始を語り始めるための語り起こしで、それを「同九日の夜丑の刻に」と記録する。信頼・義朝を大将として、まず後白河院の御所、三条殿を襲撃するとは、信西を攻める前に上皇をわが身に引きつけておこうとの信頼の魂胆である。その信頼の発言を直接話法で、「此年来、人にすぐれて御いとほしみかうぶりて候つるに」と一応、上皇への敬意は表しながら、「信西が讒によつて誅せらるべきよし承候」とは、上皇が信西の指示のままになっているとして責めるのだが、「誅せらるべきよし」とは、一体だれに命じて討たせようとすると言うのか、物語の中ではわからない。

事実、上皇自身が受け身で「さればとよ、何者か信頼を失ふべかるらん」と不審がるとおりである。明らかに信西を意識する信頼の勝手な思い入れで、このような信頼を寵愛した上皇自身に責めが返ることになるであろう。しかも、上皇がこの不審を「仰せもはてぬに」兵が強引に上皇を牛車に乗せ、「はやく御所に火をかけ」ることになる。妹の上西門院も同車するのだが、古本は、かれらを保護する一行の「中にも」重成を取り出して、かれが保元の乱の時に後白河と対立した崇徳院を配流する際に鳥羽まで守護の任にあたっていたことを「心ある人」の声として「いかなる宿縁にてか、二代の君をば守護したてまつるらん」と語るのは、かつて崇徳を讃岐に移した後白河が、この度は信頼の強制により内裏へ遷されることになった、その上皇の身の成り行きを思っての語りであるのだろう。三条殿の状況を「申もおろかなり」とする語り手の直接表現も、その心的な距離の近さを示唆する。「信西が一族」を追及する行動が、結果的に宮中の殿上人や女房を滅ぼすことになったと言う。その院御所を警備していた家仲・康忠二人の首を矛先に貫き、大内裏東面の待賢門にさらし、「同夜の寅の刻に」、信西の邸を襲って火を放ったと語る。その姉小路西洞院の邸は、三条殿と同じ三条大路にあり、御所の西方に当たる。しかも古本が、その放火した主を「大内のつはものどもが下人のしわざとぞ聞えし」と語るのはなぜか。「大内のつはものども」とは、もともと主上、二条天皇を確保していた兵の下人を言うのか。語り本に、この語りは見られない。いずれにしても、この信頼らの院御所攻め、信西邸の放火が、「あたりの民」をも不安に陥れ、「いかになりぬる世中ぞ」と嘆かせたと、洛中の人々の声をとおして語るのが古本である。この間、信西その人がどこにいたのか、それを語らない。

二五六　**俊憲**（一四〇頁）保元四年四月、新たに参議に昇任した俊憲。通憲（信西）の長男で、母は近江守高階重仲の女。以下保元三年八月、播磨守に就いた成憲、後に成範と改名、通憲の三男で、母は紀二位朝子、四男とも言う。平治元年閏五月、権右中弁に就いた貞憲。俊憲と同母で、通憲の二男とも。保元二年一月、美濃守、同四年四月、左少弁に就いた脩憲。成憲と同母。通憲の五男とも。保元三年十一月、信濃守に就いた是憲。俊憲と同母で、通憲の三男とも。「上卿」は、太政官での政務・行事に、弁・史を指揮した公卿。忠雅は藤原北家、関白師実の次男、家忠の孫、中納言忠宗の次男。この当時は中納言で、翌年永暦元年（一一六〇）四月権大納言。大納言・内大臣・太政大臣へと昇る。

二五七　**院・内**（一四一頁）たとえば「院をも内をもとり奉て、西のかたへ御幸、行事をもなしまゐらせて見ばやとこそ」（『平家物語』七・主上都落）の例がある。

二五八　**大殿**（一四一頁）忠通は久安六年（一一五〇）二月、関

白となり、保元の乱に関白職を争った弟頼長を破り、保元三年（一一五八）八月、辞した。応保二年（一一六二）六月、法性寺で出家。関白は、基実、その母は、中納言源国信の女。保元三年、二条天皇の代の関白、永万元年（一一六五）、六条天皇の代の摂政に就いた。『愚管抄』五に「（基実は）十六歳ニテ保元三年八月十一日二条院受禅ノ同日ニ、関白氏長者皆ユヅラレニケル、アナワカヤト人皆思ヒタリケリ、コノ中ノ殿トゾ世ニハ云メル、又六条摂政、中院トモ申ヤラン、コノ関白ハ信頼が妹ニムコトラレテ有ケレバ、スコシ法性寺殿ヲバ心オカンナド云コト有ケルニヤ」とある。父忠通と弟基房との間の摂政関白なので基実を「中殿」と言った。語り本は、一九頁、このような人脈を語らず、「大政大臣・左右大臣・内大臣以下」と官職名のみを記し、その固有名を語らない。宮廷の高官がかけつけたことを語れば事が足りたのである。

三五九　**師方**（一四一頁）平治元年当時の太政大臣は正二位権大納言藤原宗俊の息、宗輔で、永暦元年（一一六〇）七月、辞している。「師方」とするのは未詳。ここを宗輔とする本もある。この後、一五六頁でも「大政大臣師賢」とする。伊通は権大納言正二位藤原宗通の次男。母は兄信通も同じ修理大夫藤原顕季の女。大宮大路に邸があったので大宮を号した。保元二年八月、左大臣、永暦元年八月、太政大臣に就く。信頼らの除目に痛烈なことばを吐いている。光頼のいましめにこたえて主上を信頼から離し脱出させたことを「忠臣」として賞讃する。

三六〇　**清盛の婿**（一四一頁）『愚管抄』五に、義朝が信西の息、是憲を聟に受けようと申し出たのを信西が拒み、「ヤガテ程ナク当時ノ妻ノキノ二位ガ腹ナルシゲノリヲ清盛ガムコニナシテケルナリ」と、信西が義朝を嫌ったことが見える。

三六一　**越後中将**（一四一頁）この後「即成親に預けらる」とあるのと無理があり、何かの誤りがあるのだろうか。それとも「子細を」訊問した当人が身柄を預かったと言うのか。

三六二　**出家す**（一四一頁）俊憲は、『愚管抄』五によれば、一たん焼死を覚悟したが逃げたとある。『公卿補任』によると平治元年十二月十日、参議を解かれ、同廿二日「配流越後国、同卅日出家、同弐年正月改二越後国一配二流阿波国一、二月日召返」とあり、『尊卑分脈』に「出家真寂」と出家名を記す。

三六三　**美濃少将修憲**（一四一頁）平治元年十二月十日、解官、同廿二日「配二流隠岐国一永暦元年二月二日召返復二本位一、廿九日還二任左少将一」安元元年（一一七五）八月二日、従三位非参議。寿永二年（一一八三）四月正三位参議。

＊（一四二頁）

前段、信頼軍が院御所に引き続き信西の邸をも焼き払ったことを語っていた。それを受けて信西の子息五人が「被二闕官一」と語る。語り本がここには語らないところだが、古本が、それを、闕官されたと受け身で語る焦点化の主体は、その子息五人である。さらに上皇と主上が放火の煙の中を出られない、つまり焼死したとも、内裏へ遷されたとも「京中に聞え」たと、京中の噂として語るのも、結局、信頼らに攻められる上皇・主上の側からの語りである。「さる程に」とは、文字どおりそうするうちにの意で、前関白忠通・関白基実、大宮左大臣伊通までもが内裏へ「我先に」と「天を響かし、地を動かす」ほどあわてて参ったと語るのも、上皇・主上が大内裏に閉じこめられているからに外ならない。ただ一人、清盛の女聟として六波羅へ逃げ込んでいた重憲（信西の息）は、結局、大内の信頼からの召喚により「力及ばず」参り、検非違使の手に渡され、平家一門が不在である不運を嘆く。その身柄は成親に預けられる。この成親の動きについては、この後も記憶して置く必要がある。平家の不在が、信頼を動かし、これら信西の子息らの運命をも決定したと語るのである。物語で平氏が占める位置を語り始めている。

二六四　**少納言**（一四二頁）大納言のもとに属し、小事のみを奏宣し、駅鈴・伝符・内印の授受・太政官印捺印の監督を行った。天皇に近侍するため中務省の侍従を兼ねた。従五位下相当官。

二六五　**出家して**（一四二頁）『台記』の康治二年（一一四三）八月十一日の条に「参上、入レ夜逢ニ通憲一相共哭、令ニ通憲吹一レ笙、欲レ帰、命レ余云、臣以ニ運之拙一、不レ帯ニ一職一已以遁世、人定以為下以ニ才之高一天亡上レ之、弥廃レ学、願殿下莫レ廃、余曰、唯敢不レ忘レ命、涙下数行」と見える。

二六六　**三司**（一四二頁）本来、中国の三公にならって太政大臣・左右大臣の三大臣を言ったか。ここは検非違使の宣を受けた衛門佐・蔵人・弁官の職を兼務する三事兼帯のことか。「新大系」は、信西のことではなく、その子息が兼ねたのを誤ったかとする。修辞が先行したことによる誤りか。

二六七　**七弁**（一四二頁）『職原抄』上、太政官の条に「弁七人、左右大弁二人、相当従四位上、唐名尚書左・右大丞官中ノ事大弁所ニ執行スル一也、仍テ為スニ重職一ト、名家譜第ノ輩殊ニ依テニ清撰一ニ任ズレ之ニ華族ノ中有ルニ才名一之輩、参議之時兼ヌレ之ヲ無ニ文才一居レ上手為スニ規模一ト、左右中弁二人相当正五位上・唐名尚書左右中丞、左右少弁二人相当正五位下唐名尚書左右司郎、名家譜第任ズレ之ニ、多ク者先補蔵人乃任レ弁也蔵　人帯スレ之頗清撰也　近衛中少将中有ニ才名一之人遷ニ任ス弁官一ニ或兼レ之又為ニ規模一矣　五位弁叙スルニ四位一ニ之日去ルニ其職一ヲ者也、近代多ク叙留、又中弁ハ者多分四位也、少弁ハ者多分五位、是レ近代ノ例也、又中少弁之間、権官一人必任ズレ之ニ、仍テ謂フニ之ヲ七弁一ト云々」とある。大中少各二弁と中少弁のいずれかに権官一人を加え七弁とし、実務官僚として重要な職であった。

二六八　**など井には**（一四三頁）『今鏡』「弓の音」に「むねみちの大納言の次郎におはせし太政大臣伊通のおとゞおはしき、詩などつくり給ふかたいとよくおはしけり、手もよくかきたまひけり、よき上達部とておはしけるに、あまりいちはやくて世のものいひにてぞおはしける……信頼右衛門督むさおこしてのち、除目をおこなへりし見給ては、など井は官もならぬにかあらむ、井こそ人は多く殺したれなど、かやうのことをのみのたまふ人になむおはしける」とある。

＊（一四三頁）

前段で信西子息の解官追放を語っていた。ここで子息たちの栄達の経過を語るために改めて信西その人の歩みを回想する。かれは高階家、平重盛の母がその出であるのだが、その高階家の経敏の養子に入る。早く語っていたように能力は持ちながら、大学寮の要職、頭にも就けず、「日向の前司通憲」と号して鳥羽院に仕えていた。それが少納言の官を願い出る。この官は、大学寮の頭ら、儒家や名家の者が就くもので、通憲は、その家柄ではなかった。それを「あながちに申しければ」ついに康治三年（一一四四）一月の除目に許される。しかし、その七月には出家してしまう。その職掌からしても当然就けるはずの官でありながら、その家格のために就けなかった。その思いによる、信西なりの深慮があったと言うのだろう。その後、能吏ぶりを発揮し、子息たちが公卿に列するなど栄達をきわめていたと語るのであった。それがこの度の信頼の行動によって一門没落してしまったと語り手は、その世の無常を嘆く。そこへ突如、信西その人の行方について、あの義朝の進言によって信頼方についた光保が、信西の行方を探し出したと報告する。即刻、斬れと指示したのは「仰せられ」とあるから上皇であろうか。その上皇の後ろに信頼があることは明らかである。信頼の思いのままになる上皇である。信頼の、信西に対する思いを強くうち出す行動である。続いて、すかさず兵の士気を高めるために義朝らに除目を行う。語り手が、それほど「し出したる事なければ」兵を励ますためと「聞えし」と言う。「かやうにはなはだしく勧賞行はれけれ」とも語る。上述の信西その人の少納言をめぐる努力を語っていただけに、この信頼の除目がどのように見えるか明らかであろう。大宮左大臣伊通が、過日、九日の三条殿夜討の際の戦功と言うなら、大勢の女官らをのみこんだ井戸にも官を与えるべきだと言い放ち、「聞く人笑ひけるとかや」と、これも人の声を借りて語り手は信頼を嘲笑する。語り手の信頼に対する批判は痛烈である。語り本は、ここに義平の昇任拒辞を語るのだが。信頼に、信西のような時代にとり組む姿勢は見られない。

二六九　**をりふし御遊びなりければ**（一四四頁）『愚管抄』五に、信西が事前に院御前を訪れたことは見えず「信西ハカザトリテ左衛門尉師光・右衛門尉成景・田口四郎兼光・斉藤右馬允清実ヲグシテ、人ニシラルマジキ夫《ふ》コシカキニカヽレテ、大和国ノ田原ト云方ヘ行テ、穴ヲホリテカキウヅマレニケリ」とある。語り本は、信西が子どもたちに報せようとしたが「十二人ながら御前に列して御遊なれば」とある。信西の院への忠節を美化して語り、その事の成り行きを見通す眼識を示す。

二七〇　**天文渕源を究て**（一四四頁）月日や星の運行が天下国家の吉凶を表すとされた。『平家物語』にも陰陽頭安倍泰親について「この泰親は、晴明五代の苗裔をうけて、天文は渕源をきはめ、推条掌をさすが如し」（三・法印問答）とある。

二七一　**木星寿命死に有**（一四四頁）『小右記』久寿四年（一一五七）三月十五日の条に「又木星相添ふ、尤其扶有り」、『愚管抄』六に「コノ春三星合トテ大事ナル天変ノアリケル、……太白（金星）・木星・火星トナリ、西ノ方ニヨヒ〱ニスデニ犯分ニ三合ノヨリアイタリケルニ」と見える。

＊（一四六頁）

去る九日の夜討ちの戦功に対して除目が行われたと語ったのに引き続き「同十六日卯刻」とあるから、前頁「同十四日」光保が信頼に信西の行方発見と報告、それを斬れと指示されていたことを受ける。当時、信頼が緊張しきっていたと語るのであろう、そこへ十六日の早朝、大炊御門ににわかの出火との報、それを信頼らは敵の奇襲とあわてる。除目が行われた、その翌朝の急報だから狼狽する。語り手は、その外的な位置を保ちながら、「されども、その儀なくてやみにけり」、実は誤報と判明したと語る。しかも出火場所が郁芳門の前であったから、これまでの経過から、信頼の動揺を「周章けるもことわりなり」と語る。語り本は、この出火騒ぎを語らない。「同日」、あの前に斬れと指示されていた光保が、「又内裏へ参りて」信西の首をとり、一条大路の末、神楽岡に持参したはずである。信頼としては、信西の最後の報に安堵したと言う。惟方と「同車して」、これを実検、「日ごろのいきどほりをば、今ぞ散じける」と語るわけである。乱の契機を信頼と信西との対立として来たこれまでの物語としては、語りの終結を迎えたことになる。しかし物語は終結しない、それはなぜなのか。その語りを読み取らねばならない。それが平治の物語である。さきに清盛ら平家一門の熊野詣でを語っていたことを想起しよう。語りの対象が複数場面になる。その各場面にこだわる古本の語り手の工夫するところである。そのために、打ち込んだ日時が前後して複雑になる。第二段、「此禅門」とは、あの少納言任官の念願を果たしてただちに出家していた信西のこと、「去九日」の三条殿焼き討ち、姉小路信西邸の焼き討ちにも、語り手は信西の行方を語っていなかった。それをここでとりあげる。当然、物語順序としての時間は、これまでの語りからは遡る。信西は、いち早く九日の奇襲を予知していた。急を院へ報せようとしたが、おりから院は詩歌管絃の遊びの最中であったため、それを妨げまいと、一人の女房に子細を申し入れて辞去したと言う。その女房は、信西の報せを院へ上奏しなかったと言うのか、それとも大事あるまいとたかをくっていたのであろうか。奇襲を受けた当時の院の狼狽ぶりが滑稽に見えるだろう。とにかく信西は語りとしてその所領である大道寺に下る。そこで語り手は、「三日先だつて」と言うから六日のことになるのか、今回の信頼らの行動を予知する天変があったのを、信西らしからず見逃していたと言うのである。これらの天変に通じる語り手は、語りとして信西の学識をも越える能力の持ち主であると言うのか。さすが信西は、時すでに遅しと覚悟したのであろう、みずからがその非運を受けて院の身代わりになろうと決心したと語る。院への献身を覚悟する信西は、この意味でも信頼とは対照的である。事件の順序を逐うならば、この信西の行動は九日の夜討ち以前、遅くとも九日の昼間以前となる。そして「十日朝、右衛門尉成景」に命じて京の様子を探らせる。この成景が木幡峠で、かねて信西が召し使っていた舎人男があわてて南下して来るのに出会い、三条殿、信西邸の焼き討ち、主上と院の行方は煙に巻かれて焼死したとも、内裏へ遷幸されたとも聞くが定かではない、とにかく討手が信西の身を追っていると語る。成景は、舎人男の労をねぎらいながらも警戒して信西の行方を教えず、ただちに大道寺へもどって信西に事を報じる。信西はかねての覚悟の正しかったことを確認したのであろう、主上・院の身代わりになるべく穴を掘って埋められ、自害をも覚悟する。従って来た四人の者に、願いにより法名を授ける。おりから京に留まっていた師光も「此由を聞きて」出家し、西光と呼ばれたというのは、後日のことであるのだろうか。この西光が後日、院に荷担して平家討伐を企てることになるのであるが、それは『平治物語』のあずかり知らぬところである。ここで語り手は、信西の埋められたのを「十一日」のこととし、焦点を信頼側に移し「同十四日」、光保の郎等男が、所用あって木幡へおもむくところ、信西に仕えていた舎人男に逢う。「飼うたる馬によき鞍置きて」連れていたというのは、成景が労をねぎらいとして与えていたものか、あるいは、信西の馬を連れていたと言うから、信西の成り行きを見届けた別人の舎人男であったと考えるべきか。むしろそう考えるべきであるのだろう。光保の郎等男は、光保の指示により、問題の舎人男を脅迫して信西の行方を探し出し、すでに自害していた信西の「首を切りて、奉りけるなり」とは、一四四頁の「同日（十六日）」神楽岡に渡して実検した、その頸であると語る。登場人物や、日取りに古本語りの工夫があるのだが、語り手は、信西と、その頸を持参した光保からの動きを語り手なりに日取りを考えつつ語って来たのである。そのような手順を踏んで語るのが古本の語りの順序である。それは、だれか報告者があっての語りではない。その語り手の素材の出所は、やはりこれまで指摘してきた「人」や「心ある人」など、噂を流す人々を想定するのだろう。それを語り手は、「心ある」とも評するのである。語りの方法である。

二七二　**季経**（一四六頁）『百錬抄』久寿三年（一一五六）三月十日の条に「検非遣使右衛門尉源資経」が見える。「新大系」がこれを掲げ、他の諸本により「季経」と改めるが、それも未詳。

二七三　東の獄門（一四七頁）『百錬抄』平治元年十二月十七日の条には「少納言入道信西首、廷尉於二川原一請取、渡二大路一懸二西獄門前樹一、件信西於二志加良木山一自害、前出雲守光保所二尋出一也」とある。志加良木は、滋賀県の最南端、信楽町、南から西にかけて京都府綴喜郡宇治田原町に接する山地。物語が語る、信西最期の地と近い。

二七四　樗の木（一四七頁）せんだん科の落葉高木。材質が悪く、樹皮が漆に似て葉に臭気がある。中世、獄門の前に植えられ、重罪により斬られた者の首を懸けた。『愚管抄』五には、義朝の首を「東ノ獄門ノアフチノ木ニカケタリケル」とある。物語の語りには混乱があるか。

二七五　天下の明鏡（一四七頁）『日葡辞書』に「メイキャウ　あきらかなかがみ　澄んだ鏡」

＊（一四八頁）

「同十七日」と始めるのは、一四三頁「同十六日」、大炊御門の出火騒ぎに信頼一行が敵襲かと狼狽した日を受ける。状況は一転して覚悟の自害をとげた信西の首が大路を渡される。一四四頁、信西が都落ちにたどった道筋を逆にたどり「大和路」を渡して東の獄門に懸けられる。「京中の上下、市をなしてこれを見る」というのが物語である。その思いを語ることでもいくさ物語は無名性多様視点の世界である。そこへ濃き墨染め姿の隠遁者が現れ、信西その人の無慚な死を、その生前の学才を回想して惜しみ嘆くとともに、「諂諛の臣」こと信頼に亡ぼされたことを口惜しく思い、あわせて「朝敵にあらざる人の首」を懸けさせた先例が無いと「世にも恐れず、人にも憚らず」泣き、それを聞く輩の涙を誘う。語り手の思いを、この老僧に託し、人々の思いをもからめて語る。間接的にではあるが、この成り行きを傍観する院に対する思いをも忖度すべきであろう。この後、一九二頁、信頼の死の場面にも類似の老僧が現れ、この信西の場合とは逆に、死体に唾を吐き捨てるのとは対照的である。信西の信頼への報復を匂わせる語り本とは異質である。古本の語り手は、前の解官されていた信西の子息の悲嘆を重ねて想起しつつ、信西の北の方、紀の二位の不安と悲嘆を語る。こうした悲劇を招いた原因はどこにあるのか。改めて「序」の主張を思うべきだろう。批判の色が濃い。

二七六　さるほどに（一四八頁）この後、資料館本は「清盛は十二月四日熊野参詣九日夜の夜討によりて十日の朝六波羅より立たる早馬熊野の道にかゝりて夜を日につきて馳行程に切目の宿にて追付たり」とする。

二七七　先達（一四八頁）たとえば白河上皇の熊野参詣に三井寺の増誉がつとめて以来、同寺の長吏（管長）が熊野三山の検校になった。この場合は、単なる案内者ではない。

二七八　伊藤武者景綱（一五一頁）『保元物語』「官軍勢汰へノ事」に「清盛ニ相随手勢者共ハ」として「伊勢国ニハ旧市ノ住

人伊藤武者景綱」と見える。

＊（一五一頁）

この前の「十七日」に対して、ここでは日付は不明。「さるほどに」話変わって熊野参詣の途上にあった清盛の一行に六波羅からの早馬が京の異変を報せる。古本の語り手に、その日付は不明だった。九日夜の信頼・義朝軍の三条殿攻め、放たれた火のために主上・上皇の身の行方が不明、煙に巻かれて焼死とも内裏へ遷幸とも。信西一門も焼死したとの噂があり、その追手は平家にも迫ると使者が直接話法で語る。この主上・上皇に関わる報せは一四五頁、侍成景の、信西あてのそれと重なる。清盛は熊野詣でを中断、とって返そうとするが、武具の備えのないことに困惑する。平家相伝の家来、家貞が実はひそかに武具を用意していたと語り、重盛を安堵・感動させるが、いかんせん紀州で味方をする者が少ない。そこへ追手の義平がすでに天王寺・阿倍野に待機するとの噂に、清盛はいったん四国へ渡り、九州の勢をもかたらおうとするのを、重盛は、主上・上皇の身が敵の手に落ちては、平氏が朝敵になる恐れがあり、時を争うと進言。これに家貞も同感、難波三郎経房もこの意見に賛同して御前を立ったために「清盛も此人々の心を感じて」奮い立ったとあるから、すでに源氏の義平と、家貞が支える重盛との対立構造が顕現している。それにこの重盛の主張は『平家物語』でのその主張に通じる。重盛は義平との対決、死をも覚悟する。そこへ和泉・紀伊の兵が馳せ加わり、六波羅の留守勢が敵からの誘いにも従わず、時をかせいで、守っていると報告する。ただ、これは一四一頁に語ったところだが、清盛の聟である成憲（重憲）のみは院宣に従い、やむをえず敵の手にとりこめられたと語る。ただ、今のところ敵の手はのびず、天王寺・阿倍野を伊勢の伊藤景綱らが平家の帰洛を待つと報せる。「今は四、五百騎にもなりて候らん」との言上に、この前の義平が待ちかまえるとの噂が誤報であったと知る。言い換えれば、義平の動きを平氏が恐れていたことを物語るとともに、これが誤報、逆に味方が待機すると知って平氏が奮い立つことになる。平氏と源氏の対決の構図が熟して来るのである。

二七九　**右馬允範能**（一五一頁）語り本三四頁は「乳母子の桂の右馬允範能」。『姓氏家系辞典』は、桂右馬允範能を「勧修寺が傅子」と付記する。

二八〇　**顕時**（一五二頁）光頼の祖父顕隆の弟、従五位下因幡守長隆の息。母は近江守高階重仲の女。語り本では長方が末座にいた。保元二年八月右大弁、同三年八月左大弁、蔵人頭、平治元年四月、正四位下参議。「宰相」は参議の唐名。顕時は、当時、新任の参議だったので、末座に着いたのであろう。

二八一　**頼信**（一五三頁）頼光の弟で、母は大納言藤原元方の女とも、陸奥守藤原致忠の女とも言う。鎮守府将軍、左馬権頭などの官に就いた。兄、頼光とともに武勇を以て知られた。

162 **行はれべき**（一五三頁）確信の推量を表わす「べし」は、活用形の終止形もしくは連体形につき、「行はるべき」となるはずだが、院政期以後、話しことばでは、一段活用形・二段活用形の語の未然形につくようになった。ここは、その例。「人数」は「にんじゅ」とよみ、予定される「顔別れ」の意。

163 **夜の御殿**（一五五頁）昼御座の北の二間四方の室。『禁秘抄』上に「御枕ニ有二二階一奉レ安ジ二御剣神璽ヲ一」とある。

164 **小袖に赤大口**（一五六頁）時代により、形・その着用者に変遷があったが、『平治物語絵詞』の絵により注した。貴族が正式装束の肌着としてくつろいだ姿。「赤大口」は赤、裾口の広い袴。正装の時、表袴の下に着用した。『禁秘抄考註』「御装束事」に「只ノ時又自リ二他所一行幸ノ時赤大口ハ不レ改他ハ皆帛ノ御装束タル一説也」とある。「新大系」は『禁秘抄』に「近代、小袖用二赤大口一、建久以後事也」とあるを引く。

165 **巾子紙入て**（一五六頁）『絵詞』でもその姿になっている。『装束集成』一に「当代装束抄曰く、天子御冠、常に巾子を金紙を以て収包着御之由也、金巾子とも言ふ。是は天子の御冠計也」とある。信頼の装束は、まさに「ひとへに天子の御ふるまひの如なり」である。

166 **稲荷社**（一五六頁）↓補一一五。ここは、その風習にならって平氏の吉凶を占おうとしたもの。

＊（一五六頁）

第一段、「同十九日」とあるのは、一四六頁「同十七日」、信西の首実検のあった日付を受ける。語りの焦点は、前段の熊野参詣途上の平氏ではなく、京にもどって内裏にある。信西亡き後、いよいよ信頼が動き始める。「殿上にて公卿僉議あるべしとて催されければ」との提案主体は、主上や上皇ならぬ信頼であるのだろう。僉議の議題が何であったかは不明のままなのだが、信頼にしてみれば、自分の威光を確かめる場でもあった。藤原顕頼の息で、信頼の母方の伯父に当たる光頼は、信頼とともに信西の首を実検した惟方の兄である。惟方は二条天皇の乳人であった。その参内する光頼のいでたちを「殊にあざやかなる装束に蒔絵の細太刀」とあるから文官の儀礼用の太刀を帯びる、しかも「侍一人も」同行せず、右馬允範義に雑色の装束をさせ、万一の場合には「我をば汝が手にかけよ」と言い含める。内裏には信頼を警護するために「大軍陣をはり、列を厳しく守」る。公卿たちがひかえ、大勢の兵が警固する中を、光頼は「憚かる所もなく」「入給。（これを）兵、弓をひらめ、矢をそばめて通したてまつる」、光頼に敬意を表すのである。語り手は、その光頼の行動を「入給」と敬語を使って語る。これまで多くは敬譲表現を避けて来た古本の語り手であるのだが。第二段、依然として光頼の行動は敬意をこめて語る。焦点化の主体としての光頼は、列座する上臈たちの上座を衛門督信頼が占めると知る。これを「こは不思議の事かな」と「見給」う。座をとりしきっていた顕時を睥睨して、座が乱れていると指摘し、「しづ〳〵と歩み寄りて」、信頼の「座上にむずと居かか」る。この擬態語が光頼その人の行為の冷静さと大胆さを語っている。さすがの「信頼も色」を失い、「うつぶしに」伏目《ふしめ》になる。光頼が改めて信頼の座の異常さを指摘し、僉議の議題を単刀直入に質すのだが、何よりも信頼のおじけように人々は口をとざすばかり。第三段、「程経て」事が進まないために、光頼は「つい立て静かに歩出られ」たので、満座の兵たちは光頼を「あッぱれ大剛の人かな」、これを「大将として合戦をせばや」と言い、あの勇者として名をなした「昔の頼光をうち返して光頼と名のり給へば」、このように大剛なのかとほめそやすのを、「などさらば、（その）頼光の弟に頼信をうち返し信頼と名のり給信頼」がこのように臆病なのかと「しのび笑ひ」したと語るのは、並み居る人々の思いを介しての、語り手の信頼に対する笑いである。第四段、主役は依然として光頼である。場所は殿上の間から、天皇の日常空間である清涼殿へ移る。「見参の板」をわざわざ「高らかに踏ならし」て立ち入り、殿内に控える弟の惟方を呼び出し、急ぎの公卿僉議と言いながら、「さして承り定むることもなし」、それに死罪に処せられるべく「当世の有職、しかるべき人ども」の中に加えられることを誇りとする。それにしても過日、十七日、信西の首実検に信頼の「車の尻に乗」って出かけたのは、「近衛大将・検非違使の別当」として

あるまじきこと、「はなはだ穏便ならず」と叱責する。窮した惟方が「天気にて候しかば」と言うのは主上、もしくは上皇の意向だからと弁解するものか。後者だろう。その弁解を光頼はすかさず、いかに「天気なればとて、存ずる旨」を語って諫止しなかったのかと切り返し、先祖、勧修寺高藤以来、ひたすら「徳政」を行って「一度も悪事にまじはらず」、「讒佞のともがらに」協力したことはない。それをこの度、暴逆の臣である信頼にかたらわれて「累家の佳名を」失うことになるのは口惜しいことと追いつめる。熊野参詣に出かけた清盛らが参詣を遂げず、引き返す。それも大軍であると聞くから、これを相手に戦っては、敗北は必定、この内裏に火でもかけられては朝家の一大事、王道の滅亡はまさに目前に迫る。不幸の中にも幸い、隙を狙って主上の安泰をはかれと説得する。これらの光頼の、直接話法による語りは、語り手の焦点化の主体が光頼に重なることを示唆する。相手の惟方を追いつめるように、主上・上皇それに王権の聖器としての内侍所・宝剣の在所を畳みかけて問い質す直接話法の語りが、語り手として、この光頼の、王権護持のための決断と意志を強力に語ることになっている。さらに天皇の空間である「朝餉の方」を信頼が占拠すると聞いて、主上と信頼の場が逆転していると知った光頼は、天照大神・八幡大菩薩の手にも及ばぬ主上の状況と嘆く。この光頼の言動を惟方は、人に聞かれてはと肝を冷やす。許由の故事を想起して悲嘆

に暮れる光頼の表情は、参内当初の「ゆゆしげ」であった表情とすっかり変わり、しょげ返ったと語る。この光頼の演技めいた行動の前になすすべもない信頼。光頼に寄せる語り手の思いが、一方の信頼を矮小化して語ることになっている。しかも第五段、結びとして光頼が語ったとおりに清盛の一行がすでに伏見の稲荷まで帰還し、稲荷（意成り）の神木、杉の枝を鎧の袖につけて戦勝祈願を果たし六波羅へ帰ったと語る。さきの光頼の予告が効いたのであろう、内裏の信頼の一行は、もっぱら受け身に廻って六波羅からの夜討ちを怖れるばかり。かくて光頼の登場を契機に、清盛ら平家軍一行の動きが語りの前面に出て来る。

二六七　**死罪**（二五六頁）保元の乱後の処理について『百錬抄』保元元年七月二十九日の条に「源為義已下被レ行二斬罪一、嵯峨天皇以降所レ不レ行之刑行也、信西之謀也」とある。ここは、その信西の子息たちの処分を語るものである。『愚管抄』五が信西の能吏ぶりを記した後に、この子息たちの栄達を記すのと一脈通じるものがある。言いかえれば、それだけ、物語における信西の存在が大きかったのであろう。

二六八　**遠流**（二五六頁）『延喜式』二十九に「其路程者、従レ京為レ計」として、伊豆・安房・常陸・佐渡・隠岐・土佐などを遠流の地とした。

二六九　**俊範**（二五七頁）『公卿補任』に流刑地を俊憲（範）を越後から阿波に改め、重憲（成範）を下野とし、『尊卑分脈』に定憲（貞憲）を土佐国、修憲（脩範）を隠岐国、惟憲（是憲）を佐渡国、静憲（賢）を安房（但下向丹波）、憲耀を陸奥国、覚憲を下野国、明遍を越後国、澄憲を下野国とする。

二七〇　**元三**（二五七頁）『日葡辞書』に、「グワンザン　正月一日也、年の元、月の元、日の元合して元三也」とあり、一年の始めの元日の意であるが、ここは転じて正月の三が日のこと。朝廷年始の儀礼が行われるべきところ、停滞したことを言う。

＊（二五七頁）

冒頭「廿日」とあるから、光頼が主役を演じた前段の翌日のことである。殿上の間で公卿僉議があるというので「大殿・関白殿、大政大臣師賢・左大臣伊通、その外公卿・殿上人、各馳せ参られけり」とあるのは、一四一頁、信西の子息闕官の段で「さる程に、大殿・関白殿、大内へ馳せまゐらせ給」とあった語りに似ている。今回の僉議が、その信西の子息の罪名決定の議であるし、それに前段ですでに「大裏には、殿上にて公卿僉議あるべしとて催されければ」とあっただけに、いささか洗練に欠ける。中に死罪を口にする人（信頼その人か）がいたのか、「大宮左大臣伊通公の宥め申されけるによッて、死罪」を減じて遠流に処せられたと言う。伊通の発言に敬語を使っていることからも語り手が伊通をこの場の主役にしようとする姿勢を示唆する。「昨日も此儀あるべかりしか共、光頼卿の着座によッて、万事うちさまして、今日、此儀あるとぞ聞えし」とするのは、上述の語りの欠陥を補い、ひいては前段における光頼の存在が大きかったことを語ることになっている。俊範以下、信西の子息たちの流罪先を記録的に語る。その背後に信頼の発言があったものと読める。信頼は、このように事を進めながら、平家帰洛の報を不安に思う、「同廿三日」内裏の兵たちの、六波羅軍襲来に対する不安と緊張を語るのだが、六波羅側でも「去十日より……大内より（信頼の軍が）寄すとて騒ぎ」、内裏側は「六波羅より寄とてひしめく」と両方が相手の出方を待つ。清盛が主上・上皇を擁するに至ったため、まさに「源平両家の兵ども」の対決になった。おりから「年もすでに暮れなんとす」るが、「元日元三」の朝儀の準備もできず、「ともかくも、事落居して、世間静かなれかし」と思うのが「京中の上下」だと言う。やはり京中上下の人々の思いを通して、事の経過を眺め語っている。もっぱら信西一家の悲劇に絞る語り本に比べて、公共的な姿勢が色濃い。

三九一　**同廿六日の夜ふけて**（一五七頁）『百錬抄』平治元年十二月廿五日の条に「夜、主上中宮（姝子）偸出二御清盛朝臣六波羅亭一上皇渡二御仁和寺一」、『愚管抄』五に「十二月廿五日乙亥丑ノ時ニ六波羅へ行幸ヲナシテケリ、ソノヤウハ清盛・尹明ニコマカニオシヘケリ、ヒルヨリ女房ノ出ンズルレウノ車トオボシクテ、牛飼バカリニテ下スダレノ車ヲマイラセテオキ候ハン、サテ夜サシフケ候ハン程ニ、二条大宮ノ辺ニ焼亡ヲイダシ候ハバ武士ドモハ河事ゾトテソノ所ヘ皆マウデ来候ナンズラン、ソノ時ソノ御車ニテ行幸ノナリ候ベキゾトヤクソクシテケリ」とある。日付について、「新大系」は「二十五日深夜から二十六日未明にかけてのことだったので錯誤が生じたか」とする。当時の時刻の理解については、現代とは違うことを銘記しなければならない。

三九二　**日吉社へ御幸**（一五八頁）乱後のことになるが『百錬抄』永暦元年（一一六〇）三月二十五日の条に「上皇始参二日吉社一御遜位之後、始神社御幸也、平治逆乱之時、別有二御願一之故也」とあるのと重なるか。乱の行方を見通した語りで、やはり語り手の上皇への焦点主体化を示す。

＊（一五九頁）

「同廿六日の夜ふけて」とは、前段の「廿三日」、さらには「去十日より」内裏・六波羅の双方が相手の出方を伺っていたのを受けて言うのであろう。実に二週間も双方の緊張が続いたわけである。その廿六日の夜に、あの光頼の弟成頼が状況を読んだのであろう、一品御書所に軟禁状態にあった主上をひそかに訪ね、明朝を期しての戦闘の開始を前に、経宗・惟方からの言上はなかったかと尋ねる。背後に光頼の指示があったと前提するのか。上皇は「驚かせ給ひて」と言うから、迂闊な話で、信頼らの思いのままに動きを封じられていたというわけ。序章を思い出したい。上皇は仁和寺の同母弟覚性法親王を頼ろうとする。信頼は、六波羅勢の攻めに備え緊張のあまり、上皇への目配りがおろそかになっていたと言うのか。とすれば、この十余日の膠着状態は、状況を探る六波羅側の作戦であったとも読める。あの熊野参詣の途上、洛中の異変を知って、すばやく行動を開始し、朝敵になるのを避けようとした重盛の発言が想起される。殿上人姿に扮した上皇が単独、騎馬で脱出、北野天神の加護を念じつつ、厳しい寒さと不安の中を脱出してゆく。一種の道行きの語りをなす。語り手は、上皇の思いに即し、あの保元の乱に敗れて如意山にのがれた讃岐院こと崇徳の体験に思いを馳せる。崇徳の場合は、家弘が同行したからまだしも、わが身は一人の同行者もないと嘆く。ここで、上皇の胸に、亡き崇徳への怖れがあったとするのは深読みであろうか。その上皇の当時の思いを慮りながら、後日、世が静まって後に日吉山王社へ参ったとするのは、この当時の願、平和への思いが叶えられたことへの報謝の御幸だったと先取りして語るもの。この先取りは、いくさ物語として珍しい方法である。ようやくのことで仁和寺にたどり着く上皇を、法親王が悦び迎え「供御なンど」を供して「かひぐ〲しくもてなす」。保元の乱の際の崇徳をまともにもてなさなかったとして、この崇徳と後白河が兄弟の仲ながら、「事の外に」状況が変わっていたと語る。この後の上皇の行方を知り尽くしているはずの語り手の思い、上皇の脱出、やがて宮廷への復帰を見届けた後の思いが重なっているのであろう。保元の乱の物語とのつながりを色濃く見せる語りである。

二九三　**其（玄）象**（一五九頁）『古今著聞集』三に保元三年正月廿一日、内宴の儀が再興されるが、「そのとし、二条院位につかせおはしまして、次年、式日におこなはれけるに、主上玄象ひかせおはしましけり、上下耳をおどろかさずといふ事なし」とある。『禁秘抄』上に、貞敏が中国から持ち帰った「累代、宝物也」とし、「凡ソ此比巴云レ体云レ声不可説未曽有ノ物也」として奇談を記す。

二九四　**鈴鹿**（一五九頁）『禁秘抄』上に「与二玄上一同累代宝物也」とし、『禁腋秘抄』に「西後ノ障子ニソヘテ三ノ間ニヲキ物ノ机ヲ立、北机ニハ楽器ヲヲク、上ニ琵琶（玄上）……次ノ重ニ和琴（鈴鹿）ヲカレタリ」とある。

二九五　**時の札**（一五九頁）『禁腋秘抄』に「次一間シトミ也、二ニワリテ西ハ下テ御物棚ヲ其前ニ立、傍ニ時ノ札立タリ」とある。

二九六　**内侍所の御唐櫃**（一五九頁）『百錬抄』の承暦元年（一一六〇）四月二十九日の条に「内侍所神鏡奉レ納二新辛櫃一」とした上、「去年十二月廿六日信頼卿乱逆之間、師仲卿破二御辛櫃一奉レ取二御躰一於二桂辺一経二一宿一、其後奉レ渡二清盛朝臣六波羅亭一造二仮御辛櫃一奉レ納、自二師仲卿姉小路東洞院家一所レ還二御温明殿一」と経過を記す。

二九七　**御衣の裾に**（一六〇頁）『愚管抄』五、三条殿攻めがあった時に、「師仲源中納言同心ノ者ニテ、御車ヨセタリケレバ、院ト上西門院ト二所ノセマイラセタリケルニ、信西ガ妻成範ガ母ノ紀ノ二位ハ、セイチイサキ女房ニテアリケルガ、上西門院ノ御ゾノスソニカクレテ御車ニノリニケルヲ、サトル人ナカリケリ」とある。

＊（一六〇頁）

一四九頁、熊野参詣途上、早馬により、京、三条殿焼き討ちの報に接した清盛が、いったん西国へ落ち九州勢を以て京を攻めようと言うのを、重盛は朝敵の名を着せられては手遅れと即刻帰洛を主張したのだった。ちなみにこの重盛の王権絶対視の考え方は『平家物語』にも継承される。しかも上皇・主上はともに内裏を占拠する信頼の手中にあった。それを、上皇は成頼の示唆により、信頼の虚をついてひそかに仁和寺へ脱出していた。同じ時のことであろう、あの兄光頼に責められた惟方の導きにより、経宗も同行して、主上は女房姿に扮し、中宮・紀二位とともに内裏を脱出、清盛の郎等伊藤武者景綱らが供奉して、土御門大路を東行、待機していた重盛ら三百余騎に導かれて六波羅へ入る。その道中の不安を主上らに即して語る。特に信西の北の方の不安を語る。清盛は勇気づき、一行、「興に入りて喜びあ」ったと言うから、まさに重盛の作戦が効を奏したのであった。主上の行幸を知った公卿たちが、またも成頼のかけ声で、六波羅へ馳せ参る。「築地のきはより河原面まで」六波羅を守護する兵が満ちあふれ、清盛は「家門の繁昌、弓箭の面目なり」と喜んだと語る。ここでようやく平氏が信頼らに対決する主役の座を占めることになったと語るのが古本である。

二九八　**京中の人、中小別当と申ける**（一六二頁）『愚管抄』五に、惟方が「夜ニ入テ惟方ハ院ノ御書所ニ参リテ、小男ニテ有ケルガ」と見え「惟方ヲバ中小別当ト云名付テ世ノ人云サタシケリ」とある。流布本『平治物語』にも「此人は、生得勢ちいさくおはしければ、小別当とぞ人申ける。それに信頼卿にくみして、院・内をしこめ奉る中媒をなし、又ぬすみいだしまいらする中媒せられければ、時の人中小別当とぞいひける」とある。

二九九　**赤地の錦の直垂**（一六二頁）赤い地の錦で仕立てた鎧直垂。錦は多彩な色の糸で模様を織り出した織物。この信頼の鎧装束は、語り本もほゞ同じ。『貞丈雑記』十一に「大将たる人は十か九つ迄は皆赤地の錦也、外の色は稀なる事也、大将ならぬ人も錦を着たるはあれども赤地錦はあらず」と言う。

三〇〇　（一六三頁）資料館本に「左馬頭義朝がたのむ所の兵はたれ〳〵ぞ、嫡子鎌倉悪源太義平生年十九歳、次男中宮大夫進朝長十六歳、三男兵衛佐頼朝十二歳、義朝が舎弟三郎先生義章、同十郎義盛、伯父陸奥六郎義高、信濃源氏平賀四郎義信、郎等には鎌田兵衛政家（清）、後藤兵衛実基、子息新兵衛基清、三浦荒次郎義澄、山内首藤刑部丞俊（義）通、子息滝口俊通、長井斎藤別当実盛、信濃国住人片切小八郎大夫景重、上総介八郎

広常、近江国住人佐々木派三秀義、是を始としてわづか二百余騎には過ざりけり」として上巻をとじる、語り本は四四頁に先出してこの源氏の勢揃えを語っていた。資料館本の成り立ちを考えるべき語りか。

＊（一六三頁）

一五七頁「同廿三日」、内裏・六波羅ともに相手の出方を見守り警戒していたのだが、廿六日、信頼が上皇・主上を手中にしているとの安心・油断から「さしも楽に誇」り、「今夜も」深酒して「女房どもに、こゝ打てや、かしこさすれや」と「のび〱として寝」ていた。そこへ「廿七日の」明け方、成親が来たり「行幸は、はや他所へなり候ぬ」と主上の不在、それにともない公卿もだれ一人いない、「御運のきはめとこそおぼえ候へ」と耳打ちする。驚く信頼が「上皇（主上）もましまさ」ないことを見届け、「手をはたと打ッて」あわてて立ち返り成親の耳元に、この事実を他言するなと口止めする。「成親、世におかしげにて」義朝らがすでに事を知っていると言う。状況を知りつくしている語り手は、その成親の目から見ても、信頼の迂闊さに笑わざるを得ない。しかし義朝はすでに、自分たちが朝敵の側にまわったことを知っているのである。そこで信頼が「出しぬかれぬ〱」と「大の男の肥え太りたるが、踊上り〱しけれども、板敷の響きたるばかり」だと、語り手は笑う。事に臨む信頼と義朝の違いが明らかである。義朝が信頼を「不覚仁」ときめつけるわけである。この形勢逆転は、一五七頁、惟方が兄光頼の忠告により信頼を見限ったことによるのだが、これを世の人が、小柄でありながら、主上・上皇を信頼の手から清盛の手へ移す仲介役として「中小別当」とあだ名していたのを、あの痛烈な批判を吐く伊通が、皮肉をこめて忠臣の意の「忠小別当」だと評し、万人をしてもっともと感じさせたと語る。語り本では、この前の段にある「時の人」の惟方評を、古本は、ここで語り、しかも例の伊通を参加させて惟方をも笑い者にする。この段の後半、「同廿七日」平家軍が内裏を攻めるとの噂に信頼らが、今や今やと待つ。その信頼の服装を大将にふさわしいものと語りながら、語り手自身が「装束は美麗なり、その心は知らねども、あッぱれ大将とぞ見えたり」とは、やはり冷笑を見せている。さらに成親の武装をもはれやかに語り、「年廿四、容儀・事柄人にすぐれてぞ見えける」と冷ややかに語る。その最後に、現実に軍を動かす義朝のいでたちは「その気色、人に変りて、あッぱれ大将軍やと」見えたと語る。その義朝は冷静に、すでに光保らに心変わりのあることを見通しながら、大事を前に敵に力をつけることになってはと怒りを抑えていた。信頼・成親と義朝を語る語りには隔たりがある。古本における物語の対象は、負け色になった義朝である。

三〇一 **大臆病の者**（一六五頁）『愚管抄』五に、主上・上皇が内裏を脱出、六波羅へ移ったことを記し「後ニ師仲中納言申ケルハ、義朝ハ其時、信頼ヲ日本第一ノ不覚人ナリケル人ヲタノミテ、カヽル事ヲシ出ツルト申ケルヲバ、少シモ（信頼は）物モヱイハザリケリ」と記している。

三〇二 **堀川**（一七〇頁）『愚管抄』五に「重盛が馬ヲイサセテ、堀河ノ材木ノ上ニ弓杖ツキテ立テノリカヘニノリケル、ユヽシクミヘケリ、鎧ノ上ノ矢ドモオリカケテ各六波羅ニ参レリケル」とあり、古く『続日本後紀』天長十年五月甲寅の条に「太政官処分、課二左右京戸一令レ輸二檜柱一万五千株一充二東西堀河杭料一」と見える。

三〇三 **進藤左衛門尉**（一七〇頁）流布本『保元物語』「官軍方々手分けの事」に、後白河方の軍勢に「大江山へは進藤判官助経承て向ひけり」と見える「新藤」も進藤であろう。

三〇四 **六波羅池どの**（一七四頁）平氏が全盛時代、邸を営んだ。清盛が住む主殿、泉殿のほか、頼盛の池殿などがあった。そこには頼盛の母、池禅尼が忠盛と生活した。池殿町の名が残る。

三〇五 **当腹の愛子**（一七五頁）清盛の母については、祇園女御の妹との説があるが、その弟の家盛と頼盛の母は修理大夫宗兼の女で、忠盛はこれを後妻とし、この二児を寵愛したが、家盛は若死。この家盛が頼朝に似ていたとの噂のあったことが、後日、頼朝助命の原因になったと語ることになる。

＊（一七五頁）古本は、これまでを源平互角の戦いと見ていたのだが、この待賢門のいくさを平氏側の主導で語り始める。立場が代って源氏を朝敵ときめつける平氏。仮の内裏になっている六波羅で公卿たちは、あの信西の尽力によって復興した新造の皇居（『愚管抄』）が、今、信頼らの手の中にある。まずい攻め方をしては、その皇居が兵火にかかる怖れがある。それを防ぐ戦略として、いったん皇居を攻めながら、「いつはりて」退けば信頼の軍は勝ちに乗って内裏の外へ出てくるであろう。その隙に官軍が入り代わって内裏を守れば、「朝敵」を誘き出して討つことができようと「勅定承りて」とは、おそらく公卿たちの新造皇居への思いを重盛らが考えた策であったのであろう。その先兵として重盛ら三人を大将軍とする三千余騎が、六波羅から六条河原へ出、平治という年号、平安の城、しかも平氏と三事が相応して勝ち戦は必定と勇気づく。この大軍が大内裏の東面、近衛・中御門へ寄せ、大炊御門大路の郁芳門から内裏へ向かうと、南の承明門・建礼門が開いていて、紫宸殿前の広庭に百騎ばかりの馬をひかえている。語り手が寄せ手の平氏の側に視点を置くのは、合戦の行方をすでに示唆する語りと言えよう。ここで語り手は視線を内裏の信頼側に移す。合戦の経過を語る方法の一つとして、このように語り手の座を交互に両方へ移動させるいくさ物語の方法がある。内裏側と言えば、その総大将の信頼を語る。門外の平家軍の「時の声」三か度に内裏側でも時の声を合わせるのだが、紫宸殿の額の間にいた信頼がとたんに狼狽し顔面蒼白、「何のやうに立べしとも見えざりけ

り」とは、義朝の思いに重なる、語り手直接の語りである。信頼が兵にならって馬に乗ろうと立ち上がったものの「膝ふるひて歩みもやらず」、内裏の正面、南の庭に降りる階をも降りかねるありさま。まして馬にも片鐙に脚をかけたまま、草摺が音を立てるほど身震いする。見かねた侍が後ろから押し上げたものだから、馬を乗り越して反対側に落ち、鼻先を砂にすって血に染めるありさま。語り手はここでも、「まことにおめかへりてぞ見えし」と語る。あさましさに「をかしげに見る」兵もあり、これを見た義朝は「あまりのにくさにものも言はざりけるが」とは、語りの視点を義朝に絞り込む。そのあげくにモノローグの形で「大臆病の者、かゝる大事を思ひ立ちけるよ。……大天魔の（信頼に）入りかはりたるを知ずして、与して憂き名を流さん事よ」とつぶやきつつ、広庭から東へ、日花門へ向かう。義朝のこれまでの信頼への期待は無慙に砕け散る。信西の自害により乱のきっかけをなした両者の対立は決着がついたものの、平家の立ち帰りにより朝敵の立場に身を落した義朝ら源氏一門と、清盛が率いる平家との対決構図が出来上がった。ここで「義朝たのむ所のつはものども」として、その嫡男義平以下、勢揃えを語りつつ、「その勢、二百余騎には過ぎざりけり」とは、どういう語りなのか。寄せ手の平家の軍は、「三千余騎」とあった。その信頼がようやく馬に「舁き乗せられ」大内裏東面の待賢門を固めるのだが、「まことはたのもしげにも見えざりけり」と語る。あの義朝の推挙により信頼に召されながら、早くも心変わりを見せていた光保らが、同じ東面の、もう一つ北の陽明門を固める。これらの源氏側の備えに対して平家側の頼盛は義朝が固める郁芳門を、経盛は光保が固める陽明門を、そして重盛が信頼の固める待賢門を攻める。一時《いっとき》、今の時間にして二時間ばかり互角に戦った後、重盛は五百余騎を東面、南北に走る大宮大路に待機させたまま、五百余騎を率いて待賢門に討ち入る。これを「信頼卿ひとこらへもこらへず、大庭の椋の木のもとまで」動く。これを見た義朝が不覚仁、信頼のために敵の手に渡った待賢門を奪回せよと義平に指示する。ここで義平が大庭へ入り、名のりをあげる。『平治物語』のいくさ物語としては、初めての名のりである。しかも相手を重盛と知った上での義平の名のりである。事は重盛の思ったとおりに運んでいながら、その重盛も合戦の場では義平に翻弄される。「一人当千の」義平らに重盛は懸け立てられて大宮大路へ退く。さきに五百余騎を待機させていたのと合流する。ここで語り手は、前の義平を語ったのを受けて、重盛を「あッぱれ大将軍かなとぞ見えし」と語る。このあたり重盛のかけひきがあるはずで、そのために名のりはしない。「合戦は又、時宜による」と「今一度駈け懸て、その後こそ勅定のおもむきにまかせめ」とは、とにかくいったん戦った上で予定どおり、相手をおびき出し内裏を占拠しようとすることを語るのである。重盛の思いがあろう。それとは知らぬ義平が重盛をねらって追う。重盛は重ねて退く。この義平の行動を見て義朝は「さてこそ心やすけれとて」討って出る。六波羅軍の策にはまった。はたせるかな郁芳門を攻めていた頼盛が退く。火をかけずして内裏を確保しようとする平家軍、それと知らぬ義朝ら。ここで陽明門を固めていた光保らが、かねて義朝が見抜いていたとおり心変わりして六波羅へ寝返ったために、内裏に残るのは臆病な信頼らのみ。合戦の行方を見通していたのは義朝であるとするのが物語であろう。「合戦のてい、末たのもしくも見えざりければ」とは、語り手が義朝を視点としていることが明らか。いくさの行方を見るのに敏である後藤実基が、六歳になる坊門の姫を抱いて参る。実基なりのいくさの読みがあったのだろう。義朝は涙を押し隠して「さやうの者は」井戸に沈めよと言い切る。実基は義朝の心中を察したのであろう、姫を下級の男に託して逃がしたと語る。待賢門の軍の行方は決したと語り手は見ている。問題の不覚仁、信頼は、義朝の後を逐いながら退路を家来に問う。さすがの郎等もあきれて相手にせずこれを憎むとまで語る。信頼も、早やいくさ物語の圏外に去ったと言ってもよい語りである。つまり合戦の行方を源氏と、これを追いつめようとする平家の対決と見る。しかし勇みのあまりに敵の策を読めないのが義平である。堀川の材木の上での重盛との対決、これを阻もうとする源氏方の鎌田、平家方の与三景康、進藤の攻防、平頼盛と鎌田の下部の甲のしころ引き、その頼盛の郎等藤内らのたたかい、源氏方の後藤実基と平山の奮戦、重盛・頼盛の六波羅への後退、特に父忠盛が伝えた名刀抜丸が頼盛の窮地を救った事を語り、そこでこの抜丸の由来と、その相伝が一門内の清盛と頼盛の仲を「不快」にしたと語るのは、早くも、この後の頼朝がからむ平家一門内部の不和を示唆している。内裏は、空《から》同然の状況になっているはずである。古本は、このように義朝なりに合戦の行方を見通すところで上巻を閉じる。

中巻

三〇六　**六波羅**（一七六頁）六波羅邸の北端が五条橋への渡り口であった。この時代には賀茂川に架かる橋として五条橋と七条橋があった。

＊（一七六頁）

　上巻の結び、待賢門の戦いに平氏の作戦を語っていた。それを受ける。巻改めとしては、「さるほどに」という発語で始める語り本に比べて不十分であるが、ともあれ内裏が今や主のない空白になっていることを義朝は熟知していたはず。その義朝が六波羅攻めを志して六条河原に出る。語り手は義朝を視点とし、相手の備えのきびしいことを知る。人々が馳せ参る六波羅が皇居になり、これに不参、敵対する者が「朝敵」となる。源平ともに朝敵となることを怖れた。『平家物語』の重盛が、その典型である。その事を義朝は知っていて、源氏の不利は決定的と覚悟。主上、二条天皇、もしくは後白河上皇の指示を「仰せられしかば」との敬語を使って語るのは、上巻から一貫しているのであるが、この敬語も結果的に義朝の負い目を語ることになる。その意味で、義朝から見た平治の乱の行方を語ると読める。

三〇七　**楊梅**（一七六頁）「新大系」は、「(楊梅が）東京極大路より更に東へのびていた同小路を西へ戻ったことになる」とする。語り本は「(信頼は）六波羅へはよせずして、手勢五百余騎かはらをのぼりにおちられければ」とする。地理の把握に乱れがあるか。

＊（一七七頁）

一七〇頁、義理を立てるためか、あるいは頼る相手もなかったためなのか、信頼は、六波羅攻めを企てる義朝の後を逐っていた。それが前段に見たような六波羅側の固め、大勢の人々が朝敵になるまじと馳せ参る様子を見て（「是を見て」）、ついに「あの大勢におしつゝまれては、かひなき命も助かりがたし」と見て逃亡を始める。それを目撃するのが、義朝に仕える金王丸である。信頼の動きを義朝に報せるが、すでに信頼の醜態を見、これに従ったことを後悔していた義朝にとって、もはや信頼の行方など眼中にない。信頼がいてはかえって足手まといと無視する。かくて信頼を抜きにした義朝は、朝廷を守る平家に対する朝敵となつての戦闘であることを自覚したはずである。

三〇八　**死出の山**（一七九頁）偽経『十王経』に言う、閻魔王国への国境にあり、生前罪を犯した亡者が越えるのに難儀すると言う。

＊（一七九頁）

保元の乱に、渡辺党を率いて後白河側についた摂津源氏の頼政であった。以下、京侍らしい頼政と、坂東育ちの武者としての義平の違いを語る。その頼政が、三百余騎で五条河原の西岸に控えている。対岸には六波羅勢が待機する。そこへ、あの荒武者、悪源太義平が源氏の白旗を掲げて現れ、頼政の心中を見抜き「大音声をあげて」源氏の身ながら二心あるかと非難し、太刀をふるって攻めかける。追われて頼政が後退する。相手にするに及ばずと判断した義平が父義朝のもとへと歩むところを、頼政の郎等が追うことになり、義平の郎等、山内首藤刑部の息、滝口を下河辺行泰が狙って、その首の骨を射る。義平が「大事の手」を負った滝口の首を敵の手に取らすなと指示、義朝の乳母子鎌田正清の下人が、その指示を伝える。滝口は「よき大将に召し仕」えるものと感謝し首を差し出す。経過を見ていた滝口の父刑部が「(今は）弓箭の面目をも譲」るべき子息もなしと死を決意して戦うが、あいにく敵の矢にも当たらずと嘆く。義平が小勢で駈け戦うのを見た義朝は、これを助けようと五条河原へ駈け出す。ここで頼政は、意を固めて六波羅方につく。逡巡する頼政を決断させたのは義平・義朝父子の行動であったと語るのである。義朝の子息ながら、その弟の頼朝や義経とは違った荒武者としての義平である。

三〇九　**その日の装束には**（一八〇頁）『愚管抄』五は「大将軍清盛ハヒタ黒ニサウゾキテ、カチノ直垂ニ黒革オドシノ鎧ニヌリノノ矢オイテ、黒キ馬ニ乗テ御所ノ中門ノ廊ニ引ヨセテ、大鍬形ノ甲取テ着テ緒シメ」と記し、底本同様、黒ずくめである。語り本は四九頁「かちんのひたたれに黒糸をどしの腹巻に、左右の籠手をさし、とりえぼし引立」とする。「かちん」は「勝ち」の語に通じるとして好んだ。

三一〇　**十善の君**（一八一頁）逆の十悪は、殺生・偸盗・邪淫・妄語・両舌・悪口・綺語・貪欲・瞋恚・邪見。それを犯さないことにより即位したこと。

＊（一八二頁）

前段、義朝は義平の活躍に励まされて「五條河原へ向き」、賀茂川を渡っていたのだろう、義平が父を逐うて川を渡り、父子そろって六波羅を攻める。「こゝを限りと見」る義朝の姿を語り、「伴ふ輩たれ〳〵ぞ」と語るのは、語り手の、源氏に寄せる思いを示唆する。始めの垣楯から二番目をも打ち破り、おめいて駈け入り戦う義朝父子の決意。ここで視点を守りの平氏の側に移し、「敵」（義朝側）の射る矢が「雨の降る如くに当たり」ければ、清盛は、敵を思いのままにさせると怒り、みずから討って出ようとする。「つッと出で」馬に「ひたと乗る」という擬態語、「下より上までおとなしやかに、真つ黒に」という黒づくめに近い、そのいでたちと乗馬。ただ甲はこの装束とは逆に「白かねをもッて大鍬形を」打ち「白くかゝやきて」、「あッぱれ大将軍やと」見えたとする語りに、語り手の、清盛に寄せる思いをもにじませている。しかも重盛らの外、一門三十余騎が、清盛を敵の矢にさらすまいと矢面に立つ。その重盛が頼政をめがけて進む。重盛は、いまだ頼政の迷いを気づかなかったのか。それほど頼政には去就に迷いがあったということか。その頼政が「川原を西へ」とは、渡河して六波羅の西門へと攻める義朝の軍勢に対決しようとするのだろう。そのとおり義朝が、この頼政の攻めに押されて西岸へ退き、若党どもに「ここを最後ぞ」「一引きも引くな」と馬の轡を並べて頼政に反撃を加える。さきの義平に続いて義朝もが頼政を源氏としてあるまじき二心と非難するのを、頼政は「十善の君」、つまり主上の側につくのを二心とは言えまいと反論し、むしろ「日本一の不覚人信頼に同心する」義朝の非を責める。頼政なりに筋を通しているとの語りである。すでに義朝自身が信頼に従ったことを不覚と思い知っていたのだから「ことわり肝に当たりけるにや」、返す言葉がなかったとは、やはり語り手の義朝への同化を示す。義朝のディレンマ。そこへ平氏方の伊藤景綱、相伝の家来、家貞が源氏のひかえる東岸を上って来るのを見た鎌田正清が、敵に包囲攻めの企てありと見抜き、いったん後退するよう進言するのだが、すでに討死を覚悟する義朝に退く思いはない。討って出ようとするのを、鎌田は、敵の手にかかるよりは大原・静原で自害するか、もしくは北陸道を経て東国へ下り、再起を期すようにと、義朝の乗馬の馬具にとりすがって西の方へと向ける。義朝方の敗色濃いことを語りながら、鎌田らの主、義朝への思い、源氏一門への思いを語ることになっている。源平のいずれにも偏らない、両軍を焦点化の主体とする語り手の、この六波羅合戦に寄せる思いを語る。同じ源氏ながら王権をめぐる去就の判断に宮侍としての頼政と、東国と縁を結ぶ義朝父子の違いが見られる。

三一 **嫡子滝口が討たれたる**（一八三頁）諸注、松平文庫本により「うち死せんとおもひさだめ、大勢の中へかけ入、敵三騎きりておとし、後はよき敵とひくみ、とつておさへて首をとり、立直らんとしけるを、敵、すきをあらせずとりこめて、首藤刑部丞をうちにける、かゝるところに、片切小八郎大夫景重、是をみて、刑部丞がうたれにける大勢の中へかけ入、よき敵一騎きつておとし、其後、面もふらずたゝかひける、運のきはめにや有けん、太刀二にをれければ、刀をぬき、錣《しころ》をかたぶけつとより、よき敵としさちがへてぞ死ににける、此ものども、ふせきたゝかひ討死しけるに、義朝は延《のび》ゆきけるこそあはれなれ、合戦すでにすぎければ、信頼卿宿所、義朝六条堀河の館、末実大炊御門堀川の家、以上五ケ所に火をかけたり、をりふし風はげしくふき、とがなき民屋、数千家やけければ、余煙、京中にみちくてけり」を補う。「余煙、京中にみちくてけり」とのつながりから考えて、底本などが落したものと思われる。

三二 **鞭**（一八五頁）『軍用器』六によると、くま柳（いそ柳）、ぐみの木などで作り、略式のものは竹の根を使うこともある。長さは二尺七寸五分（約八三センチ）を標準とし、飾りのために白い籐を巻く。

三三 **八幡殿**（一八八頁）河内の清和源氏、鎮守府将軍頼義の長男。母は上野介平直方の女。七歳の年、石清水八幡宮で元服し、八幡太郎と号した。その義家の息として、早世した義宗、康和年間、平正盛に討たれた対馬守義親、上野に下り足利を名のった義国（久寿二年没）、右兵衛権佐河内守義忠（天仁二〈元とも〉年没）、保元の乱に斬られた為義、石川を号した陸奥五郎義時と、この義時があった。↓補一四五

＊（一八九頁）

義朝は、むざく平氏の策にはまった。それと知って内裏へとって返そうとするが、郎等たちに制せられて進めず、心ならずも落ちてゆく外ない。前段から引き続いて語りの主題は義朝の敗走である。この義朝を退かせるために、まず弱冠十七歳の平賀義信、それにいずれも東国の住人、片桐景重、首藤よし通（俊通）、斉藤実盛ら、待賢門の戦以来、義朝の側近く行動を共にしてきた家来たちが義朝をかばう。かれらの献身的な行動に

より義朝は、その場を生き延びる。その献身、特に首藤については、その子息を失った父としての執着を語っている。第二段、義朝の大原落ちを八瀬で妨げる西塔法師の襲撃を、実盛が巧みに法師らの欲望を煽り立ててこれを蹴散らす。そこへ第三段、あの同行を拒まれた信頼が、この八瀬で追いつき、東国への同行を乞う。その語りの焦点化の主体、視点は義朝である。そう言えば、一三九頁、信頼が三条殿を襲って上皇を誘い出す時に、信西らの手を遁れるためと称して「東国がたへこそまかり下候へ」と言っていた。義朝が、その信頼に対して「あれ程の大臆病の者、かゝる大事を思立ける事よ」と激怒するのは、合戦の当初から見限っていた信頼への怒りのくり返しである。怒りのあまり、義朝は「持ちたる鞭」で信頼の「左の頬さきを」打ち、馬から引き落とす。鎌田が、それを大事の前にと制止する。恥じ入る信頼が、頼れる人もなく北山へ落ちて行く。第四段、弟の義憲・義盛に東国での再起を促されて大原へ落ちるのを、またもや落人目当ての横川法師が襲う。この危機を後藤実基の献身的な防戦によって脱するが、ついに伯父の義高が包囲されて負傷する。重傷と見た義朝は、伯父の首を法師に渡すのを嫌って、涙ながらに上総八郎にとらせ、「人に（義高の首と）しらせじと、顔の皮をけづり」、石を結びつけて谷川の深みに沈める。語り手は、ここでも義朝の、義高への思いを語る。東坂本から湖東を東国へ向けて下るところで「大の男の太りきはめたる」後藤実基が疲れきっている姿に、これを留めて離別し、やがて伊吹の麓にたどりついたと語る。語り手は、義朝主従の東国落ちを焦点化して、その義朝を妨げようとする欲がらみの法師らを蔑視して語る。まさに義朝東国落ちの物語。この間、義朝は信頼を重ねて見捨てている。

三四　**頃は十二月廿七日**（一八九頁）語り本にこの日付を欠く。この日付けの記録としては、この前、一六二頁に、平家が内裏へ寄せる（平治元年十二月）「同廿七日」があった。言いかえれば、内裏・六波羅をめぐる源平両軍の戦闘を語り続けて来たのである。これ以後、敗れた源氏の行方が語りの対象となる。それを語るのにふさわしい叙情的な語り。

三五　**殺害**（一八九頁）「殺生」は、偸盗・邪淫・妄語・飲酒とともに五つの戒律に数えられた。

三六　**常陸介経盛**（一九〇頁）天治元年（一一二四）生まれ、母は陸奥守源信雅の女。保元元年（一一五六）九月、常陸介、同三年八月、辞任。平治元年（一一五九）十二月、乱の勲功により伊賀守。『百錬抄』平治元年十二月廿六日の条に「遣㆓官軍於大内㆒追㆓討信頼卿已下輩㆒官軍分散、信頼兵乗㆑勝襲来、合㆓戦于六条河原㆒、信頼義朝等敗北、信頼至㆓于仁和寺㆒、遣㆓前常陸守経盛㆒召㆓取信親㆒斬㆑首、其外被㆑誅者多」とある。ただし「前常陸守」は、常陸守が親王の任なので誤り。

三七　**大殿・関白殿**（一九一頁）「大殿」は前太政大臣藤原忠通

（六十三歳）、「関白殿」は関白右大臣基実（十七歳）のこと。当時の太政大臣は宗輔（八十三歳）のはず。師資に該当する人は見当たらない。いずれにしろ、かれらに執政力はなかったろう。

二八　**忠政**（一九一頁）「忠政」は、中納言正三位忠雅（三十六歳）。平治二年四月、権大納言に任じられる。権中納言正三位源雅通は四十二歳、非参議正三位親隆は六十一歳、同じく隆季は三十三歳であった。

二九　**折烏帽子**（一九一頁）鳥の羽のように黒い布または紙を漆で固めて整えた帽子。元服をとげた成人男子に不可欠のもの。高く引き立てたのを立烏帽子と呼び殿上人が用いた。先端を左右に折ったのを折烏帽子と呼び、地下官人が用いた。「ひッ立てて」を「新大系」は「礼儀をたゞす時にはそれを引き立てる」とする。「折烏帽子（姿で）引き立てて」とも読める。

三〇　**すでに死罪に**（一九一頁）『愚管抄』五に「信頼ハ仁和寺ノ五ノ宮（鳥羽天皇の第五皇子覚性）ノ御室ヘ参リタリケルヲ、次ノ日五ノ宮ヨリマイラセラレタリケルニ、清盛ハ一家（の）者ドモアツメテ、六原ノウシロニ清水アル所ニ平バリウチテオリ居タリケル所（桟敷）ヘ、成親中将ト二人ヲグシテ前ニ引スヘタリケルニ、信頼ガアヤマタヌヨシ云ケル、ヨニ〳〵ワロク聞ヘケリ、カウ程ノ事ニサ云バヤハ叶ベキ、清盛ハナンデウトテ顔ヲフリケレバ、心エテ引タテテ六条河原ニテヤガテ頸キリテケリ、成親ハ家成中納言ガ子ニテ、フヨウノ若殿上人ニテアリケルガ、信頼ニグセラレテアリケル、（反乱と）フカカルベキ者ナラネバ、トガモイトナカリケリ」とある。

三一　**天魔のすゝめ**（一九一頁）仏教で、欲界の最高所にある第六天の王。修行者が善事を行うのを妨げる。一三四頁に語り手が信頼と信西の不和を「こゝにいかなる天魔の二人の心に入りかはりけん」と語っていた。反乱や謀叛を天魔のしわざと語るのがいくさ物語の語りであることが多い。

三二　**左納言**（一九二頁）『白氏文集』三「太行路」の「君不レ見ニ左納言右納史一朝承レ恩暮賜レ死、行路難不レ在レ水、不レ在レ山、只在ニ人情反覆間一」による。納言は中国、舜代、内史は周代の官名。

三三　**白居易**（一九二頁）若くして進士の試験に合格し翰林学士、左拾遺となったが、しば〳〵諫言を呈して左遷された。私的生活を詩に詠む一方、政治・社会を諷刺した。信頼を白居易と対比して批判する。

三四　**猿楽はなをかく**（一九三頁）洒落のきいた、滑稽なことば。「猿楽」を「いくさ」の場に置きかえることにより、肉体的に信頼をからかう。「新大系」は『明衡往来』の稲荷祭での猿楽芸を「此外之見物、種々雑々也、何得ニ一二一見物之中第一見物也、至ニ于家産之弊一只在ニ彼身一他人之不レ為レ愁耳、抑又、一日有ニ欠レ鼻之心一歟、但、彼日不ニ扈従一尤為ニ遺恨一耳」とあるのを引き、これから派生した俗諺かとする。得る所より、失う所が多い意。狂言は、『愚管抄』五に「九条ノ大相国伊通ノ公ゾカヽル歌（義朝の首が獄門にかけられたことを詠む落首）ヨミテ、オホクオトシ文ニカキナドシケルトゾ時ノ人思ヒタリケル」とある。

三五 **季守**（一九四頁）『尊卑分脈』文徳源氏季範の息が河内守季実で、その息が季盛。その季盛を「為二清盛公子一」とし、「平治元十二廿与レ父同時被レ誅」とする。

＊（一九四頁）

前段で義朝が敗北し、動乱の行方は決した。以後、その戦後処理と後日談に入る。一八五頁、義朝の東国落ちに同行を願って拒まれ「北山の方へ落ち」た信頼が、北山の麓から西の方へ落ちて行く。義朝の怒りから信頼をかばった乳母子の資義一人が同行、介抱するが、信頼は疲労困憊、干飯も喉を通らない。馬にかき乗せられて落ち行く。「頃は十二月廿七日夜なりければ……」という道行きは、その文体が感傷的で、平家琵琶ならば〔三重〕の曲節を付すところである。おりから葬送の地である蓮台野にさしかかったところを、葬送帰りの法師らに落人と見抜かれ、資義の嘆願により、「美麗なる物の具」のありたけを差し出すことにより助かる。葬送に関与する法師とは、当時の最下層の僧であろう。あの一五六頁、主上さながらにふるまった「精好の大口」まで剥ぎ取られ、下衣の「大白衣」になっていたと言う。盛時との落差。一八四頁、西塔法師から義朝の身を守る実盛が法師をあざむき蹴散らしたのとも対照的である。法師の手を防ぎかねてうなだれる資義を信頼が「事の悪しき時は、皆さのみこそあれ」と逆に宥めるありさま。ここまでが第一段である。これらの語りにいっさい敬語は使わない。第二段、信頼は、仁和寺にある上皇にすがろうとする。あの一三六頁、信西との対決を決意した当時から行動を共にしてきた源中納言師仲、それに上皇、主上の内裏からの脱出を報じた成親までもが御室に助けを求める。しかもこの師仲と成親の二人は、今回の行動を「主上の（内裏に）わたらせましませば、御方に参り籠りたるばかり也」と弁解する。これを上皇に供奉する人々から、それなら、なぜ「物の具して軍陣に」立ったのかと問いつめられ、返す言葉に窮する。語り手の思いは明らかである。やがて上皇の報せに、重盛らが（義朝らの行動を警戒するためであろう）「三百余騎」の兵を具して受けとりに来る。第三段、「同廿八日」と古本は日付を打ち込む。この三人の身柄の処理についてであろう、主上のいる六波羅へ公卿が参る。まず成親が、所もあろうに武士の厩の前に引き据えられ僉議の末、死罪に決まったのを、かねて上皇への院参について仲介をしていた重盛の嘆願により、助命される。これを情けは人のためならずと処世訓的言説を以て語るのが古本である。その語り手の思いは嘲りなのか。第四段、いよいよ信頼が、これは「河原にひきするゑられ」たと語るのは、その場所からして処刑されるのが確実である。あの成親を助けた重盛が訊問に当たる。信頼は「ただ天魔の」わざと、「わが身の重科をば知らず」、ひたすら助命を嘆願したと語る語り手は、当然、これまでの信頼がとった行動を想起して語る。その信頼の姿勢を「乞食・非人にも劣りたり」と見物の上下があざ笑う。ついに首を刎ねられた「大の男のこえ太りたるが、頸をとられて」伏す骸を「目も当てられぬありさま也」と語り手が直接目にする形で語る。もちろん、それは語り手の信頼に対する思いを語る。第五段、そこへ粗末な僧衣姿の七十余歳の老人が文書袋を首にかけて現れる。見る人たちが、信頼に仕えた下人が主のなれの果てを見るために来たのかと思っていると、さにあらず、手にする鹿杖で、信頼の骸を「二打ち三打ち」打ちすえる。信頼のために年来の所領を横領され、一族、飢寒に苦しめられたと言う。証拠の文書を示して清盛・重盛に旧所のとりなしを乞い、退いたと語る。ここで、この老僧を処分したと語るのが語り本であるのだが。第六段、六波羅に帰った重盛が、信頼処刑を報告する。その首は、一六四頁、待賢門のいくさで馬に乗り損じて鼻先を少し欠き、一八五頁、東国への同行を乞うた義朝から頬先を鞭打たれて「うるみ色に見え」たと語る。これを聞いた秀句の名人、伊通が「一日のいくさに鼻を欠」くと言って人々を笑わせる。御所の主上も成頼から合戦の経過を聞き、悦んだと言う。この猿楽流の笑いを得意とする伊通について、「芸能も世に越えて」、朝家の鏡であるとほめる。信頼の経過に対する語り手の思いがある。もともと乱のきっかけをなした信西と信頼の対立、この両人の死を語りおえて、物語に一つの区切りをなす。信頼の処刑に引き続き、あの一三六頁、信頼が信西を嫌って「常に所労と号して出仕もせず」、伏見なる所で馬術の稽古に励み、信西との決戦に備えていた源中納言師仲、その師仲が訊問される。三条殿焼き討ち当時、信頼は上皇・主上の遷幸を促す時に、東国落ちを示唆していたのだったが、あるいは、その時に内侍所の移動をも考慮していたと言うのか、それを坊門の局の御所に隠し置く功があったとして、「勧賞をかうぶるべき」身だと主張、信頼の側に参加したのは、その権勢におそれての事だと弁明する。緒戦当時の語りに比べて、これが苦しい弁解であることを語り手が示唆している。そして信頼の挙兵当時、その尖兵をなした河内守季実父子の処刑を語る。文徳源氏の一員で、古本は、このように戦乱をめぐる人々の去就を語り尽くしている。

三六 **右少弁朝方**（一九四頁）藤原顕隆流、正三位権中納言朝隆（平治元年十月、六十三歳で死去）の長男。母は中納言顕隆の女。権大納言に上るが、平治元年十二月当時は、左少弁蔵人であった。院に仕える実務系官僚と言う。

＊（一九四頁）

信頼は、三条殿焼き討ちから間もなく、一四三頁、信西の行方判明直後、あたふたと論功行賞の除目を行っていた。それとは対照的に、信頼と、挙兵当初、義朝に推されて信頼側についていた季実父子の処刑により乱が集結した後に、清盛が論功行賞を、上卿・職事を立て朝廷の儀として行ったことを語るのである。

三七　**但馬守有房**（一九五頁）母は大宮大進藤原清兼の女。信頼が信西の誅伐を志した当初、頼っていた伏見権中納言師仲は、父師行の弟にあたる。

三八　**九族**（一九五頁）たとえば高祖・曽祖・祖父・父・自己・子・孫・曽孫・玄孫の九代。

三九　**源義親**（一九五頁）対馬守であった康和三年（一一〇一）、乱行により官を解かれ隠岐へ流されたが脱出し、出雲地方に乱行を重ね、追討使平正盛に討たれた。生存の噂が永く続いた。

三〇　**美福門院**（一九五頁）語り本に、この行幸のことを欠く。近衛天皇の死後、後白河を即位させたため崇徳上皇と不仲になり、保元の乱の因となった。『愚管抄』五に「カクテ二条院当今ニテオハシマスハ、ソノ十二月廿九日ニ美福門院ノ御所八条殿ヘ行幸ナリテワタラセ給フ」とある。

＊（一九五頁）

すでに死去している信頼であるが、改めてその信頼の官を解き、その一門、それに逃亡中の義朝以下、源氏一門、その縁者七十三人の官職を解いたと語るところに、古本の公的な記録としての語りがある。語り本は、この前の段、清盛らの除目に先立ってこれを簡単に語っていた。古本はそれを特記し、無常転変を嘆く。近衛院以来の平和な世が、保元の乱をきっかけに乱れ、亡国の時になったと「心ある人」の悲嘆を語る。しかも「同廿九日」、王家の浄化を図って、大内裏の穢れを清める間、主上を美福門院へ遷幸、これに重盛が供奉したと語る。亡国の始まりとしつつ、なんとしても王家の浄化王権の再生を願う語り手の思いがある。いったい、この王権とは何なのか。それを保障するものは何なのか。『平家物語』など、後続のいくさ物語にも通して歴史的に考えるべき課題である。

三一　**末子ども三人**（一九六頁）醍醐寺に住むことになる全成は童名を今若丸と言い、平治元年当時は八歳、円成は童名、乙若丸で六歳、義経は童名、牛若丸で二歳だったと『尊卑分脈』に記す。いずれも母は常盤である。

三二　**常盤**（一九六頁）『尊卑分脈』の外、『東鑑』にも、その名が見えるが、後世、物語を通じて有名になったらしい。「常盤」の名は、散所名として見える。関わりがあるか。

三三　**今年生まれたる**（一九六頁）『東鑑』治承四年（一一八〇）十月廿一日の条に「此主者、去平治二年正月、於二襁褓之内一、逢二父喪一之後、依二継父一条大蔵卿長成之扶持一為二出家一登二山鞍馬一至二成人之時一頻催二会稽之思一、手自加二元服一恃二秀衡之猛勢一下二向于於奥州一歴二多年一也」と見える。ただしその生年月は必ずしも事実とは確定しがたい。

＊（一九七頁）

公的な記録を離れて、義朝に置き残される常盤母子を語る。「さても」の発語が、語り手の思いを示唆している。語り本には見られない、古本独自の語りである。常盤腹の三人の男児があり、義朝がこの母子の行方を案じる。伊吹の麓からであろう、わざわざ金王丸を京へ送り、いったん「いかなる国、里にも」難を避け、時を待てと促す。女性を主人公とする物語にふさわしく「ひきかづき臥したま」う常盤の問いに金王丸は、鎌田の誘いにより下向を考えていたのであろう、義朝の志す先を東国と語る。七歳の今若が父のもとへ連れてゆけと乞うのを、父君は「東山なる所に忍びてわたらせ給へば」、夜になって迎えに参ろうと偽る。その金王丸との別離を惜しむ光景を「泣き悲しむこそ哀なれ」と語り手は、その思いを直接語る。母子物語の類型を踏まえる語りである。以後、この義朝と子息の行方を語ることが多くなり、その語りが文体をも変えてゆく。七歳の今若が早くも「親のかたき討つべき年の程にあらずや」と言っているのが注目される。源平対立の構図も明らかである。話題の転換が、語りの文体をも変えてゆくのが、文字化された平治の乱の物語である。

三四　**みちのくの**（一九八頁）『新古今和歌集』十「羇旅歌」に民部卿成範の歌として「東の方にまかりける道にてよみ侍りける　道のべの草の青葉に駒とめてなほ故郷をかへりみるかな」とある。上記、成範の流刑地が下野であること、それに何よりも物語の内容からしても底本の「みちのくの」は誤り。道のほとりの青葉の草に馬が立ちどまろうとする、それを口実としてわたくしの思いとしても、どうしても都を離れがたく、馬をとめて故郷をふり返ってみることだよ。物語の「馬をとどめて」とは、少しずれがある。

三五　**煙心畑く**（一九九頁）『和歌初学抄』に「室の八島」について、「下総　けぶりたえずとよむべし」とあり、『八雲御抄』に「下野、基俊曰く両説あり……下野の野中の水より立つ気なり」、『千載集』「春上」に源俊頼の「けぶりかと室つ八島を見し程にやがても室のかすみぬるかな」がある。

三六　**我がために**（一九九頁）『続詞花集』雑中に「おほやけの御かしこまりにて下野国につかはされける時、むろのやしまを見て　藤原成範朝臣　わがためにありけるものを東路の室のやしまにたえぬ思ひは」とある。

＊（一九九頁）

日付は欠くが信西の子息が遠流に処せられると語る。信西は忠節の甲斐もなく、主上に代わって自害し果てた。相手の信頼も油断から六波羅軍に図られて内裏を引き出され、手痛い敗北を喫して降伏したが赦されず処刑された。その結果として信西子息の流罪は、語り手にも、全く理解できない処理である。この不条理を古本は、もと信頼に仕えながら、兄光頼に叱責された惟方が翻心、これも信頼に仕えていた経宗とも協力して一五九頁、主上の内裏からの脱出、平氏の六波羅への行幸を達成したのだが、信頼に従っていた当時の所行が主上の耳に達してはまずいとの判断から、（信西子息の遠流を）「申すゝめた」との噂が立ったと語る。これを語り本は七七頁、「ある人」の声として、もとはと言えば信頼と信西の不和が原因、結果的に敗れて身を亡ぼすことになった信頼の死霊の憤りを「やすめ」ようと申したと言う。怨霊を思っての解釈を行うものである。信西の子息、特に播磨の中将重憲の老母や幼児との惜別の思いに絞って、その思いを、その道行きに二首の詠歌を添え「望郷の思ひは尽きざりけり」と語り結ぶのだった。物語の成立に信西をめぐる唱導界が想定されるわけである。重憲は、一四一頁、清盛の女《むすめ》聟になっていたために、「十日の夜」、六波羅へ逃げ込みながら、清盛が熊野詣でに不在だったために信頼の強要により捕らわれの身となっていた人である。

三三七　**去ッぬる三日に**（一九九頁）『帝王編年記』平治二年一月四日の条に「義朝春秋三十八於㆓尾張国㆒被㆑誅畢」、『尊卑分脈』に「平治元年十二月廿九日於尾張国野間庄長田庄司平忠致館被討了、郎従鎌田兵衛正清同時討之云々」とあり、日付にゆれがある。この古本の場合、物語の前後に合わせたもの。金王丸の行動の経過を語ることになろう。

三三八　**大井**（二〇一頁）『東鑑』建久元年（一一九〇）十月廿九日の条に頼朝が「於㆓青波賀駅㆒被㆑召㆓出長者大炊息女等㆒有㆓纏頭㆒、故左馬厩（義朝）都鄙上下向之毎度、令㆑止㆓宿此所㆒給之間、大炊者為㆓御寵物㆒也、仍被㆑重㆓彼旧好㆒之故歟、故六条廷尉禅門（為義）最期妾、（乙若以下四人幼息母、大炊姉）内記平太政遠（保元逆乱時被㆑誅、乙若以下同令㆓自殺㆒畢）、平三真遠（出家後号㆓鷲栖源光㆒平治敗軍時、為㆓左典厩御共㆒廻㆓秘計㆒奉㆑送㆓于内海㆒也）大炊（青墓長者）此四人皆連枝也、内記行遠子息等云々」とある。

三三九　**延寿**（二〇二頁）『梁塵秘抄口伝集』巻十に「五月、花のころ、江口・神崎の君、美濃の傀儡子あつまりて、花（供花会）参らせしことありき、歌沙汰ありしに、延寿、恋せばと申す足柄をいまだうたはぬとて」、とその名が見える。「五条殿（乙前）は、歳は老い暮れたれど、声もわかく、世にめでたくうたはるれど……目井が子にして、しばらく美濃にありしかど」と美濃に今様謡いの拠点があったことを示唆する。

三四〇　**杭瀬川**（二〇三頁）中世の紀行『春の深山路』に「杭瀬河は早く深くして、恐ろしき河なれども、征夷将軍の御台所近き程に下り給ふとて、浮き橋渡したれば、思ふことなくて渡りぬ」とあり、当時の川の様子がうかがえる。

三四一　**鎌田兵衛が舅**（二〇三頁）『愚管抄』五に「義朝ハ……郎等鎌田次郎正清ガシウトニテ内海荘司平忠致トテ、大矢ノ左衛門ムネツネガ末孫ト云者ノ有ケル家ニウチタノミテ、カヽルユカリナレバ行ツキタリケル」とある。

一四二　**湯殿**　（二〇四頁）『家屋雑考』二に「湯殿　湯船　湯殿の造りは、中昔以来、今と異なる事なし、垂板敷にして溝あり、湯船を居う、建武年中行事、六月十一日の条に、とのもんれう御湯まゐらす、御船にとるなり、めすほどにうめたりとみえ、又御湯かたびら、御手水の粉、一かはらけなどともしるさせ給へれば、高貴の家々とても、さして異なる事なしとみえたり」とある。湯を別の釜から運び、湯船に入れて使った。

＊（二〇五頁）

「平治二年正月一日」と年始の記録で始める。この前、日付の記録があったのは、一九五頁、「同（十二月）廿九日」主上の仮御所、美福門院への遷幸であった。ここでは年始の記録として、宮中儀礼を語るのが定型であるのだが、年末からのいくさにより朝儀が停滞する。言い換えれば王権に異常を来たしたのである。「同五日」、義朝に仕えた金王丸が常盤母子のもとに訪れ「馬よりくづれ落ち、しばしは息絶えて物も言はず」、非常の早馬に性根つき果てた。「頭殿（義朝）は、去ッぬる三日に」、尾張の国、野間で「重代の御家人、長田の四郎忠宗」の手にかかって討たれた、その急を報せ敵の手が及ぶ前に身を隠すよう促すためだった。この前、一九六頁、義朝が、わざわざ常盤のもとへ一時難を避けるよう、この金王丸を遣わして指示していた。そこへ、この思いがけぬ悲報。悲嘆する常盤や、その三人の遺された幼児を前に、金王丸は、主、義朝のたどった経過を共に体験したこととして逐次再現しつつ語る。いくさ物語としては異例の方法による語りである。直接話法による、聞き手常盤に対する語り手金王丸の語りが外枠を構成しつつ、義朝や頼朝たちに対する金王丸の敬語が重層して展開し、劇中劇の体裁をなす。京での攻防、いくさに敗れて大原、八瀬へ西近江を、勢多から湖東を通って東国へ落ちる語りである。その途上、まず頼朝が疲れて落伍する。その行方を捜す平賀四郎のいくさなど、これも現場を再現する直接話法をも使って語る。金王丸はまさに、ひとかどの語り手である。その場の語り手金王丸と物語の語り手が一体化する。不破の関を避けての東国落ちに、再度の頼朝の落伍、結局、義朝にとって頼朝との別れになってしまったのだが。別行動をとるための義平との離別、青墓では次男朝長との死別、杭瀬川にかかって船頭、鷲巣源光の協力をえて、ついに「廿九日」野間に着くが、重代の家臣、鎌田兵衛の舅にあたる長田忠宗の手にかかって湯殿でだまし討ちに遭った。これまでの経過を、金王丸が一人語りで語る。その場から敵の馬を奪って「三日にまかり上りつる也」と、金王丸の行動を「くはしく語り」、母子を悲嘆させる。ここで元の語り手の位置にもどり、嘆く母を心強かれと励ます乙若の母子を見届けながら、金王丸が、即日「正月五日の夕」、亡き主の菩提を弔うと称して別れてゆく場を語って納める。日付の打ち込みに齟齬はない。語り手が、金王丸の語りを生かす二重構造の語りを行っているのだった。その構造は時間軸の前後に揺れを伴う。同じ現象が、信西の最後にも見られた。その金王丸の語りの中で、頼朝への義朝の配慮が目につくし、一行と行動を別にすることになる義平、青墓の宿の長者や遊女、それにあえなく一行から脱落しそうになって父の手にかかる朝長、一行を杭瀬川から野間へとどける源光、義朝一行に寝返る長田父子らが、この後の物語を進めてゆく人物となるし、後代、これらの人々が現地に物語を再生させることにもなる。金王丸の語る悲話をも含み込む常盤の存在も大きく、そのことが物語の結びにまでかかわってゆくはずである。激動期の人々の生き方を読みたい。

三四三　**顕長の卿**（二〇五頁）藤原氏、葉室家権中納言顕隆の三男。諸大夫の家柄。母は右大臣源顕房の女。保元三年八月、正四位下参議。保元四年正月従三位、同四月皇后宮権大夫。平治二年八月右兵衛督を兼ね、応保二年正三位権中納言。八条中納言と号した。

＊（二〇六頁）

「同六日」とあるのは、一九九頁、平治二年正月五日、金王丸が京へ馳せ上り、主義朝の討死を報せたことを受ける。公的な記録のスタイルが色濃い。事件の経過も明らかになる。まず上皇が、当時の皇后藤原忻子の公事をとりあげる皇后宮大夫であった顕長の宿所へ遷ったと語る。元の三条殿御所が兵火に遭って焼失、仁和寺に難を避けていたからである。戦乱の結果に一つの区切りを見る。「同七日」、あの金王丸の報告語りにあった、野間で討たれた義朝の頸を、その討ち手（物語では下手人と言うべきか）長田父子が持参して上洛したことを語る。この長田が義朝の重代の家人であり、女《むすめ》聟、鎌田兵衛の舅であることを語るのは、言うまでもなく功名手柄の恩賞を目当ての長田の行為を「京中の上下」が「忠宗父子が頸を、のこぎりにて引き切らばやとぞ憎みける」ためである。市井の人々の声を借りて長田父子の行為を非難する。憎悪の念が強く説経浄瑠璃にも通う世界である。話題は義朝の悲劇的な死である。語り本が長田の結末を戯画約に語るのと異なる。

三四四　**樗の木**（二〇六頁）『百錬抄』平治二年正月九日の条に「前左馬頭并郎従正清等首、廷尉請取、懸二東獄門前樹一」とある。

三四五　**下野**（二〇六頁）『公卿補任』保元三年の条、非参議に列した藤原隆季の経歴の中に「保元々七月十一日任左京大夫（以義朝被任左馬頭、仍雖無所望遷任）」とある。義朝が仁平三年（一一五三）下野守になり、保元元年（一一五六）には左馬頭に転じた（下野守の任期下限は不明だが）ことがうかがえる。『保元物語』では、下野守で登場し、乱後の勧賞に「下野守義朝、左馬権頭ニ移ル、本ハ右馬助也ケリ」とし、以後、「左馬頭義朝」で通している。

三四六　**二月に討たれたる**（二〇六頁）『日本紀略』天慶三年二月廿五日の条に「今日、信濃国馳駅来奏云、凶賊平将門、今日十三日於二下総国幸島一合戦之間、為二下野陸奥軍士平貞盛藤原秀卿等一被二討殺一之由」、三月五日の条に「藤原秀卿飛駅言下上殺二害平将門一之由上」四月廿五日の条に「藤原秀郷差レ使進二平将門首一」とある、『将門記』では同年二月十四日に討たれ、「同年四月廿五日を以て、其の頸を言上す」とある。

三四七　**為義**（二〇六頁）対馬守であった父が乱行により平正盛に討たれ悲運を体験するが、大夫尉・左衛門大夫尉・陸奥判官などを歴任し、保元の乱に崇徳院側について敗れ、三月十日、長男義朝により斬られた。『保元物語』によれば、鎌田次郎・波多野小次郎義通の二人の手で七条朱雀を渡され、一たん鎌田が斬ろうとするが、鎌田は目がくらんで斬れず、「側ナル者」が太刀を譲られて斬ったとする。

三四八　**去年四月に**（二〇七頁）「新大系」は『顕時卿記』平治二年一月十日の改元記事中にある「左府（伊通）被レ命云、本年号不レ被二甘心一、無レ山無レ川為二平治一歟、満座入レ髭」の実話を、前年の改元の時のことにつくり変えたものとする。

＊（二〇七頁）

義朝と乳母子鎌田の頸を検非違使が受け取り、左の獄門に懸ける。ところが、いかなるふざけ者が詠んだものか、義朝の名と官職をもじった落首を掲げたと言う。さらに昔、将門の頸が獄門に懸けられたことについて、藤六という道化者が、将門が俵藤太に斬られたことを笑う落首を詠んだ。しかも、その二月に討たれた頸が「五月三日」に「しいと」笑った。ついては「義朝が頸も笑ひやせん」と申しあったというのは、平氏の将来を予告する語りである。もちろん、物語の語りとしての落首である。これまで同様の笑いをして人々を笑わせた伊通を想起させる。しかも、この度の義朝の最後を、父為義を手にかけた「逆罪の因果」とし、「なかばは哀れみけり」の語りに、信頼の処刑を語った語りとは違ったものがある。この時代の義朝のデイレンマがある。そして、乱の終焉が契機をなしたのだろう、平治から永暦へ改元されたことについて、「才(心)有る人」の声を引き、一六四頁、あの重盛が「三事相応」と檄をとばしたとおり、平治の乱に平氏が源氏を亡ぼすことになったのを「不思議なれ」と結ぶ。源氏の世の到来を予告しながら、その世かわりにも距離をおく、語り本には見られない古本の語りである。

三四九　**同廿一日**（二〇八頁）『大乗院日記目録』は廿二日とし、『尊卑分脈』には「永暦元年正月廿一日依二大弐清盛之命一経房於二六条川原一斬二義平首一了、義平臨二最後一吐二数ケ荒言一及二希有悪口一其詞内云、我必死後現二邪気雷神一可レ降二伐経房以下怨敵一云々、此言之後被レ斬了、見聞万人雖レ有二懼怖之気一又不レ及二信用一歟、或説云義平被二斬首一之時身骸自取二己首一抱二左脇一臥了、欲レ取二此首一不レ離二其身一鑿二穿之一放取了云々」とある。

三五〇 **伊勢平氏**（二〇八頁）高見王の子、高望王が寛平元年（八八九）、平姓を与えられ、上総介に任ぜられて東国へ下り、その子孫が坂東八平氏の一となった。高望王の孫、貞盛が一族の将門の乱を平定し名を挙げたが、貞盛の子維衡が伊勢守に任ぜられ伊勢に土着することになった。

三五一 **為朝**（二〇九頁）義朝の弟だが、母は江口の遊君。九州で成長、濫行をはたらいたので、その責めに父が解官されたと言う。保元の乱に父に呼びもどされて崇徳側につき敗れて伊豆の大島へ流されたが、伊豆七島を押領したため工藤介茂光に討たれたと言う。王権を歯牙にもかけない不思議な武人。

三五二 **高松殿を夜討**（二〇九頁）為朝は頼長に戦う方策を問われ「敵ヲオトス二勝ニ乗事、先例ヲ思ニ、夜打ニハシカジ、イマダ天ノ明ザル前ニ、為朝罷向テ、内裏高松殿ニ押寄テ、一方ヲ責メン」と進言したが、「為朝ガ計、荒儀也。臆知ナシ、年ノ若ニヨル」と否定されたと『保元物語』に語る。

三五三 **清盛が熊野へ参りしを**（二〇九頁）清盛の一行に六波羅の早馬が信頼・義朝の攻めを報せ、さらに続いて都より、左馬頭義朝が嫡子、悪源太義平を大将として、熊野道へ討手に向うが、「摂津の国天王寺・阿倍野の松原に陣を取ッて、清盛の下向を待」つとの報せがあった。やがて小野山で六波羅からの使者が、実は味方の伊勢武者の動きであったことを告げる。「悪源太とはこれを言ひけるぞや」と改めるのだが、それほど義平の動きを警戒していたことを語る。

＊（二〇九頁）

二〇一頁、金王丸の報告語りに、義朝が義平と行動を別にし、「山道より」京を攻めよと指示していたとあった。その後の経過はわからないが、その義平が石山寺付近に重病を病み癒していた。聞きつけた難波経房に捕らわれる。連行された六波羅での伊藤景綱の訊問に答える。飛騨に下り、「世になし者」をかたらって再起を期していたが、義朝討死の噂に、せめては平家の要人一人でもと、下人に身をやつして狙っていたが、「宿運」尽き捕らわれた。病に侵されなければ、「経房やうなる者二、三人も」ねじり殺そうものをと重ねて運命の尽きたことを嘆く。「同廿一日の午の刻」、日中斬られようとするのを「さすがに義平程の者を、白昼に斬るやうやある」と怒る。保元の乱に為朝が戦略を退けられたが、この度は熊野参詣の途上にあった清盛らを迫い討とうとしたのを、「事の外なるぎ勢なりと用ゐられ」なかった。後悔されるが、「今に至り益なし」と頸をさしのべ斬られたと言う。提案する策戦をみとめられなかったとする語りは、古本にこれまでに見られなかったが、一四九頁、熊野参詣の途上にあった清盛らが、義平が天王寺・松原に待機するとの噂を耳にして怖れたことを語っていた。その裏に義平の本意を退けられたことを想定するものか。あるいは、この間、『保元物語』における為朝を義平の思いに重ね、義平像の一人歩きをさせたのかも知れない。それほど義平を意識させる、古本の読みがあると言うべきか。父義朝とも対照的な義平である。

三四　**貞任・宗任**（二〇九頁）陸奥の俘囚の長、安倍頼時の子の兄弟。前九年の役を起こし、源頼義の率いる官軍に抵抗した。清和源氏の、東国における力を作りあげるきっかけをなした。ここは、かりに義朝が生きのびて奥州へ下っていたならば、貞任・宗任のような叛乱を起こしたろうとするもの。長田はそれに報いるほうびを期待したのである。

三五　**磔**（二一〇頁）九条家本に「よのつねのはつつけにはあらず、義朝の墓の前に板を敷て、左右の足手を大釘にて板に打付、足手の爪をはなち、頬の皮をはぎ、四五日のほどになぶりごろしにぞころされける」とある。柱にはりつけるのは、時代が下る。

＊（二一〇頁）

　二〇七頁、義朝と鎌田の頸を持参した長田忠宗父子に「群集せる貴賤上下」の譏りは厳しかった。「同廿三日」とあるのは「廿一日」の義平処刑を受ける日付で、古本の記録の姿勢を見せている。長田父子期待の勧賞が行われる。それは壱岐守（下国）という低い官であった。「官をならば（義朝と同じ）左馬の守」、国を賜るならば、これも義朝が一四三頁、賜っていた播磨守（大国）を賜るのが「理運の抽賞」、万一、義朝がかれらの思い通り奥州へでも下っていたならば、あの前九年の役さながらの大乱にもなり得た。それを無事防いだわれ〳〵の「抜群の奉公」に報われぬ勧賞であると不満を言う。ここで筑後守家貞が激怒する。それは平家に相伝の家来として仕えて来た武士としてふさわしい家貞の怒りである。忠宗にとって、義朝と鎌田は「相伝の主と婿」であるからである。河原で処刑しようとするのを清盛が、かれらを討ったのでは、今後「朝敵を討ちたてまつる者」を失うことになると制止する。源氏を朝敵の立場に追い込んだ平清盛の源平対立の思いがある。清盛としては筋の通った主張である。事実、「もし行末に源氏世に出事あらば」両人は「いかなる目をか見んずらんと憎まぬ物なし」と、京の上下、世の人の思いを引用して先の見通しを語る。この後の物語を先取りする語りであり、源氏の平家に対する思いを語っている。長田父子を戯画化した語り本とは異質の語りである。

三六　**前兵衛佐頼朝**（二一〇頁）『公卿補任』によれば、保元三年十二月十四日、右兵衛権佐に任じ、同廿八日、解官、永暦元年三月十一日、伊豆国へ配流。この兵衛佐の任官は、一四三頁、信頼が行った除目に見られる。

三七　**大吉寺**（二一一頁）寺の創建は平安初期。頼朝をかくまったことから、清和源氏の足利尊氏らの尊崇を受けたが織田信長の焼打ちにあい衰微した。『東鑑』文治三年（一一八七）二月九日の条に大夫属定康を「関東之功士也」とし、「去平治元年十二月合戦敗北之後、左典厩（左馬頭義朝のこと）令ㇾ赴㆓東国美濃国一給、于レ時寒嵐破レ膚、白雪埋レ路、不レ便二進退行歩一、而此定康忽然而令レ参二合其所一之間、為レ遁二平氏之追捕一、先奉レ隠二于氏寺（号二大吉堂一）天井之内、以二院主阿願房以下住僧等一警固之後、請二申私宅一至二于翌年春一竭二忠節一云々」とある。屋代本『平家物語』の別冊「剣巻上」では、名刀小烏が平家の宝となった後、「兵衛佐頼朝ハ山口ニステラレタリシガ東近江草野丞ト云者ニ被レ養テ或ハ御堂ノ天井ニ陰居タリシ程ニ頼朝少《おさな》ケレドモサカ〱シカリケレバツク〲ト只一人案ジケルハ我隠レ忍テアレドモ始終ハヨモ叶ハジ終ニハ尋ネ捕メラレズラン縦ヒ我身コソサテ終トモ源氏重代ノ剣髭切ヲ平家ニ取ラレン事コソ口惜ケレ何《いか》ニモシテ隠スベキト思テ草野丞ヲ語ヒテ此太刀ヲ尾張国マデ持下テ給リナンヤ此日来養育セラレ奉ルモ前世ノ契ニテゾ候覧《らん》今ハ親形見ト奉レ思テ一向奉レ憑テ加様ニ申候也尾張国熱田ノ大宮司ハ頼朝ガ為ニハ母方ノ祖父也ソレマデ此太刀持下テ給候ヘ仰セラレンズル様ハ頼朝ハシカ〲ノ所ニテ忍テ候ガ終ニ可レ遁トモ不レ覚候縦頼朝コソ召出サレ候トモ相構テ〱此太刀ヲ失ナハジト存候可レ然ハ熱田ノ社ニ進レ置テ給候ヘ若千万ニ一モ存命仕候ハヾ幾ヲ経テ候トモ回リ合テ預候ハント申ベシト宣バ草野丞心安ク是ヲ請取テ尾張国ヘ持下テ大宮司ニ此之由ヲ申ケレバ大宮司是ヲ請取テ熱田社ニ籠《こめ》ニケリ」とした後、「去程ニ平氏清盛ノ舎弟三河守頼盛ハ平治ノ合戦ノ勧請ニ尾張守ニ成ニケリ然間侍ヒ弥平兵衛宗清目代ニテ下リケルガ上洛ノ時兵衛佐ノ隠居シ給ヒケルヲ聞出テ押寄テサガシ取リ相具シテ登ケリ」とする。以下、重代の太刀の行方をめぐって源氏の物語としての色が濃い。源氏将軍の聖器としたものか。

＊（二一一頁）

前段、「同廿三日」長田父子の勧賞を受け、月が変わって「同二月九日」、頼朝が弥平兵衛宗清に生け捕られたと語る。この頼朝は、この前、金王丸が常盤に語る義朝東国下向の途中、不破の関の監視の目を避けて深山雪中を歩み行くうちに落伍し、義朝を悲嘆させたのだった。それを受けたのだが、古本は前の信西の行方を語ったところ同様、時を遡って、頼盛が尾張守に任じられた、その郎等の宗清に、所用があってのことか、あるいは野間での義朝殺害の事件を確認して尾張へ下っていたのか。語り本は、目代として任地へ下ったとする。その宗清が帰洛する途中、まず青墓で、まだ卒塔婆も立てていない新しい墓を見つける。長田からでも教えられていたのか、掘り起こし、これを朝長の骸と確認、その頸を取って都へ上る。一方、ここで語りを義朝が討たれる前の「廿八日夜」にもどす。古本に見られる方法である。父にはぐれて雪中迷う頼朝が大吉寺の僧の手引きで湖北浅井郡を行くところを老夫婦にかくまわれる。やがて二月に月替わりして単身、東国を志すところを、青墓の西方、関のわらや（関ケ原近くか）で義朝を追って来る叡山大衆の目を避けるところを宗清に見つかり捕らわれたのである。この時に頼朝が源氏伝来の宝刀髭切を「菅にて包み」持っていたことを後への伏線とすることに注目しておこう。上洛した宗清は朝長の頸を検非違使に渡し、頼朝の身柄は宗清の預かりとなるのだが、宗清が「情ある者にて、さま〴〵いたはり」もてなしたとするのが、この後の語りを示唆しつつ、『平家物語』にまで持ち越すことになる。『保元物語』に始まり、『平治物語』を経て『平家物語』へと三部作的なつながりを感じさせるところが多い。ただし成立や作者の問題は論外である。

三五八　**宿所**（二一二頁）『義経記』二「常盤都落の事」には「平治二年二月十日の暁、三人の子共引具して、大和の国宇陀の郡岸岡といふ所に、常盤が外戚の親しき者あり」、これを訪ねたが世のみだれに「頼まれず」、「当国、だいとうじといふ所に隠れゐた」が、常盤の母は、関屋と申すもの、楊梅町なる所にありけるを」、六波羅へ連行されるとの噂に「親には子をいかが代ゆべき」と「三人の子共引具して、泣く泣く京へぞ行きける」とある。この前「老いたる母にも知らせずして」とある。宇陀から、この母の宿へ移っていたとも考えられるか。一八二頁に「左馬の頭（義朝）」が六波羅軍の攻撃に「駈くるに及ばず、楊梅を西へ、京極を上りに落行」くとあった。

三五九　**九歳の年より**（二一三頁）長寛元年生まれ説によれば、承安元年（一一七一）当時から月詣でを始めたことになる。その年には高倉天皇が元服、清盛の女、徳子が入内している。たゞし、その後、常盤の年令を「二十三なりき」としている。

三六〇　**観音経**（二一三頁）「三十三巻」は、その普門品に説かれる観世音の三十三種変化身、また観世音を安置した三十三か所の霊場にちなんだ数か。語り本は、常盤が「わらはは観音にたのみをかけまいらせ、七歳のとしより月まうでおこたらず、十三のとしより月ごとに一部の法華経をこたらず、十九の歳より月ごとに三十三社の聖容をすりたてまつる」とある。

三六一　**朽ちたる草木も**（二一三頁）千手観音の本願を謡う今様「よろづの仏の願よりも千手の誓ひぞ頼もしき枯れたも草木もたちまちに花咲き実《み》なると説いたまふ」（『梁塵秘抄』二）による。「一度千手におすがりすれば、枯れた草木さえもよみがえって花が咲き実がなる」と謡うと承っている。

三六二　**明日を**（二一五頁）河野本に「所々に見えし家もとぼそをとぢて心ぼそし里の烟も絶ぬれば宿からばやのあらましだにも今はなし夜も更行ば風あらく雪降て子共もわが身もと」がある。

三六三　**宇陀の郡**（二一八頁）『東鑑』元暦二年五月二十四日の条に見える義経の「腰越状」にみずからの体験を「故頭殿御他界之間、成二無レ実之子一、被レ抱二母之懐中一赴二大和国宇多郡龍門牧一之以来、一日片時不レ住二安堵之思一」と記し、『義経記』一に「平治二年二月十日の暁、三人の子共引き具して、大和の国宇陀の郡岸岡といふ所に、常盤が外戚の親しき者あり。これをたづねて行きけれども」とある。

＊（二一八頁）

頼朝の行方を語った後に、改めて義朝の子息の行方を要約して語り、常盤腹の三人の男子に絞る。その行末を「世の人」の声、「皆男子なれば」、ただではすむまいとの噂に悲嘆する常盤。これまで義朝の行方を金王丸から聴いていた常盤は、三人の男子をかかえ、老母にも無断で京から脱出を図る。期せずして足の赴くのは清水寺、人々に交じって通夜し、三人の幼児の保護を観音に祈願する。語り手は、そのみずからの思いを「観音もいかに哀れと見給ふらんとぞ覚えし」と語った瞬間、常盤に同化してゆく。以下、語り手は、母子を眺める人々、母子、それに語り手みずからの思いをも交え、母子の歩みを語ってゆく。「九歳の年より月詣を始めて、十五歳に成りしより十八日ごとに」観音経を読んで来た。やがて師の坊を訪ね、これを辞しての「頃は二月十日のあけぼのなれば……」という常盤母子の道行きに、語り手、母子を見る人々の三者の思いを込める。平家琵琶ならば詠唱風〔三重〕の曲節を付す、語りの頂点をなす謡いである。「二月十日のあけぼの」ゆえの「余寒」の厳しさと、敵の目を怖れる不安。ようやくその日の夕方、伏見にたどり着くが、一夜をどうするか。六波羅の目を怖れて宿を借るすべがない。しかしやがて「たく火の影」を見ては、性根も尽き果てて、ついに「竹の網戸を」たたく。雪中、道を踏み違えたといつわる常盤の姿に、宿の主は「いかにもたゞ人にてはおはしまさじ」と怪しみ、怖れながらも見るに見かねて招き入れる。「家こそ多けれ」、わが家を訪れた相手を「此世ならぬ（前世からの）御契にてぞさぶらふらん」と母子をいたわる。それを語り手は「ひとへに清水の観音の御あはれみなりと、行末たのもしくぞ思ひける」と常盤を焦点化の主体（視点）としてゆくのだが、もちろん、それを支える語り手、母子の行方を案じる人々の思いが重なっている。一日の疲れに六歳の子が「何心もなく（常盤の）膝のかたはらに伏」すのを目にしつつ、八歳になる今若に、常盤は直接話法で覚悟を促す。やがて夜が明けると子供を起こし、主に礼を言いつつ辞去しようとするのを、主が幼児の脚を今一日休めさせよと促す。常盤・宿の主ともに「いかなる御ゆかり」があったものかと思いつつ、日中、人目を忍んで夕方になって辞去する。「道すがら見る者」が哀れみをかけ母子を助ける。ようやく宇陀の郡に縁者を頼る。世の噂を不安に思いながらも、女の身で苦難をしのんでやって来た母子を人々は見殺しにできず、「さまざまいたは」る。ここで語り手が「末の世までは知らず、今は心やすくぞなりにける」と常盤に即して、その思いを語る。ここで中巻をとじる古本編者の思いは、当然、下巻の語りの行方への思いを語ることにもなっている。常盤母子の物語言説をめぐって、清水観音の霊験談を想起し、その語りの関与を想定するのが、これまでの論であるのだが。義朝の遺児の行方を総括する、平治の乱の結びとも言うべき中巻のしめくくりである。

下巻

三六四　**六孫王**（二二〇頁）将門の乱、純友の乱の平定に参画して功あり、鎮守府将軍、筑前・信濃・美濃・但馬・伊予・武蔵などの守、下野介・上総介・内蔵頭・左衛門権佐・大宰大弐・式部丞などを歴任。正四位上。天徳五年（九六一）臣籍に下り源朝臣を名のり、清和源氏の祖となった。

三六五　**数輩の兄**（二二〇頁）『公卿補任』によると頼朝は、保元三年二月、十二歳で皇后宮権少進、同四年正月、右近将監を兼ね、同二月、少進を止めて上西門院蔵人、同六月蔵人、同十二月右兵衛権佐に昇った。

三六六　**うちかへ〱**（二二一頁）『愚管抄』五、以仁王が「宮ノ宣」を発して伊豆国にいた頼朝にも届けたことについて、平治の乱当時を回想するところで、頼盛の母（池殿）が「コノ頼朝ハアサマシクオサナクテ、イトオシキ気シタル者ニテアリケルヲ、アレガ頸ヲバイカゞハ切ンズル、我ニユルサセ給ヘトナク〱コヒウケテ、伊豆ニハ流刑ニ行ヒテケルナリ」と記す。

三六七　**八幡大菩薩**（二二一頁）豊前国宇佐に源を発する、応神天皇の神霊をまつる信仰が国家鎮護の神と仰がれて石清水に勧請された。源頼信が氏神としてあがめて以来、義家や義仲などが源氏の守護神とした。王権補佐の任として藤原氏が春日明神、平氏が厳島神社を仰いだのに通じる。

三六八　**小卒土婆**（二二一頁）「新大系」は、延慶本『平家物語』二、「康頼が歌都へ伝フル事」に「コケラト云物ヲ拾集テ、イカニ大ナリトモ、一尺二尺ニハヨモスギジ」から「杉や檜などの木材を長方形に薄く削りとった片木《へぎ》を、卒塔婆の形に刻んだもの」「いわゆる経木塔婆だろう」と言う。

三六九　**梵字**（二二一頁）『平家物語』覚一本二「卒塔婆流」に「康頼入道、古都の恋しきまゝに、せめてのはかりことに、千本の卒塔婆を作り、阿字の梵字、年月日、仮名・実名・二首の歌さをかいたりける」とある。

＊（二二二頁）

古本は、下巻を頼朝の死罪宥免で始める。源氏再興への第一歩とするわけである。ちなみに語り本は下巻を頼朝の青墓下着で始める。その助命嘆願のきっかけ、仕掛人を宗清とすることで古本も変わらないのだが、古本は「人毎」の、頼朝の「おとなしやかな」振る舞いゆえの期待を取りこみ、その「或人」が「池殿」に嘆願するようにと「密に」申す。池殿が、清盛にとっては継母ながら「人の嘆きを哀れみ」、「人の重く思たてまつる」人であるとの示唆に、頼朝は「内々」池殿に訴える。語り本は、宗清を介して、山門事件に巻き込まれ若死した家盛が頼朝に似ていることを訴えることを語るが、古本は、それよりも池殿自身の人柄を強調する。池殿は早速、動き出し、重盛を招いて頼朝を助けるように依頼する。重盛が、その意を父清盛に伝える。清盛にとって、かねて亡父忠盛の「ごとくにこそ思ひ奉」る池殿ながら、頼朝が源氏の正嫡であること、亡き義朝の期待を背負っていたこと、その戦闘での振る舞いを考えても、この頼朝を助命することばかりは、かなわないと、「分明なる返事」をしない。重盛から清盛の応対を聞いた池殿は、ここぞとばかりにさらに訴える。清盛の力によって源氏は滅び、平氏一門の繁昌は確かになった。一門の行方に不安はない。どういうわけか頼朝には前世の宿縁を感じる。それに腹違いの子息としての清盛ながら、一門の将来のために腹を痛めた頼盛にも劣らず、その行方を案じ続けている。それを分け隔てされるのは、やはり継母であるためかとうらめしく思うと言う。重盛は、ここで「かさねて」、仏教に説く女性観をからめて、「女房の愚かなる心に思たちぬる事は、難儀極《きはまり》なきならひ」と訴える。さすがの清盛も、池殿を「大事被仰《おほせらるる》人哉」と困惑の様子。この池殿の訴えには源氏に対する一門勝利の安堵と、一門内の池殿系の兄弟をめぐる内的な確執をひめている。語り本が、宗清の位置を重く見ているのに対して、この古本では、池殿の奔走が前面に出る。あわせてこうした経過を知った頼朝が、一門を守護する軍神、八幡大菩薩の加護と思い、「命だに助かりたらば、などか本意をとげざらむ」と後への伏線として語るのが古本の語り手である。これをさらに進めるものとして、頼朝は、亡父の菩提を弔うために、これも池殿に仕える丹波頼兼を介して数百本の卒塔婆を整える。それらを「童部」や「牛馬」に侵させまいと、頼兼が余寒きびしい中を裸になって、六波羅の万功徳院という古寺の池の中の小島へ運んで置いて来たとし、頼朝が、これらすべてが「池殿の御心ざしの末なりと思」ったとし、この後の頼朝の行方を語る言説の内容を予告している。この下巻の語り始めが、下巻の結びを予告している。「思はれける」の「れ」は、多分に敬語としての語りを示唆している。

三七〇 **栗屋川次郎貞任**（二二二頁）天喜四年（一〇五六）陸奥権守藤原説定《あきさだ》の子弟を襲撃し、前九年の役の因となった。翌年、父が戦死した後、弟の宗任《むねとう》とともに追討軍の源頼義を破ったが、康平五年（一〇六二）、厨川の戦に負傷して捕らわれ死去。

三七一 **越王勾践**（二二二頁）在位紀元前四九七年から前四六五年。呉の王、夫差に敗れ、会稽山で降伏、忠臣范蠡《はんれい》と苦労すること三十年、夫差を破り会稽の恥をそそぎ覇者となった。『史記』越王家などに見える。中世の軍記には、しばしば引用される故事。

三七二 **伍子胥**（二二二頁）父と兄が楚の平王に殺されたので呉王に仕え、楚を討たせた。呉王夫差が勾践を赦そうとするのを諫めたがいれられず自害した。その生前の懸念通り、夫差が勾践に滅ぼされたと言う。

三七三 **蟾蜍**（二二二頁）『韓非子』「内儲説上」に「一ニ曰ク越王勾践見テ二怒鼃《あつ》ヲ一而式スレ之ニ、御者曰ク何為《ナンスレゾ》式スト、王曰ク 鼃（蛇）有ルレ士人聞《キテ》レ之《ヲ》曰《ク》鼃《ニ》有《ルスラ》レ気《コト》如《シ》レ此《ノ》可《ケンヤト》レ無《カル》二為レ式《スルコト》一、王猶為《ニ》式《ス》、況《ンヤ》於《テ》二人有《ル》レ勇者《ニ》一乎《ト》」とある。戦闘の気力がある者には相手が蛙であっても礼を尽し、後日の報復にそなえたと言う。

＊（二二三頁）

前段、池殿の奔走を頼朝は幸いとしながら、ひそかに亡父の素懐をとげようと「本意」のあることを語っていたのだが、ここでは、いずれも第三者の声で頼朝の態度を批評する。まず眉輪王が七歳の幼さで、父大草香王の仇、継父安康天皇を討ち、千代童子は十三歳の若さで、父貞任の仇頼義に「矢をはなちて」「討」とうとした。にもかかわらず頼朝は、亡父のあとを逐って討死もしく自害すべきであるのに、尼公（池殿）の助命を嘆願したと「上下難じける」と語る。これに対して「或者」は、いったん呉王夫差に敗れた越王勾践が、呉王に忠誠を尽くして仕えたため、呉王は「其志を感じて」越王を生かす。呉王の態度を諫めた伍子胥がかえって処刑されるが、伍子胥は、いずれ呉王の滅ぶのを見届けるため、「我眼を抜いて呉の門」にかけよと言った。呉王に赦されて帰国する越王が帰国の途上、「道をこえ」たヒキガエルに「下馬して」「礼をなす」。それを越王の臣、范蠡が「我君は、諫める者を賞じ給ふ」と勇者を賞賛する王だとした。はたせるかな「多年を経て」、会稽山に呉王を討ち亡ぼしたと言う。この先例を引いて、頼朝に亡父の無念をはらそうとする本意のあることを「恐ろしく〳〵」と「申す人もあり」とする。本朝と震旦の故事を「上下」「或者」の声、直接話法をも用いて、再起を志す頼朝の思いを語る。両話ともに例証説話としての引用が中途半端な語りにとどまり、完結性に欠けるが、語り手の思いとしては、源氏としての頼朝の、平氏に対する本意を語るものである。だからこそ頼朝の命を救った池殿や清盛の所存が納得できないとする人の声を引くのであった。なまじっかな所存から墓穴を掘ることになる平氏の迂闊さを、世の人の声を借りて語るのである。平治の乱の物語から源氏再興の物語へと進む。

三七四　**青黛**（二二七頁）美女の眉の美しさを語る常套語。「翠黛紅顔錦繍粧、泣尋二沙塞一出二家郷一」（『和漢朗詠集』王昭君）

三七五　**楊貴妃**（二二八頁）八世紀、玄宗皇帝の息、寿王の妃となったが、後に玄宗の後宮に入り寵愛を受けた。安禄山の乱にあい、皇帝と逃げる途中、兵士たちの恨みをかって馬嵬で殺された。その悲劇をうたう白楽天の『長恨歌』が著名。一二二頁注一〇にも。

三七六　**一度咲ば**（二二八頁）「回レ眸一笑媚生、六宮粉黛無二顔色一」（『長恨歌』）

三七七　**涙の色**（二二八頁）「いにしへを恋ふる涙の色に似てたもとに散るはもみぢなりけり」（『山家集』中）

三七八　**流罪にぞ成にける**（二二九頁）『愚管抄』五に「頼盛が母

……コノ頼朝ハアサマシクオサナクテイトオシキ気シタル者ニテアリケルヲ、アレガ頸ヲバイカガハ切ンズル、我ニユルサセ給ヘトナク〳〵コヒウケテ、伊豆ニハ流刑ニ行ヒテケルナリ、物ノ始終ハ有レ興不思議ナリ」とあり、『公卿補任』文治元年、頼朝の条に「永暦元年三月十一日配二流伊豆国一」とある。

＊（二二九頁）

　前段の頼朝の動きから、「さても」話変わって、中巻末を受けて常盤母子の行方を語る。いくさ物語の定型として、戦後の処理、特に討たれた主人公の遺児の行方を語る。『平治物語』の大きな主題に源氏の運命があることを示唆している。六波羅の手が常盤母子にのびる。しかし、その宿に母子の姿はなく、常盤の老母がいるのみ。六波羅へ引きたてられ、拷問にかけて常盤母子の行方を問われる老母は、常盤母子の行方を全く知らない。仮に母子の行方を知っていたとしても、老い先短いわが身が命を惜しんで、未来のある母子を失うわけにはゆかぬと突っぱねる。老母の応対として自然な返答であるのだが、この老母が苦しめられると耳にした大和の常盤が聞くにしのびず、「わが身のとが」と自首して出ることを決意する。背後に仏教の説く処世訓を踏まえた語りがある。やがて常盤が立ち返った「元の栖」には人影がなく、辺りの人々から老母が六波羅に引き立てられ、仕えて来た人々も行方をくらましたと知る。そこで訪ねるのが、元仕えた九条院（呈子）の邸。老母の身の上を思う常盤が直接話法で語る思いに、人々は「仏神定めて御憐れみあらんずらむ」と同情し、中宮の呈子までもが同情して常盤母子を、亡き義朝の思い人であった女に相応の粧いをさせて六波羅へ送り出す。その母子の思いを語り手は三途の川を渡る死者、屠所におもむく羊にたとえて思いやるのであった。人々の思いを女子に重ねて語る、女の物語としての色が濃い。六波羅に出頭した常盤母子は、伊勢守景綱の預かりとなり、老母を思う思いを語り、老母の助命を嘆願する。その「孝行の心ざし」に人々は感動する。これらの人々の思いもあってのことだろう、まず清盛その人が老母を赦す。老母は常盤の思いを浅慮として怒り、幼児の将来を思いやる。やがて清盛に召し出された常盤は、子どもよりも先にわが身を斬れ、その後の処理は委ねるのみと願う。幼児が手にかけられる現場を見るにしのびない母としての思いを訴える。それをたしなめるのが六歳になる乙若である。「泣かで、よく〳〵申てたべや」とのことばに、「よに心強げにおはしける」清盛が感動し、「あまた並居たりける」兵どもも涙を誘われる。この乙若のけなげなことばが、清盛を動かすのだが、やはり源氏の行方を示唆する。ここで常盤の、やつれた姿ながら「なほ世の常に越」えた容姿を語り、むべなるかな、あの大宮左大臣伊通が九条殿に仕えさせるために募った千人の美女の中でも並びなき人であることを楊貴妃・漢の李夫人にたとえて語る。美女を語る一つの型をなすが、それを「たはぶれ申人もあり」と語るのは、清盛の常盤を見る目を、なかばからかいを込めて語る。預かりの伊勢守の宿所に、いったん返されて後も、斬り手の訪れを恐れる常盤母子の不安と悲嘆。ここで不思議なのは、清盛が母子の処理を私にはできぬ、主上の判断にまかせざるをえないと語ることである。前に頼朝の助命に和漢の仇討ちの例を引いて、この後の頼朝の動きに不安を語っていたのだが、同じ思いから、六波羅の人々が清盛の弱い心を諫める。それを清盛は、年長の頼朝を救ったからには、「幼き者をばきらん事」は順序が逆だろうと、これら幼児の助命を考えるのであった。ここで語り手は常盤の思いに立ち入り、母子の延命を清水観音の加護と思い、幼児に観音経を唱えさせる。やがて池殿の嘆願による頼朝の流罪を八幡大菩薩のはからいと言うのは、この後の源氏一門の行方をも示唆する。この報せに常盤は、幼い三人ともに助命を期待する中に、死罪を宥められたと語るのだった。池殿の嘆願による頼朝の助命、清水観音の加護、それに常盤の美貌が清盛を弱気にさせたとも言って、平氏一門の行方を不安だとするのが、人々の思いを介しての語り手の思いでもある。語り本は、これを特に常盤への清盛の女色の迷いに求める。これから後の源氏の行方、常盤の母子物語がからまって、この一見不自然な物語を語り進める。

三七九　**二月廿日比に**（二二九頁）『愚管抄』に「カクテ二条院当今ニテオハシマスハ、ソノ十二月廿九日ニ、美福門院ノ御所八条殿へ行幸ナリテワタラセ給フ、後白河院ヲバソノ正月六日、八条堀河ノ顕長卿ガ家ニオハシマサセケルニ、ソノ家ニハサジキノアリケルニテ、大路御覧ジテ下《げ》スナンドメシヨセラレケレバ、経宗・惟方ナドサタシテ堀河ノ板ニテ桟敷ヲ外ヨリムズ〱ト打ツケテケリ、カヤウノ事ドモニテ、大方此二人シテ世ヲバ院ニシラセマイラセジ、内ノ御沙汰ニテアルベシト、云ケルヲキコシメシテ、院ハ清盛ヲメシテ、ワガ世ニアリナシハコノ惟方・経宗ニアリ、コレヲ思フ程イマシメテマイラセヨトナク〱仰アリケレバ、ソノ御前ニハ法性寺殿モオハシマシケルトカヤ、清盛又思フヤウドモヽアリケン、忠景・為長ト云二人ノ郎等シテ、コノ二人ヲカラメトリテ、陣頭ニ御幸ナシテ御車ノ前ニ引スヘテ、オメカセマイラセタリケルナド世ニハ沙汰シキ、ソノ有サマハマガ〱シケレバカキツクベカラズ、人皆シレルナルベシ、サテヤガテ経宗ヲバ阿波国、惟方ヲバ長門国ヘ流シテケリ」とある。二条天皇と後白河上皇の不仲による事件であった。『百錬抄』に「二月廿日、院仰㆓清盛朝臣㆒、搦㆓召権大納言経宗・別当惟方卿於禁裏中㆒」とあり、『帝王編年記』も同じ。古本で、この前に日付があるのは、中巻二一四頁、常盤母子の彷徨を語る「頃は二月十日のあけぼのなれば」であり、この後は、二三四頁の「永暦元年（平治二年）三月二十日」頼朝伊豆への流罪である。

三八〇　**仲成**（二三〇頁）妹薬子が平城天皇に寵愛され、自身は地方官を歴任し右兵衛督となり、嵯峨天皇即位後、天皇と対立し、弘仁元年（八一〇）、従四位下参議に昇ったが、薬子の乱に捕らわれ九月十一日に誅された。

三八一　**保元の乱に**（二三〇頁）『保元物語』「忠正、家弘等誅セラルル事」に、乱に崇徳側についた源平の兵の処分について、「可レ被レ切歟、何ニト中院入道右大臣、内大臣実能、大宮大納言伊通、春宮大夫宗能、右大弁宰相顕時、此人々ニ被二召問一ケレバ」、人々は「嵯峨天皇御時、右衛門督仲成ガ被レ誅テヨリ以来、死者二度生不レ被レ返、不便ノ事也トテ議定有テ、死罪ヲ被レ止テ年久シ」「今改メ行ハルゝニ不レ及、且ハ又故院ノ御中陰ノ間也、旁被レ宥タラバ可レ然由、人々被二申合一ケルヲ、少納言入道頻ニ」「多ノ謀反ノ輩ヲ、国々へ遣サレバ、僻事出来リ、定世乱候ナンズ、只切セ給ヘト勘申ケレバ」「信西ガ申状ニ依テ皆被レ切ニケリ、人々傾申ケレ共、不レ叶」とあった。

三八二　**死罪を行へば**（二三〇頁）延慶本『平家物語』「第一末、重盛大納言ノ死罪ヲ申宥給事」に、父清盛に藤原成親の助命を嘆願する重盛が「一年保元ノ逆乱之時、故少納言入道信西、適々執権ノ時ニ相当リ、本朝ニ絶テ久ナリニシ死罪ヲ申行テ、左府ノ死骸ヲ実検セラレシ事ナムドハ、余ナル御政トコソ覚候シカ、古人ノ被申一候シハ、死罪ヲ被レ行バ謀叛ノ輩絶ベカラズト、此詞ハタシテ中二年有テ、平治ニ事出テ、信西ガ埋レタリシヲ掘ヲコシテ、首ヲ切テ渡キ、保元ニ行シ事忽ニ報テ、身ノ上ニムカワレニケリト思合ラレテ怖シクコソ候シカ」と見える。「古人ノ被申一候シ」の出典は未詳。

三八三　**遠流**（二三〇頁）『続日本紀』神亀元年（七二四）三月庚申の条に「定二ム諸ノ流配ノ遠近ノ之程一ヲ、伊豆・安房・常陸・佐渡・隠岐・土佐ノ六国ヲバ為レ遠ト」と見える。『延喜式』刑部にもこれが継承され、『東鑑』建久二年（一一九一）五月八日の条、日吉社の宮主を殺害した近江の住人源定綱を遠流に処すことについて、「遠流之罪不二再帰一禁固之法満二徒年一者、雖レ非二死罪一更無二勝劣一歟、仍以二遠流一比二死罪一」と見える。

三八四　**伏見源平納言**（二三一頁）物語によれば、信頼が謀叛を思い立った頃から、これを助けていたが、一九三頁、訊問されるところで「師仲は、勧賞をかうぶるべき身にてこそ候へ。そのゆゑは、信頼卿、内侍所をすでに東国へ下しまゐらせんとたくみ候しを、女房坊門の局の宿所、姉小路東洞院に隠しをきまゐらせて候へば、朝敵に与同せざる所見、何事かこれに過ぎ候べき」と言ったとある。内侍所は、神器の中の神鏡。

三八五　**三河の八橋**（二三一頁）『伊勢物語』九段に「三河の国、八橋といふ所にいたりぬ、そこを八橋といひけるは、水ゆく河の蜘蛛手なれば、橋を八つわたせるによりてなむ八橋といひける、その沢のほとりの木の蔭におりゐて、乾いひ食ひけり、その沢にかきつばたいとおもしろく咲きたり、……から衣きつつなれにしつましあればはるぐ〵きぬる旅をしぞ思ふとよめりければ、皆人、乾いひのうへに涙おとしてほとびけり」を念頭に詠む。

三六　**夢にだに**　（二三二頁）罪をこうむって、このように三河の八橋を渡るという、昔男のような体験をすることになろうとは夢にも思ったことだろうか、夢にも思わないことだった。

三七　**阿波の大臣**　（二三二頁）『尊卑分脈』によれば、号は中御門。『公卿補任』によれば、平治二年二月廿八日（権大納言正二位を）解官、三月十二日配流阿波国……応保二年三月七日召返、」「長寛二年閏十月廿三日、右大臣正二位」とある。

三八　**吉備大臣**　（二三二頁）大倭根子彦太瓊《ふとに》天皇の皇子吉備彦命の子孫、下道臣圀勝の子。真備。持統天皇八年（六九三）生まれ、天平七年、遣唐使に同行、留学生として入唐。『唐礼』など漢籍を持ち帰り、吉備朝臣の姓を賜り、遣唐副使をつとめ天平勝宝六年、正四位下大宰大弐、天平神護二年正月、中納言、同三月、大納言、同十月、右大臣。宝亀二年、上表し、六年十月、八十三歳で死去。「ありてんなれ」は、あったそうだ。穀物の、きび、あわ、ひえを並べて経宗の還任を諷刺する。

三九　**御所の女房たち**　（二三二頁）『千載集』十七「雑歌中」に「とほきくにに侍りける時、おなじきさまなるものどもことなほりてのぼるときこえける時、そのうちにもとれにけりときき て、みやこの人のもとにつかはしける」として「この世にもしづむときくは涙川ながれしよりもなほまさりけり」とある。

＊（二三三頁）

下巻は源氏再興への歩みを語るところが多いのであるが、ここで語り手の想起するのが、二〇五頁、仁和寺に身を寄せていた上皇が「同六日（平治二年一月）」八条堀河の皇后宮大夫顕長邸に御幸なっていたことである。「二月廿日比《ごろ》に」その宿所の桟敷で「夕煙のけしき」を眺望していたところを、「大裏より御使とて、桟敷殿をうちつけ」るという事件があった（『愚管抄』にも見る）。上皇は、清盛を召して、その憤りを、主上側近の「経宗・惟方のしわざなり」として、両人の捕縛を命じる。この頃、上皇側についていた清盛は両人を捕縛、訊問にひきすえる。いったん死罪と決まっていたのを、保元の乱に後白河を擁立した前関白忠通が、これまで中断していた死罪を復活した信西自身が非業の死を遂げることになったことを言って、遠流に減刑するよう主張、これが人々の賛同をえて減刑される。この両人は、平治の乱当初、信頼側につきながら、光頼にいさめられて主上・上皇の内裏脱出を進めたのであった。しかも、ここで突如、主上と上皇の仲が不和で、その因をなしたと語るのであった。しかも一九七頁、信西の子息処遇をめぐって、両名が信頼側に従ったわけがあった。それにこの両名の動きの背後に主上と上皇の不和があったらしい。王朝内部の分裂である。しかし物語は、それをあまり語らない。特に語り本は、この点について沈黙を通す。不条理な流罪に処せられていた信西の子息たちが赦されて帰洛することになる。ここで語り手は改めて信西の未亡人紀伊二位の心中に思いを馳せ、上皇も、亡き信西をしのんだと語る。ここで、その信西の子息を流罪に追い込んだ経宗の阿波流罪、出家した惟方の長門流罪を語り、一九三頁、動乱の初期、内侍所の東国下りを阻止した師仲が重罪は赦されたが、信西の子息成憲が赦された後、下野の室八嶋へ流される。途中、八橋の地で『伊勢物語』の昔男に重ねて道中の心細さを詠じた「夢にだに」の詠歌により召し返される。これは後日のことになるが、応保二年三月、経宗も赦されて長寛二年（一一六四）閏十月には右大臣に昇るが、ここで例の風刺をもって著名な伊通が「阿波の大臣出来たり。いつか又ひえの大臣出来むずらん」と風刺し、経宗の大臣就任披露の宴に伊通が主賓として招かれたが拒否したこと、「これをも人、例の事とぞ笑ひける」と語る物語の語り手が見られる。残る惟方は、なお上皇の怒りが厳しかったが、流罪先の長門から御所の女房たちに贈った、その落魄を嘆く「今の世にも」の詠歌が上皇の耳に入り、経宗には四年の遅れをとったが赦され、平治の乱そのものの結末を見たことを語るのであった。師仲・惟方は、和歌の力によって赦されたというのである。中世における和歌の力を思い知らされる。

三九〇　**兵衛佐が**（二三二頁）資料館本は「去程に兵衛佐頼朝伊豆国蛭が嶋へ流さるべしと定らる。池殿此由聞給て宗清が許へ頼朝具して参れとの給ひければ、弥平兵衛佐殿をぐしたてまつりて参りたり。池殿、頼朝を近くよび寄て姿をつく〴〵と見給ひて」とある。その話題変っての発語が、この章段の区切りを指示している。

＊（二三三頁）

頼朝を救うことになった池殿が頼朝を呼び、その喜びを語る。若い頃から、苦しむ人を見過ごせなかったこと、「ぐち（朽ちか）尼」となっては、清盛も耳を貸すまいとは思ったが。それにわが嘆願のみが効を奏したとも思わぬが、意外にも、そなたの死罪のみは宥められた。生涯忘れられぬ喜びであると語る。これに頼朝も、芳恩への感謝を述べ、万一、伊豆への下向の途中、事があっても、この思いは変わらないと言う。語り本は、ここに池殿の家盛への思いを語り、頼朝も尼を安堵させるために出家の思いすら語ったとする。古本では、その頼朝の一つの不安として、道中、一人の召し使うべき者のない不安を訴えると、池殿も了解し、宗清に図って、頼朝が助命されたことを公けにすると、とたんに七、八十人が現れ同行することになったと語る。頼朝の胸のうちを思いやる池殿と宗清の存在が大きい。もちろん、その裏に源氏再興を示唆する。

三九一　**盛康**（二三四頁）『姓氏家系大辞典』に「可児郡久々利村の北に、中村と云あり、此の村内に纐纈源五の子孫、今猶ほ現存して系譜も所蔵せり」と言う。しかし『平治物語』以上に詳しい伝は見えない。

三九二　**家盛**（二三五頁）『本朝世紀』の久安四年（一一四八）一月二十八日の条の「除目入眼」に「右近将監平教盛府奏」らと並んで「右馬頭正五位下平家盛父忠盛朝臣以二右京大夫一相博云々 同日叙二従四位下一元左兵衛佐」久安五年三月、鳥羽上皇の熊野御幸に供奉し帰途宇治で死去したと見える。

三九三　**此大弐**（二三五頁）保元三年八月十日、大宰大弐に任じ、永暦元年（一一六〇）九月二日正三位（参議で）右衛門督を兼ね、十二月三十日、大弐を辞している。永暦元年三月当時は大弐であった。

三九四　**中務少輔**（二三五頁）禁中の政務、天皇の近くでの詔勅の宣下などを司り、太皇太后宮職、皇太后宮職、皇后宮職、大舎人寮、図書寮、内蔵寮、縫殿寮、陰陽寮、内匠寮などを支配した。「新大系」に、「少輔」を「大輔」の誤りとする。『公卿補任』によると保延二年（一一三六）四月七日、中務大輔に任じている。

三九五　**事を引出し**（二三五頁）久安三年（一一四七）六月十五日、清盛が祇園社に田楽を奉納した時、清盛の家来と社の下部の間に争いが生じ、これが平氏と比叡山の争いへ発展し、山門の僧兵による京中での放火が相ついだことが『本朝世紀』に見える。同年六月三日、復興し正殿遷宮を行った。

三九六　**山門の大衆に訴られ**（二三五頁）『本朝世紀』の六月二十八日の条に、「巳剋、叡山衆徒及日吉祇園両社神人等、舁二神輿一猥欲二入洛一、是則依二去十五日祇園闘乱事一、忠盛朝臣清盛朝臣父子共、以下可レ被レ処二流刑一之由上訴申故也」と見える。なお七月十五日の条に「去月廿八日以後、衆徒等日々群二集叡山之講堂之場一、清盛朝臣罪科事、依二裁断遅引一、猶可レ乱二入洛中一之由、頻以風聞故矣。」同じく廿七日の条に「今日祇園一社被レ立二奉幣使一入レ夜権中納言藤重通卿参二仗座一召二大内記藤長光一令レ草二宣命一了、是被レ謝二去六月十五日闘乱事一也」とあり、その宣命に清盛の非を認め「可レ徴二贖銅三十斤一之由」仰せ下したとある。

三九七　**失せ候し**（二三五頁）『本朝世紀』久安五年（一一四九）三月十五日の条に「是日、従四位下行右馬頭兼常陸介平朝臣家盛卒、扶レ病扈二従熊野御共一自二去十三日一殊以更発、今日於二宇治川落合之辺一気絶了云々」とある。永暦元年当時から、十一年前に当る。「おくれて」は、先立たれて。

三九八　**永暦元年**（二三六頁）『公卿補任』に「永暦元三十一配流伊豆国」、『愚管抄』五に「コレラ（信西の子息たち）流シケル時、義朝が子ノ頼朝ヲバ伊豆国へ同クナガシヤリテケリ、同キ（永暦元年）三月十一日ニゾ、コノ流刑ドモハ行ハレケル」とある。

三九九　**胡馬**（二三七頁）『文選』二十九雑詩上の「古詩」に「胡馬依二北風一、越鳥巣二南枝一」、『玉台新詠』一雑詩其三の遠行の夫を思う妻の詩に「行キ行キテ重テ行キ行ク与レ君生キナガラ別離ス相去ルコト万余里、各在二天ノ一涯ニ一道路阻ニシテ且ツ長シ会面安ンゾ可ケンレ知ル胡馬ハ嘶二キ北風一ニ越鳥ハ巣《ス》二クフ南枝一ニ」とある。

四〇〇　**東平王**（二三七頁）『本朝文粋』三、松竹対策、藤原広業の「東平王思二旧里一也、墳上之風靡レ西」とあるのによる。

四〇一　**遊子**（二三七頁）『文選』二十「祖銭」の注に「善曰、崔寔四民月令曰祖道神也、黄帝之子好二遠遊一死二道路一故祀以為二道神一以求二道路之福一」とあり、『江談抄』六、「遊子は黄帝の子為る事」に「遊に二説あり、一は黄帝の子なり、黄帝の子四十人有り、その最も末の子、旅行の遊びを好み、敢へて宮中に留まらず、旅遊の路において死去すと云々、その死せむとする時、誓ひて云はく、我常に旅行の遊びを好めり、もし我がごとく旅行を好む者有らば、必ず守護神と成りて、その身を擁護せむと誓ひて、道祖神と成りて旅行の人を護らしむ」とある。

四〇二　**石清水**（二三八頁）貞観元年（八五九）大安寺の行教が神託を受け、都守護のために宇佐八幡を勧請したと云う。皇室の祖先神であるとともに源氏の氏神として将軍も崇拝した。

四〇三　**大宮司**（二四〇頁）伊勢神宮の外、この熱田や香取・鹿島・気比・宇佐・宗像などの社におかれた宮司の長官。熱田の大宮司は平安末期まで尾張氏の一族が世襲したが、頼朝の母方の祖父季範から藤原氏の手へ移った。『尊卑分脈』の季範に「熱田大宮司　当流熱田祠官相続始也　号額田冠者云々　依レ有二霊夢之告一外祖父閣一流子孫譲二与社官御孫子一」とある。季範の母が「熱田神主真基女」であったためらしい。

四〇四　**男女三人**（二四〇頁）『尊卑分脈』によると、頼朝の外、土佐国の住人蓮池権守家綱に攻められ自害した土佐冠者希義と、後、藤原中納言能保の室となり高能を生んだ女、同腹の子があった。

四〇五　**かもんの姫**（二四〇頁）上巻一六九頁に、義朝軍が劣勢になるところで「義朝の女子、今年六歳になりけるを、殊に寵愛しけるが、六角坊門烏丸に、母の里ありしかば、坊門の姫とぞ申ける。後藤兵衛実基が養君にてありけるほどに」とあり、中巻一八八頁にも「愛子の坊門の姫を見てだにも、わろびれじと涙をつゝみしに」と、義朝の思いを語っていた。

四〇六　**きら**（二四〇頁）『東鑑』の寿永元年（一一八二）九月二十五日の条に「土佐冠者希義者、武衛（頼朝）弟也母季範女去永暦元年、依二故左典厩（義朝）縁坐一配二流于当国介良庄一之処、近年武衛於二東国一挙二義兵一給之間、称レ有二合力疑一可レ誅二希義一之由、平家加二下知一仍故小松内府（重盛）家人蓮池権守家綱、平田太郎俊遠各当国住人為レ顕レ功擬レ襲二希義一、希義日来与二夜須七郎行宗一十州住人依レ有二約諾之旨一、辞二介良城一向二夜須庄一于レ時家綱俊遠等追二到于吾河郡年越山一、誅二希義一訖。行宗者、又家綱等囲二希義一之由聞二及之一為二相扶一件一族等馳向之処、於二野宮辺一聞二希義被レ誅之由一空以帰去、而家綱俊遠等又欲レ討二行宗一之間、粧レ船一族相二乗之一自二仏崎一浮二海上一逃亡、家綱等馳二到于其船津一、先為レ度二行宗一、遣二二人使者於行宗之船一有下可二談合一事上、称下

可二来臨一之由上行宗令レ察二家綱等造意一斬二二人使者首一棹レ船赴二紀伊国一云々」と見える。

＊（二四〇頁）

　内心期するところのある頼朝に寄せる人々の思いは、立場により異なる。まず池殿の思いを語る。頼朝の伊豆下向に仕えるために集まった七、八十人の中の三十余人が池殿の心を休めるためにもすみやかに出家せよと言う。しかし頼朝にそば近く仕える纐纈盛康は、ひそかに、千人に一人も体験しがたいこの度の助命を、八幡大菩薩の神意があるものと想像し出家を制止する。この直接話法による進言は、語り手の思いを両人に語らせたものに外ならない。頼朝は、その盛康の言に従い、かれ自身の思いからも、この出家云々については沈黙を保つ。それに揺さぶりをかけるのが池殿である。伊豆下向に際して暇乞いに参った頼朝に、池殿は武具を手にするな、殺生をするなと禁じる。それは再び悲しい思いをしたくないからだと訴える。その池殿の胸の内には、二十三歳の若さで山門大衆の呪詛に遭い、山王の祟りによって若死した家盛への思いがあることを頼朝への誡めに語っている。焦点化の主体を池殿に置く。この焦点主体化と直接話法をとるために、その間の事情・状況を物語は十分には語り尽くせないのだが、久安三年（一一四七）六月に祇園社への田楽奉納に際し、田楽法師を保護した兵の武装に異を唱えた当社の下部との対立闘諍が原因となり、清盛が追及されるのを、物語によれば家盛が矢面に立つことになったらしい。池殿は、この家盛への思いが、頼朝への思いとして重なったものと読める。池殿は、いずれ頼朝が赦されて帰洛する日のあることを期待しながら、その時はすでにわが身は老いて存命すまいと思う。この頼朝の、京からの出で立ちを永暦元年三月二十日の暁と記録するのは、古本のこれまでの語りとして一貫しているのだが、後日の源氏再興への思いもあるのだろう。あの七、八十余人もあった供の者が現実に頼朝の身の回りを世話するのは、「三、四人にすぎ」ないのを不審がる頼朝に対し、大津まで見送る盛康は、かれらが遠隔の地であるがゆえに、家族との別れを惜しむのだと説く。その頼朝さえ助命を喜びながら、京への思いは強く、六波羅をも「名残惜しく」思ったと語る。語り手は東平王や杜宇の故事をも引いて「兵衛佐が心もさこそと覚えて哀也」と、旅立ちに際しての旅人の望郷の念として語るのだった。当然、そこには頼朝の後日の行方を思いやる語り手の語りがある。しかも追立の使い、季通が下部のならいとして道行き人の携帯品を強奪する狼藉を、頼朝は制止する。源氏の一門としての名を惜しむふるまいである。これまで頼朝に諫言を呈して来た盛康も八十歳の老母を残すにしのびず、勢多で別れようとする。その勢多の地に健部社を見つけて、これに参り通夜する。その夜、盛康が、過日、二三四頁、池殿で頼朝に出家をするなと制したわけを語る。すなわち、夢の中に頼朝と石清水八幡に参り、大明神の神託として天下平定のしるしとも言うべき亡父の弓失を賜り、天童が日本全国支配を示唆する六十六本の「熨斗鮑」を授け、これを頼朝が三口まで食したと夢見たからだと明かす。祝事の予告である。感動する頼朝が重ねて鏡宿までの同行を求め、盛康の、その老母への思いを考え、ここで別れるのが神意にも叶うこととして離別する。道中、美濃青墓で亡き兄朝長を、杭瀬川では、義朝一行を助けた源光をしのび、熱田では亡父最後の地、野間内海を望見したと語る。物語が語って来た経過を、ここで頼朝に回想させる。さらに語り手は熱田大宮司季範の女を同腹の母とする妹かもんの姫、弟、希義を想起し、これら兄弟との離別の宿縁を語り手は「無慙」と、その思いを語るのだが、それは、これから後の頼朝の歩みを示唆している。

四〇七　**為義**（二四〇頁）父義親が康和年間、討たれた後、叔父義忠、さらには祖父義家の養子となった。母は中宮亮藤原有綱の女。従五位下、左衛門尉まで上ったが、保元の乱に藤原頼長に従って敗れ、子の義朝を頼ったが、清盛にはかられ、義朝の手にかかり斬られた。

四〇八　**太政大臣**（二四〇頁）太政官の最高の官。詔書・論奏・勅授位記に署名した。天皇を訓導する官で、適任者がなければ闕官とした。正・従一位相当。清盛は六条天皇の代、仁安二年（一一六七）二月十一日、太政大臣従一位に昇った。

四〇九　**子息、近衛の大将に相並び**（二四〇頁）承安四年（一一七四）七月、重盛が右大将、安元三年（一一七七）重盛が左大将、弟宗盛が右大将に昇ったが、同年六月、重盛が辞任した。この兄弟が左右大将に昇ったことは、『平家物語』一「吾身栄花」で「吾身（清盛）の栄花を極るのみならず、一門共に繁昌して、嫡子重盛内大臣の左大将、次男宗盛中納言の右大将、三男知盛三位中将、嫡孫維盛四位少将、すべて一門の公卿十六人、殿上人三十余人、諸国の受領・衛府・諸司都合六十余人なり、世には又人なくぞ見えられける」と語る。

四一〇　**経島**（二四〇頁）『帝王編年記』の承安三年（一一七三）の条に「今年、入道大相国（清盛公）於二福原輪田泊〈摂津国八部郡〉一始被レ築レ島、于レ時竜嫌起レ風、陽侯（水神）挙レ浪、不レ得二防固一、爰埋二一人一祭二海神一、石面書二写一切経一、即以二其石一得二修固一号曰二経島一、爾而已降、上下無レ煩、舟既全」とあり、この物語は『平家物語』六「築島」や幸若舞〈築島〉にも見られる。

四一一　**福原**（二四一頁）神戸市兵庫区に福原の地名があるが、古くは、広く長田区にも及ぶ地。南は和田泊に接する。瀬戸内海交通の要衝で、平家が日宋貿易の拠点とした。清盛らは、この地に別荘を構え住んだ。「大略、在国也」とするわけである。清盛はおおかた、この福原にいたのである。近く考古学の発掘が行われ、それが事実であったこととして、その現地が特定されつつある。

四二　布引の滝（二四一頁）神戸市中央区、生田川が低地へ流れ出る渓谷にある滝。四つの滝から成り、上流の雄滝が高さ四五メートルで著名。『古今集』以来の歌集や『能因歌枕』などに歌枕とされ、『伊勢物語』八七に「のぼりて見るに、その滝、物よりこと也、長さ二十丈、広さ五丈許なる石のおもて、白絹に岩をつゝめらんやうになむありける」とある。

＊（二四二頁）

平治の乱を語る物語はすでにおわっている。保元・平治の乱後の、清盛をはじめ平氏一門の栄花を語り、清盛は病により出家、「兵庫に経島を築」き、福原に宿所を構え、この地に在国することが多いと言う。一つの区切りをなし、『平家物語』の巻一「吾身栄花」などを想起させる物語言説である。それをどうして語り続けるのか、そこに古本の語りがある。ところが、「或時」清盛が一門や数十騎の兵を具して布引の滝に遊覧に出かける。侍の一人、難波三郎経房は「夢見悪しき事候」としてとどまり参加しない。と言えば二〇九頁、平治二年正月廿一日、義朝の長男悪源太義平が、この難波の手により、当日の午の刻に、六波羅で斬られる時に、「さすがに義平程の者を、白昼に斬るやうやある」と、「来世にては必ず魔縁となるか、しからずは雷電となりて、清盛をはじめて、汝らに至るまで、一々に蹴殺さんぞ」と言っていた。難波の胸の中に当時の義平のことばがあったはず。傍輩に、弓矢をとる者として夢見を恐れるのをあるまじきことと笑われ、難波は意を決して遅れて参加する。滝見のあと、帰途、天候が急変、雷電が大荒れする。清盛は、携帯していた「弘法大師の五筆の離趣経」を「うち振り〳〵し」たので助かったが、難波は太刀を抜いて対決したために、雷に「蹴殺され」、「五体千々に切れて、目も当てられぬ形勢」、「太刀は鍔までにえ返りたり」となる。布引の滝と言えば、落水の音が雷鳴と結びつくし、義平はみごとその類型に乗って難波に対する報復を果たすという話になる。語り手は、天神の道真が時平を罰したのであるが、義平は白昼に斬られた怨みをはらしたと、その「根性」を恐れる「人」の声を引き込んで語る。源平対立劇としての義平の物語もここで完結するが、平氏の前途にかげりを残す。

四三　傾城の色（二四二頁）『漢書』外戚伝に「一顧傾二人城一、再観傾二人国一」、『宇治拾遺物語』十二ノ二四に「一条桟敷屋に、ある男とまりて、傾城とふしたりけるに」、『平家物語』十一「那須与一」にも、扇の的に招く女官を傾城とする。やがて、この語が遊女の意ともなる。

四四　香山居士（二四二頁）中国、河南省洛陽県、竜門山の東にある白香山。白居易がこの山に石楼を構えて住み、みずからを香山居士と称した。「居士」は、学問に達していながら官に仕えぬ男子。中国では、みずから居士を称する者が多かった。

四二五　**禅師公全済**（二四三頁）『尊卑分脈』に全成を「童名今若丸有勇力号悪禅師又号愛智、住醍醐改隆超（起）……落于時全成八歳円成六歳義経二歳云々」とする。「禅師」は、本来、禅定にすぐれた人を言ったが、禅宗の人を言う語から、法師の尊称ともなった。「荒者」は、気性、行動が荒々しい者。

四二六　**乙若**（二四三頁）『尊卑分脈』に圓成を「童名乙若丸」とし、「祗候八条宮坊官、号今禅師、卿公」とする。義円と改めたとも言う。八条宮は後白河天皇の息、円恵法親王。『本朝皇胤紹運録』に「無品、号㆓八条宮㆒天王寺別当、法印権大僧都、為㆓源義仲㆒被㆑斬首、母坊門局兵衛尉信業女」とある。

四二七　**鞍馬**（二四三頁）左京区鞍馬。中腹に修験道の松尾山金剛寿命院、別名、鞍馬《くらま》蓋寺《かさでら》がある。京の北方の鬼門を守る毘沙門天を祀り、賀茂川の水源を守る貴布祢神社を地主神とする。もと真言宗、平安末期から天台宗に転じた。東光坊はその寺院の一つ。江戸時代には宝積院など十院の外に、東光坊ら九坊があり、十院を総称して衆徒、九坊を中方と称した、阿闍梨は、弟子を教える師。蓮忍は未詳。

四二八　**清和天皇**（二四三頁）文徳天皇の第四皇子、惟仁。母は藤原良房の女、明子。史上はじめての幼帝として九歳で即位。その第六皇子、貞純親王の息、経基王が清和源氏の祖となった。

四二九　**頼義**（二四三頁）父とともに忠常の乱を鎮めた。伊予・河内・陸奥守などを経て鎮守府将軍となり安倍氏と対立、清原武則の応援をえて平定した、いわゆる前九年の役で、鎌倉を拠点に東国における源氏の地位を確立。平忠常の乱平定に失敗したが、北条の祖となり上野介平直方に見こまれて、その婿となり、義家の出生を見た。「末葉」は子孫。ここは牛若が頼義の子孫であることを言う。系図をたどることで牛若に寄せる語り手の思いを語る。

四三〇　**義家**（二四三頁）前九年の役に参加、功績により出羽守。後三年の役には清原清衡を助け、私財をなげうって東国の武士の労に報いたため、武家の棟梁として名声をえた。陸奥守、鎮守府将軍を経て正四位下にまで昇り院の昇殿を許された。武勇の士として高く評価されたが、晩年、嫡子義親の謀叛により苦境に立たされた。

四三一　**貴布祢**（二四四頁）もと鞍馬寺の領域に属したが、延暦十五年（七九六）以後、上賀茂社の摂社になった。治水の神、祈雨祈晴の神として尊ばれた。

四三二　**女子一人**（二四四頁）『尊卑分脈』に、清盛の女に、「女子　花山院［藤兼雅］左大臣家　廊御方　母九条院雑仕常磐」として見える。仲成は大弐藤原忠能の息、大蔵卿長成。母は大蔵卿長忠の女。その息、従三位侍従能成の母が常盤。したがって、「大弐」は清盛ではなく、忠能を指すか。このあたり「常盤は」以後、事実とはかなりの誤解がある。

四三三　**清助重頼**（二四五頁）治部省の中、陵墓の事務をつかさどる諸陵寮を、みさきのつかさと読んだ。従五位上の頭《かみ》、正六位下の助、以下、允・属がある。この後、「深栖三郎光重が子に陵助重頼、」とあり、光重は、『尊卑分脈』に清和源氏、源三位頼政の弟に深栖三郎光重（実者〔源〕光信子也為㆓猶子㆒住㆓下野国方西㆒号㆓波多野御曹子㆓）があり、その子、頼重を「諸陵頭皇后宮侍長堀三郎」とする、その誤りであろう。「深栖」は、千葉県東葛飾郡内の地。

四二四　**手づから髪を**（二四六頁）義経の元服については、『東鑑』治承四年十月十一日の条に、当時を回想して「此主（義経）者、去平治二年正月、於㆓襁褓之内㆒逢㆓父喪㆒之後、依㆓継父一条大蔵卿（長成）之扶持㆒為㆓出家㆒登㆓山鞍馬㆒至㆓成人之時㆒頻催㆓会稽之思㆒手自《てづから》加㆓元服㆒恃㆓秀衡之猛勢㆒下㆓向于奥州㆒歴㆓多年㆒也」とあるが、『義経記』二「遮那王殿元服の事」では、吉次と熱田に着いた時、亡父義朝の舅、前大宮司の縁で「いまの大宮司（藤原範忠か）」を頼り、「御髪けづりとりあげ、烏帽子をぞ召させける」とする。後者は、頼朝との縁を考えての語りであろう。

四二五　**六尺**（二四六頁）「尺」は中世に使用されていたらしい曲《かね》尺の単位で、三〇・三センチ。六尺とは、当時としては大男。『保元物語』で為朝を「為朝ガ有様、普通ノ者ニハ替テ、其長七尺バカリ也」（上・新院御所各門々固メノ年」とする。

四二六　**秀衡**（二四七頁）鎮守府将軍秀郷の子孫で、出羽押領使基衡の息。母は安倍宗任の女。従五位下鎮守府将軍から従五位上陸奥守に上る。平泉を拠点として陸奥・出羽の支配に力をふるった。文治三年（一一八七）十月、病没。

四二七　**信夫小太夫**（二四七頁）『東鑑』文治五年八月八日の条、頼朝の奥州攻めに「又泰衡郎従信夫佐藤庄司又号湯庄司 是継信忠信等父也相㆓具叔父河辺太郎高経、伊賀良目七郎高重等㆒陣㆓于石那坂之上㆒、掘㆑湟懸㆓入逢隈河水於其中㆒引㆑柵、張㆓石弓㆒相㆓待討手㆒」と見える。『佐藤系図』に十三代として「元治佐藤太信庄司」と見え、その息に継信と忠信がある。

四二八　**尼は男子二人**（二四八頁）「新大系」は、『平家物語』巻十一や『義経記』八、能〈摂待〉、幸若舞〈屋島軍〉にこの母尼が登場し、新潟県三島郡寺泊町の円福寺をこの母が出家した所とする伝や佐藤兄弟の墓があること、善光寺にも尼の手になる兄弟の供養のための塔があることを指摘し「彼女を中心とする伝承が早くより存在したものか」とする。

四二九　**平泉**（二四八頁）岩手県磐井郡平泉。北上川と衣川の合流点の南に位置する軍事上の要衝で、後三年の合戦後、藤原清衡が移り住み、一世紀の間、奥州藤原が拠点とした。

四三〇　**湯巻**（二四八頁）女房の下姿の腰にまとう衣を今木《いまき》と言い、貴人の御湯殿奉仕に着用することから湯巻とも言った。飛び滴で衣の濡れるのを防ぐのに用い、白の生絹《すずし》で作った。精練した練絹に対し、生糸を用いて織った物。

四二一　世の聞えもしかるべからず（二四九頁）平治の乱当時、二条天皇と後白河上皇の父子の仲が悪く、平清盛はその間をうまく立ち回り、永暦元年（一一六〇）八月、正三位参議、長寛元年（一一六三）九月、従二位権中納言、「永万元年八月十七日ニ清盛ハ大納言ニナリニケリ、中ノ殿ムコニテ世ヲバイカニモ行ヒテント思ヒケル程ニ、ヤガテ仁安元年（一一六六）十一月十三日ニ内大臣ニ任ジテ同二年二月十一日ニ太政大臣ニハノボリニケリ」（『愚管抄』五）と言う。

四二二　国司・目代（二四九頁）律令制下、京より派遣され、国の支配に当たった地方官。勘解由使の統制のもと、私富を追求するが、鎌倉時代には守護に圧迫され、名のみの称号となった。「目代」は、国司が私的に代理者として任国に派遣した者。

＊（二五〇頁）

冒頭、清盛が常盤を囲い者にして、これに通うことを語る。賢帝も傾城の色には迷う。清盛が色に溺れる、これが思いがけぬ結果を招く。その物語の結びとの呼応を図るのだが、むしろ常盤と義朝との仲に設けた三人の遺児の歩みを語りつつ、特に末子の遮那王に絞り込む。兄たちと同じく僧籍に入れるべく鞍馬に預けられた遮那王が、ひそかに系図や日記を見て、わが身の素性に気づき、先祖の義家にならってその偉業を継ぎ、亡父の本望を達成しようと思う。師の禅林坊に太刀を乞う。その思いを察知した師僧は、これを制止するのを遮那王は稚児たちをかたらって武芸に励み、僧正が谷の天狗や化け物をも恐れることなく貴船に参って「其振舞、凡夫にはあらず」と人々に畏怖される。清盛と常盤との仲に、一女が生まれ、これが後の一条仲成の北の方になることを先取りして語るのは、明らかにこの後の頼朝をめぐる源氏の行方を見通しての語りである。遮那王の日常生活を恐れる坊主らが、遮那王に出家を促すが、兄、頼朝の意向を問うての上のこと、それをもし強いる者があるのならば、「狙ひてつき殺さん」とのすさまじさに、坊主たちは内心、遮那王の本意を知って「内々哀にいとほしく」思ったと語る。兄頼朝との歩みをあわせた遮那王である。まず金商人に奥州の知人から金二、三十両を乞い受け渡すからと、この商人をかたらう。次に坂東武者の清助重頼を手なづけ、この男が深栖三郎光重の子で、頼政とも交流のある源氏だと知る。後の頼政を示唆するものか。遮那王は、これに東国下向の手引きをせよと半ば強制し承諾させる。かくて十六歳の年、承安四年（一一七四）三月に鞍馬を出る。実は人々も、その内心を知っていて別れを惜しんだと言う。道中、鏡宿で人の手を借ることなく、みずから元服を遂げ、義経と名のる。以後、道中も、乗馬など武芸の稽古に励み、あらかじめ北条に文を送って、深栖が義経を養育する了解をとっておく。馬盗人、さらには宿を荒らす六人の強盗を退治するなど、その活発な行動を語る。ここで義経は伊豆に赴き頼朝に会う。弟が危険に曝されることを知った頼朝は、奥州秀衡の郎等、信夫の未亡人を訪ねるよう指示し、義経はさっそく下向、「夜に入て対面」する。信夫は、早々と相手を義朝の遺児と見抜き、子息の佐藤兄弟を引き合わせ、この義経に仕えるよう指示する。『義経記』の前半に通じる世界である。この経過の語りは、きわめて要約的で、背後に意を尽くした物語があることを示唆している。主として義経の行動を語るのだが、しかも要所要所に頼朝の意志や指示を配している。義経は多賀の国府に出かけて、例の金商人と再会、これに秀衡への紹介を強要する。商人は、義経をくせ者と見て秀衡に紹介、納得した秀衡が「砂金三十両とらせ」たと言うから、二四四頁、鞍馬でかわした約束を果たしたことになる。くせ者義経の物語として一貫している。以後、信夫のもとを拠点に、度々関東へも出かけ、秩父ら坂東の土豪と交流を重ねつつ、平氏討伐への備えを固めてゆく。ただ一人、これをも味方にしようとした松井田の下臈は、不気味に思って義経を追い出したと語る。それほど義経の行動が常軌を逸していたと語るのである。

四三三　**七年と申し**（二五〇頁）『東鑑』の同年四月十六日の条に「自㆓昨日㆒雨降、終日不㆓休止㆒為㆓明日合戦無為㆒被㆑始㆓行御祈祷㆒」と見え、十七日の条に三島神事当日を期して夜行動を開始したことが見える。延慶本『平家物語』第二中に「九月二日東国ヨリ早馬着テ」「伊豆国流人前兵衛佐源頼朝一院ノ々院宣并高倉宮令旨アリトテ忽ニ謀叛ヲ企テ去八月十七日夜同国住人和泉判官兼隆ガ屋牧ノ館へ押寄テ兼隆ヲ討」と見える。

四三四　**和泉判官兼高**（二五〇頁）住んだ館の名から山木判官とも称した。『東鑑』治承四年八月四日の条に「散位平兼隆（前廷尉号山木判官）者、伊豆国流人也。依㆓父和泉守信兼之訴㆒配㆓于当国山木郷㆒漸歴㆓年序㆒之後、仮㆓平相国禅閤之権㆒耀㆓威於郡郷㆒、是本自依㆑為㆓平家一流氏族㆒也」とある。

四三五　**蓮池……家光**（二五〇頁）『東鑑』寿永元年九月二十五日の条に「故小松内府家人蓮池権守家綱、平田太郎俊遠（各当国住人、）日来与㆓夜須七郎行宗（十州住人）㆒依㆑有㆓為㆑顕㆑功擬㆑襲㆓希義㆒、希義、約諾之旨㆒、辞㆓介良城㆒向㆓夜須庄㆒、于㆑時家綱・俊遠等、追㆔到于㆓吾河郡㆒年越山㆒誅㆓希義㆒訖」とある。

四三六　**窪弥太郎**（二五一頁）古活字本「牛若奥州下りの事」の末尾に「堀弥太郎と申は、金商人也」とある。後日のことだが『玉葉』の文治二年（一一八六）九月二十日の条に「伝聞、九郎義行（義経改名）郎従二人（堀弥太郎景光 四郎兵衛忠信）搦取了、忠信自殺、景光被㆓捕得㆒云々」とあり、「新大系」がこれを掲げる。

四三七　**伊勢三郎**（二五一頁）伊勢三郎義盛。義経の忠臣として伝説が多く、『義経記』には伊勢二見が浦の者と言い、『源平盛衰記』には「あたゝけ山にして、伯母聟に与権守と云けるを打殺したりし咎に被㆓禁獄㆒、赦免の後東国に落行て、上野国荒蒔郷に住ける」（巻四十六、義経行家出㆑都並義経始終有様事）と言う。

四三八　八幡殿（二五二頁）母は平直方の女。八幡太郎を称し、前九年の役に、父に従って戦い、従五位下、出羽守に任じられた。後三年の役に参加し清原清衡を助けて乱を鎮めた。しかし朝廷はこれを私闘として公的な鎮定と認めなかったので私財をなげうって兵士の労に報いた。その結果、東国武士の間に名声を得ることになった。

四三九　官を辞して（二五二頁）『奥州後三年記』上に、金沢の柵の合戦に「将軍の舎弟左兵衛尉義光、おもはざるに陣に来れり、将軍にむかひていはく、ほのかに戦のよしをうけたまはりて、院に暇を申侍りていはく、義家夷にせめられてあぶなく侍るよしうけ給る、身の暇を給ふてまかりくだりて死生を見候はんと申上るを、いとまたまはらざりしかば、兵衛尉を辞し申、まかりくだりてなんはべるといふ、義家これをききてよろこびの涙をさへていはく、今日の足下の来りたまへるは、故入道の生かへりておはしたるとこそおぼえ侍れ、君すでに副将軍となり給はば、武ひら・家ひらがくびを見ん事たなごころにありといふ」とある。

四四〇　故伊与守入道（二五二頁）母は修理命婦。伊与・河内・相模などの守を歴任。承保二年（一〇八二）十月、出家。同十一月二日、八十八歳で死去、大往生をとげたと言う。前九年の役を清原武則の援けをえて平定し、東国における源氏の地位を確立した。

四四一　十郎蔵人行家（二五三頁）源為義の十男。本名、義盛。治承四年、以仁王謀叛の時、行家と改名、熊野新宮に住し新宮十郎とも号した。『平家物語』四「源氏揃」に、源頼政が参兵に参加する源氏として「熊野には、故六条判官為義が末子十郎義盛とてかくれて候」を挙げ、「熊野に候十郎義盛を召て蔵人になさる、行家と改名して、令旨の御使に東国へぞ下ける」とある。「一門の長」とは氏族の長者の意だが、この以仁王挙兵当時に演じた役から言うものか。

四四二　高倉宮（二五三頁）後白河天皇の第三皇子、以仁王。母は権大納言藤原季成の女、成子。三条高倉に住んだことから高倉宮とも称された。親王宣下がえられず、天台座主最雲のもとに預けられたが出家せず、ひそかに近衛河原の大宮御所で元服したと言う。

四四三　木曽冠者（二五三頁）源為義の二男、帯刀先生義賢の子、義仲。従兄弟の義平に父を討たれた後、信濃国木曽の山里で中三兼遠に養育され、四代の祖父義家にあやかって八幡大菩薩の神前で元服し、義仲と名のったと言う。

四四四　わづかに五百余騎（二五三頁）延慶本『平家物語』第三本「十郎蔵人与平家合戦事」に「源氏大勢尾張マデ向ト聞ケレバ、平家軍兵墨俣河ノ南鰭ニ陣ヲ取、其勢二万余騎今度ハ平家ノ軍兵モ可然兵ナレバ先駿河ノ軍ニハヨモニジトサスガニ憑シクゾ被思ケル」、覚一本巻六に「源氏の方には、大将軍十郎蔵人行家、兵衛佐のおとゝ卿公義円、都合其勢六千余騎、尾張川をなかにへだてゝ源平両方に陣をとる」とする。

四四五　**土肥次郎**　（二五四頁）相模国土肥（今の神奈川県足柄下郡湯河原町）に住んだ、坂東八平氏の一、宗平の息、実平。頼朝挙兵当時からの忠臣。能〈七騎落〉にも重要人物として登場する。

四四六　**蒲冠者範頼**　（二五四頁）源義朝の息。母は遠江国池田宿の遊女と言う。遠江の蒲生御厨に生まれたので蒲冠者と言った。兄、頼朝らの平氏追討に、大手の大将として、弟の義経と並び戦った。

四四七　**平家、長門国**　（二五四頁）語り系『平家物語』に、この長田の動きは見えない。延慶本では第二末に一か所、北条四郎が伊豆の頼朝を支援して謀反を企てると上総守に報せたことが見える。『平治』のこの古本の場合、叛逆の汚名をとり除こうとする長田の動きを語るのだが、頼朝は容赦しない。

四四八　**壇浦にて**　（二五四頁）『百錬抄』元暦二年（一一八五）三月二十四日の条に「於二長門門司関一為二源軍一平氏悉被二責落一了、前帝外祖母二品奉レ抱二幼主一没二海中一、前内大臣父子、平大納言時忠卿父子、前内蔵頭信基等生虜也、女房建礼門院已下存命云々」とある。

四四九　**成綱**　（二五四頁）『東鑑』建久六年（一一九五）六月二十九日の条、頼朝の関東帰還について「着二尾張国萱津宿一、当国守護人野三刑部丞成綱進二雑事一云々」と見え、同じく正治二年六月二十九日の条に「故梶原平次左衛門尉景高妻野三刑部丞成綱女者尼御台所宮女、御寵愛無二比類一且雖レ為二女姓一依レ為二其仁一故将軍御時、雖下領二尾張国野間内海以下所々一訖上而夫誅戮之後一切隠居、頗成二恐怖之思一云々、仍有二其沙汰一領所等不レ可レ有二相違一之旨、今日蒙レ仰、令二安堵一云々」とある。梶原との縁を介して頼朝の近い所にいたらしい。長田をめぐる野間との関わりも想像できようか。

四五〇　**磔にこそ**　（二五四頁）二一〇頁、この長田父子について平氏方の家貞が「あはれ、きやつを六条河原に磔にして、京中の上下に見せ候ばや」と怒ったことが見えた。補三五五には九条家本の「よのつねのはつつけにはあらず、義朝の墓の前に板を敷て、左右の足手を大釘にて板に打付、足手の爪をはなち、頬の皮をはぎ、四日のほどになぶりごろしにぞころされける」をあげておいた。それをここにそのまま引く。

四五一　**梶原**　（二五五頁）相模国鎌倉郡梶原（今の藤沢市東南）に居住した。頼朝の寵臣として権勢をふるい、平氏討伐の作戦をめぐって義経と対立し、それを頼朝に讒言することが『平家物語』十一「逆櫓」に見える。

四五二　**泰衡**　（二五五頁）父の跡を継ぎ陸奥・出羽両国の押領使となる。兄国衡と協力して義経を助けるようにとの父の遺言に背き、頼朝の指示に従って文治五年閏四月三十日、義経を討ち、後、頼朝の大軍に攻められ、同年九月三日、家臣の手にかゝり討たれた。

四五三　**双六**（二五五頁）木製の盤に二人が向かい、白と黒の駒を各十五ずつ並べ、筒に入れた二個のさいころを振り、出た目の数により駒を進め、早く相手の陣に移しおえた方を勝ちとする遊び。

四五四　**建久元年十一月七日**（二五六頁）『東鑑』建久元年（一一九〇）十一月七日の条に「雨降、午一剋属レ晴其後風烈二品（頼朝）御入洛、法皇密々、以二御車一御覧見物車𨏍レ轂、立二河原一申剋先陣入洛三条末西行、河原南行、令レ到二六波羅一給」と見える。したがって十一月七日は入洛の日。

四五五　**足立新三郎清経**（二五六頁）『東鑑』建久六年（一一九五）二月八日の条に「雑色足立新三郎清経、為二御使一上洛、是近日依レ可レ有二御上洛一海道駅家等雑事、渡船橋、用意等、先為レ令二相触一之也」と雑色として見える。ただし「新大系」が指摘するように、早く元暦元年（一一八四）八月三日当時に、事件を報じる飛脚、安達新三郎が見える。同一人物とすれば、物語として足立を召しかかえたのを頼朝上洛の途上として語るための語りと言える。いくさ物語は公的な記録ではない。

四五六　**院御所**（二五六頁）『東鑑』建久元年十一月八日の条に「明日可レ有二御院参一之由、被レ触二遣民部卿一（経房）云々」同九日の条に「二品（頼朝）令レ参二院内一給二御家人一警二固辻々一……自二六波羅一御出、先御二参仙洞一」と見える。

四五七　**髭切と云太刀**（二五六頁）二一一頁、頼朝が東国へ落ちる所に「紺の直垂を着、藁沓をはき、髭切といふ重代の太刀の丸鞘なるを菅にて包み、脇はさみて、不破の関を越えて、関のわらやといふ所に着きにけり」とあった。

四五八　**建久三年三月十三日**（二五七頁）『百錬抄』の建久三年正月十二日の条に「法皇被レ立二伊勢公卿勅使一依二御不予一也、中納言源通親卿為レ使」、同二月十三日の条に「法皇依二御不予御祈一被レ立二日吉臨時祭使一」同三月十三日の条に「寅時法皇崩二于六条殿一、准二仁明例一可レ有二亮陰一之由被二召仰一了」と見える。

四五九　**正治元年正月十五日**（二五七頁）『百錬抄』の正治元年正月十三日の条に「前右大将頼朝卿薨年五十三、依二所労一去十一日出家」とある。『愚管抄』六にも「カヽルホドニ人思ヒヨラヌホドノ事ニテアサマシキ事出キヌ、同（建久）十年正月ニ関東将軍所労不快トカヤホノカニ云シ程ニヤガテ正月十一日ニ出家シテ同十三日ニウセニケリト、十五六日ヨリキコヘタチニキ、夢カウツヽカト人思タリキ、今年心シヅカニノボリテ世ノ事サタセント思ヒタリケリ、万ノ事存ノ外ニ候ナドゾ、九条殿ヘハ申ツカハシケル」と見える。

四六〇　**趙の孤児**（二五八頁）中国、戦国時代の七雄の一、趙。その趙武。屠岸賈が趙一家を攻めて一族を全滅させた。時に趙朔の未亡人が亡夫の子を懐妊していたが、やがて男児を出産、屠岸賈がこれを探し出して殺そうとしたので、未亡人はその児を袴の中に隠し、声を立てるなと言いふくめる。児が、この母のことばを守って声を立てることなく難を免れ趙家を再興することになったという『史記』「趙世家」の故事を引くもの。「朔ノ婦免身シ生ムレ男ヲ、屠岸賈聞テレ之ヲ索ムレ於二宮中ニ一夫人置キ二児ヲ袴中ニ一祝シ曰ク趙宗滅ビン乎、若チ即不ルレ滅ヒ若チ無レ声、及ビレ索ルニ児竟ニ無レ声、已ニ脱カル」とある。この児が後の趙武である。牛若丸を趙武になぞらえた語りである。

四六一　**秦のいそんは**（二五八頁）「新大系」は北川忠彦の説を引き、秦の始皇帝の再誕である秦河勝のこととする。すなわち世河弥の『風姿花伝』四「神儀」に河勝の伝として「日本国においては、欽明天皇の御宇に、大和の国泊瀬の河に洪水の折節、河上より一つの壺流れ下る。三輪の杉の鳥居のほとりにて、雲客この壺を取る。中にみどり子あり。かたち柔和にして玉のごとし、これ、降り人なるがゆゑに、内裏に奏聞す、その夜、御門の御夢にみどり子の云はく、我はこれ、大国秦の始皇の再誕なり、日域に機縁ありて今現在すと言ふ。御門奇特に思し召し、殿上に召さる。成人に従ひて、才智人に越えば、年十五にて大臣の位に上り、秦の姓を下さるる。秦という文字、はだなるがゆゑに、秦の河勝、これなり」とある。

＊（二五八頁）

語り本には見られないことだが、義経の離京後七年、治承四年（一一八〇）八月、頼朝の伊豆判官兼高夜討ちから武蔵平定までの経過を要約的に総括する。つまり両人の行動開始が、物語の結末である平家討伐の主役になったと語り始めるのである。別伝から取りこんだものであろうが、これを後の付加とは即断できない。この後の源氏再興への序曲をなす語りである。まず希義が犠牲になるが、頼朝にとっては、一門再興に向けて体験しなければならぬ試練であった。義経の、平泉の秀衡訪問、兄頼朝への協力表明、秀衡の喜び、武具や馬の供与、かつて松井田でいったん義経を追い払った伊勢三郎の協力から、大庭での頼朝との再会の喜びへと語り進める。この頼朝の挙兵は大きい。しかし、その語りの進行は速い。甲斐源氏の挙兵、駿河目代の追討、事を知った平重衡の軍の東国派兵と、富士川での戦わずしての敗走、墨俣での円済の敗北、寿永二年（一一八三）平家都落ちへ、いずれも『平家物語』が詳しく語る平家の敗北を要約して語りながら、この都落ちに、かねて頼朝から池殿の頼盛には都に留まるよう指示のあったことを語る。あの義朝を闇討ちした長田が鎌倉へ自首し、土肥に預けられながら、義仲追討から一谷での平家追討に「神妙に」従軍して戦う。平家が壇ノ浦に滅んだ後は、尾張内海への帰国を促されて帰国、安堵したところを野三《のみ》の奇襲にあって捕らわれ、「磔」というむごい処刑に遭う。語り手は「相伝の主を討ちて、子孫繁昌せんと」思ったが、「因果今生にむくひ」「恥をさらしけり」と処世訓的に語って結ぶ。明らかに中巻で金王丸が常盤に語った義朝の非業の死の結びとしての語りである。都落ちをひかえるよう指示された頼盛の公人であった丹波藤三の頼朝との再会、その報償と重代所領の安堵を語る。語りの進行は速い。梶原の讒言により兄との仲が不和になった義経が秀衡のもとへ下るが、その秀衡の死後、泰衡に討たれる。その泰衡を討つことにより頼朝の天下平定が成るのだが、ここで気がかりなのが、あの八幡の霊夢語りをしてくれた盛康のこと、頼朝は鎌倉への下向を促すが、盛康は芸能好きの後白河院に仕える身、それに「昼夜双六に」打ち込んでいて下向しないと言う。『平家物語』巻九の鼓判官を想起させる。これら無頼に属する芸能者が、頼朝の天下平定を支えていたこと、それにそれが院に仕える身であるとすることに、この頼朝の物語の成り立ちを支える文化的な基盤がありそうだが。建久元年（一一九〇）三月、頼朝の上洛を記録、道中、窮地にあった頼朝を救った浅井北郡の老夫妻の見参、これを優遇して、その子息を召し使うことになったこと、ここで頼朝が院参して、後白河院より、いったん頼朝が隠し持っていた重代の太刀、これが清盛の手に渡っていたのを院が保管していた。それを頼朝に与える。時に院に仕えていた盛康が召し出され、これに数々の褒美を与えた。しかし鎌倉へ下らなかったために「御恩は無かりけり」と言う。所領のことを指すのだろう。この頼朝上洛時の語りには、院と鎌倉幕府をめぐる執政上の制度の問題があるようだ。「建久三年三月十三日」院が崩御、建久九年十二月、盛康の再度鎌倉下向、明年を期してその多岐庄の保障が約束されていたと言う。この間、盛康の妻が鷲巣源光の後家であったことを語っていて、この事が上の中村を賜ることになったのだが、正治元年（一一九九）正月、頼朝の死去を語る。いずれも古本の語りとして公的な記録の姿勢をくずさない。後白河の死をも含め、その結末は延慶本『平家物語』の構成にも通じる。この頼朝の死により、盛康の安堵は果たせなかった。これを訴えたところ、例の霊夢に盛康がアワビを食することが無かった、懐中するにとどまったからだと、アワビをめぐる民俗によせた解釈を行い、盛康は返す言葉がなかったとする。以上、頼朝の挙兵以後を駆け足でたどりながら、語り手は、頼朝の窮地を救った人々への配慮、長田への報復を民俗や文化の基盤の上に語って来た後、改めて、このような時代の転換を招いた直接のきっかけとして、義経を助命した清盛のうかつさを言い、窮地を生き延びた源氏一門の運の良さを源氏再興として語って結ぶのだった。改めて『保元物語』から『平治物語』を介して『平家物語』へとつながる三物語の読みを促す。そして『平家物語』が結びの「平家断絶」に、文覚をして承久の乱を予告する発言を行わせるなど、やはり駆け足で物語を閉じる。いくさ物語の歴史を語る姿勢なのか、考えるべき課題である。

底本比較対照表

語り本

上巻

（序）

王道に文武二道を重視（11）

公政、仁義やゝ重し

末代に武士を重視すべきこと　太宗文皇帝の先例

鶏国明王の先例

（信頼・信西不快の事）（12）

信頼の系譜と経歴

破格の昇進にも奢れる振舞

信西の系譜

その厚才博覧（13）

妻紀二位を介して執政に参与

延喜・天暦、義懐・惟成の代をも越える

大内裏を修造

数々の朝儀を復活

後白河、二条に譲位

信西の権勢いよ〳〵重し

信西、信頼の参政に不安、その誅戮を志す（14）

信頼も信西を怨と見なし、その誅戮を志す

後白河、信頼の大臣大将任官を信西に諮問

古　本

上巻

（序）（131）

王道に文武二道を重視

末代に武士を重視すべきこと　太宗文皇帝の先例

（信頼・信西不快の事）（132）

信頼の系譜と経歴

破格の昇進にも奢れる振舞

信西の系譜

その宏才博覧（133）

妻紀二位を介して執政に参与

延喜・天暦、義懐・惟成の代をも越える

大内裏を修造

数々の朝儀を復活

後白河、二条に譲位

信西の権勢いよ〳〵重し（134）

信西、信頼の参政に不安、その誅戮を志す

信頼も信西をいぶせく思い、誅戮を志す

後白河、信頼の大臣大将任官を信西に諮問

信西、信頼の任官を制止
鳥羽院が家成の昇任をひかえたこと
堀河帝、宗通の大将就任を拒んだこと
信西、安禄山の奢りを絵に描き上皇を諫止（15）
信頼の寵おとろえず
信頼、信西の批判を耳にし師仲をかたらい伏見に籠居

（信頼信西を亡ぼさるる議の事）

信頼、子息信親を清盛の婿にせんとするも平家一門満ち足り、それに信西の息成憲を清盛の婿に約す
信頼、保元の乱後に不満を抱く義朝をかたらう
信頼、二条帝の近臣経宗・成親をもかたらう（16）
信頼が隙を窺う中、平治元年十二月四日、平清盛、熊野へ参る
信頼、好機到来と信西を非難、義朝に決行の意をもらす
平家を討ち執政を共にせんと語る
平家に一物ある義朝、信頼に同意
信頼、義朝に武具を提供
義朝、策を考え源氏の一行をかたらうよう進言
信頼、頼政らをかたらい同意を得る（17）
信頼喜び、さらに義朝に鎧五十領を贈る

（三条殿へ発向付けたり信西の宿所焼き払ふ事）

信西、信頼の任官を制止
堀河帝が宗通の大将就任を拒んだこと（135）
鳥羽院が家成の昇任をひかえたこと
大将の官の要職であること
信西、安禄山の奢りを絵に描き上皇を諫止

（信頼信西を亡ぼさるる議の事）（136）

信頼、信西の讒奏を知り出仕せず
信頼、師仲をかたらい伏見に籠居
信頼、子息信親を清盛の婿にせんとするも平家一門満ち足り
る
信頼、保元の乱後に不満を抱く義朝をかたらう
信頼、経宗・成親・惟方をかたらう
惟方は信頼の母方の叔父、信俊を婿にする（137）
信頼が隙を窺う中、平治元年十二月四日、平清盛、熊野へ参る
信頼、好機到来と義朝に決行の意をもらす
平家に一物ある義朝同意　一門の浮沈をかける
信頼、義朝に武具を提供（138）
義朝、季実らをかたらうよう進言
信頼喜び、さらに義朝に鎧五十領を贈る

（三条殿へ発向付けたり信西の宿所焼き払ふ事）

信頼、義朝と院御所へ寄せ、院に東国へ落ちざるを得ないと
不安を訴える
上皇、あきれる
源師仲、車を寄せ、信頼、院に乗るよう促す
上皇、やむなく乗る
重成、車を守護し、上皇を内裏の一品御書所へ入れる
信頼・義朝、院御所に火を放つ（18）
上下の女房たち狼狽。矢を避けて井に入る者多し
院御所の家中・泰忠ら防戦するも叶わず
信頼軍、姉小路西洞院の信西邸を攻め放火
信西の脱出を妨げるため斬られる者多し
世乱れ、武者が洛中に充満す

（信西の子息尋ねらるる事付けたり除目の事并びに悪源太上洛の事）（19）

公卿殿上人参内し僉議　信西の子息の行方を探す
成憲、清盛の不在中に召還される
定憲出家するも召還される
除目行われ、信頼、大臣の大将を兼ねる
義朝は播磨左馬頭となる
頼政は伊豆、光泰は隠岐、光基は伊勢、末真は河内を賜る
遠元は右馬允、鎌田は兵衛尉となり政家と改名、勝利すれば
上総をと保障される

信頼、義朝と院御所へ寄せ、上皇に信西の讒により、東国へ
落ちると大声で言う
上皇、あきれる（139）
兵、車を寄せ、乗るよう促し、御所に放火を指示
上皇、狼狽して乗る　妹の上西門院も乗る
信頼ら車を守護し、上皇を内裏の一品御書所へ入れる
これを守護する重成、崇徳に続き二代の帝を守護する宿縁を
思う
三条殿の人々の狼狽　矢を避けて井に入る者多し（140）
灰・燃杭に埋れて助かる者なし
　阿房炎上にも女の身を滅ぼすは無かった
家仲・康忠の首　待賢門にさらされる
姉小路西洞院の信西邸、放火される
これは大内の下人のしわざとの噂
所々の火災に民安からず、世の嘆き

（信西の子息闕官の事）

信西の子息、五人闕官される
信頼ら三条殿焼討ち、主上、上皇内裏へ遷幸の噂（141）
大殿忠通、関白基実ら内裏へ参る　洛中、人々の狼狽
重憲、検非違使に渡され、清盛不在の不運を思う
成親の訊問を受け預けられる
俊憲は出家、修憲は信澄に預けられる

義平、馳せ参るも為朝の例を引き除目を拒む（20）
義平、熊野詣の清盛を奇襲するよう進言し元の官にとどまる
信頼、義平の阿部野攻めを拒否、人々も同感するは運の極め
伊通は才学優長を以て人々を笑わせる
多くの人を殺した井に官を与えよと諷する（21）

（信西出家の由来并びに南都落ちの事付けたり最後の事）

信西の家柄、弁官にもなれず
通憲出家の由来、面像に死相現われる
宿願により熊野へ参り相人に逢う
相人、信西に死相を認める
のがれる道として出家を示唆
信西参内し、出家のため少納言の官を乞う（22）
院、ためらうも少納言の官を許す
信西、出家　諸行無常の理
信西、天変を知り参内
信西、読経中、火の怪異
信西、世の行方を察知し、子息に報せんとするも御遊を憚かり奏上できず
信西、帰宅して紀二位に南都落ちを語る（23）
信西、二位の同行を拒み田原へ入る
道中、天変あり、成景に京の様子を探らす
武沢、院御所攻めを信西に報せんとす

惟憲、もとどりを切り教盛を頼るも惟方に預けられる

（信西出家の由来付けたり除目の事）（142）

信西の家柄、弁官にもなれず
信西参内し、少納言の官を望む
上皇、ためらうも少納言の官を許す
信西、出家
その栄花も無常の理に従い没落
同十四日、光保、信西の行方を内裏へ報告　首を切れと指示される（143）
去る九日の夜のいくさの勧賞が行われる
源氏の面々、昇進
伊通、多くの人を殺した井に司を与えよと諷する

（信西の首実検の事付けたり南都落ちの事并びに最後の事）

十六日、大炊御門の出火に敵の奇襲と狼狽
同日、光保、信西の首を神楽岡の宿へもち来たる（144）
信頼・惟方同車して首を実検　信頼安堵
去九日、信西、夜討を予知して院参、御遊の最中で奏上できず
女房に事を申し置いて帰る
侍三、四人を具して大道寺へ入る
信西、天変に宿運尽きたことを自覚
君の身代りになろうと覚悟

成景、武沢に行き逢い、三条殿・信西邸の焼失を知る
成景、信西の行方を偽り武沢と分かれて信西に報告
信西、院の身代わりを覚悟し穴に埋まる（24）
信西、最後の恩に西光らに法名を与える
四人の侍、都へ帰る

（信西の首実検の事付けたり大路を渡し獄門に梟けらるる事）

成沢、信西の乗馬を引き京へ赴く
出雲前司光泰、木幡山で成沢に逢い、信西の行方を詰問
成沢、たえかね信西の居場所を教え案内
光泰、信西を掘り出す
信西、目を動かすを光泰、首を斬る（25）
光泰、信頼に事を報じ神楽岡で実検
十五日、信西の首大路を渡し獄門に懸ける
晴天が曇り星が出る異変
信西の首、信頼らにうなずく
朝敵滅ぶべしと人々おそれる
信西の首懸は宿業の現報と人申す
信西に先立たれた二位の悲嘆
わが身も失われようと嘆く

十日、成景に京の様子を探らせる
成景、木幡峠で信西の舎人男に会い、三条殿夜討、信西邸焼失を知る（145）
成景、信西の行方を偽り、信西に状況を報告
信西、上皇の身代りを覚悟し穴に埋まる
自害を覚悟し、腰刀を携帯
信西、最後の恩に西光らに法名を与える（146）
京にいた師光も出家し西光と呼ばれる
信西が埋められたのは十一日
十四日、光保の郎等、木幡峠で馬をひく舎人に逢う　これを責め、信西の居場所を教えさせる　その首をとり奉ったもの

（信西の首大路を渡し獄門に懸けらるる事）

十七日、信西の首大路を渡し獄門に懸ける
僧衣の老僧、信西の死に宿業現報を見る（147）
二位、悲嘆、わが身の行方も不安

（唐僧来朝の事）

紀二位の人となり（26）
鳥羽法皇、熊野参詣、唐僧淡海を召す
淡海、渡日して生身の観音を拝まんとす
人、唐僧のことばを理解できず
信西、唐僧と対談
唐僧、信西の才学を試さんとす、数々の問
唐僧、信西の答弁に驚嘆、その履歴を問う（27）
唐僧、信西を生身の観音と礼拝（28）
人々、信西に不思議の思いをなす

（叡山物語の事）

保元元年、後白河、叡山へ御幸
法皇修法の具足について質す
大衆、公家の才学をはかるため知らずと言う
法皇、又もや信西を召し質す
信西、みごとその博識ぶりを示す（29）
信西、死後もその学才を以て冥官に列す（30）
信西、獄門に懸けらるる罪科（31）

（六波羅より紀州へ早馬を立てらるる事）

六波羅の早馬、切部で清盛らに追いつく
三条殿夜討、信西宿所焼討を報せる
信頼・義朝が平家討伐を企つと報せる

（六波羅より紀州へ早馬を立てらるる事）（148）

六波羅の早馬、切目で清盛らに追いつく
三条殿夜討、信西一家の焼死を報せる
源氏、上洛し平家一門を伺うと報せる
清盛、帰洛を決断
清盛の不安に答え、家貞、長櫃に武具を入れて携帯するを示す
重盛、家貞の思慮に感嘆（149）

清盛、迷うが重盛、帰洛を進言
清盛の不安に答え、家貞、長櫃に武具を入れ携帯（32）
人々、家貞の用意に感嘆
清盛、熊野別当に派兵を要請
湯浅宗重三十余騎で参り、平家百余騎となる
義平が阿部野に待機するとの噂
清盛、一たん四国落ちを考えるが、重盛が朝敵となっては不利と反対、即刻対決をと促す
家貞も帰洛を急げと進言し、清盛、決断
清盛、重盛、熊野権現に戦勝を祈願しつつ鬼中山に着く（33）
六波羅よりの早馬に会う、義平かと恐れる
六波羅に異常なく、成憲が内裏へ召されたことを報せる
重盛、成憲の行方にくやしがる
義平が阿部野にひかえるとの情報を確かめる
使者、義平にその動きはなく、伊勢、加藤が帰洛を待つと言う
義平待つとの誤報の真相を知る
平家、兵を進め大鳥の宮に着く（34）
重盛、飛鹿毛を神馬として奉る
清盛、「かひごぞよ」の詠を添える
（光頼卿御参内の事并びに許由が事）
十九日、内裏で公卿僉議

紀伊国の平家の家人、武装した者百騎に過ぎず
義平が阿倍野に待機するとの噂
清盛、一たん四国落ちを考えるが、重盛が朝敵となっては不利と反対、即刻対決をと迫る
家貞も帰洛を急げと進言、難波経房も清盛の馬を京へと向け、清盛も決断（150）
重盛、阿倍野での義平との決戦を覚悟
一行、小野山で六波羅よりの早馬に会う
六波羅に異常はなかったが、清盛の不在により、人々、内裏へ参ったと報せる
成憲が内裏へ参ったと報せる
重盛、成憲の行方をくやむ（151）
道中、伊藤、館らが四、五百騎で待つと言う
義平、待つとの噂は誤報と判明
（光頼卿参内の事付けたり清盛六波羅上着の事）
十九日、内裏で公卿僉議
光頼、範義に装具を持たせ
万一の場合は、刺せと指示（152）
大軍陣を張るのも怖れず
殿上に信頼が上座を占める
光頼、末座の顕時に座の乱れを指摘
光頼、意図的に信頼の上座に着く

光頼、今回は参内、範能に装具を持たせ、万一の場合は、斬れと指示
大軍陣を張るをも怖れず
殿上に信頼が上座を占める（35）
光頼、末座の長方に座の乱れを指摘
光頼、意図的に信頼の上座に着く
信頼、母方の伯父である光頼を怖れる
光頼、僉議の内容を質す
信頼、答えられず
光頼、悪く参ったと言い座を立ち去る
兵ども光頼の豪胆さに感嘆
或者、頼光・頼信の名を引き信頼を批判
光頼、見参の板を踏みならして立つ　弟惟方を召す（36）
光頼、惟方が信頼の車の尻に乗るを批判
惟方、天皇の言に従ったまでと弁明
光頼、清盛の帰洛を予告
光頼、先祖が代々、悪事には参加しなかったと惟方を非難
光頼、主上・上皇などの在りかを質す（37）
光頼、櫛形の穴の人かげを誰かと質す
光頼、悪事を耳にした許由の故事を引き嘆いて立ち去る
惟方、光頼のことばを他人が聞くかと恐れる（38）

（信西の子息遠流に宥めらるる事）

光頼、信頼の上座するを批判
光頼、僉議の内容を質すも一人も答えず
光頼、静かに座を立ち去る
兵ども光頼の豪胆に感嘆（153）
頼光・頼信の名を引き信頼を批判
光頼、見参の板を踏み鳴らして立ち弟惟方を召す
光頼、死罪に処せられる人数に加わるを誉まれと思う
光頼、惟方が信頼の車の尻に乗るを批判（154）
惟方、天皇の意に従ったまでと弁明
光頼、先祖が代々、悪事に参画しなかったと非難
光頼、清盛の帰洛を予告
光頼、主上・上皇などの在りかを質す（155）
光頼、櫛形の穴の人かげを誰かと質す
光頼、悪事を耳にしたと許由の故事を引き嘆いて立ち去る
信頼、ひとえに天子の振舞い（156）
清盛、熊野より下向、稲荷に参り杉の枝をかざして六波羅へ入る
内には六波羅攻めに備えて待機するも、その儀なく、夜明く

（信西の子息遠流に宥めらるる事）

廿日、信西子息の処分について公卿僉議
十二人の流罪地
俊憲、勅題の詩を詠み世に伝わる
澄憲は説法で名をなす
明遍、高野で修行
（清盛六波羅上着の事并びに上皇仁和寺に御幸の事）（39）
清盛、切部王子のなぎの葉を稲荷に手むけ悦び申しの流鏑馬を射させる
廿五日、無事六波羅に帰着
其夜、内裏では六波羅からの夜討を恐れる
六波羅でも内裏からの夜討を恐れる
十日より廿六日まで騒動、人々の不安
成頼、御幸先を上皇に質し仁和寺と定まる
泰頼、上皇の声色をまね上皇の脱出を助く
乱世のゆえの体験と覚ゆ（40）
上皇、北野天神を拝み後日日吉へ御幸ならんと決意す
草木のゆるぎにも不安　讃岐院の不安を思いやる
不安のあまり「なげ木には」の詠
上皇を仁和寺へ入れまいらす
鎌田、内侍所を東国へ遷さんとするを師仲に制止され、坊城の宿所へ入れまいらす
（主上六波羅へ行幸の事）（41）

廿日、信西子息の処分について公卿僉議
十二人の流罪地（157）
廿三日、内裏では六波羅からの夜討を恐れる
去る十日より、六波羅でも内裏からの夜討を恐れる
源平両軍の旗馳せちがう
朝儀停滞し　京中上下の嘆き
（院の御所仁和寺に御幸の事）
成頼、御幸先を上皇に質し、仁和寺と定まる
上皇、北野天神を拝み不安の道行き（158）
上皇を仁和寺へ入れまいらす　讃岐院の不安を思いやる
上皇、乱後、日吉へ参ったのも当時の御願による
法親王、上皇のもてなし、讃岐院の時とは異なる扱い（159）
（主上六波羅へ行幸の事）

主上、女房姿で六波羅へ行幸
中宮も同行
信頼に狙われる紀二位も同行
経宗・惟方供奉
藻壁門より行幸
金子、車の人を誰何
惟方が女房の北野詣でに供奉と答える
金子、弓のはずで簾をかき上げ確かめる
二条帝ら女姿のため金子には見破れず
惟方、忠小別当と笑われる（42）
惟方の変心は情なし、黄石公らの故事に云う如し
伊藤景綱は雑色に、楯貞泰は牛飼に扮して供奉
上東門から土御門を東へ突走る
重盛・頼盛、東洞院でこれを迎え守護
平家の人々の喜び
成頼、六波羅行幸を披露し、人々を召す
大殿・関白ら公卿殿上人、大勢、六波羅へ参る
（源氏勢汰の事）
信頼・上皇、主上の脱出を知らず女房たちの介護に身を委ねる（43）
廿七日早朝、成親、行幸・御幸を知る
信頼、それと知らず、狼狽、

主上、女房姿で行幸、玄象などを携帯
内侍所をも出そうとするを鎌田の郎等が制止
主上の車、怪しまれるを惟方、女房の車と答える
兵ども弓のはずで簾をかき上げ確かめる
二条帝、女房と見え、兵これを通す
中宮も同行　紀二位恐れながら、中宮の御衣のすそに隠れ伏す
経宗・惟方、伊藤景綱・館貞保らも供奉（160）
上東門から、土御門を東へ突走る
重盛、頼盛ら東洞院でこれを迎え守護
清盛ら、行幸を喜ぶ
成頼、人々を召す
大殿、関白ら公卿殿上人、大勢、六波羅へ参る
清盛、家門の繁昌と喜ぶ
（信頼方勢ぞろへの事）（161）
信頼、上皇・主上の脱出を知らず女房たちの介護にくつろぐ
廿七日明け方、成親、主上・上皇らの脱出を報す
信頼、事を知り、成親に口封じを指示
成親、周知の事実と答える
大の男、信頼の狼狽
惟方、光頼の指示により決行したこと
京の人々、惟方を中小別当と評するを伊通、忠小別当の呼称

太り男のむなしいふるまい
信頼、成親に口封じを指示
加茂へ参る義平、事を知り父に報せる
義朝、事を察知しながら、心替りなしと言い切る
義朝、内裏にこもる軍勢を質す（44）
その源氏の勢揃え
信頼ら、義朝軍の人々の武装（45）
外見は大将と見える信頼
院を介して手に入れた一の黒を控えさせる
成親も信頼と馬を並べて待機
義朝、武装し日花門に控える
義平の武装、父と並んで控える
朝長の武装、兄と並んで控える（46）
頼朝の武装、その髭切の由来
頼朝、先手を打つべしと進言（47）
十二月廿七日、義朝軍の壮観
義朝、軍勢を展望し源氏の再起を期す
頼政ら、疑いを呈す
義朝、これを知るも頼政らに対応できず

中巻

（待賢門の軍の事付けたり信頼落つる事）（49）

がふさわしいと正す（162）
内裏に信頼軍が待機
外見は大将と見える信頼の武装
信頼、院より手に入れた一の馬を控えさす
成親の武装、信頼と馬を並べて待機
義朝の武装　日花門に控える（163）
義朝、光保や光基に心替りを察知するも対応できず

（待賢門の軍の事）

六波羅に公卿僉議
敵をたばかりひき出し、入れ替り内裏を守護せよと命ず
内裏攻めに向う勢揃、六条河原に控える
重盛、三事相応と励ます（164）
平家、大宮面を攻める　門内の備え
平家の時の声に内裏側でも声を合わせる
信頼、おじけづき、乗馬できず
侍に押し上げられ乗り越えて落馬、鼻血にそまる
義朝、これを臆病者と見、後悔　日花門へ向かう（165）
源氏側の勢揃え
信頼、心を鎮め待賢門を固める
光保ら陽明門を固める（166）
頼盛は郁芳門、経盛は陽明門、重盛は侍賢門を攻める
重盛、二手に分け、みずからは待賢門を攻め破る　信頼、こ

六波羅に公卿僉議　清盛召さる
清盛のいでたち
実国を以て皇居を奪い守護するよう下命
清盛、朝敵追討を誓う
清盛、六波羅防備に留まる
内裏攻めに向う勢揃、西の河原に控える（50）
重盛の服装、三事相応を喜び内裏を攻める
内裏勢の備え、白じるしの源氏勢
六波羅からの平家、時の声をあげる（51）
信頼、おじけづき、乗馬できず
侍に押し上げられ乗り越えて落馬、鼻血にそまる
義朝、信頼を不覚仁が臆したと見る
重盛、名のり（52）
信頼、一戦にも及ばず退く
義朝、義平に防戦を指示
義平、承知し、続く者ども
義平、寄せ手に名のりを促し、みずから名のる
義平、討って出る（53）
義平、重盛を狙えと指示
与三ら重盛をかばう
狙われた重盛、大宮面へ退く
重盛、家貞に平将軍の再生とほめられ大庭に攻め入る

らえきれず退く
義朝、義平に待賢門の防禦を指示
義平、名のり、重盛を狙えと指示
三浦、渋谷ら重盛を狙う（167）
重盛、大宮面へ退く
義朝、義平の戦いぶりを見て気力を回復
重盛、馬の息を休めるその武装、平氏の正統、武勇の達者と見える
重盛、味方を励まし新手で待賢門に駈け入る（168）
義平、重ねて重盛攻めを促す
貞能ら重盛を中に立てて奮戦
義平、ひたすら重盛を狙えと指示
組まれると思った重盛、大宮大路へ退く
義朝、義平の奮闘に気をとり直し郁芳門より討って出る　その同行の勢揃え
範頼勢を攻める　範頼三手になり退く（169）
官軍、敵を内裏からたばかり出すために退く
光保ら心変りして官軍に加わる
内裏に残るは義朝の一党と信頼のみ
後藤実基、坊門の姫を義朝に会わせるも義朝強気をよそおい中次に処理を委ねる
おじけづく信頼、義朝の後を追いつつ逃げ道を問い、郎従の

義平、重ねて重盛攻めを促す（54）
難波らが重盛をかばう
義平、重盛と対決を迫り追う
重盛、又、大宮面へ退く
義平、敵を門外へ追い出し馬の息をつかす
義朝、俊綱を使に立て平家を遠くへ追い出せと義平に命ず
義平、十七騎で大宮面に平家勢を攻め二条を東へ追い下す
義朝、義平の活躍をほめる
重盛ら三騎、二条を東へ落つ（55）
義平、重盛を追う
重盛、堀河を越えて退く
義平の馬、逆木に驚く
鎌田、重盛の鎧を射るも立たず
義平、相手の鎧を唐皮と見、馬を射よと指示
鎌田、馬の太腹を射、重盛、落馬
重盛、大童になるを義平が組まんとす
重盛、弓のはずで鎌田をひるませ、甲を着て逆木の上に立つ
与三、重盛をかばい名のり、鎌田に組む（56）
義平、鎌田をかばい、与三を討つ
重盛、与三を討たせたことをくやみ、義平に組まんとす
新藤が重盛をかばい義平に組む
鎌田、新藤を討ち、義平を救う

失笑をかう（170）
重盛、退き、堀川の材木の上に立つ
鎌田、重盛に組もうとするを与三がかばい、鎌田に組む
義平、与三を討ち、鎌田を引き起こす
義平、重盛に討ってかかるを進藤が重盛を馬に乗せ退かせる
進藤、義平の太刀を受けるところを鎌田が討ちとり首を取る
二人の郎等が討死する間に重盛逃げる（171）
頼盛、中御門を東へ落ちるを鎌田の下部が追い、熊手にかけて引く
頼盛、抜丸で熊手の柄を切り退く
これを見物の上下、感嘆
頼盛の危機に防戦する兵たち
老武者兵藤内、乱戦を避け小家へ入る
負傷しながら奮戦する兵たち（172）
藤内家継、敵とさし違えて討死
父、これを見るも助けられず宿所へ退く
家継の死を機に頼盛も退く
後藤、平山の二人、六波羅勢を追う
両人の奮闘（173）
平山、傷にひるまず相手を討ちとる
後藤も組み落した相手の首をとる
平山に促され、両人、二つの首を置き、在地の者に首を守れ

この間に、重盛、六波羅へ退く
両人の家来が、義平、重盛を救ったこと
十二月廿七日、氷雨に戦えず
義平、鞍に手形をつけて乗れと指示（57）
鞍の手形は、この軍に始まる
頼盛、郁芳門へ寄せ、相手の大将軍を誰何
義朝と答え、敵を追い出せと命ず
朝長ら進撃
頼朝の奮闘
義朝、率先して討って出る　兵、これをかばう
頼盛、しばらく戦い門外へ退く　義朝、これを追う
源氏の白旗、門外へ進む
平氏、馬の息を休め反撃、源氏、内裏へ返す
源氏、馬の息を休ませ進撃（58）
平家、大宮へ退く　兵ども武芸の道をほどこす
義平、鎌田と先陣に戦う
八町二郎を同行、頼盛の甲を熊手で狙う
範頼、抜丸で熊手の柄を切る
京童部、両人をたたえる
範頼、六波羅まで逃げのびる（59）
抜丸の由来
範頼をかばった武士たちの戦闘

と指示し、六波羅勢を追う（174）
重盛と頼盛、与三・進藤の二人と抜丸に死を免れる
抜丸の由来
その相伝をめぐって清盛と頼盛の仲不和（175）

中巻
（義朝六波羅に寄せらるる事）（176）
六波羅軍、五条橋をこわし楯として待機
皇居となった六波羅へ大勢小勢馳せ参る
（信頼落つる事）
信頼、経過を見て恐れ京極を北へ落ちる
金王丸、信頼の行方を義朝に報せるが、義朝、無視せよと言う
（頼政平氏方につく事）（177）
頼政、五条河原に控える
義平、頼政の日和見を見抜く
頼政迷うところを、義平が二心ありと非難し討ってかかる
頼政軍、かけたてられ所々に控える
義平、六条河原に向かう所を頼政の郎従が追う（178）
義平の郎等須藤俊（綱）、とどまり戦うを下河辺行泰に頸を射られひるむ
義平、須藤の頸を敵に取らすな、味方の手で取れと指示　鎌

兵藤内父子の対照的な行動
子息家継、敵とさし違えて討死（60）
公卿僉議により平家、六波羅へ返す　源氏、これを追う
その間に官軍、内裏を占拠
源氏、内裏へ帰れず六波羅へ寄す
斉藤実盛、東条五郎を討ちとる
後藤真基、大木戸八郎を討ちとる
両人、討ちとった二つの首を二条堀河の逆木にさし置く　在地の者、これを守る（61）
信頼、戦意を喪失し去就に迷い河原を上りに落ちる
金王丸、信頼の去就を義朝に伝えるも、義朝、不覚仁を無視し、六波羅へ寄せる

（義朝六波羅に寄せらるる事并びに頼政心替りの事）

六波羅軍、五条橋をこわし材を楯として待機、義朝軍の時の声に清盛驚き甲を逆に着る
侍に指摘され、清盛、主上を憚かり逆に着たと言いつくろう
重盛、臆して見えたと父をたしなめる（62）
頼政、六条河原に控える
義平、鎌田をかたらい頼政と戦わんとする
義平、頼政に二心ありと非難し、組もうとする
渡辺の輩、義平に懸け散らされる
義平の郎等須藤、頼政の郎等下河部に頸を射られる

田、下人にこれを指示
俊綱、義平の意を納得し、味方の下人に頸を斬られる
須藤の父、老いの身を惜しまず死を覚悟するも死にきれず（179）
義朝、小勢の義平をいたわり五条川原へ向かう
頼政、六波羅軍に加わる

父に不覚といさめられた須藤、弓杖をついて乗り直る
義平、須藤の頸を敵に取らすな、味方の手で取れと指示
斉藤実盛が主、義平の指示だと言い、納得させた上で須藤の頸を取る（63）
須藤の父、討死を覚悟して出るを、義平、これを敵に討たせるなと指示
兵が中を隔てたために須藤、引き返す

（六波羅合戦の事）

金子家忠、保元の合戦に先陣をかけたこと
平治の乱にも先がけし、太刀を折る
金子、足立遠元に代りの太刀を乞う
足立、郎等の太刀を取り金子に与える（64）
太刀を取られた郎等、不満に思い別れる
足立、敵を射倒し、その太刀を郎等に与え先を駈けさせる
　季札、夷との戦にのぞみ、徐君その三尺の剣を乞う
徐君、帰国後を約束し、同じ形の太刀を与える
季札、帰国後、徐君の死を知り、その塚へ参る（65）
　季札、剣を塚の松の枝に掛ける
金子に太刀をとらせた足立のやさしさ
義平、六波羅へ討ち入り清盛を狙って矢を放つ
清盛、危うく矢を免れる
清盛、味方のふがいなさを怒り討って出る

（六波羅合戦の事）

義平、父と六波羅へ攻め入る
同行のともがら
清盛、敵の矢の激しいのを怒り、討って出る（180）
清盛の装束と武具
馬・鞍ともに真黒の装束
重盛ら父をかばい先に駈ける
重盛、頼政を狙う
義朝、頼政に駈けられ退き息をつぐ（181）
義朝、源氏の恥と頼政をとがめる
頼政、信頼に同心するこそ恥と言い返す
伊藤武者ら河原の東を上る
これを見た鎌田、義朝に一たん退けと進言
義朝、これを拒むを鎌田が制止し、自害もしくは東国での再起をと促す（182）

清盛の装束と武具
清盛、義平、名のりあって戦う（66）
疲れる義平軍、弱りを見せ、退く
義朝、源氏の恥と思い、討って出る
鎌田制し、一たん退くよう進言
義朝、これを拒むを鎌田が制止したため、やむなく河原を上りに落ちる

（義朝敗北の事）（67）

鎌田、一行に義朝の防ぎ矢を射よと指示
平賀、引き返し戦うを義朝、平賀を討たすなと指示
佐々木・須藤・井沢ら中に隔たり戦う
佐々木、二騎を討ち負傷、近江へ落つ
須藤、子息を討たれ、三騎を討って討死
井沢、十八騎を射落し負傷、療治し甲斐へ落つ
義朝、鎌田が養育していた姫を殺すよう指示
鎌田、六条堀河の宿所へ帰る（68）
鎌田、読経する姫に事情を話す
姫、女の身として、死を覚悟、殺せと指示
鎌田、ためらいつつ姫を殺し、首を義朝へ持参（69）
義朝、悲嘆、東山の僧に首を託し落ちる
平家の軍、敵の宿所、家々を焼き討ち
落人の悲嘆

はやる義朝を郎等らが制止

（義朝敗北の事）

源氏、とって返さんとする義朝を制止
平家、これを追うを、平賀、名のって戦う（183）
片桐・首藤・斎藤らがこれに参加
この間に義朝、落ちる
平安城の消滅を「心あらん人」嘆く
西塔法師、八瀬に落人を待つ
斎藤実盛、端武者と偽り甲を与えんと投げ出す　これを奪い合う大衆らを蹴散らして通る（184）
実盛名のって戦い　一行、皆通る
八瀬で追いついた信頼、義朝に同行を乞う（185）
怒った義朝、信頼の頬を鞭打つ
乳母子の資義が義朝を咎める
怒る義朝を、鎌田が制止し落ちる

西塔怯師、信頼らの敗走を待ち構える
義朝、苦悩する
斉藤実盛、端武者と偽り武具をさし出す（70）
斉藤ら甲を投げ出し、これを奪い合う大衆らを蹴散らして通る
実盛引き返し名のって通る　これを留める者なし（71）
八瀬で追いついた信頼、義朝に同行を乞う
怒った義朝、信頼の頬を鞭打つ
乳母子の助吉が義朝を咎める
怒る義朝を、鎌田が制止し落ちる
待機する横河法師、陸奥義高の首、朝長の股を射る（72）
朝長、気づかう父を構わず進む
義朝、義高の首を味方にとらせ、法師を蹴散らす
義朝、後藤実基に預けおいた姫の行方を質し、その養育と、わが死後の供養を行わせるよう指示する（73）
後日、一条能保の北の方になった姫である
（信頼降参の事并びに最後の事）
信頼、人々に軽蔑され一人とり残される
同行する式部大夫が介護するも干飯も食さず
信頼、仁和寺へと志す（74）
蓮台野で葬送の山法師に包囲される
式部大夫、国々の駆り武者と偽り命乞い

信頼、恥じつゝ落ち行く
義憲・義盛、兄義朝と再会を期して落ちる
待機する横河法師を後藤の奮戦により破る（186）
陸奥義高、傷を負い息つくところを法師に攻められるを義朝らが返し法師を蹴散らす（187）
義高、義朝にみとられつつ死去
その首の皮を剥ぎ川に沈め弔う　義高を失った義朝の嘆き（188）
義朝ら東坂本を通り舟で勢多川を渡り海道を下る
大の男、後藤実基、疲れて歩めず、義朝に制止され留まる
義朝の一行、人目をしのびつつ伊吹の西麓に着く（189）
（信頼降参の事并びに最後の事）
信頼、疲労
資義が勧める干飯をも食さず
十二月廿七日の夜、蓮台野で葬送帰りの法師に包囲される
資義、雑兵と偽り命乞い
信頼、剥ぎとられ果報尽きたとあきらめる（190）
信頼、仁和寺へ参り上皇に命乞い
師仲、成親も命乞い

信頼、物具を剥がれ仁和寺に上皇を訪ねる
上皇に命乞いをするも叶わず
教盛ら仁和寺に参り謀叛人を逮捕し六波羅へ連行
成親、重盛に救われる（75）
信頼も重盛に嘆願、清盛これをゆるさず
信頼、六条河原で松浦に斬られる
老僧、信頼の骸を杖で討ち、恨みを言う（76）
清盛、これを怒り、老僧を追放
老僧の素姓、人々、これをも憎悪
（謀叛人流罪付けたり**官軍除目の事**并びに**信西子息遠流の事）**
信頼の兄弟ら流罪される
平家の清盛ら除目により昇進（77）
いよ〱平家の栄花と見ゆ
信西の子息十二人も流罪と決まる
これを批判する声があるが、信頼の死霊を宥めるためやむなしとの声もあり
信西子息の哀れな流罪行
成憲、下野の八島へ流される（78）
粟田口、逢坂での詠歌
その道行きと八島到着
その思いの詠と懐古の涙
嘆きの中に平治も二年になる

上皇の報せにより重盛らが参り六波羅へ連行
廿八日、大殿ら公卿、六波羅へ参る（191）
成親、重盛に命乞いし預けられる
成親が救われたのは平素の心がけによる
信頼、重盛の訊問に助命を乞う
信頼見物の人に非難を浴び、斬られる（192）
目も当てあてられぬ死にざま
老僧、信頼の骸を杖で打ち、恨みを言い帰る
重盛、信頼の死にざまと、過日義朝に打たれた鞭目があったことを語る（193）
伊通、「一日のいくさに鼻を欠く」と笑う
成頼から事を聞いた主上も笑う
伊通、その才覚を人々から評価されたこと
師仲、訊問されるも、内侍所を保管した功績を主張する
河内守季実父子斬られる（194）
（官軍除目行はるる事）
平家の清盛ら除目により昇進
（謀叛人賞職を止めらるる事）
信頼の兄弟、義朝ら解官される
無常転変盛衰の道理（195）
兵乱による国の滅亡かと心ある人の嘆き
八条美福門院の御所へ行幸、重盛供奉

（義朝奥波賀に落ち着く事）

義朝、片田にて義高の死を悲嘆し、その首を湖水に沈め弔う（79）

義朝、勢多を志し、兵と東国での再会を期し別れる

兵ども同行を乞うも叶わず、波田野ら二十余人惜別　義平ら八騎のみとなる

頼朝、十三歳の若さで疲れ、馬眠りして一行に遅れる（80）

義朝、頼朝の遅れを知り、鎌田にその探索を指示

鎌田、引き返し頼朝を探すも会えず

二十七日の深夜、頼朝目をさまし守山の宿に着く

宿の者ども頼朝を捕らえようとする

頼朝、宿の者ども蹴散らし馳せ通る（81）

頼朝、野洲河原で鎌田と会う

頼朝、鎌田とともに、鏡の宿で義朝の一行に追い着く

義朝の問いに頼朝、経過を語る（82）

義朝、その努力をほめる

義平、頼朝の馬眠りを叱るを　義朝、頼朝を末代の大将とほめる

一行、不破の関を避け、小関を志す

廿八日、雪中の苦難

一行、馬や物具を捨てて落ちる（83）

頼朝、また一行に遅れる

（常盤註進事）（196）

常盤腹三人の幼児の悲嘆

義朝、金王丸を遣し、山里に身を隠すよう指示

幼児たち、金王丸にとりすがり悲嘆（197）

（信西子息各遠流に処せらるる事）

信西の子息十二人、遠流に処せられる

これを批判する声があるが、経宗・惟方の主張による決断

これを非難する声

信西子息らの惜別（198）

重憲、粟田口で詠歌

その道行きと八島到着

その思いの詠と懐古、望郷の思い（199）

（金王丸尾張より馳せ上り義朝の最後を語る事）

平治二年正月、元日元三の儀停滞

同五日、金王丸、常盤を訪れて報告

去る三日、義朝が内海で長田に討たれたと　常盤母子の悲嘆

金王丸、義朝一行の経過を報告する（200）

義朝の一行、山法師と戦いつつ西近江へ

北国勢が馳せ上るように志賀に達し

勢多を舟で渡り、野路から愛知川へ

義朝、頼朝の遅れを知り悲嘆

平賀、引き返し頼朝を見つけ、小野の宿で一行に追い着く

義朝の指示により鎌田、頼朝を探すも会えず、その旨、義朝に報告
義朝、頼朝の行方を思い悲嘆、自害せんとす
義平・朝長も自害せんとするを鎌田が制止し、一行、小関を経て奥波賀に着く
義朝、延寿との仲に夜叉御前あり（84）
大炊の宿所で遊君ども義朝一行をもてなす
義朝、東国に下って後の、姫との再会を期す
万一の場合には後世を弔うよう託す
義朝、東国での再会を期し、義平、朝長と離別せんとす
義平、朝長に甲斐・信濃の方向を指示し、たちまち去る
朝長、傷が大事になりとって返す（85）
義朝、頼朝と比べて朝長の行末を案じ、みずから手にかけようと言う
朝長、保元の乱後の弟たちの遺言を想起
義朝、制止する延寿を遠ざけ、念仏する朝長を斬る（86）
義朝、江口腹の女を手にかけたことを思い起こし悲嘆
義朝、大炊らがひきとどめるのを辞して発とうとする
義朝　朝長の介護を託して発つ（87）
宿の者どもが義朝らを討とうとする
佐渡式部身代りとなり、義朝と名のり、戦った上で自害
面の皮を削ったため、だれの首とも知れずこれを捨てる

義朝の問いに頼朝、居眠りの経過を語る　篠原堤での奮戦
義朝、頼朝の行動をほめる（201）
一行、不破の関を避け、深山、雪中の苦難
頼朝、徒歩のため叶わず
義朝、頼朝の行方を悲嘆
義朝、関東での再会を期して義平と別れる　義平、飛騨へ落ちる
一行、大炊との仲に姫を持つ青墓に着く
大炊の宿で遊女ども義朝一行をもてなす（202）
宿の者どもが義朝らを討とうとする
佐渡式部、義朝を自称し戦って自害
討手、これを義朝と思い喜ぶ
義朝が倉屋に隠れるを知らず
朝長、傷が大事になりとって返す
義朝、朝長の願いを容れ、これを手にかけ（203）
その死を隠して介護を託し発つ
上総広常、東国での再会を期して別離
株瀬河を源光の舟で下る
源光、一行を萱の下に隠し、こうづの関を通る
十二月廿九日、一行、内海に着く
長田と義朝、鎌田の縁　一行に暫しの休息を促す
長田、もてなしをよそおい湯殿に義朝を討つ（204）

大炊、朝長の死せるを知り、これを火葬し菩提を弔う

下巻

（頼朝青墓下着の事）（89）
頼朝のありさま、あわれ
頼朝、正清・金王丸を求めるもなし
頼朝、小ひらに着き小屋の様子を伺う
宿の男、義朝一行を捕らえたいものと妻に語る
頼朝こゝを去り谷川に座して自害を志す
鵜飼がそれと察知し、わが家へ案内し飯酒を勧める（90）
平家の侍、源氏の落人を探し求める
鵜飼、頼朝をぬりごめに隠す
追手来たりぬりごめを破り探すも見つからず（91）
鵜飼、頼朝を女装束させ、髭切をみずからが持ち青墓の宿へ導く
頼朝、後日、再会を期して男と別れる
頼朝、この宿で生け捕られることになるのだが
伊豆へ流され、出世の後、鵜飼の労に報いることになる
頼朝、大炊の宿で名のり出て、もてなされる

（義朝内海下向の事付けたり忠致心替りの事）
義朝、鎌田に内海への下向を語る（92）
鎌田、大炊の弟、玄光に頼るよう指示す

義朝、鎌田を求める一声のみ
金王丸を幼いと見て目にかけぬを、金王丸、主を討った二人を斬殺
追われる長田、内へ逃亡
やむなく、金王丸、馬にて三日間で参上したと語る
常盤、日頃の期待も空しく悲嘆と不安
乙若、母に泣くなと宥める
金王丸、旧主の思いを忖度して参ったと語り、出家の決意を語る（205）
五日の夕、辞去
金王丸をも失った常盤一家の悲嘆

（長田、義朝を討ち六波羅に馳せ参る事）
同六日、後白河院、顕長邸へ御幸、これを暫く御所とする
同七日、長田父子、義朝の頸を京へ持参
忠宗の立場を知る京の上下、長田父子の所行を怒る

（大路渡して獄門にかけらるる事）（206）
兼行ら義朝・正清の首を受けとり大路を渡し左の獄門に懸ける
いかなる者のしわざか「下野は」の落首をかかげる　将門の頸に藤六が「将門は」の落首をかかげた先例あり
将門の頸同様、後日、義朝の頸も笑うか
義朝の討死を逆罪の因果と上下の噂（207）

金王、使者にたち、玄光に依頼
玄光、承知し小船一艘を求め、これに一行四人を乗せ柴木で
隠す
玄光が棹を操りくいぜ河を下す
おりくだり関の役人、停船を命じる
玄光、知らぬふりをよそおう
役人、怒り、矢を射立てる
玄光、冷静に船を寄せる
役人、義朝一行を探すと語り怒る
二、三人の役人が乗船し、船中を捜す
玄光、覚悟し、自害を示唆する発言（93）
義朝、鎌田に自害せんとささやく
鎌田、待てと制す
一人の役人、玄光のことばに納得し、通れと促す
玄光、開き直り、ついでに以後の関通行の保障を要求しつつ、
内心、急いで舟を下す
一行、内海に着く
長田と義朝、鎌田の密接な関係（94）
その年の暮れを過ごし出発せんとす
長田、三日の祝儀をすませよと促す
忠致、子息景致と密議、義朝を湯屋で暗殺しようと図る
鎌田・平賀・玄光・金王丸の処理も企てる

同十日、動乱をきらって永暦と改元、平治の改元に源氏の滅
亡を予見する「才有る人」の声があったこと

正月三日、湯を立て義朝に入浴を促す（95）
鎌田・平賀・玄光を離してもてなす
金王、義朝の垢に参り、かたびらを求める
金王が湯屋を出た隙に橘ら三人が義朝に組みつく
義朝、鎌田・金王を呼ぶ声を最後に、討たれる
金王、湯殿に三人を斬る
鎌田、待ち伏せに斬られ三十八歳で討死（96）
弓矢を持ち退去する平賀をとめる者なし
玄光、金王から主の最後を聞き攻め入る
長田、逃走
玄光、敵に後を見せじと逆馬を走らせる
鎌田の妻、夫の骸にすがり、その刀で自害（97）
長田、後悔するも叶わず、義朝・正清を葬むる
長田を非難する人の声
　安禄山の故事に同じ
長田家の行末を怖れる人の声

（金王丸、尾張より馳せ上る事）

玄光、鷲栖に留まり、金王丸、京に常盤を訪ね、結果を報せる（98）
常盤の日頃の義朝への怨みと、今の悲しみ　二人の幼児、金王丸にとりすがり父を求める
金王丸、翌日迎えに参ると偽り去る

金王丸、山寺で出家し、義朝の菩提を弔う

（長田、六波羅に馳せ参る事付けたり尾州に逃げ下る事）

長田、義朝・正清の頸を持参、平家に見せ勧賞として忠致は壱岐守、景教は左衛門尉に任ぜられる（99）

忠致、その勧賞に不満

平家、長田の訴えを狼籍と怒り両官を召し返し取る

重盛、今後の見せしめのため長田を処刑せんと怒る　長田、国へ逃げ帰る

天下の上下、長田を憎み、その行く末を見たいものと語る（100）

（悪源太誅せらるる事）

足羽にいた義平、父の討死を知り平家に一矢をむくいんと上洛

義朝の下部、しうち景住、平家に仕える

義平、しうちに会い、志を語り協力を願う

義平、偽ってしうちの家来となり平家を狙うも叶わず（101）

宿主、二人の立場を逆かと疑う

食事に、しうちが膳をとり替えたのを見た宿主、六波羅へ密告

義平と見ぬいた平家、難波経遠を討手に遣わす

義平、難波の勢に応戦し逃走（102）

景住、生け捕られ清盛の訊問にも源氏に節を全うし、六条河原で松浦に斬られる

（悪源太誅せらるる事）

石山寺の傍に病む義平を難波経房が襲い、生け捕る

伊藤景綱の訊問に、父の指示に従い飛騨にいたのを父の死を知り、下人に身を変えて公達を狙っていたと語る（208）

伊藤、義平の身の上をあわれむ

義平、運尽き、病んだことを悔む

廿一日、六条河原で斬られるのに、死後、大魔縁となり清盛らを蹴殺さんと豪語する（209）

義平、保元の乱に為朝が夜討の策を容れられず、今回は熊野参詣の道中、事をなし得なかったことを悔やむ

長物語無用と促し、斬られる

（忠宗非難を受くる事）

同廿三日、長田父子、恩賞に壱岐守、兵衛尉になる

長田、義朝を東国へ落ちさせなかった功績を抜群の奉公と主張

家貞が怒り、これを斬ろうとするを清盛が制止（210）

長田父子を憎み、その行く末を見たいとにくまぬ者なし

（頼朝生け捕らるる事）

二月九日、頼朝、頼盛の家来、宗清に生け捕られる

宗清、青墓宿の大炊のもとに留まり新しい墓に朝長の遺体を見つけ、その首を京へもたらす

義平、日中は近郊に潜み、夜、六波羅を狙うが叶わず
廿五日、東近江の知人を頼り逢坂山に臥すところを石山帰りの経遠に見つかる（103）
経遠の矢に腕を負傷した義平、生け捕られる
六波羅の侍にひきすえられる（104）
清盛、義平を訊問
義平、項羽の例を引き運尽きたと観念し、斬れと促す
六条河原にひきすえられた義平、日中処刑する平家を非難
阿部野で清盛を討てなかったことを悔やむ
義平、斬り手の恒房に、後日、蹴殺さんと言い、念仏の中に首を斬られ、獄門に懸けられる（105）

（頼朝生捕らるる事付けたり夜叉御前の事）

平頼盛、尾張国を給わり宗清を目代として下す
宗清、青墓の宿に頼朝がいることを遊君から教わり、長者の宿を攻める（106）
大炊、事を頼朝に教え、頼朝自害せんとするところを生捕られる
夜叉御前、自分をも連行せよと言う
宗清、頼朝を京へ連行、その身を預かる
清盛、頼朝に髭切の所在を質し、頼朝、青墓長者のもとに置くと答える
難波恒家を使者に立て髭切をさし出すよう要求

頼朝、去年十二月廿八日、かくまわれていた大吉寺を離れ浅井北郡の老夫婦にかくまわれる（211）
二月になり髭切を携え関が原に潜むところを、尾張より上洛する宗清に捕らわれる
宗清、朝長の首を検非違使に渡し、頼朝の身柄を預かりいたわる

（常盤落ちらるる事）

世の人、義朝の遺児の行方を案じる（212）
常盤、母にも報せず三人の幼児を具してさ迷い、清水寺へ参る
常盤、人々にまじり、三人の幼児の助命を祈願（213）
師のすゝめる湯づけも常盤は手をつけず
夜明けとともに大和路を南へたどる
母子道中の悲嘆と苦難　伏見に着く（214）
夜中、敵を恐れる母子の苦難
人里に竹の編戸をたゝき宿を乞う（215）
宿の女と主、平家を恐れつつ母子を招き入れ、もてなす
母子、食を進められ観音の利生かと喜ぶ（216）
常盤、眠らぬ八歳の子に身の上をささやく
宿主に勧められ、さらに一夜を伏見で過ごす（217）
夜明け、宿の主、再会を期しつつ母子と別れる
道中、人々のあわれみを受けつつ宇陀郡に着き、一時、保護

大炊、源氏再興を期し、いつわって泉水をさし出す（107）
頼朝、大炊の心中を察し、それを髭切といつわる
夜叉御前、人々の隙を狙って杭瀬川に入水（108）
乳母の女房、遺体を確認し悲嘆
夜叉御前を朝長の墓所に葬る
延寿の悲嘆、尼となり義朝の菩提を弔う

（頼朝遠流に宥めらるる事付けたり呉越戦ひの事）

あわれな頼朝の行方（109）
二月七日、頼朝、小侍の国弘に小刀と檜木切れを乞う
国弘の問に、亡き一門のための卒塔姿を刻まんと言う
国弘、これをあわれみ宗清から百本の小卒塔姿を受け、頼朝に与える
宗清が招いた僧に頼朝、小袖を布施とし卒塔姿の供養を依頼する（110）
僧の供養に宗清ら感涙を流す
宗清、頼朝が亡き家盛に似ていることを言い、その母、池の禅尼に助命を嘆願せよと促す
頼朝の期待に応じ、宗清が禅尼にとりなす
禅尼、頼朝の処刑を十三日と知り哀れむ（111）
宗清、頼朝が家盛に似ていること、その頼朝が亡父の後世弔いを願っていると語る
禅尼、代変りに無理とは思いつつ、家盛への思いから頼朝の

される（218）

下巻

（頼朝死罪を宥免せらるる事）（219）

預かりの身の頼朝に人々の同情
或人、ひそかに池殿への助命嘆願を促す
頼朝、池殿に嘆願　池殿、重盛に仲介を託す
清盛、特に頼朝の助命は叶わずと拒む（220）
池殿、清盛とは義理の仲だからかと恨む
重盛、池殿の恨み、女心の難儀さを父に語るも、清盛、とりあわず
池殿、重盛と頼盛を通し度々嘆願（221）
そのため頼朝の処刑が遅れ、頼朝ひそかに期待
頼朝、亡父供養のための卒都婆を頼兼に乞い受ける
頼朝が名号を書いた数百本の卒都婆を、頼兼、寒中裸になり万功徳院の池の小島に置く
頼朝、池殿の志と喜ぶ（222）

（呉越戦ひの事）

頼朝の願いを眉輪王・千代童子に比べ年がいもなしと上下批判の声
　呉王夫差、越王勾践を殺さず
伍子胥、夫差をいさめたため斬られんとす

助命を嘆願せんと言う
禅尼、家盛に似た頼朝が亡父弔いのため助命を願っていることを重盛に語る
重盛、清盛に尼の願いを伝えるも清盛承知せず（112）
禅尼、嘆きのあまり干死を決意
重盛、重ねて清盛に継母子の仲ゆえと噂される不利を言い説得（113）
清盛、思いなおし流罪にせよと決す
世に頼朝の願いを眉輪王、千代童子らに比べ年がいもなしと批判の声
ある人、勾践の故事を引き頼朝の野心を恐れる（114）

（常盤落ちらるる事）

清盛、頼朝を助け、常盤腹の三人の子を探し出し斬るように指示
人、常盤にこの清盛の意を伝える（115）
常盤、二月九日夜、三児を連れ清水寺へ参る
常盤、日頃、観音の利生を信じて来たことを念じ三児の助命を祈願
常盤、翌日、師の坊を訪ねる
坊主、母子の様子に驚く
常盤、田舎へ落ちるに当り、観音に祈願（116）
坊主、太宗、明帝の故事をひき、暫らく待機せよと促す

伍子胥、死後、夫差の行方を見届けんと言いつつ斬られる
勾践、赦されて帰国、従う勇士多く、会稽の恥を雪ぐ
頼朝の思いを恐れる人々の声（223）

常盤、六波羅に近いことを恐れ大和へ落ちんと言う
宇多を志し二月十日、母子の厳しい道行
母子が苦難の道行
伏見の叔母を頼るもとりあわず（117）
ある小屋に宿を乞う（118）
男、落人と恐れ拒むを、女房が助け入れる
常盤、幼児の行末を不安に思う
夜明け、主の男がさらに一夜泊れと促す（119）
三日目、男、手厚く木津まで見送る
常盤、小袖を形見に贈り他言するなと願う
母子、龍門の伯父のもとに身を隠す

（常盤六波羅に参る事）

六波羅の使者、常盤の母に常盤の行方を問うも、母、清水参り以後は知らずと言う
母、伊藤景綱に捕らわれ厳しく問われる（120）
常盤、郭巨の故事を思い、母を救わんとす
常盤、幼児を具して六波羅へ出頭
常盤、事前に九条の女院を訪ね心中を語る
女院、あわれみ最後の出立ちを整えてやる
常盤、車を許され幼児とともに乗り景綱のもとへ赴く
母尼、老いの身に重なる憂き目を悲しむ（121）
清盛、常盤の母親思いを察し召す

（常盤六波羅に参る事）

六波羅の兵、常盤母子の行方を求め、その老母を召喚、拷問にかける
老母、孫の行方を知らず　幼児のためにわが命惜しからずと答える
常盤、母子の情に母を見殺しにできずと京へ帰り元の住居に母を探すも会えず（224）
常盤、九条院を訪ね、女としての思いを語る
女院たち同情し、常盤の出立ちを整えてやる（225）
常盤、屠所へおもむく思い
景綱に預けられた常盤、母の助命を乞う（226）
景綱の仲介により母、助命される
老母、常盤の配慮を恨みに思う

母尼も同行
侍ども常盤を見んと六波羅へ参る
清盛、常盤にこれまでの経過を質す
常盤、母救出のために参ったと、まずわれを殺せと乞い泣く
母、われをこそ先に殺せと乞う
今若、母に泣かずに話せとさとし、平家の人々をおそれさせる
七年にわたり義朝に親しくした常盤、とり乱さず（122）
常盤は九条女院、立后の際に選び出された美女
本朝・中国の美女に並ぶ
清盛、美貌の常盤に心を移し、身柄を景綱に預ける
清盛、常盤に恋文を贈るも常盤答えず
清盛、三人の幼児の助命を条件として示す
母、常盤を説得
常盤、やむなく従う（123）
侍ども非難するも清盛、頼朝を助けた以上、それより幼い者を殺せずと言う
母子の助命は観音の利生、容姿は幸の花

（経宗・惟方遠流に処せらるる事同じく召し返さるる事）

経宗、阿波へ流されたが「落たぎる」の詠により赦される
経宗、上洛して大臣に上ったので阿波大臣と評される
伊通、吉備の大臣があるから、稗の大臣が現れるだろうと諷

清盛に召された常盤、われを先に殺せと泣き訴えるを、六歳の子、泣かずに答えよと促す　人々、感動（227）
常盤、やせ衰えているも美女
伊通が中宮のために選び出した美女だと人々の噂（228）
景綱の宿所に不安な常盤
清盛、弱気になるを一門、諫める
清盛、頼朝を助けた以上、幼い者を斬れずと言う（229）
常盤、観音の利生と喜び幼児と観音経を読誦
頼朝、池殿の訴えにより赦され伊豆流罪と決まる　頼朝、八幡の助けと思う
常盤の幼児も助命と決す

（経宗・惟方遠流に処せらるる事同じく召し返さるる事）

二月廿日頃、院、桟敷殿での経宗・惟方の仕打ちに怒り、清盛に処理を指示
清盛、院への忠誠を誓い両人の宿へ派兵（230）
通信・信泰討死
忠通、死罪を廃して経宗・惟方を遠流に処するよう進言

刺する（124）
惟方、長門へ流されたが「この瀬にも」の詠により赦される
師仲、三河へ流され、不破の関屋に「あづまぢを」の詠を書き残す
師仲、八橋に着き「夢にだに」の詠、間もなく赦される
（悪源太雷となる事）
難波恒房、邪気に苦しむ
箕面の瀧の水にうたれることを勧める人あり
恒房参り、瀧つぼの深さを僧に問う（125）
恒房、瀧つぼに入り宮殿を見つける
恒房、名を問われ、追い返される
恒房、龍宮へ参ったしるしに仏舎利一粒を賜り元へ帰る
寺僧、恒房の体験に身の毛よだつ
仏舎利を西山の講谷寺にこめる
恒房、福原の清盛への使者に立ち、こや野で雷にあう
恒房、義平を斬った時のその言葉を思い出し怖れる（126）
恒房、義平を斬った太刀をふりかざすと、それに落雷、馬とともに蹴殺される
洛中にも落雷多く、清盛、僧に大般若を読ませ、雷を鎮める
（頼朝遠流の事付けたり守康夢合せの事）
頼朝、蛭が小島へ流罪と決す
池の禅尼、頼朝と面会を望み宗清が同行

人々、忠通の子孫繁昌を予言
信西の子息十二人、赦され帰洛（231）
院、相談相手としての信西をしのぶ
経宗、河波へ流され、惟方、出家
師仲、内侍所を守ったため重科は赦され室の八島へ流される
師仲、八橋で「夢にだに」と詠み、院に赦され帰洛
経宗、赦され帰洛、右大臣まで上り阿波の大臣と評される
伊通、吉備の大臣があるから稗の大臣が現われるだろうと諷刺する（232）
伊通、阿波大臣帰洛の祝宴への参加を拒否
惟方、院の憤り深く、不安に「今の世にも」と詠む
女房たちがこの歌を物語るを聞き、院、これをも赦す
（頼朝遠流の事）
頼朝、伊豆へ流罪と決す
尼、頼朝の助命が叶ったことを喜ぶ（233）
頼朝、尼に感謝し、召し仕う者のない不安を語る
尼、宗清と相談し、下人七、八十人を召す
（盛康夢合せの事）
その中の三十余人の侍、頼朝に出家を促す

禅尼、家盛と似ている頼朝との離別を惜しむ（127）
禅尼、自分を母と思えと頼朝をさとす
伊豆での狩に人に嫌われるなとさとす
頼朝、亡父のために出家を考えると語り、尼を安心させる

三月十五日、頼朝、京に名残りを惜しみつゝ都を発つ
頼朝、内心期するところがあり
道中、建部八幡に参り帰洛を祈願（128）
源五守康、八幡明神の夢の告げありと、頼朝に出家をするなと言いおき帰洛
宗清、頼朝を篠原まで見送る（130）
頼朝、蛭が嶋に着き、伊東・北条の保護下に入る

盛康、ひそかに出家を制止、後日を期す（234）
三月二十日、頼朝、禅尼に暇乞いに参る
尼、再び武具をとるなとさとす
十四歳の頼朝、悲涙にむせぶ（235）
頼朝、尼を母とも思うと言う
尼、亡き父母のための弔いを促す
尼、鳥羽院の時に山門の呪咀により若死した家盛を思い出し涙

頼朝の赦免　尼、これが最後と名ごりを惜しむ（236）
三月廿日、頼朝、三、四人を具して東へ下る
盛康のみ旅装束で大津まで同行
内心期する所がある頼朝、六波羅をも名残り惜しく思う（237）
頼朝、追立使の道中狼藉をいさめる　盛康、勢多まで見送る
頼朝、祈願のため健部社に通夜（238）
盛康、八幡の夢告ありと頼朝の出家を禁じる　六十六か国制覇の告げありと
盛康が同行せんとするを頼朝、制止（239）
頼朝、青墓、杭瀬川でのかつての体験を想起
熱田にて内海の方をのぞみ心中、八幡に祈誓
季範の娘腹の遺児（240）
土佐に流された希義の思い

（清盛出家の事并びに滝詣で付けたり悪源太雷電となる事）

平家一門繁昌、清盛出家して福原に住む（241）
清盛、布引の滝を遊覧、難波夢見悪く同行せず
同僚から、武士として恥辱と云われ難波、後を追い滝見
雷鳴に難波、義平ののろいを想起
清盛、理趣経により難を免れるも難波、雷に蹴殺される
北野天神の先例（242）

（牛若奥州下りの事）

清盛、常盤の容色に魅せられる
三人の幼児、特に牛若の育ち、亡父の本望達成を期す（243）
凡夫にあらざる牛若の所行
常盤、清盛との仲に一人の娘　清盛と離別後、一条仲成と再婚、子を生む（244）
牛若、師の出家催促を拒み、師も内心を思いやる
沙那王、金商人を頼み奥州下りを期す
遮那王、源氏末裔の重頼と奥州下りを約束（245）
承安四年三月三日、鞍馬を出奔、道中、館の宿で元服、義経と名のる
黄瀬川で頼朝との見参を期するが叶わず（246）
重頼の父、内意を頼朝に伝える
義経、馬盗人を捕らえるなどの行動に深栖手を焼く（247）
義経、伊豆に兄と会い、その指示により信夫小太夫を頼り、陸奥へ下る

義経、佐藤兄弟を家来とする（248）
多賀の国府で金商人と再会、秀衡に逢い　坂東の隣地に遊び松井田らを手なずける（249）
（頼朝義兵を挙げらるる事并びに平家退治の事）（250）
治承四年八月十七日、頼朝参兵、武蔵に達す
平家、土佐の希義を自刃させる
平泉の義経、秀衡の助けを得、佐藤四郎・伊勢三郎らを家来にする（251）
義経、大庭で頼朝に見参　兄弟の喜び
甲斐源氏、兵を挙げ富士川に平家を破る（252）
養和二年三月、墨俣の合戦に円済討たれる（253）
寿永二年七月五日、義仲入洛、平家都を落ちる　頼盛、都に留まる
長田父子、頼朝に降服、これを義仲追討軍に参加させその動きを監視（254）
平家滅亡後、長田、本国へ返され、磔にされる
丹波藤三、頼朝の報恩を謝す
義経、梶原の讒言により兄と不和、泰衡に討たれる（255）
頼朝、纐纈源五の恩を報いんとするも源五応ぜず
建久元年十一月七日、近江で再会した浅井の老夫婦の恩に報いる（256）
頼朝上洛し院へ参り、髭切を返し賜わる

源五、物具などのみを賜わる（257）
建久三年三月十三日、院崩御
源五、多芸の庄半分を賜わる
盛康の妻は源光の後家、盛康と再婚した者
建久九年十二月、盛康、鎌倉へ下り、多芸の庄全部を賜わる
正治元年正月十五日、頼朝、五十三歳で死去
盛康の夢想は中途半端だったと親義の弁（258）
清盛、九郎判官を助けたため一門、滅亡

解説――『平治物語』を読むために

一　はじめに

中世の唱導書『普通唱導集』が例示する表白句に、琵琶法師が「平治・保元・平家」を語ることを記す。同書の現存本は、十四世紀始めの成立と言う。当時の琵琶法師が、この三つのいくさ物語を「何れも暗《そら》んじて滞り無く」語ったと言う。一方で、文明の頃には、これら三部のいくさ物語に『承久記』を加え、「四部合戦状」と称することが禅僧の記録や琵琶法師の座の伝書に記される。なぜ十四世紀の始め、『承久記』を除く、三部を琵琶法師が語ったと言うのか。そしてそれらに『承久記』を加えて「四部合戦状」と言うのか。『承久記』を除く三物語には、王権の存立をめぐって後白河が一貫して重要な役割を演じる、その意味で読みの上で三部連作とも言えそうなつながりがある。『平治物語』の、特に語りの色を濃くする完成形態の語り本が、この傾向を強化していると思われることを、テクストの読みをとおして考え、その三物語の中に『平治物語』を位置づける。三つのいくさ物語が、保元の乱から平治の乱、さらに源平の対立へと歴史、動乱を、どう読んでいるかを問うことが課題である。

『平治物語』の成立・作者については、これまで内部徴証や外部徴証、それに何よりも物語の語りを読み、そのモチーフなどを考えることを通して、安居院唱導者や葉室家の人々が想定され、現存形態の物語としては十三世紀の中頃から以後の成立と考えるのが大方の論だと思う。それらに付け加えるべき資料を持たないのだが、特に現存の諸本に関する限り十三世紀末から十四世紀始めに現存形態を見せ始め、以後、南北朝期から室町時代にかけて、当然のことながら、誤脱をも犯し、時に他の諸本をも配慮して省略や加筆、あるいは改作をも行いながら諸本を生成していったものと想像する。混態や取り合わせも行われた。むしろそうした「生成」の経過が、いくさ物語の実態であったと言うべきか。『保元物語』とともに、その現存諸本研究の成果は、たとえば原水民樹が整理を試みるように膨大なものがある。系統分類を行いつつ、いずれの本を正本に近いものと判定するかも定めがたいのだが、今回、その語りの相から、仮説としての語り本の典型を、永積安明・島田勇雄の言う第四類本に想定し、古本の典型として第一類本を取り上げ、物語の語りを読むことを通して、『平治物語』の平治の乱の歴史としての読みを考える。『保元物語』に始まり、『平治物語』を介して『平家物語』へと三つのいくさ物語のそれぞれの諸本が相互にからまりながら語りを拓いていったものと想定する。

史学が事実を探るのに、物語論は、事実の間に詩的精神を持ち込んで物語を読む。保元以後の乱については、摂関家の中枢部にいた慈円の思いがあるのだが、三物語の歴史の読みは、その『愚管抄』とは重ならない。まず『保元物語』が王権の行方を軸に、複雑な王朝社会の内部分裂が源平両氏を登場させ、これらの諸勢力の角逐を加速した。それらを物語はどのように語っているのか。物語の歴史の読みを考える。

二　『保元物語』おける王権と武者

1　鳥羽の本意と崇徳の遺恨

物語を鳥羽天皇の帝紀で始める。建国神話にもとづいて天照大神から語り起こし、「世継の物語」にならって帝紀を語る。王権の確立までには、史学がたどる輻輳する径庭があり、仏教の理論・秘儀を整え、それを国家儀礼の支えとして秩序の確立を図ったのだった。七世紀後半、天武帝のもと中国を意識しつつ統一国家としての体制を整え、王家の確立を見るのであるが、その後も内部で分裂と葛藤を重ね、王朝はたえず揺れ動く。抽象化する王権を軸にする権門諸勢力が、その去就に体制の立て直しを図るから複雑である。特に院政の確立を支える武者の登場が、王朝社会を揺さぶり、この武家そのものが分裂をくり返す。鳥羽は即位後、親政王権の維持を図って、二十一歳の若さで崇徳に譲位する。その崇徳が、後日、讃岐の院として配流の身となることを先取りして語るのは、歴史を語る物語として異常である。摂関家の関与を抑え天皇家の自立を図った白河の亡き後、鳥羽が院の座に就き、治天の君として善政を行い、国が豊かになった。寵姫、美福門院得子との仲に皇子が生まれると、これを即位(近衛)させるために崇徳を退位させる。ところがその近衛が十七歳で夭折、崇徳が重祚を考え、せめては皇子重仁の即位をと期待するのだが、美福門院の希望により、崇徳とは同腹の後白河を中継ぎとして即位させることになる。二十九歳であった。これが天皇家内に分裂・動揺をもたらし、保元の乱を見ることになる。『保元物語』語り本は、近衛の夭折について崇徳らの呪詛があったとの噂を語る。鳥羽法皇の院政下、後白河の即位により崇徳の院政は叶わず、院政そのものが内部分裂に瀕する。不思議なことに、この後白河、それに崇徳についても帝紀《ていき》を語ることがなく、「世継の物語」としてのスタイルは消失している。近衛死去の久寿二年(一一五五)のこと、熊野へ参り通夜する鳥羽院(法皇)に、権現が巫女に託して、法皇みずからの死、その後の世の乱れを予告する。翌久寿三年四月、保元と改元、法皇が、熊野権現の予告通り発病、五十四歳にして死去する。近衛・鳥羽の死は、生者必滅の理ながら、崇徳は、その近衛の死に天の意を見、近衛の夭折を「これすでに天のうけざる所あきらけし」と、むしろ皇子重仁の即位こそ正当だと思うとは、まさに中国漢代までの易姓革命にも通じかねない考えである。後白河の即位に遺恨を抱く上皇(崇徳)の不穏な動きが始まる。

2　王権・摂関、源氏・平氏の内部分裂

鳥羽の代、関白から摂政まで勤めた藤原忠実は、保安二年（一一二一）嫡男の忠通に関白を譲りながら、次男の頼長を偏愛してこれを氏の長者にすえ、これに内覧の宣旨が下る。「内覧」とは、政務関係の文書に目をとおして天皇を補佐することである。忠通は、執政の実権を頼長に奪われたと怒り、主上（後白河）が、その忠通に接近、頼長が上皇（崇徳）を治天の君と仰ぐ。物語は、この崇徳を院、もしくは新院とも呼ぶのだが。王権内の分裂と摂関家内の分裂が絡み合う。その王権に仕える源平両氏が、主上側につく源義朝と平清盛、新院側につく源為義と平忠正、これも両氏がそれぞれ内部分裂を来たす。崇徳の動きに応じて京へ集まる兵が狼藉を働く。これを鎮めようとする信西は、主上、後白河側につき、鳥羽殿の仙洞御所へ参れと公卿を招集する。関白忠通や大納言伊通ら公卿が参内して僉議。王朝の分裂は、武士の去就にも影響する。「朝敵」の身になることをためらう清和源氏の親治《ちかはる》は、すでに頼長からの召しに応じていた。「弓矢とる者」「源氏の家に生まれて、二人の主をばもつまじきものを」と戦い、敗れて生け捕られる。語り本では、叔父忠正を斬った清盛を、一門の家貞が武門としてあるまじきことと非難することになる。王権秩序の揺れが新旧倫理に揺れをもたらす。ここで「王事もろき事なければにや」、さっそく除目を行ったと語るのは、語り手が、早くも王権を、主上、後白河の側に見ている。

3　崇徳の行動開始と主上の対応

公卿僉議の上、まず頼長の流罪を決定する。おりから亡き鳥羽法皇の初七日の法要を営むが崇徳は不参。崇徳の母待賢門院璋子の兄、実能が驚いて、皇位継承は天照大神や正八幡宮の神慮によるものだと諭し、謀叛の翻意と出家を促すが、崇徳は応じない。以下、物語は主上方と院方の動きを交互に語ってゆく。いくさ物語の方法である。

崇徳に召される為義は、鳥羽院の意を受けて主上の側につく義朝の代わりに、末子、八郎為朝を推す。為義は身の不遇、源氏一門の分裂を悲嘆するが、「主上上皇の国争ひ」に参加すれば「卿相の位に昇」るのも夢ではないと促されて新院方に加わる。頼長は、白河北殿の崇徳側へ参る。崇徳から後白河へ御書のやりとりがあるが、その内容を知る者はないし、物語もそれを語らない。美福門院が保管する故鳥羽法皇の遺命には、鳥羽がかねて崇徳の後白河との不和を予知し、主上方に参るべき者として義朝らをあげていたが、清盛は、父忠盛が崇徳の一の宮重仁を養君としたため、加えていなかった。それを美福門院が、故院の遺言があったと清盛に参加を促し、清盛は一門を具して主上側に参る。一方、崇徳側には、白河北殿を固める平忠正・源頼兼らが参る。召された為朝の偉容に崇徳と頼長が安堵する。為朝は夜討ちを促し、わが放つ矢は「天照大神・正八幡宮」の神の矢、主上をもこの北殿に行幸を仰ごうと進言する。ちなみに八幡明神は、鎮西の神であったが、奈良時代、東大寺大仏の建造をめぐって、王権に参加、本地を阿弥陀如来として石清水に王室守護の神として勧請した神で、源義家が、源氏の氏神としても仰いだのだった。為朝の進言を頼長は、若さゆえの荒技、主上と上皇の国争いに夜討ちは不似合いである、やがて参加する南都の衆徒を待ち、明日まで参らぬ者を逮捕し死罪に行えと指示する。武者の動きが時代を進めつつあることを理解できない頼長、この判断がその運命を決することになる。

主上側、故鳥羽院の御所、鳥羽殿に集まる旧臣、清華家の面々がとまどう。主上、後白河は御所高松殿に入る。一方、崇徳側では頼長が指揮をとり、味方に参らぬ者は、朝敵として死罪に処すと僉議、その為朝の軍が内裏高松殿を焼き討ちしようとすると言うから、主上（後白河）は不安である。天照大神の百王守護の誓い、仏教も王法守護に参画し、四神相応の平安の都にあって、今や王朝に背く者はない。八幡大菩薩・賀茂大明神・延暦寺・天満天神以下、洛中洛外の寺社の加護もあり、これらの霊神・霊仏が逆臣を鎮めるはずと期待もするのだが。公卿僉議の末座に「少納言信西」が着く。義朝に指示を与えるのが、この信西である。義朝は、故院（鳥羽）の遺志に従って身命を賭して戦う、ついては、昇殿を許すとの宣旨を賜りたいと願う。信西が、迷いながらも宣旨を下し、義朝は武装して参上する。夜討ちにより先手をうつべきこと、御所の守護を清盛に委ね、みずからは即刻、上皇の御所を攻めようと発言する。信西がこれを承諾。この義朝と信西の応答は、先の為朝の策を却けた頼長ら、それに先取りすれば『平治物語』における後白河のあいまいな態度とも対照的である。主上は万一に備え、高松殿から、より広い東三条へ遷幸。関白が神器を捧げ、内大臣実行らが伺候する。主上側の信西と義朝の存在が目につく。後白河は、かげの存在である。須藤敬は、『保元物語』でも古本が、信西の背後にある後白河を批判の対象にするのを、語り本は信西に肩代わりさせる傾向があると言う。ちなみに東三条（殿）は、道長以後、藤原氏の長者に属した。

4　新院の敗北と源平両氏の内部分裂

物語の中核をなすのが、いくさを語る中巻である。まず白河北殿の攻防。頼長が、総大将の為義を召して「世間のことをのどのどと御談合あり」とは、この前の、信西・義朝の緊張した戦略相談とは対照的である。そこへ義朝軍の奇襲。この間、敵情を視察した使者、武者所、多親久《おおのちかひさ》が相手の義朝軍を早々と「官軍」と称しているのは、先行きを見通している語り手の語りである。狼狽する頼長は、急遽、為朝に蔵人の官を与えようとするのを、為朝が「物さはがしき除目かな」とつぶやくのは、『平治物語』で、信頼の粗忽な除目を冷笑する義平に通底する。二つの物語の人物対比の類似性に注目したい。それは説話的方法による語りであろう。兄、義朝に刃向かうのをためらう為朝、寄せ手では、清盛が、その為朝を恐れる。語り手は、これらの人々の動きに現実とモラル意識の揺れを見る。「昔より源平両軍左右の翅にて共に朝家の御守り」であった源平も、それぞれが分裂して戦う。王権の内部分裂・葛藤に、源平が、やはりそれぞれ内部分裂して戦わざるを得ない。王権の揺れが、回りの武者たちにも内部分裂を促す。その中で、王権の揺れや趨勢をも超越した為朝の動きが目につく。これから平治にかけて義朝の股肱の家来となって働く鎌田二郎が、その為朝を見て驚く。為朝が、兄、義朝と対決するにあたり、父に敵対する兄の不孝を責め、院宣と宣旨のいずれが上位かとまで言うのは、王権の現実を突いている。義朝配下の大庭・金子・山田らの奮闘にもかかわらず攻めあぐねる義朝は、法勝寺に火が延焼するのを怖れながら、信西の発言に励まされて御所に放火。結局、為義・為朝らは奮闘の甲斐無く敗れる。この間、信西の決断の意味は大きい。狼狽する上皇・頼長は馬に乗せられて逃亡、一人留まる為朝の目を見はらせる奮闘。退く頼長が「白羽の矢」を首に受け、失神して落馬する。受けた「白羽の矢」を「神矢などにやあるらん」と見るのだった。上皇は三井寺を志し徒歩で進むが、ついに失神。ようやく気づくが、降伏すれば、わが身一人は助かるだろうと、兵たちに、いず方へも落ちよと促す。王権当事者としての資格を喪失している。上皇を追う義朝・清盛は、敗残の兵が籠もる法勝寺に火を放ちたいと伺いを立てるが、さすがの信西も、これは許さない。かわりに上皇の三条烏丸御所と、頼長の御所、為義が宿所とする円覚寺を焼き払い、主上は里内裏高松殿へ還幸なる。義朝と清盛に論功行賞が行われるが、義朝は不満である。これが後日、平治の乱に義朝をして信頼方につかせることになる。主上は、その勝利を日吉山王の加護によると、改めて山門の法験を感じるのであった。

5　摂関家・源平両家の内部分裂、新院の悲劇

上皇（新院）失踪の噂に、忠実は頼長の子息を具して南都へ入り、興福寺の悪僧を集め、主上に背くことを宣言する。驚く興福寺別当恵信が上洛して父忠通に報せる。この度の忠実の、頼長をめぐる行動を、語り手は「心ある人」の声をとおして語る。いくさ終わって、主上は氏の長者の地位称号を忠通に還す。一方、輿に舁かれる上皇は頼みに

する人々にも拒まれ、船岡山、知足院の辺りの僧坊に入って出家し、御室、覚性法親王をたよるが、故白河院の法要に出向いていた御室が、ことを内裏へ報せたため、上皇は身柄を内裏方に保護される。重傷を負った頼長を、外戚の式部大夫盛教が釈迦堂の僧たちを説き伏せて小舟で木津に下し、南都にいる父、忠実に逢わせようとするが、忠実が世を怖れて逢わない。頼長はみずから舌を食い切る。興福寺別当玄覚を訪ねるが、これも不在、導き入れた「小屋」で息を引き取る。遺体を般若野の五三昧に送り、人々は離散。その死を知った忠実が悔やむ。頼長の器量・才芸も、藤原氏の氏神、春日大明神に見放されたかと人々の評である。頼長側に与していた人々の逮捕と、訊問。頼長の外戚、盛憲・経憲が、近衛・美福門院を調伏したとの責めを受ける。その裏に頼長と、さらに崇徳がいただろう、上皇の皇子、重仁も捕らわれ、出家。清盛は、父平忠盛が養君としていた重仁のなりゆきを案じながら、その境遇を世のならいと悲しむ。仁和寺の寛遍法務の坊に籠もる上皇は、夢見る思いであった。

6　源平両氏、武者の行方

東坂本にひそむ為義の追討を命じられた清盛は、山門三塔の大衆に妨げられて退く。これが当時の清盛の王朝社会での地位である。結果的に王権と山門が対立する。権門寺社が王権の揺れに応じてこれも揺れるのである。為義は東国落ちを志すが、天の責めを受けて発病、叡山に登り出家する。これまでの功績を踏まえて所望した、祖父ゆかりの陸奥国国司の官を許されず、地下《じげ》の検非違使にとどまったのだった。集まる六人の子息、中でも為朝は、東国へ下り、坂東平氏を集め、奥州の基衡とも連携し、将門にならって為義を法親王に立て、太政大臣以下、公卿を立てようと言い切る。しかし老体の為義は、一門の先行きを考えて子息らと離別、義朝を頼る。義朝がこれを喜び迎える。王権の行方に翻弄される為義父子である。平氏でも、新院方についていた平忠正が、甥の清盛を頼る。「死罪を止めらるる由」、「少納言信西が謀に、皆死罪を宥められて、流罪にて有べし」と流刑地まで決めているとの噂が流れていた。物語に見る信西の言行である。内裏では村上源氏、右大臣中院雅定を呼び出し、為義の身の処し方について諮問し、雅定は、嵯峨天皇以来、死刑をとどめたこと、「且つは故院（鳥羽）の御中陰也」と、死罪を宥めるよう進言する。しかし、後見を務めた信西が、「非常の断は人主守らずと言ふ本文あり」、「今度の謀叛希代の勝事也」、「悪党」の跋扈、天下の大事を防止するためにも極刑が必要と主上の決断を促す。その決定に従い、平忠正の子息、家弘らが処刑される。清盛が「我《われ》叔父を斬らずは、義朝父を斬る事よもあらじと思ひければ、信西に内々言ひあはせて、清盛申し請けて斬」ったのだった。当然、義朝にも、為義の処置が課せられる。治世論を楯にとる信西の発言が大きかった。この後、平治の乱における信西の運命と、それにその遺児たちの流罪を語ることにもなるのだが、その原因をみずからが造っていることを、信西は気づいていない。『保元物語』を前提とした『平治物語』の読みを促す。為義を斬るよう義朝に勅命が下る。窮する義朝の立場は、『平家物語』の重盛のディレンマと類似するだろう。乳母子としての鎌田が、源氏の将来のために、この度の戦功を無にすべきではないと決断を促す。しかし、いよいよの場で、波多野二郎の忠告に揺れるのが鎌田である。王権の動きに引かれて源氏内部に分裂の兆しが見える。迷う鎌田に代わって、やむなく波多野が事実を為義に語る。驚く為義は、かつての為朝の弁を思い出し、義朝の無思慮を悔やみながらも、一門の将来のために「義朝逆罪を助けさせ給へ」と祈る。四人の子息の助命を義朝に説くよう遺言し、せめても一門の手にかかるをよしとしつつ斬られる。源氏の運命と王権の行方はいかに。その頸を義朝が受け取り荼毘に付し弔うが「魂うけずや思ひけん」と語らざるを得ない語り手である。尊属殺しを行った義朝。その報いを義朝は、鎌田の舅長田から受けることになろう。明らかに、この後の平治の乱から源平の決戦までを念頭に置く語りである。大原の奥に潜んでいた為朝は「鳥の飛ぶがごとく」逃亡するが、義朝の行方を案じる頼仲ほか四人の弟は討たれて「草深き」所にうち捨てられる。これが揺れる王権をめぐる、当時の源氏の置かれた状況である。

7　義朝・忠通の苦悩と新院の怨念

物語は第三部、戦後処理、後日談に入る。京の異変に急遽、鎮西から帰洛した重代の家来、平家貞が清盛に忠告する。清盛が忠正を斬ったことが、義朝に為義を斬らせることになったのだが、これでは「朝家の御かためとな」るもののふの家に分裂を招くと。王権護持の立場からすれば当を得た意見である。その家系の人々については、系図に混乱があるようだが、この家貞と、その子息とも考えられる筑前守貞能が、この後、『平家物語』にいたるまで、筑紫平定に関わり、正論を吐くことが注目される。武士と言いながら西国と東国とは事情が違っていたらしい。物語での重盛に似ている。事実、この貞能は重盛を重んじていたことが『平家物語』巻七の一門都落ちの場で見られるのだが、清盛は、この家貞の忠告に返す言葉がなく窮する。一方、源氏の為義の処刑には、後白河の指示があるのか。そして義朝が四人の弟を処刑するには、信西の指示があったはずである。困惑する義朝の依頼に、波多野義通は、四人を偽り船岡山へと導く。状況を察知するのが十三歳になる乙若である。義通は、為義をはじめ五人の子息らが、義朝了解のもと、鎌田の郎等の手にかかってすでに討たれ、為朝は脱走したと語る。乙若は、源氏一門の行方に考えをめぐらさない兄、義朝の愚かさを責めながら、弟たちに、髪を乳人に整えさせ、源氏として潔く斬られよと心構えを説く。三人は念仏を唱えて斬られる。弟らの死を見届けた乙若は、義朝ら一門が永くとも七年、早ければ三年も持ちこたえられまいと、念仏を唱えつつ斬られる。乳人や下部も自害。乙若ら弟の不満を背負うことになる義朝である。八幡へ参っていた四兄弟の母は、波多野から為義や公達が斬られたことを知らされ、かれらの遺髪を受ける。悲嘆する母は剃髪し、人目の隙をついて桂川へ入水、乳母たちが続く。いくさ物語における女性がたどる道である。桂川は、この後も、この種の悲劇のトポスになる。

内裏からの指示により上皇は、讃岐へ遷幸と決まる。途上、亡き鳥羽院への墓参も許されず、送る船は四方を板で打ち付けられる。古く須磨に流された行平、淡路の廃帝淳仁を偲び、再会叶わぬ重仁親王の行末を案じる。洛中、早くも義朝と清盛に合戦の動きがあり、信西は、思う旨があれば奏聞し、勅命を仰げと指示するのだが。後日の両者を示唆している。御所の焼け跡に残る上皇の手箱には、上皇重祚を示唆する夢想の記があったとも語る。王権をめぐる種々噂が流れたのであった。崇徳や頼長の思いがこめられていただろう。

非業の死をとげた頼長の墓を内裏の指示により暴き、遺体を実検する。残された師長らは祖父忠実を訪ね、出家して亡父の菩提を弔いたいと言うが、忠実は春日大明神の加護を期待するよう説得して、出家を制止。その公達は流罪される。流罪に随行する惟国に、師長が秘曲を授けたことは、後日『平家物語』巻三で、清盛のクーデターにより尾張へ流されることになる師長にも重なる。説話の型か。ここで信西は、忠実の処理を関白忠通に迫る。窮するのが忠通と主上である。忠実は朝家への忠誠を誓い、知足院に蟄居。摂関家もついに決定的な分裂を見る。

以下、保元の乱を総括する。為朝の進言を却け、頼長の指示に従った崇徳上皇の敗北、義朝の作戦を容れる信西の指示に従った主上、後白河が勝利する。もし頼長が為朝の策をいれていたら、どうなったことかと「万人舌を振合へり」。歴史を読む者の思いであろう。近江に隠れる身となりながら、頼長を「不覚仁」と怒り、義朝を射殺しなかったことを後悔した為朝は、鎮西に下り義朝を追討し、上皇の代としてみずからも日本国の惣追補使となろうと語るのは、為朝なりに王権の読みがあったとするのだろう。後日、この義朝がかたわられた信頼を不覚人と非難することになる。為朝は早く、将門にならって、坂東に別の王朝を建てようとまで豪語していたのだった。それは早々と頼朝の登場を示唆する。その為朝も、重病を病み湯治するところを土民に知られ、湯屋を包囲され、激戦の末、捕らわれる。

平治の乱で義朝がたどる経過と似ている。その為朝の処理をめぐって公卿が僉議する。関白忠通が天運に恵まれた為朝の弓矢の技をも惜しみ、翻心することがあれば「朝家の御宝たるべし」と主張、公卿同心して、遠流と決まる。しかし信西はここでも為朝の行方を怖れ、その両腕の筋を抜いて流罪にする。道中、警固の役人を苦しめつつ伊豆へ下る為朝像は、『平家物語』の文覚像を思わせる。王権をゆるがしかねない、物語が語る為朝である。この点でも為朝像と文覚像は似ている。このような話形の類似は口承の世界を採用したものであろう。

一方、讃岐へ遷された上皇（新院）は、直島の狭屋に閉じこめられる。もと鳥羽院に仕えた紀伊守範道が出家して蓮誉と号し、上皇を訪ねるが、目通りの叶わぬまま歌の応答が行われ、その詠歌を笈におさめて帰洛する。院は鼓の岡に遷される。在位時代に、「いとおしみ奉り、はごくみ参らせし」「当帝（後白河）」が「其の昔の恩をも忘れて、からき罪に行」うと怒る。みずからの「後生菩提の為に」指の先の血を以て、三年がかりで五部の大乗経を写し、亡父、鳥羽への思いをも籠め、「鳥羽の八幡辺にも納め」てほしいと御室、覚性法親王のもとへ送る。法親王は関白基通の口添えをも得て願い出るが、信西が「いまいましく覚え候」と拒み、「主上（も信西の言を）げにもとや思召れけむ、御免《ゆるさ》れなかりける」。かくて上皇は、生きても無益と、以後、髪も剃らず爪も切らない、「生きながら天狗の姿にならせ給ふ」。この上皇の様子を聞いた内裏では、「御有様を見奉て参れ」との指示により、平康頼が下るが、かれも上皇の怒りに返す言葉なく辞去する。上皇は経典を「三悪道に」投げ込もうと、舌の先を食い切る。頼長と同じ行為である。しかも、その血を以て経文の奥に、日本国の大魔縁となり、天皇と民の関係を逆転しようとまで誓状をしたためて、これを海底に沈め、九年を経て四十六歳で死去。その火葬の煙が、都を指して靡いたとは、すさまじい。讃岐院と諡したのを「治承の頃、怨霊共を宥められし時、追号ありて崇徳院と申し」たとは、『平家物語』が語るところを先取りして語る。早良親王の怨霊を怖れる桓武天皇が贈った崇道天皇の尊号にならって、病いに苦しむ後白河が贈った怨霊鎮魂のための追号であった。後白河は、その後も安徳を始め平家を壇ノ浦に滅ぼし、その崇徳・安徳のために供養の堂を建立することになる。建久年間のことである。崇徳の一宮重仁親王も出家する。歌人の西行が、この白峰の御陵に参って詠んだ歌に「御墓三度まで震動する」。歴代、公私合戦は数知らずあったが、桓武天皇が平安の都として定めた王城を戦場とし、内裏・仙洞御所に血を流す「先蹤是まれ」な事例ながら、王と臣が協力して治めた戦であったと結ぶ。

鳥羽院の死に、一つの転機を見たいくさ物語である。その転換をもたらすものこそ武者であった。その武者が、それまでの王権体制を揺さぶる。その一つの収束が頼朝による東国での天下統一である。頼朝に、将門や為朝のような行動はなく、京の王権との対立を避けつつ、一つの新しい体制を造り上げてゆくことにもなるのだが、その造り上げた体制にも内部崩壊が始まることになろう。『平家物語』末尾の文覚の捨てぜりふ、後鳥羽を、みずからを流した隠岐の島へ迎えようと言い残すことになるのだが、それは承久の乱の予言である。この間、戦没者の怨霊が跋扈し始める。琵琶法師が『保元物語』『平治物語』から『平家物語』を語る所以である。いくさ物語がたどる歩みである。

三　『平治物語』における王権と武者

1　王権といくさ物語

鳥羽院の死を契機に武士の動きが京都に吹き込んだ保元の乱から、乱の契機となった王者、後白河の人臣の扱いが平治の乱の因になったとする『平治物語』。この二つの乱を統一的にとらえるために『保元物語』のモチーフをなした王権の行方を見て来たのであった。この二つの乱のいくさが、時代にいかなる意味をもたらしたかを語るいくさ物語、その物語が語る歴史を物語として読むのが課題である。物語は、その乱を、多様な人々の、多様な声で語る。そのために必ずしも見通しのよい視点を以て簡潔に語ることをしない。むしろ物語を聴き、読む人々の思いをとり込み、読者をしてそれらの整理を促す。その人々の思いが物語の生成を促し完結体へと向かわせる。その意味で、物語の成立や作者ではなく、享受の側から、物語としての歴史の読みを読む。数多い諸本の中で、これらの声の集約、完結体としてある語り本を軸に、古本をもあわせ見ながら、物語の歴史の読みをとりあげるわけである。これまでわたくしが『平家物語』の「生成」を軸に、成立としての「生成」ではなく、諸本を再生産してゆく意としての「生成」を見て来た所以である。

九条家の出で、天台座主にも就いた慈円は、保元の乱に時代の大きな転機を見た。王権を補佐し、執政の官を演じた摂関家の一員としての言説が『愚管抄』である。しかし『平治物語』では、平治の乱について、摂関家に関する言説がほとんど見られない。物語を

昔より今にいたるまで、王者の人臣を賞ずるに、和漢の両国をとぶらふに、文武の二道を先とす。

と語り始める。語り本と古本の間に大差はない。以下、その語りの中軸に王権があることは、『保元物語』と変わらないし、それは『平家物語』にまで一貫している。この軸を抜きにして三つのいくさ物語はあり得なかった。史学では、平治の乱を読む手がかりを、まとまった形としては『愚管抄』と『平治物語』に求める河内祥輔や元木泰雄らの成果、そして、それらの語りを乱後、登場人物の血縁者など人脈との関わりで見る角田文衛や日下力の、いずれも成立論がある。一方『愚管抄』の著者、慈円が、摂関家内の九条家と近衛家の間の角逐をとりあげる、その慈円の発言が九条家の立場からのものであることを、深沢徹が論じる。史学では、各史学者が歴史の真相を探り、文学、物語に対して「虚像」を批判する。いくさが、それまでの平安文化を軸にする体制に揺さぶりをかける。その武士の登場

が、それまでの社会や文化、人々の生き方にどのような変化をもたらすのか。特に王権の行方にモチーフを見ることから、史学はもちろんのこと、法制史、さらには文化論や生活史に学びながら、歴史物語やいくさ物語に、物語としての歴史を読む。その語り方をも含めて物語として読むのが、わたくしの立場である。『平家物語』に典型が見られるのだが、琵琶法師の語りを軸に、それを聴く人々の参加を得て語りを進めて来た語り本に、いくさ物語の結集がある。日本中世史にも精通する比較文学のフロランス・ゴイエが言うとおり、日本の場合、ヨーロッパのいくさ物語と違って、『源氏物語』をはじめとする平安文学、それに中国の文学が、その物語の基盤にあることを見過ごせない。このことは文体を軸にいくさ物語を展望、評価した永積安明も早く論じたところである。

中世の人々の王権の読みを、物語に即して読む。そして『平治物語』が、乱当時の王権の中軸をなす後白河をどのように語るかを読むために、第二章で保元の乱からの経過を読んだ。当時の王権をめぐる諸勢力として、次の四つが想起され、それらが相互に複雑にからまる。しかも、それぞれが内部に、どのような問題を孕んでいるかをも読み取らねばならない。

（A）王権当事者である王家にその内部の対立、葛藤が生じる。特に天皇と、これに関与する治天の君としての院（上皇）の対立。王権神授説に従い、王権を護持する神々、中国から半島を通して渡来、その秘儀・儀礼を論理化して王法を支えるのが仏教である。古くは南都の法相宗などの仏教、平安京に遷って後の天台や高野真言、これら密教と合体した形で王権を語る中世日本紀がある。その周辺には、数々の伝承を語る知的成果である幼学の世界があった。八幡・春日・賀茂大明神から、さらに厳島明神までもが王権守護に関与してゆく。ところが、王権を保護するはずの、これら権門寺社にも対立と分裂があった。保元の乱を語る『保元物語』からこの『平治物語』、さらにこの後の『平家物語』へと、平安の文化・社会の動きを語ることで、この三つの物語は相互に関わりが深い。その中心人物である後白河法皇が、これら三つの物語を通して重要な位置を占める。

（B）前章に見たように摂関家自体内部の対立を、特に『保元物語』や『愚管抄』が語る。

（C）さらに摂関家以外の、王権を支える権門勢家の動きがある。『平治物語』にあっては、その筆頭に藤原信頼と、これに対抗する信西。いずれも摂関家には並ぶことのできない、せいぜい諸大夫の家柄の出である。『保元物語』では、この信西が王権を支えたと語るのだった。『平治物語』では、この両人の対立に、王権内部の葛藤がからまる形で二条天皇や摂関家に関与する経宗や惟方の動きがある。

（D）院に接近しながら、巧みに摂関家以下、清華家、諸大夫の家など権門諸家とも関わりを持って介入してくる武者、すなわち軍事貴族としての桓武平氏、それに伊勢平氏と覇を競うことになる清和源氏がある。桓武平氏では、早く坂東に下っていた坂東八平氏が、源氏の動きともからまって東国を動かしていた。この源平両氏は、いずれも元は天皇を祖とする賜姓の王朝貴族であった。その源氏では宮廷に仕える摂津源氏と、東国との交流を深めた河内源氏、平家では堂上平家と伊勢平氏、それに坂東平氏が必ずしも一枚岩ではなかった。

三つの物語は、これら四つの勢力の対立抗争、しかも内部分裂が、いずれも王権を軸に動くことを語る。これらの王朝社会の婚姻関係を見てみればよい。これに乳母・乳人・乳母子までからまり、その人脈は複雑をきわめ、物語の読みに、その人脈をどこまで活かし得るのかも疑問である。いくさ物語が語る保元の乱以後の動きであった。

2　王権の成り立ちと、その機能

中国から半島を経て渡来した密教をも支えとした王権が、どのように時代転換に関わるのか。思想・哲学の課題があるとするのが兵藤裕己であり、大津雄一である。王権そのものについては、史学・法制史、さらには宮中儀礼にまでわたって論じられる。大津の『軍記と王権のイデオロギー』が、王権をめぐる人々の動きを各「軍記」が、どのように語っているかを、成立論としてではなく、その機能を「読み」の側からとらえたのだった。史学や、国文学でも上代文学研究の成果があるのだが、王権や、その制度の変容が意識されながら、それを語る物語としての機能については、テクストの読みの上で、なお検討を要するのだろう。丸山真男に始まる新田一郎や水林彪ら、あるいは大津透ら法制史系の成果があった。いくさをめぐる「物語」は、一方で、文字言語ならぬ音声言語の側から相対化され、哲学の側からは、野家啓一らにより、これを思想としてもとらえなおされる。

まず王権の成り立ちと変遷の概略をたどっておく。中央集権的な王は、紀元二世紀、中国後漢王朝の冊封を受けた倭国の成立に始まり、これが、その範囲を拡大する過程で、五世紀、武王が現れる。実在が確実視される雄略天皇である。最近の史学が語るように、半島や、その背後にあった中国との関係の中で倭の王が、仏教の渡来もからまって、物部や蘇我、大伴氏など中央貴族の間での闘争、葛藤をくり返しつつ、七世紀、壬申の乱を経て大海人皇子、天武天皇が国家統一を図る。この段階で、国家の意識、その歴史を意識して『日本書紀』を編纂する。日本固有の文字を持たなかった王権は、漢文をベースにしながら、独自の「非漢文」を創造し、上代の万葉仮名としての「仮字」を作ることで、口承の世界をも活かす、物語としての『古事記』を生み出したのであった。この国史の誕生が、国家としての自覚を保障したのであるが、当時の「王権」、「王」とはいかなるもの、制度であったのか。物語として語る『日本書紀』『古事記』が、さらには『万葉集』について区分される第一期から第二期のかけての上代歌謡、特に柿本人麻呂の長・短歌が、その経過をものがたっている。日本国誕生の神話は、その国土創世を語った後、天照大神を生み、続いて月読尊を生む。その名からして天照は太陽農耕神を、月読は月の盈ち虧け、つまり暦を司る神と読める。この二神が建国神話の主役になる。続けて蛭児《ひるこ》を生みながら、これを不具の身であると嫌って捨て、次に生まれた素戔嗚尊《すさのおのみこと》をも、その粗暴な行動によりいったん追放し、これを改めて国の活性化を図るための神とした。神話では、この素戔嗚尊が平定した出雲を天照大神に献じ、その支配下に置くことになる。天照の皇孫、迩迩杵尊《ににぎのみこと》の降臨に神々が同行する。その筆頭の天児屋命が、後の鎌足の祖になると言う。神と王との交流を司る中臣の神儀を通じて王に仕えることになると語る。王を補佐する摂関家の祖として位置づけることを正当化する物語で、それは、小峯和明が言う一種の「未来記」である。その建国神話では、太陽神に発し、その血筋をひく者が即位する。柿本人麻呂をして、天武天皇を「大君は神にしませば」と謡わせたのだった。鎌足は大化の改新の忠臣として、地名による藤原の姓を天武天皇から賜る。その子息、藤原不比等が女《むすめ》を王家に入れ、女の血を通じて王の外戚としての地位を確立し、これが摂関家の体制を立てたと語るのであった。この王家と藤原氏との契約が、以後、神話による王権を、中国などのような易姓革命による天帝からの王権の授与とは異質なものにした。もっとも中国でも天子が善につとめることによって天にはたらきかける天人相関説が行われ、わが国では天変など怪異現象に、この相関説が優位に受容されたのであろうか。それも王権神授論であるのだが。中国思想の受容については、なお学ばねばならない。この藤原氏が王の即位、継承を掌握するために多くの幼帝を立て、それを補佐する摂政、治世の実権を握ったのだった。もちろん、王家・藤原氏ともに、その内部の葛藤をくりかえしながらのことである。九世紀、摂政藤原基経が陽成天皇を排し、光孝天皇を立て、事実上の関白になって以後、宇多・醍醐・朱雀へと天皇は、この光孝の系統から立つことになった。ちなみに『平家物語』を語る琵琶法師の当道座が、この光孝天皇を座の祖神とするのは、この王権神授説とどのように関わるのか、検討課題である。十世紀、東国では平将門が半ば易姓革命を意図し、この後、『保元物語』で、源為朝が、この将門を意識して動乱を起こそうとしつつ失敗した。王権そのものが本来の機能に変化を見せ始めた。摂関家の極盛期である道長の時代に、王家内部において隠微な王権侵害があったことを示唆する『源氏物語』など、物語の伝統があったことを文学の側から三谷邦明らが論じている。

王権神話を踏まえ、摂関家が執政権を掌握するために女《むすめ》を入内させ、その女の腹に生まれた皇子を、相次いで幼くして即位させるのだが、この摂関家を退けようとする天皇が現れる。後朱雀天皇を父とし、三条天皇の皇女、陽明門院禎子を母とする尊仁《たかひと》親王が、三条帝の没後、関白藤原頼通の圧迫を退けて三十五歳で即位する。後三条天皇である。みずからの意志により、長子白河を即位させるために退位し、治天の君として親政に着手しようとしたが、病いにより出家、やがて死を迎え希望を果たせなかった。この後三条の遺志を継承し院政を制度化したのが白河、さらにその遺志を継ぐ鳥羽、それに、二十九歳で、思いがけず即位した後白河である。ひそかに、その皇子重仁《しげひと》の即位、みずからの院政を志していた崇徳を『保元物語』は語っていたのだが、後白河は、摂関家の内紛、忠実と忠通・頼長の対立に乗じて崇徳を退け、摂関家の力を削いでおいた上で、長子、二条に譲位し院政を掌握する。保元の乱以後の、院をめぐる王家内部の抗争である。平治の乱当時、この後白河院が、主上、二条と対立し治天の君として、形としては、天皇親政を行っていた。この間、将門を念頭に、易姓革命をも辞さない源為朝を『保元物語』は語っていた。以後、この後白河が『平治物語』から『平家物語』へと王権の中軸を占め、これをとりまく諸勢力にも分裂を促しながら、やがて、これとは一線を画する頼朝の政権が東国に確立することになるのである。この経過をどのように思いで語るかが、「歴史」語りのモチーフになるだろう。

『平治物語』は「序」に、後白河院の側近、信頼と信西の対立を語りながら、院その人が帝王学の素養に欠けると語る。語り本は、それに政治・道徳論を加えつつ再生を続けるのだが、その後白河が、信頼挙兵の当初、内裏へ遷されるのに、保元の乱において崇徳を仁和寺から鳥羽へ、さらに讃岐へ遷したことを回想するのであった。後白河と崇徳、いずれも天皇の親政を図るための座の確立を志した。しかもこの両者が対立、それのみか、後白河は、みずからが補佐していた二条天皇との仲にも不和を生じたことを古本は語る。摂関九条家の慈円がその『愚管抄』にもあからさまに記すところだが、原因を物語は主上（二条）側近の「経宗・惟方のしわざなり」と語り、後白河の指示により、平清盛が、この両人を捕縛。いったん死罪と決まっていたのを前関白忠通が遠流に減刑するよう進言、経宗・惟方は救われている。この忠通の善行が、その子孫の繁栄をもたらしたとも語る。両人は、さらに院の意向により赦されることになる。語り本が、この院と主上の対立をあからさまに語ることを避けるのは、王権内部の抗争に言及することを差し控えたものだろうか。あるいは、王家そのものが、当時の状況の中で後退したのであろうか。史学が説く権門体制の動きも一連の動きなのだろうか。史学に学ばねばならない。

3　王権存続のために

いくさ物語の枠組みとして王権の行方がある。『保元物語』が語る王権の中軸に、後白河院があることを見たのであるが、『平治物語』では、王権安泰のために、「序」に、「奢つて朝威をいるかせに」する者に備えて

よく用意をいたし、せん〲抽賞せらるべきは勇悍のともがらなり（古本）

と説く。語り本にも、近い語りが見られる。『平家物語』巻一「二代后」の冒頭に

昔より今に至るまで、源平両氏、朝家に召つかはれて、王化に従はず、をのづから朝権をかろむずる者には、互にいましめをくはへしかば、代の乱れもなかりしに

とあるように、王権安泰に努める源平両氏の任務があった。その源平の動きに異変を生じさせたのが後白河である。後白河と側近との関係が秩序を乱すことになる。『平治物語』は、冒頭、直接、王権を脅かす者として、院に仕える信頼と信西の対立、特に信頼の奢りを見る。それを指摘するのが物語では、藤原光頼である。主上（二条）と院（後

白河）を掌中に取りこんだ信頼が、公卿僉議に参内する公卿殿上人の上座に着くのを見て、座が乱れていると指摘し「しづしづと歩み寄りて」信頼の「座上にむずと居かか」る。光頼の威におそれをなした信頼はなすすべなく、「程経て」事が進まないために、光頼は「つい立ッて静かに歩み出」で、清涼殿へ進んで殿内に控える弟の惟方を呼び寄せる。死罪に処せられることをも覚悟の上のわが振る舞い、ところが、そなたは過日、信西の首実検の渡しに信頼の「車の尻に乗」って出かけるなど、「近衛大将、検非違使の別当」としてあるまじきことと叱責する。光頼は事態を悲観しながら、惟方が信頼に側近く仕える身であることを活かして主上の安泰を図れと促す。この光頼の忠告により、光頼の弟、成頼・惟方が主上の脱出、院の仁和寺御室御幸を促し、信頼を孤立させることになるのである。この光頼とは対照的に、状況の変化を全く気づかない信頼の迂闊さと、事を知って狼狽するさまをおかしく語る。主上の六波羅遷幸を知った公卿らが六波羅へ馳せ参る。これを平氏の清盛らが、「家門の繁昌、弓箭の面目」と喜び、清盛は、その主上の守護を第一の任務とする。一方、語り本では、早く、信頼が、緒戦の勝利にさっそく除目を行う、その除目を義平が無用として辞退したと語る。父義朝とは違う武人としての義平は、『保元物語』における為朝像に通じ、以後源氏のいくさを、この義平が指揮することになると語る。やがて内裏に籠もる信頼と源義朝の軍に対し、内裏を傷つけることなく相手を誘き出し、待賢門でのいくさが平氏主導のもとに行われる。かくて、立場が逆転して朝敵となった信頼らは官を解かれ、王権の安泰を見ることになると語るのである。朝敵になることを怖れるのは、この後、『平家物語』の重盛である。

4　王権を脅かす者

院と主上の王権を脅かす藤原信頼を語るのだが、物語は、いくさ物語の定型を踏まえて、中心的人物としての信頼の家系と、その上皇（後白河）の寵臣として「凡人にとりては、いまだかくのごときの例をきか」ぬ栄達を語り、しかも文・武ともに能力を欠きながら「おほけなき振舞をのみぞしける」。その奢りを「みる人目をおどろかし、きく人耳をおどろかす」と、世評を介して非難する。このスタイルは『平家物語』が冒頭、清盛を語り始め平家一門の栄花を語るのと類似する。いくさ物語は、なぜこのような語りのスタイルをとるのか。秩序の推移を王権の存続に見るためである。この信頼とは対照的な信西、この信西が後白河のために王権秩序の維持に努める。その信西を「腹アシキ」（『愚管抄』）と決めつける摂関九条家の慈円とは対照的なのが『平治物語』の語りである。信西が信頼を「天下をもあやぶみ、世上をもみださんずる人よ」「いかにもして失はばや」（古本）と思っている。ところが法皇は、信頼本人の望みにより、これを大将の官に就けようとし、信西が制止する。これが、物語によれば動乱のきかっけになった。信西の讒言を耳にした信頼は疲れを理由に出仕を怠る。信西に対立して兵を挙げるのに、状況の読みから源義朝をとり込む。『保元物語』が語る、保元の乱後の論功行賞に義朝が不満を持つことを見ての戦略であった。二条天皇の義弟に当たる藤原経宗、同じく二条の乳人惟方をも巻き込む。挙兵について後手に廻ったとする信西とは対照的な策謀家としての信頼を語るのが物語である。語り本では、特にこの信頼が事を起こしたことを語る。清盛を始めとする平氏が熊野参詣に京を空けている隙を狙って信頼が事を起こす。それは、源平の対立をも狙っての行動である。この意味でも、奢れる信頼こそが動乱を起こす者であった。それを抑えきれないのが後白河院である。しかも語り本は、義朝をとり込む信頼についても「との給ふ」などと敬語を使って語る。結果的に非業の死をとげることになる信頼の死霊を怖れての語りである。この敬語の使用は、笑いの対象になる宗盛らにも敬語を使って語る『平家物語』に継承されている。怨霊への怖れが、いくさ物語を語らせる。物語は、信頼の信西への敵意を前面に押し出して語るために、後白河をかげの存在にしてしまう。その信頼がまず院の御所、三条殿を襲おうとするのは、信頼なりに、王権の主体を法皇と見ての行動、何よりも法皇と信西の関係を断ち切ろうとするもので、ついで信西の邸にも火を放つ。古本では、火を放った主を「大内のつはものどもが下人のしわざ」との噂が立つ。すでに主上とともにとじ込めていた内裏に仕える下人が、奢れる主、信頼にへつらって行った行動とするのである。院御所ならびに信西邸の攻めが「あたりの民」を不安に陥れ、「いかになりぬる世中ぞ」と、やはり洛中の人々の声を通して語る。やがて信西を捕らえたとの報に、信頼はすかさず、その処刑を命じ、兵の士気を高めるために、義朝らの除目を行う。その除目について、大宮左大臣伊通が、三条殿夜討ちに逃げ場を失った子女を呑み込んだ井戸に官を与えるべきだと言って「聞く人」を笑わせる。王権を侵犯する信頼を、「聞く人」の耳を介し伊通をして批判させるのである。特に古本の『平治物語』は「心有る人」の声を引き込んで批判し、語り本は、保元の乱後、洛中に武士が充満したとする人々の嘆きの声を語る。ちなみに、この「心有る人」の声は『愚管抄』終結部の史論にも数箇所見られる。視点を共有すると考えられる一群の人々を引き込んで語る声である。ライバルの信西を意識する信頼が、かねてからの念願の大臣大将を兼ねる。院は、それを容認するのか。その信頼が古本では、大炊御門のにわかの出火を敵の奇襲と狼狽し、実は誤報だったと知るその不安を語る。信頼が、信西の死を知って安堵するわけである。信西捕縛の報に接して、早速処刑を指示したのも信頼であった。信西の首の大路渡しを見る。これが異例であることを、やがて光頼が指摘し、その首実検の場に同行した弟の惟方を叱責したのだった。この光頼を許由の故事を引いて、一層称揚する。内裏にあって公卿僉議の召集をかけたのは信頼であるのだろう。母方の伯父、光頼も公卿に列して参内する。居並ぶ公卿の座の序列が乱れているることをなじる。この両者の対比に頼信・頼光という昔時の勇猛な公卿を連想して信頼を、笑いを籠めて虚仮にするのだった。内裏を占拠する信頼の軍と、六波羅に待機する平氏の軍とが対峙する中、信頼は「今夜も」深酒して女房どもに介抱させている。そこへ成親が近寄り、主上・院がすでに内裏を脱出していることを耳打ちする。まさかと思いつつ現実を見届けた信頼が「出しぬかれぬ、〱」と「大の男の肥え太りたるが、踊上り〱しけれども、板敷の響きたるばかり」と戯画的に語る。信西の努力により、せっかく修造なった内裏を傷つけまいとする平氏は、巧みに源氏を内裏から誘き出し、代わって内裏へ討って入る。信頼は、平氏軍の鬨の声に色を失い、まともに馬に乗れず、押し上げられて馬の背を越えて反対側に落ちるというていたらく。これを見て怒る義朝、語り手の信頼を見る思いが義朝に移され、語り手からも見捨てられてしまう信頼である。かくて、いくさは、源氏と平氏の対決になることを義朝は自覚する。追い込まれた義朝の念頭に、王権への思いがあったかどうか。この義朝の動きを見て去就に迷ったのが、一門の頼政であるのだが、この迷いを見すかすのが義平――義朝の長男である。その義平の非難に頼政は一門を見限って平氏側につくことになる。同じ清和源氏ながら、頼政は摂津源氏で内裏に仕える京侍であった。義朝らの行方を押し進める一つの動機として、この頼政の離反、それを促した義平の挑発的発言があった。物語を語り進める中で、この義平の存在は、前に論功行賞をめぐる対応に見たように『保元物語』の為朝に似た位置を占める。以後、源氏の敗退を語るのに、義朝・義平父子の奮闘に語りを絞り込む。義朝にすがって同行を乞う信頼、これを義朝は怒って突き放す。義朝に見捨てられた信頼は、仁和寺を訪ね、助命の取りなしを御室や法皇に乞うが、かなわず六波羅の手に渡され、河原に引き据えられ処刑される。その場に「七十余なる」僧が現れ、信頼の遺体を杖で打つ。しかも信頼の旧悪を暴き立て、せめて被害の保障を得ようとする。語り本ではこの僧を清盛が「尾籠のことしける奴」と怒って、逆に重代の文書を没収し追放したと語るのは、早く獄門に懸けられた信西に黒装束の隠遁者が、その死を悼み、涙したのと全く対照をなす。語り本では死者に対するあるまじき行動とする、語り手の怖れをも交えた思いが、清盛を怒らせたのであろう。その信頼の首が、馬に乗り損じて鼻先を少し欠いていたと言うのを、古本では例の伊通が「一日のいくさに鼻を欠」いた、つまりまともないくさをする前に鼻先を傷つけたとあざ笑うのである。　王権を犯す信頼を、信西と対比し、はては義朝にまで愛想づかせて笑いとばす物語である。ただ、この場合の王権は、信頼を語るための外枠にとどまり、王権そのものを語ろうとはしない。あくまでも信頼を笑う語りであり、それを見届けなかった院をも笑うことになるのだった。言い換えれば、それが物語の語る王権の実態であった。王権を乱すのは院の寵臣信頼であり、それを見抜けぬ院であったと物語は語る。

5　信西と王権

信頼・義朝の軍が三条殿を襲った後、信西邸をも火を放って焼き払った。その直後に信西の子息、五人が官を解かれる。信頼の下した処置であるのだろう。物語は、官を解かれる信西子息を焦点化の主体――視点として、その悲運を語る。古本では、当時、邸から離れていた信西が、信頼の夜討ちを「かねて内々しりけるにや」、あらかじめ院との別れを惜しんで院参しながら、「をりふし」の「御遊」を妨げまいと奏上の趣きを女房に申し置く。院に代わって、みずからが信頼の矢面に立とうとする。田原の奥、大道寺のわが所領におもむき、「三日先だつて出でたる天変」に、みずからの運を予知して、京の急変を確認した上、掘った穴に埋められ、死を選んだと語る。そして、その頸が獄門に懸けられると、隠遁者が登場し、信西を惜しむのだった。これが語り本では、信西に寄せる思い入れが一層強くなる。ここで「序」を想起するならば、それは信頼のなすがままの、院のいたらなさを批判するものであることになるのであった。それは『保元物語』において、王権守護のために信西が演じた行動をふりかえれば納得がゆくだろう。院は、ひたすら信西によって、その秩序を支えられていた。にもかかわらず、院は信西を見捨てることになる。その信西の子息が、いったん死罪と決まりかかるのを制止したのは、「大宮左大臣伊通公の宥め申されけるによッて」であると古本は語る。それにしても、これまでの語りからすれば信西の子息にまで咎めの及ぶことを不審に思わざるをえない。その子息処分のわけを、古本では、惟方が光頼の忠告によって寝返り、主上と院を救出した。その惟方が、当初、信頼に従っていたことを主上の耳に入れては拙いと判断する。まさにこの惟方が経宗とともに信西の子息の口を封じるために処分を「申《もうし》すすめ」た。それが、天下の騒ぎとなり、「君も臣もおぼし召誤てンげり」と「申あへりけり心有輩」の声があった（河野本）と語るのである。信西子息の処分を王朝側の不手際をとり隠すためにとった処置だとするのである。秩序の変化に伴うモラルの変化を気づかぬ王朝社会であった。これを語り本は、信頼の死霊を怖れ、その怒りを宥めるためだと「ある人」の声を借りて語り改めるのは、語り本が、一貫して信頼の行動にも敬語を使って語って来たことに通底するだろう。語り本は、この信頼をはじめ、源平両氏の公達の行動を、いずれも敬語を使って語る。この語りのあり方は覚一本『平家物語』にも通じる。『保元物語』の語り本は、人物の配置をも含め、両軍の対決を語り尽くし、いくさ物語としての形態を整えていると言うべきだろう。古本は、その子息たちの流罪後、特に重憲について老母や幼児との惜別を語り、はては後日、これら子息の赦免に、改めて北の方、二位の思いをとおして信西をしのぶのであった。語り本の信西に寄せる思いは一層強く、その死を語った後に、生前、すぐれた学才の持ち主であったことを、叡山を軸に説話を重ねて語るのであった。

王権秩序の維持が物語の外枠をなす。その王（後白河）に対して思い上がった甘えの態度をとる信頼が、信西の子息の処分について僉議のために内裏へ召集をかけると、殿上人が馳せ参る。当時の摂関家を筆頭とする中枢公卿のかげが薄いことを語る。せいぜい古本では、王権を不安に陥れるのに一翼を担った経宗と惟方を処刑から守った前関白忠通の主張があった。永く行われなかった死刑を保元の乱後、信西の主張によって復活させたことを言い、減刑を主張したのだった。皮肉にもその信西が非業の死をとげ、子息までもが流罪に処せられることになった。この経宗と惟方の周辺について、古本では、主上二条と、その父、後白河院が対立、王権を脅かす。その張本人が、この両人であり、その惟方を、ひいては経宗をも牽制した光頼、あるいは光頼同様に信頼に距離をとり続けた伊通は、必ずしも摂関家と一枚岩ではないのだが、結果的に王権に事なきを得させたと語るのであった。その意味で伊通は、『平家物語』における重盛に通じる。ただし『平家物語』における重盛の場合、その几帳面さは、父清盛との対比もあって、信西に通じる側面があり、『平治物語』において、状況を相対化して諷刺する伊通の、余裕のある振る舞いとは異質である。この点、時の人の声を借りて惟方の寝返りを笑う傾向を強くするのが語り本である。いずれにしても保元の乱の結果、『平治物語』において摂関家のかげは全く後退してしまう。院も後退する。むしろ武者の動きが前面に出る。

6　源平対立と王権

平治の乱を引き起こした信頼の死後、物語の語りの中核をなすのは、義朝と対抗せざるを得なくさせられた平氏で、その源氏との対立である。熊野参詣の途上、京の異変の報に驚く平氏にとって気になるのが、義朝の長男、義平の動きであった。義朝は、判断を誤って信頼に従ったことが、みずからを朝敵の身とすることになったと覚悟する。みずからの非を悟り、女《むすめ》の処置を後藤実基に委ねるのだが、実基は義朝の心中を思いやり、姫を下侍の手に託して逃がす。実基なりに源氏の行方に期するところがあるのだろう。一方、平氏方については、院と主上の守護を第一の任務とする清盛を語るのが語り本である。語り本は、源平両軍の緒戦、待賢門のいくさを以て中巻を始める。待賢門のいくさに頼盛が所持した名刀、「抜丸」が頼盛を救ったことを言い、この抜丸が、忠盛の後妻、池殿に渡ったことが、平家一門内部に溝を造り、それが戦後の頼朝の命にも関わってゆく。平氏内に分裂の契機となった頼朝の動きである。頼朝を救おうとする池殿の献身や宗清の関与を大きく語るのは『平家物語』への関わりを示唆するだろう。しかも語り本は、頼朝の将来を示唆するのに宝刀、「髭切」を語るなど剣の物語を取り入れる。この宝刀は、頼朝が掌握することなる坂東王権、源氏将軍のレガリア、宝器としての意味を有するだろう。この後、『平家物語』において、平家一門の水没により、王朝が神器の一つ、宝剣を喪失することになるのだが。院と主上の確保を図る平氏の策にはまった源氏が、六波羅攻めを逸るあまり内裏を空け、みずからが朝敵の位置に身を置くことになってしまったのであった。王権の行方として、義朝が朝敵になる非を語るのは、『平家物語』における重盛の思いと重なる。しかも語り手には、六波羅攻めに義朝・義平父子のいくさを語る源氏への思い入れがある。語り本は、特に、この傾向が強く、清盛ら平氏の、義平への怖れを語る。一方で平氏の動きにも視点を据える。大きく時代の転換を語る叙事詩としてのいくさ物語である。熊野詣でから急遽京へとって返した平氏が伏見稲荷に参り、源氏との対決を決意したことを語る。しかも、その清盛が重盛から、その空《から》元気を揶揄されるのを語るなど、平氏の勝利を見通す余裕から、笑いを見せている。しかも平氏に図られて朝敵の身に追いやられた義朝の敗走、その主をかばう後藤たちの活躍を語る。保元の乱後、平氏に対する引け目から信頼にかたらわれた義朝の悲劇である。古本にあっては、特に義朝に取り残される常盤母子の物語に義朝の思いを重ね、その遺児の一人、今若をして平氏に対する仇討ちを誓わせ、下巻の主要テーマである源氏再興への伏線とする。語り本は義朝の悲劇の道行きを語りながら、鷲巣玄光が、責める役人を逆に脅して関所破りを思わせる、余裕と笑いをも見せる。この語りの輻輳性が、構成としては性急な源氏の再起まで語らせ、そのための布石を行う。すなわち長田の裏切りに遭って討たれた義朝の首が大路を渡されて獄門に懸けられる。ここで、古本が昔、討たれた将門の首が三か月後、「しいと笑つた」ことを回想するのは、やはり、この後の源氏再興への伏線としてある。その義朝の非業の死を、「群集する貴賤上下」が、父、為義を手にかけた「逆罪の因果」とし、そのために相伝の家来長田を、主（尊属）殺しに走らせた。『保元物語』と『平治物語』の語りが三段階構成を共通にすること、それに時代の転換に対応する人々の生き方をとらえるフロランス・ゴイエが、この転換期を生きる人々のディレンマを語ることなどに両物語のつながりをとらえる。そもそも保元の乱における為義と義朝の対決が、この平治の乱の義朝に、悲劇をもたらすことになったのであった。この経過を肝に銘じたのが頼朝であるのだろう。父とは別行動をとっていた義平は『保元物語』における為朝像と重なる。義平が、努力のかいなく捕らわれ難波恒房の手にかかって処刑される。その義平が後日怨霊となって、報復することを予告する。果たせるかな、天下を平定した清盛ら平氏一行の布引の滝への遊山に、気乗りのしないまま参加した難波が、雷になった義平に殺されることになるのである。語り本は、場所を箕面の滝とし、恒房が滝壺に降りて、あらかじめ竜王から後日の災難を示唆されていたとする。結果的に源氏の再興へとつなぐ。平治の乱の行方を語りながら、源氏の再起を語らざるを得ない。『保元物語』と『平治物語』は対をなしてつながる。

古本は、続けて清盛の迷いによって助けられ常盤母子、なかでも牛若の鞍馬入りから奥州下り、伊豆の兄、頼朝との意志の疎通へ、そして源氏再興へと進めて行く。その頼朝の歩みを集約的に語るのが古本の下巻である。危機を救ってくれた池殿に謝意を表し、自重するふりをよそおいながら、その頼朝の真意を類話の先例説話をも引いて語り、盛康が見た夢のみずからの夢解き、頼朝の健部社へ参っての八幡祈願をも語る。清盛が、この頼朝の助命を認めたことから常盤母子も赦され、その中の牛若がいったん鞍馬に入りながら、奥州へ下って伊豆の兄、頼朝と意を通じ、ついに挙兵に参加して平氏一門を討伐、源氏再興の合戦を果たす。この間、動乱の一翼を担った経宗・惟方の遠流と赦免を挟み込む。語り本では、この両人をも歌徳説話の機能を借り後白河院が赦すことになる。『平治物語』では、窮地に陥った義朝らを、長田が見捨てて背信行為に出るのだが、語り本では、その長田が平氏の勝利を目の前にして「子孫繁昌」のためと、みずからの行動を語る。父、長田の志に従いかねた女《むすめ》が、夫鎌田のために自刃することを語ることにもなるのであった。意外な結末に、長田は「義朝を討つも子どもをも世にあらせむが為なり」と苦悩することになる。源氏再興の後日まで語り尽くす古本は、頼朝が亡父の仇、長田を極刑に処し、かつて伊豆へ流される途上、助けてくれた大吉寺や浅井郡の老夫妻への報恩、この間、故義平の怨霊の報復をも語って、物語が残して来た語りを整理しつつ、一方、梶原の讒言による頼朝の義経との不和、盛康への報恩をも語るのだが、結果的に義経を助命したことに清盛の迂闊さを指摘して物語を閉じる。古本の閉じ方は、読み本『平家物語』延慶本の閉じ方に通じる。

『平治物語』でも、語り本は、頼朝をかばう延寿や夜叉御前らの女性、さらに鵜飼という職人の参加をも語っている。この物語の、特に古本の下巻の語りは、きわめてあわただしい。それは上巻から布石して来た義朝の遺恨、それをはらす源氏の再興を結びとしようとするためであるのだろう。それにしても義経を重視しながら、その悲劇に深入りしないのは、頼朝との不和を語ることを本意としない、源氏将軍への配慮がある。この源氏の物語は、義経を主役にする『義経記』にも通じるのだが、平治の乱を語る物語としては不整合さを感じないわけにゆかぬ。この読者の思いが、語り本において手直しさせたのであろう。源氏再興の結末をそぎ落とす語り本は、一方で義朝の女《むすめ》が、後日、一条能保の北の方になることを付言し、源氏将軍の時代をも見通し、先取りをする。物語を平治の乱の結末で閉じる構成を保ちながら、さすがこの源氏への言祝ぎを退けられなかったのであろう。それが特に源氏将軍としての足利政権のもと、室町時代の芸能というものであるのだろう。古本では、義朝最期の経過を、同行した金王丸が常盤に報告する形をとり、それゆえに時間の軸を前後する複雑さを示した。語り本は、その義朝の死をも第三者としての全知視点を以て語ることが、その語りの距離のとり方、遠近法を可能にした。平治の乱の物語として完結を図ったのが語り本である。父義朝の手にかかって死を選ぶ朝長は、保元の乱後、処刑される乙若が源氏の将来を不安に思ったことを思い出して語り、『保元物語』からのつながりを意識している。『保元物語』から『平治物語』、さらに『平家物語』へと、成立論を越えた三物語の、読みをめぐるつながり、連続を考えるべきであろう。

7　『平家物語』論へ向けての課題

現象学を踏まえて独自の文章論を構築した時枝誠記は、『平家物語』の、特に巻一において平家の動きはかげの存在で、むしろ物語を王朝・宗教界、それに武者の諸勢力の角逐抗争の歴史として読もうとした。今、この時枝の読みに、王権をあわせ考えると、物語の巻一は、保元・平治の乱を振り返りつつ、――と言うことは、すでに王朝内に崇徳と後白河の分裂があったということだが、『平治物語』では、その後白河が、みずから立てた二条と対立することになる。平治の乱のきっかけを、この両者の対立に見る論もある。藤原北家ながら、父経実以来、清華家の系を引く懿子を母とする二条が、後白河院の意向を無視して六条を立てる。しかし、その二条が若くして死去すると建春門院腹の皇子、憲仁を平家が推し高倉として立てる。建春門院滋子の要請によると言われる。『平家物語』では、その背後に滋子の兄、平時忠のかげが見える。平治の乱に信頼が支えようとした二条に対する後白河の反撃であり、結果的に王朝内の分裂を一層加速する。それ自体が揺れる王権への接近が、回りの権門勢家や武士にも一層分裂をもたらすことは、『保元物語』に見たところである。それに院を支える側近の動き、さらに院を守護する北面の武士が山門とも対立し、王権に揺さぶりをかける。宗教界でも南都と天台の対立抗争、はては山門内部でも大衆の動きが学生《がくしょう》の支配する秩序を揺さぶる。これらに対処しながら上昇する平家に対する源氏の動きから、やがて頼朝の天下平定を語ることになるのが『平家物語』である。しかも、その頼朝の再起を促した文覚が、後白河の推した後鳥羽に対して、その承久の乱まで予見しながら、六代の死により平家断絶を以て結ぶのが『平家物語』である。時の経過に切れ目はない。そこに切れ目を見るのは、歴史の先行きに光を見ようとする歴史家の読みがあるからだ。この間、『平治物語』以後、後白河の王権の行方をめぐるモチーフは消滅し、むしろ、京とは距離をとりながら伊豆に流されていた頼朝が、『平家物語』では、後白河院承認のもと将軍職に就き、天下統一を以てしめくくる読み本と、一方で逆に源氏に滅ぼされた平氏の亡魂の菩提を弔う女性、建礼門院の往生を以て閉じる語り本へと分化・集約してゆく。頼朝に挙兵を促した文覚が、いち早く鎌倉政権による後鳥羽院の終焉を示唆する動きを示唆しながら、あえて承久の乱に語りを及ぼすことは差し控え、後白河の死、頼朝の天下平定とその死を以て結ぶのだった。『保元物語』から『平治物語』を経ての『平家物語』であった。鳥羽院亡き後の世の乱れが、頼朝の天下平定を以て結末へと向かう。しかも『承久記』を加える「四部合戦状」へのステップをも踏み出そうとしていた。しかしそれは琵琶法師の語りにはならなかったのか。この王権の行方を軸に読むならば、『平家物語』については、後白河を軸に読み返すべきで、それが、この次の課題である。いくさ物語の歴史の読みを行うのが、わたくしのこれからの課題である。

［参考文献］

永積安明・島田勇雄『保元物語平治物語』日本古典文学大系　一九六一年　七月

ヘイドン・ホワイト『メタヒストリー・十九世紀ヨーロッパにおける歴史的想像』（英文）　一九七三年

黒田俊雄『日本中世の国家と宗教』　岩波書店　一九七五年　七月

角田文衛『平家後抄―落日後の平家―』　朝日新聞社　一九七八年　九月

御橋悳言『平治物語注解』（著作集）　続群書類従完成会　一九八一年　五月

生形貴重『平家物語の基層と構造』　近代文藝社　一九八四年十二月

大隅和雄『愚管抄を読む』　平凡社　一九八六年　五月

兵藤裕己『王権と物語』　青弓社　一九八九年　九月

末木文美志『日本仏教史』　新潮社　一九九二年　二月
栃木孝惟・日下力・久保田淳『保元物語平治物語承久記』新日本古典文学大系　岩波書店　一九九二年　七月
山下宏明『語りとしての平家物語』　岩波書店　一九九四年　五月
川合康『源平合戦の虚像を剥ぐ』　講談社　一九九六年　四月
野家啓一『物語の哲学』　一九九六年　七月
山下宏明『いくさ物語の語りと批評』　世界思想社　一九九七年　三月
日下力『平治物語の成立と展開』　汲古書院　一九九七年　六月
梶原正昭『平家残照』　新典社　一九九八年　四月
五味文彦『京・鎌倉の王権』　吉川弘文館　二〇〇三年　一月
大隅和雄『中世　歴史と文学のあいだ』　吉川弘文館　二〇〇三年　二月
桑野隆『バフチンと全体主義』　東京大学出版会　二〇〇三年　六月
河内祥輔『保元の乱・平治の乱』　吉川弘文館　二〇〇二年　六月
栃木孝惟『軍記物語形成史序説』　岩波書店　二〇〇二年　四月
山下宏明『いくさ物語と源氏将軍』　三弥井書店　二〇〇三年　五月
尾崎勇『愚管抄の創成と方法』　汲古書院　二〇〇四年十二月
元木泰雄『保元・平治の乱を読みなおす』　日本放送協会　二〇〇四年十二月
大津雄一『軍記と王権のイデオロギー』　翰林書房　二〇〇六年　三月
水林彪『天皇制史論』　岩波書店　二〇〇六年　十月

大津透ら『王権を考える』　山川出版社　二〇〇六年十一月
深沢徹『愚管抄のウソとマコト』　森話社　二〇〇六年十一月
フロランス・ゴイエ『概念的枠組みのない思想―戦いの叙事詩の機能について』（仏文）　二〇〇六年
小峯和明『中世日本の予言書』　岩波書店　二〇〇七年　一月
赤坂憲雄『民俗学と歴史学』　藤原書店　二〇〇七年　一月
三谷邦明『源氏物語の方法』　翰林書房　二〇〇七年　四月
溝口雄三・池田知久・小島毅『中国思想史』　東京大学出版会　二〇〇七年　九月
野家啓一『歴史を哲学する』　岩波書店　二〇〇七年　九月
松尾葦江『軍記物語原論』　風間書院　二〇〇八年　八月
樋口大裕『「乱世」のエクリチュール』　森話社　二〇〇九年　九月
時枝誠記「「平家物語」はいかに読むべきかに対する一試論」『國語と國文学』　一九五八年　七月
須藤敬『『保元物語』古態本の考察―信西の描かれ方の問題から」『保元物語の形成』　一九九七年　七月
原水民樹「崇徳院信仰史稿（一）」『言語文化研究』　徳島大学　一九九七年十二月
ヘイドン・ホワイト「歴史における物語性の価値」『物語と歴史』（海老根宏・原田大介訳）　二〇〇一年十二月
兵藤裕己「声と知の往還」『聲』　二〇〇七年　三月
大津雄一「何のために―『平家物語』群読の危うさ」『声の力と国語教育』　二〇〇七年　三月
山下宏明「文学・言語、史学・文化、哲学」『韓国日本語文学会　日本語文学』　二〇〇七年一一月
フロランス・ゴイエ「語りの構造と政治的枠組み―叙事詩の機能」『口頭伝承』（英文）　二〇〇八年　三月

五味文彦「後白河法皇と平家物語」『ハゴロモ　原典平家物語　冊子』　ハゴロモ

二〇〇八年　三月～二〇一〇年　一月

原水民樹「金力本系統」『平治物語』本文考」『徳島大学総合科学部言語文化研究』

二〇〇九年十二月

著者略歴
山下宏明（やました・ひろあき）
1931年生まれ、神戸大学文学部卒業、東京大学大学院博士課程修了、文学博士。
中世文学専攻、名古屋大学教授、愛知淑徳大学教授を経て現在、名古屋大学名誉教授。
主要著書
『平家物語研究序説』（1972年、明治書院）
『軍記物語と語り物文芸』（1972年、塙書房）
『軍記物語の方法』（1983年、有精堂）
『平家物語の生成』（1984年、明治書院）
『平家物語の成立』（1993年、名古屋大学出版会）
『語りとしての平家物語』（1994年、岩波書店）
主要注釈書
新潮日本古典集成『太平記』（全５冊）
新日本古典文学大系『平家物語」（全２冊、共著）

平治物語　第一期三十四回配本
中世の文学
定価は函に表示してあります

平成二十二年六月十八日　初版第一刷発行

©校注者　山下宏明
発行者　吉田榮治
製版者　ぷりんてぃあ第二

〒一〇八-〇〇七三
東京都港区三田三—二—三九
発行所　株式会社　三弥井書店
電話　（〇三）三四五二—八〇六九
振替口座　〇〇一九〇—八—二一一二五番

ISBN978-4-8382-1036-7　C3391

函画像：金刀比羅宮蔵『平治物語』

中世の文学

附録

34

平成22年6月
平治物語
第34回配本

目次

源義朝における〈中央〉の状況
—『平治物語』を中心として—……栃木　孝惟　1
平家都落ちをめぐって—尹明と全真の場合—　平藤　幸　4

三弥井書店

源義朝における〈中央〉の状況
—『平治物語』を中心として—

栃木　孝惟

古代末期における貴族社会から武士社会への時代的転換の問題を考えようとする場合、〈中央〉と辺境〈東国〉の関係がどのような構造を持っていたか、あるいは、どのような意味を持っていたかという問題の解明は外すことのできない一課題である。そして、この課題は、武士社会を導き出すこととなる保元の乱、平治の乱において、ともに重要な役割を担った源義朝という一武将の歴史的役割に注目する時、もっとも鋭く浮かび上がる一課題である。平治の乱という軍事的争乱を物語という形式によって一つの歴史解釈を行った『平治物語』が源義朝における〈中央〉と〈東国〉の問題を、どのように描き出そうとしているか、という一課題は、『平治物語』の考察においても解読されるべき問題事項であるが、ここでは、限られた紙面のうち、まずは源義朝における〈中央〉の状況の一端を瞥見する。

古態本『平治物語』始発部、「信頼、信西を亡ぼさるる議の事」の章段の冒頭は、次のような一節で始まる。

(信頼は)子息新侍従信親を清盛が婿になしてちかづきよりて、平家の武威をもつて本意をとげばやと思けるが、清盛は大宰大弐たる上、大国あまた給ッて、一族みな朝恩にほこり恨みなかりければ、よも同意せじとおもひ、源氏左馬頭義朝は、保元のみだれ以後、平家におぼえ劣りて不快者なりと思ければ、ちかづきよりて懇《ねんごろ》のこころざしをぞかよはしける。つねは見参して、「信頼かくて候へば、国をも庄をも所望に従ひ、官加階もとり申さんに、天気よも子細あらじ」と語らへば、「か様に内外なく被レ仰候上は、ともかくも御所存にしたがひて、だいじをもうけたまはるべき」とぞ申ける。(引用は新日本古典文学大系『平治物語』)

保元元年(一一五六)七月二日、鳥羽院崩御を契機として旬日を経ずして勃発した保元の乱が短時日を以て終焉、決着してからおおむね三ヶ年を経過してのち、保元二年三月の時点では、従四位下、武蔵守・右近権中将にすぎなかった藤原信頼が、保元三年十一月には、正三位、権中納言・皇后宮権大夫・右衛門督・検非違使別当を帯する異例、異常な栄進を果たしていた。時に二七歳。この信頼の異常な栄進に国家の前途の危うさを思う少納言入道信西がそうした処遇を行う後白河院に諫めの言辞を構えたところから、信頼、信西の不和、不快は発生、信西を亡ぼす決意を固めた信頼が源氏左馬頭義朝を語らう場面が、引用本文の部分である。自らの一層の栄進の妨げとなる信西を排するに、信頼はまず自らの男子を清盛の娘婿とし、「平家の武威をもって本意をとげばや」と思ったというが、すでに大宰大弐とし、「大国あまた給ッて、一族みな朝恩にほこり、恨み」をもたぬ清盛では、まず我が企てに同意することはあるまいという判断から、次善の策として左馬頭義朝を語らおうとする企図が生まれたという。史論書、慈円の『愚管抄』には、義朝が信西の子是憲を我が娘の婿とし、信西との連携を図ろうとしたが、信西の拒絶にあって失敗、逆に信西は紀二位との間に設けた成範（古態本『平治物語』では、播磨中将重憲）を清盛の娘婿とすることを約束したことによって、義朝の恨みを買ったということが記述される。よく知られたはなしであるが、物語は、この義朝のうちに孕まれた信西に対する敵意、あるいは、怨恨を物語の面《おもて》には記すことなく、また、信頼の、信西と清盛の近さに対する警戒の意識等も書き込むことはない。平氏一門の栄えによる自足が、信頼の企図を受け入れないであろうという推測と、義朝は、保元の乱以降、「平家におぼえおとり」不快な感情を抱いているであろうという義朝の平氏に対する対抗意識、そこから生まれる保元の乱以降の義朝の抱えているであろう劣位の意識、負の感情が、信頼の義朝に「懇《ねんごろ》のこころざし」を通わせる契機、あるいは、動機となったという。

保元の乱において、清盛の動かした兵力が「三百余騎」、義朝の動かした兵力が「二百余騎」であることは、『兵範記』保元元年七月十一日条の記録するところであり、官位においても、清盛が優位にあることは、『兵範記』の記載する表記形式、「清盛朝臣」「義朝」というかたちに、両者の並記に際しては、「清盛朝臣、義朝」の順位を保っていることなどにも、よく示されている。保元元年七月当時の、両人の任国、安芸守清盛の安芸国が山陽道八カ国のうちの上国、下野守義朝の下野国が東山道に属する下国であることも知られていよう。しかし、平治の乱に先立つ保元の乱において、現実の争乱が、むしろ、義朝によって、より活発に領導されたふしのあることは、たとえば、『愚管抄』のつぎのような一節がよく示している。

内裏ニハ義朝ガ申アゲケルハ、「イカニ、カクイツトモナクテササヘタル。御ハカライハ候ニカ、イクサノ道ハカクハ候ハズ。先《まづ》タダヲシヨセテ蹴チラシ候テノ上ノコトニ候。為義、ヨリカタ・為朝グシテスデニマイリ候ニケリ。親ニテ候ヘドモ御方ニカクテ候ヘバ、マカリムカイ候ハバ、カレラモヒキ候ナン物ヲ。タダヨセ候ナン」トカシラヲカキテ申ケルニ、…（中略）…十一日ノ暁、「サラバトクヲイチラシ候ヘ」トイイダサレタリケルニ、下野守義朝ハヨロコビテ、日イダシタリケル紅ノ扇ヲハラハラトツカイテ、「義朝イクサニアフコト何ヶ度ニナリ候ヌル。ミナ朝家ヲオソレテ、イカナルトガヲカ蒙《かうぶり》候《さうら》ハンズラント、ムネニ先コタヘテヲソレ候キ。ケフ追討ノ宣旨カウブリテ、只今敵ニアイ候ヌル心ノスズシサコソ候ハネ」トテ、安芸守清盛ト手ヲワカチテ、三条内裏ヨリ中御門ヘヨセ参リケル。（引用は日本古典文学大系『愚管抄』）

「イクサノ道」に通じた義朝が、戦機を逸することを懼れ、相手に先んじての夜襲を献策する場面であるが、合戦の帰趨を決めた白河殿夜襲の献策は義朝の進言を容れることによって果たされ、その先陣を切る行動も清盛ではなく、義朝を中心に記述されている趣がある。出陣を許す言葉を得た義朝が、義朝の過去において幾たびか経験した「イクサ」に触れ、「ミナ朝家ヲオソレテ、イカナルトガヲカ蒙候ハンズラント、ムネニ先《まづ》コタヘテヲソレ候キ」の言葉は、義朝の過去の「イクサ」がまさしく朝家の法の外側において行われた私闘であったことを意味しよう。〈都の武者〉となる以前、相武、房総の地における大庭御厨乱入事件、相馬御厨への介入などをはじめとして東国の地における義朝の行った私闘が彼の武力を鍛え、増強し、合戦の機微を学ばせたことが、今、王権をめぐっての国家の運命を決する合戦において重く尊重されようとしている事態である。東国の地における義朝の私闘を非法・違法として認定するはずの国家が、今や国家の命運を東国の地の私闘に依って鍛え上げた武力に委ねようとする状況は、すでに背理の色調を帯びているが、ともあれ、保元の乱の決着は、争乱の実質的な主導者としては、平氏清盛よりは源氏の棟梁義朝の働きが目立つが如くに想定される。

義朝が、この保元の乱の活躍によって、院政政権の誕生以降、院政の主《あるじ》のかなりに意図的な伊勢平氏の引き立て、登用による平氏の源氏を超え出る立場を、いかほどか逆転するか、あるいは、少なくとも源平相拮抗する立場の構築を期待していたであろうことは、想像され得る状況である。にもかかわらず、保元の乱後の恩賞が依然として平氏に厚く、義朝の願望が十全には果たされぬ状況下、『平治物語』冒頭、信頼の義朝を語らう場面は、まさしく保元の乱後の義朝の清盛に対する劣位の意識が、信頼の義朝を語らう契機を提供したとするのである。義朝の心中に宿るであろう国・庄への欲求、官加階への欲望が義朝を動かし得ると判断した信頼の甘言は、計算通り「だいじ《大事》」を引き受けさせる成果を生んだが、平治の乱の発端につながる、この信頼、義朝の関係の形象化は、義朝の激しい上昇志向、中央における官位の昇進、地方における国・庄の獲得への強い欲求を表現している。「天気」による自らの異例・異常な昇進を背景に、自らに対する「天気」のよさをちらつかせつつ、義朝を語らう言葉に易々として乗った義朝の不明は、やはり平氏に対する対抗意識、武人の地位の上昇に対する義朝の強い欲求が、信頼という人物に対する洞察力を曇らせ、やがては自らの破滅へと連なる選択を行わしめたという設定を、『平治物語』はその冒頭部に果たしたということになるのであろう。『平治物語』における義朝問題は、なお、多くの課題を潜めている。

平家都落ちをめぐって
—尹明と全真の場合—

平藤　幸

平治の乱の帰趨を決定づけたのは、二条天皇の六波羅行幸であった。しかし、それを、清盛のもくろみどおりに成功させるに功あった二条天皇の非蔵人藤原尹明の働きについては、『平治物語』は記すことをしなかった。多賀宗隼[1]が、『愚管抄』（巻五）を紹介しながら説くとおりである。多賀はそこで、尹明が当時の公家日記に散見し[2]、特に『玉葉』に多く登場することを指摘して、尹明が「平生平氏に密着してその機密にあづかってい」て、それらの内幕・機密は多く尹明の「手を通じて兼実に筒抜けといっても宜い」状態であったことを述べている。

藤原尹明（生没年未詳）の父は、東宮学士知通で、この知通は信西の従兄弟である。母は花園左大臣源有仁家の女房で、名を「昭」と伝える。[3]妻は大外記中原師元女で、その師元の息男清定は清盛の猶子となっている（以上尊卑分脈）。清盛への親近の要因は、信西に繋がる父方の縁故以上に、この血筋に求めらようか。[4]清盛没後も、『玉葉』に「件男祇候前幕下（宗盛）之辺人也」（養和元年〈一一八一〉八月一日条）と記されていることなどからも、変わらずに平家に従ったことがわかる。なお、尹明女は安徳天皇内侍（愚管抄・巻五）、子息尹成は建春門院蔵人であった（尊卑分脈）。

さて、『平家物語』（巻七・一門都落）の高野本（覚一別本）・高良神社本・京師本・下村本・流布本など（少なくとも龍谷大学本を除く）一方系の幾本かは、「落行平家は誰々ぞ」として「前内大臣宗盛公」以下を列挙する中に「兵部少輔正明（尹明）」を記し、中院本（「ひやうゑのせうまさあきら」）や城方本（「兵部の少輔政明」）などの八坂系の幾本かは、表記に異なりは存するものの、やはり「マサアキラ」の名を録していて、寿永二年（一一八三）七月二十五日の平家の都落ちに同行したと伝える。延慶本（第四）・長門本（巻十五）・盛衰記（巻三十二）も、寿永二年八月の後鳥羽践祚を平家が筑紫で聞き、平時忠と尹明が、還俗者たる北陸宮（以仁王息）の即位の非を議している記事を載せて、尹明が平家一門と都落ち当初より行動を共にしているような印象を与えている。また、覚一本（巻九・三草勢揃）や延慶本（第五本）等は、尹明が平家による福原の除目で五位蔵人に叙されて、「蔵人少輔」と称されたと伝えている。[5]その後元暦二年（一一八五）三月二十四日に、尹明は壇ノ浦合戦で生け捕られ（吾妻鏡・同年四月十一日条）、出雲へ流されており（玉葉・同年五月二十一日条、吾妻鏡・同年六月二日条）、この限りでは、一門の衰滅まで平家と行動を共にしたと見なしてもよいことになろう。ちなみに、尹明は四年後の文治五年（一一八九）に赦免されて帰京しているが、その時までには出家していた（吾妻鏡・同年五月十七日条）。その後の消息は不明である。慈円が建仁四年（一二〇四）正月一日に宇治小川房で著した『慈鎮和尚夢想記』の、寿永の「乱逆」の際に尹明女の内侍が璽の箱の検分に奉仕したという記事に、「尹明法師」の名が録されている。

ところで、『玉葉』には、尹明が必ずしも最初から平家の都落ちに同行していたわけではなかったことを窺わせる記事がある。すなわち、寿永二年十月十四日条では、去る八月二十六日に平家が鎮西に入ったことを尹明が兼実に言ったといい、寿永三年三月四日条では、観性が誂えて尹明が草進した願文を兼実が校閲して返したというのである。前者は、西国にいる尹明が兼実に書状で伝えたとも考えられようが、『玉葉』の記述には遠方からの書状である形跡はなく、むしろ現地の平家からの報告を都にいる尹明が兼実に伝えたと見る方が穏当ではないか[6]。後者はさらに積極的に、尹明はいまだ都にいることを推知させるものであろう。つまり、尹明は都にいた上で平家と連絡を取り合い、それを兼実に報告していたと考える余地があると思うのである[7]。

都落ちした平家には大半の蔵人が随行しなかったため（吉記・寿永二年七月二十五日条）、文章生出身の尹明は公事等に必要な存在とされて、平家の側から誘いがあったか[8]、あるいは尹明の方も、都の情勢が自分にとって好ましい状況でなくなってきたか、いずれにせよ、結局尹明は都を落ちてはいるが、先の「一門都落」に尹明の名を記すのが、語り本系の一部の伝本にしかすぎないことは、尹明自身の都落ちが確実に寿永二年七月二十五日の段階であったと伝えられていた訳ではない[9]ことを窺わせるのではないだろうか。

他方、尹明同様に平家一門に遅れて[10]都落ちした可能性のある人物に、比叡山の権少僧都全真がいる。全真は、仁平元年（一一五一）の生まれという（残欠本僧綱補任。没年未詳）。参議藤原親隆の息で、母は平時信女。伯母である従二位平時子の猶子となったことから「二位法眼」と呼ばれ、当然に清盛にも近く、「権勢之人」であったという（山槐記・治承三年〈一一七九〉正月十七日条[11]）。

この全真は、『平家物語』（巻七・一門都落）で、寿永二年七月に都落ちした人々の中に列記されるが（表記に異同はあるが諸本共通）、残欠本『僧綱補任』には寿永三年二月に西国に下ったとあるのである。

『平家物語』（覚一本・巻九・三草勢揃）では、先述の尹明の五位蔵人補任の記事の直後に、全真が「年来の御同宿」である梶井宮（承仁法親王）から歌を送られたことが記されているので、尹明と全真共に福原に在ったような印象があるし、[12]たとえ遅れたとしても両者がある時点までには平家一門の本営に追いつき、すなわち安徳天皇のいずれかの行在所に移ったことは間違いないのであろう。

　この全真もまた、元暦二年三月二十四日の壇ノ浦合戦で生け捕りとなり（玉葉・同年四月四日条、吾妻鏡・同年四月十一日条〈国史大系本の「公真」は誤りであろう〉）、同年五月二十日に安芸国へ配流となった[13]（玉葉・同年五月二十一日条、吾妻鏡・同年六月二日条）。そして尹明同様、四年後の文治五年に赦免され、帰京した（吾妻鏡・同年五月十七日条）。配所では詠作もし（玉葉集・旅・一一三二）、都に戻った後、大原の建礼門院を訪ねている同・雑四・二四一五。正治二年（一二〇〇）に『石清水若宮歌合』へ出詠しているので、その時点までの生存は確認できる。

　平家一門に付き従って都を落ちたとされ、生け捕られて配流されたと伝えられている者達の中には、平教盛の息忠快、時子・時忠の異父弟能円、時忠の息時実等、その後生き長らえた者も多い。右に見た尹明と全真も、その没年は不明ながら、彼らとほぼ同様の命運を辿ったのである。しかしながら、平家一門の都落ちに必ずしも当初から同行していた訳ではない可能性があることは、注意しておいてもよい事柄ではないだろうか。もしそうだとすれば、尹明と全真が平家の主要人物と共に生け捕りにされた事実は、当時の人々によく認識されていたのであろうから、平家の都落ちにも当初から同行していたとする理解が自然と生じたとしても不思議はないということなのかもしれない。

　些事ながら、『平家物語』語り本系の一部伝本の性質や、そもそも平家都落ちの実態を究明する端緒にはなりうるかと考えるのである。

【注】

（1）「兵部少輔藤原尹明」（『日本歴史』四七八、一九八八・三）。多賀は『愚管抄』が伝える尹明の活躍を「尹明の思出話として兼実に語られた」ものと見る。日下力も、同様に「尹明本人の体験談」が母体と見ている（『平治物語の成立と展開』〈汲古書院、一九九七・六〉前篇第五章・二〈初出は一九八七・一二〉）。

（2）尹明は、兼実の息男良通の詩会に同席している（養和元年〈一一八一〉十月二十三日条）。なお、『和漢兼作集』に詩句が残る。

（3）『尊卑分脈』の「藤原実綱」（三条内大臣公教息。天治元年〈一一二六〉生〈山槐記・治承四年十二月十九日条〉）の項は母を「但馬公林覚女 花園左大臣家官女 号昭月」とする（公卿補任は「花園左府家女房」）。「尹明」の項の「昭」が略称あるいは略記の類であれば、尹明母と同一人であろうか。とすれば、実綱は尹明の異父兄弟ということになる。

（4）師元女の母を平忠盛女と見る考えもある。事実とすれば、清盛の姉か妹ということになる。角田文衛『平家後抄(上)』(講談社、二〇〇〇・六。初出は一九七八・九)第一章参照。なお、尹明の姉妹が平治の乱で藤原信頼を裏切った藤原惟方の妻であった。

(5) 他に、長門本・盛衰記・四部本・闘諍録・南都本・中院本もほぼ同様(ただし四部本・南都本は「蔵人少輔」と称されたことは記さず、闘諍録は「蔵人允」とする。中院本は「五位」を不記)。なお、『尊卑分脈』にも西国で蔵人に補せられたとの注がある(正五位下を加える異本もある)。

(6)『玉葉』当該条について、早川厚一・佐伯真一・生形貴重『四部合戦状本平家物語全釈(九)』(和泉書院、二〇〇六・九)は、尹明がしばらく都に留まっていた可能性を指摘しているが、一方で「あるいは手紙などによる情報提供であろうか」とも述べており、判断を保留しているようである。また、『平家物語研究事典』(明治書院、一九七八・三)「尹明」項(武久堅執筆)は、尹明が「都に舞い戻っ」て兼実に報告したものと見ている。注(1)所掲多賀論攷は、尹明の居場所を明確にしてはいないが、兼実に平家の鎮西入りと肥後・豊後国住人の平家への不服従を「報告」し、「結局は平氏と運命を共にし」たと述べている。平家と同時に都を落ちたとする見解か。野口実『武家の棟梁源氏はなぜ滅んだのか』(新人物往来社、一九九八・一二)は、寿永二年の「都落ちに従っている」と記す。最近では、高橋昌明『平家の群像』(岩波書店、二〇〇九・一〇)が『平家物語』語り本系の一部の伝本に沿って、尹明が当初から都落ちに同行したと見る解釈に立ち、『玉葉』の記事については、平家と共に西海に在る尹明が兼実に「内部情報」を届けたものと見なしている。なお、松薗斉「「中世天皇制」と王権」(『年報中世史研究』二八、二〇〇三・五)は、寿永二年七月二十五日の都落ちから逃れた蔵人達や、平家一門から離反して都に引き返した摂政基通との対比で、「下級官人クラス」とする平信基や中原師澄と共に、尹明が一門のもとに残ったらしいことを述べている。

(7) 都の尹明に西国の平家の動向を伝えていたのは、安徳天皇内侍の尹明女であったとも考えられるが、その娘の随行も、都落ち当初からのものであったかどうかは不明である。少なくとも、安徳の乳母の名なども含めて都落ちの様子を詳細に記す『吉記』寿永二年七月二十五日条には記されていない。この娘についても、父尹明と同様、後に平家に合流した可能性があるか。

(8) 延慶本・長門本・盛衰記が挙げる、北陸宮即位についての時忠との会話は尹明が先例に通じた人物であることを示すものと言えるし、尹明を五位蔵人にしたという福原除目の記事では、諸本共通して、「暦博士」がいなかった平将門の除目の先例と比較して、平家が完全な形で除目を遂行できたことを強調している。尹明が平家にとって必要な存在であったと『平家物語』が認識している表れといえよう。また、巻八「山門御幸」で、四宮（後鳥羽天皇）の乳人能円の北の方に、平家と同行した能円から四宮と共に下るよう誘いがあったと記すように（諸本共通）、都に残った人々に度々平家から誘いがあった可能性は十分考えられる。

(9) 参考までに、都落ちの様子を記す『吉記』寿永二年七月二十五日条には、平家の「一族」が慌てて邸を出たが、平時忠と子息時実以外の「非武士人」の都落ちは「不聞」とある。「武士にあらざる人」が、「一族」のそれを言うのか、一般的なそれを言うのか、判然としない。仮に後者の場合でも、現存する同記に「尹明」の名は承安四年（一一七四）三月一日条に一度見えているだけであり、判断材料に乏しいと言わざるを得ず、結局、この「不聞」の記事は、この時の都落ちに尹明が従ったか否かを推測する根拠にはならないであろう。

(10) 『尊卑分脈』は「権大僧都」と記すが、治承三年正月に権少僧都となって（山槐記・同月十七日条）以後、僧官はそれ以上には昇らなかったのではないか（玉葉・治承五年（一一八一）六月十五日条、山槐記・寿永二年三月二十日条、吾妻鏡・元暦二年六月二日条、玉葉集・雑四・二四一五等）。

(11) 全真はまた、『平家物語』（覚一本・巻五・奈良炎上）が伝える南都大衆が摂政使を追い返したという、その使であった親雅の異母弟。平藤幸「『平家物語』「南都大衆摂政殿ノ御使追返事」をめぐって」（「国文鶴見」四〇、二〇〇六・三）参照。

(12) 記事の配列に異同はあるが、他本も両者が福原にいる書きぶりであることに変わりはない。

(13) 『平家物語』の覚一本は配流先を阿波国とし、長門本・盛衰記・四部本・屋代本は安芸国、南都本は安房国（ただし「安芸」の異本注記あり）、中院本は武蔵国とする。延慶本は記述なし。『玉葉集』雑四・二四一五の詞書には「つくし（筑紫）のかた」とある。